WANG ZIFU WORKS

中国专业作家作品典藏文库
王梓夫卷

漕运码头

王梓夫 著

中国文史出版社

目录

第一章

爱新觉罗·铁麟对女人乳房的依恋是从孙嬷嬷开始的。在他的记忆中，他这一辈子活到五十多岁了，几乎没有一天离开过女人的乳房。每天早晨，从睡意蒙眬中，不等睁开眼睛他便下意识地寻找着。几乎与此同时，两只鼓胀的乳房便压在他的脸上，紧接着他便衔住了一个温润的乳头，一股甜丝丝带着青草味道的乳汁便在他的吮吸中静静地流进他的胃里，又顺着奔流的血液浸遍他的全身。于是，他在心满意足中醒来，像干旱中的秧苗一样，每一个关节都抖擞，都充满了生机和力量。

这有点儿像在吸食鸦片，一种极强的依赖性。不吮吸乳汁，就像烟鬼不吸食鸦片一样难以忍受，整个生命都依赖它而存活着。所不同的是，那时候吸食鸦片是公开的、明目张胆的，甚至是时尚的。可他的乳瘾却是在卧室中秘密解决的，连他的妻妾都知趣地避开。

悠扬的钟声是从通州城北的鼓楼上传来的，晨雾般地浸漫进他的睡梦里。暮鼓晨钟，敬授人时。先是慢击十八响，又稍快十八响，再更快十八响。他摇动了一下脑袋，边驱赶着残梦边张开嘴唇寻觅着。令他感到不解的是，那温馨的、柔软的、带着迷人的弹性的物体没有出现。他顿时恐慌起来，恐慌使他一下子清醒了。他现在不是睡在衣来伸手、乳来张口的自家府第，而是栖身在仓场总督衙门的后宅里。

他接任仓场总督一职，堪称是临危受命。在他的心目中，道光皇帝是个励精图治、大有作为的圣君。他御极十几年当中，平息了张格尔叛乱，粉碎了林清劫宫，剿灭了白莲教造反，保住了大清江山。现在，最让圣上头疼的是三件事：鸦片泛滥，盐政腐败，漕弊太甚。他开始大刀阔斧地除"三害"了。派林则徐到广州禁烟，命陶澍整顿盐政，又把革除漕弊的重任交给了他铁麟。道光皇帝痛下了决心，在养心殿东暖阁，先后八次召见了林则徐，探讨禁烟大计。最后一次，是把他和林则徐一起召见的。道光皇帝语重心长地说："烟毒、盐政、漕弊，是大清江山的三个毒瘤，是朕心中的三团块垒。你们两个，还有陶澍，是朕的三条臂膀,三把钢刀。把这三个毒瘤除掉,朕就能吐出这三团块垒,过几天舒心的日子了。朕可就指望你们了……”

铁麟被道光皇帝那几句掏心窝子的话说得热血沸腾,如此受到当今圣上的重用,他能不肝脑涂地、忠心报国吗?

送走了林则徐赴广上路,他便立即打点行装,微服简从,到仓场总督衙门悄悄地上了任。

道光皇帝为了鼓励林则徐禁烟,自己带头戒了烟。他从中受到了极大的震撼和启发,作为真龙天子的九五之尊,都能将烟瘾戒掉,我为什么不能戒掉乳瘾呢?

革弊除害,由自身做起。家里养着的两个乳妈,他一个都没有带来,他就不相信,五十多岁的人了,没有早晚那口奶就不能活命。

时令刚进二月,柳梢泛青,乍暖还寒。早晨的阳光虽说已经把窗户纸染红了,可是玻璃上还结着细碎的冰花儿。他想起床,身上却绵软得像一锅黏粥,哈欠一个接着一个,看来没有那口奶他怕是真的要缓不上气来了。

孙嬷嬷进来了,端着一个烧得很旺的炭火盆。炭火烧烤着有些阴冷的空气,发出微不可察的爆裂声。铁麟觉得一股焦热向他袭来,顿时振奋了一下。

孙嬷嬷把炭火盆放在灶台上,然后偏腿坐上炕沿,拿起铁麟的衣裤,在炭火盆上烤了起来。

铁麟闭着眼睛假寐,心里又涌起一股强烈的吮吸的欲望。紧接着,这欲望便聚集着一股烦躁,他使劲翻了个身。

没有什么能瞒得过孙嬷嬷,在孙嬷嬷面前,他永远是个一丝不挂的赤子。孙嬷嬷伏下脸,小声地对他说:“要不,在本地找个奶妈?”他没有理睬孙嬷嬷,紧紧地闭着眼睛。

他没有母亲,母亲生下他的第三天就得了一种奇怪的病死了。他记忆中的第一个女人就是孙嬷嬷,可以说他是吃孙嬷嬷的奶水活下来的。孙嬷嬷来到他家的时候,刚刚十九岁,生下了第一胎儿子就出来当奶妈。她用自己的奶水喂养了铁麟,而她自己的儿子却是吃高粱面糊糊长大的。

孙嬷嬷的乳房又白嫩又鼓胀,既是他生命的粮仓,又是他活命的船舱。每日每时,他只要一睁开眼睛,就挓挲开两只笨拙的小手摸索着,寻找着,像是从水底挣扎出来便急不可待地寻找漂浮物一样。在他那简单的意识里,乳房就是母亲的全部含义,就是他生命的全部含义。他吃孙嬷嬷的奶一直吃到七岁,在宗室贵族之家，七岁的男孩儿该读书了。父亲不再让他吃奶，要孙嬷嬷给他断奶。

那真是一场惊心动魄的生死搏斗。孙嬷嬷用尽了办法给他断奶，在奶头上抹辣椒面，在他面前堆满了鸡鸭鱼肉、干鲜水果。可是他不干，他什么都不吃，就吃孙嬷嬷的奶。他把所有的吃食扔得满屋子满炕，然后紧抱着孙嬷嬷的两只乳房，把孙嬷嬷那白净的胸脯子抓成横一道竖一道的血条子。父亲举着马鞭威胁他，把他夹到后院扔在马厩里也毫无用处。他铁了心要维护自己吃奶的权利，他不怕打骂，不怕威胁利诱，甚至连死都不怕。他真的要以死相逼了，他开始绝食，除了奶他什么都不吃，连口水都不喝。就这样，坚持了三天三夜，他终于胜利了。那天夜里，他绝望地躺在床上，迷迷糊糊的，如梦如幻，怕要死去了。突然，他触到一个熟悉的物体，闻到了一种熟悉的气味，他抓住了孙嬷嬷的两只鼓胀得快要爆裂的乳房，贪婪地吮吸起来……

经过这次舍命的维权行动，他便再也没有离开过乳房。孙嬷嬷的奶水越来越少了，而他也越来越消瘦下去。眼看他快快地要病倒了，父亲急了，又给他找了一个年轻的奶妈。那个年轻的奶妈姓刘，河北滦州人。他吃刘妈的奶水吃了三年，又来了一个冯妈。冯妈是哪里人他不记得了，不过从那以后，他才知道，女人的奶水也像满桌的菜肴一样，是各有各的味道的。孙嬷嬷的奶水甜甜的，有一股香白杏的味道；刘妈的奶水则是淡淡的，有一股茉莉花的味道；冯妈的奶水却是甜中带酸，类似一种青庄稼的味道。

他再也没有离开过奶水，离开过奶妈。奶妈一个一个地来了，又一个一个地走了，只有孙嬷嬷始终留在他的身边。他没有特意留她，说不清为什么孙嬷嬷一直没有走。孙嬷嬷把他当成了自己的孩子，五十多年了，每天都是孙嬷嬷给他穿衣服，都是孙嬷嬷给他端饭，冷了热了渴了饿了都是孙嬷嬷关照他。只是孙嬷嬷再也不能给他喂奶了，孙嬷嬷那两只鼓鼓囊囊的乳房一天一天地塌软下去了，像两只袋子一样地吊在胸前，里面连空气都没有了，更不要说奶水了。

有谁能吃一辈子奶呢？只有他做到了。就是在结婚入洞房那天，他也是先吸足了奶妈的奶水才钻进新媳妇的被窝的。

孙嬷嬷坐在炕沿上为他烤着衣裤，看着他烦躁不安的样子，又心疼地叨唠起来："吃了一辈子的奶了，哪能说戒就戒呢？要戒也得慢慢来呀。你没听人家说吗？戒烟的时候要把人绑起来，难受得哭天喊地，我看这戒奶跟戒烟也差不多。你别这么自个儿折磨自个儿了，你还要给朝廷干事呢，把身子骨折腾坏了，还怎么给朝廷干事？要我说，还是再找个奶妈吧，这里离三河很近，不行我回趟老家,很方便的……”

铁麟仍然不作声,他心里烦躁得像塞了一团干草。几次他都想跟孙嬷嬷发脾气,但还是忍住了。要是在家里,他早就暴跳如雷了。可现在不行,现在是在仓场总督衙门,他不仅是宗室贵族的公子哥,还是二品大员,朝廷命官。他得修炼自己,修身才能齐家,齐家才能治国平天下。

咣当一声,一个什么物件从他的衣裤里掉出来,砸在炭火盆的盆沿上。孙嬷嬷惊愕地叫了一声,他也急忙抬起头来。

孙嬷嬷从地上捡起了一个东西:“这是什么?”

和田羊脂玉胡桃!

他一激灵坐起身来,大叫着:“孙嬷嬷,快,快给我穿衣服!”

铁麟匆匆地穿上衣服,匆匆地洗漱完毕,匆匆地什么也没有吃,没有胃口。每天早晨,除了奶水,让他吃什么都比服毒药还困难。

他穿着一身便服,匆匆地出了仓场总督衙门,朝通州大街上走去,连一个随从都没有带。他要去办一件大事,一件绝密的大事。他身边不是没有信得过的人,他只是想微服私访,像先皇乾隆那样。那是一种干大事业的雄才大略,也是一种新鲜豪迈的刺激,更是一种叱咤风云的气度。

他手里握着那只和田羊脂玉胡桃。

这是临上任之前,东阁大学士兼户部尚书王鼎交给他的。王鼎交给他这只和田羊脂玉胡桃,便是交给了他一个天大的秘密,交给了他一个重大的使命。

六年以前,那是王鼎刚刚接任户部尚书的时候,就接到了下面许多揭露漕弊的密报。王鼎不愧是一个治国安邦胸怀韬略大计的朝廷重臣,他懂得顾全大局,懂得审时度势。那时候,圣上正忙于平息张格尔叛乱,实在顾不上漕运上的事情。何况,谁都知道漕弊严重,可都是泛泛之谈,隔岸观火,拿不出确确凿凿的证据。但是王鼎知道,漕弊一定要整顿,只是个时间早晚的问题。为了获得漕弊的内幕,掌握仓场蠹虫的罪证,他把自己的心腹黄槐岸秘密安插到坐粮厅卧底,当上了一名书办。他叮嘱黄槐岸,不要暴露自己,不要跟他联系,无论看到什么事情都要沉住气。他的任务只是负责搜集情报,搜集确确凿凿的证据。到时候,会有人找他联系的。

这个任务是王鼎在自己的书房里向黄槐岸交代的,当时黄槐岸提出了一个问题:“大人要是派人跟我联系,总得有个信物吧,要不我怎么知道是大人派来的人呢?”

王鼎觉得黄槐岸说得有理,顺手拿起了案桌上放着的一对和田羊脂玉胡桃,这是新疆伊犁将军庆祥进京来述职的时候送给他的。和田羊脂玉天下闻名,用它雕成一对精美的胡桃更是珍贵无比。王鼎把一只玉胡桃交给黄槐岸,一只留给自己。

铁麟临上任的时候,也就是道光皇帝召见他的那天晚上,王鼎把他召进自己的书房,把这枚和田羊脂玉胡桃交给了他。王鼎告诉他,仓场是个海,深不可测,万万不可贸然行事,找到黄槐岸,先要探探深浅。整顿漕弊,就是让你去捅一个大马蜂窝,不能捉不到毒蜂就让毒蜂蜇住。

铁麟信步走在通州大街上,心里一阵阵地发沉。他手里握着那只玉胡桃,光滑滋润,凉丝丝的。他早就听说过和田羊脂玉,那是昆仑山上产的罕世之宝。和田羊脂玉分两种,一种是在万丈雪山上,采玉的人要攀登上去找到玉线,再用钢钻铁锤细心地开采。开采出来以后,再把玉石从高山上背下来,山险无路,采玉的人经常跌入万丈深渊,或掉进冰川雪壑里。这种玉叫山玉,虽不乏珍品,却不是最好的。最好的是籽儿玉,每年汛期,昆仑山上冰雪融化,江河泛滥,就会从昆仑山上把玉冲刷下来。当地的采玉人到河滩上去搜寻,比起冰山采玉这自然要简单一点儿,但是能拣块上等的好玉就得靠运气了。他手里握着的这胡桃,就是从河滩上搜寻到的籽儿玉。王鼎大人把如此珍贵的物件作为信物,可见这件事的重要与重大了。

他已经打听好了,黄槐岸住在东关沙竹巷的一个小独院里。出了仓场总督衙门,他便沿着通州大街朝闸桥的方向走去。所谓的通州大街,实际上是一条穿街而过的河流。这是通惠河的故道,亦称之为穿心河。通州是大运河的北端,漕船把粮食卸在土石两坝上之后,便通过通惠河源源不断地运进北京的粮仓。现在通惠河已经改道城北了,可这条穿城而过的河流却依然不舍昼夜地流淌着。河两岸是鳞次栉比的铺面和住宅,开漕时节将至,家家张灯,户户结彩,已经热闹非凡了。通州有一句民谣:绿水街中流,通州无高楼,人无三年富,清官不到头。

清官为什么不能到头呢?

铁麟敲开了沙竹巷那个独门小院的合扇门,出来的是一个耳朵有点儿背的老家丁。他正在打扫庭院,手里握着一把大扫帚。

铁麟恭敬地上前拱手行礼:“老人家,黄槐岸先生是否住在这里?”

老人支棱着耳朵没听明白。

铁麟只好又把刚才的问话大声重复一遍。

老人摇了摇头说:“我家掌柜的不姓黄。”

铁麟一听说掌柜的,就觉得有点儿不对头,但他又不愿意失去这条线索:“你家掌柜的在家吗?能不能让我见一见?”

铁麟这句话刚问完,就发现老家丁身后突然站出了一个人,四十多岁,长袍马褂,镶丝小帽,风度潇洒,彬彬有礼。他朝铁麟看了一眼,便冲老家丁说:“宋老爹,怎么不让客人进来说话?”

铁麟急忙施礼:“不打扰了,我只是来打听一个人。”

中年男人也拱手还礼,客气地说:“不知大人要打听什么人?凡是在下知道的一定如实禀报。”

这话让铁麟大吃一惊,他今天穿的是家常便服,又没有带随从,他怎么看出了我是“大人”呢?难道我今天的行动被人发现了,不会吧?他连孙嬷嬷都没有告诉,这可真是怪了。于是他谨慎地说:“本人一介寒儒,不知为何先生称我大人?”

中年男人说:“晚生自幼走南闯北,也算积累了一些见识,故不敢以衣帽取人。大人雍容华贵,气质非凡,自带一身贵相,一定是朝廷命官。”

铁麟知道自己遇上了厉害主儿,便不愿意与他啰唆,生怕言多语失。于是忙转过话题问:“不知先生是否知道,此院曾经住过一个黄姓的先生?”

中年男人说:“听说过,那是两年前的事情了,据说是个坐粮厅的书办。”

铁麟说:“先生说的极是,此公而今在哪儿?”

中年男人说:“死了。”

铁麟心里咚地一震,脑袋都大了:“死了?什么时候死的?”

中年男人说:“我没有见过他,是我搬进这个小院以后才听说的,大概死了总有两年了吧。”

铁麟又问:“他是怎么死的?”

中年男人说:“据说是暴病而亡,详情不得而知。”

铁麟彻底绝望了,他茫然若失地谢过中年男人,便欲转身离去。

中年男人问:“您不想知道一些别的事情吗?”

铁麟顿时醒悟过来:“望先生能提供一二,我回去也有个交代。”

中年男人问:“不知大人跟这位黄先生是什么关系?”

铁麟说:“我跟他沾点儿亲戚,只是多年没有来往了。”

中年男人说:“据说他死之前,跟一个叫作小鹌鹑的女人住在这里。”

铁麟问:“小鹌鹑是何许人?”

中年男人说:“听名字就知道是个烟花女子,不过黄先生替她赎了身。”

铁麟问:“那小鹌鹑而今在哪儿?”

中年男人摇了摇头。

铁麟又问:“你住进来以后,有人来找过黄先生吗?”

中年男人说:“有一个女人经常来找他。”

铁麟又吃了一惊:“女人?”

中年男人说:“她自称是黄先生的结发妻子。”

铁麟更奇怪了:“结发妻子……”

中年男人拱了拱手,客气地说:“晚生所知道的都告诉大人了。”

铁麟谦恭地说:“多谢了。不知先生尊姓大名?”

中年男人说:“我是做茶叶生意的,贱姓姚。”

铁麟说:“多谢姚掌柜,打扰了。”

铁麟悻悻地走了。他握了握手里攥着的那枚和田羊脂玉胡桃,身上冒起一股凉气,似乎是一种不祥之兆。

还有令他不解的是,那个自称姓姚的茶叶商人,总是在他眼前晃动,游魂附体似的,挥之不去。

出了沙竹巷胡同,沿着北果市来到通州大街,铁麟便一直朝运河两坝走去。

初春时节,说不上阴天还是晴天,擦着地皮的小风干冷干冷的,天地间也是灰蒙蒙的,连挂在头顶上的太阳也像是封上了一层厚厚的尘埃,遮住了它应有的温暖和光亮。临近开漕节,通州城里的人突然多了起来,这其中有南来漕船的运丁,北来驼队的商旅,更多的则是像候鸟一样前来觅食的扛夫、车夫、纤夫和砸冰的、缝穷的、扫街的,当然也有卖艺的、讨饭的、做小买卖的等等。人虽不少,却步履匆匆,影影绰绰,无声无息,像一群梦游者,又像是在另一个陌生的世界里的游魂。

铁麟的心境也是如此虚无缥缈,懵懵懂懂,很不真实。

他穿过浮桥,登上位于大运河东岸边上的漕运老店,拣了一个靠着窗子的位子坐下来。还没到中饭时间,虽说他早上食米未进,肚子也像脑袋一样空荡荡的,却没有一点儿胃口。为了应付自己,为了打发时间,为了合理地占着这个位子,他要了两碟小菜,一瓶绍兴老酒。

大运河开始解冻了,铅灰色的冰层像熟透了的豆荚一样慢慢地鼓胀着、爆裂着。一股新鲜透亮的河水从冰凌里钻了出来,溢出河面,冲刷着一块块碎裂的坚冰。河湾的柳树下,厚厚的冰层还顽固地封闭着河面。一条漕船被牢牢地镶在冰层里,露出了上面的船帮和桅杆。铁麟知道,这是去年留下来的一只脱帮的漕船。时有这类事情发生,漕船延误了回空的时机,寒风骤降,便被大运河留了下来。该让砸冰的预先将这条漕船清理出来,免得耽误今年漕船抵通靠岸。铁麟在其位便开始谋其政了。

"先生,看个相吧。"一个令人心悸的声音在他耳边响了起来。

铁麟的目光从窗外收回来,他的对面不知什么时候来了一个女人。这女人穿着一身破旧的粗布青衫,头上包着一块洗得发白的蓝花头巾,一副老巫婆的怪模样。铁麟心里一阵厌恶,他没好发作,一个堂堂的二品大员,怎能轻易向一个可怜的女人发脾气呢?

女人得寸进尺,继续揽着生意:"先生贵人贵相,非官即商,该是前呼后拥才对,怎么一个人在这儿喝闷酒呀?"

铁麟懒得理睬她,可仔细看了看,却发现这个女人虽说穿着寒酸,脸上却没有半点儿污垢,素面朝天,眉眼却还清爽。特别是她说话,虽说语气轻佻,却也不俗不贱,似有几分见识。

女人见铁麟没有将她赶走,便抓住了这笔生意不放,仔细地相起面来:"先生命宫饱满,山根之上光明如镜,学问皆通,该有大富大贵之命……只是眉角散乱,鱼尾易位,似是移迁之患……说患也未必,说福也未可,大患倚于大福,大福伏于大患。看来先生要受一些坎坷磨炼之苦……"

几句话,竟然说得铁麟动了心,他看了看这个怪怪的女人,忍不住问了一句:"你说我是干什么的?"

女人又细细地端详了一会儿,犹犹豫豫地说:"先生五岳均匀,中岳高隆,四渎流畅,江垂淮阔,前仓丰盈,后仓坚实……天呀,您是仓场上的大人吧?"

铁麟一惊,脱口说:"不要胡说。"

女人睁大了眼睛,看着铁麟:"我……我这可不是奉承您,您这命上可挂着相呢。"

铁麟挥手制止了她:"不必说好听的,我卦资照付。你说说我眼下有什么难处吧。"

女人眼睛盯着铁麟:"难处? 您说的是眼下?"

铁麟说:"对,眼下,就是这会儿。"

女人喃喃地说:"父象神游不定,母象灼灼若燃,看来先生不是求神不遇,便是捉鬼未遂……也就是说,您想办的事,没办成;您想找的人,没找到。”

铁麟牢牢地盯着女人的眼睛。

女人并不惊惶,侃侃说道:“先生问眼下,我只说眼下。”

铁麟心里一沉:“你什么意思?”

女人说:“没什么,我说错了什么吗?”

铁麟问:“除了眼下,你还知道什么?”

女人说:“天机不可泄露,说破了恐怕对先生不利。”

铁麟知道自己遇上了高人,但仍故作镇静,转开话题问:“你除了麻衣神相,还会什么?”

女人说:“我还会摸骨。”

铁麟感到奇怪:“摸骨? 是算命还是治病?”

女人说:“又算命又治病。”

铁麟脱口问:“你是谁?”

女人说:“码头上都叫我唐大姑,不信您去打听打听,恐怕是无人不知,无人不晓。”

铁麟问:“你到底是干什么的?”

唐大姑说:“半巫半医,半人半鬼,半是游仙,半是乞丐,半是良家贤妇,半是风尘浪女。”

铁麟开着玩笑说:“这就怪了,我原来遇上的是一个拼盘。”

唐大姑冷冷地说:“你们京城的俗语叫作折箩。”

铁麟说:“你既然如此神通广大,在通州地面上怕也是知道深浅的人,我向你打听一个人。”

唐大姑平静地说:“先生只管问。”

铁麟犹豫了一下:“你知道有个叫小鹌鹑的女人吗?”

唐大姑听到小鹌鹑的名字,立刻惊愣住了。她惶惶地看着铁麟,嘴唇哆嗦着,想说什么,却一个字都没有吐出来。

铁麟心里一惊,忙问:“这么说,你认识小鹌鹑?”

唐大姑急忙说:“不,不……不认识。”

说着,唐大姑急忙站起身来,扭头就往外走。

铁麟想拦住她,已经晚了,唐大姑逃跑似的离开了漕运老店。

铁麟离开了漕运老店,便雇了一头毛驴,沿着运河大堤,朝张家湾的方向走去。张家湾是古漕运码头,现在仍然是客货码头重地,繁华热闹并不亚于通州。何况又是漕运古城,十步之内必有先贤遗址。铁麟此去,一是察看运河解冻通航情况,二是想查访一下曹雪芹家的后人。前一个目的达到了,后一个目的当然一无所获。不过这是意料之中,也不觉得怎么沮丧。只是这一天他遇上了这么多奇奇怪怪的事情,总觉得神志恍恍惚惚的,如梦如幻,很不真实。

回到通州城里的时候,天已经黑了。他不想回仓场总督衙门,便又找了个小茶馆坐下来,边打发无聊的时光,边听茶客们街谈巷议,也算是了解一些社情民意吧。

从小茶馆出来,街道两旁的铺面已经是灯火辉煌了,幌旗飞舞,金匾高悬。行人缕缕行行,吆喝声此起彼伏。酒楼饭店里飘出的是诱人的香气和悦耳的锅勺声响,还有丝竹伴着歌伎的靡靡之音。想不到通州城的夜市,竟然比北京的鼓楼大街还热闹一些。

铁麟在大街上信步走着,突然前面哄乱起来,人们纷纷向后奔逃躲避,像是发生了什么不测之灾。紧接着,在人群的后面,便出现了一顶四人抬的蓝呢大轿,轿前旗锣伞扇,肃静回避,大红灯笼上写着"通州正堂"四个大字。前面开路的衙役挥着皮鞭,虎狼般地驱赶着躲避不及的行人。一个小小的通州知州,在堂堂的天子脚下,竟然如此威风又如此横行霸道。压抑了一天的烦闷顿时化作怒火,铁麟想都没想,便大步向前,横在路中央,挡住了蓝呢大轿。如狼似虎的衙役立刻扑上来,朝着铁麟的头上举鞭便打。

皮鞭未落,蓝呢大轿便停下来,紧接着一声断喝:"不得无礼!"

从蓝呢大轿上出来的是通州知州韩克镛,刚才他正在轿中得意扬扬地朝左右窥视,突然轿子停了下来,抬头一看,见轿前横挡着一个人,他认出了是户部侍郎铁麟,朝廷的二品大员,新任仓场总督。又见衙役挥鞭要朝他抽去,立刻惊吓出了一身冷汗,自己的衙役要是打了总督大人,那还了得?他顾不上多想,急忙下轿,打响马蹄袖,撩起长袍跪下请罪:"通州知州韩克镛拜见总督大人。"

铁麟昂着头站在路中央,看也不看韩克镛一眼,冷冷地问:"贵州如此兴师动众,是通州地面上发生了什么敌情匪案吗?"

韩克镛跪在地上,战战兢兢地说:"回总督大人,卑职只是例行查夜,不知大人微服私访,望大人恕罪。"

铁麟说:"贵州例行查夜,何罪之有。倒是你们如此喝天喊地,就是有什么盗贼也早已退避三舍了。"

韩克镛诚惶诚恐地说:"大人教训得极是,卑职马上喝退左右,也学着大人微服夜查。”

铁麟听韩克镛一说，灵感一闪，立刻生出一条妙计，便说：“好啊，贵州既然想微服夜查，本官倒极想跟贵州一起走走，入乡问俗。”

韩克镛说要微服夜查，不过是想把铁麟应付过去，没想到铁麟却认真起来。没办法，他只好硬着头皮说：“卑职能跟随大人微服夜查，正好聆听教诲，只是大人太辛劳了。”

铁麟高兴起来：“好了，那就快脱掉你这身官服吧。”

铁麟拉着韩克镛，在运河两坝码头上转悠了有一个时辰。论年纪，韩克镛恐怕比铁麟还要大上几岁，又每天鲸吞海饮，养得肥头大耳，肚鼓腰圆。他随着铁麟大步流星地走了两圈，早已累得气喘吁吁、臭汗精湿了。铁麟也出来了一天，一天来食欲不振，心境委顿，这会儿拉着韩克镛遛了遛馊腿，反倒精神了，肚子也咕噜咕噜叫了起来。他向韩克镛提议说：“咱找个小酒馆喝两杯怎么样？我请客。”

韩克镛一听，高兴得差点儿叫起来：“哎呀，哪能让大人您破费呢，怎么也得让卑职尽一点儿地主之谊呀。”

铁麟跟他也不计较，朝前后看了看，便拉着他进了一家叫作逍遥居的小饭馆。

大概是太晚了的缘故，小饭馆里已经没有客人了。一个年轻的伙计正在收拾桌凳，准备上板打烊了。见有客人进来，小伙计忙放下笤帚过来招呼：“二位请坐，想用点儿什么？”

铁麟拣一张干净一点儿的桌子坐下来，又示意让韩克镛坐下。韩克镛欠了欠身子，恭恭敬敬地坐在铁麟的对面。

铁麟对小伙计说：“还没封火吧？随便给我们炒两个热菜，烫一壶酒。”

小伙计忙说：“刚好，火还没有封，您稍候，马上就来。”

果然，小伙计去了一会儿，就端上来两个热菜：一盘滑熘肉片，一盘熘肝尖，还有一壶烫好了的老白干烧酒。

韩克镛慌忙站起身来，为铁麟斟上酒。

铁麟这会儿的兴致蛮高，对小伙计说：“你没有别的事情要做了吧？来，陪我们喝两杯，随便说说话。”

小伙计果然是个随和人，立刻接过韩克镛的酒壶，一边张罗着斟酒，一边打横坐了下来。

铁麟心境好，话便多起来，问小伙计："你们这家饭店位置不错，生意还好吧？"

小伙计说："生意还可以，就是赚不到钱。"

铁麟奇怪了："生意好为什么赚不到钱呢？"

小伙计说："唉，别提了。层层扒皮，层层拔毛，赚三个，交两个，剩下一个也攥不住，刀子对着，拳头举着，只要保命，就得舍钱。"

铁麟问："你说的都是谁呀？谁这么厉害呀？"

小伙计说："谁？谁的来头都不小，谁都惹不起。您知道咱通州老百姓的头上有几层天？"

铁麟说："不知道，说说看。"

小伙计扳着指头说："一朝廷，二漕运，三直隶，四顺天，五东路，六知州，七青帮，八魔头，九盗贼。您听听，九层天压在头顶上，您说老百姓还喘得上气来吗？"

铁麟说："你说的这九层天我还不大明白，前面那六个好懂，这七青帮，八魔头，九盗贼是怎么回事呀？"

小伙计说："青帮您不知道吗？"

铁麟说："知道是知道，难道他们也欺负通州的百姓吗？"

小伙计说："怎么不欺负？老百姓就是块肉，谁都想撕一块，谁都想啃一口。除了官厅，最厉害的就是青帮了。对了，您二位是干什么的？可千万别招惹他们。"

铁麟说："正要向你请教呢。我们是外地人，到这儿来讨债。欠我们钱的人不仅不还债，还想抵赖。我们想到知州衙门去告他们，你看该怎么办？"

小伙计一听又是摇头又是摆手："别别，千万别，要告状也别在通州衙门告，还是到别的地方告吧。"

铁麟问："为什么？"

小伙计说："通州这地面上流传着一句话：蓝呢轿，两头翘，吃了原告吃被告，说的就是知州韩老爷。告诉您吧，您要是告状，不但钱要不回来，就是要回来也得倾家荡产。"

铁麟说："你可不要胡说，我听说这韩知州还是蛮廉洁的。"

小伙计说："哼，廉洁，他要是廉洁，天下就没有赃官了。这个人是有名的铁耙子，专门能搂钱。就拿我们这个小饭馆来说，今天筵席税，明天地面税，后天经营税，没有一天不来要钱的。他要钱还有绝招，差不多每月都办事。上个月给丈母娘过生日，大大小小有头有脸的人物都得去随份子，少则十几两银子，多则几百两银子，办一次事就敛万八千两银子。您说他黑不黑？听说，这韩知州的官是花银子买来的，官当上以后就拼命地搂钱，得把花出去的银子加倍地赚回来。您说，是不是这么个理儿？”

铁麟偷偷地看了看韩克镛，韩克镛只顾低着头喝酒，用袖口遮着脸蛋子。

铁麟见小伙计很健谈，又问：“韩知州这样横征暴敛，老百姓没有抗捐不交的吗？”

小伙计说：“抗捐不交？谁敢呀？您刚才不是问八魔头是怎么回事吗？这八大魔头，是通州地面上的八大害。一大天，二麻十，猫三狗四猪五牛六马七羊八。您听我跟您说，这一大天，姓马，只因为他是个军粮经纪，盈字号，排行老大；老二姓石，满脸麻子，外号麻十；猫三姓毛，人称毛老三，狗四姓苟，叫苟老四；猪五姓朱，牛六儿姓牛行六，马七是马老七，羊八姓杨，从小就叫杨八。这八个魔头都是一帮混混，欺行霸市，抢男霸女，明夺暗掠，干尽了坏事。这些人各管一段，各有各的地盘。在他们的地盘上做生意，得给他们交保护费，谁敢跟他们对抗，轻者打得你断两根肋骨，重者要了你的命。”

铁麟问：“他们这么胡作非为，衙门不管吗？”

小伙计说：“衙门管他们？笑话！他们就是韩知州豢养的八条狼狗，韩知州跟他们勾结在一起干尽了坏事。”

铁麟问：“他们怎么勾结呢？”

小伙计说：“韩知州不是喜欢捞钱吗？有人打官司告状是最好的捞钱办法，衙门大门八字开，有理无钱莫进来嘛。上个月，就在这河面上，牛六儿把人家一个进城走亲戚的小媳妇强奸了。小媳妇娘家人告到州府衙门，您猜怎么着？韩知州把人家的钱财都敲诈光了，这牛六儿也没抓起来。”

灯光太暗，韩克镛又用衣袖遮着脸，所以看不清他是什么表情。他只是一声不响，低头喝闷酒。不过，能像他这样听着小伙计没鼻子没脸地数落着，也算是很有点儿涵养了。

从逍遥居饭馆出来，寒风一吹，铁麟的情绪更加饱涨起来。本来他拉着韩克镛查夜，也只不过想劝诫他一些为官之道，没想到却发现他这么多恶劣行径。但这毕竟是一人之言，不可不信，也不可轻信，还要做进一步的考察。身为仓场总督，是有权考察地方官吏的，这个韩克镛自己也清楚。

韩克镛老老实实地跟着他，仍然是一句话都不说，他能说什么呢？

临别的时候,铁麟对韩克镛说:“这类无赖小民,妄言诬官,本官不会相信的,你也不必放在心里。”

韩克镛唯唯诺诺,连谢不已,揖别而去。

铁麟往前走了几步,回过头来,不见了韩克镛的身影,便急忙转回头,又朝逍遥居走去。

店门已经关上了,铁麟前去敲门。

小伙计把门打开,见了铁麟,吃了一惊:“怎么,客官忘下了什么东西吗?”

铁麟说:“我今晚不能走了,只好住在你这里了。”

小伙计为难地说:“哎呀,我们这儿只卖酒饭,没有住的地方,您还是到别处投宿吧。”

铁麟小声地说:“快开门让我进去,我是来救你的。”

小伙计急忙把铁麟让进来。

铁麟说:“刚才跟我一起喝酒的,就是通州知州韩克镛,他不会放过你的。”

小伙计一听,脸都白了,颤抖着说:“您……您不是吓唬我吧?”

铁麟说:“我吓唬你干什么? 快把门关上。”

小伙计刚要转身关门,呼啦一声,门却被从外面撞开了。进来四个持刀拎锁的衙役,见到小伙计,不由分说,立刻给他套上了锁链。

小伙计吓得咕咚跪在地上:“大爷饶命,我……我没干什么呀?”

衙役凶恶地呵斥着:“走,跟我们到衙门去说。”

铁麟从后面走过来,对众衙役说:“我是这个饭店的东家,有什么事跟我说吧。”

一个衙役叫喊着:“知州大老爷有令,让我们专门来捉拿这个伙计,不关你的事。”

铁麟说:“怎么不关我的事呢? 他是我的伙计,你们不能擅自把他带走。”

一个衙役凶起来:“嗬,还没见过你这么护犊子的。既然你是他的东家,我们捉一个也是捉,捉两个也是捉,锁上,一块儿带走。”

众衙役立刻七手八脚,将铁麟一起锁了起来。

韩克镛大概气得不轻,连夜升堂刑讯,早在大堂坐好等候了。见衙役把小伙计和另外一个人带进来,也顾不得细看,便猛地一拍惊堂木,怒斥着:“大胆刁民,还不快跪下服罪!”

小伙计从来没有见过这阵势,早吓得灵魂出了七窍,烂泥一般跪在地上,捣蒜般地磕头求饶:“小人该死,小人该死,望大老爷饶命……”

韩克镛这口恶气还没有出来,命令着:“拉下去,先给我打四十大板!”

铁麟看着韩克镛的表演,不慌不忙地上前:“慢,刚才我跟你们这些衙役说了,我是店东,伙计犯了什么事,由我来承担。”

韩克镛气急败坏地说:“好啊,你们把东家一起抓来了,那就给我一块儿赏他四十大板。”

铁麟哈哈大笑起来:“韩老爷真是贵人多忘事,刚才我们还在一起喝酒,怎么这会儿就翻脸不认人了?”

韩克镛一听,这声音很熟,再一细看,堂下站着的正是仓场总督铁麟。他急忙离开堂案,趋步向前,跪倒在铁麟面前……

吃惊的是逍遥居的那个小伙计,这风一阵雨一阵的大起大落,大开大合,莫非是在做梦,抑或是在看戏?

第 二 章

几十年以后，垂帘听政、一手遮天的叶赫那拉氏在长春宫跟军机大臣左宗棠聊起了家常。慈禧太后问过左宗棠的长儿幼女之后，不厌其烦地叮嘱着：一定要看好自己的孩子，特别是到了人多眼杂的地方，更是一刻也不能松手，不能错眼，要是碰上拍花子就麻烦了……

慈禧太后说得一本正经，语重心长，左宗棠却听得满脑袋雾水，只好徒闻唯唯，诺诺以恭。这哪儿跟哪儿呀？

左宗棠哪里知道，慈禧太后讲的正是童年时期一件凶险遭遇，险些让后来的中国历史改写。

那一年她四岁，乳名兰儿。她的父亲惠征那时还没有到湖南任副将，只是工部属下的一个小小的笔帖式。惠征跟铁麟是契友，两家过从甚密。自然，兰儿也就跟铁麟的女儿甘戎最投缘要好了。

兰儿就是被甘戎丢掉的。

每年开春大运河解冻之后，漕船北上抵通之前，通州仓场的大运中西二仓都要举行一次祭祀仓神的活动，名曰祭仓或祭仓神，老百姓则称之为开仓或者打仓。祭祀仓神跟开漕一样，有一套庄严冗繁的程序，而老百姓对这些却并不感兴趣。他们贪的是热闹，过了元宵节之后，这是通州城里最隆重的一个节日了。通州六镇十八乡和京东八县的各档花会，天亮之前或头天晚上就进了城门。家家户户接闺女，请亲戚，约朋友，一时间，通州城热闹得像炸了营，吵得像开了锅。

自打铁麟升任仓场总督，进驻通州总督衙门以后，甘戎就整天价吵闹着要来找父亲。这是父亲事先答应她的，说是到了通州安顿好了，马上接她到漕运码头上去玩。父亲离家一个多月了，甘戎天天盼，夜夜想，可是父亲连个口信都没有捎回来。于是，她又天天磨着母亲，央求哥哥，允许她到通州找父亲。母亲做不了主，哥哥不愿意带她。她生气、着急、吵闹都没有用，最后还是自己救自己，雇了一辆马车，从东裱褙胡同的仓场衙门出发，径直朝通州奔来。

这一天正好赶上通州的祭仓节，马车一进西门就被堵住了，不要说往前赶，连靠边停车的地方都没有。甘戎此次来找父亲，不是来玩玩便走，而是准备多住些时日的。女孩子家麻烦，换洗衣服、洗漱用具、化妆用品，还有佩刀短剑鼓鼓囊囊打成了一个大包袱。车不能前行，她只能背起包袱朝前走。这也没什么，难的是甘戎不是自己来的，还带来了四岁的小累赘兰儿。她准备到通州找父亲的那些日子里，兰儿正在她家住着。甘戎是兰儿的偶像，兰儿是甘戎的追星族。一个十九岁，一个四岁，却成了一对形影不离的连藤瓜。

甘戎无奈，只好放走马车，雇了一头小毛驴。她把兰儿扶到驴背上，背起包袱，牵着驴缰绳，从人缝里朝前挤着。人越聚越多，锣鼓喧天，天高地窄。花会一档接着一档地扭过来，陆辛庄的少林，马驹桥的高跷，张家湾的旱船，草寺的中幡，小潞邑的狮子，乔庄的秧歌……争奇斗绝，气象非凡。每当一档花会过去，人们就哄地散开，占满了街道；另一档花会过来，人们又潮水似的推向街道两边，把老人、妇女和孩子挤得趔趔歪歪，欲站不稳，欲倒不能。

甘戎牵着驴，一边随着人流移动拥挤，一边招呼着兰儿看着眼花缭乱的花会。除了花会，占满街道两边的还有一家一户的铺面和一摊一案的货商。卖农具的叮叮当当敲打着铁器，卖花炮的噼噼啪啪燃放着长鞭，卖香油的敲着梆子，卖糖人的打着铜锣，卖布料的一叹三唱地吆喝着，卖驴肉的气急败坏地尖号着……

一个卖绒花的小摊吸引了甘戎，她想为自己和兰儿买几朵，便停下脚步，回头跟兰儿招呼了一下，便一手牵着驴一手挑起了绒花。

卖绒花的摊前挤满了花季少女，每一朵绒花都漂亮非常，惹人喜爱。甘戎好不容易挑好了，付了钱，回过头想把绒花递给兰儿，脑袋却哄地一下大了起来：缰绳还攥在自己的手里，可是缰绳上拴的驴和驴背上驮着的兰儿却不见了。她不相信地看了看手里的缰绳，显然是被人从后面剪断了，断头上还挓挲着参差不齐的毛茬儿。

甘戎挥舞着手里的缰绳，发疯般地在人群里拥挤着，寻找着，呼叫着："兰儿……兰儿……我的驴……兰儿……"

她漫无目的地奔走呼号着，逢人便问："看见一头毛驴了吗……还有一个女孩儿……四岁的女孩儿……"

没有人能够告诉她，她把嗓子都喊破了，还是见不到毛驴，见不到兰儿……

甘戎哭喊着找到仓场总督衙门的时候，铁麟正在大堂里召集坐粮厅的官员们一起议事。很快就要到开漕时节了,漕粮上坝收兑繁杂,一切准备工作都要事先做好。

满清入主中原以后,为了维护其绝对的统治地位,在重要的政府机构中都实行的是双轨制,一个坑里两个萝卜。漕运的机构也不例外,仓场总督,由户部侍郎充任,钦简二品,一满一汉,满正汉副;坐粮厅厅丞,钦简五品,一满一汉,满正汉副;大运中西仓监督,一满一汉,满正汉副。所不同的是,铁麟这一任仓场总督,由于原来的汉侍郎熊太咸父亲死了,回湖北老家丁忧去了,便没有再补缺,由铁麟一人大权独揽,这也是圣上对他的信任。这样,坐粮厅满厅丞金简和汉厅丞许良年就成了他的副官,有关漕运上的事情就都要与他们商量了。

仓场总督衙门的大堂里坐满了大大小小的满汉官员,铁麟正在细心地听着有关收粮的准备工作的汇报,老管家曹升悄悄地走进来,伏在他耳边说:"大人,大小姐来了。"

铁麟心一动,随即说:"来就来吧,你们先关照着,没见我正忙吗?"

曹升急切地说:"出事了,大小姐带着兰儿一起来的,她把兰儿丢了……"

铁麟一听,脑袋也一下子大了。他先挥手让曹升退下,紧接着便对大堂上的官员说:"好了,今天就谈到这儿吧,你们下面有什么事情多跟金大人和许大人禀报吧。"

这么突然地结束议事,又见他慌张的神色和匆匆离去的身影,众官员都猜测着一定出了什么事情。可这是总督衙门,官大一级压死人,没有人敢开口打听,便交头接耳议论纷纷地离去了。

铁麟出了大堂,回到后面的内宅,一进门就被甘戎抱住了。甘戎吊着他的脖子哭得惊天动地,铁麟一边抚慰着女儿,一边急切地问:"别哭,先别哭,跟我说说,到底是怎么回事?"

甘戎放开父亲,抽抽噎噎地讲述了丢失兰儿的经过。

铁麟只有一子一女。儿子甘瑞,读书不用功,习武不卖力,一天到晚,就知道跟一帮纨绔子弟一起吃喝嫖赌,无所事事,让铁麟伤透了脑筋寒透了心。女儿甘戎倒是聪明伶俐,知书达理,就是自幼喜欢舞枪弄棒,骑马射箭,着戎装,扮男相,一副侠女之风。铁麟打心眼儿里喜欢这个女儿,将她视为掌上明珠。他认为女儿才真正继承了先祖马上得天下的优良传统,也真正继承了他报国报民、建功立业的胸怀和抱负。他把女儿看作是自己的理想、自己的依靠、自己的成功与安慰。离家外出,他想念的不是结发的妻子,也不是宠爱的美妾,更不是将来要继承他香火的儿子,而是女儿。一日见不到女儿,他心里就丝丝拉拉地牵挂着。女儿十九岁了,见了他还是亲热得像个小孩子。

铁麟喜欢女儿,因此也便娇惯女儿。女儿在父亲面前毫无顾忌,父亲在女儿面前也放弃了权威。久而久之,女儿的任性和野性便无拘无束地发展起来。

女儿惹了祸,他首先检讨起了自己。他曾答应女儿,到了通州仓场总督衙门后便把她接过来。就是因为忙,还因断乳后的烦躁不安,就把接女儿的事放下了。他没有接女儿,女儿才自己找来了。女儿自己来,还带着一个四岁的孩子,能没有危险吗?他怎么就没有想到这一点呢?

后悔无用,当务之急是找兰儿。可是茫茫人海,到哪儿去找呢?

铁麟骑着马朝通州知州衙门奔去。这件事,他不愿意让坐粮厅的官员帮忙,虽然他知道一个命令下去,便会有千百个人为他奔走呼号,把通州城搅得天翻地覆,鸡飞狗跳。可这是找人,不是剿匪,不该利用职权兴师动众。更何况,这样大的举动也未必能把人找到。丢人寻物这一类的事情,还是地方上的办法多一些,按规矩也应该由地方负责。

令铁麟庆幸的是,那个为非作歹的知州韩克镛已经被免了职,新任知州恰恰是他的朋友夏雨轩。夏雨轩是己丑进士,入翰林院授庶吉士,三年散馆后授检讨,后又授编修。在京期间,铁麟和夏雨轩都是宣南诗社的中坚骨干,经常和龚自珍、魏源、林则徐等饱学之士一起唱和诗词,议论天下大事。铁麟参了韩克镛之后,万万没想到顺天府和吏部都一致推荐夏雨轩来任通州知州,这实在是让铁麟大喜过望。早就该来给夏雨轩祝贺,一直没有抽出时间,夏雨轩也是因为忙,还没来得及到仓场总督衙门去拜访铁麟。好在两个人都是过心的朋友,谁也不会计较的。

通州衙门在鼓楼大街的后面,铁麟疾驰而来,远远地便看见衙门门前围满了人。铁麟心里一沉,莫非出了什么事?老百姓怎么把州府衙门包围了?

近前下马一看,老百姓只是在远远地围观着。衙门大门口晃动着许多身影,都是官吏和衙役。有的端着盆,有的拎着捅,还有的挥着扫帚刷子,原来他们在用清水泼洒着衙门大门前的台阶,洗刷着门扇和梁柱。百姓们不解其意,轻声猜测着,议论着。突然一个牵着马,穿着锦鸡补服,戴着珊瑚顶戴的二品大员过来,人们都诚惶诚恐地让开了一条路。吏胥衙役们见了,忙过来跪拜行礼,接过马缰。

新任知州夏雨轩也是一身短打扮,拎着水桶泼洒着,干得面红耳赤,大汗淋漓。见了穿着官服的铁麟,慌得一时不知如何是好。铁麟向他摆了摆手,示意他免礼。夏雨轩只好拱一拱手，惶恐地说："不知铁大人大驾光临，实在失礼。"

铁麟急忙说："改日再为你道贺，今日是有私事相求，事情紧急，也顾不得许多了。"

夏雨轩见铁麟满脸焦灼，知道出了严重的事，忙领他朝衙门大门里走去。

见了夏雨轩，铁麟突然觉得心里踏实多了，一边朝衙门里走，一边好奇地问："你新官上任，怎么不拜阙公座，倒先洒扫庭衙起来了？"

夏雨轩说："别的地方卑职不了解，通州这个衙门是最清楚不过的。老百姓管这个地方叫大粪坑，臭不可闻，大人说卑职能不先清扫一下门户吗？"

铁麟浅浅地笑了笑："你这是在告诉老百姓，此衙门非彼衙门，夏知州非韩知州是也。"

夏雨轩说："大人说的极是，卑职以为，除旧布新是表，取信于民是实。为民父母，先要自身树立榜样，取得民心，方能争得敬重。"

铁麟："夏知州雄心大志，堪令本官钦佩，今日不是时候，改日一定促膝长谈。"

夏雨轩问："大人急急到此，怕有什么大事吧？"

铁麟说："进去再说。"

由于是老朋友，也由于夏雨轩还没有正式拜印，所以两个人便没有进州府大堂，径直朝西花厅走去。

夏雨轩把铁麟让进西花厅，唤人送上茶水，还没容铁麟开口，夏雨轩便深深地向他作了一个长揖，歉疚地说："卑职来了三天了，也没有顾上去拜见大人，倒是劳驾大人您先到这小衙门里来了，实在是罪过，望大人见谅。卑职知道，卑职的这个小小的位子是大人极力举荐的。大恩不言谢，请受卑职一拜吧。"

夏雨轩说着，屈身弓腿，就要跪下。

铁麟一把将夏雨轩拉住了，急着说："慢，你这句话我就有点儿不懂了。你当上通州知州，跟我有什么关系？"

夏雨轩说："大人就不要谦虚了，我在京城关系最亲密的就是大人您了，更何况前任知州又是大人您给参掉的。翰林院的同寅都说，铁大人登上了漕运码头的大光楼，夏雨轩也是紧步后尘啊。都说朝里有人好做官，没有大人您提携着行吗？"

铁麟严肃起来："我说夏先生，既然你认为在京城跟我关系最密切，定是把我看作是朋友了。朋友们谈话，咱先免了官场上那套客气吧，也别'大人''卑职'的了，像咱在宣南诗社那样，你还叫我铁兄，我还叫你雨轩吧。"

夏雨轩急忙说:“不不不,这哪儿行呀?也太没规矩了。在宣南诗社,那是龚自珍放浪形骸,所以才文人无形,没大没小。”

铁麟笑了笑说:“放浪形骸有什么不好,活得洒脱一点儿嘛。文人原本就该无形嘛,看来你这个人也活得太拘谨了。好了,我先把话说明白,当着外人的时候,咱讲究官场上的规矩,分尊卑长幼上下级;在家或者三五知己相聚的时候,咱依然是没大没小,平等相待,如何?”

夏雨轩红着脸说:“那卑职……不,雨轩只好恭敬不如从命了。”

铁麟说:“既然咱现在是以朋友相待,我就跟你说过心的话。什么叫朋友,相知相交嘛。你这个知州可不是我举荐的。不错,以前那个混账知州是我参的本,可那本也不是直接参给皇上的,是向顺天府和吏部参的。我后来听说,就是我不参他那一本,吏部也准备把他拿下来了。他的劣迹太多,连皇上听说后都发雷霆之怒了。明白了吧?”

夏雨轩沉吟着说:“那您说,是谁举荐的我呢?”

铁麟说:“要我说,你别在这上面花心思了。让你当知州,说明你有这个能力。要谢就谢皇恩,要报就报国报民。你是正途老虎班上来的,名正言顺,光明正大,大张旗鼓地干你的吧,别想那么多。好了,你的事就此为止,我今天可是无事不登三宝殿的。”

夏雨轩突然醒悟过来:“大人怕是有什么急事吧?”

铁麟说:“确有一件急事,很急很急的事。工部有位笔帖式惠征你知道吧?”

夏雨轩说:“知道,当然知道,在您府上就见过嘛,您跟他不是好朋友吗?出了什么事?”

铁麟说:“他倒没出事,是他女儿出事了。他有个女儿叫兰儿,跟着甘戎这丫头到通州来,甘戎做事太毛躁,把她弄丢了。”

夏雨轩紧张起来:“弄丢了?在哪儿丢的?”

铁麟说:“就在你夏知州的地盘上,今天头晌看祭仓神的庙会……”接着,铁麟将甘戎丢失兰儿的过程说了一遍。

夏雨轩沉吟起来:“看来这事有点儿麻烦了。”

铁麟说:“我知道,你还没有正式接印上任,就算升了堂也要日理千机。这事是有点儿难为你了,可是你知道,我不愿意让坐粮厅的那些人知道这件事,更不愿意让他们插手寻找孩子……”

夏雨轩点了点头:“大人的心思我明白,我不是为这件事为难,为难也得办,这是我分内的事。不要说您铁大人,就是平民百姓到我这儿来报案,我也要尽全力查找的。我是说,这件事恐怕有点儿复杂,怎么您刚一上任,就出了这样的事呢？这里面是不是……”

铁麟说:“你是说有人在故意制造事端?”

夏雨轩说:“不排除这种可能。”

铁麟问:“那他们图的是什么呢?”

夏雨轩说:“果真如此,他们的目的就很明朗了,图的就是让您无心处理漕运码头上的事,他们好继续一手遮天。”

铁麟深深地点了点头,思索着。

夏雨轩说:“大人,您放心,这是我上任后的第一件事,不,不能等上任,我马上就要办理此案。”

铁麟意味深长地嘱咐说:“一定要注意是谁在后面伸出了黑手。”

夏雨轩点了点头。

铁麟起身告辞了,临别时问了一句:“什么时候举行拜印仪式?”

夏雨轩说:“定的是明日。”

铁麟问:“有宾客参加吗?”

夏雨轩说:“原来下面定的是向仓场总督衙门、坐粮厅衙门、通州卫绿营、东路亭衙门发请柬,被我拦下来。等我上了任以后,再去登门拜访吧。”

铁麟高兴地说:“好,你这事做得有操守,等你上了任,咱单独喝两杯,我怎么也得为你庆贺一下呀。”

夏雨轩说:“等把孩子找到了,我请客,我还想给您介绍几位通州地面上的朋友呢。”

铁麟出了州府衙门,上了马,夏雨轩便急匆匆地回到西花厅,找来金汝林,将刚才铁麟托办的事告诉了他。

金汝林是夏雨轩聘请的刑名师爷,湖北江夏人,三十多岁,一表人才又精明强干。他自幼饱读诗书,学富五车。本来可以通过科考蟾宫折桂,登上仕途,施展自己的才华和抱负。遗憾的是,由于他出身不清白,所以没有参加科举考试的资格。大清朝规定,凡娼、优、隶、卒及用人、杂役、轿夫、媒婆、剃头修脚等贱业均属“家世不清”。这些人家只有三代没有这类的从业人员才算清白。金汝林的父亲是著名的汉剧老生,红遍了两江三镇。金汝林就是有天大的才学也不能登考场的大门的。

金汝林十八岁那年,决心雪洗家世的耻辱,从他这一代起改换门庭,以便给他的孙子或曾孙争得一个家世清白的名声。什么是家世清白？当官固然算，务农也算。可是他当官走不得正途，种田又无田无技无力气。想来想去，他只好围着官场的边缘上转。不求转出个功名产业，只求转出个清白出身。

他来到北京就一头扎进了漕运码头，先是在码头上当书手，后来升到坐粮厅漕科经承，再后来成了稿门的书办。他在漕运码头上一干就是八年，成了码头通。由于他的精明和好人缘，后来被聘到一家粮行当掌柜，没干多久，就被三河县知县余介亭看上了，聘他当钱谷师爷，这时候，他才算正式走进了官场。在三河县干了四年，余介亭升任沧州知州。原本是想让他一起到沧州赴任的，可是他不想去。他不愿意离开京畿天子脚下，更不愿意离开运河漕运码头。他在这里熟，人熟地熟无价宝。更主要的是，他是在这里发下誓愿要改换门庭的。他得在这里扎根，给子孙后代扎下一条又深又粗又清白的根子，以便让后代根深叶茂，兴旺繁华。

金汝林离开余介亭之后，通州知州韩克镛想聘用他做钱谷师爷。金汝林是这块地面上的虫，早就听说过韩克镛的为官之道，不想跟他一起蹚浑水，便婉言谢绝了。

金汝林又回到了仓场上，在大运西仓做一名书办。不招风不惹眼，过起了自得其乐的日子。还没干到一年，夏雨轩便找上了门。他跟夏雨轩是老朋友，老朋友请他出山，他自然无话可说了。

金汝林听夏雨轩介绍了兰儿丢失的过程，便说：“东翁说这是坐粮厅给铁麟大人的一个下马威，我看未必。怎么说呢？因为甘戎带着兰儿到通州来玩，恐怕没有什么外人会知道。知道了也未必来得及设计这么一套完整的劫人计谋。我看倒是像一个偶然事件。果真如东翁所说，那坐粮厅也真是太厉害了，那必须在铁大人的府上或东裱褙胡同的仓场总督衙门有内线才行。”

夏雨轩说：“难道没有这种可能吗？”

金汝林说：“当务之急是先把孩子找到，把劫犯抓到。出水才见两腿泥，抓到劫犯也许就能知道事情的真相了。”

夏雨轩问：“有什么办法吗？”

金汝林说：“现在您是知州，按照通常的做法是给典史下令，限期破案。但是您刚来，三班六房的班底都是韩克镛留下来的。韩克镛无疑是个贪官恶官，他们的屁股也不干净。要把这些人变成供东翁驱使的衙役，恐怕也需要一些手段，更需要一些时间。不过东翁不必着急，印把子在您手里，没权的斗不过有权的，他们再耍手段，也不敢公开抗拒您。可就是怕他们背后下圈儿弄套儿。”

夏雨轩一听紧张起来:“那你说该怎么办?”

金汝林说:“您公开下令办案,他们办好了您就奖,办不好您就罚,奖惩严明。这是治理他们,边治理边使用,可也别实指望他们。我在通州这个地面上还有些朋友,都是耳目很灵的,您把这件事交给我吧,我从别的路上去找。您放心,孩子丢不了。”

夏雨轩非常感动:“金先生,你可帮了我的大忙了。没有你,我可真抓瞎了。”

金汝林真诚地说:“东翁,您跟我别客气,我既然答应了为您效劳,就会尽心尽力的。”

夏雨轩冲着金汝林拱了拱手,眼睛都有些潮润了。

夏雨轩总觉得自己是在受捉弄,是像狗熊一样地被人家玩耍着。这种感觉,在他结婚大典、洞房花烛时有过一次;在他金榜题名、荣归故里的时候有过一次;现在他新官上任、拜阙公座的时候又来了一次。这三次比较起来,第一次感到新鲜,还有几分尴尬;第二次感到兴奋,又有几分自豪;这一次,他烦透了,简直是不堪忍受了。

在他到来之前,三班六房已经为他忙得不亦乐乎了。吏房为他商议准备接印仪注;工房为他修理裱糊堂房,打扫花厅;礼房会同学署为他调集学生排练欢迎他的仪式;兵房会同典史安排治安护卫事宜;户房、仓房、粮房、刑房,则抓紧整理案卷,编造账册,准备请他检查验收。

现在,州府大堂上,全衙门的官员、书吏、差役、执事,都已经按照品级班次站好了各自的位置。大堂门前,鼓乐喧天,几支吹鼓手同时吹打着庄严喜庆的皇家乐曲。衙门外的大街上,挤满了前来图新鲜看热闹的人。他乘坐的蓝呢大轿从东向西缓缓而来,礼房的执事告诉他,这象征着“紫气东来”。轿夫们个个穿戴一新,昂首挺胸,神气十足,好像前来上任的不是坐在轿子里的人,而是这些抬着轿子的年轻后生。

神气的还有前面的旗、罗、伞、扇,护卫亲兵骑着的高头大马,以及喝道喊路的衙役。更让夏雨轩惊异的是,他还没有上任,六块高举的衔牌已经为他歌功颂德了。什么“壬午举人”、“己丑进士”、“翰林编修”、“五品顶戴”、“赏戴花翎”、“通州正堂”云云。轿子后面,还有当跟马的,捧护书的,押班次的,以及吹吹打打的乐班。

到了八字墙前,轿夫们还不忙着把他抬进去,而是围着门墙绕起了圈子,所谓是“兜青龙”。进了府衙大门，便是一系列的跪拜仪式。

在大门通向二门的中央甬道上，有一个亭子，名曰戒石亭，又称圣谕牌坊。正面刻着“圣谕”两个大字，背面则刻着圣谕的具体内容：

> 尔俸尔禄，民膏民脂。
> 下民易虐，上天难欺。

这十六个大字，是皇帝告诫地方官员不可贪污腐败、虐政害民的“座右铭”，因此称之为“戒石”。州官大老爷坐在大堂上，仪门一开，这十六个字便赫然入目，令你心惊胆战。不过，据说许多州官大老爷在坐堂办案时，都要关闭仪门，也就将这十六个字遮之目外了。

戒石亭过后便是仪门，夏雨轩下了轿子，穿上公服，被人搀扶着，向仪门跪拜。拜完仪门又拜衙神。按照中国“百工技艺，各祀一神”的规矩，州县衙门里祭祀的是苍王和萧王，即“苍王信徒，萧王子孙”是也。苍王即是造字的仓颉，而萧王则是西汉时刘邦的首任相国萧何。

拜完衙神，夏雨轩被簇拥着进了大堂，换上朝服，朝北面跪了下来，这叫“拜阙”，又叫“叩谢圣恩”。拜阙完毕拜大印，大印拜完了，又脱去朝服，换上公服，被礼房的执事领着，前后左右走了一遍，将宅神呀灶神等等各路神仙都一一拜到，免得日后他们跟自己过不去。

都拜完了，便轮到别人拜他了。他在大堂朝南而立，所谓行“公座”礼。行礼前先发梆，头梆传点七下，意为“为君难为臣不易”；二梆传点五下，意为“仁义礼智信”；三梆传点三下，便是堂匾上的“清慎勤”三个字。三梆过后，新官升堂，按照“奉圣命”三个字，敲三下堂鼓。堂鼓敲过，便请他入座，早已等候在大堂两旁的属员、书吏、差役一起向他参贺。参贺完毕，按照“叩谢皇恩”四个字，敲四下退堂鼓……

这一天仪式下来，夏雨轩被折腾得通身是汗，精疲力竭。本来这些仪式过后，还要拜庙拈香，什么孔庙、关帝庙、文昌帝君庙、城隍庙都要一一拜到；拜庙之后还要清仓盘库，凡属银库、料库、粮仓都要一一查验；然后还有阅城巡乡、清厘监狱、对簿点卯、传考生员、悬牌放告、回拜缙绅等等。

夏雨轩早就不耐烦了，他等不及了，他需要马上办公查案。退堂之后，他马上找来典史和狼、狗、狐三班，立即布置新任仓场总督铁麟交给他的任务，巡查被甘戎丢失的兰儿，并限期侦破此案……

仓场总督衙门的后宅里闹得昏天黑地，兰儿失踪的消息很快就传回了北京，兰儿的父亲惠征当天晚上就带着家人赶来了。

铁麟急忙吩咐孙嬷嬷给惠征一家准备吃饭和住宿的地方，又向惠征夫妇禀告了兰儿丢失的情况和求夏雨轩帮助寻找的情况。除此之外，他真的不知道该说些什么。能说什么呢？到了这个地步，任何安慰的话都是多余的。更何况兰儿毕竟是甘戎丢失的，他得负责任，天大的责任他都得承担下来。

惠征倒还沉得住气，惠征的夫人可丢了魂似的大哭大号起来。哭得人胆战心惊，心烦意乱。兰儿还有一个妹妹，不到一周岁，听着母亲的哭叫，也吓得哇哇哭了起来。

孙嬷嬷一边劝着兰儿的母亲，一边从她的怀里把孩子接过来，抱着哄劝着。

惠征火了，冲着老婆叫喊起来："你号什么号，咱是来找孩子的，不是让你来号丧的。你哭你号，能把兰儿号回来吗？"

兰儿的母亲根本就听不进惠征的责骂，发了疯似的哭天抢地："兰儿呀，兰儿呀，你在哪儿呀……你快回来呀，你要是不回来，妈也不活了，老天爷呀，你可怜可怜兰儿吧，让兰儿快点儿回来吧……"

自从向父亲禀报了兰儿丢失的消息以后，甘戎就躲在屋子里一直没出来，连兰儿的父母来了她也没见。她觉得把兰儿弄丢了，再也没脸去见兰儿的父母了。她呆呆地坐在炕沿上，不吃不喝也不动，甚至连口大气都不出。这可急坏了铁麟和孙嬷嬷，铁麟不好放下惠征夫妇去劝自己的女儿，只好悄悄地冲孙嬷嬷朝屋里努了努嘴。孙嬷嬷立刻明白了，她心里也像是被滚油煎炸着似的，既怕急坏惠征夫妇，又怕愁坏铁麟，还怕甘戎出个什么三长两短。她把孩子交给惠征夫妇带来的奶妈，就急忙进屋去看望甘戎。

孙嬷嬷端着一碗煮好的面条，递到甘戎面前，轻言细语地劝慰着："戎儿，听奶奶的话，快吃一点儿吧。你一天都没吃东西了，这怎么行呢？你要是再急出个好歹来，我跟你爸爸可就都活不下去了。"

甘戎霍地站起来，掀起帘子就往外走。

孙嬷嬷吓得急忙拉住了她："戎儿，你……你要干吗去？"

甘戎说："我去找兰儿。"

孙嬷嬷央求着："戎儿，听奶奶的话，天都这么黑了，你去哪儿找兰儿呀？"

甘戎说："兰儿是我丢的，我必须把她找回来，找不到兰儿，我也不活了。"

孙嬷嬷更急了："戎儿，我的小祖宗，快别说这傻话，你就是去找兰儿，也得等到天亮呀。"

甘戎说："等不及了，我不能坐在这儿干等，我就是跑遍通州的大街小巷，也得把兰儿找回来。您别拦着我，让我去找吧……"

孙嬷嬷大声叫着："不行，你不能出去，你一个女孩子家，兰儿找不到，你再出点儿意外怎么办？"

正在客厅里的铁麟和惠征一家人听见了里屋的争吵，不知道出了什么事。铁麟急忙进来，惠征也随着进来了。

孙嬷嬷正拦在门口不让甘戎出来。

铁麟问："怎么回事？"

孙嬷嬷说："老爷您劝劝她吧，我说话她一句也不听。这么黑灯瞎火的，她非要到外面去找兰儿。"

铁麟朝女儿的面前凑了凑，温和地说："戎儿，听话，兰儿正在找，不是一个人在找，是有许多人在找。你先坐下，吃点儿东西。"

惠征也安慰着甘戎说："戎儿，大家都着急，我知道你更着急，咱们一块儿想办法。"

铁麟替女儿带着几分歉意说："戎儿，你看，你惠征伯伯和伯母来了，你还没给他们请安呢。"

甘戎咕咚一声跪在了惠征脚下，大哭着说："惠伯伯，我……我把兰儿带丢了……我对不起您啊……您打我吧，骂我吧……我……"

惠征吓了一跳，急忙伸出手拉甘戎："戎儿，快起来，没有人埋怨你。我知道你比谁都着急，兰儿丢了，可不能再把你急坏了，快起来。"

甘戎继续哭着："惠伯伯，您打我吧，您骂我吧，您不打我不骂我我不起来……"

惠征无奈，只好弯下腰使劲拉着甘戎。

甘戎突然站起身来，挣脱了惠征的拉扯，猛兽似的朝门外跑去。

铁麟上前阻拦，被甘戎撞到一边，甘戎夺门而出。

铁麟急忙往外追赶着："戎儿，戎儿，你去哪儿？"

甘戎跑着说："我去找兰儿，找不到兰儿，我也不回来了……"

铁麟和惠征都慌了神，一齐追赶出来……

第 三 章

空旷荒凉的乡野小路上,一个看不出年龄的女人骑着一头小毛驴。小毛驴走得很慢,似乎是信马由缰。在小毛驴的后面,跟着一个身不由己的小女孩儿。小女孩儿大概只有四五岁,路不平,她走得趔趔趄趄的。但是她依然顽强地走着,一步不离地跟着前面那头小毛驴。

正是早春季节,大地上还看不见些许的绿色,田野上光秃秃的,坟地上的老树上栖息着几只蠢蠢欲动的乌鸦,似乎在等待着一种突兀而降的灾难。阳光照耀在黑黢黢的麦田上,驱赶着积存了一冬的严寒。严寒实在太厉害了,连阳光都沾染上了几分寒气。一个小旋风,很小,大概只有煎饼那么大。但是小旋风却旋转得很快,像一个小兔子似的从远远的沟沿上飞过来,追到了小女孩儿的身后便减慢了速度,又像一只忠诚的小巴狗似的尾随着。

陈天伦看着这幅画面有点儿怪,怪得有些神秘,有些恐怖。一个骑着毛驴的女人,一个步履蹒跚的小女孩儿,一个鬼头鬼脑的小旋风。

这幅画面是出现在与陈天伦平行的一条田间小路上的,而他正在赶着一驾马车奔驰在乡村土路上。这幅画面他看见之后便不肯放弃了,他勒勒缰绳,将马车的速度减下来,饶有兴趣地看着这幅奇怪的画面。那个女人没有带包袱,只身骑在驴背上,位置很靠后,差不多已经骑在驴屁股上。驴身子前轻后重,压得毛驴的脑袋一昂一昂的,样子更显得滑稽。陈天伦想,大概那头小毛驴很瘦,脊背尖棱尖角的,而春天到了,那女人只穿着单薄的衣裤,骑在驴背上肯定磨得很不舒服,才把屁股挪到驴屁股的位置上。不管怎么样,驴屁股要肥硕一点儿,平整一点儿。他突然想起一句歇后语,老太太骑瘦驴——严丝合缝。他不禁哑然笑了。这个歇后语很形象,却有几分淫秽,读书人不该对此津津乐道。

陈天伦看着想着琢磨着,突然一个可怕的念头生发出来:拍花子?是不是拍花子?

陈天伦也跟所有京畿的小孩儿一样,差不多从刚懂事的时候起就听到许许多多有关拍花子的故事。那是一种狼外婆一般的坏人,专门偷小孩儿,而且偷小孩儿的手段很阴险。他们将一种用小孩儿眼睛做成的迷幻药撒在小孩儿的眼前,小孩儿立刻便被迷幻了。被迷幻的小孩儿会产生一种错觉,身边是两条大河,后面有豺狼或老虎追着,他只有拼命地跟着前面的拍花子走。现在,跟在骑驴女人后面的小女孩儿是不是将两边的田野看成了滔滔河水,将后面的小旋风当作凶猛的虎狼了呢?拍花子将小孩儿偷走以后,便把小孩儿的眼珠子挖下来,用阴阳瓦醅干制成迷幻药,再用迷幻药去拍别的小孩儿。在听这些传说的时候,令陈天伦百思不得其解的是:拍花子拍小孩儿是为了炮制迷幻药,炮制出了迷幻药再去拍小孩儿,然后再去炮制迷幻药,再去拍小孩儿……他们为什么要做这种循环往复的坏事呢?他们能从中得到什么好处呢?难道仅仅是因为他们坏吗?

陈天伦不能多想了,眼前这个骑驴的女人如果真的是拍花子,该想办法把这个小女孩儿救下来。可是……没有可是,这个骑驴的女人不是拍花子又是什么呢?是小女孩儿的母亲?绝对不可能!有哪个母亲自己骑着驴,让这么小的女儿踉踉跄跄地在后面跟着跑呢?即便是后娘,也不会这么狠心。

陈天伦认定他遇上拍花子了,他必须尽快将这个小女孩儿解救出来。他赶着的马车现在是跟骑驴女人平行向前的,到了前面的路口他就该拐向一条回城的路了,到那时候就要与骑驴女人分道扬镳,越离越远了。他抖动马缰绳,挥动鞭梢儿,催促着马车加快前行。驾车的小骡马甩起四蹄,土路上立刻扬起一片烟尘。

他提前赶到了路口,停下马车,抱着鞭子跳下车辕。他大步流星地穿过田野,朝骑驴女人走的那条田间小路迎过去。骑驴女人看见了他,掉转了驴头朝相反的方向走。这一下露了馅,骑驴女人肯定是拍花子无疑。陈天伦撒开腿追了过去,边追边喊叫着:“站住……你给我站住……”

骑驴女人不再那么优哉游哉地骑在驴屁股上了,也顾不得“严丝合缝”了,俯身骑在驴背上,使劲拍打着驴屁股,催着驴向前奔逃着。

那个小女孩儿跟着她跑了几步,便跌倒了。陈天伦追上来,把小女孩儿抱起来。

小女孩儿果然中了迷幻药,两只眼睛迷迷瞪瞪的,惊恐万分地看着陈天伦。

陈天伦摇晃着小女孩儿,急着问:“你叫什么?你是谁家的孩子?”

小女孩儿瞪着失神的眼睛看着陈天伦,一句话也不说。

陈天伦抬头朝骑驴女人逃走的方向看了看,骑驴女人已经无影无踪了。

陈天伦无奈,抱着小女孩儿走到自己的马车前,将小女孩儿放在车上坐好,扬起鞭子朝城里的方向赶去。

漕运码头上开始热闹起来，山东、河南的漕船已经于三月一日之前抵通。开漕在即，仓场总督衙门东科西科漕科详科印科堂房火房笔帖式经承门吏，坐粮厅三班六役八科六十四巡社七十二行，以及五闸二坝十三仓都紧张忙碌起来。

铁麟正为甘戎丢失了兰儿急得坐卧不宁，突然曹升进来说坐粮厅金大人和许大人来了。铁麟吩咐让在大堂等候，孙嬷嬷连忙送过来官服，为他换上。

由于都穿着官服，按大清规矩，坐粮厅厅丞金简和许良年便向铁麟行跪拜之礼。礼毕，铁麟吩咐递茶让座，双方客套一番，便分宾主坐下。

铁麟原以为金简和许良年是为甘戎丢失兰儿来的，虽说此事他没有通知坐粮厅，可是仓场总督衙门已经闹得天翻地覆，通州城都快掘地三尺了，坐粮厅能不知道吗？坐粮厅知道了，能袖手旁观吗？铁麟实在不愿意坐粮厅插手，心里盘算着该如何轻描淡写地遮掩过去，该如何婉言谢绝他们的效忠效力。没想到，两位厅丞却没有提及此事。他们是来向他禀报公事的，金简一招手，一名跟随而来的书办便将一大摞账簿清单摆在了铁麟面前。

金简谦卑地说："这是河南山东两省的漕帮呈送上来的明细账单，请大人过目。"

铁麟看着那足有一尺厚的账单，盯着金简问了一句："这些都是些什么账目？"

金简一时有点儿发毛，说实在的这些账目他是从来不看的。满正汉副，按说他是坐粮厅的正厅丞，可是他从来是图省心，怕麻烦，坐粮厅的大小事务，他都交给汉厅丞许良年处理。铁麟看着他，他忙转过头示意许良年向总督大人禀报。

许良年是个慢性子，他明知道金简在用眼睛示意他，却不慌不忙，耷拉着眼皮沉吟起来，似乎是思索着该不该开口。过了好一会儿，他才慢吞吞地说："向大人您禀报，河南直隶通州所帮船二十只，天津所帮船十七只，山东德州卫左帮船二十四只，任城卫帮船四十三只，平山前帮船四十三只，平山后帮船四十三只，临清卫河南前帮船二十九只，临清卫河南后帮船五十七只，江南徐州卫河南前帮船四十八只，江南徐州卫河南后帮船四十七只，共计漕船三百七十一只。所运漕粮正兑米十四万六千七百零九石，其中正米十一万五千六百九十八石，耗米三万一千零一十石；改兑米六万五千七百八十石，其中正米五万六千二百二十二石，耗米九千五百五十七石，正兑改兑总计二十一万二千四百八十九石。轻赍银九千三百一十两，易米折银一千五百一十二两，总计银一万零八百二十二两。船上还有行粮月粮九万九千八百六十四石，折色行粮月粮银三万三千四百两，贴役路费银八万八千五百六十两，进仓脚银二万三千六百三十两，芦席银六千七百八十两，松板银七千八百二十两，楞木银三千四百五十两，备料银七千八百两，浅船银四千五百两，总计银三十五万一千八百两。另外随船还有土宜总共……”

许良年没完没了细水长流地说着，铁麟早就听得不耐烦了。想不到这个烟不出火不进寡言少语的蔫神却是如此心中有数，好像他肚子里就装着账本，嘴巴就是一只算盘。如此枯燥繁杂的账目，他居然能一笔一笔丝毫不差地报出来。这还只是河南的账目，还有山东的，江南的，浙江的，江西的，湖北的，湖南的，全漕一百零八帮，六千二百九十六只漕船，所载漕粮银两，他都能倒背如流吗？果真如此，他可真是个天才，不愧是吃漕粮这碗饭的。大清鸿运，皇上圣明，人才济济，真是什么样的人才都有。

相比之下，金简却傻子似的看着许良年的精彩表演。这个镶黄旗出身的贵族子弟显然是养尊处优惯了，脑满肠肥，本来就长得胖，胖得成了一堆成不了形的肉，再加上他呆呆愣愣的大肉头，更像个堆积得瘫软的泥胎。铁麟等一些胸怀宏图大志的宗室精英，早就意识到了汉族官员的精明强干和满族官员的堕落蜕化，金简和许良年对比得更加强烈了。如果把这两个人放在金銮宝殿上比较一下，不知道圣上该作何感想。

铁麟挥了挥手，制止住了许良年的禀报，真诚地说：“本官初任仓场总督，人地两生，漕务不熟，还是请二位大人分心吧，这些具体的事务你们就按规矩办吧。”

听了铁麟这句话，金简沉不住气地咧开大嘴笑了。其实，这正是他们给铁麟设计的一套迷魂阵。许良年一阵呼风唤雨，虽说来的不是疾风暴雨，可也是云山雾罩，让铁麟听得脑袋发涨。铁麟交代让他们按规矩办理，这正是他们所要的一句话。有了这句话，这漕运码头仍然可以由他们两人的四只手遮云盖日。铁麟嘛，知趣的您图个清闲，到时候什么好处都少不了你的；不知趣呢，恐怕在这码头上没插进脚就得坐着轿子滚蛋。

许良年没有理会金简的得意，他可不像金简想得那么简单，更没有金简那么乐观。不知道为什么，自从他一见到铁麟那天起，心里就产生了一种莫名其妙的畏惧，甚至是恐惧。他在铁麟面前说的每一句话，都掂了又掂，生怕言多语失，有什么闪误。

金简不管他那一套，他向来看不起许良年这像耗子一样的胆子，像娘儿们一样的啰唆。他又朝站在他身后的书办招了招手，书办上前将两个桑皮包儿放在了铁麟面前。

铁麟问："这是什么？"

金简说："您不是吩咐让我们按漕运的规矩办吗？漕船靠岸之前，都要先进献'小包米'，让东西衙门尝尝鲜，也算是亲自验收一下吧。"

金简所说的东西衙门，指的是仓场总督衙门和坐粮厅衙门。由于两个衙门紧挨着，东边是仓场总督衙门，便称东衙门；西边是坐粮厅衙门，便称西衙门。

铁麟将桑皮包打开，这是一包上好的大米，有一斤多重。铁麟用手指扒拉着米粒查看着，粒粒饱满，晶莹玉润，还散发着一股淡淡的清香。

金简又看了一眼许良年，脸上更露出得意之色。

许良年没有理睬他，他讨厌金简的浅薄，这种浅薄早晚会误了大事。

铁麟问："这是军粮吗？"

金简说："这是从军粮里挑出来的。"

铁麟又问许良年："许厅丞，你说呢？"

许良年慢吞吞地说："谁送'小包米'都说是军粮，鬼才相信。就是从白粮里能挑出这么好的米，也算是很不容易了。"

金简没想到许良年却如此卖底，狠狠地瞪了他一眼。

许良年装作没看见。

让两个人都感到意外的是，铁麟看完了米，却爽快地说："管他是军粮白粮，只要是好米，咱就不妨尝一尝。近水楼台先得月，吃一两斤好米恐怕不过分吧？"

连许良年都沉不住气了，忙说："当然当然，咱在码头上辛辛苦苦，也就是沾这么一点儿光。"

铁麟说："这话我信，也不信。说信呢，沾没沾别的光我没看见；说不信呢，码头这么大，连耗子都比别处的肥，何况咱这些仓神爷呢？"

许良年谨慎地说："大人说的极是，俗话说，管粮的肚饱，管钱的腰圆。咱又管粮又管钱，腰圆不敢，这肚子还是不吃亏的。所谓是两袖清风，一肚子酒精吧。这儿有一个饭局，不知道大人肯不肯赏光。"

金简听许良年一说，忙把一张大红请柬掏出来，双手举到铁麟面前："铁大人，您一定得赏个脸，都知道您正直廉洁，您来了我们连接风酒席都没敢摆。现在我们借花献佛，也算尽一尽我们的孝心。”

铁麟接过那大红请柬，没说什么。

金简和许良年的心里又打开了鼓。

铁麟也揣摩起了眼前这两个人，他们为什么不问一问丢失兰儿的事呢？是他们真的消息闭塞，还是故意装糊涂呢？

陈天伦是漕运码头军粮经纪陈日修的儿子，今年二十四岁。这是一个自命不凡，胸怀大志，又满腹经纶的年轻人。他十三岁通过州试，十四岁通过府试，十六岁又通过了院试，成了一名生员，即老百姓所说的秀才或相公。十八岁的时候，由于岁试成绩优秀，被选为贡生，送到北京国子监学习。读书取仕，他立志要在仕途上一步一个脚印地走下去，争得个金榜题名，报效国家。两年前他参加了秋闱乡试，没有拿上名次。这并没有动摇他的信念，他更加刻苦地读书，明年又是大比之年，他有着十分的把握得中孝廉。这样再过一年，他就可以趾高气扬地参加春闱会试。就算一试未中，还可以再苦熬三年。无论如何，要在“而立”之前进入翰林院。进翰林院是他伟大的理想，是他为之奋斗的目标。为了到达这步田地，吃多大苦，受多少罪，他都心甘情愿。

陈天伦如此宏图大愿，不仅仅为了自己，更为了祖宗。不是光宗耀祖，而是为祖宗讨回一个公道。

陈家原籍山西洪洞大槐树下，燕王扫北迁至通州，到陈天伦已经有十九代了。陈家的祖先世代吃的是漕运饭，先祖有的扛过大个儿卖过苦力，有的当过车户花户，有的在两坝上当过斛头，有的在坐粮厅当过巡社……几百年间，陈家从来没有出过一个读书人。不读书便不能入仕，不入仕便永远是贱民。到了陈天伦曾祖父的时候，家里已经有了一些积蓄。曾祖父决心让祖父读书科考，以彻底改变陈家的命运。

祖父是个有大聪明又有大志向的人，不到二十岁便通过了院试。二十二岁那年，准备参加秋闱大比。可是就在那一年，家里出现了巨大的变故。一场突如其来的大火，将陈家烧了个精光，曾祖父口吐鲜血气绝而亡。祖父为了重振家业，便与一个富家子弟进行了一笔交易。在进入考场以后，两个人互换名字，如果祖父能让那个富家子弟中举，就给他两千两银子。苍天果然不负祖父，大比下来，祖父让那个富家子弟中了孝廉。祖父拿到这两千两银子，没有盖房置田，而是买了个军粮经纪。祖父重整家业，积重难返，困难重重。他原本将希望寄托在父亲身上，希望父亲能通过读书中举圆陈家的仕途梦。没想到轮到父亲准备大比的时候，祖父却积劳成疾赴了黄泉。他将军粮经纪的密符扇传给了父亲，父亲只好弃文从粮，吃起陈家祖祖辈辈赖以为生的漕运饭。

轮到陈天伦这一代，父亲又重提陈家夙愿，又把全部希望寄托在陈天伦的身上。陈天伦相信隔代遗传，他继承了祖父的聪明才智，也继承了祖父的宏图伟志。他相信自己一定会像祖父那样，攀天有术，大展才华。可惜的是祖父时运不济，家里遭了如此浩劫，只好将自己埋没了。让他焦灼不安的是，马上就要开漕收粮了，父亲却在踩冰过河时摔了个跤，脚踝骨粉碎性骨折，躺在炕上不能动了。

伤筋动骨一百天，看来父亲是无论如何不能再到坝上收粮了。万般无奈，父亲只好把军粮经纪的密符扇传给了他。他如此年轻便当上了军粮经纪，在漕运码头上也可以耀武扬威。只是他当上军粮经纪，就会耽误他的读书，继则耽误他的秋闱大比。难道他的仕途梦也会因此而破灭吗？难道他在继承了祖父的聪明才智和宏图大志的同时，也继承了他倒霉的命运吗？

想到这里，陈天伦竟不寒而栗了。

给父亲看骨伤的是马驹桥镇上的魏大先生，闻名遐迩的骨外科医生。陈天伦每天赶着马车把他接来，他给父亲换好药打好夹板再把他送回去。这一天，他刚好把魏大先生送回马驹桥，回城的路上遇上拍花子的。小女孩儿大概是受了惊吓，陈天伦把她抱上车她一句话也不说。不过多会儿，她就躺在车上睡着了。陈天伦给她身下铺好，又脱下外衣给她盖在身上。

现在，从拍花子手里救出了这个可怜的小女孩儿，不知道给他带来的是福还是祸。

甘戎在通州大街上已经转了一夜一天了，头天晚上她从仓场总督衙门的后宅里跑出来，便谁也无法把她劝回去了。她像一头丢失了崽子的母狼，漫无目标地奔跑着、嗥叫着。她知道这也许是徒劳的，但她只能这样。她在奔跑和呼唤中消磨着时间，消磨着焦灼和悔恨。铁麟知道女儿的脾气，如果他令人将女儿硬拖回去，女儿会真的发疯的。万般无奈，他只好派了两个衙役悄悄地跟在女儿的后面，暗暗地跟随她，保护她。

甘戎就这样踉踉跄跄地寻觅着，见到人便问："看见一个小孩儿吗……女孩儿……四岁……昨天丢的……"

开始的时候，她是一个铺面一个铺面地找，一家一家地问。后来，差不多把所有的铺面和住户都问到了，她就问来来往往的行人。

她就这样走着问着，整整一夜一天了。一天多食水未进，她的体力快要消耗光了。她的步子越来越零乱，声音越来越沙哑。孙嬷嬷派人给她送来参汤，求她喝两口，她理也不理。她现在只是寻找，她真的下了死心，就这样寻找下去，直到找到兰儿为止。找不到兰儿，她就在寻找中把自己丢失，或者死掉。

不少好心的人都劝慰她，没用，她谁的话也听不进去，除非你能告诉她兰儿在哪儿。

走来走去，她走到了沙竹巷那个独门小院。就是前不久父亲来寻找坐粮厅书办黄槐岸时敲开的那两面合扇小门。出来的不是耳朵有点儿背的老家丁，而是一个五十多岁的女佣。这个女佣白白净净，慈眉善目，态度温和。甘戎奔跑了一夜一天了，很少见到如此可以信赖的人。她没有像对待别人那样简单地问是否见到一个小女孩儿，而是像见了亲人那样跟她絮絮叨叨地说起来。

女佣见甘戎都急得变了形，心疼地说："姑娘，进来，进来说，进来坐下慢慢说，我也许能帮助你。"

说也奇怪，甘戎就这样信任这个陌生的女人，居然跟着她进了那个独门小院。

女佣把甘戎领到厨房里，拉过一只凳子让她坐下。

甘戎顺从地坐下来，睁大疲惫而企求的眼睛看着女人。

女佣正在做饭，锅里煮着米，案板上切着菜。女佣从煮开的锅里盛出一碗米汤，递给甘戎："姑娘，喝点儿米汤润润嗓子吧。"

甘戎感激地接过米汤，吹着热气，张开干裂的嘴唇吮吸着。

女佣说："姑娘，别急，事情到了这个地步，急也没用。我的饭快做好了，等吃点儿东西，你再接着去找。"

甘戎腾地把米汤碗蹾在案板上，噌地站起来："你不急，我急，我都快急死了。我不吃饭，这米汤我也不喝了。你不是说能帮助我吗？快告诉我兰儿在哪儿，我要走了。"

看着甘戎的倔强劲儿，女佣不再勉强，她关切地说："你干吗不去找找唐大姑？"

甘戎问："唐大姑是谁？"

女佣说："唐大姑是个半仙之体，常常料事如神，许多人遇到难处都去找她。"

甘戎问："唐大姑在哪儿？"

女佣摇起了头："这就不好说了，她像一个游神，整天在码头上转悠。想找她，也许很难；不想找她，也许来回来去碰上她。不过，你跟通州城里的人打听，肯定能找到她的下落。”

甘戎听后，急忙谢过女佣，出了那个独门小院，又朝通州大街上走。

这一回，她见到人不再问是否见到一个小女孩儿，而是问唐大姑在哪儿了。

女佣给她出的这个主意无疑是好心，可是好心未必能办好事。就是因为甘戎打听的是唐大姑而不是小女孩儿，她错过了上天赐给她的找到兰儿的唯一的机会。

陈天伦家里上无兄姐，下无弟妹，千顷地一株苗儿。这也是命里注定，陈家祖祖辈辈一枝独秀，一脉单传。尽管心高志远，家境殷实，可就是人丁不旺，使陈家祖祖辈辈都是如临深渊，如履薄冰，小心谨慎地度着岁月。

父亲病了，陈天伦被从国子监叫回来一是照顾父亲，二是接替父亲的军粮经纪。陈天伦每天都要接送一次医生，医生开好药方之后还要到药房抓药。军粮经纪的事情也很多，码头上的规矩他也是一知半解。他要跟别的军粮经纪沟通，特别是还要到“盈”字号军粮经纪家去拜门槛；他要到坐粮厅去注册报到，然后挂牌排序，准备走马上任；他还要选派好斛头、督管、扛夫、运夫等等，好在这些父亲都筹备好了，到时候跟他们协调一下就行了，难的是那把密符扇，不但要把上面的密符记牢，还要把自己使用的密符画熟画好，这需要练，勤学苦练。

父亲一病，里里外外的家务事都压在了母亲身上。母亲身体也不好，哮喘病，一冬都不敢出门。现在虽说春天到了，可大运河还漂着冰凌，朔风还刀子似的刺人。母亲为了照顾父亲，也顾不得许多了。家里的事本来够多够乱够烦心了，没想到陈天伦又捡来了一个孩子。母亲又要照顾父亲，又要照顾这个孩子，累得哮喘病又犯了起来。

这个女孩儿自从被陈天伦救回来以后，一句话也不说。开始的时候，陈天伦还以为她是个聋哑人。后来发现你说话她听得见，听得明白。可她就是不说话，你跟她说什么，她都瞪着两只迷迷瞪瞪的大眼睛看着你，似乎她对谁都不信任，对谁都百倍警惕一样。更令人不安的是，这女孩儿那两只迷迷瞪瞪的大眼睛里似乎有一种光，一种绿幽幽的、恶狠狠的光亮，这光亮让人想到狼或者其他什么凶猛的动物。陈天伦的母亲怕看这个孩子，总是躲避着她那双迷迷瞪瞪的眼睛。她把这个发现跟丈夫说了，陈日修开始不信，说老伴是犯神经。后来他跟这个女孩儿独自待在屋子里的时候，也感觉到这个孩子的身上似乎有一种令人望而生畏的东西。这东西让人觉得是危险，又让人觉得是尊贵。总之，跟这个孩子待在一起很不自在。

陈母说:“这个孩子看来是中了邪了,要不要找唐大姑给她驱驱邪?”

陈日修从来不信这些邪祟之道,可是他信鬼神,信天命。他觉得这是个非凡的女孩儿,这女孩儿不应该待在他这小门小户的家里,得想办法把她送走。可是送走,往哪儿送呢?最好是能找到她的家人,找不到家人也该报官,让官府帮助找。想到报官,他就为难了。官是谁?当今的知州是夏雨轩,他还没有正式上任。就算是上了任,也有许多棘手的政务要处理,你能把一个四五岁的孩子扔给他吗?你让他怎么办?放在官府里养着,谁那么精心,谁那么负责任?

这天傍晚,陈天伦赶着马车送魏大先生回来,刚一进门,母亲就慌忙地叫了起来:“哎呀天伦,你可回来了,你快来看看吧。”

陈天伦心里一惊,忙问:“出了什么事?”

陈母说:“你快看看那孩子,发起烧来了,浑身烫得跟火炭似的。”

陈天伦赶紧跑进屋,父亲正用一条湿毛巾给孩子敷着额头。女孩儿紧紧地闭着眼睛,大口大口地喘着粗气,小脸蛋儿烧得通红,鲜嫩的嘴唇都干裂了。

陈日修对儿子说:“你快赶着车把北大街的小孩儿张请来。”

小孩儿张是张医生,以看儿科著称,所以码头上的人都称他为小孩儿张。

陈天伦说:“车已经卸了,再说把小孩儿张请来再给她看病耽误时间,我还是背着她直接到小孩儿张家里去吧。”

陈母一听,立刻赞成儿子的主意,催促着说:“对对对,你快背着她去吧,千万别耽误了。”

说着,母亲七手八脚把女孩儿包裹好,抱起来放在陈天伦的肩上。

陈天伦背着女孩儿出了家门,大步流星地朝北大街走去。

陈天伦进门的时候是傍晚,这么一折腾天就完全黑了下来。没有月亮,街灯又零零落落,陈天伦深一脚浅一脚地朝前走着。心急腿急,不一会儿头上便冒了汗。

从陈天伦对面深一脚浅一脚走来的是甘戎。两个人都步履匆匆,又是黑灯瞎火,几乎谁也没有注意谁。就在擦肩而过的时候,甘戎突然问:“大哥,唐大姑在哪儿?”

陈天伦一愣,随口说:“啊……我没看见。”

甘戎也不啰唆,既然人家不知道她就继续朝前走去了。

甘戎的这句话却惊醒了昏睡中的兰儿,她使劲拨浪着脑袋,抖开了裹在她头上的衣服,冲着甘戎喊了起来:“甘戎姐姐……甘戎姐姐……”

这声音太微弱了,甘戎早已经走远了。

陈天伦听着女孩儿的呼叫,更加紧张了。这是他第一次听到女孩儿的嘴里发出声音来,他扭着头急切地问:“小妹妹,你在说什么?”

兰儿还在用嘶哑的声音呼叫着:“甘戎姐姐,甘戎姐姐……”

陈天伦知道女孩儿烧得很厉害,已经说起了胡话。他加快脚步,朝北大街的方向走去。

就在甘戎奔波在通州大街上失魂落魄地寻找兰儿的时候,铁麟又来到了通州衙门。

才一天多的时间,铁麟被折腾得失去了形骸。他脸黄了,发辫乱了,嘴角裂了,眼睛里布满了血丝。

夏雨轩吩咐下人在花厅里准备了几个菜,打开一坛花雕酒,给铁麟倒了个满杯。

铁麟怕夏雨轩误会他是来催促寻找兰儿的,那样的话好像夏雨轩没有尽力似的。因此往酒桌上一坐,便抢先说:“有件事我得请你帮助我拿拿主意。”

夏雨轩忙问:“什么事?”

于是铁麟便把金简和许良年到他那儿去的事情说了一遍,还拿出了那大红请柬。他说:“那‘小包米’我收下了,我知道他们这是在试探我,我也不能让他们觉得我烟火不进是不是?那样反而把他们吓跑了,就会对我封锁更严。”

夏雨轩说:“大人圣明,他们的确在用这‘小包米’投石问路。无所谓,就算这米再好,也值不得一吊钱。大清律上还没有把一斤米算作贪污受贿的,所以这米呢,您尽管吃就是了。”

铁麟问:“那饭局呢?”

夏雨轩说:“饭局您万万不可去。”

铁麟问:“为什么?大清律上不是也没有把吃顿饭算作贪污受贿吗?”

夏雨轩说:“饭局的名堂太大了,以后我再慢慢跟您说吧。实话告诉您,这张请柬我也收到一份。”

铁麟说:“这么说,你也不去了。”

夏雨轩说:“不,我要去。”

铁麟说:“你说饭局的名堂多,不让我去,你就不怕那些名堂?”

夏雨轩说:“大人有所不知,他们用这‘小包米’向您投石问路,我呢,拿着这张请柬去给您探探深浅。”

铁麟看了看夏雨轩,感动得点了点头。

夏雨轩举起了酒杯说:“好了,咱今天先不谈这些,我踏踏实实地陪您喝两杯酒吧。”

铁麟摇了摇头,把面前的酒杯推开,叹了一口气。他不想谈寻找兰儿的事,夏雨轩难道就看不出来吗?

夏雨轩说:“铁兄,我如果告诉您一件事,您保证把这杯酒一饮而尽。”

铁麟问:“什么事?”

夏雨轩神秘地说:“兰儿找到了。”

铁麟腾地站起身来:“真的? 在哪儿?”

夏雨轩冲他挥着手说:“铁兄先请坐,我保证咱没喝完这杯酒,就会有人把兰儿给您送过来。”

铁麟急不可待地说:“快告诉我,到底是怎么回事?”

夏雨轩有点儿得意地说:“我有一个刑名师爷,叫金汝林,此公非常能干。不知道他通过什么渠道将兰儿找到了,现在带着人去接兰儿了。”

铁麟看着夏雨轩,突然抄起面前的酒杯,激动万分地说:“雨轩,我得好好谢谢你,来,我先敬你一杯!”

两个人同时举起酒杯,一饮而尽。

铁麟心里突然一动,想起了一件事:“雨轩,你久居通州,见多识广,跟你打听一个人。”

夏雨轩放下酒杯:“铁兄请讲。”

铁麟说:“小鹌鹑。”

夏雨轩愣住了:“这名字怪怪的,是个女人吧?”

铁麟点了点头。

夏雨轩问:“这肯定是个绰号,她本名叫什么?”

铁麟说:“不知道。”

夏雨轩又问:“多大年纪?”

铁麟说:“不知道。”

夏雨轩再问:“哪里人氏?”

铁麟说:“不知道。”

夏雨轩说:“铁兄,您这三个不知道,知道能从我这儿换来什么吗?”

铁麟摇了摇头。

夏雨轩说:“不知道。”

铁麟哈哈大笑起来，这几天他是第一次笑得这么响亮。

此刻，刑名师爷金汝林和典史张魁元带着四名快班来到了陈家。听到急促的敲门声，陈天伦的母亲打开院门，看见提刀持枷的官人，吓得啊了一声，差点儿瘫软在地上。

陈日修听到动静，急忙爬起来，蹭到窗子前面，隔着窗子朝外看着。

金汝林怕快班的衙役狐假虎威，忙挥手让他们后退，自己进门对陈母说：“老人家，别害怕，我们来问您一件事，听说您这儿捡了个小女孩儿，有没有这么回事？”

陈母确实已经被吓得失了魂，一听说官府上的人来问这事，忙老老实实地承认说：“啊啊……是……是捡到一个小孩儿，小女孩儿……四五岁……是我儿子从拍花子手里把孩子救出来的。”

金汝林急着问：“小女孩儿在哪儿？”

陈母说：“小女孩儿发烧了……烧得很厉害，浑身上下热得跟火炭似的。”

金汝林不耐烦了：“我问您小女孩儿在哪儿，快说。”

见金汝林提高了嗓门，衙役们也喊叫起来：“快把孩子交出来！”

陈母见衙役们挥刀嗥叫，更加害怕了，哆哆嗦嗦的竟说不出话来。

陈日修隔着窗子见了，高声说：“各位太爷，你们是来寻那小女孩儿的吗？别急，先进来喝杯茶，我腿受了伤，不能下地伺候各位，你们进来稍候。我儿子带着她看病去了，一会儿就回来。”

大清国的习惯，一般老百姓称知州知县为老爷，称下面的吏胥为太爷。处官府职簿书者为吏，任奔走供役使者为胥。这是一种尊称。金汝林见屋内的老人出口文雅，知道是位有身份的人，便走过去说：“老人家，我们是来寻那个小女孩儿的，此事耽搁不得。快告诉我们，贵公子带着她到哪儿看病去了？”

陈日修说：“北大街有位先生姓张，专门看小孩儿病症的，人称小孩儿张，你们知道吗？”

金汝林摇了摇头。

张魁元说：“我倒是听说过，是不是住在鼓楼后面？”

陈日修说：“鼓楼后面的绥福寺胡同，到了附近一打听都知道。”

金汝林立刻吩咐，让典史带着两个快班衙役去北大街小孩儿张家去迎接，自己则带着两个衙役在这儿守候着。

张魁元带着衙役走了。

金汝林怕有闪失，没有应陈日修的邀请进屋喝茶，而是站在院子里等候着。

陈日修忙让老伴给他们搬板凳坐下，又让老伴把茶水沏好送到院子里。

小孩儿张已经不年轻了，五十多岁，长得精精瘦瘦，留着一把银须。多年给小孩儿看病，对人说话总是轻声慢语，和蔼可亲。人们背地里叫他小孩儿张，见了面总是叫他张爷爷。张爷爷这称呼也不知道叫了多少年了，开始时可能是指着孩子叫的，久而久之，人们叫顺了口，无论男女老幼，统称他为张爷爷。这是对他高明医术的尊重，也是对他亲近患者的回报。

小孩儿张给小女孩儿检查着，翻眼皮，切脉象，看舌苔，问病情。

陈天伦在一边紧张地看着，仔细回答着小孩儿张的提问，忍不住问："张爷爷，这孩子到底是怎么了？"

小孩儿张说："看来是由惊厥风寒所致，这孩子受过什么刺激吗？"

陈天伦见小孩儿张这么一说，更加佩服他诊断的准确，简要地说这孩子是他从拍花子手里救出来的。小孩儿张点了点头，又叹了口气。

陈天伦问："张爷爷，不要紧吧？"

小孩儿张说："这孩子病得不轻，我先得给她扎几针，使她镇静下来，然后还要吃几服药。"

小孩儿张给小女孩儿做着针灸，陈天伦在一边等候着。等针灸完了，陈天伦摸了摸小女孩儿的额头，果然清凉了许多。小孩儿张又给开了药方，嘱咐陈天伦回去以后立即将药煎好，抓紧时间给小女孩儿灌药。陈天伦小心记着医嘱，一一答应着。

陈天伦背着退了烧的小女孩儿出来，惦记着去抓药，便抄一条近路，从静安寺大街走过去。

天已经完全黑下来，除了大街的买卖家门口，无论胡同还是大街小巷都没有灯光。陈天伦背着小女孩儿，深一脚浅一脚地走着。

小女孩儿伏在他的肩上，喃喃地嘟囔着："甘戎姐姐……甘戎姐姐……"这声音很细弱，像是呼唤着，又像是梦中的呓语。陈天伦只顾朝前赶路，没在意小女孩儿的嘴里发出的声音。

到了静安寺后面，那里是一个拐角，堆放着附近人家倾倒的垃圾。陈天伦将小女孩儿往背上颠了颠，举起脚步，要迈过垃圾。正在这时，他只觉得身子像被什么冲撞了一下，猛地抬起头，两个蒙面大汉冲到了他面前。还没容他喊叫，脑袋又被击了一下，他脚一滑，眼睛一黑，便摔倒了。

他觉得自己很快就清醒过来了，清醒之后的第一件事就是伸开双手朝四下摸索着，寻找着从他身上掉下来的小女孩儿。他觉得他摔倒以后，小女孩儿一定从他的背上滑落下来。可是，摸索了半天，什么也没有，小女孩儿不见了。

正在这个时候，典史张魁元带着两个快班赶到了，他们来晚了一步，小女孩儿被人家劫持走了。

通州衙门，夏雨轩和铁麟一边喝着酒，一边等候着兰儿被解救归来。突然，典史张魁元慌慌张张地跑进来，焦灼地说："兰儿又被人劫持走了，我们把嫌疑犯抓来了。"

铁麟一听，手里的酒都洒了。夏雨轩听说抓来了嫌疑犯，下令立刻升堂审讯。

夏雨轩换上官服，坐在大堂上，两旁皂班已经列队站好。夏雨轩下令带嫌犯，衙役们虎啸狼嗥地喊着堂威。

陈天伦披着枷锁被众衙役推搡着上了大堂，呆呆地站在了夏雨轩的面前。

典史张魁元见他不懂规矩，便给一个衙役使了个眼色。那个衙役使劲从后面踢了他一脚，厉声说："看不见老爷在大堂上？快跪下！"

陈天伦昂了昂头说："抱歉得很，学生是国子监生员。"

张魁元一听，立刻无话可说了。大清国的规矩，秀才见了知州知县是不必下跪的，官府也不能随便对秀才用刑，一般的百姓见了秀才还要称老爷，这就跟知州知县拉了平。更何况，陈天伦是国子监的生员，那可不是一般的秀才，那是秀才中的高才生、佼佼者。

夏雨轩却愣住了，他万万想不到，被衙役们带上来的怎么会是陈天伦呢？

夏雨轩急忙从堂上走下来，问陈天伦："到底是怎么回事？"

陈天伦说："我又把那孩子丢了……"

说着，陈天伦声音哽咽了，眼泪也流了下来。

夏雨轩急忙让人把陈天伦的枷锁卸下来，把他拉到后面。

第四章

夏雨轩与陈家的关系非同寻常。

夏雨轩是山东泰安人，孔圣人的近邻。他出身书香门第，所谓书香门第，说来也有点儿可怜。准确地说，只有书香，门第却说不上了。夏家祖祖辈辈读书，却连一个举人都没有中过。读书做不上官，没有别的出路，只能当先生。商行铺面里当记账先生，庠序私塾里当教书先生，当然也有到衙门里去当书办先生的，可那得有人有路子才行。别看夏家柴篷荆门，还别有傲骨，看不起经商的，更不屑混迹于宦海泥沼。于是，差不多祖祖辈辈读书，祖祖辈辈是教书先生。叩开夏家的柴门，见到男人出来，恭恭敬敬地叫声先生，有什么事求上门来都好办。

轮到夏雨轩这一辈，时运便有了转机。夏雨轩天资聪颖，禀赋非凡。夏雨轩是个遗腹子，父亲在他出世之前的三个月便暴疾而亡。他自幼受的是祖父的教育和培养，祖父见他读书能过目不忘，讲书能举一反三，便像得获稀世珍宝一样欣喜若狂，倾尽心血促其成才。夏雨轩果然不负祖父及其家族的厚望，十二岁便通过了院试，成了闻名遐迩的少年秀才。二十三岁的时候，又乡试夺冠，荣获解元。本来该顺理成章地进京参加会试，无奈祖父年事已高，又患了眼疾。全家人的生计，就靠的是祖父教书那点儿微薄的束脩，祖父一病，便断了生活来源。夏雨轩只好扛着孝廉的身份，替祖父当起了孩子王。这是一个重要的原因，还有一个原因也很重要，他与苏家的小女儿定了亲。夏苏两家是世交，且交情匪浅。祖父一病，苏家知道夏家缺人用，便主动敦促夏雨轩结婚。夏雨轩为了这事也不能离去，毕竟是人生大事嘛。

一直拖到他二十九岁的时候了，他急，祖父比他还急。来年正值己丑，三月春闱，必须在当年入冬之前赶到京城。一是大运河冬季冰封停航，赶旱路极为不便；二是进京之后还要求师拜门，熟悉会试规矩，要留出一些时间。刚过中秋节，祖父就逼着他收拾行装离家上路。

说实在的，他一走，家里的全部重担都压在母亲和媳妇的身上了。上有瞎眼的老祖父需要赡养,下有四岁的幼女需要照顾。无田地产业,无铺面经营,更无积蓄,让这老少三代怎么活呀?

祖父说:“你别管,老天爷饿不死瞎家雀儿。你走之后,我们能摘就摘,能借就借,摘不到借不到就出去拉棍儿讨饭。我就不信我教了一辈子书,那些子弟会眼瞧着我饿死。”

祖父已经把话说到这份儿上了,他也只好听命。他知道,祖父以及故去的祖先都在看着他,盼着他能金榜题名,光耀夏家的门庭。

他走了,家里留下的是四张等着吃饭的嘴。而他这张嘴也要吃饭,他身上也要穿御寒的衣服。身无分文,这一路上怎么办?到了京城又怎么办?这些祖父肯定都想到了,可是祖父嘴里却不说。他理解祖父为什么不说,瞎了眼的祖父毫无办法。祖父是个好脸面的人,他把这个难题留给了孙子,还不好意思把难题捅破,也只好装作糊涂,难得糊涂吧。

可是,母亲知道他的难处,媳妇知道他的难处。母亲翻箱倒柜,把自己出嫁时压箱子底的衣服和父亲生前留下来的衣服都找出来,能拼的拼,能改的改,给他凑成了一身棉衣,两件单衣。媳妇将自己的首饰都拿出来送进了当铺,又到娘家东摘西借,凑了十两散碎的银子,权作他进京赶考的盘缠。

他就这样跪别了祖父和母亲,抱别了媳妇和女儿,狼狈地上了路。知道的是进京赶考,不知道的还以为是外出乞讨。

祖父托了一个朋友的关系,找到台州卫的一条漕船。他上船给人家打杂,白干活,人家不收他船钱,可是不管饭,吃饭还要自己解决。漕运时期,大运河就是一条流淌着粮食的河。他自己能找到米,找米的路子很多。漕船靠岸的时候,他可以到码头上去扫洒在地上的米粒;有人倒卖漕粮的时候,破漏的麻包能把粮食洒得满船都是;还有掺糠兑假的时候,粮食更是唾手可得。守着粮仓无饿鼠,可是他也只能是填饱肚子。船行一路,他煮了一路的粥吃。有时候运气好,他或许能捡到几根青菜,洗干净撕扯撕扯放在粥锅里,算是改善了生活。当然,赶上船上的运丁喝酒的时候,他也常常被邀请。但是他很节制,酒喝得很少,菜也吃得不多,反而空闲了半副肠子。

一路上,他几乎一文钱都没有花,到了通州漕运码头的时候,媳妇给他的十两散碎银子一钱也不少。

这时已经到了入冬时节了,大运河开始结起细碎的冰碴儿。西北风没日没夜地吹着,树叶子哗啦哗啦往下掉,中了火药的飞鸟一样。寒风刺骨,腹内空空,他开始为吃食和活命发愁了。离明年三月的春闱还有一个漫长的冬天,这个冬天他该怎样度过呢?

通州城再大再繁华,可要是找到一顿不花钱的饭比找到显灵的菩萨还难,找到一间不花钱的房子更是痴心妄想。他只有动用这来之不易的盘缠,才能聊以度日。

漕船抵通,要靠两坝,人货盘查非常严格。船上一切闲散人员,都得提前在张家湾上岸。夏雨轩背上那命根子一样的小包袱,茫然无措地踏上了这片陌生的土地。

张家湾是古漕运码头,如今依然是喧闹繁华之地。张家湾古镇上,留有许多先贤遗迹。特别是一代忠良李三才的故居,一代宗师李卓吾与马经纶吟诗论道的柳亭,一代才子曹雪芹家的庄园、当铺和染房,夏雨轩都想前去瞻仰凭吊。可是天寒风劲腹内空空,他得先想办法生存下来才是。

夏雨轩穿过张家湾熙熙攘攘的古镇,躲过飘着香气的食物和暖洋洋旅店的诱惑,步履匆匆地朝通州城走去。他也不知道为什么要这么匆忙地朝通州城赶,似乎那是一个目标,什么目标,他不清楚。他现在一切都是懵懵懂懂的,像行进在寒冷而陌生的另一个世界里。他知道他要去进京赶考,可是离春闱的时间还有好几个月。这期间他无疑要温习功课,无疑要拜师求教,无疑要做好应试的准备。可是,怎么温习功课,到哪儿拜师求教,做哪些应试的准备,他都浑浑噩噩。科考是一个很清晰又很朦胧的目标,奔向考场不是他的意愿,而是命运使然。

他走着,西北风呼啦啦地朝他抽打着,他身上已经凉透了,他没想到北京的风竟然是这样地尖厉可怕。他浑身发抖,两腿发软,身子晃晃悠悠地总要往地上摔。他叮嘱自己千万不要摔倒,倒在地上他就再也爬不起来了。

路边的一个小店吸引了他,这个小店有一个令他心动的名字:牡丹亭。

这是在从张家湾通往通州城的官道上,靠在路边的村子叫作九棵树。奇怪的是,这么一个偏僻的小店,怎么会有一个如此高雅的名字呢?走近一看让他大吃一惊,小店的门楣上竟然雕刻着一副对联:良辰美景奈何天,赏心乐事谁家院。再一细看,更让他目瞪口呆,原来竟然是大戏剧家汤显祖的亲笔。他顾不上许多,强烈的好奇心和对先贤油然而生发的敬意使他忘记了囊中羞涩,他几乎是下意识地推门进了小店。

进去之后他才发现,这牡丹亭门面不大,里面却别有洞天。院子分成里外三层,外院是一般的小店,大通铺,还兼管存车喂牲口,所谓的大车店,是专门给赶车的、拉脚的、做小买卖的穷人预备的；中院是普通店铺，小间小炕，可以一人独住，也可以两三人住一间，据说是给一些稍微讲究一些的生意人、流浪艺人、小差役或者穷书生预备的；后院则是若干个独门独院，自成一家，清静整洁，是专门给上京下卫的官吏及其眷属、做大生意的商人、进京赶考的举人预备的。

夏雨轩一进院便有一个十七八岁的小伙计迎上来，小伙计显然是见过世面的，并不以衣帽取人。虽说他一身寒酸，一脸菜色，小伙计却一边将他朝后院领着，一边向他介绍着这三层院子的规格、条件和收费标准。

他顾不上斯文，急忙拉住了小伙计，红着脸说："我……我还是住在……中院吧。"

他本来想说住在外院，但是看到小伙计那疑惑的目光，便咬牙说出了中院。

小伙计笑了："先生，您别客气，别看您穿着随便，又没带着书童下人，可我这眼里不揉沙子，包子有肉不在褶儿上。您别开口，听我的，我要是看错了您，您把我这眼珠子挖出来当泡踩。您不凡，您是读书人，文曲星。进京赶考不是？您肯定是个举人对不对？您别笑，我在这儿一天迎八方，什么人没见过？"

夏雨轩不得不佩服小伙计的眼力和见识，更佩服小伙计的这一口生意经。可是，他还是犹豫着不肯往后院走。

小伙计说："您知道这儿为什么叫牡丹亭吗？"

这正是夏雨轩最感兴趣的，忙说："不知道，愿领教。"

小伙计说："汤显祖汤大人您知道吧？您肯定知道，我在您面前谝什么呀？这不是圣人面前念《百家姓》嘛。可是您知道汤显祖，未必知道《牡丹亭》；您知道《牡丹亭》，未必知道《牡丹亭》的来龙去脉。想当初，我一说想当初就是二百多年以前的事情了。万历十九年，汤显祖汤大人和李三才李大人一起奏了首相申时行一本，结果把万历皇帝惹恼了，一下子被贬到雷州，离海南岛只隔着一条海峡。汤大人在雷州的徐闻县当一名小小的典史，后来又被调到浙江遂昌当了个知县，那官也小多了。您猜怎么着？到了万历二十六年，汤大人又来到了北京，给皇帝上折继续要求惩治贪官污吏。万历皇帝不听他那一套，可也没怎么他。他自个儿一怒摔了乌纱帽，老子不干了。汤大人辞官以后，从北京出朝阳门，到通州，就在这小店里落了脚。当时他就住在后面的小独院里，在那里写完了他的《牡丹亭》。据说，起初那个戏不叫《牡丹亭》，叫《还魂记》。只因为那小院里有一个小亭子，亭子里种着牡丹，汤大人天天对着亭子出神，闻着牡丹花的香气写戏，戏写好之后就改叫《牡丹亭》了。您别看时隔二百多年了，当年汤大人写戏的小院还在，种着牡丹的亭子还在，您要是住在那小院里，肯定会沾上汤大人的许多仙气文气，还发愁荣登榜首？汤大人是三十四岁中的进士，恐怕您比他老人家还年轻吧？”

夏雨轩算是对这个小伙计心服口服了。原来只听说京城人大气，京城人见多识广，京城人喜欢谈论官场并且对官场如数家珍，却没有想到京城人还如此博学多才。就这个十几岁的小伙计，对汤显祖的熟悉了解，真让他们这些读书人汗颜。这个十几岁的小伙计说话的风采流畅，侃侃而谈，真让许多身居要职的外官自愧弗如。

小伙计不知是为了成全他的科考美梦还是极力想把后面那独门小院推销出去，紧盯着他不放：“怎么样？您要不要住在汤大人的小院？”

夏雨轩不敢住，但是还忍不住问了一句：“那个小院一天收多少钱？”

小伙计说：“要是别人住，一天一两银子，您住嘛，减半，收您五钱。谁让您是个读书人呢？我们东家二百多年的老规矩，跟读书人有缘，绝不能难为读书人。”

夏雨轩心里吃惊不小，表面上却没有表现出来。天爷，住一夜要花五钱银子，我包袱里这点儿盘缠半个月不到就花光了，往后怎么办？京城人是大气，可也真敢扛价。这种小院要是在我们泰安，住上半年也花不了十两银子。夏雨轩没计较这些，反正他是下决心不会当这个冤大头的，尽管汤显祖的仙灵在召唤着他。没有钱，就算是汤大人来了，也不会让你白住房的。另一个问题引起了夏雨轩的兴趣，他问：“请问贵东家高姓大名？”

小伙计受了辱般地叫起来：“怎么，您连我们东家也不知道吗？看来您是头一遭进京吧？”

夏雨轩谦恭地点了点头，也算是向小伙计致了歉。

小伙计自豪地问：“通州有个马千户您知道吧？”

见夏雨轩一脸茫然，小伙计接着说：“马家先祖跟随燕王征战有功，被封通州卫千户。您要是不知道马千户，总该知道马千户家出过一位马御史吧？”

夏雨轩说：“你说的是马经纶马大人？”

小伙计脸一扬：“正是。”

夏雨轩无限敬佩地说：“马大人侠肝义胆，为了救李卓吾李大人，倾家荡产在所不惜……”

小伙计立刻叫起来：“对对对，先生您真有学问，说得对极了。我们牡丹亭的东家，不是现在的东家，是老东家，老老东家，就是当年接待汤大人的老东家，您知道吧？跟马御史是一爷之孙，没出五服的堂弟呀。”

夏雨轩说:“这么说你这个小师傅也是马家的后代了?”

小伙计脸一红:“真不好意思,您别叫我小师傅,我姓耿。刚才您提到的那位李卓吾李老先生,在湖北麻城就住在耿家。耿氏三兄弟,耿定理、耿定向、耿定力,都是了不起的大文学家,当然最后有的帮了李先生,有的害了李先生,要不李先生怎么会流落到通州来了呢……对了,小的姓耿,但是跟麻城的耿家没有什么关系……”

夏雨轩沉默了,想不到进京第一课,竟是一个店铺的小伙计给他上的。他心中无限感慨着,京城的水太深了,深不见底啊!

当夏雨轩大难不死,遇到救命恩人陈日修的时候,已经是两个月以后的事情了。

全粮上坝之后,漕运码头上开始冷清下来,军粮经纪也是到了一年最难得的闲散季节。

冬闲无事,陈日修喜欢串学馆儿。所谓串学馆儿,就是到四乡八镇的学堂私塾里去卖文具,无非是文房四宝笔墨纸砚。当然,也捎带着卖一些儿童的零食和玩具。有一种人是以此为职业的,俗称串学馆的。京畿人把“学”读成“xiáo”,二声,说不好或听不清容易混为“窑”,串窑馆儿的。妓院被称为窑子,这有辱斯文。陈日修串学馆儿不是为了赚钱,他在码头上赚的钱足够他一年花的了。他毕竟是个读书人,虽说混迹于三教九流之中,却不失风雅,不忘圣人之言。人以群分,他把教书的先生和读书的学生引为朋类。更何况他还是通过了院试的秀才,全县能考上秀才的也不过二三十人,大多数教书先生都没能获此殊荣。他文章的功底深,字也写得漂亮。到了学馆儿,他能与先生切磋道德文章,又能为学生传道授业解惑,所以他到哪个学馆儿,都会受到贵宾一样的欢迎。久而久之,他在大大小小的学堂私塾便结交了许多朋友。

陈日修把结交读书人当成人生一大幸事乐事,他骑着一头毛驴走村串店,常常被朋友们留酒留宿。留酒则对酒当歌,和诗填词;留宿则拥炉品茗,彻夜长谈。如此走走停停,何其乐哉。京南马驹桥镇有一个叫作驸马庄的村子,村里有一位老秀才姓王。虽说也是读书人,却也没走仕途,考上秀才以后便进了班门拜师学艺,当起了木匠。读书人照样能干好卖力气的行当,就像他能当好军粮经纪一样。王木匠的手艺名传遐迩,尤以打造大车闻名,还建起了一家名为义顺堂的大车作坊。陈日修与王木匠命途相近,志趣相投,惺惺相惜,情谊尤为相契。每年无论多忙他们都要相聚两次,或在县城王木匠来访,或到驸马庄陈日修登门。每聚必喝得酣畅淋漓,谈得披肝沥胆。两个人交谊深厚还有一点儿相同的情趣,都是《红楼梦》的痴迷者。

最近,王木匠从张家湾的曹氏后裔手里获得几篇曹雪芹的残稿,而且还是后四十回的内容。陈日修来到以后,王木匠连酒都没顾上摆,便急不可待地取出残稿,共同磋研其真伪虚实。陈日修在王家一连住了三天,实在是因为王木匠应下的活儿必须要给人家去干,他才恋恋不舍地离开了驸马庄。

他骑着毛驴朝着城里的方向赶路,晃晃悠悠。身子晃晃悠悠,是因为毛驴在坎坷不平的土路上溜溜达达;脑袋晃晃悠悠,是因为他还沉浸在与王木匠争论切磋的氛围里。就这样走着,似醒非醒。冬季的荒郊野外光秃秃的,灰蒙蒙的,加上不久前的残雪白花花的,更显出了单调乏味,实在也没有什么好的景致引起他的兴趣。不知不觉到了九棵树附近,小毛驴停止不前了。陈日修睁开眼睛,小毛驴打着响鼻儿,突突地喷着白气,前蹄刨着硬邦邦的地皮,长长的脑袋朝路边摇晃着。

驴通人性,特别是他这条小毛驴,更是个小精灵。陈日修知道小毛驴一定是看见了什么。看见了什么呢?路边除了几片残雪,几堆败叶,什么也没有。

他拍了拍小毛驴的屁股,想继续赶路。可是小毛驴依然摇头晃脑,不肯前行。他无奈,只好下了驴,朝堆放在野地里的花秸垛走过去。每年麦收过后,农民们都要把一些花秸和麦余堆放起来,里面是麦余,外面是花秸,上面抹好泥巴储存起来,留做来年脱坯、搭炕、抹房之用。花秸垛一般在野外,因此也就成了黄鼠狼、刺猬、蛇、狐狸的栖身之所。乡村人一直将这些动物看作大仙,能出邪祟附人体通鬼神。村外的花秸垛也像坟茔一样,令人恐惧,特别是在小孩子眼里,更是一个可怕的所在。

驴不仅通人性,还有一只灵目,能看见人眼所不能看见的妖邪之物。陈日修朝花秸垛走去,这里果然有了异样。花秸垛的后面坍塌了,露出了一个洞口。洞口中的花秸在蠕动着,像是里面藏着什么东西。陈日修马上想到的是狐狸黄鼠狼一类的仙物,他不想理睬它们,轻易地干扰它们会招来许多是非和灾难。陈日修是读书人,子不语怪、力、乱、神,他本不该信这些歪门邪道,可是事到临头他还是有几分胆怯。

花秸洞口又蠕动了一下,露出了一只穿着鞋的脚。天呀,是个人!什么人躲在这里面?在这滴水成冰的三九天,怎么往里躲也会冻成冰棍儿的。他朝前凑了凑,朝里面喊着:“什么人?你躲在里面干什么?”

没有人答话,只是那穿着鞋的脚又动了动。这一回陈日修看清楚了,那只脚上穿着的是一只千层底的布鞋,虽说鞋底已经快磨破了,鞋面却还干干净净。从这只鞋上可以看出里面不是一个卖苦力的人,也不像一个流浪汉,倒像是一个读书人。

陈日修蹲下身子,继续朝里面喊着:“喂,你是什么人? 能不能出来说话?”

那只脚又在动,显然是向外动。动了一会儿,又露出了另一只脚。陈日修知道,这个人虽说还活着,可是行动已经非常困难,命在垂危了。

救人要紧,他顾不得许多了,他弯下身子,抓住了那个人的两只脚,使劲往外拽着……

陈日修从花秸垛里救出来的正是夏雨轩。

夏雨轩是交不起食宿费被赶出来的。那个汤显祖写过《牡丹亭》的旅馆,可不像汤显祖那样“所言者情”;那个自称是马经纶后代的旅馆东家,更不像马经纶那样为朋友两肋插刀倾家荡产。夏雨轩也是胆大包天,带着十两银子就敢进京。十两银子在一个山沟乡野里,也许一家人一年都花不了,可是在这大名鼎鼎的牡丹亭客栈,连一个月也住不下来。夏雨轩是有自知之明的,他原本想住一两夜,瞻仰一下汤显祖的遗迹便继续赶路的。没想到一路饥寒劳碌,内热攻心,一歇下来便病倒了。病了不能赶路不说,还得求医买药,这又花去了他大部积蓄。病好了,身体却虚弱得像一摊掺了花秸的烂泥。此时他已身无分文,只好拖着残躯走出了那冷冰冰的牡丹亭客栈。他无路可走,真可谓呼天不应,呼地不语。北风呼号,腹内空空,又冻又饿使他浑身发抖,寸步难行。他是被一阵旋风吹到这花秸垛上来的,他跌倒以后,为了抵御风寒,一把一把地撕扯着花秸往身上盖。撕一把盖一把被风吹走一把,撕着撕着,花秸垛上便形成了一个洞。一种求生的本能使他像伤病的野兽一样朝洞里钻去,越钻越深,直到整个身子全都钻了进去,外面只剩下了一只脚。就是这只脚,使他遇见了陈日修。

夏雨轩被陈日修从花秸垛里拖出来时,已经奄奄一息神志不清了。陈日修立刻从路上拦截了一辆大车,求人帮助把夏雨轩拉到自己的家里。又马上为他求医煎药,灌汤喂水,使夏雨轩很快苏醒过来。

夏雨轩进了陈家便没有走。陈日修救人救到底,不但供他食宿,还为他添置衣裳,带着他求师拜门,准备来年三月的会试。也是命中缘分,两个人一见如故,相见恨晚,遂结为金兰之好。夏雨轩果然不负家人和友人的众望,一举会试登科,考中贡士。不久又殿试二甲,皇帝钦赐进士出身。

夏雨轩进了翰林院以后,依然将陈家视为己家,长住短留,随心所欲。后来夏雨轩将老婆孩子从泰安老家接来,陈日修便把西边的一所院子给了他们,那是一所祖上留下来的老宅。

夏雨轩升任通州知州以后,忙得不可开交,连家都没顾上回来,更不用说来拜望陈日修了。大清国对地方官员的回避制度是很严格的,知县或知州绝对不允许任用本地人,开国之初,官员到地方就任携带妻子是有严格限制的。还是乾隆皇帝开明,讲究人伦天道,曾于乾隆四十一年颁布谕旨:“文武官员知县以上年过四十其无子者,方准挈眷前往。此例未知始自何来?殊可不必。王道本乎人情,旧例未为允洽,嗣后准其携带。”

家眷可以带了,可是严格限制人数。“外任官员,除携带兄弟、妻子外,汉督、抚准带家人五十名,藩、臬准带家人四十名,道、府准带三十名,同知准带二十名,通判、州、县准带二十名”。

夏雨轩只有一妻一女,除了新聘的刑名师爷和钱谷师爷,他一个人也没有带,以后也不想带。让他犹豫不定的是,过去他做的是京官,家眷住在通州城里是无可非议的。现在他来通州做官,虽然在天子脚下,但毕竟是地方官了。地方官的家眷再住在地方,恐怕有点儿不大合适。

夏雨轩已经叫人把衙门的后宅收拾好了,只是此事还没有跟妻子讲,更没有征询陈日修的意见,所以迟迟没顾上往里搬。也是上任以后事情太多,又加上为铁麟寻找兰儿的事,一切都没有来得及。

使夏雨轩万万想不到的是,他没去拜望陈日修,他的衙役倒把陈日修的儿子陈天伦抓来了。他把陈天伦带到花厅,和铁麟一起听陈天伦讲述了兰儿得而复失的过程之后,就身起到陈家来了。

夏雨轩到来的时候,守候在这里的刑名师爷金汝林刚刚离去。陈日修腿伤未愈,依然卧在炕上。夏雨轩进来,陈日修要起身行礼,夏雨轩急忙过去扶住了他。

夏雨轩愧疚地说:“陈兄,你还给我行礼,失礼的是我,我这些天真忙得六亲不认了。”

陈日修说:“快别这么说,官身不由己。我知道你忙,本来该为你做点儿什么,没想到黄鼠狼专咬病鸭子,你瞧我这腿……”

夏雨轩关切地问:“陈兄的腿伤怎么样了?好些吗?”

陈日修说:“伤倒没什么,魏大先生的药也很见效。伤筋动骨一百天,又赶上快开漕了,我只好把天伦叫回来了……哦,说到天伦,刚才你衙门上来了几个人，说是要找那个孩子。这到底是怎么回事呀？那个孩子到底是谁的？”

夏雨轩叹起气来：“唉……这事麻烦大了。”

陈日修的心又提了起来。

夏雨轩遂将事情的来龙去脉向陈日修说了一遍。

陈日修急着问：“那天伦呢？仓场总督大人没有怪罪天伦？”

夏雨轩说：“他怎么能怪罪天伦呢？你们和天伦都已经尽心尽力了。铁麟可不是糊涂人，我跟他交情甚厚，请陈兄放心。天伦是跟我一起出来的，他到坐粮厅去了，收粮上的事情还有许多手续要办，他让我跟您说一声，完了事就回家。”

陈日修沉吟起来。

夏雨轩说：“陈兄，我觉得此事非同小可，恐怕不是一般的拐骗案。”

陈日修说：“我也觉得这里面深浅难测，听天伦讲，那个拍花子是个女人。”

夏雨轩说：“我也问过衙门里的一些老差役，他们说，拍花子拐骗小孩儿，主要是为了钱。拍到男孩儿大多卖给没有儿子的绝户人家，拍到女孩儿一般给妓院。那个拍花子既然拍到的是女孩儿，怎么又往乡下带呢？乡下又没有妓院？”

陈日修思索着说：“看来那个拍花子不是要把孩子卖掉，而是要把孩子转移。”

夏雨轩眼睛一亮：“这么说，他们不是为了钱？”

陈日修摇着头说：“不像是为了钱。”

夏雨轩问：“不是为了钱，那又是为了什么呢？”

陈日修说：“恐怕是对着仓场总督来的。”

夏雨轩不言语了，他越发觉得事情严重了。

陈日修继续分析说：“我一直在想这一个题目，漕运码头是什么？这不是一个地盘，这是一个王国。可是这个王国又不是有君有臣权力集中的朝廷，而是一个国中有国，王下有王的大大小小的部落。上有坐粮厅、中西两仓、土石两坝、五闸河道，中有监督书办、巡查经承、经纪斛头、车户花户，下有扛大个的、起驳拉纤的、缝穷的、扫街的。这是里面，属于直接吃漕粮的。还有外面，商贾会馆、茶楼饭店、花船妓院、卖艺的、赌钱的、耍胳膊根的、玩三只手的，可以说是五行八作、三教九流，这些人都在吃漕运，都在靠漕运活着。可是各有各的吃法，各有各的活路。不管怎么吃怎么活，先得在这漕运上站住脚，抢一个地盘。经过金、元、明到了今天的大清，漕运上的地盘已经被占得严严实实、满满当当。每一个山头上都有王，每一个地盘上都称霸，每一个犄角旮旯里都藏龙卧虎，盘根错节，利害相关，这真正是一个针插难进、水泼难湿的森严壁垒。无论是谁，哪怕是一个敲小锣变戏法的，你要想在漕运码头上占屁股大的一块地方，都得经过一番刀刀见血的厮杀。仓场总督是什么？仓场总督是这漕运码头上的王上之王，霸上之霸，可是王上之王未必有权，霸上之霸未必有威，有点儿像凌驾于七国之上的周天子。如果你这个仓场总督只是当个被诸侯挟持的傀儡也就罢了，如果你想立权立威，如果你想打乱原来的秩序，这不是从虎口里往外掏肉吗？不给你闹得地动山摇才怪……”

陈日修的一番话，说得夏雨轩胆战心惊。他担心的不是自己，而是仓场总督铁麟。

从坐粮厅出来，陈天伦便向运河两坝上走去。每年漕粮收兑之前，军粮经纪都要到坐粮厅掣签，决定由谁来收兑哪帮漕粮。第一批漕船是河南和山东的，掣签的结果，由陈天伦来负责收兑临清卫山东前帮六州县的漕粮。临清卫前帮已经从坐粮厅领到虎头牌，正在靠坝拢岸。

大运河里已经挤满了运粮的漕船，漕船的桅杆上点着摇摇晃晃的风雨灯。灯光映照在河面上，星星斑斑，筛金簸银。船头上，堤岸上，人影晃动，忽隐忽现。炊烟从船头上飘过来，一阵阵饭菜的香味混杂在一起，浓烈呛人，反而倒了人的胃口。岸上的小商贩也活跃起来，叫卖声此起彼伏，如唤如泣。

陈天伦顺着石坝朝南走，寻找着临清卫前帮的漕船。天黑了，虽然虎头牌已经悬挂在船头了，但是要辨认出哪帮船队还是很困难的。陈天伦只能是一段一段地打听着，只要听到是山东口音便仔细问一问。他走着问着，常常要跑下大堤凑近船帮去问。河滩上栽种着一行一行的垂柳，七九八九，抬头看柳。柳树已经吐出了嫩黄，伸出了鸟舌一样小巧的叶片。突然，他觉得头上的树梢动了一下，刚要躲避，便被人用手捂住了嘴巴，紧接着一把冰凉的钢剑搁在了他的脖子上。

一个声音威胁着他：“不许叫，叫就宰了你，老老实实地跟我走。”

陈天伦还算沉着，毕竟是喝大运河水长大的，大场面没经历过，也听说过。此时此刻，慌是没有用的，没有人来救你，只有凭自己的智慧和冷静了。

劫持他的是一个蒙面人，分辨不出年龄，只觉得个头并不高，而且是单身一人。陈天伦被挟持着往前走，劫持他的人没有捆绑他，也没有拉着他，而是用剑尖紧紧地抵着他的后背，像赶羊一样地朝前赶着他。他们一直走在运河大堤的下面，上面就是石坝，坝上总有人来人往。但是陈天伦不敢喊叫，他怕他真的一张口,那把冰冷的钢剑就会给他穿个透心凉。地上坎坷不平,他深一脚浅一脚地走着,后面押着他的人也不说话。那把钢剑却一直没有离开过他,陈天伦的后背上一直在嗞嗞地冒凉气,他生怕后面的人失了手把剑尖儿捅进他的心脏。走了很长时间,河滩上始终没有行人经过,也难怪,黑天黑地的,人们到河滩上来干什么?陈天伦只好心中暗暗叫苦。

前面是一片开阔的河滩地,河下是芦苇丛,河滩上是瓜田。眼下河水刚刚解冻,河湾里既没有芦苇,河滩上也没有瓜秧。倒是有一个茅草搭成的瓜棚依然孤零零地矗立在河滩上,还是去年瓜农留下的。陈天伦被驱赶着进了瓜棚,瓜棚已经残破不堪了。后面的剑尖儿一拨,陈天伦转过身来,跟劫持他的人面对面地站在了一起,中间只隔着一把钢剑。

既然劫持他的人不说话,陈天伦也不便说话。在路上,他一边踉踉跄跄地走着,一边推测着各种各样的可能。有一条他是肯定的,劫持者绝不仅仅是为了要他的命。要是那样,还把他驱赶到这么远的地方来干什么?

劫持者将蒙着面的黑巾扯下来,露出了一头瀑布似的乌发和两只晨星般的眼睛,陈天伦一下惊愣住了。

"你就叫陈天伦?"姑娘说话了,声音也很好听,一点儿也不像个劫匪。

陈天伦本来想向她施个礼,可是对着紧抵在他胸口上的剑尖儿,他一动也不敢动。

"兰儿哪儿去了?"姑娘威逼着他,好听的声音里夹带着威严与愤怒。

陈天伦一时没有明白:"你说谁?谁是兰儿?"

姑娘说:"就是那个小姑娘,她现在在哪儿?"

陈天伦说:"被人劫持走了,我已经跟知州和总督大人都说清楚了。"

姑娘说:"我不信,你骗得了知州和总督,可骗不了我。你说,是谁把兰儿劫持走了?劫持到哪儿去了?"

陈天伦说:"这么说,你怀疑我跟劫持兰儿的人是一伙儿的?"

姑娘说:"如果不是一伙儿的,他们怎么知道你捡到一个孩子?他们怎么知道你去给孩子看病?他们怎么知道你走哪一条路?"

姑娘一连气问了三个为什么,把陈天伦问急了:"姑娘说的好没道理!我跟他们要是一伙儿的,当初我为什么要救那个孩子?我要是不想救人救到底,为什么还去给那孩子看病?"

姑娘自有她的道理和推理:"你把兰儿卖了是不是?你卖了兰儿又不想承担罪名,就设计了这劫持的圈套儿是不是?告诉我,你把兰儿卖给谁了?你今日要是不交出兰儿，就别想活着回去，我这把宝剑可是不吃素的。”

陈天伦被这句话激火了，他也顾不上红颜怒目不吃素的宝剑了，冲着姑娘叫嚷起来：“要杀要砍随你便，我陈天伦好歹也是个国子监的生员，我能办这伤天害理的事情吗？你到漕运码头上打听打听，我们陈家算不上名门望族，可也是诗书礼仪之家，祖祖辈辈修善积德，你怎么随便侮辱人？你说我把兰儿卖了，有什么凭据？”

见陈天伦急了，姑娘的语调缓和下来：“这么说你跟劫持兰儿的人不是一伙儿的？”

陈天伦气怒地看了她一眼，不屑回答这令他屈辱的问题。

姑娘把宝剑放下来。

陈天伦站着没动，他不想趁机逃跑。

姑娘说：“虽说你跟劫匪不是一伙儿的，可是兰儿毕竟是从你手里被劫走的，你难逃其咎。”

陈天伦余怒未消：“那你说怎么办吧？”

姑娘说：“你得帮我找。”

陈天伦大胆地看了看姑娘：“我凭什么要帮你找？你是谁？你为什么要找兰儿？”

姑娘说：“没别的，是我把兰儿弄丢的。”

有关兰儿和兰儿丢失的情况，他在州府衙门时就听夏雨轩说了。现在他知道站在他面前的姑娘是谁了，心里不由得又紧张起来：“这么说，你是仓场总督铁大人的女公子了？”

姑娘说：“我叫甘戎。”

陈天伦不知道为什么，心里一阵发热，诚恳地说：“姑娘请放心，我一定帮助你找回兰儿。”

甘戎将剑朝外一指：“那就走吧。”

陈天伦问：“到哪儿去？”

甘戎说：“去找兰儿呀。”

陈天伦问：“到哪儿去找？”

甘戎说：“我哪儿知道呀。”

陈天伦心里想，怎么大户人家的女儿这么霸道啊？

第五章

甘戎得了疑心病,用陈天伦的话说,还病得不轻。她没日没夜地在漕运码头上转着,看到哪个女孩儿都像兰儿,看谁都像是劫持兰儿的人。如果她认定了一个人可疑,就一直跟踪着人家,直到把人家的底细弄得水落石出为止。

她嫌女孩子家在码头上晃来晃去不方便,就常常换上一身男装,长袍马褂,青衿小帽,一副俊俏的读书人模样。这样一来,不但十分方便,到哪儿还都能受到欢迎。

这一天傍晚,她又盯上了一个人。

此人是从漕船上下来的,后面还跟着两个随从,两个随从一个背着竹篓,一个背着包袱。她也不知道为什么怀疑上了这一伙儿人,她甚至觉得那个竹篓里就藏着兰儿。

这三个人走过石坝,又穿过土坝,再往前走就进了大王庙。大王庙在通州城东关外河沿,因它前面的两扇门脸上各雕着一个蛤蟆,当地人便称之为蛤蟆寺。蛤蟆寺前面有一个黄色的亭子,亭子里面竖着块石碑,碑上刻着有关漕运的法律规定。其中有一条规定就是,漕船以外的所有客船、货船均不得在亭子以北靠岸,以免贻误漕粮的收兑。亭子北边,就是著名的土石两坝了。

大王庙或曰蛤蟆寺是运丁们顶礼膜拜、进香献供的地方,各帮漕船按规定日期抵通之后,都要进庙拜大王。

甘戎尾随着这三个人进了蛤蟆寺,紧驱几步,躲在了庙门后面。庙里有正殿一座配殿两座,中间还有一个戏楼。在正殿与配殿之间,都是游廊相接,回廊九曲,富丽堂皇,油漆彩绘,香烟缭绕。

三个人进了庙门进了正殿,甘戎也随之闪进来,潜伏在大王塑像的后面。为首那个人先向大王进了香,然后又从随从手里接过一个竹子编织的盘子,盘子上面盖着一块黄绫子。那个人将竹盘子上面的黄绫子揭开,双手高高捧起,恭恭敬敬地向着大王跪下来。甘戎定睛一看,原来竹盘里装着的是一条青花蛇,她不由得身上哆嗦了一下。这运丁们也真怪,用什么进供不好,为什么单单用这可怕的蛇呢？甘戎天不怕地不怕鬼神不怕，却偏偏怕蛇。她不愿意在这里久留，这大王庙里邪祟太重，便悄悄地溜了出来。

甘戎出了蛤蟆寺，还是放不下那三个人。时间不长，那三个人从庙里出来了，又径直朝黄亭子南边的一家饭店里走去。甘戎又趁机跟踪上来。

这家饭店叫天河楼，是漕运码头上有名的高档饭庄。三层砖木结构的小楼，飞檐翘脊，雕梁画栋。楼的基座一半跨着堤岸，一半悬在水上。这家饭店的东家姓侯，山西人，除了这家饭店，还在城里开着钱庄，是个富甲一方的人物。这里的厨师据说有好几位是从皇宫里出来的，都有几手做菜的绝活儿。而到这里来用餐的，多是腰缠万贯的富商大贾和达官贵人，再有就是码头上的政要和帮首了。这里指的是大餐，都说店大欺客，天河楼却不是这样。侯老板非常明白得人得财的道理，所以立下了严格的店规店章：童叟无欺，贫富咸迎。

大餐之外，亦有家常菜肴，专门为接待那些阮囊羞涩的风雅之士。甚或贩夫走卒，流浪艺人，进得门来也会受到笑脸迎接。买卖不分大小，赚一文钱获一份人心。天河楼的生意重要，可名声信誉更重要。

饭店的高档还有一点可以证明，高悬在楼眉上的“天河楼”三个镏金大字，竟然是乾隆皇帝的御笔。乾隆皇帝六下江南，每次在大运河登舟，天河楼都要准备几个精致可口的菜肴奉献上去，深得乾隆皇帝的赞赏。

甘戎见那三个人进了天河楼，也大摇大摆地踱了进去。一进门，就吓了她一跳。满店的小伙计个个聪明伶俐，干净利索，嘴勤脚快，见有客人进来，齐刷刷地喊了起来：“里面请啊，您哪……”紧接着，又是一片此起彼伏的叫喊声：“凉拌粉皮，拉薄剁窄，多加芥末……”，“我的那个菜马前啊……”这叫作鸣堂，京城的大饭馆里多是这个规矩。做生意讲究红火，饭菜飘香，刀勺乱响，满堂热闹，显得格外有生气。北京人好摆谱，把吃饭当成乐子，当成交际，当成身份。到这样的饭店里，这么多人前呼后拥着，左右伺候着，听着顺耳，吃着舒坦，花钱不冤，特别的有“爷份儿”。所以饭吃完了，都扔下几个赏钱，玩的就是这个派。这时候，堂头一声高喊：“刘四爷赏钱两吊……”堂头的话音未落，满堂伙计，伙房厨师，洗菜的，刷碗的，打杂的，包括账房先生，甚至饭店的东家都一齐高喊：“谢谢啦……”就这满堂欢实劲儿，让赏了钱的客人觉得脸上特别有光彩，心满意足地出了大门，下次吃饭肯定还到这里扔钱。

甘戎虽说出身官宦人家，又娇生惯养，锦衣玉食，可是到大饭店来的机会并不多。越是大家的女子，越是讲究大门不出二门不迈，行不露足，笑不露齿。多亏甘戎是女扮男装，才能有此方便。

一个小伙计把她朝一张靠窗子的座位那边领，她却摇了摇头，拣账桌附近的一张桌子上坐下来。小伙子在她面前一站，将手里的白手巾往左肩上一搭，热情地说：“您想用点儿什么？”

甘戎一愣，她本来没想到这里吃饭，可是跑了半天，肚子也确实饿了。吃点儿什么好呢？

小伙计见她犹豫，就满口生花地向她报起了菜名：“凉菜有酱牛肉、熏小鱼儿、辣肚丝儿、花生仁儿……炒菜有焦熘肉片、京酱肉丝、宫保鸡丁、葱爆羊肉、木须肉、摊黄菜、熘肝尖儿、炒腰花儿……”

甘戎毕竟是大宅门里长大的，到哪儿都不怵阵，不怯场，还时不时地要一下小姐的脾气。她的心思一直在被她跟踪的那三个人身上，哪有工夫听小伙计在她耳边乱聒噪，她不耐烦地挥了挥手，制止了小伙计继续报菜名：“行了行了，你给我来半斤肉丝炒饼，一碗鸡蛋汤就行了。”

大饭店的伙计就是不一般，尽管受到了顾客的白眼，可仍然是不急不火，满脸堆笑，丝毫没有减弱半点儿的热情，他听完甘戎点的饭食以后，马上冲后厨高喊着：“半斤肉丝炒饼，一碗甩果汤，马前啊……”

甘戎这才知道，鸡蛋汤到饭店里该叫甩果汤。管他呢，爱叫什么叫什么。

账桌前面那一幕却让甘戎有点儿惊心，三个人当中为首的那位正从包袱里往外掏着元宝，五十两一锭的雪花银元宝，他一连掏出了八锭，齐刷刷地摆在了账桌上，像蹲上了八个白白嫩嫩的大胖小子。

干瘦得如同笤帚疙瘩一样的账房先生倒是一副见怪不怪的样子，轻描淡写地问：“就一桌？什么时候？”

那位客人谦卑地问：“后天行吗？”

账房先生摇起了头：“后天哪儿行？有的菜提前三天就得上灶，您还得给我们留点儿采买的工夫吧？”

那位客人说：“那您说，最快什么时候？”

账房先生说：“最快也得二月二十九，打着四天的工夫。”

那位客人有点儿为难：“三月一号就开漕了，我怕来不及，这样吧……”那位客人说着，又掏出两锭元宝摆在账桌上。

账房先生并不为钱所动，他把摆满桌子上的所有元宝往外推了推，谦虚地说：“这实在难为小店了，还是请先生到一家大饭庄去吧。”

那位客人急了：“什么大饭庄，在这漕运码头上，还有比天河楼更大的饭庄吗？”

账房先生说："当然有啦，妃子楼，漕运饭庄，可都是天字号的。"

那位客人急忙说："不不，求求您了，您多帮忙，二十九号就二十九号吧，我哪儿也不去，就认准您这儿了。"

账房先生做出一副非常勉强的样子："那就请先生留下尊姓大名吧。"

那位客人说："临清卫山东前帮领运官徐嘉传。"

账房先生这才将那些元宝一个一个往钱柜里塞，那位客人千恩万谢，点头哈腰地走了。

都说店大欺客，甘戎总算见识到了。可令她奇怪的是，这家大店对她这类小顾客倒是热情有加，对那位送来金山银山的大主顾怎么反倒板起了脸呢？

那三个人在欢快的鸣堂声中出去了，甘戎急忙将盘子里的肉丝炒饼塞进嘴里，又端起鸡蛋汤往下冲了冲，也急急追了出去……

夏雨轩可是第一次经历这么奢华的饭局，实在是让他大开了眼界。

这些年，夏雨轩一直当的是京官。京官与外官不同，京官清贵而外官鄙俗，京官穷瘠而外官富肥，京官是金马玉堂、水木清华，外官则是风尘俗吏、手板脚靴。总而言之，京官占尽了一个"礼"字，外官则吞足了一个"钱"字。夏雨轩后来熬到翰林院编修，正六品，年俸银五十两，禄米三十石。苦寒出身的夏雨轩过惯了穷日子，加上老婆能勤俭持家，更加上陈日修给的房子死活不要租金，夏雨轩倒也没觉得捉襟见肘。现在升任通州知州，通州这个地方是天子脚下，又是漕运码头重地，官员的品位比别的地方高得多，正五品，每年俸银可以增至八十两，禄米四十石了。

几乎大多数京官外放，都图的是一个钱字。夏雨轩却不同，他绝对不会贪钱，贪钱就辱没了祖先，贪钱就白读那么多圣贤之书，贪钱就对不起自己的宏图大志了。

钱不贪，饭总是要吃的。夏雨轩发现，徐嘉传这一桌请的都是头面人物。仓场总督铁麟接到了请柬没有来，坐粮厅满厅丞金简，汉厅丞许良年来了，还有一个是坐粮厅的书办，姓常，夏雨轩没有问他的名字。在他来之前，铁麟已经告诉了他，他将要去吃的这一桌酒席价值五百两银子，也不知道铁麟是从哪儿得到的这个消息。这样，加上徐嘉传自己，也只有五个人。好家伙，一个人合一百两银子，什么席面这么值钱。

二位厅丞俱是钦简五品，虽说与夏雨轩同一品位，可是人家毕竟是漕运码头上的政要，依然算是京官，而夏雨轩已属外放，算是地方官了。官场上最是这样，非常讲究排位座次。一顿酒席花再多的钱，要是把一个人的位置排低了，这顿饭就算是白请，甚至还不如不请呢。三个人谦让了半天，总算坐了下来。金简居首，夏雨轩居其左，许良年居其右。左为上，夏雨轩跟许良年推让来推让去，许良年就是不答应，夏雨轩也只好向许良年行了个礼，说是愧领了。

下边当然是常书办和徐嘉传，徐嘉传算是主人，要不是他出钱，借他几个胆子他也不敢坐到这个席面上来。现在坐是坐了，可不敢坐稳，不敢坐正，还要时不时地站起来招呼着。说他是主人也可以算是主人，说他是伺候各位的下人也不为过。说起来徐嘉传也是入流的，屯田卫所军的守备，正五品。从品位上看，他与两位厅丞和通州知州是平级的，可是武官的地位不可与文官同日而语，要是不懂得这一规矩，就要露大怯，丢大人，坏大事。中国历代都是以“偃武修文”为盛世，重文轻武由来已久。各省的提督，综理一省的军务，按说可是与督抚分庭抗礼了吧？可是不然，提督见了督抚，要自称“标下”或“沐恩”，参见侍立，不能平起平坐。同是状元，文状元点取后授职翰林院，武状元则只做皇宫外一个站岗的侍卫而已。

这桌酒席摆在天河楼二楼的雅座里，这雅座还有一个别致的名字：花枝巷。八年前，军粮经纪陈日修和王木匠一起在天河楼喝酒，议论起了他们研究《红楼梦》的最新成果。《红楼梦》第六十回写道，贾甄将他的二小姨子尤二姐暗暗藏在“小花枝巷”内的一所房子里，王木匠说，他有非常充分的证据证明曹翁写的那个“小花枝巷”就是张家湾南门内西侧的第一条胡同，里面有一所四合小院，二十多间房，正是尤二姐住的地方。这条胡同的南侧就是曹雪芹家的当铺，现在门面依然开着，只是换了东家。两个人说得头头是道，天河楼的少东家侯晋原在一旁听得津津有味。饭后，侯晋原说什么也不要两个人的饭钱，非要求他们留下一副字不可。陈日修和王木匠盛情难却，只好提笔写下了“花枝巷”的匾额，此间飘逸遒劲的手笔，正是陈日修的墨迹。

夏雨轩久居通州，对仓场总督和坐粮厅并不陌生，可是也交往不多，只是场面上的应酬认识而已。在他的眼睛里，金简和许良年倒是搭配得非常合适。一个大轰大嗡、叱咤风云，一个蔫头耷脑、沉默寡言；一个是粗枝大叶、甘愿大权旁落，一个是面面俱到、牢牢抓住印把子；一个是大包大揽、对人热情得过分；一个是死豆不开花、难敲他的城府之门……这只不过都是些表面的观察和道听途说，至于这两个人骨子里到底是怎么回事，那就很难说了。

对于夏雨轩新官上任，他们自然要恭维祝贺一番。酒杯刚斟上，金简就迫不及待地站起来，一副肝胆相照的表白：“雨轩兄荣任通州知州，我等心悦诚服。

过去是好兄弟，如今是好搭档。这第一杯酒祝贺雨轩兄荣升；其二，漕运上和地方上息息相关、荣辱与共，但是也难免有马勺碰锅沿的时候，今后还有许多事情要骚扰雨轩兄，愿我们精诚合作，珠联璧合，这是我要敬的第二杯；第三杯酒，祝雨轩兄政绩卓著、飞黄腾达。来来来，敬者先喝，我带头先……”

突如其来，一点儿铺垫都没有，金简已经发表了一通祝酒词，他端起酒杯，刚要举杯往肚子里灌，许良年却伸手把他拦下了：“金大人，您急什么呀？菜还没上来呢，哪儿能干拉呀？”

金简一看，也不由得笑了：“我这个人就是性子急，心急吃不上热豆腐，快快快，徐守备，赶紧让他们上菜呀！”

徐嘉传听到吩咐，急忙跑出去催促上菜。

夏雨轩笑了笑，歉疚地说：“金大人，您看，您这一急不要紧，把我跟许大人撂在冰上了，怎么着也该我们先向您敬酒呀。”

夏雨轩随着许良年称金简为大人，这并不奇怪。按照大清的惯例，四品黄堂以上方可称大人，一般知州知县都称老爷。当时在京官当中，五品以上的有时候也称大人，没有人计较这些。甚至有时候他们的上司，譬如铁麟，也称坐粮厅的厅丞为大人，这里便有些是尊重的意思了。

徐嘉传出去转了一圈儿，桌面上便魔术般地变出了八碟下酒凉菜，即牛鞭、钱肉、驼掌、狗脖、凤爪、鹅蹼、鸭肝、鹌鹑蛋。

见来了酒菜，夏雨轩和许良年都要抢先，争着要敬酒。常书办却把他们拦住了：“二位大人且慢，这顿饭咱要改改规矩，有一道汤先请三位大人尝尝，这叫作会喝酒先喝汤。”

金简说：“为什么先要喝汤，咱先喝酒再喝汤不行吗？”

常书办说：“这道汤非同一般，又鲜嫩又娇气，需要细细地品尝。几位大人要是喝了酒，舌头就会麻木了，那美妙的味道就品尝不出来了。”

金简说：“你这哪是在说汤，分明在说女人嘛。”

常书办神秘地说：“巧了，这道汤就叫美人羹，金大人尝一尝就知道了，恐怕比幼女娇娃还有味道。”

千等万等，等得金简都不耐烦了，汤才终于端了上来。蓝花细瓷的汤盆，里面清清淡淡，微红透绿，上面浮着几片湛青碧绿的菠菜叶，像一湾漂着金钱莲叶的清泉，颜色果然诱人，其他的便看不出有什么与众不同了。

两个干净利索的小伙计端上汤盆，又拿来几只精致的小碗，给每人舀了一碗汤。三个人抄起汤匙,慢慢地品尝起来。这汤有点儿微腥,可腥得却不令人讨厌。相反地,这腥味儿中却透出了一股清新和鲜嫩。清新得如雨后的芳草地,有凉丝丝的嫩绿色的叶香,也有潮润润的泥土的味道。鲜嫩得如同立春时的柳芽儿,撩拨得人春情荡漾,想入非非。常书办说对了,这汤确实需要口舌清爽方能品味,一旦酒精麻痹了味蕾,恐怕就很难见微知著了。

金简摇头晃脑地喝了一会儿汤,像是突然想起了似的问常书办:“这汤怎么叫美人羹呢?”

常书办说:“说叫美人羹,实在是在下想讨大人一笑,实际上该叫鲤鱼血丝羹。”

金简大惊小怪地说:“什么,这汤是用鲤鱼做的?怎么不见一点儿鱼肉,没有一点儿鱼味儿呢?”

常书办说:“这是因为这汤的做法有点儿特别,先把一锅水兑好调料烧得滚沸,然后再将鲜活的鲤鱼倒挂在锅上,用木棒猛击鱼头,鲤鱼就会张开口,吐出丝丝丝缕缕的鲜血来,鲜血滴在锅里,立刻被沸水消融……”

金简更加惊奇起来:“鲤鱼吐血,一条鲤鱼能吐多少血?”

常书办说:“当然用的都是二斤重的大鲤鱼了,还得要活的,最好是刚从河里打捞上来的。”

金简说:“大鲤鱼也没有多少血呀。做这一锅汤,得需要多少鲤鱼?”

常书办说:“这锅汤用的是六十四条鲤鱼。”

金简扒根问底:“为什么单单用六十四条?”

一直坐在下首尴尴尬尬插不上话的徐嘉传,这会儿急忙起身说:“我们临清卫山东前帮共有六十四只漕船,每条漕船向各位大人献上一条鲤鱼,实在是不成敬意。”

金简高兴地说:“好啊,难得你们如此用心良苦,我就先敬你一杯吧。”

徐嘉传忙说:“不行不行,您这不是折我的寿吗?我还没给各位大人敬酒呢。”

许良年又拦住了金简:“金大人先别忙着喝酒,还有新鲜菜呢。”

金简说:“噢,还有新鲜菜,也是先尝吗?”

常书办说:“这道菜上来,您趁着新鲜可以先尝一口,尝一口以后就可以喝酒了。”

端上来的是两盘里脊,一盘焦熘,一盘爆炒。焦熘的红里透黄,光泽如玉;爆炒的雪白粉嫩,娇若初霜。众人举箸,皆赞不绝口。

夏雨轩先夹了一箸爆炒里脊,立刻觉得清香沁脾,满口爽滑,娇嫩得似乎不忍咀嚼。这感觉像是在嗅着一朵初绽的花蕾,稍不小心就要破损。他谨慎入微地体味着这美妙的佳肴,待慢慢咽下之后,又夹起一块焦熘里脊。这道菜更是绝妙无比,外焦里嫩。齿尖咬破焦脆的外壳,发出轻微的爆裂声,然后便在舌尖儿上化开了。那一团柔柔的感觉在慢慢地融化着,洇浸着,初吻般地传遍了全身,丝丝的快意刺激着神经末梢,一种浸透心脾的舒服与畅快……

夏雨轩是经受过穷苦饥寒的人,他最初对食物的理解仅仅是果腹疗饥。顺口的便是香,便是好吃。什么是香,什么是好吃,不掺糠的净米净面已经很难得了,再有点儿荤腥儿就是过年了。至于不受限制地大嚼鸡鸭鱼肉,那真是最高理想和最高境界了。有谁能知道,世间还有如此可心可口之物,如此不仅疗饥而且令人周身都有感觉的美味呢?

常书办待众人品尝到了好处之后,便殷勤地说:“各位大人知道这里脊是如何制作的吗?”

夏雨轩首先摇头,许良年不动声色,金简则催促他快说。

常书办说:“将六十四头猪关在一个大屋子里,然后找几十个耐心勤快的伙计,每人手里举着一根竹竿,慢慢地在猪的身上敲打着。猪被打以后便纷纷逃窜,可逃也逃不出这大屋子。就这样,慢慢地敲打,打得猪筋疲力尽,遍体鳞伤。猪在这种折磨中慢慢地死去,猪死之后立即将里脊取出,其他部分统统扔掉不用。”

夏雨轩心疼地说:“一头猪才有多少里脊呀?其他地方不也是肉吗?何况还有五脏六腑呢,统统扔掉了多可惜?”

常书办说:“夏大人有所不知,用这种方法将猪打死,叫作去污取精,猪在奔跑中使精华聚集,污秽沉淀,猪身上的所有精华都集中在了里脊上,其他地方则腥臭不堪食。”

夏雨轩听常书办如此之说,还是不大相信。难道猪身上的精华只有这么一点儿,而污秽却有那么多吗?果真如此,那么我们平时所吃的猪肉,大部分不都是污秽吗?怎么闻不到什么腥臭?夏雨轩心里这么想,嘴里却不再发问。久居通州,他可知道码头的深浅,千万不能小看一个小小的书办。能搅起大浪掀翻大船的往往不是蛟龙巨鲸,而是躲在暗处的乌贼鳖龟。

金简又犯起了急脾气:“我说常书办,你别总卖关子了,这天河楼给了你多少好处呀,你这么卖力地给他宣扬。多好吃的东西一过嗓子眼儿都是屎,香在嘴里,不是还照样臭在屁股上吗?”

正在夏雨轩如此认真地品尝着每一道菜的时候，金简却说出如此粗俗恶心的话来，实在是大伤胃口，大煞风景。金简也确实如此，他可不像夏雨轩那样将品尝当成享受。他只吃，只往肚子里塞，剜在篮里的才是菜，同样，也只有塞进他肚子里的才算他自己的。他一箸入口，只要觉得好吃便大咀大嚼，狼吞虎咽。看着他那样子，夏雨轩总觉得他在暴殄天物，一切精华在他的嘴里都化作了污秽。

常书办听金简这么一说，马上随声附和着："金大人说的实在是至理名言，咱老祖宗茹毛饮血，我看也没有这么多讲究。吃东西是为了什么？是为了活命，就是把猪肉狗肉驴肉马肉以及五谷杂粮都变成自己的肉……"

金简不耐烦地打断了常书办的话："行了行了，我要是有钱呀，什么都不买，就买你这张嘴。给你竖根杆儿，你能爬到月亮上把星星说得眨巴眼儿。来来来，先喝酒吧，我可等不及了，我刚才敬夏大人那三杯酒还没喝呢。敬者先干，话我都说完了，就直接喝三杯吧。"

金简说着，咕咚咕咚，扬起脖子，一连灌进了三杯酒。在夏雨轩看来，这酒不像是灌进了肚子里，倒像是倒进了泔水缸里。

金简的酒瘾发作起来，各位也只好陪着他往肚子里灌酒。他敬了夏雨轩，夏雨轩要喝三杯，许良年、常书办、徐嘉传也同样都要陪着喝三杯。紧接着，夏雨轩回敬金简三杯，各位也都陪着喝三杯。接下来是许良年敬夏雨轩，夏雨轩回敬许良年。许良年敬金简，常书办敬金简、许良年、夏雨轩，徐嘉传敬金简、许良年、夏雨轩、常书办……就这样，车轱辘来回转，酒桌上觥筹交错，酒话连篇，热闹非凡。一时间，花枝巷雅座里再也没有花香花影花语花情，满屋里蒸腾着浓烈的酒气，呛得人睁不开眼。再看看四个朝廷的五品大员和大权在握的书办，一个个满脸通红，眼睛冒火，唾沫横飞，一片极其忘我、放浪形骸的张狂之态。

就在这乌烟瘴气中，又上来了两道菜。一盘是驼峰，一盘是鹅掌。小伙计端上菜来报了菜名，席上人的心思都在酒上，谁也没有注意，连怎么烹制的都没有听清。

常书办却是个执着的美食家，他趁着大家打酒官司的时候，不失时机地向夏雨轩介绍了这两道菜。常书办说："今日咱吃的是'通州四绝'，第一绝是鲤鱼血丝羹，第二绝是两吃里脊，加上这驼峰和鹅掌。这通州四绝如今也只有天河楼能做得出来了。您先看这驼峰，把选好的四头骆驼拴在树上，然后用滚烫的开水朝驼峰上猛浇，将骆驼活活烫死，然后再把驼峰割下来烹制。这鹅掌呢，更是邪门，把六十四只白鹅关进铁笼子里，在笼子下面烧火。白鹅怕烫，就在铁笼子里你拥我挤地奔跑。怎么奔跑也逃不出铁笼子，直到鹅掌都被烧熟了，再把鹅弄出来，剁掉鹅掌，把整个鹅都扔掉……”

夏雨轩酒还没有喝多，开始时他还极有兴致地听着。听完以后，他觉得一阵心惊肉跳。老天也实在是不公平，同是天赐的性命，怎么这么多的性命都是供给人吃的呢？吃也罢了，还吃得如此残忍。这些性命在被吃之前，还要经受如此残酷的折磨，怎么这老天也不管一管呢？

想到这些，无论那驼峰和鹅掌如何美妙，他也绝无一饱口福的兴致了。更何况，现在酒精也确实把口舌都麻醉了，再好的东西也尝不出味道了。

夏雨轩如此，金简和许良年更是如此。酒席上，但凡美味佳肴，一定要抢先上来。酒喝起来，谁也不知道桌子上还有什么菜。所有人的注意力都在酒上，在酒词酒话上，在张扬酒态上。还有更具魅力的东西能把人从酒杯上吸引过来吗？

有，当然有。

女人。

夏雨轩刚要再举杯敬酒，只见常书办朝门外把手一招，便风吹杨柳般地飘进来三个女人。虽已到了河开燕来的季节，但还是春寒料峭，三个女人却过早地穿上了纱绸短褂，裸露着嫩藕似的胳膊和初雪般的酥胸。三个女人鸭子似的唧唧嘎嘎地进来以后，便觅食般地扑向三个坐在上首的男人："哎呀金老爷、许老爷，还有这位眼生的老爷，我们姐仨给你们请安了。金老爷和许老爷怎这么长时间不来了，是又遇上相好的了吧？哎呀，也难得今日还能把我们想起来，我们得好好陪陪您……”

一个小巧玲珑的女人径直扑向许良年，扳着许良年肩膀就往他的怀里钻。

另一个长着一张娃娃脸的女人从后面搂住了金简，双手从他的上衣领口伸进去，摸索着他那肥肥厚厚的胸脯子："瞧瞧，我们金老爷又上膘了，瞧这肚子，怀孕八个月了，还是龙凤胎……”

另一个女人像是刚出道的，脸红红的，看着两个姐妹都放肆地纠缠起了男人，大概也想跟夏雨轩亲昵，可又缩手缩脚，犹犹豫豫。

金简怀里抱着娃娃脸，却还顾得上为别人着想，实在难得。他冲着常书办叫了起来："怎么就来仨妞儿呀？你们两个怎么不找呀？"

常书办说："还是三位大人尽兴吧，我们在一边伺候着。"

金简不高兴了："什么话，我们吃饭你们可以伺候着，我们跟姑娘开心，你们掺什么乱？快快，再叫两个来。"

常书办看了徐嘉传一眼，徐嘉传起身，又朝外招了一下手。夏雨轩看出来了，姑娘们就在门外等着，这两个人就等着金简发话了。

两个姑娘挓挲着手臂跑了进来，母鸡找窝儿一样往常书办和徐嘉传的怀里扎。常书办和徐嘉传也是此中高手，立即很自然地将姑娘拢在怀里。

这突然出现的五个窑姐儿，让夏雨轩感到很尴尬。读书人出入青楼娼寮，历来是件很风雅、很时髦的事，没有人干涉，也没有人笑话。中国文人许多凄凉婉约、感人肺腑的传世之作，都是在妓院和妓女身上获得灵感的。至于风流才子与风尘女子感天动地的爱情故事，更是不胜枚举。但是大清有一条规矩，官吏不许狎妓。这个禁忌自从颁布那天起，恐怕就没有真正发生过作用。相反地，越是禁忌，越深诱惑；禁忌越严，泛滥越甚。连民间都有劝赌不劝嫖的古训，朝廷自然也有自知之明，到了以后，对这种有伤风化的事情也只好睁一只眼闭一只眼了。话又说回来了，管又能管住谁呢？连有些皇帝不是也微服出宫，到窑子里去尝个新鲜吗？

但是，禁忌总是禁忌，禁忌只不过让人做得更隐蔽、更巧妙而已。像金简和许良年这样大张旗鼓地席间招妓，夏雨轩还是第一次见到。站在他身边的小妓女放不开，他自己也拉不下脸儿来，一时间竟然干在那儿了。

许良年看着夏雨轩身边的妓女，问："还是个雏吧？"

他怀里的妓女说："可不是，鲜嫩得很，一掐一股浆儿。"

金简拍着妓女的小脸蛋儿说："瞧瞧，还是柳絮稀罕人儿。"

这时候，夏雨轩知道了金简怀里的妓女叫柳絮。让他奇怪的是，妓女们对这两位五品大官不称大人，而称老爷，不知道这是为什么。

金简和许良年跟妓女打情骂俏，夏雨轩却束手无策，不知如何是好。

许良年已经看出了夏雨轩"娼道"不深，打不开局面，怕委屈了夏雨轩，便将自己怀里的妓女拎出来："去，你去伺候夏老爷，上点儿骚劲儿，让那个雏儿来陪我吧。"

许良年怀里的妓女甩搭甩搭地扭过来，紧挨夏雨轩坐下来，藤萝似的往他身上攀缘着。

夏雨轩一边躲闪着，一边问："姑娘叫什么名字？"

藤萝般的妓女软软地说："回老爷，奴婢叫杜鹃。"

金简一听，高声叫起来："哎，你不是叫小鹌鹑吗，怎么又叫杜鹃了？"

杜鹃调皮地说:“我就叫杜鹃。”

金简问:“那你不是叫小鹌鹑了?”

杜鹃说:“不是,就不是。”

金简用筷子指着桌子上的那盘鹌鹑蛋说:“这是不是你下的蛋?”

杜鹃说:“要是我下的蛋,也是老爷您的种。”

金简夹起一个鹌鹑蛋,举到杜鹃面前:“来,自己下蛋自己吃,这叫作骨肉还家。”

杜鹃躲闪着:“我不吃,还是老爷您自己吃吧,您吃了说不定还能下一窝儿小鹌鹑蛋呢。”

许良年说话了,像是下命令:“跟金老爷怎么说话呢?没大没小的,快伸嘴把鹌鹑蛋接过来。”

杜鹃果然非常听话,张开鲜红的小嘴唇,将金简送上的鹌鹑蛋叼在嘴里。

金简说:“你要是不想吃,就给夏老爷吧。”

杜鹃立刻心领神会,伸过叼着鹌鹑蛋的小嘴唇,冲着夏雨轩的嘴边送过来。

夏雨轩实在不好意思,狼狈地躲闪着。

杜鹃却锲而不舍,扳着夏雨轩的肩膀,非要把嘴里的鹌鹑蛋吐进他的嘴里不可。

餐桌上一片哄笑。

夏雨轩突然心里一动:小鹌鹑这个名字怎么这么熟呢?像是不久前有人向他提起过。谁呢?

第六章

铁麟的乳瘾又犯了,整夜睡不着觉。睡不着觉就胡思乱想,心烦意乱,开始的时候还想吃奶,想他吃过的一个个或雪白或粉红或微黑的乳房,想留在他记忆中的各种各样的乳香。到后来,他什么都不想了,什么都想不起来了,只是一个劲儿地烦躁,心里像长满了荆棘。再到后来,他呼呼地冒虚汗,大口地喘粗气。他真的要坚持不住了。

孙嬷嬷整夜整夜地守着他,给他抚胸,给他捏背,给他擦汗,没有用。他后来连孙嬷嬷都厌烦起来,把她赶走。孙嬷嬷急得起了满嘴燎金泡,不知道该如何是好。有时候他稍微安静下来的时候,孙嬷嬷也劝他:“算了,何苦呢,还是再找一个奶妈吧。吃了大半辈子奶了,怎能说戒就戒呢?戒烟戒酒都那么难,何况戒乳?”

他心中有一个堡垒,这个堡垒是他用决心和意志建造起来的。这个堡垒为的是保全自己,固守自己,也为的是考验自己。当然,这个堡垒也是为皇帝和朝廷建造的,他要把对皇帝的忠心和报效朝廷的宏图大志保留在里面。有时候,他觉得这座堡垒坚如磐石,固若金汤;有时候,他又觉得这座堡垒脆如堆雪,顷刻即化。譬如现在他听孙嬷嬷劝他的时候,有多少次他都要脱口说让孙嬷嬷去办。但是,话到舌尖儿他又想起了皇帝,想起了朝廷。

孙嬷嬷不厌其烦地劝慰着他:“忠不忠皇上,干不干大事,不在于你吃不吃奶。忠臣也有眠花宿柳的,奸臣也有洁身自好的。男人嘛,谁没有点儿喜好。有喜烟的,有喜酒的,有喜女人的,有喜相公的,这都不是毛病。再者说了,这奶人人都吃,谁不吃?不过有吃的时间短的,有吃的时间长的。不能因为你吃的时间短就笑话吃的时间长的不是?”

任孙嬷嬷怎么说,铁麟就是不开口。他闭着眼睛,似睡非睡,似听非听,渐渐地竟安静下来。连他自己也奇怪,孙嬷嬷这些有悖于他誓愿的话却听着顺耳,丝丝入扣。

孙嬷嬷每天就是这样在他床边摸摸索索,絮絮叨叨,他入不得睡,孙嬷嬷也上不得床。毕竟是七十多岁的人了,夜里陪伴他,白天还有那么多的家务要做,又加上甘戎丢了兰儿,来来往往闹得鸡犬不宁。孙嬷嬷终于病倒了,先是感冒,咳嗽,流鼻涕,昏头涨脑,后来竟发起了高烧。铁麟急忙让曹升给她求医煎药,精心调理。留在京城里的夫人听说了,又派来了两个丫鬟,一个夏草,一个冬梅,再加上甘戎的丫鬟秋叶也来了。仓场总督的后宅一下子人丁兴旺起来。

也不知什么时候迷迷糊糊睡着的,今天要开漕,昨天晚上为了睡觉,他喝了一大碗枣仁汤。睡是睡了,可脑子却一时一刻也没有休息,不停地做梦。说是做梦,其实与醒着无异。梦中套梦,梦外有梦。什么皇上在东暖阁接见他和林则徐呀,什么王鼎大人的和田羊脂玉胡桃呀,什么沙竹巷的小院呀,什么唐大姑呀,什么小鹌鹑呀,还有兰儿,甘戎在疯疯癫癫地寻找兰儿……还有夏雨轩,那张大红请柬……潮水,汹涌澎湃,淹没了漕运码头,淹没了通州城,淹没了仓场总督衙门,淹没了他的暖烘烘的土炕……不是潮水,是声音,一股潮水般的声音,悠远、恢宏、气势磅礴……是钟声,暮鼓晨钟,钟声悠缓地响了起来,这种悠缓的声音要响十八下。授人以时,催人早起,新的一天又开始了。

进来的是冬梅,据说这是儿子甘瑞三年前从湖南衡阳买来的小丫头,买来时刚刚十二岁。跟她同时买来的还有一个叫秋叶的丫头,比她大一岁。冬梅有点儿调皮,任性,但是细心勤快,会体贴人,被夫人留下了;秋叶天性活泼,身子灵活,又能歌善舞,被甘戎要去了。天知道甘瑞到湖南衡阳干什么去了,更难揣测当时他买这两个小丫头时的真实意图。反正回来以后便被夫人和女儿瓜分了,狼叼肉喂了狗,白忙活了。

冬梅小心地叫着他:“老爷,该起床了。”

铁麟听到了,却没吭声,他是无须吭声的。无论多么大的官,在家里都一律称老爷。

冬梅见他没吭声,站在炕前不敢动。她没有伺候过铁麟,也没有伺候过男人。她跟铁麟不熟,见到他连头儿都不敢抬。叫他起床,伺候他穿衣服是孙嬷嬷吩咐她的。

鼓楼上的钟声加快了,属于中速,中速也要响十八下。冬梅又叫了一声,声音略微提高了一些:“老爷,该起床了。”

铁麟无奈,只好哼了一声。

冬梅过来,将该换的衣服放到炕沿上。铁麟没动,冬梅也没动。两个人一个躺在炕上,闭着眼睛;一个站在炕前,低着头。

冬梅不知道该怎么给铁麟穿衣服,病中的孙嬷嬷只是告诉他去给老爷穿衣服,却没有告诉她怎么给老爷穿衣服。真是的,还用得着告诉吗?她当丫鬟的,难道还不会给主人穿衣服吗?她当然会,她来铁府三年了,每天都给夫人脱衣服、穿衣服,还要换衣服,这一套她熟悉极了。可是,那是夫人啊。夫人是女人,她也是女人,女人给女人穿衣服不必避讳什么。而老爷是男人呀,她能像伺候夫人那样伺候老爷吗?

冬梅不知如何是好,于是又试探着叫了一声:"老爷,您起床吧?"

铁麟又嗯了一声。

冬梅还是束手无策。她看出来了,老爷是在等着她给他穿衣服,老爷绝对不会自己穿衣服的。尽管她是个女人,还是个豆蔻梢头二月初的黄花姑娘,但是老爷却没有把她看作女人,只是把她看作下人。下人在老爷的眼睛里是不分男人女人的,无论男女,都是唯命是从的奴仆。她看到,在给老爷抱进来的那一套衣服中,有长袍,有马褂,有马甲,也有衬衣,夹衣,还有贴身穿的亵衣。那么,躺在被窝儿里的老爷穿没穿衣服呢?要是穿着衣服,怎么给他往下脱呢?

鼓楼上的钟声开始敲起了急促的十八响,铁麟有点儿急了,抬眼看了一下冬梅。

冬梅慌了,她知道自己该干什么了。她慌乱地走到炕前,像伺候夫人那样,轻轻地掀起了铁麟的被子。铁麟穿着睡衣和睡裤,冬梅伏下身子,小心地解着睡衣上的纽扣儿。铁麟那白花花的肥厚的胸脯露了出来,冬梅的脸发起烧来。她不敢看那胸脯,可又不得不看。她慢慢地脱掉睡衣,又用两只颤抖的手开始往下褪着铁麟的睡裤。这次,她的眼睛必须避开了。她扭着头,凭着感觉和伺候夫人的经验将两手往下移动着,紧张得心脏都要停止了跳动,连气都喘不上来了。越是紧张,越是出乱子。老爷毕竟不同于夫人,夫人的睡裤很好脱,往下轻轻一拉就下来了。可是老爷的睡裤是紧贴在身上的,中间还隔着一团不可逾越的障碍。冬梅的两只手碰到了那团障碍,她吓得差点儿叫出声来。一使劲闭着眼睛,终于将铁麟的睡裤褪到了脚边。

脱掉睡衣睡裤,该给老爷穿衣服了。按照规矩,自然先要穿内裤,可是穿内裤,冬梅的双手还要经过那不可逾越的障碍。这时候的冬梅,似乎是被推进了枪林弹雨中的战士,向前冲是死,往后退还是死。既然必死无疑,也只能是跳河一闭眼了。你算什么女人,你是黄花闺女又如何。你是下人,下人天生就是伺候主人的。不要说给主人穿衣服,不要说看见主人光身子,主人就是要你扒光了衣服,你敢不扒吗?主人就是要你的身子,你敢不给吗?

想到这些,冬梅平静下来。她不再回避,既然回避不掉的,干吗还要回避呢？她的脸也扭过来，眼睛也睁开了，拿起铁麟的内裤，沉着地从脚上往上拽，拽过膝盖，拽过大腿，拽到了那不可逾越的障碍之处。她没有扭头，也没有闭眼，甚至还漫不经心地朝那地方看了一眼。没有什么，黑乎乎的什么也没有看清，只觉得有些丑陋。男人怎么会长这么一个丑陋的东西？这么丑陋的东西也居然有资格惹是生非？

越过这道障碍，下面的一切都顺理成章了。

铁麟从仓场总督衙门出来，坐粮厅的两顶蓝呢大轿已经在门前恭候了，这是金简和许良年的轿子。

见铁麟出来了，金简和许良年急忙下轿向铁麟施礼。铁麟还礼后便迈进了自己的那顶绿呢大轿。

绿呢大轿在前，蓝呢大轿在后，后面还有骑马的、乘车的、步行的。走在轿子前面的是开道锣，当当当响彻整个通州城。开道锣后面便是头戴黑红帽、手执蟒鞭的衙役，他们狐假虎威地吆喝着，挥鞭驱赶着路边的百姓。在衙役的后面，则是旗、锣、伞、扇、日照、顶马、官衔牌。跟随在两旁的是响班，也就是吹鼓手。笙、管、笛、箫、云锣、唢呐、铙钹、小鼓，一路上吹吹打打，热火朝天。从仓场总督衙门和坐粮厅出发的队伍，缕缕行行，不见首尾。大街上，看热闹的人群更是如潮似涌，冲冲撞撞，此起彼伏……到了闸桥附近，夏雨轩乘坐的蓝呢大轿也从鼓楼后面迎过来，跟在了坐粮厅蓝呢大轿的后面，连同他的随从、衙役，使这支队伍更加宏伟壮阔。

从仓场总督衙门和坐粮厅出发去土石两坝，要经过半个通州城。街道两旁的店铺门脸儿，家家张灯，户户结彩。门盈上贴着滴着墨香的对联，比过年过节还要隆重非常。当然，这也是商家一个招财进宝的极好机会，哪一家店铺都不会坐失良机的。

与此同时，大光楼前也已经是人山人海。大光楼俗称楼坝子，在石坝的收粮场上，面向大运河，背靠通州古城墙。两层楼阁，飞檐翘脊，吻兽雕龙。上层窗开东西南北，八面来风。下面一层前方临河开放，尽收万艘千帆。这个大光楼还有一个特殊之处，就是前面的对联。前面敞开，却有左右两根门柱，左边的门柱上雕刻着一副楹联：南通州北通州南北通州通南北。而右边的门柱上却是空的，什么也没有。据说明嘉靖年间修建好大光楼之后，巡仓御史吴仲题写了这么一副上联。下联空着，为的是让后人续对的。这不是一副绝对，后来有人对了出来：东当铺西当铺东西当铺当东西。对是对出来了，可从内容到气魄都无法跟上联骈俪。当然还有一些对得更令人不满意的,所以下联总是空着的。

每年的开漕时节,都是漕运码头上最隆重、最热闹的节日。除了漕运官吏、码头百行、南北商贾、通州市民以外,还有来自四面八方专门看热闹的人。于是,码头上未收粮先收人,河下面是满载着漕粮的船只,河岸上则是摩肩接踵的人群。

大光楼楼檐上,挂着八个大红灯笼,每个灯笼都有磨盘那么大,红彤彤地悬在半空中,即使不点蜡烧烛,也透出了红火和喜庆。楼前还扎起了一个彩色的牌坊,都是绸缎丝锦扎制起来的。红花彩带,随风飘舞,与那八个大灯笼相映生辉,蓬蓬勃勃。牌坊的两边摆下了八面大鼓,每面大鼓周围都站着四个年轻英武的鼓手。鼓手们穿着白布坎肩,扎着白头巾,赤裸着双臂,挥动着鼓槌上下翻飞,敲出了忽紧忽缓的节奏。鼓声雷动,震得人心旌激荡,搅得大运河碧浪翻腾。

大光楼的左侧,用漕船捎带来的楞木和松板搭成了一个仓廒。说是仓廒,不如说是戏台,大小高矮都要比实际的仓廒小得多,仓廒里也没有粮食。只不过开漕仪式上要进行漕粮入廒的表演。一只粗笨的廒梯直通廒顶,仓廒上下也是披红挂彩,闪光夺目。

陈天伦虽说已经多次见过了开漕时节的壮观,可都是作为一个旁观者或局外人观看的。现在,他已经正式成了一名年轻的军粮经纪,成了一名参与者和当事人。一大早,他就带着斛头、督管来到临清卫山东前帮。陈天伦穿着开气长衫,系着腰巾,踩着千层底布鞋,手里拿着军粮经纪密符扇。再加上他新刮的头皮,白里泛青,越发显得雄姿勃发,意气昂扬。

临清卫山东前帮停泊在石坝南侧,齐刷刷六十四只漕船依次排列开来。漕船上飘着彩旗,首船上挂着"天庾正供"的杏黄旗和坐粮厅颁发的虎头牌。陈天伦下了石坝,径直朝临清卫的船队走来。到了岸边,陈天伦带着随从刚要踏上过板,却被几个运丁拦住了。

一个年长的运丁说:"先生请留步,领运官徐守备有令,任何人不许登上漕船。"

陈天伦将手里的军粮密符扇一晃:"在下是军粮经纪陈天伦,请通知徐守备,我奉命来取粮样儿。"

年长的运丁一听陈天伦说自己是军粮经纪,知道是得罪不起的人物,忙赔着笑脸说:"先生请稍候,我去把徐守备喊来。"

陈天伦只好在岸边等候,不大一会儿,徐嘉传果然来了。这个领运官今天也是一身戎装，威风凛凛，神采飞扬。陈天伦见了，急忙上前行礼："在下军粮经纪陈天伦参见徐将军。"

徐嘉传也笑脸相应，礼貌地还礼，就是不提请陈天伦上船的事。

陈天伦只好说："请徐将军行个方便，我要带人到船上取粮样儿。"

徐嘉传说："陈先生来晚了一步，粮样儿已经取走了。"

陈天伦吃了一惊："取走了？谁取走的？"

徐嘉传说："是马经纪取走的。"

陈天伦问："您说的是马长山？"

徐嘉传说："对，正是马长山马经纪。"

陈天伦说："在下是临清卫山东前帮的军粮经纪，按规矩这粮样儿该由我来取。"

徐嘉传朝陈天伦弯了弯腰，算是表示歉意，却没说什么。

这时候，军粮经纪马长山却在他身后的船头上出现了。徐嘉传闪了闪身子，马长山走上前来，客气地对陈天伦说："今日是开漕第一天，第一天开漕验粮很是关节，我怕兄弟初任军粮经纪，不大熟悉码头上的规矩，就替兄弟前来支应一下。"

尽管马长山这话说得在情在理，可是陈天伦也不敢轻易就范。在漕运码头上，收兑漕粮事关重大，军粮经纪更是各司其职，各负其责，出了问题可是流放杀头的罪过，谁能担待得起呢？尽管马长山的说法是出于对陈天伦的负责，甚至是出于好心，可是陈天伦能领这好心吗？

然而，马长山是"盈"字号军粮经纪，是军粮经纪的老大，是首领。一百名军粮经纪，按《千字文》的顺序排列：天地玄黄，宇宙洪荒，日月盈昃，辰宿列张，寒来暑往，秋收冬藏，闰馀成岁，律吕调阳……按说，该是"天"字号排在第一位。可码头上讲个吉利，列"盈"字号为首，大概是取"盈余"之意，漕船盈余，粮仓盈余，国库盈余。陈天伦是"宿"字号经纪，排列在第十四位，从码头上的规矩来讲，是绝对要服从马长山的领导的。官大一级压死人，何况人家又是老大，谁敢不服从？

马长山见陈天伦犹豫不决的样子，从漕船上跳上岸，来到陈天伦的身边，拍着他的肩膀说："你还信不过我马哥吗？打从你爹的时候我们就在一起收兑漕粮，经常是相互提携，相互照应。对了，陈大叔的脚伤怎么样了？我一直说去看望，总是抽不出工夫来，穷忙，越穷越忙，也别说，不忙更穷了。放心吧兄弟，马哥不会害你的，等今日验完粮样儿，这漕船你该怎么收还怎么收。"

陈天伦依然是半信半疑，不知该如何是好。

这时候，大光楼那边响起了惊天动地的鞭炮声，八面大鼓敲得更加起劲，喇叭唢呐也提高了声调，人群潮水一样地朝大光楼涌去……

马长山催促说："开漕仪式马上就开始了，咱们快过去吧。"

陈天伦愣着没动，马长山却甩开大步朝大光楼的方向走去。

一个黑衣女人像个幽灵似的飘了过来，贴在了陈天伦的身边。土石两坝的人都涌向大光楼了，一时间岸边显得格外的清冷空旷。陈天伦和一个斛头、两个督管站在漕船旁边，走也不是，不走也不是，想上船人家又不允，像几捆在市场卖不出去的秫秸一样干戳着。那样子一定非常尴尬，非常可笑。

黑衣女人已经离陈天伦很近了，她那蓬松的发梢儿已经扫在了陈天伦的脸上，连口中的气息他都嗅到了。陈天伦一惊，扭过头来："唐大姑，怎么是您？"

唐大姑冲着他神秘地笑着，只是不说话。

陈天伦问："您来干什么？找我有事吗？"

唐大姑还是微微笑着，两只神秘的眼睛死死地盯着陈天伦。

陈天伦心里有点儿发毛了。在这漕运码头上，唐大姑自称是半神半仙、半人半鬼、半巫半医的角色，她的诡秘的行为和疯疯癫癫的语言，谁都觉得有点儿神经紧张。

陈天伦说："开漕了，您还不去看看？"

果然，唐大姑又说起了那近似谶语的疯话："开漕开漕，一网打不尽，二网没捞着，三网四网把命逃……"

陈天伦有点儿沉不住气了："唐大姑，您说什么呢？"

唐大姑说："开漕啊，我在说开漕呀，你不是军粮经纪吗？经纪经纪，有惊有悸，经纪验粮，前面是虎，后面是狼……"

陈天伦问："唐大姑，您是说我将有灾祸，是吗？"

唐大姑说："是福不是祸，是祸躲不过，祸里埋着福，福里藏着祸，要想躲过祸，快点儿查出错……"

陈天伦今天也真有点儿走火入魔，不知道为什么，他认为唐大姑是来帮助他的。他虽然听的是一片疯话，却在努力领会，细细琢磨。他觉得今天的事情很蹊跷，蹊跷事肯定会遇上蹊跷人，蹊跷人肯定会有蹊跷的办法。马长山突然替他取粮样儿，他总觉得是一个大陷阱。可是他又不知道这陷阱里埋的是什么，也不知道这陷阱有多深多浅。凭着他多年在码头上耳濡目染，也凭着他多年受祖父、父亲的言传身教，有一条警诫在时时提醒着他，那就是害人之心不可有，防人之心不可无。事情突然又紧急，他来不及回家跟父亲商量，旁边也没有人能帮他的忙，既然唐大姑来了，他一定要在唐大姑这里讨到教益和办法。

陈天伦急切地问："唐大姑，求求您了，您快告诉我，错在什么地方，到哪儿去查错？"

唐大姑却走了，走得像来时那么缥缈而神秘。来的时候没有一点儿声息，走的时候也没留一点儿踪迹。说走就走了，说消逝就消逝了。

唐大姑虽然走了，可陈天伦却不能走，第一次当军粮经纪，第一次抽签验粮，即使不干个漂漂亮亮，也不能招惹灾祸。唐大姑说让他快点儿查出错，错在哪儿？错在马长山取的粮样儿吗？

陈天伦在想着：我该怎么办呢？

甘戎是骑着快马赶到漕运码头上来的。兰儿找不到，她只好先把兰儿的父母送回去了。回到京城，她连家都没有回便连夜往回赶。她就是为了看开漕来的，开漕仪式她一定要看。不仅仅是为了看开漕仪式，兰儿就是在一个大庙会上丢的，开漕比庙会还热闹，什么人都可能出现。说不定能找到那个劫持兰儿的人，或者发现一些什么线索。这些天甘戎急是急，可是却没有失去理智。她一直在想方设法地寻找着兰儿。

她赶到大光楼前面的时候，正好赶上开漕仪式开始。仓场总督的衙役见甘戎飞奔而来，忙上前替她牵过马。于是，甘戎气喘吁吁地钻进人群，朝大光楼前面挤去。

外面围着看热闹的百姓，里面站立着数百名大小官吏。大光楼前已经没有甘戎的立足之地了。她朝四下看了看，竟然悄悄地溜进大光楼，上了二楼。

二楼四面都是窗户，放眼望去，前面是大运河，河面上万船骈集，桅帆蔽日。脚下便是黑压压的人群，形形色色，拥拥挤挤。而大光楼的后面，则还有两处非常醒目的建筑。靠近一些的是通惠祠，由于它是纪念吴仲的，当地人都叫它吴仲祠，祠堂不大，像一座小庙。

原来的漕运码头在张家湾，元代郭守敬引昌平白浮泉入瓮山泊，再沿长河入积水潭，引一条闸河直通张家湾。南来的漕船可以直接驶进积水潭，舳舻相继，万艘朝宗。元世祖忽必烈欢喜异常，遂将这条闸河命名为通惠河。到了明嘉靖年间，水路淤湮，河道废弃。巡仓御史吴仲重修通惠河，设五闸，建二坝，将漕运码头移至通州。人们为了纪念他，便在大光楼的后面修了这座吴仲祠。

吴仲祠的后面，耸立着著名的燃灯宝塔。书载宝塔建于北周宇文氏年代，至大清道光已经一千二百余年。宝塔共分十三层，塔上连珠直指蓝天白云。传说漕船过了沙古堆，便可“三望燃灯塔”。先有燃灯塔，后有通州城。燃灯塔是通州城的象征，后有通州知州王维珍诗云：云光水色潞河秋，满径槐花感旧游。无恙蒲帆新雨后，一支塔影认通州。

甘戎站在大光楼上，左瞧右看，非常快活。这是她自从丢失了兰儿以后第一次露出笑模样。

开漕仪式马上就要开始了。站在仓廒下的执事已经不年轻了，一缕银须飘在胸前的彩带上，却是鹤发童颜，精神矍铄。他将一只手拢在嘴边，朝着大运河的方向高喊着：“开漕喽……”

一声高呼，发自丹田，底气充盈，恢宏饱满。这声音迎着初升的太阳，响彻云霄，在整个漕运码头上飘荡，经久不绝。

执事又一声呼道：“请坝神……”

呼声一落，顿时鼓乐齐鸣，鞭炮震天，人声鼎沸。随着令人心颤的喧闹声，坝神出现在高高的廒顶上。这个坝神，青布裤子，白汗褟儿，纳帮鞋，新剃的光头，在阳光的照耀下闪着青幽幽的光亮。人们冲着坝神欢呼起来，坝神也张开双臂向人们致意。

随着鼓乐声，从大光楼里面出来四个扛夫。扛夫个个是彪形大汉，却是半裸着。这是码头上的规矩，扛夫上船，要赤着膀子，脱掉裤子。裤子脱下来以后，往腰间一围，两条裤腿扎在后面，前面遮住了羞处，后面却是整个屁股蛋子都裸露着。脚上的两只鞋一脱，往后腰上一插，腰板绷得笔直。大运河素有讲礼的街道不讲礼的河道之说，到了夏天，从河道到码头就是男人彻底解放的地方。几千个扛粮食的老少爷们都光着屁股（准确地说，是光着屁股，不是光着身子），女人还怎么到这里来。所以，大户人家的女人是很少到河边或码头上来的，不得已从这儿路过，也是当个睁眼瞎，不东张西望就是了。穷人家的女人就没那么多讲究了，码头上是穷人觅食活命的地方，不来行吗？结了婚有了孩子的娘儿们来缝穷，就是带着针线来缝补破损的麻袋，每天也能挣十来个铜板儿。上了年纪的老婆婆老太太手脚不灵活，上不得船，端着簸箕来扫街。叫作扫街，实际上是扫洒在地上的粮食，如果运气好，一天也能扫到斗八升的粮食。至于梳着小抓鬏儿的姑娘，也都撒着欢儿地往码头上跑。她们主要是来抓粮食，说抓好听一点儿，实际上就是偷。抓的方法很多，钻进水里溜进漕船，想抓多少抓多少；哪个麻包掉在地上，她们就一拥而上，抢个精光；更有甚者，扛夫扛着麻包在前面走，她们追在后面用铁钎子扎麻包，粮食从麻包里洒出来，她们就趴在地上胡噜……这些女人无论老幼，都不会怕光着屁股的男人。她们见怪不怪，那些缝穷的女人最爱跟扛夫们打情骂俏，玩笑开大了她们敢撩起扛夫们的裤子给他们彻底曝光。扛夫们也乐得她们到码头上来，疯打疯闹，扛起麻包来有劲儿。

开漕仪式上，来看热闹的什么人都有，其中也少不了大户人家的大姑娘小媳妇。公开场合，人多势众，上来四个光着屁股的扛夫大家非但不觉得难为情，反而觉得新鲜，可以肆无忌惮地看个够。法不责众，礼亦不责众。扛夫们扛着二百斤的麻包如婴儿在肩，腰杆挺得笔直，还跟着鼓乐节奏扭来扭去。扭到大姑娘小媳妇面前，还故意转过身子，加大了摇摆幅度，在她们面前晃动着结结实实的小屁股。甚至还极力地弯下腰，企图将前面被裤子遮盖的丑陋之物从后面隐约暴露出来……这时候，男人则哄笑，女人则嗔骂，有脸皮儿薄的小女子急忙用双手捂住眼睛，从指缝往外看。

四个扛夫舞动着，表演了一圈以后，便朝廒梯上爬去。先爬上去两个，仍然是边爬边扭动着屁股，爬得越高，那屁股看见的人也就越多。两个扛夫爬上了仓廒，扭到坝神面前，坝神同时伸出双臂，抓住了扛夫肩上的两个麻包。身子往下一蹲，扛夫的肩膀往上一耸，一眨眼工夫，两个硕大的麻包已经扛到了坝神的肩头上。坝神挺直了腰杆儿，两脚分开站好，松开双手，两个麻包便稳稳当当地直立在了坝神的肩头上。仓廒下，一片欢呼声和叫好声。

这时候，另外两个扛夫也扛着麻包爬上廒梯，上了仓廒，扭到坝神面前。坝神将双手伸过来，抓住了麻包。两个扛夫也是把身子往下一蹲，那两个麻包竟结结实实地夹在了坝神的腋下。这时的坝神，真正成了大力神，肩上两个麻包，腋下两个麻包。八百斤的分量压在身上，却脸不红，气不喘，腰不弯，腿不软，昂首矗立在仓廒上，雄风四射，豪气冲天。大光楼前沸腾起来。

执事又高呼起来："拜坝神……"

大光楼前，仓场总督、坐粮厅满汉厅丞、通州知州、顺天府东路亭、两仓两坝监督、三班六役八科六十四巡社的大小官吏、各船帮的领运官押运官头舵老大以及军粮白粮经纪斛头督管，一干人等都整整齐齐地列队站立在了大光楼前。仓廒前已经摆好了供桌，香烟缭绕，蜡烛高燃，还有干鲜水果四样点心。

在铁麟的带领下，众官吏都撩起官袍，向坝神跪拜……

就在拜坝神的同时，甘戎绕过人群，挤近仓廒，欲攀上廒梯，登上廒顶。仓廒上的人拦住了她："闲杂人员不许上廒。"

甘戎说:“我来看看坝神。”

廒上的人说:“看坝神到下面去看。”

甘戎说:“不,我要到近处看看。”

廒上的人说:“近处有什么好看的?”

甘戎说:“我要看看是真是假。”

这时候,下面跪拜已经完毕,坝神转过身来,双臂一松,腋下的麻包掉在廒顶上,接着又将腰一弯,肩上的两个麻包严严实实地摞在那两个麻包上。甘戎抬头一看,这坝神年纪三十岁上下,长得虎背熊腰,愣头大脑,身上那一疙瘩一块的腱子肉挤在一起,像河滩上的石头蛋。甘戎两只手扒着廒梯,廒上的人拦着不让她上来。坝神听到刚才甘戎的话,便对廒上的人说:“别拦着,让她上来。”

甘戎身子一蹿,狸猫似的上了廒顶。

坝神问:“你刚才说什么?看看是真是假?你是怕我这坝神假呢,还是怕这麻包假?”

甘戎说:“当然是怕麻包假。我就不相信你会有这么大的力气,四个麻包八百斤呢。”

坝神说:“这麻包要是假的,下面能有那么多人给我磕头吗?”

甘戎上前,用脚踢了踢坝神扔下来的麻包,实实在在地感觉到里面装的是粮食。但是她还不放心,弯下腰来用手掂了掂。

坝神嘲讽地笑起来:“你一个小女子,能掂出这麻包的分量?就算是假的,你也掂不出来呀。”

甘戎说:“真的假不了,假的真不了,是假的我就能掂出来。”

坝神问:“你怎么掂?”

甘戎说:“当然是用手掂了。”

坝神又笑起来:“小姑娘站着说话不腰疼。这样吧,你要是能把这四个麻包搬起来,摞在一起,我给你磕三个头。”

甘戎认真起来:“此话当真?”

坝神说:“我骗你干什么?”

甘戎说:“我是怕你说话不算数。”

坝神说:“那就让这几位大爷给做个证。”

在仓廒上帮忙的都是坐粮厅的役胥,没有人认得甘戎。但是突然间跳出来一个小姑娘敢跟坝神较劲儿,怕也不是一般的女子。众人一下子兴奋起来,纷纷怂恿鼓劲儿。

甘戎冲着众人说:“你们可得给我看好了,他要是说话不算数,我可不是好惹的。”

众人齐说:“不会的,不会的,坝神哪儿能说话不算数呢?”

甘戎整理了一下衣襟,将袖口捋起来,弯下腰,一只手抓住了麻包的一角,往上试了试又放下了。

坝神得意了:“不行吧? 快回家玩吧,别逞能了,你要是能……”

坝神的话还没说完,甘戎已经将那只麻包拎起来,直起腰,朝前走了两步,放在了地上。紧接着,她又搬过另一个麻包,并排放了过来。然后,搬第三个麻包,摞在了另外两只麻包上。她又拎起另一只麻包,往那三只麻包上摞着。转眼间,四只麻包摞得整整齐齐,不偏不歪。众人惊异起来:“哎呀,真是个奇女子……”

甘戎掸了掸身上的灰土,抬头找坝神,坝神已经不在了。她正要发火,却只听得下面的执事又一声高呼:“赏坝神……”

甘戎往下一看,坝神已经站在了仓廒底下的供桌前面。

铁麟上下打量了一下坝神,拍了拍他的肩膀,夸奖说:“小伙子,好身板,好力气,好威风。叫什么名字? 哪里人氏?”

坝神唯唯诺诺地回答说:“我姓杨行八,大伙儿都叫我杨八,没有名字,通州土人。”

铁麟笑着说:“杨八这个名字就很好嘛,怎么说没有名字?”

一个衙役端着一个托盘来到仓场总督铁麟的面前,托盘上摆着四吊铜钱。铁麟双手拿起铜钱,举到坝神面前。

执事高呼着:“仓场总督铁大人赏钱四千文……”

甘戎突然跳下仓廒,一把抓住了坝神:“等等,你还欠我的三个头呢,快磕完了再领赏。”

铁麟见了女儿,厉声说:“甘戎,你来捣什么乱? 快躲开!”

甘戎只好松开坝神,坝神弯腰接赏钱。甘戎在后面悄声警告着:“告诉你,你这三个头不还我,我饶不了你。”

坝神知道自己遇上了难缠的主儿,可是一个小女子又能把他怎么样呢? 趁着总督大人在场,他把赏钱往怀里一揣,拔腿就跑。

甘戎火了,紧跟着追了起来。人群拥挤,往外跑也不是件简单的事。坝神慌里慌张往外冲撞着,大家都认识他是坝神,便主动让开。甘戎往外追就难了,她不好意思像坝神那样粗野地在人群里冲撞,再说都不认识她,没有人给她让路。光天化日之下,她竟让坝神跑掉了……

第七章

漕运码头的大光楼前，开漕仪式继续进行着。

人们看完了坝神的表演，兴趣顿时失去了大半，纷纷离去。大光楼前没有那么拥挤了。跪拜坝神的供桌也撤掉了，换成了案桌，后面摆上了一把太师椅，铁麟坐在案前，开始打样验粮。这时候，再大的神也没有用了，最威风的还是人，还是掌握着漕运码头生杀大权的仓场总督。也许就是为了一睹新任仓场总督的风采和威严，许多看热闹的人便还继续留在大光楼前。实践将证明，他们留下是对的，这里确实将有一场热闹好看，即所谓好戏还在后头。

执事高声呼叫："传临清卫山东前帮领运官徐嘉传……"

徐嘉传头戴水晶顶的花翎，身穿石青色绣熊补服，腰间挎着佩刀，一副英武之气。他疾步向前，向仓场总督行礼："临清卫山东前帮领运官徐嘉传参见仓场总督和各位大人……"

铁麟坐在案桌后面，头戴珊瑚顶，身穿绣锦鸡补服，尽管一夜睡眠不足，依然是神采奕奕，威风凛凛。

徐嘉传滔滔不绝地向他禀报着："本帮帅漕船六十四艘，运丁六百四十人，兑运夏津、武城、馆陶、临清、利津、蒲台六州县漕粮，正兑米二万二千石，改兑米八千石，小麦四千石，黑豆二千石，黄豆二千石，行月口粮六千五百石，土宜一万七千石，漕粮土宜共计六万一千五百石。另有芦席二万五千张，松板一千八百片，楞木一千二百根。请大人查验。"

铁麟最怕听的就是这些数字，那天许良年向他禀报河南山东漕船情况的时候，他就被这些数字搅得晕头晕脑。可是，他知道，作为漕运总督，又必须跟这些数字打交道。他曾经下决心将漕运的账目找来，背诵着上面那些枯燥无味的数字。他知道，如果你对数字马虎，他们就会用一些虚假的数字糊弄你。这些数字，他不听也得听，不但要听，还要认真地记住，并且要分析这些数字可能出现的舛误之处。、

铁麟等徐嘉传禀报完毕，朝四下看了看，众官吏都在看着他。于是，他底气

很足地说了一声："开关打样。"

执事按照总督的旨意，高声呼喊着："开关打样……"

随着执事的一声呼叫，人们都纷纷散开了。可以说，开漕仪式到此已经结束了。站在铁麟面前的大小官员也移动着脚步，准备离去了。可是抬头一看，铁麟并没有动，依然端端正正地坐在案桌前。看热闹的人走了许多，官员们却一个也不敢动了。

按照规矩，仓场总督和坐粮厅厅丞应该是亲自查看粮样的，由经纪从漕船上舀一巴斗粮样，双手托举到他们面前，由他们验看漕粮成色，是否潮湿霉坏，有无沙石杂质等，如无差错方准开关过斛。

但由于漕弊日深，官习日惰，逐渐演变成了仓场总督和坐粮厅厅丞都不再亲自验粮，经纪呈上来的粮样直接交给坐粮厅下面的经承和两坝上的监管，经承和监管也是草草看过，便由执事宣布开关打样。而此时的仓场总督和坐粮厅厅丞即可打道回府，其他的官员也可以坐在大光楼或监所里喝茶聊天了。

这套陋规铁麟当然知道，他就是要改一改，让所有的漕运官员都知道，我铁麟当仓场总督，就是要破一破这一陈规陋习。于是，执事只好继续高喊着："托塔呈验粮样……"

双手高举巴斗的经纪叫作"托塔"，今日充当"托塔"的本该是陈天伦，可是现在将粮样呈上来的却是"盈"字号军粮经纪马长山。

对于铁麟的为官与为人，坐粮厅大概已经研究许久了。他们应该会料到今日出现的局面，所以他们还是有所准备的。执事刚一呼完，社人便将一巴斗粮样递给了马长山。马长山双手高举，走到铁麟面前，跪下呈送粮样："'盈'字号军粮经纪马长山向大人呈送粮样，粮样取自临清卫山东前帮漕船，请大人验看……"

铁麟站起身来，走到马长山面前，示意站在两边的金简和许良年跟他一起验看粮样。

金简向前挪了挪那笨重的身子，伸出那只熊掌似的胖手，从巴斗里抓起一把粮样，放在手心里扒拉着看了看，又放进嘴里咬了咬，说："颗粒饱满，无潮湿。"

许良年也赶紧凑过来，一只手抓起一把粮样，高举过头，另一只手在下面接着，然后迎着风向洒下来。一看就知道这是一个很内行的姿势，如果米里有糠就会被风扬起来。没有见到糠皮，他又将粮样仔细地看了看，说："干圆白净，无杂物。"

两位坐粮厅厅丞都验看了，该铁麟一锤定音了。铁麟的手朝“托塔”伸过来，刚要抓粮样，人群外便响起了急切的叫喊声：“大人，请等一下。”

紧接着，一个精明强干的年轻人托着一巴斗粮样跑上来，跪在铁麟的前面，气喘吁吁地禀报着：“‘宿’字号军粮经纪陈天伦向大人呈送粮样，粮样取自临清卫山东前帮，请大人验看。”

一下子，无论是漕运码头的官吏还是前来看热闹的百姓，都惊诧了。这到底是怎么回事？一帮漕船验粮，怎么出了两个军粮经纪，怎么上来两个“托塔”？

铁麟看着跪在他脚下的“托塔”，奇怪地问：“你是谁？”

陈天伦这会儿喘过了气，底气十足地回答着：“‘宿’字号军粮经纪陈天伦。”

铁麟沉吟着：“陈天伦……这粮样你哪儿来的？”

陈天伦答道：“粮样取自临清卫山东前帮漕船。”

这时候，站在铁麟旁边的许良年看出了关节，上前跨了一步：“大胆陈天伦，你怎么敢私自上漕船取粮样？”

陈天伦沉着地说：“回大人，卑职有军粮密符扇，凭扇可以直接上船取粮样。”

许良年呵斥着：“大胆，就算你有军粮密符扇，今日是临清卫山东前帮验粮，你来胡搅什么？”

陈天伦更加冷静，说出话来字正腔圆，掷地有声：“回大人，按坐粮厅掣签结果，临清卫山东前帮的漕船本该由卑职收兑，可是‘盈’字号军粮经纪马长山说卑职初任军粮经纪，怕有疏忽闪失，由他来呈送粮样，由卑职过斛兑粮。”

这时候，满厅丞金简似乎也听出了一些眉目，急忙冲陈天伦吼叫起来：“放肆，既然说好了由‘盈’字号任‘托塔’，你为什么又来画蛇添足？”

陈天伦说：“卑职以为，收兑漕粮乃朝廷大事，仓储一关全在验粮，所以不敢掉以轻心，便从漕船上重新舀一斗米，请大人查验。”

夏雨轩这时候已经完全看明白了，对于临清卫山东前帮的领运官徐嘉传，他应该不算陌生了。他想起了那大红请柬，想起了天河楼那闻所未闻、见所未见的美味佳肴，还有依偎在他怀里风骚放浪的小鹌鹑……这里的事不是明摆着吗？徐嘉传的漕粮里要是没鬼，他凭什么花那么大的本钱请客？那餐饭幸亏铁麟没有去吃，否则吃人家嘴软，现在还怎么说话？令夏雨轩懊丧的是，那餐饭吃完以后，竟然没顾上跟铁麟禀报。这不是他的疏忽，他知道事关重大，他本应及时禀报的。一是忙，那二呢？夏雨轩首先觉得自己吃人家嘴软了。

铁麟努力调动着自己的分析能力和想象能力，飞速地判断着这突发的一切。看到举着巴斗的年轻人英勇果决，正气凛然，看到刚才的军粮经纪马长山的脸上已经淌出了汗水，看到金简和许良年一副气急败坏的样子，看到临清卫山东前帮的领运官徐嘉传一个劲儿地往后退着，还看到站在后面的夏雨轩向他使着眼色……凭着直觉，他断定这里面必然有弊。这是一个关口，一个契机，这正是要他明察秋毫、匡正除弊的时候。他试探着走到陈天伦的面前，从巴斗里抓出一把粮样。说实在的，对于漕粮的优劣，他还没有专业的判断水平。他有点儿后悔，应该在此之前找个行家请教一下。但是他不能露出自己的无知，他要谨慎从事，把主动权掌握在自己的手里。他抓起粮样，没看，没尝，也没像许良年那样迎风抛洒，而是直接把粮样交给了许良年，然后，两只眼睛便紧紧地盯在了许良年的脸上。他知道，这里面真懂的是许良年，连金简也是不懂装懂。

这一招儿果然见了奇效，许良年傻了。当许良年从铁麟手里接过那把粮样的时候，不用看，不用尝，也不用抛洒，凭着手感他就知道这是掺了糠兑了假的劣米。当着这么多人的面，光天化日之下，他能把劣米说成好米吗？就说是金简能认可，铁麟能蒙蔽，别人能瞒得过吗？特别是这个陈天伦，初出茅庐的生瓜蛋子，能善罢甘休吗？许良年没说什么，没说什么并不一定没态度。他的脸首先阴沉下来，在徐嘉传和马长山看来，他可能是生了陈天伦的气；在金简看来，他可能是对铁麟不满；在铁麟看来，也许这粮样确有问题。就这样，他把手里的粮样又交给了金简。

金简傻吗？别看他长得脑满肠肥，事事马马虎虎，事事无所用心的样子，真要是那样，他能在官场混吗？能熬到坐粮厅厅丞吗？平时他装糊涂也是难得糊涂，世界上都是因精明而死、而败、而家破人亡，没听说过因糊涂而死、而败、而家破人亡的。他知道许良年老奸巨猾，明明知道这米有问题，却不说，把球儿踢到他这儿来了，得罪人的话让他去说，伤人的事让他去办。哈哈，这回你这老奸巨猾可想错了，你没见铁麟那脸色吗？你没见这舍得一身剐的小经纪陈天伦吗？这事能逃得过去吗？你不说，好啊，正好证明你心里有鬼。你不是要让我说吗？我说，我一说就把自己洗得干干净净。金简做出一副非常认真的样子，仔仔细细地验看着粮样。突然，他把脸一沉，冲着陈天伦厉声问："这米是哪儿来的？"

陈天伦说："回大人，确实是取自临清卫山东前帮的漕船。"

金简顿时怒发冲冠，叫嚷着："领运官徐嘉传，这是你船上的米吗？"

这一下可把徐嘉传闹糊涂了。他知道，金简和许良年都是他喂肥了的，到了关键时刻都会替他遮掩，为他说话的。可是，金简这么一问，他该怎么说呢？说这米是他船上的，追究起来怎么说？说这米不是他船上的，总督大人要是让人重新取样，不是还照样露馅吗？

徐嘉传支支吾吾，满脸通红，不知道该如何回答是好。

铁麟却说话了：“金厅丞，你看这米……”

铁麟说完，又像盯着许良年那样，紧紧地盯住了金简的眼睛。

金简已经决定了讨好铁麟的战略，便怒不可遏地说：“这米……这是什么米？又干又瘪，又潮又湿……”

铁麟回过头来问许良年：“许厅丞，你看呢？”

许良年急忙见风转舵：“还用看吗？这明明是造了假的米。”

铁麟心里有了底，突然转过身来：“‘盈’字号军粮经纪马长山，我问你，你这米是从哪儿来的？”

马长山立刻跪在地上，哆哆嗦嗦地说：“我这米也是……也是……从临清卫的漕船上……”

铁麟嘿嘿冷笑了一下：“这就怪了，一帮漕船上怎么出了两样米？马长山，你给本官说实话，你这米到底是从哪儿来的？”

马长山只好交了底儿：“是……是领运官徐嘉传给卑职预备下的。”

铁麟暴怒地大喊一声：“领运官徐嘉传！”

徐嘉传急忙匍匐在地：“卑职在……”

铁麟走到徐嘉传的面前，他的脚已经触到了他的头顶上：“徐嘉传，这两种粮样都是你漕船上的吗？”

徐嘉传带着哭腔说：“大人，卑职不知道‘宿’字号经纪上船采米。”

陈天伦分辩着：“禀告大人，今日一早卑职到临清卫的船上取粮样，被他们拦着不让上船。还是后来开漕仪式开始以后，卑职打着您的旗号才将粮样取来的。”

铁麟压低了声音问：“徐嘉传，这么说你是弄虚作假，以次充好，以劣充优，蒙混本官了？”

徐嘉传急忙捣蒜般地磕头：“大人，卑职不敢……”

铁麟咆哮起来：“你还说不敢，你简直是目无朝廷王法，狗胆包天！来人啊，给我拉下去杖责四十！”

两个皂吏上来，拉起徐嘉传，朝大光楼里拖去。徐嘉传高喊着：“大人，饶命……饶命啊……”

铁麟又转向马长山问道："'盈'字号经纪，你可真敢瞒天过海呀，说，临清卫给了你多少好处？"

马长山也捣蒜般地磕起了头："大人，没有啊……"

铁麟朝他伸出了手："有与没有，待查清后再说，交出来？"

马长山抬起头，困惑地看着铁麟，不知道他在要什么。

铁麟嚷着："把你的密符扇交出来！"

马长山不敢违抗，从腰间解下扇袋，交给铁麟。

铁麟从扇袋里抽出密符扇，指着马长山训斥着："你这个漕运的败类！从今天起，你的军粮经纪被除名了。陈天伦，你的字号是什么？"

陈天伦吃了一惊，急忙回答："回大人，卑职是'宿'字号。"

铁麟扳着指头默诵着："天地玄黄，宇宙洪荒，日月盈昃，辰宿列张……这么说你排列在第十四位了？"

陈天伦答道："是的大人，卑职在军粮经纪排列第十四位。"

铁麟说："从今天起你是'盈'字号，排列在第一位。"

金简和许良年见徐嘉传被拉下去杖责，并没有感到诧异，可是他们万万没想到，铁麟会如此惩治马长山。这可非同小可，如果削去了马长山"盈"字号经纪，就如同砍掉了他们在码头上的一只手臂。

许良年终于沉不住气了，企图挽回局面，凑到铁麟面前，低声说："铁大人，这……恐怕不大合规矩吧？"

铁麟冷冷地问："什么规矩？"

金简见许良年挺身而出，也想助他一臂之力，便接过来说："这密符扇是按《千字文》的顺序排列下来的，不好轻易变更，这是多年来漕运的规矩了……"

铁麟没有理睬许良年，却冲着金简问："金厅丞，是漕运的规矩大，还是朝廷的规矩大？"

金简张口结舌了："这……"

铁麟追问着："这有什么不好说的吗？"

金简只好低头服输："不不……当然是朝廷的规矩大了。"

铁麟不依不饶："既然你知道是朝廷的规矩大，那么我告诉你，本官是当今圣上亲简朝廷命官，言出法随，从即日起陈天伦就是'盈'字号军粮经纪，统领漕运码头上一百名军粮经纪，废掉原来的那个'盈'字号，现在还有九十九名。这有什么不妥吗？"

金简结结巴巴："啊啊……没有……"

铁麟又转向许良年："许厅丞，你看呢？"

许良年也只好唯唯称是："大人处置得极是，整顿漕弊，是该从收兑开始。这验粮经纪又是收兑的关键所在……"

大光楼里传出了噼里啪啦的挥杖声和撕裂人心的求饶声，铁麟再看看身边的几位坐粮厅大员，天气不热，却一个个地在用袖子擦汗……

陈天伦初任军粮经纪，陈日修果然放心不下。他的脚伤还没有好，走不得路，便让本家侄子陈小虎找来一辆排子车，拉着他来到了漕运码头。

跟着陈日修到漕运码头上来的还有夏雪儿。

夏雪儿是夏雨轩的宝贝女儿，今年十六岁，是一个文静淑贤、知书达理的女孩儿。夏雨轩任通州知州以后，便将妻子和女儿接到州府后宅去住了。可是夏雪儿在州府衙门里住不惯，说是天天看着那些呼幺喝六的衙役心里不舒服，便常常跑回陈家来。夏雪儿到陈家来的理由是冠冕堂皇的，说是陈伯伯脚受伤了，陈伯母的身体又不好，来帮助他们干干家务。凭着两家的交情，夏雨轩和妻子都没有理由阻止夏雪儿到陈家来。可是，夫妇两个心里明白，女儿是不宜常往陈家跑的。

这里面另有个缘故。早在夏雨轩将妻子女儿从老家接来住进陈家以后，陈家夫妇就非常喜欢雪儿，常常夸奖雪儿聪明漂亮，将来谁要是娶了她，就是一辈子的福气。夏雨轩知道，陈日修夫妇喜欢雪儿是真心的，他们只有一个儿子，没有女儿，稀罕女孩儿是肯定的。夏雨轩也有自己的想法，陈日修有个儿子，而且儿子也很有出息，科考通过了院试，又进了国子监读书，将来肯定会大有前途的。如果能将女儿许配给陈天伦，那是再好不过的事了。一是可报陈日修的大恩大德，二是给女儿找个可靠的郎君，三是由金兰之交到姻缘亲家，两家便合成了一家。这件事不应该由他来开口，毕竟他是女方家长，结亲也要陈日修托人来求亲才好。

其实，陈日修夫妇也早有打算，天伦性情耿直，志向远大，男人要成就大事，非要有个贤内助不可。两口子早就看上了雪儿，一直把她当作自己的骨肉。小户人家过日子讲究的是家庭和睦，要是天伦娶一个不通情理的媳妇进来，闹得夫妻失和、婆媳不睦，那日子过得还有什么滋味儿。想是这样想，可是陈日修夫妇也有自己的苦衷。一是人家夏雨轩毕竟是翰林院的官员，前途无量，说不定能出将入相，成为朝廷重臣。就算你跟他交情再深，但是两家门不当，户不对，将一个朝廷命官的千金娶进一个军粮经纪的小院，不是太委屈孩子了吗？就算这件事两相情愿，外人会怎么说？知道的会说他们的交情不浅，不知道的准会说陈日修巴结名门大户。陈日修是好脸面的人，陈家祖祖辈辈在通州城活得都非常体面，没有让人家戳过脊梁骨。第二个难处更要命，陈天伦比夏雪儿大八岁。就算是婚姻不论年龄，那也要看什么家门什么人。你一个小门小户的小秀才，凭什么能娶一个比自己小八岁的姑娘做老婆，这不是欺负人吗？

基于这两点，陈日修夫妇虽然喜欢夏雪儿，可是总觉得自己的儿子没有那么大的福分，也只好互相劝慰着，还是死了这条心吧。

陈家夫妇不开口，夏家夫妇又不好开口，这件事就这么干着，晾着，乌涂着。

这一天开漕，差不多全城的人都来到了码头上。夏雪儿也想来瞧瞧热闹，母亲不能带着她来，知州的妻子怎能随便抛头露面呢？找个衙役带她来吧，又不方便，毕竟是知州的千金小姐嘛。母女俩不能到码头上来，在衙门后宅待着又没有意思，便到陈家串门来了。母女俩进了陈家的门，正好陈小虎拉着排子车要送陈日修到码头上来。陈日修见了雪儿，便主动要带她来，这正合母女俩的心意。于是，雪儿的母亲留在陈家陪天伦的母亲聊天，陈日修便将雪儿带到漕运码头上来了。

陈日修替儿子担心，果然越怕鬼越招鬼。他坐着陈小虎拉着的排子车，刚刚来到石坝上，就听着人们一边乱哄哄地议论着，一边争着抢着往大光楼跑去。他心里一阵惊悸，感觉像是出了什么事。他拦住了一位老者打听着，老者告诉他，新任军粮经纪陈天伦把天捅破了，漕运码头上要出大乱子了……陈日修一听，脑袋立刻大了。

人太多，陈小虎拉着的排子车被人撞得东倒西歪，挤近大光楼是不可能了。陈日修急得心如火燎，恨不得跳下车跑过去。他见不到大光楼前的情况，便想找到夏雨轩。只有见到夏雨轩才能了解到真实的情况，陈天伦正在扛着塌天的灾祸，也只有夏雨轩能够帮助他。他让陈小虎把车子放下，跑到大光楼前把夏雨轩找来。可是陈小虎天生是个怵窝子，平时怕见生人，怕跟人说话，连到油盐店打个醋都发愁，更不要说让他去找一个堂堂的知州大人了。他一听陈日修吩咐，就吓得差点儿尿了裤子。

夏雪儿见陈小虎如此发怵，便说："大伯，让我去吧，我把父亲找来。"

陈日修死活不同意，前些天陈天伦带兰儿看病被劫持的事情他还余悸未消，怎么能放夏雪儿到人群里去呢？尽管夏雪儿已经大了，可她毕竟是女孩儿，而且是官宦人家的女孩儿。树大招风，要是被人家盯上，被人家劫持走，那可就更要命了。

正在万般无奈的时候，甘戎过来了。说来也巧，甘戎是去找杨八的。她在仓廒上搬了四个麻包，杨八说话不算数，把她惹火了。她一定要找到杨八，让杨八当众给她磕三个响头不可。她明明见到了杨八的影子，是在大光楼上看见的。她见到常书办把杨八拉出了人群，朝吴仲祠的方向走来了。她认得常书办，这些天在码头上转，也认识了一些人。她急忙跑下大光楼，到吴仲祠这边来追臭不要脸的杨八。杨八却又像泥鳅似的溜掉了，她正在扫兴，见人们又纷纷朝大光楼跑去，知道又出了什么热闹，便也随着人群跑过来。跑到半截，便看见了一辆横在路边的排子车。

甘戎天性就是热情洋溢，爱多管闲事，看见这排子车上一个坐着的老者，车前一个虎头虎脑的小伙子，车旁一个如花似玉的姑娘，便勾起了她的好奇心："你们是来看开漕的吧？怎么不到前面去？"

夏雪儿说："我大伯脚上有伤，车子过不去，能麻烦你叫一下我父亲吗？"

甘戎见三个人中倒是这姑娘先说话了，便觉得有点儿不快。这莫名其妙的不快也不知道是从哪里来的，她冷冷地看了夏雪儿一眼："你父亲是谁？"

夏雪儿说："我父亲姓夏，是通州知州。"

甘戎的语调提高了一点儿："噢，是夏叔叔呀，我认识。你找他干什么？他正忙着呢。"

听说话的口气，陈日修便知道眼前这位姑娘不是等闲人物，便接过话茬儿说："是老朽让叫的，姑娘，要是方便就麻烦您一下，就说我有急事。我姓陈，是新任军粮经纪陈天伦的父亲。"

甘戎一下子热情起来，夸张地叫道："呀，您就是陈天伦的父亲？您好啊。我认识陈天伦，听说您脚受伤了，好点儿了吗？"

陈日修见这非凡的姑娘对自己如此热心，受宠若惊般地说："敢问姑娘尊姓大名？"

甘戎说："我叫甘戎，我父亲是仓场总督，也是新任的。"

陈日修惊惶地说："哎呀，原来是总督大人的大小姐，老朽失礼了。"

甘戎说："您别客气，我马上把夏叔叔给您找来。"

果然，甘戎去后不久，夏雨轩便来了。

夏雪儿见到父亲，忙打听陈天伦的情况。

夏雨轩把陈天伦在开漕后的情况向陈日修说了一遍。

陈日修听了，连连搓手叹气，不知如何是好。

夏雨轩安慰说："陈兄请放心，我认为天伦做得对，做得有理，看样子铁麟大人非常赏识他,让他当上了'盈'字号军粮经纪。"

陈日修听了,更是急得不得了。虽说陈日修当了半辈子军粮经纪了,可陈日修的处世为人跟陈天伦截然不同。陈日修生性谨慎,谦虚让人,好结交,好面子,最怕的就是得罪人。可以说,在漕运码头上,陈日修是最有人缘的。他早就发现了陈天伦与他的不同,陈天伦自幼饱读诗书,崇尚的是"士以天下为己任"的圣人格言。他志高心大,忠君报国,想建功立业。可是他并不了解天下,不了解世情,更不了解漕运码头。当陈日修将军粮密符扇交给陈天伦的时候,曾经对他千叮咛万嘱咐,一定要小心谨慎,得吃亏处便吃亏,能让人处便让人,万万不可逞强。木秀于林,风必摧之;堆出于岸,流必湍之;行高于人,众必非之。怎么今日刚刚上任,就把这些至理名言抛之脑后了呢?

夏雨轩知道陈日修担心的是什么,一个劲儿地宽慰着他:"陈兄不必担心,我看贤侄做事是蛮有操守的。何况如今铁大人下决心要整顿漕弊,贤侄脱颖而出大合时宜。英雄施展才干,总是需要个机遇。说不定贤侄在铁大人的提携下,能在漕运码头上成就一番大事业呢。"

陈日修还是一个劲儿地摇头叹气:"我看是凶多吉少,弄不好会大难临头。"

夏雨轩跟陈日修说着话,顺便看了雪儿一眼,雪儿急切地问:"父亲,天伦哥哥现在怎么样了?"

夏雨轩笑了:"我在这儿陪你陈伯伯说话,你跟虎子到那边看看吧,热闹得很呢。"

夏雪儿笑了,催促着陈小虎朝大光楼那边跑去。

陈日修在后面叮嘱着:"小虎,看好雪儿,一步都不要离开。"

大光楼前面又重新围满了人,铁麟还在发着雷霆之怒,金简、许良年等人惶惶不安。大光楼里面皂吏们正在挥杖惩罚着徐嘉传,一阵阵叫喊声和杖板声传了出来。

甘戎突然跑过来,对父亲说:"父亲,错了错了,打错了。"

铁麟冲女儿嚷了起来:"你来捣什么乱?谁说错了,快一边去。"

甘戎急着说:"父亲,打错了,打错了。"

铁麟生气了:"别瞎说,打的就是他。"

甘戎更急了:"父亲,告诉您,他不是……打的不是徐嘉传。"

铁麟说:"不是徐嘉传是谁?我打的就是他。"

甘戎急得直跺脚:"哎呀,您怎这么糊涂呀?您快看看去吧。"

铁麟火了:“你快给我滚开,不知道我在办案吗?”

甘戎急得眼泪都快下来了,陈天伦却听明白了,凑到铁麟耳边悄悄地说:“大人,大小姐说得对,可能是有人替徐嘉传挨打。”

铁麟一愣:“什么,有人调包?”

陈天伦说:“这种事情是常有的。”

铁麟的眼睛直了,光天化日之下,在堂堂二品大员面前,居然有人敢蔑视大清王法,干如此胆大妄为的勾当。他看了看金简和许良年,大喊一声:“来人哪……”

几个衙役急跑过来,立在他面前。

铁麟命令着:“把那徐嘉传给我带上来!”

衙役们应了一声“喳”便朝大光楼里跑去,紧接着,便拖着一个人出来了。那个人似乎已经被打得不省人事了,耷拉着脑袋,软塌塌的身子,被拖到铁麟面前,一摊烂泥似的伏在地上。

铁麟大喊着:“抬起头来。”

那人卧在地上不动,像是死了。

铁麟又喊着:“把头抬起来。”

那个人还是不动弹。

铁麟火了:“把他的脑袋提拉起来!”

两个衙役一齐向前,抓住地上的人的辫子,往上一拉,那个人的真面目便露出来了。

让铁麟大吃一惊的是,这个被打的人不是别人,正是坝神杨八。

杨八见他被认了出来,知道蒙混不下去了,急忙跪在地上磕头求饶:“大人,饶命啊……饶命啊,大人……”

铁麟只觉得又可气又好笑:“杨八,你刚才还是坝神,还是英雄,还是大力士,怎么现在又来替人挨打?”

杨八无言以对。

铁麟说:“杨八,你告诉我,替人家挨一次打,挣多少银子?”

杨八还是不说话。

金简冲杨八吼了起来:“浑蛋,大人问你话呢,你哑巴了?”

杨八抬起头来说:“回大人,临清卫给我三百两……”

铁麟冷笑着说:“三百两,那可比当坝神划算多了。我问你,你分给这些衙役多少?”

听铁麟这么一问，立在两边的皂吏首先慌得魂不附体了。

杨八磕着头说："没……没有……"

铁麟说："没有？哼，把裤子脱下来！"

杨八一时没明白。

铁麟又吼了起来："把杨八的裤子脱下来！"

不但杨八不明白，许多人也不知道是怎么回事。特别是看热闹的人，一听说要脱杨八的裤子，都向前拥挤着，想看个究竟。

两个衙役上来，拉起杨八，把他的裤子脱了下来。

铁麟嚷着："趴在地上。"

两个衙役使劲一搡，将赤身裸体的杨八摁在地上。

铁麟走过去，指着杨八的屁股问："你们这四十大板打在哪儿了？这屁股上怎么连个红印都没有？"

刚才执杖的两个皂吏吓得急忙跪下来，喊着饶命。

这便是皂班的功夫。皂班又被叫为狼班，是官员坐堂的时候站在两边喊堂威的，喊起来狼嗥一般，吓得人魂飞魄散。行刑是皂班的职责，也是皂班的特权。塞好处买人情全仗着皂班的手下留情。在大堂上，同样是噼里啪啦响成一片，几杖下去，能把人打得皮开肉绽；几十杖打下来，也许就能丝毫无损。这些猫腻，几乎所有的官吏都知道，可是却从来没有人深究过。今日铁麟发现杖责有弊，便连同衙役一起追究起来。

铁麟高喊着："来人啊，把杨八连同这两个狗奴才一起拉下去，每人四十大板，打完之后我要亲自验伤。"

几个虎狼一样的衙役将三个人拖进了大光楼，杖责声和求饶声又传了出来……

金简和许良年面面相觑，都倒吸了一口冷气。

铁麟又喊道："把徐嘉传押上来！"

两个衙役立刻押着徐嘉传跪在铁麟面前。

铁麟气得眼睛都鼓胀起来："徐嘉传，你可知罪？"

徐嘉传忙捣头："卑职罪该万死……"

铁麟说："你身为卫所军守备，穿着五品官服，吃着朝廷的俸禄，领运漕粮弄虚作假，本官念你历来考绩不错，原想从轻发落，没想到你却藐视朝廷律法，花钱买身替罚。为整顿漕弊，清肃法律，来人啊，给徐嘉传戴上枷号，在码头上示众一个月，然后发配宁古塔给披甲人为奴……"

随着铁麟的命令,几个衙役七手八脚地摘去了徐嘉传的顶戴,脱去了他的官服,给他披戴上木枷。

这时候,铁麟才长出了一口恶气,用舒缓的声调喊着:“陈天伦……”

陈天伦急忙上前答应:“卑职在。”

铁麟命令说:“开关验粮。”

陈天伦还未及答应,执事却高叫起来:“开关验粮……”

这喊声让陈天伦为之一震,他浑身的热血顿时奔流起来。他撩起长衫,手执军粮密符扇,大踏步地朝漕船走去。他刚走出人群,便远远地看见了那辆排子车,看见了排子车上的父亲,还有父亲身边的夏雪儿……

第八章

为了寻找兰儿,夏雨轩将刑名师爷金汝林派到了铁麟的身边。

按照一般的规矩,侦察盗案匪案绑架拐卖案理应是地方上的事情。可是通州这个“地方”不同于其他的地方,这个“地方”就在天子脚下。皇帝打个喷嚏,通州就得患感冒;哪位王爷或六部首领打起了呼噜,整个通州城就别想睡觉。上有顺天府管辖着,旁边还有东路亭看管着,这都是直接的顶头上司。仓场总督、坐粮厅往通州城这么一蹲,连燃灯塔都显得矮半截。别的地方的百姓,见个七品芝麻官都难,可是通州人出门上趟茅房兴许就能见到几个顶戴花翎。大地方人小地方狗,都是不怕生不怵阵的主儿。通州的百姓见多识广,敢到衙门门口吆喝王致和的臭豆腐,敢拿朝廷的命官开涮。要不怎么说京官难当呢?

一大早,金汝林就到仓场总督衙门来报到,门房将他带进了会客厅。还是在大光楼的开漕仪式上,金汝林见过铁麟。当时他穿的是二品官服,戴的是珊瑚顶戴,一副威风凛凛、叱咤风云的英雄气概。进了客厅,金汝林却发现里面有一位老人,便装素服,一条垂腰发辫儿,正弯着腰看些什么。再一看,客厅里摆满了大大小小的笸箩簸箕,笸箩簸箕里又放满了形形色色的葫芦瓢。金汝林认不清这位是不是仓场总督铁麟,那个老人很专注,显然没有注意他的到来。带他进来的门房也没有禀报,金汝林犹豫了一下,立即跪下来行礼,宁肯跪错也不能失礼:“晚生金汝林拜见大人。”

果然是铁麟,人在衣裳马在鞍,素装的铁麟显得不大健壮,甚至可以说有些虚弱。他转过身来,和蔼地问:“你就是夏知州的刑名师爷金汝林?”

金汝林忙说:“夏大人命晚生前来伺候大人。”

铁麟高兴起来:“快请起,以后再见面就不必客气了。”

金汝林起身,等待着铁麟的吩咐。

铁麟说:“汝林啊,听说你在码头上也待的年头不少了,这粮食你懂不懂呀?”

金汝林一时没有明白:“不知道大人指的是哪方面?”

铁麟说:“譬如说,给你一把稻谷或小麦玉米什么的,你能看出哪个是好,哪个是差,哪个是优,哪个是劣,哪个是新,哪个是陈吗?”

金汝林自信地说:“晚生在坐粮厅当过书办,也在两坝上当过书手,后来又当过坐粮厅漕科经承,再后来成了稿门的书办,跟粮食打了八年的交道,还算是内行。”

铁麟高兴起来:“太好了,来来来,你过来,随便抓一把什么粮食,考考本官。”

金汝林走近一看,那笸箩簸箕里的葫芦瓢都装着各种各样的粮食,葫芦瓢上还贴着纸条儿,上面写着一年陈谷,二年陈谷,五年陈谷,湖州粳米,江夏糯米,长沙小稻等等。金汝林困惑地问:“大人,您这是……”

铁麟说:“到什么山上唱什么歌儿,做什么生意学什么经。本官既然奉朝廷之命,掌管仓场,不懂得粮食怎么行?来来,你随便抓一把什么,考考本官。”

等铁麟背过身去,金汝林抓起了一把稻谷:“大人,请您过目。”

铁麟把那稻谷接过来,放在掌心里,用手指头扒拉着查看起来,还放在嘴里咬了咬,行家似的。过了好半天,才说:“这是两年陈谷。”

金汝林摇了摇头。

铁麟又说:“那么是三年陈谷了?”

金汝林又摇了摇头。

铁麟又说:“不会是五年陈谷吧?”

金汝林说:“大人为什么总说是陈谷呢?”

铁麟问:“难道是新谷?”

金汝林说:“是新谷,而且是湖州新谷。”

铁麟问:“既然是新谷,为什么没有新谷的清香?”

金汝林说:“新谷却是新谷,不过是在运载途中兑了水了,所以这谷中有一种霉气味道,但这霉气味是新鲜的,不是陈旧的霉气味儿。”

铁麟茫然了:“这霉气味道还分新与陈?”

金汝林说:“就是靠这霉气味道中的新与陈,来判断是新谷还是陈谷的。”

铁麟说:“看来这里面的学问太大了,我原来想得很简单,将各种谷物分门别类地比较一下,就能分出优劣新陈。”

金汝林说:“判别粮食是要有窍门的,大人这样比较虽然也能辨别真伪,但是毕竟是皮毛表面。真正的行家,有一整套查看粮食的规矩奥妙。”

铁麟求知若渴:“哎呀,你快给我说说。”

金汝林说:“比方判别稻谷,先不用眼睛,而是先用手。把手伸进粮仓或粮袋,一是感觉温度,二是感觉干潮,三是感觉粗细。把米抓出来以后,不是先用眼睛看,而是先用耳朵听,搓一搓,听听声音,好米声音清脆,沙沙作响,劣米声音艰涩,嚓嚓作响,当然这里面的区别是非常细微的,需要仔细鉴别才行。用耳朵听完以后再用牙嗑,轻轻地用槽牙嗑,不要用门牙嗑。因为嗑的时候要听,槽牙在里面,声音直接传到耳朵里,不容易受外界杂音的干扰。用牙嗑的时候,除了听声音,还要感觉它的硬度和破裂时间的长短。一般来说,好米坚实,破裂的时候很干脆,像爆炸一样。最后才是用眼睛看。看什么呢?首先看光泽度,新米都有一层很明显的光泽,放的时间越长,光泽越暗淡。其次是看米壳是否整齐完整,有无破损,破损的程度如何。当然,有些造了假的米识别起来就有点儿难度,但也不是没有办法。比如……”

铁麟说:“你别比如了,你说了这么多,把我的脑袋都听炸了。我现在算明白了,三百六十行,行行出状元,此话不谬。看来,我真要弄懂这些,凭自己琢磨不行了,我得拜你为师了。汝林啊,你可得收下我这个徒弟呀。”

金汝林忙说:“大人说哪儿去了,您懂的是治国安邦的方针大略,我说的这些不过是雕虫小技。”

铁麟说:“可不能小看这雕虫小技,千里之堤,毁于蚁穴,这雕虫小技要是忽略了,往往在大策大略上要出漏洞。无论有多难,我也得把这雕虫小技学到手。”

金汝林说:“大人业精于勤,不耻下问,实在是晚生的楷模表率。”

铁麟说:“从现在开始,你就教我验米吧。学习也要循序渐进,你说,我先从哪儿学起吧。”

金汝林说:“大人不是说今日要去寻找孩子吗?”

铁麟想了想说:“也罢,咱们定个协议,白天办案,晚上做功课,可以吧?”

金汝林试探着开着玩笑说:“人之患在好为人师,都怪晚生刚才多嘴了。”

铁麟说:“你现在后悔也晚了,反正你不把肚子里那点玩意儿给我掏出来,就甭想离开仓场衙门。”

金汝林说:“晚生听大人吩咐就是了。”

铁麟扮作一个南方来的丝绸商人,在金汝林的陪同下又来到了漕运码头上。出任仓场总督以后,他最大的体会就是官越大越需放下架子。官服、顶戴、绿呢轿都是吓唬人的,让人家怕并不难,有权威风在,丢了权便威风扫地。可这权是身外之物，不是你的真本事。通州人有一句话：把顶戴花翎扣在猪脑袋上，连屠夫都得给猪下跪。

铁麟尝到了微服私访的好处，这不是他的发明，他只不过是忠实的实践者。

探案寻人，须到下三烂的地方，这是金汝林告诉他的。想想也有道理，溜门撬锁、偷鸡摸狗的能有几个像模像样的？除非大盗，大盗即匪，那是出没在山林之间的。

土坝附近的东关小市，堪称是藏污纳垢之所，伤风败俗之地。一走进这地面，便觉得乌烟瘴气，丑恶不堪，连空气都是恶浊难忍的。在这里游来荡去的，多是衣衫褴褛之辈，蓬头垢面之徒。满街都是露天的摊贩，一摊紧挨着一摊，杂乱无章，犬牙交错。饭摊上卖的都是廉价的菜饭，有贴饼子、蒸窝头、血豆腐、熬白菜，还有大饭店收集来的折箩；估衣摊上卖的都是破衣烂衫，商贩一边抖落着估衣一边高声叫卖，衣衫上的灰尘虱子都洒落在旁边饭摊的汤锅里……

小市上有一种小押，这引起了铁麟的兴趣。这实际上是一种微型的典当行，什么破破烂烂的东西都可以到这里来典押。押期短，价钱低，利息重，解的就是燃眉之急。码头上四五千名扛夫，多是来自四面八方的苦力。他们像季鸟一样冬去春来，没有一文本钱，本钱就是一身的力气。腹内空空的扛不了麻包，有力气也得靠肚子里的东西撑着，人是铁饭是钢嘛。也不能说扛夫一无所有，至少还有一身衣裳。扛夫的衣裳很简单，一条裤子，一个汗褟儿。裤子是不能当的，因为裤子里面什么都没有，老百姓叫作“硬山搁”。除了裤子，没有别的了，只剩一件汗褟儿了。汗褟儿是大运河边一种男人很流行的服装。实际上是由三块儿白布拼凑起来的，后背一大块儿，前胸两小块儿。大块儿和小块儿之间用襻子连接着，胸前的纽扣则是一排算盘疙瘩。这种衣服一是省布，二是凉快，三是脱穿方便，很适合于劳作之用。尽管如此，劳苦人也觉得干活的时候穿着衣服是一种极大的浪费。长期得不到温饱的中国人是非常崇尚节俭的，穿衣服的目的非常功利，一是御寒，二是遮羞。在不需要御寒和遮羞的时候再穿衣服便是浪费，所以夜间钻进被窝儿睡觉和夏天在没有女人的地方干活是不该穿衣服的，一丝一缕都是多余。码头上还不能说没有女人，所以遮羞还是必要的，那么裤子脱下来往腰间一围权作遮羞之用。汗褟儿便可以抵押出几枚铜板，换回两个烧饼。把烧饼吞进去就可以扛麻包了，扛了麻包赚了钱再把汗褟儿赎回来。余下的钱有两个去处，一是赌，二是嫖。

这里的赌也让铁麟大开眼界，地上画个圈儿就是赌场，铺块席头便很奢侈了。赌的形式五花八门，应有尽有：押宝、抽签、骰子、牌九、四虎、纸牌、黑红翘……聚在这里的赌徒多是刚喝完酒的扛夫、车夫、纤夫和地痞流氓，一个个呼幺喝六，张牙舞爪，拼死拼活。

铁麟正在漫不经心地走着，金汝林突然拉了一下他的衣襟，朝前面努了努嘴。铁麟看到，一个膀大腰圆的汉子拄着一根枣木棍儿一瘸一拐地走过来，赌徒们都呼啦一下子散开，给他腾出了一块地方。那汉子扔掉枣木棍儿，噗地一屁股坐在地上，占去了一大块地盘，然后从腰间掏出一大把铜板，往地上一扔，瓮声瓮气地说："来呀，有种的都给我上。"

金汝林低声说："这是杨八。"

铁麟也认了出来，说："看来打得不轻。"

金汝林说："要不要把他叫过来问问？"

铁麟说："别理他，咱们走。"

两个人继续朝前走去，前面便是"鸡窝"，土娼野妓都集中在这里。仨一群儿，俩一伙儿，勾肩搭背，叽叽喳喳，两只眼睛却像家雀儿一样在人群里飞来飞去。看着这些野妓，铁麟心里又难受又好笑。这些都是穷人家的妇女，几乎没有一个人身上的衣服不打补丁的。穿着打补丁的衣服，脸上却涂着厚厚的白粉，是那种很廉价的掺着香料的窝头儿粉。脸上抹得挺白，脖子却黑得像根车轴，大概一冬天都没有洗澡了。有的女人在铁麟看来，根本就没有资格干这一行，又老又丑，再加上忸怩作态，恶心得人直想吐，谁能找她们呢？

看得出来，这些野妓的家都在附近，或许是从附近租借的房屋。她们逮着一个客人，便三五成群地一齐上来，连推带拉，往小栅栏门里扯。大概是看到铁麟和金汝林穿戴得太体面了，这些野妓们看着他们过来，竟面面相觑，没有一个人敢过来调情搭讪。

衣服还是很重要的。要不，为什么朝廷规定出九品文武官服呢？

铁麟突然想起来一个人，这个人跟她们这一行很有关系。铁麟大胆地朝两边野妓看了看，这些人虽然没敢贸然轻佻，却一个个用眼睛死勾着他们，好像他们倒成了什么新鲜物件。铁麟随冲着一个年纪大一些的野妓问道："请教大姐，跟你们打听一个人。"

众野妓一听都笑起来："哟，这位官人还挺客气，打听谁呀？是不是相好的呀？"

铁麟绷着脸，一本正经地问："有个叫小鹌鹑的你们知道吗？"

众野妓又笑起来，比刚才更放肆了："小鹌鹑呀，我们也在找小鹌鹑呢，你那裤裆里不是就有一个小鹌鹑吗？还不赏给我们玩玩……"

有一个年轻的野妓更加放肆，撩起了衣襟，露出了一对饱满的大乳房说："瞧瞧，您是不是找这个小鹌鹑呀？我这儿有两只呢。"

看见这对大乳房，铁麟像触了雷电似的，差点儿被击晕。他努力使自己平静下来，眼睛却没顾得从那两只乳房上离去……

年轻的野妓见铁麟眼巴巴地盯着自己的乳房，放浪得出了格，捧着两只乳房，冲着铁麟一挤，两股白浆闪电般地喷射过来。铁麟下意识地往后躲着，险些喷到他的脸上。

金汝林急忙拉着铁麟说："快走，别理她们。"

铁麟被金汝林拉着，走出了好远，还听得见那群野妓开心地笑着，喊着："别走啊，把您的小鹌鹑留下来吧，我这儿有个鹌鹑窝。这窝里可暖和了……"

铁麟使劲摇了摇头，却怎么也挥赶不去那一对饱胀的乳房和那两股闪电般的乳汁……

穿过东关小市，搭船过河，再向前走八里路，便是通州古城，亦即潞县古城。这里也是一个藏龙卧虎之地，铁麟微服私访不可不到之处。所谓古城，便是通州的旧址。早在西汉初年便已在此设县，始称路县，东汉时改路为潞，县从水名，渔阳郡亦曾设置在此。先是编篱为城，后又筑土为城。元至正二十八年，朱元璋在应天府即南京建立了大明王朝之后，大将徐达、常遇春统率诸军北上，占据了通州，直逼元大都。据说，后来的通州城便是徐达、常遇春修建的。

古城左右村庄密集，道路宽阔，路两边挂着各式各样的幌子：小饭铺的幌子是一个箩圈儿，下面垂着面条儿似的穗状装饰物，红色是汉民馆，蓝色是清真馆；小客店的幌子白天是一串笊篱，晚上是一盏纸灯，门上的匾额上写着店名；皮货店的幌子是一件杂毛皮袄，风吹日晒已经破烂不堪，很不雅观；铜件铺的幌子是摆在门前的一块大木板，上面钉满了门环、拉手、合页等铜制品；木梳店的幌子是一个十字架，四端各挂着一串木梳，丁零当啷随风摆动；筛子铺的幌子是一只大筛子，下面挂着一个幌条儿；麻袋铺的幌子是一条麻袋，上面写着"麻袋发庄"四个字；卖麻的店铺则只是一缕白麻，鼓店铺的门前也只挂着一串小鼓儿……

金汝林对这一带比较熟悉，两个人进了一家叫作小角落的酒馆。小店的小伙计不像大饭庄那样讲究规矩，训练有素，但是见了两个穿戴体面的买卖人还是非常热情。他们在临窗的一张桌子上坐下来，小伙计立即端来了茶壶，摆上了茶碗，茶刚沏好，需要闷一会儿再斟。小伙计则恭恭敬敬地站在桌边，等着他们点菜。

金汝林客气地问:“东翁,想用点儿什么?”

铁麟说:“入乡随俗,客随主便。”

金汝林说:“这里都是家常菜,但做得很地道,您不妨尝尝乡间土味儿。”

铁麟说:“那你就瞧着点吧。”

金汝林先要了两个下酒菜,一盘豆腐丝儿,一盘饹馇盒儿。又点了两个热菜,一盘京酱肉丝,一盘烧鲇鱼。小伙计随即朝后厨喊着:“京酱肉丝一盘,烧鲇鱼一盘,马前哪您哪……”

金汝林又问:“喝什么酒?”

铁麟说:“还是听你的,我是力笨头摔跤,给吗吃吗。”

金汝林说:“您喝过漕运湾酒吗?牛堡屯烧锅出的,红高粱酒,味道很醇,却醇而不烈。”

铁麟摇了摇头。

金汝林进一步解释说:“许多南方来的商旅和进京赶考的读书人喝不惯北方的烧酒,嫌烧酒劲儿大,一般都喜欢喝南方产的米酒。可是北方的人又嫌米酒太薄,不过瘾。所以逢到南北方的朋友聚在一起,便很难选酒。这漕运湾酒就是兼顾了南北两方的口味,用上等高粱精致酿造的。它有南方酒的清洌,又有北方酒的醇厚,柔中有刚,烈而不躁,既是杏花春雨江南,又是骏马秋风塞北……”

铁麟笑了:“你把漕运湾酒说得如此神奇,那就让老夫尝一尝吧,别光这么逗老夫的馋虫了。”

金汝林说:“别忙,您再听我说。这漕运湾酒的酿造非常精致讲究不说,主要的功夫就是靠窖。也同南方的状元红、女儿红一样,窖的时间越是长久,味道越是悠长缠绵。拿到市场的漕运湾酒,至少是五年的,还有十年的,十二年的,十五年的……所以漕运湾酒又叫作通州老窖。”

铁麟点了点头:“行了行了,无论是漕运湾酒还是通州老窖,你就别卖关子了。”

于是,金汝林点了一瓶十年漕运湾酒,让小伙计用壶烫上。这漕运湾酒也同烧酒一样,都喜欢热着喝。

两个人刚倒上茶,小菜便上来了。小伙计端着酒壶,给他们斟上酒,说了声“慢用吧您哪”,便又招呼别的客人去了。

转悠了半天,又累又渴又饿。铁麟端起酒杯抿了一口,果然舌尖一颤,味道非常。一股清醇立刻浸透心脾，令人周身畅快，又回味绵长不绝。铁麟说：“嗯，味道不错。”

金汝林得意地笑了。

品过了酒，铁麟想起了丢失的兰儿，又有点儿灰心了：“咱这样海里捞针，会有结果吗？”

金汝林说：“东翁放心，我今天带您出来，主要是陪您散散心，瞧瞧码头上的景致。要找到孩子，当然不能这样没头的苍蝇瞎撞了。”

铁麟说：“合着咱遛了半天馊腿，是瞧西洋景儿哪，你心里没谱儿呀？”

金汝林说：“东翁您别着急，办法得慢慢地想。来，我先给您道个乏，敬您一杯。”

铁麟苦笑了一下，一仰脖便把酒干了。

金汝林问：“怎么样，还可以吧？”

铁麟抿了抿嘴唇说，咂摸着滋味儿说：“还行，劲儿挺冲。”

金汝林说：“您别瞧这酒劲儿冲，却不上头，那劲儿到哪儿就是哪儿，没有后劲儿。”

铁麟说：“听说你是湖北江夏人？可怎么说一口京片子话？”

金汝林说：“我进京之后便学京话，早把那九头鸟的腔调扔掉了。”

铁麟问：“你什么时候到的北京？”

金汝林说：“十八岁。”

铁麟说：“那也不容易，有许多人小时候学的话，一辈子都改不过来。”

金汝林说：“您别忘了我是梨园出身，祖祖辈辈都是吃开口饭的。”

铁麟点了点头，又问：“听说你读了不少书？”

金汝林叹息着说：“读书再多管什么？还不是被考场拒之门外？”

关于金汝林“身世不清”并立志要改换门庭的故事铁麟已经听夏雨轩说过了，他很同情这个饱学之士，可也没有办法帮他。他毕竟不是皇上，改变不了大清国的章程。

两个人喝着酒，聊着天，消磨着时光。这时候进来一个人，三十多岁，一身长衫，进门就喊道：“喂，伙计，打半斤三西子，扯个旗子。”

铁麟觉得奇怪，不知道来客在说什么，用询问的眼光看了看金汝林。

金汝林低声说：“他在挂牌子。”

铁麟问：“挂什么牌子？”

金汝林说：“您往下看就知道了。”

那个客人在他们临近的一张餐桌上坐下来。

小伙计给他端来一杯盖碗茶。

铁麟注意到,那客人随即将碗盖取下,放在茶碗的左首,盖顶朝外,盖底儿朝里。这时候,小伙计将手里的一双筷子放在茶碗的右首。客人又把筷子拿起来,放在茶碗的前面。

铁麟用眼睛问金汝林:这是什么意思?

金汝林用筷子在杯子里蘸了一点儿酒,在桌面上写了一个“青”字。

铁麟明白了,这是青帮接头时的联络信号。对于青帮,铁麟早就有耳闻,都是道听途说。青帮亦称罗教,即罗清所创。有关罗清籍贯经历说法不一,有说罗清为甘肃兰州府渭源县东乡罗家庄人,十二岁中秀才,十七岁中嘉靖恩科举人,后会试赐进士出身。历任监察御史,户部侍郎。他曾拜金纯为师,故推金纯为第一代祖师。金纯在明成祖时历任刑部左侍郎、礼部尚书、工部尚书等职。因他有功于漕运,后来被青帮视为崇拜的偶像。罗清遭严嵩陷害,在狱中参悟得道,修五部经。时有外国使臣进呈天书,无人认识,朝廷发榜招贤。罗清在狱中请狱卒代为揭榜,入朝朗诵天书,并说自己所著的五部经乃天书的下卷。于是龙心大悦,要封赏罗清,罗清却看破红尘,离京至杭州结庵修行,收徒传教。

历来漕运很不安宁,三千里大运河帮派林立,盗贼四起,让朝廷伤透了脑筋。雍正三年,皇帝通令挂榜招贤治理漕运,罗教传人翁岩、钱坚、潘清三人下山去河南揭了皇榜。河南巡抚田文镜立即禀报雍正帝,帝心大悦,恩准开堂收徒,治理漕务。自此,青帮在漕运上渐成气候,势力也越来越大,成了大运河上不是朝廷的朝廷,不是总督的总督。

小伙计问:“老大,贵姓?”

客人说:“在家姓蔺,出门姓潘。”

小伙计问:“老大,何处而来,何处而去?”

客人说:“杭州而来,通州而去。”

小伙计问:“老大,何处装粮,何处卸粮,经过多少地方?”

客人说:“浙江杭州府装粮,直隶通州坝卸粮。一路经过三口三关三闸五坝五场,七十二个半码头,七十二个半小闸,九十九道半门槛子。”

小伙计问:“老大,粮船有多少只,仓房有多少间,几大仓,几大廒?”

客人说:“粮船九千九百九十九只半,仓房九千九百九十九间半,十八大仓,四大廒。”

小伙计问:“老大,半只船在何处?”

客人说:"山东省沂州府半只脚划子信船,归江淮四管理。"

小伙计不再问话,冲客人笑了笑,便去了。

铁麟和金汝林低着头喝酒,装作什么也没听见、没看见的样子。那客人独自坐在桌旁,喝起了茶。

金汝林朝铁麟举了举杯。

小伙计给蔺客人端来了两个菜,一壶酒,客人便自斟自饮起来。

金汝林伸过头,小声地说:"看来跟临清卫有关。"

铁麟心里一惊,临清卫的领运官徐嘉传刚刚被他枷号示众,准备发配宁古塔给披甲人为奴,难道青帮是来救他不成?他用眼睛朝金汝林询问着,到底他来干什么?

金汝林说:"他好像是来找周三爷。"

铁麟问:"周三爷是谁?"

金汝林伸出了三个指头,铁麟明白了。大概是属于青帮的第三号人物,势头不小。那么第一、第二号人物是谁呢?铁麟开口又要问。

金汝林怕别人听见他们的谈话,急忙冲铁麟摇了摇头,示意他不要说话。

铁麟心里憋得慌,但是既然金汝林不让他开口,也只好忍下了。他使劲喝了一口酒,又吃了一口菜,想把这股好奇心压下去。

金汝林突然轻声地叫起来:"天呀,我怎么把他忘了呢?"

铁麟问:"你说的是周三爷?"

金汝林点了点头:"对,咱们也去找他。"

铁麟问:"找他干什么?"

金汝林说:"请他帮助咱找孩子呀。"

铁麟更糊涂了。

金汝林从怀里掏出一个二两重的银元宝,叫过小伙计嘱咐说:"你去给我办几样礼:二斤茶叶,要明前茶;两瓶酒,要二十年的漕运湾酒;一盒点心,要大顺斋的;再加上一个果篮。把这些礼物买好以后,雇一个挑夫挑过来。"

小伙计接了银子,跟另一个堂倌打了一下招呼,便匆匆走了。

铁麟困惑地问:"你在搞什么鬼?"

金汝林说:"一会儿再告诉您。"

周三爷在大运河东边的小潞邑村,从古城向北,还要再走八里路。吃过了饭,金汝林雇来两头小毛驴,铁麟和他骑着驴,让挑夫挑着买来的四样体面的礼物，悠悠搭搭地朝小潞邑走来。

潞邑村原来是河东一个很有名的古镇，西周实行井田制，“九夫为井，九井为邑”。兴盛时期，潞邑有千户之众。后来住户剧增，镇上无处建房了，便有些人迁移到了古镇南面的五里之处又建新村，称为小潞邑。

潞邑古镇十天四个集日，江南塞北的商旅都到这儿来经商贸易，原本是个兴旺繁华之地。居住在古镇上的老户刘老大，见商旅们发财眼红，便聚集家族无赖之辈组成潞邑帮会，欺行霸市，敲诈商贾，巧立名目收取保护费、地皮费、交易费等等，把潞邑古镇闹得暗无天日。刘姓原本是个大姓，族人又多无正业，见如此来钱容易，便纷纷加入了刘老大的潞邑帮会。其他外姓人亦有好逸恶劳者，也纷纷加入进来。一时间，潞邑古镇竟然正不压邪，让这些无赖之徒成了气候。

里二泗佑民观清莲道长，多次到潞邑古镇找到刘老大，劝说他弃恶从善，至少要收敛一些。因为潞邑镇的名声已经影响了通州城，影响了漕运码头，甚至影响了张家湾古镇。刘老大天性恶劣，刘姓人家上梁不正下梁歪斜。在这股邪恶之风的笼罩下，善心变恶，好人变坏。清莲道长三进刘家，三次被打得皮开肉绽。这且不算，更有甚者，刘老大还派人到佑民观，放了一把大火，幸亏里二泗村民奋力抢救，才使佑民观避免了回禄之灾。

嘉庆二十三年四月初八，一场暴风来得怪异，尘埃四塞，漆黑一片，白昼亦须燃烛。大风接连刮了三天三夜，风平之后，潞邑古镇不见了，平地突兀一个沙山，长数里，高十来丈。后来迁移过来的小潞邑恰好在这座沙山的山脚下。据说，风沙埋没了潞邑古镇，幸存者甚少。

沙山埋葬了刘姓家族的罪恶，埋葬了潞邑古镇的耻辱，却给小潞邑创造了一块风水宝地。小潞邑背靠沙山，面向大运河，仁义水甜，成了闻名遐迩的道德村庄。

周三爷的家就在村后的沙山下面，院子里种着一架葫芦，葫芦长得茂盛，结得奇特，都称周家为葫芦小院。

葫芦小院实在是一个很不起眼的庄稼院落，连道院墙都没有。院子外面，是荆条扎成的篱笆，木桩修成的栅栏门。推开栅栏门，就是一片菜园子。菜园子中间有一口水井，一架辘轳。一个中年汉子正摇着辘轳从井里打水，金汝林走过去，向他说明来意，请他向周三爷通报一下。

中年汉子说：“不用通报，你们跟我进去吧。”

金汝林有点儿意外，连铁麟也感到有点儿奇怪，这么一个手握重权、如雷贯耳的人物，怎么连个看家护院的都没有，而且来了客人怎么连通报都不用呢？

周三爷正在给葫芦浇水，葫芦秧已经爬上了架，吐出了细嫩的幼芽儿。

中年汉子说："三爷，有客来。"

周三爷见客人已经进了门，急忙放下手里的水壶迎了过来。

金汝林马上向前施礼："周三爷，仓场总督铁大人来拜访您。"

周三爷辫子盘在脑后，胸前一把随风飘扬的银须，精神矍铄，身板灵活健壮。见了铁麟，就要跪下行大礼。

铁麟急忙上前扶住："老人家，使不得使不得，您怎么能给我行礼呢？"

周三爷说："您是朝廷命官，二品大员，我一介草民百姓当然要行大礼了。"

铁麟忙让挑夫把那礼品挑进来。

周三爷说："哎呀，你们来就来吧，干吗还这么客套啊？"

铁麟说："上门打扰，实在是不成敬意。"

周三爷忙向屋子里让着客人："来来来，屋里请。燕儿，快给客人沏茶。"

一个脆生生的声音答应了一声，从屋门里出来，又消逝在厨房里。

铁麟和金汝林随着周三爷进了屋，顿时愣住了。这是五间正房瓦屋，扁砖到顶，雕梁画栋。屋子里一水的红木家具，镶着翡翠的硬木屏风，屋顶上吊着纱灯，地面上铺着地毯，墙壁上挂着名画，堂案上熏着檀香。这陈设布置，连王府大宅也黯然失色。葫芦小院外面看那么不起眼儿，里面却富丽堂皇，别有洞天。再看看周三爷，一副庄稼人打扮，只是面料是丝绸的，显得又舒服又随意。

那个脆生生的声音又出现了，一个同样是穿着随意的女人端着茶盘进来了。铁麟瞟了一眼，心里更是吃惊不小。这女人年方二十上下，美得有点儿令人心灵震颤。一脸春光明媚的笑容，两只星光灿烂的大眼睛，还有那脆生生的声音，使这华丽的堂舍更加辉煌。铁麟心里想着，这是周三爷的小女儿，还是他的小孙女？幸亏他没有轻易开口，周三爷一介绍，让铁麟如闻春雷。

周三爷说："这是贱内，叫燕儿。"

铁麟颇感困惑，不知该如何是好。

周三爷却爽快地笑起来："你们是不是觉得老夫聊发少年狂了，八十多岁的人，怎么还娶了个二十岁的黄花丫头？燕儿，你给他们说说。"

燕儿脸一红，掩饰地说："有什么好说的，还不是因为您对我好。"

周三爷逗着燕儿说："给客人说说，我对你怎么个好法。"

燕儿的脸更红了，端着的茶杯里的水都差点儿洒出来。

铁麟打着圆场说："周老前辈，快别难为小夫人了。"

周三爷说:“是这么回事。燕儿是山东荣成人,是我从大运河里把她捞上来的。我见这姑娘聪明伶俐,很喜欢,本来想收做女儿或孙女的,可燕儿不干,非要给我暖被窝儿。哈哈哈,也算我老来的福分吧……”

也说不清为什么,铁麟见了这来历不凡的姑娘,心里顿生一种爱怜之情。他怕周三爷再说出什么让燕儿难为情的话来,便忙说明来意。没想到,表面上那么和气随便的周三爷,一听铁麟让他帮忙寻找孩子,立刻火从天降,怒从心起。

周三爷的脸板了起来:“铁大人,您今日不来找我,我也惦记着改日要去仓场总督衙门找您呢。我就不明白,您刚刚上任,干吗就拿我的孩子开刀呀?不错,我的孩子没出息,掺糠造假,坏了码头上的规矩,是该打,是该罚,是该发配为奴,您做得都不过分。可我就想问问您,这码头上,谁最恶,谁最贪,谁坏的规矩最大?您英雄,不错,武二郎一般的英雄。可您这英雄,不打老虎,干吗偏偏冲着我们这些偷油的耗子抡拳头呀?”

铁麟一下子明白了周三爷是在说他惩治临清卫山东前帮领运官徐嘉传的事。同时他明白了徐嘉传也是青帮,甚至还是青帮的重要分子。他还明白了青帮的势力有多大,这是万万不可等闲视之的。

可是,面对着周三爷的指责,铁麟能说什么呢?

千不该万不该,不该听金汝林这馊主意,寻找兰儿,找周三爷干什么?这不是自讨没趣吗?

第九章

临清卫山东前帮惹了祸，让仓场总督和坐粮厅查出了掺糠造假，领运官徐嘉传受到了惩处，可是那六十四船漕粮还得交呀。怎么交？麻烦大了。

首先要把那些漕粮卸下来，摊在晒谷场上晾晒，把水分晒出去以后，还要用扇车扇，去掉掺进去的糠土杂物。等整理合格了，再进行收兑。

如此一来的后果是非常严重的。一是因为他们漕粮短缺才掺糠造假的，太阳一晒，扇车一扇，肯定更少了。缺欠漕粮，大清律法对运弁运丁的惩处也是非常严厉的。缺欠一分，要杖三十，要追比，要革职；缺欠二分，要杖四十，要追比，要革职；缺欠三分，要杖要革职，要追比，追比仍不能完粮的，要发配充军；缺欠六分以上的，要杀头，要籍没家产，要押妻子抵还……二是这么一折腾，肯定要耽误时间。每帮漕船抵通和回空都是有一定的期限的。譬如河南和山东的漕船，就要在三月一日之前抵通。漕船交完，坐粮厅发了回单以后就要马上回船。来迟了或回迟了，都叫违限。违限不但要受到惩罚，而且还会招来更大的麻烦。运河上行船，下水要让上水，空船要让重船，违限的船只要让按时来去的船只。耽误了回空的时间，便失去了航行的河道。你只有等着别的船都过完了才能过，等来等去，大运河结了冰，将船只死死地冻在冰面上，想走也走不了了。

大光楼前验粮引出的风云变幻，使陈天伦脱颖而出，一时成了漕运码头上的英雄豪杰。再加上仓场总督又授予他“盈”字号军粮经纪，更把他推上了一个大展宏图的舞台。码头上下，通州城乡，到处传播着陈天伦的名字，到处演绎着陈天伦的奇迹。交口称赞的多，但绝非众口一词，诋毁谩骂的也不在少数。当然，陈天伦不怕这些。他觉得，他做的是顺天理、合人伦的事情，他对得起朝廷，对得起祖宗，也对得起自己。何况他从来就是个志向高远的才子，修身齐家治国平天下，几乎是他与生俱来的追求和理想。登科取仕可以实现远大的抱负，在漕运码头上成就一番事业不是同样可以垂大名于万世吗？

踌躇满志的陈天伦走在漕运码头上气宇轩昂，前呼后拥，光彩照人。听说陈天伦来了，人们都争着抢着去一睹英雄的风采。如此声势浩荡，必定要引起非凡佳丽的关注。

陈天伦到晒场上去收粮,总觉得身后多了一个影子。实际上他身边的影子很多,斛头、督管、小写、把头,还有像追赶着偶像一般的扛夫乡民,但他却真真切切地感到,他身后的影子不是这些人,而是另外一个莫名其妙的人物。谁呢?

事实上,这只是一种潜意识的感觉。他的注意力都集中在了晒场上,实在无暇旁顾。他朝晒场走,随从们前呼后拥地跟着他,多一个或少一个人都不会引起他的注意。但是这个影子却是那样的与众不同,那样的不可回避,就像阴天时的太阳,你甚至感觉不到她的光芒,却不能忽略她的存在。

是微不可察的笑声使他警觉了,他猛地回过头来,眼睛将那个影子捉住了。一个学生打扮的年轻人,长得非常俊秀,又有点儿调皮。那么眼熟,又一时蒙住了,莫非是国子监的同窗?不,他的同窗中没有这么一位小生似的人物。

影子又笑了,从那灿如春花的笑模样里陈天伦恍然大悟了:"你……"

甘戎笑了:"我跟你走了大半个码头了。"

陈天伦说:"你这身打扮谁瞧得出来?"

甘戎说:"我喜欢穿男装,经常这样。"

陈天伦说:"好啊,又一个花木兰。"

甘戎大方地问:"你不喜欢吗?"

大宅门里的孩子说话没遮挡,让陈天伦这个书生听了却脸红心跳。

甘戎还在跟着他往前走。

陈天伦说:"我正忙着,实在没工夫陪你。"

甘戎说:"是我来陪你。"

陈天伦说:"我来收粮,你陪我干什么?"

甘戎说:"我又不要你的工钱,给你白帮忙还不行?"

陈天伦说:"你不是要找唐大姑吗?还是到别的地方去转转吧,唐大姑不会到这个地方来的。"

甘戎说:"我又不认识唐大姑,你让我到哪儿去找她?白天我帮你收粮,晚上你帮我找唐大姑,咱们以工换工,两不吃亏。"

陈天伦看了看晒场上那些光着屁股的扛夫:"这个地方,你来多不方便?"

甘戎更加大方地说:"不就是男人的屁股吗?看一个新鲜,两个新鲜,多了就不新鲜了,跟看驴屁股马屁股没什么区别。"

陈天伦知道自己惹不起这位天不怕地不怕的姑奶奶,只好随她去了。

晒干扇净的稻谷堆积如山,山脚下围满了人。斛头开始监督收粮,装斛、刮斛、倒斛、唱斛，然后是装袋、扎袋、扛袋，人来人往，走马灯一般。

陈天伦抄起一把木锨，使劲插进粮堆里，想查看一下这些经过处理的粮食是否表里如一。

一个运丁急忙过来，讨好地说："陈经纪，您放心，我们绝对不敢再作假了。"

陈天伦把从里面掏出的粮食看了看，还算满意。

那个运丁将陈天伦拉到一边，悄声说："陈经纪，您晚上有空吗？"

陈天伦绷着脸说："有何贵干？"

那个运丁说："这几天您没少为我们操心，怎么着也得赏我们个脸呀，我们在天河楼订了一桌饭，您再找几位兄弟……"

陈天伦严肃地说："你们可别这样，千万别。我按照章程收粮，你们请我吃饭，我也不会少收你们一斛；不请我吃饭，我也不会多收你们一斛。我知道码头上的陈规陋习，你没见仓场总督铁大人正在匡正驱邪，力除漕弊吗？我劝你们最好还是别往刀口上撞。"

那个运丁脸上露出了为难之色，犹犹豫豫地说："您的为人我们都知道，可是……您手下还有许多兄弟呢……"

陈天伦觉得运丁的话茬儿有点儿不对："有什么问题吗？"

那个运丁说："您发个话，给我们个机会，让我们请请几位斛官吧……求求您了……"

陈天伦虽说是饱读诗书，可绝对不是书呆子。在读书求仕的学子中，书呆子确实有。但那都是两耳不闻窗外事，一心只读圣贤书的书虫儿。这种人出在两种家庭，一种是一心望子成龙的土财主家，一种是要子承父业的官宦人家。这样的家庭仓里有粮食，柜里有银子，孩子都是衣来伸手，饭来张口，别无牵挂，只有读书。陈天伦不行。他不但要读书，还得要帮助父母维持生计；不但要在私塾学堂里读书，还得要到大运河边来读书；不但要读圣贤之书，还要读凡尘俗世之书；不但要研究四书五经之精要，还要探寻漕运码头之深浅。见运丁的神态和说话的口气，他觉得这里面肯定有问题。于是，他撇开运丁，朝收粮过斛那边走去。

他的影子也紧随在他的后面。

可以说，漕运码头上，处处有机关，时时有奥妙。从仓场总督，到坐粮厅大小官吏，到两坝两仓，再到书办、监督、经纪，人人都有权，各自独霸一方，直到斛头、督管、把头，都不是等闲之辈，运丁们谁都不敢得罪，谁都得罪不起。单说斛头吧，按说收粮过斛，光天化日，还有什么营私舞弊之处吗？不但有，还大有关节。运丁把斛头喂好了，一船漕粮可以多量出几十斛、数百斛；运丁要是得罪了斛头，一船漕粮同样可以亏欠几十斛、数百斛。陈天伦深知斛头在这里所做的手脚。

一斛五斗，两斛一石。斛是朝廷发下来的，底小口大，木制的。斛头为了多收粮食，就用刨子将斛帮斛底削薄，或用铁棍将斛撑大。单验一斛，可能只多出一两升来，要是几十万、几百万斛加起来，那数目便非常吓人了。再有，装斛、刮斛的时候也大有学问。要想多收粮食，斛头便穿上一脚能踢死牛的包头厚底纳帮靴。一斛稻谷舀起来，上面还尖尖的，当当两三脚一踢，稻谷便塌陷下去。这叫作脚踢淋尖，一斛又能多收两三升。刮斛的奥妙全在刮板上。稻谷装进斛里以后，上面尖了出来，用脚踢了以后，沉下了一些，但还是不平。这时候，就要用一块刮板沿着斛口轻轻一刮，斛平斗满。如果真的体现公平公正，那刮板应该是平直的。可是斛头手里的刮板，看似平直，实际上是月牙形的。他想多收你的粮食，将弯度朝下，这样刮出的斛面便是凸形的；如果他想少收你的粮食，便将弯度朝上，刮出的斛面便是凹形的……

这就是高深莫测的漕运码头。

甘戎是绝对不会知道这些的，她只觉得收粮很新鲜，她没见过，又觉得码头上很好玩儿，还觉得跟陈天伦一起很开心，便一步不离地紧跟着他。跟着他当然也会增加不少见识，长许多学问的。

甘戎当然也没有听懂那个运丁跟陈天伦说的是什么，但是她看见陈天伦听完运丁的话以后，便急步来到过斛的地方，她也紧随了过去。

陈天伦看了两眼，便走了过去。

斛头见陈天伦来了，点头弯腰地向他讪笑着："陈经纪，您来了。"

陈天伦沉着脸不言语，上前拿过斛头手里的刮板，闭上一只眼睛一瞟，厉声问道："这刮板平吗？"

斛头红着脸，支支吾吾地说："用的时间长了……难免会变形。"

陈天伦厉声说："废话，你骗谁呢？我早就跟你们说过，收粮过斛要把心放正，把斛校准，把刮板削平，可你们怎么干的？"

斛头红着脸还想说什么，却见陈天伦咔嚓一声，将刮板撅成两截："去，换一块合格的刮板来。"

斛头无奈，刚要转身，又被陈天伦叫住了："把你的靴子脱下来。"

斛头看了看陈天伦，似乎没听明白陈天伦说的话。

陈天伦火了："装什么傻呀？把你的两只蹄子褪下来。"

斛头看了看陈天伦，只好弯下腰，脱下了两只踢死牛的大头靴。

陈天伦拎起大头靴，走到晒场边上，使劲一抡胳膊，就把那双大头靴扔进了大运河里。

斛头心疼地看着陈天伦。

陈天伦说："告诉你们，从今日起，无论是到晒场上收粮还是到漕船上收粮，你们一律给我光着两只脚丫子，连袜子都不许穿。"

斛头不言语，陈天伦气哼哼地走了。

运丁紧追在陈天伦的后面，还一个劲儿哼哼哈哈地叨唠着什么。

陈天伦不耐烦地问："你还有什么不放心的？"

运丁为难地说："您这样整治下属，我们佩服……也深知您的公正廉洁，可是……"

陈天伦说："有什么话就说，别含着骨头露着肉的。"

运丁说："您整治了他们……他们当然不敢得罪您……可是……他们心里有气……我们更受不了了……"

陈天伦说："你听着，我向你保证，他们收粮，你就站在这儿看着，有什么不满意就跟他们提出来，他们要是敢难为你们，你们就告诉我，反正我每天都要到这儿来。"

运丁看着陈天伦，愣了一会儿，突然跪了下来，带着哭腔说："陈经纪，您……好人啊……我当了半辈子运丁了，还没见过您这样收粮的，您不收钱，不要礼，就让我给您磕个头吧……"

陈天伦急忙伏下身子，把那个运丁拉起来："老哥，别这样……码头上原本就该这样收粮……过去经纪们敲诈你们，让你们受苦了，该磕头赔情的是我……"

甘戎真真切切地看着眼前这一幕，竟然感动得流下泪来。

傍晚时分，石坝上已停止了过斛，陈天伦却没有走，他在晒场边上等着。这时候，几个缝穷的妇女说说笑笑地走过来，陈天伦的眼睛一直在盯着她们。

缝穷的是向陈天伦来领工钱的。

所谓缝穷的，就是自带针线到码头上找活儿干的妇女。装粮食的麻袋口袋破损是经常的，麻袋破了缝麻袋，口袋破了缝口袋，再有哪个扛夫的裤子破了，也顺便给他缭上几针。这笔工钱由经纪付，每天能挣二三十文钱，够一家人的嚼裹儿。缝穷的上码头，主要不是为了挣工钱，而是为了"拿"粮食。拿其实就是偷，但法不责众，码头上的规矩。大盗为偷，小盗为拿。三五升粮食，往裤裆里一装，能叫偷吗？叫偷也是小偷小摸，但是偷字毕竟不雅，所以叫小摸小拿。国家国家，国是咱自家的，从家里拿点儿东西还能叫偷？

就是这样，凡是到码头上缝穷的都是穿着大裤裆的裤子，无论天气多热，男人光屁股还浑身汗流，女人都是青布裤子大夹袄，看着又热又不利索。其实，缝穷的里面也有许多干干净净、漂漂亮亮的大姑娘小媳妇，这身衣服一穿，个个像是逃荒要饭的半大老婆子。再有，如此穿戴除了“拿”粮食方便，还有一个好处，码头上都是光着屁股的男人，女人要是打扮得花枝招展地进来，不是招惹是非吗？还是穿戴得又老又丑分不出男女最安全可靠。有孩子的妇女还常常抱着孩子来缝穷，孩子穿的衣服里都是兜儿，塞得满满当当地抱在怀里，冷眼人根本看不出来。

缝穷的到码头上来“拿”粮食，是多少年的规矩了。法理不容情理容，不合规矩合习俗，从来没有人管过。说从来没有人管过也不对，传说早先是管的，缝穷的每天上码头都要“净身”。有坐粮厅派的人专门把守着，妇女要把裤脚散开，把衣襟敞开，把里面的粮食抖落干净。还要把鞋脱下来，把鞋壳里的粮食粒也要倒干净，这样才能离开码头。后来不知道哪一年，坐粮厅来了两位厅丞，一位姓毕，一位姓严。姓严的是个汉官，穷苦人出身，知道老百姓的日子过得不容易。一年到头，不就是指望着漕粮上坝的时候弄点儿粮食吗？你管得那么严干什么？哪一位官员少贪点儿，就足够缝穷的“拿”的了。从缝穷的身上搜粮食粒，不是丢了西瓜捡芝麻吗？于是，姓严的厅丞对姓毕的厅丞说：“得了，老百姓的日子不容易，几斗米不够富人一杯酒，却能救穷人一家子的命。你姓毕，我姓严，咱俩就闭眼（毕严）吧。”

谁知道，到如今陈天伦却不闭眼。他的身边放着一个大笸箩，几个妇女来了，他不提工钱的事，却让每个人都解开衣襟，散开裤脚，把身上的粮食都抖落在大笸箩里。

这一下，缝穷的傻了。七八个妇女你看看我，我瞧瞧你，好像谁都没听懂陈天伦的话。

陈天伦绷着脸等待着，反正你不把身上的粮食抖落干净，就甭想领工钱。

缝穷的妇女有七八个，七八双眼睛都突突地瞧着冯寡妇。虾米小鱼儿都有领头的，到“盈”字号来缝穷的头儿就是冯寡妇。

冯寡妇四十岁出头，身子骨壮实，性格也敞亮。敢说话，什么脏话、丑话、牙碜话都敢说，男爷们儿似的。冯寡妇见大伙儿看着她，便走到陈天伦的面前来：

"我说天伦呀,你这是干吗呀?"

陈天伦说:"码头上的漕粮,是不远千里从大运河运来的,一颗一粒都是朝廷的,任何人都没有权力占为己有。"

冯寡妇说:"缝穷的往裤裆里塞巴点儿粮食,这是多年的规矩,连坐粮厅都不管。"

陈天伦说:"别人不管我管,总要有人管。多年的规矩怎么了,规矩越老越应该破一破。"

冯寡妇说:"天伦,你这是何必呢?乡里乡亲的,低头不见抬头见。再说,我还是你姑呢,算不上亲姑,可也不算远,你爷爷跟我公公可是表兄弟。你小时候我还抱过你呢……"

陈天伦说:"您别提这个,我奉的是朝廷的令,收的是皇粮。您对我有多大的恩,多大的情,我单还您,单报答您。咱公是公,私是私,不能掺和在一块儿。"

冯寡妇没话说了,另一个花白头发的老婆子说:"陈经纪,你高高手我们就过去了。你爸爸当经纪的时候可不这样,我们跟着你爸爸干了这么些年了,是亲三分向,是火热成灰。别这样好不好?"

陈天伦毫不妥协:"不行,我不能干那些对不起朝廷的事。我爸爸不管就已经错了,我不能再错。"

这些妇女见陈天伦软的不吃,硬的不吃,都愤怒起来,纷纷说起了难听的。有的公开地说,有的小声嘟囔:

"这是干吗呀,犯哪家子病呀?不就是仓场总督赏了个'盈'字号吗?至于吗?"

"陈日修多和善的人啊,见了咱乡亲总是不笑不说话,怎么生出这么个'一根筋'呀?"

冯寡妇用威胁的口气问陈天伦:"非得把粮食掏出来吗?"

陈天伦毫不妥协地说:"不掏出来就甭想领工钱。"

冯寡妇一挥手:"老姐们,过来。"

女人们围在了陈天伦周围。

冯寡妇:"陈天伦,你不是要搜我们的粮食吗?我们的粮食可是都藏在裤裆里了,你说怎么搜吧?"

陈天伦:"我不搜你们,你们自己把粮食掏出来,统统放在笸箩里。"

冯寡妇:"好啊,老姐们,陈天伦让咱从裤裆里往外掏粮食,咱把裤子脱了,给他看看!"

女人们一起叫起来："对，脱了裤子给他看看……"

冯寡妇朝河堤上喊了起来："乡亲们，快来瞧啊……陈天伦让我们脱裤子啦……"

陈天伦慌了："你们叫什么？谁让你们脱裤子了？"

冯寡妇："不脱裤子这粮食怎么掏出来？老姐们，脱啊！脱了给陈天伦瞧瞧！"

女人们呼啦一下围住了陈天伦，一个个要解腰带脱裤子。

陈天伦慌了，不知道该如何是好。

冯寡妇还在高声喊着："老乡们，快来瞧啊……陈天伦要我们脱裤子啦……"

陈天伦慌乱地叫着："你们要干什么？干什么？"

冯寡妇叫着："我们脱裤子，我们要脱裤子……"

一个声音从后面响起来："好啊，你们脱，统统给我脱！"

陈天伦一看，甘戎来了。

甘戎冲进人群，将陈天伦拉出来："你到一边去，我来。"

陈天伦感激地冲甘戎点了点头，离开了人群。

见甘戎气势汹汹地过来，几个女人吓得要跑。

甘戎紧紧拉住了冯寡妇："你们谁敢跑？谁跑我撕碎了你们！"

缝穷的女人们都站住了。

甘戎大声呵斥着："脱，都给我脱！谁不脱也不行。"

女人们都傻了。

甘戎指着冯寡妇："你先脱，把你裤子里的粮食都抖搂出来，快！"

女人们吓得脸都变了色，战战兢兢地围在笸箩周围。

不少扛夫过来围观。

甘戎不管这些，继续逼迫着缝穷的女人："脱呀，都给我脱！"

冯寡妇首先怕了，她弯腰解开了裤腿儿……

缝穷的女人见冯寡妇软了，都解开了裤腿，藏在裤裆里的粮食哗啦啦地洒在笸箩里。

扛夫们起哄般地叫起来："好……"

这些缝穷的算是被陈天伦制服了，龙王庙那边却出了事。闹事的是那些扛夫，最惹不起的人。

如果要问，漕运码头上谁最厉害，那么就会有人告诉你，一是权力最硬的，一是拳头最硬的。权力最硬的且不用说了，谁硬也硬不过仓场总督。谁的拳头最硬呢？那要看在什么地方，河面上是运丁的天下，上了岸便是扛夫的天下，到了那些见不得人的地方，便是三教九流地痞流氓的天下了。这些人一是人多势众，二是不怕死不要脸，三是又大多有青帮支撑着，所以在码头上，包括权力硬的人也不大跟他们计较。大路朝天，各走一边。

陈天伦怎么会把扛夫惹火了呢？原来这扛夫也有扛夫的规矩方圆，有形无形的他们也有自己的组织。说组织也不大确切，就是有那么几个人垄断了搬运业，号称把头。不是谁到码头上都能找到活儿干的。扛夫虽说是力气活儿，你不拜山头，不认把头，想当扛夫是不可能的。南来北往的扛夫在码头上被称作“闲待”，意思是闲着没事在码头上待着。每天由把头来雇用他们，而他们则要把一天用汗水换来的铜板的三成或四成给把头，否则你就在这儿闲待着吧。表面上看，码头上的扛夫缕缕行行，蚂蚁一般。他们却各有各的来历，各有各的归属，各有各的靠山。就算他们是蚂蚁，蚂蚁也分窝，蚂蚁也有首领，蚂蚁也有规矩方圆。要是哪个蚂蚁串错了窝，不被人家咬死也会被赶出去。

这里的规矩陈天伦不是不知道，他在接手军粮密符扇的时候，他的父亲已经跟他交代得清清楚楚了。可是陈天伦年轻气盛，又得到了仓场总督的重用，他偏偏不信这个邪。扛夫是军粮经纪雇用的，就像地主们雇长工短工一样，是属于东伙关系。说白了，我是东家，你是伙计，你给我干活儿，我给你工钱，你得听我的。我说用你就用你，说不用你就可以让你滚蛋。其实在收粮之前，军粮经纪摆桌酒席，将斛头儿、小写、把头儿都请来，说几句客气话就行了。这顿酒席陈天伦没办，那几句客气话也没说，人家心里能痛快吗？

不痛快就要找事，找到事就要闹事。有权力的可以统治有拳头的，有拳头的即使没有办法统治有权力的，跟你较较劲儿、捣捣乱、给你个好瞧总可以吧？追根寻源，龙王庙前面的事就是这么闹起来的。

原来这扛夫也是一天一结账，你扛一个麻包，由小写或者经办人发给你一个竹筹。到了晚上收工以后，扛夫们就拿着这些竹筹到小龙王庙去换铜板。根据所扛粮食的远近不同，竹筹换铜板的比例也不同。有时一个竹筹换二十文，有时一个竹筹换十五文，道路近的也有时换三五文的。每一个军粮经纪都有自己的竹筹，是用竹片特制的，上面写着自己的姓氏或画着密符。说是特制的，其实加工制作是非常简单的，就是说仿制造假是很容易的，可是码头上却从来没听说有仿制造假的事。那时候的劳苦人用的是力气，不是心计。如果有谁干出这种没屁眼儿的事,就会群起而攻之,再想凭力气挣口饭吃就难了。但是,这回不是一个人干的,而是所有的扛夫一起干的。这一下性质就变了,造假不是为了钱,而是为了给扛夫争脸。没屁眼儿的事变成了有脸儿有面儿,变成了众志成城的斗争。

每天扛夫扛多少粮食,经纪要准备多少铜板,大体上是心里有数的。小龙王庙只是一间很小的庙堂,两扇门一扇窗,里面供着龙王爷和龙王奶奶。由于多年废弃不用,早已经断了香火,从陈日修当军粮经纪的时候起,这里就成了陈家办公的地方。

小龙王庙门关着,只开了个小窗口,发钱的在里面,扛夫们在外面。这天发钱的是账房齐先生,也是陈家雇用的老人了。一发钱他就觉得不对,往日一个运丁最多也就领五六百文钱,可今天往窗口里递的竹筹都是整把整把的,每个人都领千八百文钱。怎么可能这么多呢?扛金了还是扛银了?还没发到一半,钱就快没了。齐老先生慌了,一边打发人去找陈天伦,一边停止了发放。

这一停止发放不要紧,外面便山呼海啸般地吵闹起来。

陈天伦匆匆赶来,还没进小龙王庙,就被扛夫们团团包围住了。扛夫们举着手里的竹筹,吵着嚷着要换铜板。为首的不是别人,恰恰是被仓场总督撤销了军粮经纪的马长山。

陈天伦看见马长山,心里咯噔往下一沉,觉得事态严重起来。马长山真可谓是能屈能伸,不当军粮经纪了,居然到码头上当起扛夫来了。按说,他当了这么多年军粮经纪,就算是没有积累万贯家私,恐怕也早已经是吃喝不愁了,至于到码头上来扛大个儿混饭吃吗?不为赚钱到码头上来干什么?为了活动活动筋骨,还是另有所图?

马长山此刻正蹲在小龙王庙的墙根下抽烟,围在他身边的是猫三狗四猪五牛六马七之流,只是少了杨(羊)八。杨八在大光楼下挨了一顿板子,恐怕今年甭想再上码头上扛粮食了,他屁股上的伤没有半年痊愈不了。马长山低着头抽烟,陈天伦来了,他连眼皮也不抬。别的人都围着陈天伦吵闹,他好像局外人似的。

陈天伦心里明白,这里闹的事肯定是马长山跟他的八大魔头鼓动起来的。在事情没有弄明白之时,他出于乡亲们的礼节,依然主动走到马长山面前,客客气气地说:“马哥,您也来了?”

马长山抬头瞟了他一眼,阴阳怪气地说:“怎么,我凭卖力气跟你讨碗饭吃,不行吗?”

陈天伦赶忙说："马哥看您说哪儿去了？兄弟不知道您在这儿，要知道您在这儿，怎么着也不能让您扛大个儿呀。"

马长山说："你不让我扛大个儿干什么？还要把'盈'字号密符扇还给我？"

陈天伦知道跟马长山说话肯定会碰钉子，什么难听的话他都有可能听到。可是没办法，这个钉子他还是非得碰不可的，谁让冤家路窄呢。

陈天伦说："马哥，您来了，可得帮衬我一把，我这儿出了点儿麻烦，还不知道怎么回事呢，您先在这儿歇会儿，我去瞧瞧。"

马长山站起身来，指了指围在小龙王庙前面的人说："你瞧见了吧，这些人可受了一天的苦累了，一身臭汗还没下河洗呢，家里老婆孩子还等米下锅呢。你要是还认我这个马哥呢，就把他们的工钱快点儿给开了，至于我那份儿嘛，愿意给你就给，不愿意给就当是给你帮了一天工。"

陈天伦笑着说："马哥看您说的，怎么能让您白帮工呢？谁的工钱不给，也得给马哥您的工钱啊。"

陈天伦这句话本无大错，可却被人抓住了把柄。扛夫们一听，便七嘴八舌地叫嚷起来："什么，凭什么单给马哥工钱不给我们？我们扛的不是粮食吗？我们的肩膀不是骨头外面贴着肉吗……"

陈天伦只好作着揖向扛夫们赔礼："对不起，对不起，我不是那意思，我是说，谁的工钱都不能少……可是我得先进去看看，到底是怎么回事，好不好？请让一步，先请让一步……"

陈天伦一边客客气气地向人们说着赔情的话，一边朝小龙王庙里挤去。

进了小龙王庙，他问齐先生："到底是怎么回事？"

齐先生说："我怎么也闹不明白，今天怎么发出这么多竹筹呀？"

陈天伦说："把竹筹拿出来，我看看。"

齐先生拉开账桌的抽屉，把一大摞竹筹掐了出来。

陈天伦拿起竹筹仔细辨认着，登时呆愣住了，这竹筹里有假……

也就是在这个时候，仓场总督铁麟和坐粮厅丞金简、许良年巡查来到这里，后面还跟着一些经承、书办和衙役，甘戎也跟在父亲的身边。见这里乱哄哄地吵成一团，铁麟马上吩咐左右去看看出了什么事。

去的人是书办常德旺，他很快就打听回来了，禀报说："有人仿造竹筹，向收粮经纪冒领工钱。"

铁麟问："有多少人？"

常书办说:“有一百多人,把小龙王庙都围住了。”

铁麟又问:“收粮的经纪是谁?”

常德旺说:“是新任‘盈’字号军粮经纪陈天伦。”

铁麟一惊,忙问:“陈天伦是如何处理的?”

常德旺说:“陈天伦准备的钱快发完了,恐怕要闹出事端。”

铁麟用眼角的余光瞥了一下,便发现了许良年和他周围的几个人脸上的表情,那是一种微不可察的幸灾乐祸。铁麟明白了,这事端恐怕是有人在故意制造的。他转过身,问金简:“你看怎么办?”

金简支支吾吾地说不出个所以然来。

铁麟又问:“许良年,你说该怎么办?”

许良年果断地说:“扛夫伪造竹筹冒领工钱,这是有意破坏漕运,应该严办。下官马上带人把这些闹事的扛夫抓起来,关进大牢,以正王法。来人啊,跟我走!”

许良年一副英雄气概,马上就要去抓人,铁麟挥手拦住了他:“且慢,少安毋躁。以本官所见,这是他们军粮经纪内部的纠纷,咱们还是少插手为妙。”

许良年看着铁麟,铁麟却转身朝着相反的方向走去了。他也只好跟在后面,心里犯起了嘀咕:陈天伦不是他一手提拔起来的“盈”字号军粮经纪吗?怎么遇到难处他倒袖手旁观了?是老家伙在耍滑头,还是……

铁麟趁机把甘戎拉到一边,俯在她耳边嘱咐了几句,甘戎人不知鬼不觉地溜走了。

小龙王庙前面的事态越来越严重,外面嚷嚷着要钱,窗前门前都挤满了人。齐先生账桌里的铜板已经发光了,竹筹还一把一把地往里递。齐先生问陈天伦怎么办,陈天伦也束手无策,急得直转磨。呼啦一下子,小龙王庙的门被挤破了,扛夫们潮水般地涌了起来,吵着嚷着叫陈天伦开工钱。

陈天伦粗脖子红脸,满头大汗。他毕竟第一次当军粮经纪,也第一次遇见这么大的事情。他越让自己冷静,心里越是火燎鸡毛。他稳了稳情绪,冲着外面喊着:“马哥,马长山大哥,您过来,我跟您说句话。”

面对着乱哄哄的人群,容不得他开口,他只能跟一个人说话,而这个人只能是马长山。不是擒贼擒王,倒有点儿像求贼求王了。他知道马长山不会帮助他,他甚至知道这事端就是马长山鼓动起来的,但是他还得找马长山。不为别的,就是为了拖延一下时间,想一点儿息事宁人的办法。

马长山被人群挤在了外面。

陈天伦伸着脖子叫着:“马哥,马长山大哥,请您进来一下。”

这一招儿果然可以起到缓兵的作用,听到陈天伦叫马长山,没有人敢阻拦。

马长山在外面说:“人太多,我进不去,有什么话你就说吧。”

陈天伦知道,马长山这是故意将事情闹大。本来他想跟他单独谈的话,他却让他公开说,这不是把他往火堆上架吗?

陈天伦说:“有人仿制我的竹筹,冒领工钱。马哥,你说这事该怎么办?”

马长山不阴不阳地问:“谁呀,谁这么大的胆子,敢仿制你的竹筹呀?这不是在太岁头上动土,在老虎屁眼儿上插棒槌吗?谁呀?兄弟,别怕,你说出人来,我给你做主。”

马长山的话无异于火上浇油,谁呀,陈天伦能说出是谁吗?指出谁来谁不跟你玩命呀?再说,陈天伦也不知道是谁呀。要说知道,那就是谁的手里都有假竹筹,甚至包括你马长山。可是陈天伦能这样说吗?马长山的话音刚落,扛夫们便跟着嚷了起来:“你说是谁?谁在造假?谁冒领工钱?要是说不出人来,你就是栽赃诬蔑……”

陈天伦冲马长山说:“马哥,您是当过军粮经纪的,一天收多少粮,扛多少包,谁的心里没数呀?怎么一下多出那么多呀?”

马长山还是阴阳怪气地说:“是吗?有这种事?多出多少来呀?”

陈天伦说:“比每天多出来两三倍,您说这不是有人造假是什么?”

马长山说:“那也不见得吧。大伙儿扛的粮食多,证明你收的多;你收的多,证明你能干。要不,仓场总督铁大人怎么会把我的‘盈’字号夺过来给了你了呢?”

见到马长山的态度,扛夫们都不客气起来,吵闹声把整个小龙王庙都要掀塌了。

几个年轻人上来,一把薅住了陈天伦的衣襟,凶狠地问着:“你说吧,我们的工钱你到底给不给?”

齐先生吓得一个劲儿地给扛夫们作揖:“众位众位,别动手,都乡里乡亲的,别动手……”

有人已经开始挥起了拳头,直接朝陈天伦的脸上打来。陈天伦一闪没躲过去,立刻被打了个满脸花,从鼻子眼里往外喷血。一见动了手,扛夫们更起劲了,狂妄地叫嚷着:“打呀,打呀,码头上的规矩,要钱不打,打不要钱,他不给咱钱,咱还客气干什么?”

扛夫们推搡着朝陈天伦拥过来,无数只拳头向他挥动着。陈天伦闭上了眼睛,他知道一顿恶揍是躲不过去了。

正在这时候,外面响起了一声叫喊:“住手！都给我住手……”

这声音清脆响亮,惊心动魄。随着喊声,一个姑娘从人缝里挤了进来。本来这小庙里面已经被挤得水泄不通了,谁要是想从外面挤进来谈何容易？却见这个姑娘晃动着身子,往左边扛一下,往右边撞一下。挤在小庙里的人群像风吹芦苇朝两边歪去,有的人站不住脚,摇摇晃晃地往下倒,幸亏又被两边挤着的人群挡住了。姑娘的出现有点儿突然,再一看这姑娘又穿戴不俗,气质非凡,再加上她有如此的力气,几乎毫不费力地就挤进了小庙。姑娘冲着陈天伦身边的人喊着:“闪开,都给我松开手!”

一下子,众扛夫被这从天而降的女将震慑住了,像被抽去了筋骨似的放开了陈天伦。

马长山认出了这是仓场总督的女儿甘戎,开漕时他在大光楼下面见过她。后来他又听说她向杨八挑过战,是个有权势又有功夫的姑奶奶。

更让大伙儿惊奇的是,姑娘手里拎着一个布口袋,挤到账桌前,嘭地往桌面上一蹾,转过身呵斥着众扛夫:“你们瞎闹什么？不就是要工钱吗？姑奶奶把工钱给你们背来了,谁有竹筹都拿来,有多少兑换多少,一文一厘都不会少你们的。”

甘戎说着,把手伸进了布口袋,抓出了一把铜板,哗啦啦地撒下去。见到铜板,扛夫们还有什么好闹的？

陈天伦此时见到这情景不知道该说什么好,刚一张口,就被甘戎制止了。

齐先生又重新坐在账桌上,为扛夫们兑换起了工钱……

甘戎看见陈天伦的脸上受了伤,从衣袖里掏出罗帕就要为他擦拭。陈天伦急忙躲避开了,甘戎不高兴了:“怕什么？我又不吃了你。”

一个小写端进来一盆清水,让陈天伦洗着脸上的血迹。

甘戎兴致勃勃地看着齐先生给扛夫们兑换竹筹,觉得很有意思,就把竹筹拿起来观看着,把玩着。

事情很快平息下来,扛夫们用真假竹筹兑换好了工钱,或心安理得或于心不忍地走了。齐先生收拾好账目,也走了。陈天伦这才有机会向甘戎表示感谢:“甘戎,谢谢你,今日要不是你,不知道要出什么乱子了。”

甘戎说:“有什么好谢的,不就是半口袋铜板吗。”

陈天伦说:“谢归谢,可这钱我得还你。”

甘戎说:“这钱不是我的。”

陈天伦问:“谁的?”

甘戎说:“我爸爸的。”

陈天伦惊讶地说:“这么说,是总督大人让你来的?”

这时候,铁麟的声音在外面响了起来:“对啊,正是本官让她来的,解你的燃眉之急嘛。”

见到铁麟,陈天伦马上就要跪下行礼,铁麟一伸手拉住了他:“不用了,乱子都过去了。”

陈天伦说:“多亏大人救了晚生,这里面有人在暗中鼓动。”

铁麟说:“是不是那个马长山呀?”

陈天伦说:“就是他,他对晚生替换了他的‘盈’字号耿耿于怀。”

铁麟说:“他耿耿于怀应该对本官来呀,怎么报复起你来了? 真没气魄。”

陈天伦苦笑了一下,没说什么。

铁麟拿起了桌子上的竹筹,仔细地看了一会儿,问:“这些竹筹有真有假,你能分辨得出来吗?”

陈天伦说:“要是有时间仔细比较还是能分辨出来的,只是扛夫们兑换铜板的时候都急得很,不容工夫呀。”

铁麟问:“为什么要用竹筹呢? 不能直接发铜板吗?”

陈天伦说:“据家父讲,早先码头上是直接发铜板的。一是太耽误工夫,扛夫们肩上扛着麻袋,手里还要一个一个地数铜板;二是呢,也不安全,经常有一些人上来捣乱,抢账房先生身上的铜板。”

铁麟点着头沉吟起来。

甘戎突然说:“我有办法了。”

铁麟问:“你能有什么办法?”

甘戎对陈天伦说:“我先走了,明天早上你不要再用这些竹筹了,把这些都填进灶膛里烧火吧。”

甘戎说着转身而去,陈天伦困惑地看着铁麟。

铁麟了解女儿,对陈天伦说:“你听她的没错,她说有办法,肯定主意还不错。”

果然,第二天早晨,甘戎骑着一匹快马,径直来到小龙王庙。陈天伦和齐先生早已经等在那里了。甘戎的身上又多了一个布袋,她把布袋往桌上一蹾,从里面抓出了一把珠子。

陈天伦和齐先生都愣住了,拿这些珠子干什么?

原来,甘戎自幼习武,拜了好几个师父。其中有一位绿营的都尉,姓黎。此人是个广东的南蛮子,会一种轻功,在武林中属于岭南派的。他教甘戎的轻功能攀崖缘树,蹿房越脊。他还教甘戎一种镖功,能百步穿杨,弹无虚发。黎师父用的镖是一种花生米大小的鹅卵石,一个个溜光圆润,非常顺手。甘戎不想跟师父使用同一种镖器,一是镖功不精怕给师父丢脸,二是也想标新立异。正巧有一次,她到兰儿家去玩,见兰儿玩着一种小琉璃珠儿,便问兰儿的父亲惠征这珠子是从哪里来的。惠征说是琉璃厂专门烧制的,于是甘戎便托惠征专门为她烧制一批琉璃珠儿。这珠子的大小样式都是甘戎自己设计的,每一颗珠子都有樱桃那么大,上面涂着蓝色的釉子,还烧上一个戎字。那戎字固然代表甘戎,蓝色则代表着她是属于正蓝旗。她就是用这琉璃珠跟黎师父学的镖功,学成以后,她身上总带着几枚。不过一枚也没有出手过,英雄无用武之地啊。

这一天,码头上传出了一件新鲜事。凡是到陈天伦这里来扛粮食的扛夫们,每扛一袋,便能从一个天仙般的姑娘手里领过一枚琉璃珠。这琉璃珠光滑圆润,闪光透明,蓝莹莹的,上边还有一个戎字。那一天,扛夫们就是凭着这琉璃珠到小龙王庙去兑换铜板的。扛夫们从来没见过如此精巧漂亮的玩意儿,反复把玩着爱不释手。可是不释手又换不来铜板,更要命的是,任你再有本事,也难以仿造出如此精美的筹码。

从那以后,马长山也没有再到码头上扛大个儿。他的兄弟牛六儿悄悄地收藏了一枚琉璃珠,拿给马长山看。马长山看后,却说了一句意味深长的话:“咱这码头,早晚毁在女人手里。”

谁也没听明白他的话是什么意思。

第 十 章

一大早，甘戎就出去了。太阳出来的时候她回来了，手里拎着两条潮白河金翅大鲤鱼，每条都有三斤多重。在早晨艳丽的阳光下，大鲤鱼金鳞金翅金光闪闪透体金黄。甘戎欢跳着进了院子，似乎把初升的太阳也带了进来。两条鲤鱼是用马兰草串起来的，拎在甘戎的手里还欢蹦乱跳，不知道是被甘戎的欢实劲儿感染的，还是在做垂死的挣扎。

甘戎进了宅门，她的丫鬟秋叶忙迎上来，要接过她手里的鱼。甘戎却一扭身子闪开了，拎着鱼径直进了屋。

秋叶伺候甘戎已经三年了。一个女孩子，给大宅门的千金小姐当丫鬟是最苦的差使。不但要伺候小姐吃喝拉撒睡，还要陪小姐说话解闷，给小姐当出气筒，像影子一样围着小姐转，一时一刻也不能离开，连撒泡尿都得等小姐打盹的时候去。可是给甘戎当丫鬟却甭提多省心省力了，除了穿衣梳洗，甘戎几乎什么都不让她干，也不要她陪伴，到什么地方去更不带着她。常常一连好几天，她连甘戎的影子都摸不着。特别是到了漕运码头以后，甘戎越发独立起来，有时候连穿衣梳洗都不用她。当丫鬟的就是这么贱，主子用得狠了，她嫌累，暗暗叫苦不迭。可是主子要是不用她了或用得少了，她又觉得受了冷落，觉得自己成了没用的人或多余的人。秋叶几次跟孙嬷嬷说，既然大小姐用不着她了，还不如把她放回去伺候夫人。孙嬷嬷不让她走，小姐身边的活儿不多，就让她帮助做家务。于是，秋叶便经常到厨房去帮厨，渐渐地，便对烹饪产生了兴趣，没过多久，居然也能烧出几个可口的好菜了。

甘戎拎着鱼直奔父亲的书房，想请父亲看看这特殊的礼物。今天是父亲的生日，做女儿的总该有点儿表示才是。

到了父亲书房门口，甘戎停住了脚步。父亲还没有更衣，只穿着睡衣的父亲伏在案桌上写字，一笔一画，写得很认真，很谨慎。她刚好看见父亲的头顶，新剃的头，尚未梳好的发辫已经是花白色的了，而且白多黑少，黑也不是真正的黑，差不多是接近灰色了。蓬蓬松松的像一团乱麻。甘戎心里一阵发酸，父亲老了。

直到铁麟写好最后一笔才抬起头来，他突然看见了站在门口的女儿，愣了一下。

甘戎也突然惊醒过来，举着手里的鲤鱼说："爸爸，您看。祝您吉祥……健康长寿……"

铁麟脸上露出了幸福的笑模样，这种笑模样只有见到女儿的时候才会有的，是属于女儿的专利。铁麟问："哪儿来的？"

甘戎说："陈天伦听说今日是您的生日，特意从潮白河捞来的。"

铁麟一愣："陈天伦？"

甘戎说："就是您新任命的那个'盈'字号军粮经纪。"

铁麟想起来了："噢……那个年轻人……嗯？我不是嘱咐过了吗？任何人都不许借我的生日行贿送礼，你怎么白要别人的东西？"

甘戎说："爸爸也太瞧不起女儿了，我怎么能白要人家的东西呢？"

铁麟问："你给他钱了？"

甘戎说："给他钱他不要，只好以物易物了。"

铁麟问："你送给他什么了？"

甘戎说："爸爸从杭州给我买的那块真丝汗巾。"

铁麟有点儿不高兴了："女儿家随身带的东西，怎么能随便赠予他人？"

甘戎说："不是赠予他的，是跟他交换的。"

铁麟无可奈何地说："你呀你呀，这么大了，整天这么疯疯癫癫的胡闹，怎么一点儿事都不懂呢？"

甘戎说："我没让他吃亏吧？"

铁麟说："我是怕你吃亏！去吧，去吧，让我说你什么好呢？真是的。"

甘戎困惑地问："爸爸，您说什么呢？"

铁麟突然看到了刚刚写完的字，兴致又来了，说："戎儿，你来，念念爸爸写的字。"

甘戎朝窗外喊了一声："秋叶……"

秋叶闻声跑进来。

甘戎将手里的鱼扔给了秋叶，搓了搓手，来到父亲的案桌前。

父亲的字苍劲有力，又潇洒飘逸。墨迹未干，散发着浓浓的墨香。甘戎将字举起来，一字一顿地朗诵着："一丝一粒，我之名节；一厘一毫，民之脂膏。宽一分，民即受一分之赐；要一文，身即受一分之污。谁云交际之常，廉耻实伤。

但非不义之财，此物何来……”

铁麟听着女儿吟咏，脸上和心里都充满了阳光。

甘戎问：“爸爸，您写这干什么？”

铁麟说：“一会儿你把它给我贴到仓场衙门的大门口去。”

甘戎说：“您这是安民告示？”

铁麟说：“不是安民告示，是劝官告示。对了，你这会儿就贴出去，顺便把包卫叫进来。”

甘戎问：“包卫是谁？”

铁麟说：“就是仪门口那个司执帖门。”

甘戎说：“噢，就是包大爷呀，知道了。”

包卫不是铁麟带来的差役，是前任仓场总督留下来的。铁麟到仓场衙门，除了几个女用人，就带来一个曹升。曹升是他家的包衣，已经跟了他大半辈子了。其他杂役，包括很重要的司门、稿签、护卫、轿夫、马夫，都是遗留人员或坐粮厅临时配备的。

上任两个多月以来，对于漕运码头上的种种陈规陋习，已经窥一斑而见全豹了。特别是他身边的人，他时时叮嘱自己要小心谨慎，不可轻信于人。在他上任之前，户部尚书王鼎大人给他讲了一段语重心长的话：“最当防的不是你的政敌，也不是贪官污吏，而是你身边的小吏杂役。这些人有良心的少，有公心的少，有恻隐之心的少。别看他们整天价围着你献媚取宠，像狗一样的殷勤，这些人是狗脸狼心。他们为了自己吃肉，先让你闻腥，等把你的馋虫招上来，你就成了他们的一块肉。你贪一个他贪三个，你贪三个他贪十个。等出了事，他们就一哄而散，所有的罪过都得由你来承担着……”

铁麟时时处处警惕着小吏杂役，从来不给他们半点儿笑脸。孔圣人也说过，唯女子与小人难养也，近之则不逊，远之则怨。他们要怨就让他们怨去吧，绝不能让他们蹬鼻子上脸。

包卫来了，老老实实地站在书房的门外。

铁麟黑着脸吩咐着：“刚才我让甘戎在仪门口贴了一张告示，你看见了吧？”

包卫低着头说：“奴才看见了。”

铁麟说：“你再派两个人把守着大门，无论是亲朋旧友、官场同寅，还是地方官吏，凡是提着礼物来的，一律拒之门外，哪怕是一瓶酒、一包茶、一盒点心也不行。”

包卫唯唯诺诺:“是……奴才知道了。”

铁麟还是不放心,严厉地警告着:“我告诉你,今天你要是坏了我的规矩,别怪我不客气。”

包卫依然点着头:“是……是……奴才一定照办。”

铁麟有点儿恼火:“你别当着我的面答应是是是,背地里口是心非,阳奉阴违。”

包卫急忙说:“奴才不敢……”

铁麟的火气终于被逗了上来:“不敢?就你们这些奴才还有什么不敢做的事?你知道外面管你们这些门房叫什么?”

包卫说:“知道……看门狗……”

铁麟说:“哼,你倒会给自个儿取好名字。还看门狗,狗是对主人最忠实的动物,就凭你们也配当狗?告诉你吧,外面管你们叫门政大人,多尊贵呀,多大的官啊!我早就听说过,在咱们这漕运码头上的大小官署,是阎王爷好见,小鬼儿难缠。谁是小鬼儿?就是你们这些门政大人。我听说到坐粮厅上通报一声,就要给门房塞五十两银子的门包,那么咱这堂堂的仓场总督府,你的门包是多少银子呀?”

包卫小心地说:“大人……在您没来之时,奴才们确实也接过人家的门包,不过也没多少,跟坐粮厅差不多……自从您任仓场总督以后,奴才们便不敢了……都知道大人您家法严明,清廉如水……”

铁麟嘲讽地笑起来:“清廉如水……哈哈哈,你没听说过这么一句话吗?任你官清似水,难逃吏滑如油。”

包卫应承着他:“奴才明白……”

铁麟看了看这副奴才相,又觉得他有点儿可怜,便把他放走了。

铁麟的生日是瞒不了人的,他就是不到仓场衙门来任总督,人家也非常清楚。仓场总督也好,坐粮厅也好,都是户部直接管辖着。铁麟在就任仓场总督之前是户部侍郎,也管着坐粮厅,只是不这么直接罢了。

首先前来祝贺的自然是坐粮厅的官员,金简和许良年代表着正副厅丞,常德旺代表着坐粮厅属员。果然没有带礼物,都是空着手来的。

礼物没带,只好多说一些吉祥话,金简拱着手一边向铁麟行礼一边说:“祝铁大人福如东海,寿比南山,福禄寿三星共照,椿楦兰一体同春。您瞧,这不是开口说白话吗?上门庆贺不带礼物就像出门没穿衣服一样,寒碜得没脸见人啊。”

铁麟开着玩笑说:“没关系,你就当是进了澡堂子,根本就不用穿衣服,穿了衣服也得脱下来。”

客人们哈哈大笑起来。

许良年说:“铁大人一道拒礼告示,两个铁面门政,我们只好空手巴脚地来了。人是进来了,脸上确实臊得慌。”

铁麟说:“脸上臊点儿,可心里踏实。你们放心,酒是有得喝的。来人,给各位大人上茶。”

铁麟的后宅没有别的衙役了,曹升里外忙活着,沏茶倒水的事就只好由三个小丫鬟承担了。

几位坐粮厅的官员刚入座,通州知州夏雨轩来了。

夏雨轩的背后还跟着一个年轻人,手里拎着一个画架子,死沉着脸,一副很不情愿的样子。

夏雨轩说:“铁大人,我早就听说过你要找一位画师画张肖像,趁着今天华诞大喜之日,我替您把画师请来了。这不算是行贿送礼吧?”

金简顿时大叫起来:“还是夏大人有办法,我怎么就没想到这么一招儿呢?”

夏雨轩忙解释说:“也赶巧了,我这位画师朋友昨天才到的。”

铁麟说:“你这虽算不上行贿送礼,却也有私有弊。不过咱把丑话说在前面,画家的笔润我是要自己来付的。”

夏雨轩说:“我这位画师朋友,也是个狷介耿直的书生。他答应给你画像,分文不取;他要是不高兴,你就是给他六万紫金,也休想得到他一纸一墨。”

铁麟忙客气地跟画家打招呼:“噢……请教先生尊姓大名。”

画家依然冷冷地说:“不敢,晚生姓顾名全,苏州人士。”

铁麟一听,兴奋地叫嚷起来:“啊……你就是顶撞了吏部侍郎邓轮钟的那位顾全顾先生?久仰久仰,想不到顾先生如此赏光,幸会幸会。”

夏雨轩解释说:“顾全先生得罪了邓轮钟以后,在苏州待不下去了,逃到通州以卖画为生,顾先生跟下官情味相投,多年的相知了。”

铁麟说:“佩服佩服,来来来,请坐下喝茶。”

原来,顾全与夏雨轩同是在己丑年间进京参加会试的。两个人一见如故,遂成知己。夏雨轩荣获进士,顾全却名落孙山。其实,顾全的心思从来也没在科举上,他自幼酷爱丹青,倾其心智。落榜以后,他更是一心作画,画风自成一家,尤以人物见长。那年月稍有功名者都讲究流芳千古,总要找名画家为自己作像。吏部侍郎邓轮钟告老回乡以后,听说顾全画技高超,多次派人相请。没想到顾全耿介正直,向来请的人说:“让我给赃官作画,怕弄脏了我的笔。”这一下把邓轮钟得罪了,他手下的流氓打手将顾全打得遍体鳞伤,赶出了苏州城。苏州通州一水相连,顾全的大名很快便传了过来。

顾全没有像别的客人那样坐下喝茶,他选好了一个角度,把画架子支好,对铁麟说:“你们该喝茶喝茶,该说话说话,我在一边伺候观察,碍不着您的事。”

铁麟说:“请人画像,不是都要正襟危坐吗?”

夏雨轩说:“那是画匠,不是画师。顾先生画像,先要仔细揣摩观察,成竹在胸之后再动笔。成像之后,不仅形似,更兼神似。”

铁麟高兴地说:“形似更兼神似,好,这才是神品上乘之作。顾先生,辛苦了。”

顾全也不说话,他在画架子旁边调色润笔,偶尔抬头看了看铁麟,便在画架上涂抹起来。

铁麟一边招呼着众人说话,一边尽可能面向顾全,以便他能观察揣摩。说实在的,铁麟早就想为自己画一张像了。在自家的厅堂里,高悬着几位列祖列宗的画像,那都是功名显赫的重臣大将。他出身于爱新觉罗氏家族,是先皇努尔哈赤的嫡系子孙,隶属于正蓝旗。跟几位先祖相比,后来的家族逐渐地衰落下来。他的曾祖苦苦挣扎了一辈子,最终只是礼部的一个主事,跟现今的龚自珍一样的品位。他的祖父更惨,连个司员都没当上,只是理藩院的一名笔帖式。到了他父亲这一辈,终于显露出了中兴的势头,披甲从军,最后官至蓝旗都统,御封昭武都尉,正四品。铁麟自幼便胸怀大志,决心继承先祖伟业,耀祖光宗。他十六岁时便以恩监进国子监读书,二十岁时参加乡试中举,二十四岁时参加会试殿试授进士。后来便一帆风顺,平步青云。在户部任主事、员外郎、侍郎,又荣任仓场总督。有了这建功立业的宏图,便踌躇满志,大刀阔斧。现在,趁着自己还算年轻,英姿尚存,要给后代家族留下一个光辉灿烂的形象。

顾全涂抹了一会儿,便停下画笔,扯过一块布遮盖在画架上,对铁麟说:“大人,实在对不起,有支长毫的画笔我忘了带了,得回去取一下。”

铁麟说:“我这儿什么笔都有,你随便挑着用。”

顾全说:“我还是用自己的笔顺手些,这是臭毛病。”

铁麟理解地说:“这毛病谁都有,你就请便吧。”

顾全嘱咐说:“您的肖像还没有画完,请您先不要看。”

铁麟答应着:“这个自然,你速去速回吧,别耽误一会儿喝酒。”

顾全匆匆地走了。

铁麟一边催促着曹升快点儿准备酒席，一边陪着各位来宾说着话。尽管是铁麟的生日，应该有一个轻松随和的气氛。可是铁麟的一道拒礼令，弄得大家都紧张起来，来到这里的又都是他的下属，更是觉得拘束。铁麟极力想缓和一下气氛，但无济于事，他发现除了夏雨轩，每个人脸上的笑容都是干巴巴的，像是用糨糊贴上去的。他无论说什么，大家都赔着笑，可笑的笑，不可笑的也笑。不谈正事就无话可说，他突然感到自己很孤独，也很悲哀。

曹升突然跑进来，高声叫着："老爷，兰儿回来了！"

铁麟手里的茶杯啪啦一下掉在地上，摔得粉碎："兰儿在哪儿？"

曹升说："是一个白胡子老人送来的……"

铁麟心里唰地一亮，立刻想到了小潞邑葫芦院的周三爷，一边吩咐着快请进来，一边起身迎了出去。

周三爷抱着兰儿大步流星地闯进院里，后面还跟着一个小厮。

铁麟急忙拱手相迎："周三爷，谢谢你了，可真谢谢你了！"

周三爷声若洪钟："好家伙，您总督大人的门槛不但高，还是铁的，真不愧是铁大人的衙门。就是因为我抱着这孩子，门房说什么也不让我进来，说总督大人有话，什么礼物都不许带进去。像话吗？合着把孩子当成礼物了，我说礼物就礼物吧，我这个礼物总督大人保准收，不但收，还会收得高高兴兴！"

甘戎早已跑过去，从周三爷手里接过兰儿，紧紧地抱着："兰儿，兰儿，你跑哪儿去了？让姐姐找得好苦啊……"

甘戎说着，竟哭了起来。

铁麟也过来，拉着兰儿的手，哽咽着说不出话来。

孙嬷嬷听说兰儿回来了，更是哭喊着跑进来，天呀地呀拉着兰儿亲热得不知如何是好。

众人也都在唏嘘着，叹息着，生日酒宴变成了悲喜交加的劫后重逢。

夏雨轩突然发现，搂在甘戎怀里的兰儿，始终紧闭着嘴，面无表情。一句话也不说，一个眼泪疙瘩都不掉。她冷冷地看着众人，像看着一群陌生人。

甘戎把兰儿放在地上，摇晃着她："兰儿，兰儿，你不认识我了？我是甘戎姐姐。"

兰儿依然不说话，眼睛也不看甘戎，似乎根本没有听见甘戎的话。

孙嬷嬷也伏下身子，依然哭叫着说："兰儿，我的宝贝，你可回来了……"

兰儿还是冷冷的,对这一切都无动于衷。

铁麟也觉得异常,蹲下身子,拉起兰儿的手,亲切地问道:“兰儿,你还认识我吗?”

兰儿突然开口了:“我当然认识你了,你不是铁麟吗?”

天呀,好大的口气。不开口是不开口,一开口便语惊四座,而且兰儿在说这话的时候,依然面无表情。

甘戎见她说话了,又摇晃着她:“兰儿,你认识我吗?我是甘戎姐姐。”

兰儿又说话,那语气更是锋芒尖利:“甘戎,你把我丢哪儿去了?”

甘戎顿时一愣,再看兰儿那双眼睛,闪烁着一种令人战栗的寒光。

甘戎只好说:“兰儿,姐姐对不起你,姐姐让你受苦了。”

铁麟又亲切地问:“兰儿,他们欺负你了吧?打你没打?”

兰儿不可一世地说:“哼,打我?谁敢?”

这时候,铁麟明显地感觉到兰儿变了。能不变吗?就是大人经历这么一场劫难,也会受到摧残刺激的。可是让他感到奇怪的是,一个小小年纪的女孩儿,在历尽劫难之后,怎么倒变得如此坚强、如此冷漠了呢?她的身子没有长大,心到提前长大了。心不但长大了,还很硬很强。一股莫名其妙的恐惧感从他的后背袭来,像透骨追髓的寒气。

铁麟这才注意到,周三爷的身边跟着一个小厮,小厮长得面如满月,眉清目秀,一副美人坯子。他忽然觉得这小厮有点儿眼熟,刚要说什么,见周三爷冲他直使眼色。他立刻恍然大悟,这哪里是什么小厮,不是那个非要给他暖被窝儿的燕儿吗?燕儿扮上男装,别有一番风韵,连铁麟心里都震颤起来。周三爷真正的艳福不浅啊。

铁麟说:“周三爷,您是老前辈,您为我办了这么大的一件事,我就是给您行个大礼也不为过。”

周三爷忙拦着说:“别别,您是朝廷命官,二品大员,我一个野叟村夫,您不怕失身份,我还怕折寿呢。”

铁麟激动地说:“想不到,真的没想到……”

周三爷又哈哈大笑起来:“您是不是认为我不会管这件事呢?”

铁麟坦率地说:“还真是。一是那天您没答应我,二是您对我也确实有不满之处。”

周三爷说:“我一猜就知道您犯小心眼儿了,就算我对您有不满之处,您总督大人的命令我也得服从照办呀。别忘了,我们青帮当年是揭了皇榜,发了誓愿效忠朝廷的。”

直到这时候，人们才听出了来者是个青帮。总督大人怎么跟青帮搅在一起了呢？

夏雨轩首先醒悟了，他心里一动，急忙站起身，向周三爷施礼说：“老前辈，您不让总督大人行礼，无论如何得受晚辈一拜。”

夏雨轩说着，就跪了下来。

周三爷一把将夏雨轩从地上拉起来，那膂力之大，像是拎起一只小猪崽儿。夏雨轩趔趔趄趄，跪不下，也站不稳。由于今日是私人宴会，大家都没有穿官服，也分不清谁是什么身份。

铁麟对周三爷说：“老前辈，您还真得受他一拜，您知道他是谁吗？他是新上任的通州知州夏雨轩。这孩子是在他的地面上丢的，要是找不到，他的顶戴可就保不住了。”

周三爷一听，忙说：“天呀，原来是父母官，我该给您下跪才是。”

铁麟将周三爷拉到一边，又朝夏雨轩招了一下手，夏雨轩急忙凑过去。

铁麟低声问：“老前辈，兰儿是从哪儿找到的？”

周三爷说：“我也摸不着头脑，我的一个徒儿发现的。兰儿是在一条商船上自己玩耍，我的那个徒儿把她偷出来的。”

夏雨轩说：“这么说是一桩无头案？”

周三爷说：“也不能说无头案，那条商船是姚广亮的。”

夏雨轩问：“姚广亮是谁？他在哪儿？”

周三爷说：“住在沙竹巷胡同。”

铁麟心里一惊，忙问：“沙竹巷，是不是一个独门小院？”

周三爷点了点头。

铁麟又问：“那个姓姚的是不是茶叶商？四十多岁，长得挺斯文？”

周三爷说：“是不是茶叶商说不好……”

铁麟又抢着问：“他家有一个老家院，耳朵有点儿聋……”

周三爷说：“实不相瞒，老夫原本想在铁大人和夏大人面前讨个大功的，亲自带人闯进了那小院，想来个人赃俱获。唉，结果……”

夏雨轩忙问：“结果怎么样？”

周三爷摇了摇头：“人去屋空。”

铁麟听了反而轻松地笑了，似乎他已经预见到了这个结果。

这时候，曹升进来说，酒席已经摆好了。铁麟将众人让进餐厅，非要推周三爷居首位而坐不可。

周三爷向后闪着，坚拒不从。

铁麟说："老前辈，您听我说，其一，今日是私人聚会，该以年齿为序；其二，您为我们办了这天大的一件事，就算不让我们谢您，也该让我们给您敬杯酒啊……"

周三爷连连挥手："错矣，错矣，无论是私人聚会还是公家宴席，都是寿不压职。老朽虽然粗鄙，这点儿道理还懂，您千万别让我犯了规矩。再说，今日是您的生日，众位都是来给您祝寿的，我怎么能喧宾夺主呢？"

众人一听，觉得还是周三爷说的在理一些，便动员铁麟居首入座。铁麟无奈，自己坐在首席上，让周三爷紧挨在他左首坐下，又请燕儿挨在周三爷身边落座。

燕儿急忙躲避，差不多已经逃到门口了。

周三爷说："她嘛，您就别管了，这里哪儿有她的位置，我坐这儿已经属于犯忌了。"

铁麟说什么也不干，亲自追到门口，将小厮请过来，硬是安排在周三爷的身边。

众人也是从铁麟、夏雨轩和周三爷的谈话中，才弄清了老者的身份。直到现在也没有人给他们互相介绍，话一多，把介绍的事早就忘了。出于铁麟对老者的尊敬，请他入席居首都没有什么不妥，可是一个跟着他来的小厮，哪儿能上席面呢？铁麟今日是怎么了，你就是礼贤下士，也不该如此坏了规矩呀？铁麟也有口难言，众人只知道小厮是跟着周三爷来的下人，哪儿知道他们的真实关系呢？

众人分宾主坐好，刚要举杯为铁麟祝寿，铁麟突然制止住了："等等，众位请等一下，咱还差一个人呢。"

人们这才想起来，回去取笔的画师顾全还没有来，怎么把这么重要的一个人物给忘了呢？

说来也巧，正在这个时候，甘戎进来了。她跟孙嬷嬷一起把兰儿领到内室，孙嬷嬷给兰儿洗澡换衣服，甘戎便溜达出来。其实这里也用不着她，上菜斟酒有冬梅、夏草、秋叶三个丫头呢，她来干什么？

她只是出于好奇，想看看父亲的生日都来了些什么人。餐厅和客厅只隔着一道屏风，要进餐厅就必须穿过客厅。甘戎进了客厅，首先看见的是那副画架，画架上盖着一块白布。她听说了有个画师来给父亲画像,却不知道画得怎么样了。她见了画架,急忙奔过去,将遮盖的白布揭了下来。

这时候,坐在酒席上正等着喝酒的人突然听到甘戎一声大叫:“爸爸,您怎么没脸呀?”

众人都被这句话惊呆了,做女儿的怎么能说父亲没脸呢?

铁麟气怒地呵斥着:“戎儿,你胡说什么!”

甘戎却更加认真地说:“爸爸,您真的没脸。”

铁麟火了:“你给我滚。”

甘戎还在叫着:“爸爸,您就是没脸嘛。”

铁麟气得差点儿将桌子掀起来,当着这么多外人的面,当女儿的怎么如此糟蹋父亲呢?铁麟突然觉得有点儿不对劲儿,女儿虽说有点儿任性,有点儿天不怕地不怕,可一向是非常孝敬他的。今日怎么会平白无故地口吐恶语呢?

这时候,甘戎又叫起来:“爸爸,您过来看看吧。”

铁麟觉得蹊跷,从桌上站起身来朝客厅走去。

众人见铁麟进了客厅,也都随着离开桌子,跟着他走过来。

画架上,一幅未完成的画。只有身子,身上穿着二品大员的官袍,头上戴着顶戴花翎,却没有脸。

众人都看出来了,这是再明白不过的事了。顾全是在有意地诬蔑铁麟,或者说,不仅仅是针对铁麟一个人的,这些穿着官袍的朝廷命官,都是些不要脸的人。

首先挂不住脸的是夏雨轩,顾全是他带进铁麟的客厅里来的,他怎么向铁麟解释呢?他心里非常明白,请顾全来给铁麟画像,原本是想讨好铁麟的,无论是出于友情,还是出于礼节,他都该有所表示才对。他知道铁麟在生日的时候肯定要拒绝任何人送礼的,他曾经为这事没少花费脑筋。顾全的到来,使他灵机一动,他为自己能够想到这么一个绝妙的好主意沾沾自喜。开始的时候,顾全是不愿意来的。他离开苏州,就是因为得罪了权贵。到了通州,难道他再为另一个权贵作画吗?在顾全的眼里,天下乌鸦一般黑,他只相信当官的有大贪和小贪,大坏和小坏,却不相信有什么好官清官。夏雨轩下不来台了,他愤怒地大叫一声:“来人啊!”

几个在门外的护卫不知道出了什么事,迅速地跑了进来。

夏雨轩命令着:“快把这个顾全给我抓回来!”

铁麟倒很平静,平静得令人吃惊。他冲护卫挥了挥手,命令他们下去,然后对夏雨轩说："算了，何必呢？"

夏雨轩说："这个顾全也太狂妄了，不能饶了他。"

铁麟说："你凭什么不饶他，他有什么错？"

夏雨轩气怒地说："他没错？他还没错？莫非倒是我们错了？"

铁麟点了点头："对，你说得对，就是我们错了。"

夏雨轩看了看铁麟，又看了看众人，谁都没有说话，遇见这种情况，谁都不知道该说什么了。

铁麟说："你们也不想想，人家为什么骂我们没脸？我们有些人就是把朝廷的脸都丢光了。我到这漕运码头上也来了两个多月了，我不瞎，能见到的我都见到了；我也不聋，该听到的我都听到了。当然，还有更多的我没见到，我没听到，可是足够了。一条大运河，自山东河南第一批漕船抵通之日起，到湖广江西最后一批漕粮收兑之日止，数月之中没有一天不在营私舞弊，没有一人不在贪索私肥，没有一个地方不在藏污纳垢。据说坐粮厅一个小小的书办，几年当中竟勒索四十万两银子。金厅丞，有没有这么回事呀？"

金简想不到铁麟会把话题转移到这方面来，更没有想到一下子就盯住了他，他一时慌乱得不知该如何应答，急忙说："下官一定严加查处。"

铁麟接着说："光是码头上大小饭庄的酒席，就令人触目惊心。百味餐餐入口，万金顷刻到手。有的酒席，三天三夜都不撤桌……诸位大人，这样的宴席你们没少吃吧？我问你们，这样的一餐饭需要多少银子，有哪顿饭的银子是从自己的腰包里掏出来的？"

众人面面相觑，心里顿时打起了鼓。

铁麟的话还没说完："据说近些年又添了新规矩，有餐必有酒，有酒必有妞儿。一桌酒宴原本八人，八仙桌嘛。现在变成了四个人，每个人的怀里都抱一个妞儿。旁边还有丝竹靡靡之音，歌女淫秽小调儿。喝完了酒还要让妞儿陪着抽烟，陪着洗澡，洗完澡要捏拿，还要一起干那些不要脸的勾当。还说这叫新派，不要妞儿就是老八板，不听唱儿就是死脑筋，不跟妞儿鬼混就是榆木疙瘩……码头上七十二行当，什么行当最兴旺？有人说是繁荣昌盛，听好了，不是文昌阁的昌，是娼妓的娼！"

众人都低下了头，只有周三爷高昂着头，无限崇敬地听着。

铁麟缓和了一下口气说："本官这不是在危言耸听，这些话也不是本官说的，这是陶澍陶大人在给皇帝的奏章中揭露出来的。如今圣上平息了张格尔叛乱，剿灭了白莲教造反，励精图治，崇尚节俭。你们知道吗？皇上都穿打补丁的裤子了，经常吃的是白菜豆腐。现在皇上最头疼的是三件事：一是鸦片泛滥，二是盐政腐败，三是漕弊太甚。鸦片派林则徐林大人去了广州，盐政命陶澍陶大人严加整顿。圣上命本官任仓场总督，在召见林则徐大人之后，又在养心殿召见了本官，命本官力除漕弊，无论牵连上谁，上自皇亲国戚，下至书吏花户，一律严惩不贷……”

铁麟的话音刚落，门房包卫又进来禀报：“有一个人非要进来见您不可。”

铁麟问：“什么人？”

包卫说：“穿着破衣烂衫，我看不是个要饭的就是个疯子，可赶他又赶不走。”

夏雨轩说：“下官去看看是谁。”

铁麟说：“不用看了，我知道谁来了。”

正说着，那个人自己进来了。确实如包卫所说，又穷酸又疯癫，还大摇大摆，一副登堂入室很不在乎的样子。

铁麟急忙迎了上去：“哎呀龚大人，真没想到你会来，有失远迎，得罪得罪。”

来者随随便便地说：“今日是你的华诞寿日，我特意从京城赶来，代表宣南诗社讨一杯喜酒喝。”

夏雨轩和铁麟一样，是宣南诗社的积极参与者，自然也跟龚自珍非常熟悉，他一边上前迎接，一边替铁麟向众人介绍：“诸位还不认识吧？这是京都第一大学者，礼部主事，宣南诗社的领袖龚自珍龚先生。”

龚自珍说：“铁大人，尽管你的门户森严，法令如山，我今天依然不是空着手来的，只是你的门房没搜出来。秀才人情纸半张，我胡诌了一首歪诗，权当寿礼吧。”

铁麟高兴地说：“龚先生一字千金，岂有不收之礼。戎儿，快替我谢谢龚叔叔。”

甘戎刚才受到父亲的训斥，又听到父亲的一番慷慨陈词，愣在这儿半天没醒过闷来。现在听父亲让她接龚叔叔的诗作，急忙过来说：“谢谢龚叔叔。”

甘戎把龚自珍递给她的诗作展开，昂起头高声朗诵起来：“九州生气恃风雷，万马齐喑究可哀。我劝天公重抖擞，不拘一格降人才。”

众人一齐叫好，赞口不绝。

铁麟说：“知道什么叫大手笔了吧？刚才我说了一些让大家扫兴的话，耽误了喝酒，来来来，请龚先生一起入席，咱们喝个痛快。”

众人重新抖擞起来，酒席上出现了令人振奋的热闹与轻松。

第十一章

仓场总督衙门的后宅分成两进院子，铁麟住在前院，甘戎住在后院。穿过后院还有一个小花园，多年废弃，杂草丛生，荒凉得如一片坟茔。据说还有蛇、刺猬、黄鼠狼在此栖息，冬梅、夏草、叶秋等几个小丫头胆小，都不敢到后花园去。曹升手脚勤快，把后花园的杂草彻底铲除了，还开垦出了几个菜畦，种上了青蒜、萝卜、番茄等菜蔬。后花园又有了生气，几个小丫头也有了个玩耍的去处。

后花园里还有一眼井，一眼很难得的甜水井。井上架着辘轳，铁麟一家人吃的就是这眼井的水。平时孙嬷嬷和几个丫鬟白天洗衣服，晚上洗头洗澡，都到这井台上来打水。放下水罐，辘轳飞转着，哗啦啦的响声令人很振奋，平添了许多人气。

闲来无事的时候，铁麟也喜欢到后花园走一走。那里有一个凉亭，亭里有一个石桌，石桌上刻着一个棋盘。一个人的时候可以在那里品茗，遇上对手的时候可以摆棋对弈。

这天早晨，铁麟没有恋床，冬梅给他穿好了衣服，伺候着洗漱完毕，他就到后花园来了。他手里拿着几份京城发来的邸报，在凉亭里坐下以后，曹升又给他送来了茶。他不像京城一般旗人那样喜欢喝花茶，他独饮绿茶。他觉得绿茶保留着茶的原味，喝在口里清清爽爽，能明目醒神。

曹升把茶放在石桌上，叨唠说："这前几任总督肯定都是绝户，绝户人做绝户事。好好的一个后花园，竟是荒废成了这个样子。下人懒，主人得说话呀……"

铁麟没说什么，暗自笑了。曹升跟着他大半辈子了，他太了解他了。这个人忠诚、勤快、可靠，就是任劳而不任怨，干点儿事就喜欢表功，而且善于踩咕别人来抬高自己。所以跟他一起的下人包括孙嬷嬷都不喜欢他，铁麟倒有时候为他鸣不平，好事没少干，也没少给别人帮忙，就是没有个好人缘。

曹升唠叨归唠叨，却很有眼力见，见铁麟没说话，便不再说什么。其实他说这些话也无须让铁麟表态，只要主人听见了他就心满意足了。

凉亭前面还有一块空闲地，原来也是一片荒草，曹升把它开垦出来以后没有种什么，而是整平、夯实，变成了一块平平展展的练武场。这是甘戎吩咐他搞成这样的，每天晨曦初露或月上梢头的时候，甘戎总在这里练武。

甘戎是个女孩儿，却继承了祖父的衣钵，喜欢舞枪弄棒。她从三岁就跟祖父学武艺，后来祖父又将正蓝旗的武师请来专门教授她。她练过少林拳，练过武当剑，练过太极功，还跟雍和宫的喇嘛学过内功，跟岭南派的掌门人学过轻功。她一是聪明，二是迷恋，三是博采众家之长。十几年下来，她的武艺已经达到相当的水平了。如果她是个男孩儿，铁麟早就送她到军旅建功立业了。

看女儿练功，对于铁麟来说是一种极大的享受。不仅仅是欣赏，女儿穿着一身宽松的丝绸练功衣，一把龙泉宝剑在手，上下翻飞，银蛇狂舞，确实别有一番风采。这时候，铁麟便会觉得，整个天下人间，自己的女儿是最了不起的女孩儿，是最可爱的女孩儿，也是最美的女孩儿。在女儿的身上，他获得了满足，也获得了一种力量。他觉得女儿在带着他舞动，带着他飞，带着他到达了一种非常奇妙的世界。在这个世界里，他很有力量，他能叱咤风云，他能主宰一切。

今日，除了观看女儿练功，让铁麟更加心潮荡漾的还有一件事，就是邸报上刊登的有关林则徐的消息。道光十九年五月十八日，林则徐会同邓廷桢、怡良收缴鸦片一万八千一百九十七箱，又二千一百一十九袋，共二百多万斤。道光十九年六月三日，虎门销烟，浓烟一直烧了二十三天……

铁麟突然大声叫起好来，腾地站起身。

甘戎收住剑，她以为父亲在为她叫好，摇头晃脑地朝父亲走来。她发现父亲没有抬头，两只眼睛依然盯在手里的邸报上。甘戎问："爸爸，您叫什么呢?"

一套剑练下来，女儿的脸红扑扑的，更加显得飒爽英姿，青春勃发。

铁麟看了看女儿，情绪非常激动："你知道吗，林则徐林大人，在广州动了手，大快人心，大长中国人的志气……"

于是，铁麟向女儿讲述了林则徐虎门销烟的消息。

甘戎也被感染了："爸爸，您给林伯伯写封信，我到广州跟着他去打洋人吧。"

铁麟扑哧笑了，女儿毕竟是个孩子。你跟她讲国家大事，她的心思却只在战场上。她把打仗当成了一件很好玩的事，当成了开心的刺激。

甘戎有点儿生气了："爸爸，您笑什么？您觉得我不行吗？告诉您，就凭我这把龙泉宝剑，对付百八十个洋人没问题。"

铁麟情绪正好，跟女儿逗了起来："行了行了，快叫孙嬷嬷去买牛肉吧。"

甘戎不解地问："买什么牛肉？"

铁麟说："满城的牛都让你吹死了，牛肉肯定便宜。"

甘戎说："您甭笑话我，我就是生不逢时。要是赶上大清国马上夺天下的时候，我好歹也能成为一个花木兰。"

铁麟说："何止是花木兰呢，我的女儿怎么也能成为一个领兵挂帅的穆桂英啊。"

父女俩正在愉快地说笑，夏草来了，她是来请铁麟和甘戎用早餐的。

这一天，阳光很好，心境很好，兆头也很好。两只长尾巴的花喜鹊，在院子外面的钻天杨上叽叽喳喳地叫个不停。

趁着好心情，铁麟决定去拜谢一下周三爷。他跟谁也没有说，特别是没有告诉甘戎，他怕甘戎缠着要跟他去。自从兰儿找到以后，甘戎便心无牵挂，总想在漕运码头上玩个痛快。玩又没有人陪着她，她又瞧不起那几个小丫头，便总是纠缠父亲。铁麟虽说宠着女儿，愿意女儿在自己的身边，可他毕竟公务在身，总带着女儿实在不合适。

铁麟依然是微服出访，没乘轿，也没骑马，而是在外面雇了一头小毛驴，悠悠搭搭地朝河东小潞邑的葫芦院走来。

出来的晚，又一路上不慌不忙，到了葫芦院的时候，居然已经快到中午了。在栅栏门里的小菜园里，铁麟又见到了那个拾掇菜苗的中年汉子。上次铁麟特意问了一次，这个热情的长工姓洪，他还记得。铁麟付了脚钱，将牵着毛驴的赶脚人打发走了。

铁麟推开栅栏门，主动打着招呼："洪把式，正忙哪。"

洪把式抬头见了铁麟，一愣，忙站起身来："您是……"

铁麟笑着说："怎么，不认识了，我前些天来过一回。"

洪把式忙说："认识认识，您是……铁大人……不过……"

铁麟一边跟洪把式说着话，一边朝里院走去。

洪把式更加慌张了，几步奔过来，拦在铁麟面前："大人，您……您是……"

铁麟没在意，一边说是来看望周三爷，一边继续朝里院走去。

洪把式紧紧地挡在铁麟面前，一点儿没有让路的意思。

铁麟有点儿奇怪了。

洪把式结结巴巴地说："铁大人，周三爷他……"

铁麟问："怎么，周三爷不在吗？"

本来洪把式是要说周三爷不在的，可就在这个时候，院子里传出了周三爷的招呼声："燕儿，你到院子里拔几个水萝卜……"

燕儿脆生生地答应着，便跑了出来。

见了铁麟，燕儿也一下子愣住了，慌得都忘了打招呼。

铁麟依然没有多想，冲燕儿笑了笑："怎么，小夫人不认识我了？"

燕儿干啊啊着，不知道该说什么好。

还是洪把式冷静下来，对铁麟说："大人，您……您先等一下，我去跟周三爷通报一声……"

没想到，外面的谈话声被里院的周三爷听见了，他冲着洪把式和燕儿喊着："谁来了？"

没容洪把式和燕儿答话，铁麟便主动地喊着说："周老前辈，铁麟来拜谢您。"

里院突然没了声音，这更让铁麟觉得反常了。他没顾得多想，便径直朝里院走去。由于铁麟已经跟周三爷搭上了话，洪把式和燕儿也不好再阻拦了。

铁麟一进来，便看见葫芦架下摆着一张餐桌，有两个人在喝酒，从装束上看，像是两个衙役。两个人已经站起了身，离也离不开，躲也躲不掉。正失魂落魄地想找个地缝钻进去。铁麟走近了，两个人一起跪了下来，也不说话，浑身哆哆嗦嗦地抖成一团。

铁麟厉声问："你们两个在这儿干吗？"

两个衙役急忙磕头如捣蒜："大人饶命，小的罪该万死……"

今日是怎么了，葫芦院出了什么事？铁麟正满心狐疑，周三爷出现在了屋门口："铁大人，真没想到您来，这两位公人是小民请来的，大人屋里请，小民替他们谢罪。"

铁麟说："老前辈请他们喝酒，是他们的造化，何罪之有？"

周三爷说："大人还是进来说话吧。"

铁麟随着周三爷进了堂屋，堂屋也摆着一张餐桌，摆着几样菜肴和一壶酒。令铁麟吃惊的是，桌子下面跪着一个人，低着头，也是浑身战栗，如筛糠一般。

铁麟问："老前辈，这到底是怎么回事？"

跪在地上的人颤颤巍巍地说："罪官徐嘉传拜见大人……"

什么？徐嘉传？跪在地上的人是徐嘉传？被周三爷奉为座上宾并与他推杯换盏的人是徐嘉传？外面那两个衙役是押着徐嘉传来的？须知这徐嘉传是被铁麟判处戴枷示众，然后要发配到宁古塔给披甲人为奴的，怎么居然被请到这里来了？还有点儿王法没有？这周三爷跟徐嘉传到底是什么关系？周三爷这个青帮老大竟然如此蔑视法律？一时间，铁麟心里的怒火在升腾着，燃烧着，爆裂着。但是，他又一时不知道该如何是好。命令那两个衙役立即将徐嘉传押走，那未免太不给周三爷面子了，周三爷毕竟刚刚为他干了一件大事，而且他今日还是特意来拜谢周三爷的。可是，给周三爷面子该怎么办？难道装聋作哑，装得了吗？

周三爷却不卑不亢，不慌不乱，伸手让着铁麟："大人请坐，您坐下，容我跟您说句话。"

铁麟无奈，他再铁面无私，在葫芦院也不能耍威风呀。但是他也没有坐，他站在那里等着周三爷跟他解释。

周三爷说："徐嘉传是罪犯，他在漕粮上掺糠造假，又雇人顶替逃避惩罚，您判他戴枷示众也好，发配为奴也好，都是他罪有应得。朝廷官法如炉，铁大人您执法如山，这个小民明白。我要跟您说的是，徐嘉传是我们青帮门槛里的人，论起来该是小民的子侄辈。孩子示众一个月期满了，明天就要上路去宁古塔那苦寒之地了，不管怎么说，我这做长辈的也得给孩子送送行。大人您说，这于情于理，本不为过吧？再有，我是把徐嘉传和押解他的公人一起请来的，等喝完这顿酒，我还把徐嘉传交给两位公人。大人，这事要是错了，您就惩罚小民吧，小民保证俯首认罪。"

听周三爷这么一说，铁麟无言了。这件事说合法肯定不合法，说违法也没有多大的罪过。于法不容，却合乎情理。有关青帮，他也听到过种种传说，现在他明白了，这个帮会还是蛮有人情味儿的。周三爷是一个很义气、很有一副仁者爱人之心的长者。从这个角度看，铁麟又对周三爷的举动充满了敬佩之情。但是，他没有把这种感情表达出来，在这个很边缘的事情上，他好像说什么话都不合适，都不符合自己的身份。

周三爷见铁麟不说话，又说："既然大人没说什么，小民便明白了大人的法外施恩之情，小民深深感激。这原本是件很秘密的事情，更不该让大人您碰上。这也是天意，既然大人您赶上了，小民得寸进尺，再跟大人您提个请求，望大人宽大允肯。"

铁麟说："老前辈，有话您就说吧。"

周三爷说："不是我有话要说，是徐嘉传有话要说。"

铁麟"嗯"了一声。

周三爷趁机对徐嘉传说："你有什么话就对铁大人说吧，说完了你再上路也心里痛快一些。”

徐嘉传突然哇的一声大哭起来，哭得非常惨烈。这是一个男人的号啕大哭，惊天动地，乌云滚滚。

周三爷吼着：“没出息，你哭什么？有什么话就说嘛。”

徐嘉传哭号着说：“大人，小人命苦啊……”

铁麟也被这哭声震撼了。

徐嘉传说：“大人，我说的命苦，并不是单指自己命苦，我说的是运丁命苦啊！大人……”

铁麟语气温和地问：“此话怎讲？

徐嘉传哭着说：“运丁奉朝廷之命挽运漕粮，每年达四百万石之多。一路上，迎风沐雨，斩浪劈波，洒汗不怕，洒泪不怕，洒血也不怕，反正都是自家身上带来的。可是，河有多宽，水有多长，每走一步都得撒下白花花的银子啊！催攒漕船要钱，提溜打闸要钱，雇船备拨要钱，拨浅清淤要钱。河内运行要‘量水钱’，渡口过湖要‘放水钱’，绕江行驶要‘性命钱’，逆水过闸要‘绞关钱’，中途停船要‘收帮钱’，查验土宜要‘窝子钱’，起卸要‘茶果钱’，交仓要‘个儿钱’，杨村要‘船价钱’，张家湾要‘验米钱’，通州要‘落地钱’，上船拜山门要‘折帮钱’……河道粮道要钱，沿途衙门要钱，漕务委员要钱，巡查税务要钱，治安缉盗要钱，呈单报到要钱，抽签等候要钱，书吏要钱，门房要钱，斛头要钱，经纪要钱，三班六役八科六十四巡社七十二行当都要钱，更有甚者……”

徐嘉传边哭边说，真可谓字字吐血，声声是泪，说着说着，他竟哽咽着喘不上气来。

铁麟看着他，心里也开始翻江卷浪。

徐嘉传喘息了一会儿，接着说：“大人，您可知道，我们临清帮自抵通之日起，光是上岸打点，就花去了十八万两银子……”

铁麟愤怒地问：“十八万两？都干什么用了？”

徐嘉传说：“当然是送礼了。”

铁麟问：“送什么礼物需要这么多的银子？”

徐嘉传说：“黄瓜茄子。”

铁麟说：“胡说，十八万两银子，得买多少黄瓜茄子？”

徐嘉传说：“那黄瓜里塞金条。”

铁麟问：“茄子呢？”

徐嘉传说：“茄子里藏珍珠。”

铁麟不再问了，他心里沉甸甸的，像沉下去一个铁锚。他的眼睛里，含着泪，更燃着火。他走到桌边，倒了满满的一杯酒，双手端起来，对徐嘉传说："起来吧。"

徐嘉传磕了一个头："谢大人。"

铁麟端着酒送到徐嘉传面前："这杯酒，算是本官对你的慰问吧，多保重，多多保重……"

铁麟也哽咽着声音，说不下去了……

从周三爷家里出来，他不想雇脚，想一个人走一走。从小潞邑直接到运河边，有一条抄近的路，只有四五里。他慢慢腾腾地走着，耳边还响着徐嘉传那惨烈的哭声和触目惊心的控诉。他知道漕弊的严重，但只是抽象的认识，就像小时候听祖父讲鬼的故事，只知道鬼的可怕，却想象不出鬼的样子。从徐嘉传的哭诉中，漕弊在他心中具体化了，他终于看清了这群魑魅魍魉的丑恶面目。

他不是震惊，也不是愤怒，而是觉得可怕。他想象不到人的贪心居然到了如此可怕的地步，这不是少数，也不仅仅是漕运码头，而是一条延绵三千里的大运河。大运河流淌的还是水吗？不再是了。那运载着漕船、商船、民船的大运河，是乌黑的血，是污浊的泪，是欺天灭祖的罪恶。

铁麟走着想着嘀咕着，来到了大运河边。不知什么时候变天了。大块大块的铅灰色的乌云像报灾的乌鸦一样聚集在头顶上，远处传来轰轰隆隆的雷声。雷声滚动着，使整个大运河都颤动起来，从河面上刮来的风是凉飕飕的，吹得铁麟打起了冷战。

更难的还在后面，河面上的船夫见变了天，都纷纷收帆靠岸，躲避着将至的风雨。要命的是过河的摆渡，也都收篷系缆。渡口上等着许多过河的人，风云骤变，来势汹汹。过河的人急于过河，可是船夫说危险，都不再敢摆渡。在众人苦苦央求下，才有一只小船摇过来。人多船小，大家争着抢着往上挤，小船还没离开岸边便摇晃起来。这回该船夫央求大家了，说别再上了，再上这船就撑不住了。雷鸣闪电如万马奔腾般地横扫过来，人们过河心切，谁还顾得上这些。铁麟也登上了这条小船，他站在船头上，大喊大叫着，替船夫维持着秩序。没有人听他的，小船就是在这乱哄哄的拥挤下离开岸边的。

霹雳当头，暴雨倾天而降，银鞭似的雨柱在狂风肆虐下复仇般地在人们的身上、头上抽打着。很快，铁麟也和同船的人一样，浑身都湿透了。

河水翻卷着，波涛一浪高过一浪，小船颠簸起来，像一片无助的叶子一样在激流中打起了转转儿。船夫凭着丰富的经验和勇气镇静着自己,把握着小船的平衡,却无济于事。小船颠簸得越来越厉害,随时都有颠覆的危险。铁麟依然站在船头上,扯着嗓子喊着:“别怕,大家别乱动,都在原位坐好,听船夫的指挥……”

没有人听他的,恐慌使人们丧失了理智,人们惊呼着拥挤在一起,也不管是男是女,是老是少,认识的和不认识的,都紧紧地抱成一团。

终于,人们最担心的事情发生了。一个撼天动地的霹雳直刷刷地朝着小船上的人群劈下来,紧接着就是一阵狂风巨浪,随着人们惊恐万端的呼叫,小船翻在了大运河里。

陈天伦万万没想到他救上来的是仓场总督铁麟,当那只风雨飘摇的船在河心挣扎的时候,在晒场上收粮的陈天伦便发现了。他立刻组织十几个水性好的扛夫,驾着一条大船向河心靠拢。他们救护的船只还没有到,小船便翻了,陈天伦立刻命令大伙儿跳进水里救人。他第一个救上来的是一个年轻的小媳妇,第二个救上来的就是铁麟……

还好,由于陈天伦他们抢救得及时,整船的人没有一个遇难的,都救了上来。

非常凑巧的是,当时甘戎正和陈天伦在一起。陈天伦他们上船救人的时候,甘戎冒着雨在岸边等候着。陈天伦雇了一辆带篷的马车,和甘戎一起,把浑身透湿的铁麟送回了仓场总督衙门的后宅……

铁麟病了,病发在当天的夜里。发烧,身上跟火炭一般。找来医生抓了药,可还是不见好。非但不见好,反而越来越严重了。不发烧了,就是昏睡,浑身没劲儿,软塌塌的像一团烂棉絮。还说胡话,说的是什么谁也听不懂。说满话不是满话,说汉话不是汉话。孙嬷嬷和曹升都急得不得了,甘戎也不到外面疯跑了,坐在父亲身边掉眼泪。

陈天伦来看望铁麟。一个普普通通的军粮经纪,原本是没有资格进总督衙门的。由于是他把铁麟亲自从惊涛骇浪中救出来的,这就非同一般了。再有在开漕大典上,是铁麟亲自授予他为“盈”字号军粮经纪的,铁麟有恩于他,他来探望也是情理之中的。还有甘戎整天到漕运码头上去找他,从客气到熟悉,从熟悉到随便,差不多他们已经可以称之为朋友了。

看到铁麟病成这个样子,陈天伦心里一动,对甘戎和孙嬷嬷说:“干吗不找找唐大姑?兴许她还有办法。”

甘戎又一次听到了唐大姑的名字，而且还是从陈天伦嘴里听到的。当初她在寻找兰儿的时候，一个神秘的女人曾经建议她去找唐大姑，可是唐大姑她却一直没有找到。时间一长，她差不多已经把唐大姑忘记了。现在陈天伦提起唐大姑，她的好奇心又鼓噪起来。她问："唐大姑到底是什么人？她怎那么神通广大？"

陈天伦说："我也说不上唐大姑是什么人。反正通州地面上的人都信服她，求医不行就求神，求神不行就求仙，求仙不行就求唐大姑。"

甘戎说："这么说，唐大姑比神仙还灵？"

陈天伦说："也难说，反正因为有了唐大姑，通州人就不会走绝路。"

甘戎说："照你这么说，还真得请唐大姑了。告诉我，唐大姑在哪儿？我亲自去请她，也想看看她到底是什么样子。"

陈天伦说："唐大姑这个人来无踪去无影，你想找她的时候，也许踏遍通州寻不到，你不想找她的时候，也许出门就能撞见她。"

甘戎问："那怎么办？"

陈天伦说："我去碰碰运气。"

甘戎说："不行，我跟你一起去。"

与其说唐大姑是陈天伦和甘戎找到的，不如说是唐大姑自己找上门来的。怎么那么巧呢，陈天伦带着甘戎出了仓场总督衙门，原本想到大运河边去碰碰运气。可是一只小兔子却跟他们捣起了乱，那兔子很小，开始陈天伦还以为是一只小白鼠，在他们的脚边跳来跳去。甘戎更觉得奇怪，弯腰去抓，那小白兔却鬼得很，在甘戎的脚边和手缝里逃来逃去，就是抓不住它。小白兔戏弄着陈天伦和甘戎，朝着大运西仓的方向跑过来。他们跟踪着小白兔，终于来到了大运西仓后边的一片乱坟场里。小白兔不见了，一个长满青草的坟茔前，一个女人正跪着烧纸钱。陈天伦和甘戎刚要离去，那个女人站起身来，陈天伦一看，惊惶地叫出声来："唐大姑……"

甘戎听到陈天伦的叫声，也惊愣住了，难道这女人就是唐大姑？

唐大姑看了看陈天伦，又看了看甘戎，拍打了一下身上的土，莫名其妙地说："走吧。"

陈天伦急着说："唐大姑，我们是来请您的。"

唐大姑说："我知道。"

陈天伦说："您知道？您知道什么？"

唐大姑说:“我先到药房买点儿药。”

陈天伦更奇怪了:“您买什么药? 买药干什么?”

唐大姑说:“给这位姑娘的父亲治病。”

陈天伦和甘戎面面相觑,不知道说什么好了。

唐大姑说:“你们先回去吧,我随后就到。”

唐大姑说完,便飘飘然地朝通州大街的方向走去。

甘戎说:“这……这到底是怎么回事?”

陈天伦说:“我也说不好。”

甘戎说:“难道她真的是神仙?”

陈天伦说:“我原本是不信神不信鬼的。”

陈天伦和甘戎一边议论着,一边往回走……

半个时辰以后,唐大姑来了。她进了仓场总督衙门的后宅,也不看病人,也不问病情,让所有的人都离开病人的房间,连甘戎也不例外。然后她从怀里掏出一大包草药,递给孙嬷嬷,嘱咐说:“用这药熬汤,要多放水,水越多越好,烧得滚烫。”

孙嬷嬷接过药,招呼着众人要走。唐大姑又说:“给我留下一个帮手吧。”

于是,孙嬷嬷便让冬梅留了下来。

到了厨房,孙嬷嬷吩咐夏草和秋叶刷锅熬药,自己在一边监督着。刚才听到甘戎讲他们找到唐大姑的经过,她不但觉得奇怪,更觉得惶恐。她知道唐大姑不是等闲之辈,说不定就是哪位仙姑下凡的。她惊恐之后便是畏惧,把唐大姑的嘱咐一点一滴都记在心里,不敢有丝毫差池。

甘戎说:“还有新鲜的呢,我跟陈天伦在东衙门大门口等着她,她来了,理也不理我们,就径直朝里面走。我们跟在后边,也没有人给她带路,她进了仪门进二门,进了二门进后宅,一步都没有走错,好像来过多少回了似的。”

孙嬷嬷说:“莫非是已经有人把你爸爸的病告诉她了?”

甘戎说:“不可能,就算有人知道爸爸病了,不经过咱认可,谁能擅自去请唐大姑呢?”

孙嬷嬷说:“也是呢,可是唐大姑怀里还揣着药。她要是不知道你爸爸得的是什么病,怎么会买这些药呢?”

孙嬷嬷指挥着夏草和秋叶熬药,唐大姑给父亲治病不让她进屋,甘戎无事可干,便跟着陈天伦走了。她是个闲不住的人,多亏认识了陈天伦,否则她找谁去呢?

铁麟还在昏睡，嘴里还不时地发着喃喃呓语。唐大姑从怀里掏出一个小布包儿，那里包着几根银针。她的银针与一般医生的银针不同，不但又粗又长，上面还带着刺儿。

冬梅看见这几根针，吓得心里直哆嗦。她是衡阳演陂镇的乡下姑娘，这几根银针使她想起了他们那里的兽医，给猪狗驴牛治病就用这么又粗又长的针。

唐大姑吩咐冬梅："把他的衣服解开。"

冬梅不敢怠慢，伏下身子解开铁麟衣领上的纽扣儿，抬头看了看唐大姑。

唐大姑又说："都解开。"

于是，冬梅把铁麟的衣服撩开了，露出了他那发紫的胸脯和肚皮。

唐大姑拿出一根银针，用手指摸准了铁麟咽喉下面的璇玑穴，猛地刺了进去，转动两下，又猛地拔了出来。一股墨汁般的黑血喷了出来，同时还散发出一股腥臭的味道。

冬梅"啊"地叫了一声，唐大姑凶恶地看了她一眼，她急忙捂住了嘴。

黑血还在喷射，溅满了铁麟的胸脯子，唐大姑让冬梅用草纸擦拭着。冬梅紧张得手忙脚乱，这黑血和腥臭的味道使她的胃翻腾起来，恶心得想吐。

这根针扎下去，铁麟的喉咙咕噜咕噜响了起来，像烧开了的水壶在冒着气泡儿。

冬梅干哕起来，唐大姑又凶恶地看了冬梅一眼。冬梅伸直了脖子强忍着，憋得满脸通红。

唐大姑换了一根稍细一点儿的银针，顺着铁麟的心口窝儿往下摸索着，在中庭穴位上又扎了一针，这一针她没有拔出来，而是轻轻地捻了几下，便扎住不动了。铁麟的喉咙开始发出咝咝的声音，像冬季的夜风吹着窗纸上的破洞。

接着，唐大姑又在铁麟的肚脐眼儿下面的关元穴扎了一针，又是捻了几下不动了。唐大姑看了一眼冬梅，吩咐说："把他的裤子解开。"

冬梅上前，解开铁麟的裤带。

唐大姑说："褪下去。"

冬梅将铁麟裤子往下褪着，已经露出了那一嘟噜丑陋之物。冬梅这些天来伺候着铁麟脱衣穿衣，虽然早已逐渐适应见怪不怪了，但是当着唐大姑的面，她还是羞得扭过脸去。

唐大姑却不管这些，继续吩咐着："全脱下来。"

冬梅只好把铁麟的裤子彻底脱下来。这样，上衣虽然还在身上，可是整个胸脯都袒露着，下身则一丝不挂。面对着赤身裸体的一个大男人，冬梅更慌乱得不知所措了。

唐大姑又拿出一根银针："把他的两条腿蜷起来。"

冬梅跪在炕上，扳着铁麟的双脚，使他的双腿蜷曲起来。

唐大姑还在吩咐着："把腿掰开。"

冬梅扳着铁麟的双膝，分开双腿。这样，那个丑陋之物便明目张胆地展露在唐大姑面前了。冬梅瞟了唐大姑一眼，心里说，你不害臊吗？你不也是一个女人吗？

唐大姑用下巴朝那个丑陋之物努了一下："撩起来。"

冬梅没听懂她的意思，困惑地看着唐大姑。

唐大姑厉声说："你瞧我干什么？撩起来。"

冬梅还是没听懂："撩什么？"

唐大姑气怒了："把他的鸡巴卵子往上撩。"

冬梅呆愣住了，唐大姑这句粗话把她吓得浑身发抖，她颤颤巍巍地看着唐大姑，眼泪都要流下来了。

唐大姑喊着："听见没有？快撩起来。"

冬梅无奈，只好哆哆嗦嗦地伸出一只手，闭着眼睛朝那个丑陋之物摸去。须知她毕竟是个十几岁的黄花姑娘，她虽然眼睛看见过这个男人的丑陋之物，那只是无可躲避的一瞥，从来也没有把目光停留在那上面。而她那稚嫩的双手，也只是无意间碰了一下那个地方，却从来没有实实在在地抓摸过。现在，唐大姑命令她把那个东西撩起来，这实在难为得她无地自容了。

唐大姑狠狠地盯着她："怎么了？用两只手，使劲往上撩。"

用两只手，还要使劲往上撩，冬梅也只好照办，逃是逃不掉的。当她的两只手把那个丑陋之物严严实实地抓在掌心里的时候，她的脑子嗡地膨胀起来，眼前出现了一片空白，什么也看不见了……

唐大姑伸出银针，她扎的是会阴穴。针扎进去，没有拔出来，冬梅的手也不能放下……

外面，夏草和秋叶已经把药熬好了，孙嬷嬷隔着门帘问唐大姑怎么办。

唐大姑问："熬了多少汤？"

孙嬷嬷隔着门帘说："满满一大锅，七印锅。"

唐大姑说："把药都舀出来。"

孙嬷嬷问："舀在哪儿？"

唐大姑说："我刚才进门的时候，看见前面院子里有一个东西像收粮的斛，可又比一般的斛大许多。”

孙嬷嬷说：“听我家老爷说，那是朝廷发下来的样斛，不是收粮用的，是摆在这里作镇物的。普通的斛装五斗粮，这只样斛能装两石粮食呢。”

唐大姑说：“把它搬进来。”

孙嬷嬷紧张起来：“哎呀，那可不行。朝廷的圣物，动不得。”

唐大姑说：“怎么动不得？别人动不得，仓场总督还动不得吗？”

孙嬷嬷没话说了，她去找曹升商量。不一会儿，曹升便把那个样斛扛了过来。孙嬷嬷仍然隔着门帘问：“唐大姑，这斛搬来了，放在哪儿呀？”

唐大姑说：“搬进来吧。”

曹升把斛搬进屋，放在地上，转身便出去了。自始至终，曹升都没有往炕上看一眼。不是他不关心铁麟的病，当奴才有当奴才的规矩。奴才在家里就如同哑巴牲畜，特别是当主人跟女眷们在一起的时候，不该看的绝对不能看，不该听的绝对不能听，不该说的绝对不能说。

孙嬷嬷跟夏草、秋叶一起，把熬好的药汤一盆一盆地端进来，倒进那个样斛里。这时候，那几根银针还在铁麟的身上扎着，冬梅的双手依然抓着铁麟那丑陋之物。夏草和秋叶进进出出，让她们看见冬梅这么个样子，还不把她们笑死。还好，夏草和秋叶也很知趣，眼睛连瞟都不往炕上瞟一下，大概她们也知道铁麟没有穿衣服。

谢天谢地，唐大姑总算把银针拔下来了。

冬梅顺手把一条被子拉过来，搭在铁麟的身上。

铁麟神奇地醒过来了，他看着唐大姑，眼神里露出了惊奇和困惑。

唐大姑说：“大人，民女跟您见过面，您还记得吗？”

铁麟转动着眼睛，像是在急速地回忆着。

唐大姑提醒说：“在漕运酒楼，我还给您看过相……”

铁麟点了点头：“你是……唐大姑？”

唐大姑说：“对，大人的记性真好，连我的名字都想起来了。”

铁麟悲伤地问：“我的病……”

唐大姑说：“大人别发愁，您的病包在我身上，马上就让您康复过来。”

夏草和秋叶把药汤端完了，一大锅药汤只倒了半斛，唐大姑说：“再加点儿水，要温水。”

水加好了，唐大姑用手试了试水温，对冬梅说：“你也出去吧。”

冬梅像接到了特赦令一样，急忙下炕穿鞋，飞也似的跑了。

唐大姑扶着铁麟坐起来："能下地吗？"

铁麟觉得身上似乎有了力量，随口说："能。"

唐大姑将铁麟身上的被子掀开，又顺手脱掉他身上的褂子，扶着他朝炕沿下挪动着。

铁麟这时才发现自己是赤身裸体的，顿时不好意思起来，忙拉过被子，遮盖在腰间。

唐大姑笑了："我刚才给您扎了半天针了，您一直就这么光着身子，怎么这会儿倒害起羞来了？"

铁麟红着脸说："不不，男女授受不亲，刚才昏睡不知廉耻，现在醒了，你还是回避一下吧。"

唐大姑说："您可真是的……让我说什么好哪？我是女人不假，可我是来给您治病的。君子不讳疾忌医，这您知道吧？"

铁麟说："总归不好，这是我平生第一次请女医生看病。"

唐大姑说："大人，我告诉您吧，您的病可不轻。这个世界上，除了我，恐怕没有谁能救得了您。您知道您病了多少天了吗？"

铁麟顿时紧张起来，他只记得自己病了，昏昏沉沉地睡了又睡，也不知道睡了多少天了。他也记得自己吃过药，好像有许多次，究竟吃了多少服药他也不知道了。他忙问唐大姑："我得的是什么病？"

唐大姑说："邪祟湿毒。"

铁麟没有听说过这种病，但他觉得唐大姑说的是对的，又问："还能治吗？"

唐大姑说："医生是治不了的。"

铁麟说："你不是医生吗？"

唐大姑说："我记得大人曾经问过我。"

铁麟说："对了，我想起来了，你是半巫半医，半人半鬼，半是游仙，半是乞丐，半是良家贤妇，半是风尘浪女。"

唐大姑说："大人说得一字不差。好了，听我的吧，快下炕。"

铁麟问："干什么？"

唐大姑指着那蒸腾着热气的官斛说："泡进这斛里。"

铁麟这才发现地下放着一只斛，而且发现是那只朝廷发下来的样斛，慌忙说："怎么……怎么用这个泡药？"

唐大姑说："大人保命要紧，快泡进去吧。"

铁麟说："不行，随便糟蹋样斛，这是罪过。"

唐大姑说:“大清律上没有这一条吧?”

铁麟说:“那也不行,皇恩浩荡,朝廷神圣,不可亵渎。快让孙嬷嬷换木桶来。”

唐大姑说:“木桶是不行的,只能用这斛。”

铁麟问:“木桶为什么不行,不都是泡澡吗?”

唐大姑说:“木桶太小,只能容大人您一个人。”

铁麟疑惑起来:“什么……”

唐大姑说:“您进去就知道了。”

既然如此,铁麟也只好就范。他在唐大姑的搀扶下,慢慢地下了炕,爬进了那只灌满药液的斛里……

药液还很热,他慢慢地把整个身子缩进去,两只手扒着斛沿儿。他刚要闭上眼睛,却听见一阵窸窣,唐大姑站在斛边,正在解着衣服的纽扣。他忙问:“你……你要干什么?”

唐大姑平静地说:“我得跟您一起泡……”

铁麟叫了起来:“不不……不行……万万不行……”

唐大姑说:“大人,这药毒性很大,我要是不跟您一起泡,您就会被毒死的。”

铁麟还在叫着:“快,快把我拉出去,我不泡了……”

唐大姑说:“您要是不泡这药液,命可就保不住了。”

铁麟慌了:“可是……为什么……你要跟我一起泡呢?”

唐大姑说:“大人,您听说过男女双修吗?”

铁麟想了想:“是密宗,还是道藏?”

唐大姑说:“天机不可泄露。”

铁麟问:“你练过男女双修?”

唐大姑说:“练过,而且是真传。”

铁麟说:“在什么地方?”

唐大姑:“峨眉山。”

铁麟问:“跟谁?”

唐大姑说:“当然是跟我师父了,还有我的师兄师弟们。”

铁麟无言以对了。

唐大姑解释说:“大人,民女告诉您吧,我练的是密宗。在练密宗之前,先要练三年的显宗。男女双修不是任何人都能练的,要达到一定的境界才行。男女双修要脱胎换骨,首先要抛掉血肉之躯,达到无我无物无色无欲之境。大人只知道圣人之言,不知道还有佛家境界。大人要是把我看成一个女人,就大错特错了。大人,请您静心,从静心到净心,干净的净。要心无杂念,六根清净,四大皆空,大人明白吗?”

铁麟被唐大姑的高深之论震慑住了,诚恳地说:“老夫凡胎俗念,望仙姑指教引领。”

唐大姑迅速地解开纽扣,将上衣脱了下来,接着又解开裤带,褪下了裤子。首先映入铁麟眼帘的是两只雪白的乳房,鼓胀饱满,光芒四射,像两轮初升的太阳,铁麟顿时昏厥过去了……

第十二章

铁麟再次躺在炕上的时候，依然是赤身裸体的，不过唐大姑已经穿好了衣服。刚刚从装满药液的斛里出来，他的身子还潮乎乎的，整个屋子里散发着药的苦香味道。

在装满药液的斛里，他记不清到底是怎么跟唐大姑进行男女双修的了。迷迷糊糊的，像梦，又不是梦。几乎也没有什么感觉，唯一的感觉就是浸泡。是身体的浸泡，也是灵魂的浸泡；是泡在药液里，也是泡在唐大姑浑身散发出来的阳光里。还有温暖，或者说是热，药液的热和唐大姑身体的热。浸泡之后，便是瘫软，整个身躯的瘫软和整个灵魂的瘫软。等唐大姑把他弄到炕上，他酥软的身子像是抽去了筋骨，只剩下一堆毫无知觉、毫无弹性、毫无力度的肉了。他的灵魂似乎也飘离了他的躯体，融化在这浓浓的药液里和唐大姑那光芒中了……

她到底是什么人？难道真的是半仙之体？

唐大姑开始给他搓痧，不是刮痧，是搓痧。唐大姑剪下一绺自己的头发，又让孙嬷嬷找来一把荞麦面，掺入碎头发，用香油调成面团。然后，唐大姑便将那面团握在手心里，在铁麟身上搓起来。面团在唐大姑的手心里滚动着，铁麟觉得这双手也和面团一样的柔软，那面团则像那双手一样充满着柔情蜜意。在药液里浸泡了一遍，身上的毛孔都张开了。唐大姑攥着面团这么一搓，铁麟便觉得无比的舒畅。

他觉得奇怪，唐大姑怎么也有四十岁了，可是她的乳房为什么还那么饱满呢？她身上的皮肤为什么还那么白皙、那么富有弹性呢？是天生丽质，还是她修炼的结果？唐大姑总是穿一套松松垮垮的青布衣服，又不施脂粉，懒于梳妆，看上去像一个年过半百的乡下老婆子。没想到脱了衣服以后，依然有如此光彩照人的丰韵。刚刚出浴，唐大姑的衣衫没有穿整齐，上面的纽扣未扣，衣领敞开着。那鼓胀的乳房像两只不甘寂寞的小兔子，从领口里向铁麟偷看着，调皮地逗弄着他。还有唐大姑那双手，一双非常漂亮的手，十指又尖又长又柔韧，有如嫩笋。不，应该叫柔荑。“手如柔荑，肤如凝脂”，这是《诗经·卫风》里的句子。

唐大姑的手从胸脯搓向腹部，一种痒酥酥的感觉传遍他的全身，他浑身微微战栗起来。这种感觉他有点儿受不了，想让她的手停下来。另一方面，他又特别希望这种感觉长久些，再长久些，又怕她停下来。唐大姑的手继续向下滑去，终于落在了他的要害部位。他闭上了眼睛，轻轻地呻吟起来。刚才在药液里，唐大姑并没有碰他。她说是陪着他浸泡，是实实在在地陪着。大概真如她所说，如果没有她，铁麟会经受不住那些药液的毒性的。

唐大姑的手在铁麟的关键部位揉搓着，铁麟为了避免尴尬，想跟唐大姑说点儿什么。他突然想起了一个重要的问题，开口问："唐大姑，男女双修是怎么回事？"

唐大姑说："大道不分男女，男女双修为上德者。男子太阳练气，女子太阴练形。女子成道以后，剥尽群阴，变为纯阳之体……"

铁麟摇了摇头："你说得太深奥了，我不懂，我只是想问你，到底怎么个修炼法？"

唐大姑说："我已经告诉大人了，天机不可泄露。"

铁麟又闭上了眼睛。

唐大姑说："大人的病由来已久，恐怕很难一时恢复元气。"

铁麟问："请问仙姑，老夫得的是什么病？"

唐大姑说："大人身上的阴气太盛，阴盛而阳衰。阴气太盛导致血气渐枯，因此大人经常心神不宁，烦躁不安，夜不能寐，久而久之，恐怕要大伤本元的。"

铁麟说："仙姑说的极是，老夫确实有诸多症状。"

唐大姑问："大人阳具不举有多长时间了？"

铁麟说："记不清了，总有十几年了吧。"

唐大姑问："是何原因？"

铁麟说："不知道，大概是老了吧。"

唐大姑说："大人才知天命，正是血气方刚之年，何以谈老？"

铁麟说："我向来对床笫之事不感兴趣。"

唐大姑说："这就对了，大人感兴趣的是女人的乳房。"

铁麟激灵一下，险些叫出声来，一个天大的秘密怎么被这女人识破了？这女人太可怕了。

唐大姑说："大人不必隐瞒，我跟大人在漕运酒楼第一次见面的时候，就知道了大人的嗜好。"

铁麟傻了："你……你怎么看出来的？"

唐大姑说:“不是看出来的,是闻出来的。”

铁麟不解:“闻什么?”

唐大姑说:“每个人身上都有一种味道,特别是男人,有的是烟味儿,有的是酒味儿,有的是腥臭味儿,而大人身上却有一种奶香,不是牛奶,也不是羊奶,是人奶。这种味道只有吃奶的婴儿才有。”

铁麟更慌了:“这些味道所有的人都能闻出来吗?”

唐大姑摇了摇头:“差不多所有的人都闻不出来,只有狗的鼻子才能闻出来。”

铁麟笑了。

唐大姑说:“大人笑什么?是不是笑我是条母狗?告诉您,我可不是用鼻子闻出来的?”

铁麟说:“那你是用什么闻出来的?”

唐大姑说:“还是那句话,天机不可泄露。”

铁麟又不说话了。

唐大姑揉搓着铁麟的阳具,铁麟觉得自己的阳具也成了唐大姑手里的面团,软软的,柔柔的。又不同于面团,面团没有知觉,而他有知觉。这知觉就是舒服,是惬意,是渴求。渴求什么呢?他只渴求唐大姑手不要停下来,这已经足够了。但是,当他这种感觉逐渐明显的时候,他又害怕了。他明白唐大姑是仙医,是在给他治病,是用自己的肉身帮助他修炼,他不应该有丝毫的杂念。他努力驱赶脑子里一些乌七八糟的想法,想使自己纯洁起来,清净下来。

唐大姑说:“大人,听民女劝告您一句话吧。”

铁麟说:“你讲吧。”

唐大姑说:“您那点儿嗜好不要戒掉,戒掉对身体无益。几十年日积月累,如顺水行舟,一旦截水断流,舟船便会搁浅。您这次的病,就是因为断乳所致。还有……”

铁麟见唐大姑欲言又止,鼓励她说:“说下去,我听着呢。”

唐大姑说:“还有……您的病,是由阴盛导致了阳虚。阴虚靠补,阳虚则该泄。凡事用则进,不用则退,久不泄阳,就会元气渐衰。”

铁麟说:“仙姑能不能讲得明确一些。”

唐大姑用手揉搓了一下铁麟的私处,说:“这个……是不能废的,无阴便无阳,采阴可以补阳……”

铁麟的脸发起烧来:“可是……已经不行了。”

唐大姑:“行的,能行,民女可以给您治。”

铁麟问:“怎么治?”

唐大姑说:“现在还不行,您的病还没有好,身体太虚弱,等您身体强壮一些,我专门给您治这个病。”

铁麟说:“可是……到时候我到哪儿去找你呢?”

唐大姑说:“大人不必寻找民女,到时候民女自然会来找大人的。”

铁麟感激地看了唐大姑一眼。心里想,他跟唐大姑萍水相逢,她为什么对他如此用心良苦?难道仅仅是缘分吗?

铁麟听从了唐大姑的劝告,不再阻拦孙嬷嬷。孙嬷嬷决定到人市上亲自为铁麟挑一个奶妈。

没想到孙嬷嬷第一次出门,就遇上了一件新奇事。

孙嬷嬷是带着冬梅出来的,她们雇了两头小毛驴,由赶脚的牵着在前面走。在漕运码头上,脚行有三种,一种是赶脚,一种是放脚,一种是雇脚。赶脚就是有人牵驴引路,想去哪儿去哪儿,不用自己操心。放脚是固定的路线,比如你进京到朝阳门,先把脚钱交了,然后你就可以骑上驴走。那小毛驴踢踢踏踏径直奔朝阳门走去,一步也不停,一个弯也不拐。到了朝阳门,任你怎么抽怎么打,它是多一步都不往前走了。你把缰绳放下,它扭过头自己便朝回走。如果有人想去漕运码头,它会老老实实地让你骑上。可是骑上你就下不来了,你想白骑一段偷着下来,那不可能。它会把你一直驮到脚行,等交了脚钱你才能从驴背上下来。这些毛驴都是训练有素的,又机灵又严格,毫不通融。第三种是雇脚,你先交好订金,就可以牵一头小毛驴跟你走,像使唤自己的一样。当初甘戎丢失兰儿那次,就是在雇脚行租赁的毛驴。她当时图的是方便自在,没想到却捅了那么大的娄子。这件事也让后来人接受了教训,仓场衙门、坐粮厅乃至通州府衙的家眷们再出门,宁可多花俩钱也要雇赶脚的。

两个年轻的后生牵着两头小毛驴,悠悠搭搭地在通州大街上走着。一个慈眉善眼的老妈子,一个俊俏调皮的小丫头儿,让两个年轻人亢奋起来,一边赶着驴,一边有一搭无一搭地扯着闲篇。街上的人吵吵嚷嚷地往北大街的方向跑,像是出了什么事。

给孙嬷嬷赶驴的后生说:“老人家,您这么大岁数了,恐怕跟我奶奶差不多了,您听说过审枣树的吗?”

孙嬷嬷奇怪地问:“审枣树?审什么枣树呀?”

后生说:“您不知道吗？可全码头都嚷嚷开了,知州夏老爷要审枣树。”

孙嬷嬷更奇怪了:“夏老爷审枣树干什么?”

后生说:“不是夏老爷非要审,是有人告呀。”

孙嬷嬷问:“告什么?”

后生说:“告枣树呀。”

孙嬷嬷问:“告枣树什么？枣树犯什么法了?”

后生说:“枣树不结枣呀,枣树的主人就把它告到通州大堂上去了。”

孙嬷嬷说:“当知州的还管你家的枣树结不结枣,这不是给知州大人出难题吗？这人是不是脑子有毛病呀?”

后生说:“不是脑子有毛病,是心有毛病。”

孙嬷嬷问:“是谁这么不安好心眼儿呀?”

后生压低了声音说:“老人家,您小声点儿,这人咱可惹不起。不单咱惹不起,连知州大老爷都惹不起。要不,这么荒唐的状子,怎么知州大老爷就准了呢?”

孙嬷嬷问:“你说谁呀这么厉害,莫非长个三头六臂不成?”

后生说:“算您说对了,这人比三头六臂还厉害。您听说过八大魔头吗?”

孙嬷嬷说:“有耳闻。”

后生说:“您肯定听说过,不要说您了,就算是外乡来的侉子,只要在通州待上三天还不知道八大魔头,那肯定是找倒霉呢。”

孙嬷嬷说:“不过,我还真不知道这八大魔头是谁。”

后生说:“一大天,二麻十,猫三狗四猪五牛六马七羊八。这状告枣树的就是毛老三……”

年轻后生这话只说对了一半,还是一小半。原来这八大魔头都是前任知州韩克镛豢养起来的,在通州地区称王称霸,欺行占市,抢男奸女,什么坏事都跑不了他们。韩克镛当知州的时候就是他们的保护伞。韩克镛倒了台,他们就树倒猢狲散。特别是杨八在大光楼前被铁麟下令打得遍体鳞伤以后,已经大杀了他们的威风。最近,夏雨轩又开始整顿商市,剿匪除霸,专门打击强买强卖、欺行霸市、坑蒙拐骗之徒,他们更感到惶惶不可终日了。可是,他们又贼心不死,不甘心束手就擒,便先发制人,给夏雨轩出个难题,想给他来个下马威。

出什么难题呢？那一天八大魔头在毛老三家喝酒聊天骂知州,骂来骂去,话题就引到了毛老三院子里那棵枣树上。这棵枣树还是毛老三的爷爷栽的,几十年了,光长根长干长叶子,就是不结枣。有时候结那么几十个,也是又小又瘪又干巴。

毛老三指着那棵枣树骂着:“白眼狼,我这棵枣树就是衙门里的狗,吃孙喝孙不谢孙,永远也喂不熟。”

在八大魔头中,毛老三是个要赖犯浑躺在大街上撒泼的滚刀肉,什么坏事赖事不要脸的事都办得出来。而苟老四却是个屎尖蔫坏的主意篓子,什么损招儿坏招儿绝户招儿都想得出来,是八大魔头里有名的狗头军师。听毛老三这么一骂,苟老四眼皮一翻,冒上来一个主意:“你这枣树不结枣,干吗不去告它?”

毛老三没听明白:“告谁呀?”

苟老四说:“告枣树呀。”

毛老三又问:“到哪儿去告?”

苟老四说:“敲堂鼓呀,找咱们夏大老爷呀,他不是咱们的父母官吗?孩子哭了给娘抱去,枣树不结枣当然得让父母官管一管了。”

毛老三直伸舌头:“得了吧,杨八屁股上的伤口还在流脓,你还想让我再挨一顿板子不成?”

苟老四说:“这你就不懂了,大堂上打板子那叫审案,你听说过谁因为告状挨板子了。咱这只不过是给夏大老爷出个题目,他不是进士吗,让他答一答咱这卷子,看能不能考上个秀才。你们知道这叫什么吗?这叫掰一块儿给他尝尝,是苦的是辣的是酸的是涩的,他都得在嘴里面咂摸咂摸。”

众魔头一听,一致举杯叫好。毛老三听说不会挨板子,那股无赖劲儿又上来了。就这样,他们果真请人写了状子,由毛老三递上了通州大堂。

万万没想到的是,夏雨轩居然准了状,还要在毛老三家设堂审案,这可真是千古奇闻……

两个后生跟孙嬷嬷说着这件新鲜事,冬梅可沉不住气了:“孙嬷嬷,咱去看看吧,这事多新鲜呀,恐怕一百年也遇不到,咱要是错过了多可惜呀。”

听冬梅这么一说,孙嬷嬷的好奇心也被逗上来了,吩咐牵驴的后生说:“好啊,咱们去看看夏老爷怎么审枣树。”

其实,两个拉脚的年轻人心里早就抓起了挠儿,是他们忍不住想看这个热闹,所以才极力怂恿这一老一小两个女人。

一条贯通南北的京杭大运河,人称铜帮铁底运粮河,好像大运河就是运粮食的。其实不然,大运河主要运的是粮食,而且是漕粮,可是大运河还运许许多多别的货物。明朝的永乐大帝,清初的多尔衮摄政王都大兴土木,重建扩建北京城。偌大的一个北京城得需要多少砖瓦木料啊，而这些建筑材料都是通过大运河运来的。因此有人说，北京城是大运河漂来的。皇家建筑，用的都是神木和大木。直径在五尺以上的曰神木，直径在二尺五以上的曰大木。神木和大木都是从川、湘、云、贵等原始森林里选伐来的。这些巨木运抵漕运码头以后，还不能直接运往北京，而是先储存起来。储存皇木的地方就在大运河与通惠河的交界处，久而久之，这里便形成了村落。

毛老三家在通州城外的皇木场，小院不大，土坯秫秸房，土夯的院墙，墙头上镶的不是瓦，而是高粱茬头，为的是防雨水的冲刷。没有门楼，只有一个同样是高粱秫秸扎起来的栅栏门。

夏雨轩的蓝呢大轿已经摆在了门外，可见知州大老爷已经来了。院里院外，内三层外三层，层层叠叠挤满了人。孙嬷嬷和冬梅坐在驴上，看见的都是簇簇拥拥的人脑袋。

两个牵驴的后生把她们扶下来，冬梅牵着孙嬷嬷的衣襟，急急地朝人群里挤去。挤进去又被人群拥出来，拥出来她们不甘心，又歪着脑袋寻着人缝往里挤。挤来挤去，终于挤进了那道秫秸栅栏门。

院子里果然有一棵大枣树，树干有大海碗那么粗。树冠很大，差不多遮盖住了半个院子。大枣树下面，摆着一张瘸着一条腿的高桌，权当是知州老爷审案的大堂，高桌上还放着一块惊堂木。高桌前面，站着两排执杖的衙役，个个威风凛凛，满脸杀气。高桌后面是一把木椅子，上面坐着知州夏雨轩。

冬梅扶着孙嬷嬷的肩膀，使劲伸着脖子，终于看见了。夏雨轩四十多岁，白净脸庞，三绺黑髯，两道剑眉，一双如炬的亮眼，头上是水晶顶的花翎顶戴，身上是绣着白鹇的石青色补服。他正襟危坐，目不斜视，一股浩然正气。

冬梅惊愕地说："夏老爷真威风，真漂亮，真是个男子汉大丈夫。"

孙嬷嬷看了冬梅一眼，逗着她说："怎么，看上夏老爷了？要不要我给你说说，去给他当个姨太太？"

冬梅立刻羞红了脸："嬷嬷，您乱说什么呀！"

孙嬷嬷继续逗着她："害羞了？没关系，你要是愿意，不用开口，点点头就行了。"

冬梅搡了孙嬷嬷一下："求求您，别说了。"

突然，众衙役齐声喊了起来："升堂……"

这堂威喊得突兀，又非常有气势，撼天动地。人们一下子静了下来，静得出奇，连风吹桌子上状纸的沙沙声都听得清清楚楚。再看那棵枣树，似乎也被这堂威震慑住了，低垂着枝叶，蔫蔫塌塌，一副觳觫恐惧之态。

夏雨轩吩咐了一声："传原告。"

众衙役又惊天动地地喊了起来："带原告……"

随着喊堂声，毛老三被带了上来，跪倒在高桌前面。

夏雨轩开始堂审："原告，你叫什么名字？"

毛老三毕竟是一介草民，横人都是夙人惯纵的，面对着威严不可侵犯的五品知州，面对着如狼似虎的皂班衙役，面对着围得水泄不通的乡亲，他的无赖相再也耍不起来了。虽说是原告，毕竟胆虚，跪在地上心肝都颤抖起来。如果知州大人一翻脸，判他个无理取闹，这顿板子他是怎么也逃不掉的。这时候他有点儿后悔了，后悔不该听狗头军师苟老四的怂恿。后悔也晚了，有知州在衙役在小院就是大堂，往大堂前面一跪，他哭的心都有。

夏雨轩厉声问道："原告，你怎么不说话，叫什么名字？"

毛老三立刻颤颤巍巍地说："回大老爷，小民叫毛老三。"

夏雨轩："操何业？"

毛老三难为了，怎么到大堂还问他的职业呢？他有职业吗？如果说有，那欺行霸市能算职业吗？如果说没有，那不就是无业游民吗？无业游民敢上大堂来告状，这不是找打吗？

众衙役见毛老三又不说话了，一齐喊了起来："说！操何业？"

毛老三只好低着头，嗫嚅地说："回老爷，小民……以干杂活儿为生。"

夏雨轩又问："因何告状？"

毛老三不敢怠慢了，急忙回答："小民辛辛苦苦种了一棵枣树，可是它光长枝叶不结果，小民气愤不过，求大老爷做主……"

夏雨轩喊了一声："毛老三。"

毛老三急忙答应："小民在。"

夏雨轩说："我问你，这棵枣树是何人所栽？"

毛老三说："回老爷，是小民的祖父所栽。"

夏雨轩问："栽了多少年了？"

毛老三说："三十二年了。"

夏雨轩说："你给枣树施肥不施？"

毛老三说："小民年年给枣树施肥。"

夏雨轩问："施何肥？"

毛老三说："死猫死狗死鸡死鸭，我捡回来就埋在这枣树底下。"

夏雨轩问："你给枣树浇水不浇？"

毛老三说："小民天天给枣树浇水。"

夏雨轩问："怎个浇法？"

毛老三说："洗脸水、洗澡水、刷锅水、泔水、米汤、人尿都往这树底下倒。"

夏雨轩提高了声音命令着："带被告。"

众衙役指着枣树说："回老爷，被告在此。"

夏雨轩抬起头来，打量着那棵枣树，突然大声说："被告听着，你生为枣树，受日月光华，享世间雨露，又蒙主人施肥浇水，百般照料，本该多结果实回报天地人主，而尔不思天地之恩惠，不念主人之侍候，生性懒惰，难道不懂得不孝有三，无后为大吗？"

夏雨轩说完这片话，用眼睛的余光朝人群里扫了一下，有人低声地嗤笑。

夏雨轩猛地一拍惊堂木："被告，你这无赖之徒，为什么不回答本州的问话？来人，给我刀劈四十，杖责二十。"

众衙役答应着，立刻举刀挥杖，冲向枣树，刀劈杖打，不一会儿，那棵枣树便皮开枝断，遍体鳞伤了。

夏雨轩对着枣树说："念尔初犯，今日从轻惩处。从今秋起，你必须年年结果，不得有误。退堂。"

众衙役高呼："退堂……"

夏雨轩站起身，气宇轩昂地朝院外走去。

蓝呢大轿立刻抬过来，夏雨轩登上轿，鸣锣开道，向州府衙门走去。

人们见知州大人走了，似乎如梦初醒，纷纷议论起来：

"怎么，这就算审完了？"

"当然算完了，不是刀劈四十，杖责二十吗？"

"这算什么审案？敲打一顿枣树谁不会？还用得着知州？"

"我还以为知州大人有什么新鲜的呢，这不是过家家吗？"

看热闹的人议论，八大魔头可是气愤填膺了。

毛老三说："这叫什么审案，这不是拿咱开涮吗？"

马长山说："你是原告呀，你要是不服还可以继续告呀。"

毛老三说："我再继续告，他要是判把枣树发配，不就连根刨了吗？"

苟老四说："依我看你这状不白告，为什么呢？他夏雨轩这么审案，老百姓都亲眼看见了。明着他是在审枣树，实际上咱已经叫他出了丑，不是他拿咱开涮，是咱拿他开涮。原来都以为他知州大人有什么高招妙计呢，闹了半天就是朝枣树发了一顿邪火，这谁不会呀？审枣树尚且如此，将来审别的案子也不过如此。咱别着急，这事不能算完，他不是给枣树下令让它多结枣吗？到了秋天，如果枣树不结枣，咱就接着告，反正他愿意出丑，咱愿意看热闹，也给乡亲们找点儿乐子，时不时的就让知州大人给咱开开心，这不是挺好吗？”

毛老三高兴地叫起来：“对对，还是狗头军师说得对，反正七月枣八月梨，九月柿子红了皮，到时候咱再请知州大人来升堂审案吧……”

听着众人的议论和责骂，孙嬷嬷心里很不是滋味，她暗暗地埋怨着夏雨轩，你也太不慎重了，哪能让这些刁民牵着鼻子走呀，铁麟绝不会干这种荒唐事。什么时候得跟铁麟说说，让他嘱咐嘱咐夏大人，别上这些牛鬼蛇神的当。

孙嬷嬷心里嘀咕着，又跟冬梅一起骑上了驴，两个后生牵着驴，朝人市上走去。

人市，顾名思义，就是卖人的地方。或者说，是将人当作商品出售的地方。人市主要分两种，一种是出卖劳动力，一种是出卖自身。出卖劳动力的人市，譬如到码头上扛粮食的，又称扛大个儿的，一大早就到东关人市上来等候。军粮经纪或白粮经纪需要人，都到这儿来挑选。还有拉纤的，清理河道的，搬运货物的，都是这样，叫作卖苦力的。还有打短工的，主要是干农活儿。眼下正是小麦拔节要施肥、高粱玉米定苗要锄草的时候，打短工的都扛着锄头、拎着薅刀在人市上等候着。这种人市在河东岸，来雇工的多是本地的财主或家里缺少劳动力的庄户人家。原则上讲，这两种人市虽然叫人市，还不能算是卖人。有真正卖人的人市，在东关南粮食市的一个拐弯处。卖人的地方和卖粮的地方紧挨在一起，是很耐人寻味的。

孙嬷嬷和冬梅下了驴，让赶脚的在街口等候着，她们便朝里面走去。

粮食市上金山银海，买粮食的多，卖粮食的更多。漕运时节，漕船从大运河上浩浩荡荡地漂过来，商粮也源源不断地运过来。从南方运来的粳米、糯米、红豆、芝麻，从东北运来的玉米、大豆、高粱、糜黍压遍了街，占满了道，一摊挨一摊，一袋连一袋。后面的库房里麻袋摞得顶上了屋顶，前面门脸上的粮食都敞开着口，任人随意挑选。孙嬷嬷带着冬梅一路打听着，好半天才挤到人市上。

相比之下，人市要比粮食市清静多了。这里没有摩肩接踵的拥挤，也没有吵破天地的吆喝，更没有脸红脖子粗的讨价还价。无论是卖主还是买主，都静悄悄的，无声无息的。卖主紧贴着墙根站着，有的是男人卖女人，有的是大人卖孩子，有的是自卖自身。被卖的人有一个明显的标志，就是头上都插着一个草标。头上插着草标的孩子和女人都低着头，偶尔用眼角偷看一下来往的人群，胆怯得像是将被送进屠宰场的小动物。来买人的也是默默地走动着，眼睛仔细地看着，却不轻易上前问价。这才是真正的人市，真正的人市也不都是销售自身的。也有出卖劳动力或介于两者之间的，比如当保姆就是出卖劳动力的，当奶妈的就是介于两者之间的。

孙嬷嬷无心看贴在墙根插着草标的女人和孩子，她找的是奶妈。走着找着，一回头，冬梅不见了。喊了两声，没有人答应。孙嬷嬷的脑袋嗡地大了，眼前一阵发黑。兰儿的丢失把所有的人都吓出了毛病，孙嬷嬷急忙往回走，一边走一边叫着："冬梅……冬梅……"

冬梅没有丢，她蹲在人市的街口处，双手抱着头，不知道怎么了。

孙嬷嬷走过去："冬梅，你怎么了，病了吗？"

冬梅摇晃了一下身子，没说话。

孙嬷嬷蹲下来："你怎么了，哪儿不舒服？"

冬梅还是不说话。

孙嬷嬷把她的手扒开，把她的脑袋扳起来。

冬梅满脸泪水。

孙嬷嬷心里一惊："你到底怎么了？刚才还好好的，谁欺负你了？"

冬梅用衣袖抹了一下泪水说："孙嬷嬷，您自己去吧，我……我在这儿等着您。"

孙嬷嬷还是不明白："你到底怎么了？"

冬梅说："我……我见不得那些……"

孙嬷嬷问："你见不得什么？"

冬梅说："我见不得那些头上插草标的孩子，当年我舅舅就是这样把我卖掉的……"

孙嬷嬷明白了，她心里一阵发酸。当年，她比冬梅大不了多少的时候，不也是丢下自己的孩子，揣着两兜儿奶水跑到这人市上来求活路的吗？也许是时间太久了，这些怎么都忘了呢？当年的奶妈如今又替她的主人来找奶妈，这罪恶的轮回居然还让她心安理得，要不是冬梅的伤痛触动了她，她简直麻木得连一点儿感觉都没有了。

冬梅央求着孙嬷嬷："您自己去吧……别让我看见那些……"

孙嬷嬷说："我怎么没听明白呢，卖你的时候，怎么是你舅舅，不是你的爸妈呢？"

冬梅说:“我爸妈生下了我,又生了两个弟弟一个妹妹,养活不起,就想把我送人。正好我舅舅结婚以后好几年都没有孩子,就把我领走了。我到了舅舅家没两年,舅妈却生了一个男孩儿,这样我就成了多余的……”

孙嬷嬷说:“你舅舅真不是东西,他就那么狠心?”

冬梅说:“我舅舅家本来是挺有钱的,后来他抽起了大烟,把地都卖光了……”

孙嬷嬷温和地说:“别伤心了,来,你闭上眼睛,我拉着你,咱们穿过这里就能找到奶妈了。”

冬梅只好站起身,孙嬷嬷牵着她的衣袖往前走去……

出来做奶妈的和做保姆的是集中在一起的,在一个杂货铺门前。做保姆的多,做奶妈的也有十来个。这些人大多是从乡下来的,穿着带补丁的衣服,粗手大脚,黑红的脸蛋儿。有小媳妇,有大娘儿们,也有半大老婆子。这些人的脸上不像那些插着草标的女人那么悲悲切切,有的还凑在一起说笑,互相探讨着伺候人的规矩。

冬梅那股伤心劲儿过去了,瞪着一双红肿的眼睛跟着孙嬷嬷一起挑选着。几个女人凑过来问:“大娘,您想找什么人?”

孙嬷嬷说:“我想找个奶妈儿。”

几个挺着胸脯子的女人马上过来。初夏时节,这些女人都只穿着一件薄薄的衫褂,那两只憋得鼓胀的奶包子看得清清楚楚。有的还溢出了奶汁,湿了一大片衣襟。

看了几个,孙嬷嬷都不满意。不满意她也不说什么,只是闭着嘴不说话。

有个半大老婆子过来问:“伺候什么人家?您想找个什么人?”

孙嬷嬷低声说:“是个大户人家,我想找个体面一点儿的奶妈。”

半大老婆子说:“有个小媳妇,从南方来的,脸皮儿薄,不敢到这儿来,你一准能看中。”

孙嬷嬷忙问:“在哪儿呢?”

半大老婆子说:“您稍等。”

孙嬷嬷和冬梅等着,不大一会儿,那个半大老婆子就从杂货店里带出一个人来,二十岁出头,穿得虽然破旧,却干干净净,模样也长得清秀,两只眼睛水汪汪的,皮肉白白嫩嫩。她大概是第一次到这地方来,羞得满脸红涨,连头都不敢抬。既然是来选奶妈,孙嬷嬷首先注意的是她的胸脯。女人腰身细细的,胸部却高耸着,将件碎花小褂撑得快要裂开了。这不但是一个好保姆,更是个让男人动心的女人。孙嬷嬷心里说。

孙嬷嬷问:“你叫什么名字?”

女人低着头说:“樊小篱。”

孙嬷嬷又问:“听口音你是南方人,哪儿的?”

樊小篱说:“我老家是扬州的。”

孙嬷嬷心里一动,扬州,出美女,出妓女,出风流才子的地方。又问:“怎么到这儿来了?”

樊小篱说:“我丈夫是台州卫的运丁,去年他的船违限了,不能回空,冻在大运河里了。如今他又病了……”

孙嬷嬷知道,这是漕运码头上常有的事。南来的运丁不能按时回空,那船就有可能冻结在大运河里。没有办法,只好将船拆了当劈柴卖。运丁回不去,就在这儿住下来自谋生路。遇上这种倒霉的事,命运都是很悲惨的。

孙嬷嬷看了看樊小篱:“你眼下在哪儿住?”

那个半大老婆子抢着说:“啊……她住在我家,我是她的房东。”

孙嬷嬷问:“你是哪儿的?”

半大老婆子说:“我家住监斋庙,姓冯,您打听冯寡妇都知道。”

孙嬷嬷不理睬冯寡妇,又问樊小篱:“你孩子多大了?”

樊小篱说:“刚刚三个月。”

孙嬷嬷问:“你出来当奶妈,孩子怎么办?”

樊小篱说:“只能是我丈夫带着了。”

那个半大老婆子说:“没关系,他们租住在我的房子里,我也能帮帮她带孩子。”

孙嬷嬷看来很满意,朝附近的一个墙角处指了指,让樊小篱过去。原来这选择奶妈是很讲究的,有一套规矩。不但要问,还要看。首先要看奶妈的身体是不是健康,有没有毛病,特别是传染病。这就要多少懂一点儿中医,察看脸色、眼睛、舌头甚至脉象等等。还要看身子,有没有暗疾,有没有异味。更要检查的则是乳房和乳汁。孙嬷嬷本身就是奶妈出身,这大半辈子又不知为铁麟选过多少奶妈,对这一切是非常熟悉的。樊小篱身子紧靠在墙角上,孙嬷嬷让冬梅、冯寡妇用身子把樊小篱挡住。

孙嬷嬷吩咐樊小篱:“把衣襟解开。”

樊小篱又紧张起来。在大运河边有这样的习俗,女人的乳房是随着女人身份的变化而逐步贬值的。姑娘是金乳房,任何人都摸不得碰不得连看也看不得;结了婚的媳妇是银乳房,自己的男人便可以随便摩挲把玩的;生了孩子以后的妇女,便成了一钱不值的泥乳房了,不但可以在大庭广众之下敞怀给孩子喂奶,到了夏日还赤裸着上身挺着沉甸甸的大乳房招摇过市。然而樊小篱毕竟不是大运河边的女人,又是知书达理家庭出身的小家碧玉,当众敞胸开怀还是很难为情的。

孙嬷嬷一点儿也不客气,用命令的口气说:“把衣襟解开。”

冯寡妇在一边撺掇着:“解吧解吧,你孩子都生出来了还有什么害臊的。”

樊小篱只好慢慢吞吞地解开衣襟,两只白嫩肥硕的大乳房像被囚禁的鸽子一样扑啦啦展现在孙嬷嬷面前。孙嬷嬷伸手摸了摸,很饱满,很充实。孙嬷嬷又伏下身子,在乳房和腋窝处闻了闻。接着,她又抓一只乳房,捏了一下,一股乳白色的汁液有力地喷了出来,像划过孙嬷嬷眼前的一条银线。孙嬷嬷用指尖从乳头上蘸了一点儿乳汁,放在自己的舌尖上尝了尝,咂摸了一会儿,满意地点了点头……

晚上,冬梅伺候铁麟钻进被窝儿以后,孙嬷嬷才进来告诉他,请来了一个奶妈。孙嬷嬷说:“一会儿我就让她过来。”

铁麟没说什么,脸上有点儿尴尬,心里还有点儿紧张。很长时间没吃奶了,说不清是一种什么滋味儿。

樊小篱按照孙嬷嬷的吩咐,将自己泡在大澡盆里,从头到脚都洗得干干净净,还喷洒了香水。然后,换上了孙嬷嬷给她的一身新衣服。她有些不自在,也有些激动。看得出来,这是一个了不起的人家,能在这样的人家当奶妈,真是很幸运。只是不知道是小公子还是小公主,也不知道孩子好不好喂。

孙嬷嬷从铁麟的卧室里出来,樊小篱已经等在门外了。孙嬷嬷看了看她,说:“大方一点儿,别这么羞羞答答的。”

樊小篱听着孙嬷嬷的话,有点儿莫名其妙。

孙嬷嬷说:“进去吧。”

樊小篱掀开门帘进去了。

不一会儿,樊小篱又慌慌张张地跑了出来,紧张得连话都说不出来了。

孙嬷嬷绷着脸问:“怎么了?”

樊小篱哆哆嗦嗦地说:“没……没……那里面没有孩子……”

孙嬷嬷说:“你找孩子干什么?”

樊小篱说:“不是……给孩子喂奶吗?”

孙嬷嬷说:“谁告诉你给孩子喂奶？大人就不能吃奶了?”

樊小篱浑身哆嗦起来:“不……不……不行。”

孙嬷嬷厉声说:“什么不行？你干不干？不干马上给我脱了衣服滚蛋……”

樊小篱站着不动。

孙嬷嬷说:“快说话,到底是干还是不干?”

樊小篱吧嗒吧嗒地掉起了眼泪。她做梦也没有想到,天下还有给一个半大老头子当奶妈的。她也是知书达理、争气要强的人,这种少廉寡耻的事她能干吗？可是,要是不干……丈夫病倒在炕上,孩子饿得连哭的力气都没有了,房东吵着骂着让他们交房租……樊小篱不知道自己该怎么办。

孙嬷嬷的脸色很难看,两只眼睛恶狠狠地盯着樊小篱。连冬梅都害怕起来,她从来没有见孙嬷嬷这么厉害过。

正在这时候,门房包卫失魂落魄地跑进来:“老爷老爷……”

孙嬷嬷说:“你瞎嚷嚷什么？老爷已经睡下了。”

包卫说:“宫里来了两位公公,传皇上的圣旨。”

孙嬷嬷一听,也紧张起来:“人呢？两位公公在哪儿?”

包卫说:“在前面候着呢。”

孙嬷嬷立即吩咐冬梅:“快,快给老爷穿衣服。”

铁麟穿戴好官服,急忙出了后宅大门。两位公公见他出来,立刻宣旨:“传仓场总督铁麟听旨……”

铁麟立刻撩起长袍跪下。

一位公公展开手里的圣旨,高声宣读着:“奉天承运皇帝诏曰:查铁麟出任仓场总督,急功近利,狂妄自负,滥用职权,处罚苛酷,扰乱漕运秩序,伤害漕粮收兑。念尔初犯,纠偏未晚,处罚俸一年,原职留用,鞠躬自省,戴罪立功。钦此。”

如同一声霹雳晴空炸响,铁麟一下子蒙了。这到底是怎么回事呀？我做了什么事,招惹得圣上雷霆大怒?

他抬头看了看两位公公,这是真的吗？两位公公恍恍惚惚,面目模糊,莫非是在梦中……

公公厉声说:“铁麟,你不领旨吗?”

铁麟如梦方醒,急忙磕头说:“臣领旨,谢皇上,吾皇万岁,万岁万万岁……”

樊小篱在门里面偷偷地看见了这阵势,心里怦怦地跳了起来。皇上的圣旨她没有听懂，但是她明白了她要伺候的是一个通天的大人物。这么一个大人物不要说让你来喂奶，就是让你干什么，你一介草民百姓敢违抗吗？违抗就是杀头的罪过。我樊小篱不但要保住自己的脑袋，还要保住丈夫和孩子的脑袋。千不该万不该，不该听从冯寡妇的怂恿出来当什么保姆，这不是自投罗网吗？她浑身瑟瑟发抖，偷眼看了看孙嬷嬷，再也不敢说不干的话了。

第十三章

铁麟正在土石两坝上查看收粮，突然一匹快马奔来，给他送来了一封信。展开一看，原来是东阁大学士兼户部尚书王鼎写来的便笺，召他到里二泗佑民观相见。

佑民观在张家湾南里二泗村，因临泗河而得名。元世祖忽必烈开凿通惠河，为祈求漕运顺畅，建造了天妃宫，俗称娘娘庙。明嘉靖十四年，道士周从善敬乞皇帝赐宫观名，遂改为佑民观。佑民观规模宏伟，气势磅礴，四进院落，松柏参天，古槐蔽日，一派庄严肃穆。特别是每年正月十五至三十的香场庙会，更是人山人海，车马喧闹，名闻遐迩。铁麟策马赶到，小道士早已在门前迎候着他了。

王鼎与一位道长正在后院的天棚下品茗聊天，铁麟急忙上前施礼。

王鼎说："铁麟啊，今日本官给你介绍一位朋友，这位就是大名鼎鼎的清莲道长。"

铁麟忙向清莲道长行礼："老道长，久仰了。晚辈终日忙于俗务，没能前来拜望，请道长恕罪。"

铁麟此话绝不是客套，他来漕运码头后经常听到清莲道长的大名。在整个通州甚至北京城，清莲道长德高望重，学识渊博，又平易近人，深得各方面的尊重。想不到王鼎大人跟他交情深厚，来漕运码头不进通州，却先到了佑民观。

清莲道长忙请铁麟入座，又命小道士斟茶。正是盛夏季节，这个秫秸搭的天棚下却清凉如水，八面来风。棚下一石桌，桌周围四只石鼓。天棚外边，两株蜜桃枝垂叶落，一个个茶杯大小的蜜桃挂满了枝头，令人馋涎欲滴。一个小道士过来，端着铜茶盘摘着桃子，摘满之后，又端到井旁摇辘轳打水清洗。不一会儿，一大盘洗得干干净净的蜜桃便端上了小石桌。

王鼎也不客气，伸手便拿起一个，对铁麟说："吃呀，愣着干什么？"

清莲道长笑着说："铁大人，今日王大人把你召到小观，就是想请你品一品贫道的仙桃。"

王鼎说:“不瞒你说,我一来就让清莲道长摘桃,他非说要等你来了以后再摘,把老夫都馋坏了。”

清莲道长说:“王大人可不能这么说,你每年都有这口福,铁大人可是第一次。”

铁麟一听,更深信了王鼎与清莲道长的关系非同一般,原来他每年都来这里品桃。匪夷所思的是,清莲道长怎么会毫无惭愧地称自己的桃是仙桃呢?

清莲道长似乎看出了铁麟的疑惑,伸了伸手说:“铁大人请,入口之后便知贫道之言不谬。”

铁麟毕竟在王鼎面前还要斯文一些,拿起一个桃子,轻轻地咬了一口。还未及咀嚼,便觉得清香盈口,一股甜蜜的汁液从舌尖开始,渗下喉咙,充盈肠胃,浸遍了全身。这桃的味道确实非同寻常,进口入腹,舒经通络,如兰气之运行。更令铁麟惊异的是,这桃咬完之后却不见桃核儿。铁麟愣愣地看着清莲道长,王鼎却先哈哈大笑起来。

铁麟说:“请问道长,这桃为何没核儿?”

清莲道长说:“仙桃无核儿。”

铁麟说:“道长言之不谬,果然是仙桃。只是……敢问道长,这仙桃何来?”

清莲道长说:“二位大人尝过贫道的仙桃,大概该谈公事了。你们在这儿自便,贫道去看看酒菜准备得怎么样了。”

清莲道长没回答铁麟的问题,却走了,这更增加了铁麟的好奇。心想,你躲是躲不掉的,改日我再来,非把你这仙桃的种子弄到手不可。

铁麟擦了擦手,开始向王鼎禀报漕粮的收兑进度和仓场的储粮情况。

王鼎听了听,说:“我这次是路过,要到江宁去督察盐政。盐政上的事情很棘手,陶澍大刀阔斧地整顿了一下,略有好转,但是盐税还是收不上来。现在国家内外交困,需要大量的银子。漕运上你来了我就放心了,只要把粮食收好,把粮仓看住就行了。”

铁麟注意到,王鼎在说这些话的时候,语气很沉重,铁麟的心也随着沉重起来。

王鼎又说:“现在最要紧的是广州,林则徐已经跟洋人撕破了脸,禁烟搞得轰轰烈烈,大快人心。可是朝廷有些人却吓破了胆,生怕洋人报复,成天在皇上面前向林则徐发难。严禁派和反禁派越来越泾渭分明,大有势不两立之态。”

铁麟认真地听着,见王鼎一副忧心忡忡的样子,更加不安起来。看来,朝廷并不平静。他知道,朝廷的明争暗斗由来已久,穆彰阿野心勃勃,独揽大权。王鼎等一批正直忠良的大臣历来受到排斥和打击。于是,他真诚地说:“王大人是朝廷的栋梁,您可要多保重啊。”

王鼎也感动起来,叹息了一声,突然问:“黄槐岸有消息吗?”

铁麟一愣,黄槐岸这个名字在他心里蹦了一下,却一时没能想起来。

王鼎说:“就是我让你拿着玉胡桃去找的那个坐粮厅的书办。”

铁麟脑袋嗡的一下子大了。平心而论,这件事他没有忘,只是近来因为漕粮收兑的事情太繁杂,没有再顾上寻访。此事是王鼎交代的机密,又不好让别人假手。这时候他明白,王鼎把这件事看得很重,也许这里面确实隐藏着巨大的秘密,也许事关朝廷派系之间的争斗的重大关节。无论如何,铁麟一定要把此事放在重中之重的位置上,再也不能掉以轻心了。铁麟谨慎地向王鼎禀报说:“黄槐岸死了。”

王鼎并不惊奇,似乎他已经知道了。

铁麟又说:“我正在查寻一个与黄槐岸有关的人。”

王鼎问:“什么人?”

铁麟说:“是个女人,叫小鹌鹑,据说跟黄槐岸一起居住过。”

王鼎又问:“有线索吗?”

铁麟说:“时断时续,好像很神秘。”

王鼎说:“你说什么神秘?”

铁麟说:“我觉得,漕运码头上的一切都很神秘。”

王鼎说:“这就对了,是很神秘。但是你要知道,这神秘不是鬼神造出来的,是人造出来的。此事关系重大,有什么情况要及时告诉我。”

铁麟张了张口,似乎还想说什么,又将嘴闭上了。

王鼎很敏感,问:“你是不是想说皇上给你的那道圣谕?”

铁麟为难地说:“圣上教导得极是,铁麟感念皇恩浩荡。我只是觉得……漕运码头很深,深不见底呀。”

王鼎说:“朝廷也很深,但是深还是能够见到底的。你在这里的举动毕竟大了些,得罪了一些人也是自然的。不是漕运码头深,是这些人的根子很深,跟朝廷连得很紧啊。”

铁麟心里一阵发热,作为朝廷重臣,把话说到这个份儿上已经非常不容易了。可见王鼎对他的信任。由此,他也进一步证实了金简、许良年或许还有什么人,肯定跟穆彰阿有着很直接的关系。而那道皇上的圣旨,肯定是穆彰阿一手制造的。他们要干什么?警告他吗?铁麟想了又想,还是没有开口问这些问题。

王鼎说:“按照你的路数办,铲除漕弊,是皇上多年的愿望。你是朝廷命官,忠于的是皇上,得为大清的江山社稷负责,不能退却。庄稼人有句话,听蝼蛄叫就别种地了。”

铁麟点了点头,还想再听王鼎说点儿什么,清莲道长却来请入席喝酒。

酒席设在清莲道长的客房里,一间很简洁很干净的居室。八仙桌上已经摆好了酒菜,三人分宾主入座,小道士伺候着斟酒。

清莲道长说:“贫道有一道菜,从子时便开始点火,已经烹制了六个时辰了。”

王鼎问:“是不是炖肘子?”

清莲道长笑起来。

王鼎对铁麟说:“我每年到佑民观来,总要享两大口福,一是道长的仙桃,二是道长的肘子。”

清莲道长说:“王大人,您这话可要说清楚了,您说道长的仙桃贫道没有意见,说道长的肘子恐怕就不妥了吧?”

王鼎忙说:“赔罪赔罪,应该说是道长烹制的肘子,好了,失言失敬,我先自罚一杯。”

王鼎端起酒杯,刚要一饮而尽,一个小道士却端来一只蓝花大钵,里面摆着一只红彤彤、肥硕硕、油噜噜的大肘子。王鼎见了,放下酒杯,立刻就要举箸去夹。

清莲道长伸手挡住了他:“王大人不能‘见肘忘酒’,先喝了这杯。”

王鼎无奈,果然又端起了酒杯,仰脖喝了下去。

铁麟尝了尝那炖肘子,只是觉得熟而不烂,肥而不腻,味道很醇厚,却没有什么特别之处。烹制这种肘子只要文火细烹、调料精致即可。在他的家里,凭着孙嬷嬷的手艺,完全可以烹制出毫不逊色的肘子来,只是铁麟不喜欢吃罢了。

想到这里,铁麟突然心里一动,举起酒杯说:“久仰道长的大名,让晚辈先敬您一杯。改日在舍下准备几个小菜,敬请道长前去赐教,不知道长肯不肯赏光。”

清莲道长开着玩笑说:“只要你有炖肘子,铁大人何时传唤贫道何时到。”

铁麟说:“道长有这么好的炖肘子,难道还稀罕别人的?”

清莲道长说:“说来寒酸,不怕二位大人笑话。贫道虽然喜欢吃炖肘子,却不是天天都能有这口福。徒儿们孝敬,也只能每月初一十五才能受用一回。今日是二位大人来了，破个例，这月就增加了一回。”

铁麟感动地说：“想不到道长如此清廉寡淡。”

清莲道长说：“和尚道士虽不食朝廷俸禄，但一食一缕亦皆取自民间，节俭才是本分，奢靡便是罪过。”

王鼎说：“道长如此高风亮节，实在令本官汗颜啊。”

清莲道长说：“哪里哪里，贫道此言让大人如此谬奖，实实有自吹自擂之嫌了。事实上，僧道以修行为本，肉身不可肥腻。有养生之道云：鱼生火，肉生痰，白菜豆腐保平安，棒子饽饽是顺气丸……”

王鼎和清莲道长谈笑风生地讲着天道人情，可是铁麟心里还是隐隐地觉出一种不安，似乎是一种不祥之兆。这种感觉，如大殿中飘来的那若有若无的香烟，悠悠而来，又悠悠而去。令人捕捉不到，捉摸不透……

夏雨轩当了通州知州以后，最不开心的要算是夏雪儿了。离开了陈家，搬进了这州府衙门的后宅，她总觉得像进了牢笼一般。她是朝廷命官的女儿，必须严格遵循礼教，大门不出，二门不迈，修炼德、言、容、功。在夏雪儿看来，整个衙门里门户最为森严的是两个地方，一个是大门西侧的监狱，再一个就是衙门最北端的后宅了。监狱还有来人探监的时候，后宅却是从来不许外人进入的。就是伺候父亲的衙役、书吏，每次也是到宅门外便立即停住了脚步。宅门是三间屋宇式的建筑，两扇死沉死厚的大门终日紧闭着。看门的是从山东老家来的苏老头，一个像榆木疙瘩似的又干又倔的老头。据说苏老头是妈妈的堂兄，夏雪儿还得叫他大舅，可是她从来没有叫过他。当面什么都不叫，背后就叫他苏老头。苏老头就像这座大宅门的一部分，终日寸步不离地把守着。外面的人不许进来，里面的人也不许出去。东面那扇大门上，有一个转桶，半个桶在里面，半个桶在外面。有客人来访或有什么公文之类的，外面的皂吏就打一下梆子。苏老头就把那转桶转过来，取出里面的公文名片呈送给父亲。

能打破这牢狱般寂静的是梆鼓云板等各种名堂滑稽可笑的敲击声。每天黎明时分，内衙的苏老头就敲七下梆子，据说这含义是“为君难为臣不易”。紧接着，像一鸡鸣而百鸡和一样，宅门、穿堂门、仪门、大门的衙役便依次把梆子敲起来，这叫“传头梆”。头梆好像学堂上课的预备铃，守大门的衙役要请内衙用转桶传出大门的钥匙，把衙门的大门打开；衙门里的杂役开始担水点灶，洒扫庭院；当班的书吏、衙役要起床来衙门报到。日出之际，苏老头又敲起五下梆子，其含义为“臣事君以忠”，或“仁义礼智信”，或“恭宽信敏俭”，这是传二梆。表示长官已经起床梳洗，准备到签押房办公，书吏们必须全部到位"点卯"，整理出应该处理的公文。等知州吃完早餐，内衙便传出三梆，喻义为"清慎勤"，表示知州已经走出内衙，三班六房的衙役书吏都要肃立相迎。如果升堂，大堂里则擂起响堂鼓，排列大堂两侧的皂吏齐声高喊：升——堂——哦——于是知州则气宇轩昂地步入大堂，进暖阁，就公座，开始升堂审案。退堂的时候，响堂鼓又擂起四声，意为"叩谢皇恩"。冬春申初三刻，夏秋申正三刻，打三点，传晚梆，宣布下班。衙门里又重归死一般的寂静与恐怖。

夏雪儿觉得，最难熬的便是这夏日的夜晚。大运河的仲夏之夜是非常美丽与神奇的，她刚刚被父亲接到通州在陈家居住下来的时候，每到夏天总是缠着天伦哥哥不放，让天伦哥哥带着她到大运河或漕运码头上疯跑疯闹。她跟天伦哥哥一起下河捕鱼，一起到林中捉鸟，一起到土石两坝上看漕船，一起到闸桥看杂耍儿。天伦哥哥总是紧紧地拉着她的手，一步都不让她离开。天伦哥哥的手暖暖的，有时候还潮乎乎的，夏雪儿被天伦哥哥拉着，心里总是有一种说不出的愉悦与激动，总想蹦，总想跳，总想大声叫喊，总想跟天伦哥哥撒娇调皮……那时候她年纪小，天伦哥哥把她当成了小妹妹，总是娇着她，惯着她，顺着她。她在父母面前都没有在天伦哥哥面前那么受宠爱，那么随心所欲，那么自然放松。

自从随着父母搬进了这州府衙门的后宅，她好像一下子长大了，天伦哥哥不再宠着她，惯着她，再也不来拉她的手了，更不带她到大运河去玩了。特别是天伦哥哥当上了"盈"字号军粮经纪以后，她很难再见到天伦哥哥了。偶尔见了，她再也不是像过去那样鸟一样地扑上去，把自己挂在天伦哥哥的脖子上打悠悠儿，或者缠着天伦哥哥跟她玩那些无聊而有趣的游戏。不知道为什么，她见到天伦哥哥总是脸红，心也跳得特别厉害，还不好意思正视他。你想天伦哥哥，盼天伦哥哥，见到他又这副失魂落魄的样子，真没用。

烦闷得无聊，她喜欢打发红红到州府衙门里去抄各种各样的楹联匾额。衙门里门多，厅堂多，宅院多，匾额楹联的名堂也多。红红天资聪颖，小时候跟妈妈读过书，识过字，粗通一点儿文墨。跟雪儿在一起，又耳濡目染，沾了几分斯文。她利用自己丫鬟的身份，可以经常出去帮助采买甚至通风报信，转上一圈儿，便能背诵几条楹联匾额，回来说给雪儿，雪儿再用笔纸记下来。久而久之，也积攒了百余条，装订成册，闲来翻阅琢磨，也是一件趣事。

比如大堂上悬挂的匾额就有"亲民堂"、"牧爱堂"、"平政堂"、"熙春堂"、"琴堂"等等；大堂和暖阁的屋梁上，便题着"守己爱民"、"礼乐遗教"、"公明廉威"、"天理人情国法"等等；穿堂二堂花厅等地方，则题有"退省堂"、"慎思堂"、

“协恭堂”、“中和堂”等等。更有趣的是楹联，这些楹联大多是历任通州知州写的，有的已经年代久远斑驳不清了。最有意思的是，大清康熙年间，出现过两个于成龙，同姓同名，都被称作“天下第一清官”，而这两个于成龙，又都在通州为官，深受通州百姓的爱戴，有民谣云“前于后于，百姓安居”。譬如前于成龙为直隶巡抚时，为通州的衙门题写过“重门洞开，要事事勿负寸心，方称良吏；高山仰止，莫矜矜不持一石，便算清名”。而后于成龙在为通州知州时则写下了“穷秀才做官，何必十分受用；活菩萨出世，总凭一点良心”这等妙趣横生的楹联。

夏日的夜晚，雪儿最怕上床睡觉，她总是坐在院子里的花坛下，看月亮穿云，听夏虫鸣唱，任露水打湿自己的衣衫。父母亲总是催促她早点儿回屋，她不听，赌气似的不听父母的话。陪伴她的只有红红，她低头或昂头沉思遐想的时候，也不愿意让红红打扰她。红红是个很知趣、很懂事、很善解人意的孩子，雪儿想静，她便陪着雪儿安安静静地坐着，一声也不响，像栽种在雪儿身边的一丛夜来香。

雪儿也有需要跟红红说话的时候，这时候红红就会很顺畅地打开语言的闸门，当然，闸门打开多大，水流多急多缓，何时及时地关闭，也完全顺应着雪儿的节奏。红红从不招人烦，不讨人厌，不惹人生气。

红红是湖北洪山人，父母亲原是种田的，后来因为饥荒，在乡下混不下去了，便逃到城里，在亲戚的帮助下，开了一家珞南饭馆。珞南饭馆是小本生意，早晨卖豆皮、热干面、面窝儿、糊汤米粉，中午和晚上做些家常小菜。一家人辛辛苦苦，紧紧巴巴，聊以度日，谁也不会想到祸从天降。红红情窦初开，跟一个姓郭的秀才纠缠起来。这个郭秀才能吟诗作画，风流倜傥，却屡试不中。红红对他一往情深，他却始乱终弃。红红痛不欲生，割腕自杀，幸亏被母亲及时发现救了下来。这件事闹得满城风雨，许多无聊好事之徒都跑来看新奇，珞南饭馆开不下去了。谁想到祸不单行，父亲气愤不过，举着菜刀找郭秀才算账，被江夏知县关进了大牢。

母女俩在洪山待不下去了，到山东临清投奔红红的舅舅徐嘉传。她们赶到临清的时候，徐嘉传的漕船正要起航。她们便留在了船上打工，为运丁们烧火做饭，缝缝洗洗。好不容易到了通州，徐嘉传又犯了漕规，被发配到宁古塔去了。

这时候，雪儿看着眼前的红红，想到她的身世，不由得感慨起来：这个温柔顺从、羊羔一样的女孩儿居然做出了那么大的一件惊天动地的事情。与她比起来，自己真是没用……

从里二泗佑民观回来的第二天，铁麟便揣着那枚羊脂玉胡桃，又开始了对小鹌鹑的察访。他曾经听夏雨轩说过，小鹌鹑是个妓女，在什么地方挂牌不清楚。只是那次徐嘉传设宴请客，找她作陪过。夏雨轩还说，小鹌鹑和金简、许良年都很熟，见面便打情骂俏。既然是个妓女，又跟坐粮厅的官员很熟，恐怕就不是一般的妓女了，一定是有些名气的。找有名气的人总是容易些。

在漕运码头的土坝和石坝之间的外河沿里面，有一条胡同，叫作校书巷。"万里桥边女校书，琵琶花里闭门居。扬眉才子知多少，领取春风总不如。"这赞美的是唐代妓女兼诗人薛涛的诗。大概从薛涛起，妓女便被雅称为校书。中国的读书人向来以混迹青楼为时尚，留下了无数艳丽绝美的诗篇名画，也演绎了无数才子佳人的风流故事。有多少诗词巨擘和艺术大师，都是在百花丛中获得了艺术灵感；又有多少青楼名妓，成为爱情故事的典型和才貌双绝的明星。因为历代的青楼名妓，提供的不仅仅是性服务，而是一种文化交流。妓女们修炼的是琴棋书画，文人们又来此大展才华。从某种意义上说，中国的文化与艺术，许多是在青楼这片肥田沃土上孕育出来的。这是无法回避也无须回避的历史，亦乃文学艺术史的中国特色及不可或缺的组成部分，亦乃中国文学艺术天空中一片灿烂迷人的星群。

尽管如此，铁麟走进这条宽不过丈余长不过百步的小巷里，还是有些莫名其妙的紧张。他对青楼并不陌生，年轻的时候也常和朋友到北京的妓院里品茗饮酒，恣意嬉戏。也曾经不知深浅地涂鸦过一些诗词书画，并写上某某校书雅正惠存之类的附庸风雅之词。

在漕运码头上，像样的青楼只有这么几家，更多的则是运河两岸的野鸡土寮。"拥香院"太俗气，"骨如酥"太肉艳，"小罗帐"太暧昧，"玉箫阁"太矫情，"后庭花"太露骨，"胭脂楼"太妩媚。铁麟犹豫了一下，进了一家名为"豆蔻楼"的妓院。很明显，典出风流诗人杜牧的名篇：娉娉袅袅十三余，豆蔻梢头二月初。春风十里扬州路，卷上珠帘总不如。

这是一座两层楼房的四合院式的建筑，进了大门，便见游廊环绕，雕梁画栋，宫灯高悬。楼上楼下，每个房间都是明窗净几，镂花窗棂。丝竹之声从楼上的窗口飘出来，还夹杂着淫声浪语和缠绵吟唱。铁麟知道，自己已经进入了一个如梦如幻的温柔之乡，这里的缱绻柔情都是用银子铺就的。

一个年轻的龟奴迎上来，非常客气地说："先生里面请。"

铁麟在龟奴的带领下，进了正面的客厅。

老鸨用极其夸张的热情跑出来，急忙施礼让座，吩咐"大茶壶"斟茶。铁麟觉得好笑,忍了又忍才没有笑出声来。

老鸨三十多岁,穿着大红大紫的衣裙,插着高高的银簪儿,脸上又涂抹着厚厚的胭脂。穿得俗气,打扮得俗气,举手投足开口说笑更是俗不可耐。铁麟知道,会做皮肉生意的老鸨都是故意将自己往俗处搞,用自己的俗才能衬托出窑姐儿们的雅。再有,俗有俗的好处,俗可以不讲理,俗可以胡搅蛮缠,俗可以漫天要价,俗可以恬不知耻地占客人的便宜。

铁麟欠了欠身,客气地问:"姐姐贵姓?"

老鸨高声大嗓地说:"哟,还贵姓呢,您叫我这么一声姐姐,我这心里像揣进一个火炭似的,烫得心尖儿都发麻。哥哥是头一回到我这小院里来吧?我把姐儿们都叫下来,让哥哥您过过眼,选一个可心的伺候您?"

铁麟忙说:"谢谢,不用麻烦了。"

老鸨说:"这么说,哥哥您有认识的了?是老相好,还是慕名而来?"

铁麟说:"有劳姐姐,我今日不是来找姐儿的。"

老鸨听铁麟说不要姐儿,那桃花盛开的脸立刻呱嗒撂下来,变成了一个又干又丑的石榴。

铁麟忍着笑,什么叫见钱眼开,看看老鸨这张脸就会一清二楚了。

老鸨气怒地站起身,绷着脸问:"您不找姐儿,到我们这儿干什么来了?"

老鸨的意思是再明白不过了,你要是不找姐儿赶快走人,别找不自在。

铁麟慢慢地把手伸进怀里,老鸨的眼睛又尖又毒,紧紧地盯着铁麟的手。

一枚二两重的银锭掏了出来,摆在了老鸨身边的案桌上。

老鸨的脸又像一把伞似的哗啦打开了,依然极其夸张地叫喊着:"哎呀我的亲哥哥,您这是干吗呀?有什么事您就吩咐吧,干吗还这么破费?"

老鸨嘴里这么说,手却本能地朝那锭银子伸去,似乎怕铁麟后悔似的急忙将银子抓起来,塞进自己的怀里。

铁麟伸手示意说:"姐姐请坐。"

老鸨急忙坐下来:"哥哥,莫非您想是让我给您寻觅一个没开苞儿的?"

铁麟说:"有劳姐姐,我只想打听一个人。"

老鸨得了银子,比会起腻的窑姐儿还顺从:"哥哥您说,凡是我知道的,都能给您找出来。"

铁麟问:"小鹌鹑,知道吗?"

老鸨沉吟了一会儿说:"有这么个人,几年前在月边楼挂过头牌,红遍了整个码头。"

铁麟又问:“后来呢?”

老鸨说:“后来……听说让一个坐粮厅的书办赎身从良了。哥哥您打听她干什么?”

铁麟接着问:“那个坐粮厅的书办叫什么?”

老鸨说:“叫什么不知道,我听说姓黄,人没见过。小鹌鹑从良以后,就跟黄书办住在沙竹巷那边一个独门独户的小院里……唉,要说小鹌鹑也够苦的,好不容易从了良,却没有享福的命。”

铁麟问:“为什么?”

老鸨说:“没过两年舒心日子,那黄书办就得暴病死了……”

铁麟点了点头:“噢……那黄书办死了以后,小鹌鹑到哪儿去了?”

老鸨说:“这就说不好了,有人说她还在码头上,到底做什么不知道。”

铁麟说:“她会不会在别的院子里?”

老鸨说:“不会的,干我们这行的都很通气,她要是在哪家挂牌,我早就该听说了。”

铁麟还不甘心:“姐姐你猜猜看,她能在哪儿呢?”

老鸨说:“哥哥您还真难为我了,我琢磨着她兴许又嫁人了,或者……唉,说不好。两年前也有人找过她……”

铁麟警觉起来:“两年前,谁找过她?”

老鸨说:“唐大姑……”

铁麟的心里咚地震动了一下,唐大姑到底何许人也?她为什么总是像影子似的在我的眼前飘来飘去?

出了豆蔻楼,铁麟茫然若失地朝前走着,小鹌鹑没有一点儿线索,他总是隐隐地感觉到一种巨大的不安。这不安到底是什么,他却说不出来。

鬼使神差般地,铁麟又不知不觉地来到了沙竹巷,似乎想都没想,便敲起了那扇紧闭的小门。他第一次打听黄槐岸的时候,就知道了这个小院。上次来的时候,他遇见的是茶叶商姚掌柜。可是没过多久,甘戎把兰儿丢失了。等找到兰儿的时候,却说此案与姚掌柜有关。当张典史前来捉拿姚掌柜的时候,又人去屋空。这个小院成了一个解不开的谜,时时在铁麟的心里缠绕着。那么,现在这所院子是谁住在这里呢?

门开了,门里的人和门外的人都大吃一惊。前来开门的是金汝林,这是铁麟做梦都不会想到的;站在门外的是铁麟,这也是金汝林绝对不会想到的。

金汝林的神色很慌张,见到铁麟像被定住了穴位一样,呆愣愣的,连施礼都忘了。

铁麟死死地盯着金汝林,半天才问:“你……在这儿住?”

金汝林忙否认着:“不不……是一个朋友。”

铁麟困惑地说:“朋友……怎么你来开门?”

金汝林说:“我的那个朋友外出了……让我……给他看看家……”

铁麟见金汝林紧紧地抓着门扇,丝毫没有往里面让他的意思。

金汝林这才想起该跟铁麟说点儿客气话:“大人怎么到这儿来了?实在让卑职没想到,大人您有事?”

铁麟的口气轻松起来:“啊……没事……我随便走走,路过这儿,就敲了门。”

金汝林说:“大人是不是想到校书巷看看。”

铁麟说:“对,是想去看看,随便看看。”

金汝林忙讨好地说:“大人您人生地不熟,万万不可独自前行,您略等一下,卑职把门锁上带大人去吧。”

铁麟说:“不,不用了,我已经看过了,你忙吧,我走了。”

铁麟真的就这么走了,步子不紧不慢。

金汝林一直眼巴巴地看着他,直到他的身影消失在胡同尽头。

今日天气很好,铁麟的心境也很好。一大早,他就写了一封亲笔信,让通州知州夏雨轩到里二泗佑民观亲自去请清莲道长。夏雨轩不敢怠慢,带上了两个随从便骑马上路了。见了清莲道长,夏雨轩递上铁麟的便签。清莲道长二话没说,略微收拾一下,便将自己的小毛驴牵出来。

这小毛驴一身漆黑,皮毛发亮。但是四个小蹄子,两个耳朵却都是白的,白得洁净无瑕霜雪一般。更令人称奇的是,这小毛驴很有灵性,不戴笼头,不配鞍子,像个顺从的小娃娃默默地跟在清莲道长的后面。

夏雨轩见清莲道长要骑驴,忙让随从将马牵过来。

清莲道长说:“大人不必错抬贫道,人家骑马我骑驴,后面还有推车的。比上不足,比下有余,贫道乐得如此。”

夏雨轩听说,恭敬不如从命,便不再劝说。

清莲道长一招手,小毛驴乖乖地过来,两条前腿往地上一跪,将腰身塌下去。清莲道长稳稳当当地骑在驴背上,小毛驴直起身,放开四蹄,嗒嗒嗒地奔走起来。一路如风,小毛驴又稳当又快捷,没有让夏雨轩的高头大马落下一步。

到了仓场总督衙门，铁麟早已在仪门前等候了。衙役们急忙殷勤地跑过来，扶夏雨轩下马，扶清莲道长下驴。又将夏雨轩的马接过来拴在马桩上，而那头小毛驴却让衙役们犯难了，没有缰绳，怎么拴呢？

清莲道长笑了笑，走过来，挥着手中的拂尘，将小毛驴领到一个阴凉通风的地方，又用拂尘的柄在地上画了一个圈儿。小毛驴便乖乖地迈进圈儿里，低眉垂目地站立着，一副令人爱怜的样子。

铁麟将清莲道长和夏雨轩直接带进后宅客厅，又吩咐冬梅、夏草为他们送茶。这一切，都让夏雨轩感到很奇怪，清莲道长有何功德，要由自己这个五品大员亲自出马去请，二品仓场总督还要在自己的内衙设宴招待，莫非铁麟有什么重要的事情有求于他？

清莲道长将随身带来的小包袱打开，原来是十几个仙桃。铁麟像孩子似的欢叫起来："哎呀，我的好道长，我一猜你就会带几个仙桃过来。雨轩，你尝过道长的仙桃没有？"

夏雨轩说："下官还没有这个口福。"

清莲道长说："刚才夏大人到敝观，本该先请大人下马喝杯茶，尝尝贫道的仙桃的。只是贫道听说铁大人召唤，一刻也不敢耽搁，只好冷落夏大人了。"

铁麟说："不迟不迟，既然道长把仙桃带来了，夏大人的口福不是又来了吗？不瞒道长说，晚辈自幼养成了一种陋习，对所有干鲜果品均无兴趣，独钟情于桃子。什么五月仙、水蜜桃、秋桃、毛桃都喜欢。在舍下的后花园里，也种着一片桃林，只是没有见过道长的这种无核儿仙桃。雨轩，你见过吗？"

夏雨轩开着玩笑说："在吴承恩的《西游记》里倒是见过。"

铁麟忙吩咐冬梅将清莲道长拿来的仙桃洗干净。不一会儿，冬梅端着洗好的仙桃进来，铁麟把托盘接过来，数了数，一共十二只仙桃。他当即拿出两只，递给夏雨轩。

夏雨轩说："我尝一个就可以了，下官并不像大人那么酷爱桃类，只是听说道长的仙桃才尝个新鲜的。"

铁麟说："我已经享用过一回了，给你两个，不不，给你三个。你在这儿吃一个，给尊夫人和令爱各带回一个。这样，我这儿还有九个。冬梅，你听我说。孙嬷嬷一个，甘戎一个，曹升一个，你一个，夏草一个，秋叶一个，还剩几个？"

冬梅机灵地说："回大人，分完以后还剩三个。"

铁麟说："这三个你给我收好，我另有用处。"

夏雨轩看着铁麟如获珍宝似的分配仙桃，心里不由得暗笑起来。看来铁麟也是个性情中人，生生在官场把自己绷成了一副铁面孔。

铁麟好像突然想起了什么似的惊叫起来：“坏了坏了，忘了大事了！”

夏雨轩急忙问：“有什么事让下官去办。”

铁麟眼睛看着清莲道长说：“我这个人啊实在是没出息，让道长见笑了。”

清莲道长说：“到底大人忘记什么了，是公事还是私事？”

铁麟说：“实不瞒道长说，晚辈本来想请道长好好品尝一下舍下的炖肘子的，可这心里头一直惦记着道长的仙桃，却把肘子的事忘得一干二净了。”

清莲道长说：“我当是什么了不得的大事呢，有没有炖肘子，咱照样喝酒。贫道虽说嗜好炖肘子，也只有十天半月才能享用一回的。”

铁麟说：“正因为道长舍不得常饱口福，晚辈才诚心让道长到舍下解馋的。再说，舍下的炖肘子，是孙嬷嬷亲自烹制的，比起道长烹制的肘子，虽不好分高下，也是别有一番味道的，晚辈就是想在道长面前显摆显摆的。”

清莲道长说：“算了，今日算贫道无口福，改日再来重新叨扰。”

铁麟说：“怎么能算了呢，今日无论如何让道长尝到舍下的炖肘子。冬梅，你马上叫曹升到肉市上买个肘子来，要最肥最大最好的。”

夏雨轩一直想着铁麟今日找清莲道长会有什么大事的，心里有点儿不安，不知道该不该告辞回避一下。可是，自从清莲道长进门以后，不是说道长的仙桃，就是说炖肘子，一句正经事也没有说。

不一会儿，曹升回来了，提着一只新鲜肥硕的肘子进来，请铁麟过目。

铁麟说：“请道长查验一下。”

清莲道长说：“肘子确实是难得的好肘子，只是怕‘生肘解不了近馋’了吧？”

铁麟说：“不慌不慌，离午时还差三刻呢，来得及，来得及。”

清莲道长听铁麟说来得及，不由得惊异起来。铁麟是不是害了疯病，怎么胡说起来了？

午餐准时开宴，餐桌上摆上了凉菜小碟，酒杯酒壶都摆好了。铁麟招呼着清莲道长和夏雨轩入座，然后亲自把盏，为清莲道长斟酒。

三个人今日的兴致都很高，边喝边聊，海阔天空，其乐融融。小菜很爽口，热菜也很清淡，酒是十年漕运湾酒，甘洌醇纯，这就更让清莲道长渴望那肥硕的肘子了。但是，他想是想，也只好把口水往肚子里咽，今日是无论如何无此口福了。

没想到，冬梅突然端上来一只热气腾腾的大盘，大盘里分明摆放着一只红彤彤、肥硕硕、令人馋涎欲滴的大肘子。清莲道长登时眼睛都直了，拍了拍脑门，以为自己是在做梦。肘子放在桌上，一股浓烈的荤香扑面而来，清莲道长已经矜持不住了。

铁麟站起身来，将酱炖肘子用筷子戳开，夹了很大的一块儿，放进清莲道长的餐盘里。

清莲道长仍是将信将疑，用筷子夹起一块肘子，放进口里。立刻，口中的舌头兴奋起来，勃起般地翻搅着，咀嚼着。浑厚的香味冲撞着他的喉咙，又浸漫着他的五脏六腑，甚至传遍全身的每一条经络，浑身上下都熨帖顺畅起来。

铁麟得意地问："道长，味道还行吗？"

清莲道长说："贫道莫非在梦中吗？"

铁麟说："实实在在，非在梦中。"

清莲道长说："贫道怎么也不会相信，这么短的时间，怎么能把肘子炖得如此烂熟呢？"

铁麟说："实不瞒道长，这是晚辈奶妈孙嬷嬷的一手绝活儿。"

清莲道长急忙说："绝活儿？对，确实是绝活儿，仙道魔术一样的绝活儿！铁大人，能不能求求孙嬷嬷，将这手绝活儿传给贫道呢？"

铁麟说："道长想学这小技，晚辈是万不敢拒绝的。只是……"

清莲道长爽快地说："没关系，什么条件贫道都答应。"

铁麟站起身来向清莲道长作了一揖，说："也没别的，刚才我说了，晚辈自幼没出息，就喜欢吃口桃子。尝过道长的仙桃以后，什么桃子都没了味道，只求道长能送晚辈两枚仙桃的种子。"

清莲道长沉吟了一会儿，像是做出了决断似的说："好吧，贫道就把这仙桃的秘诀告诉你。其实呢，桃树本无种，就是一般的蜜桃儿。只是等花粉授完了以后，你把花心里的花蕊掐掉就行了。"

铁麟的眼睛瞪大了："这么简单？"

清莲道长说："大道无繁，就这么简单。"

铁麟说："晚辈言而有信，也把孙嬷嬷的烹制肘子的绝招儿告诉道长吧。道长现在吃的肘子，实在是昨天夜里便开始烹制的。"

清莲道长说："那刚才……"

铁麟说："刚才的那只肘子，是留着明天晚辈自己享用的。道长如若不信，可以让曹管家再把那只肘子拎上来给道长查看一下。”

夏雨轩实在憋不住了，首先笑了起来。三个人一起大笑起来，几个在外面伺候的丫鬟偷偷朝里面瞧着，他们笑什么呢？

第十四章

铁麟要去办一件大事，一件非常机密又非常特殊的大事。他租了一条游船，从通州出发顺流而下。船上只有三个人，都是微服便装，一路上饮酒说笑，悠闲自在。一个船夫在外面摇着橹，小船静静地漂流着。

正是初秋时节，大运河两岸的庄稼开始露出成熟的颜色，玉米碧绿，高粱似火，稻谷扬花吐穗儿。

船篷内小小的酒桌上，肥蟹鲜鱼，酒是著名的漕运湾酒。三个人铁麟居首，夏雨轩左边打横，金汝林右边打横。

金汝林有点儿沉不住气了，问："铁大人，您命我们来，到底是去干什么呀？"

铁麟端着酒杯呷了一口："少安毋躁，到时候你们就知道了。"

金汝林又问："刚上船的时候您就说一会儿就知道了，这船都摇出快二十里了，您怎么还不揭锅？"

铁麟微微笑着："你看人家夏大人多沉得住气，一句也不问。"

金汝林说："夏大人还不是等着由我来问您。"

铁麟说："夏大人，你真的急着想知道吗？"

夏雨轩没说话，从怀里掏出一把大红枣："我这儿还有点儿下酒菜，你们先尝尝。"

铁麟捏起一个大红枣放在嘴里，又甜又脆。他突然想起孙嬷嬷和冬梅给他讲的一件怪事，便问："夏大人，听说你春天审过一次枣树，满城都轰动了。有这么回事吧？"

夏雨轩说："要不是下官春天审那棵枣树，今日怎么会有这么好的枣孝敬铁大人？"

铁麟说："嗯，这么说你审的那棵枣树结枣了？"

夏雨轩说："官法如炉，皇恩浩荡，它敢不结吗？"

铁麟来了兴趣："快说说，到底是怎么回事？"

夏雨轩说："状告枣树是通州那几个无赖混混儿给下官出的一道难题，想让我在他们面前栽跟头,将来他们好继续为所欲为。下官准了他们的状子,也是将计就计,顺水行舟。让通州人看个热闹,让他们露个脸,让下官也抖抖威风。一石三鸟,何乐而不为呢?”

铁麟说:“这枣就是你审的那棵树结的?”

夏雨轩说:“那当然。下官知道,不管是跟我找碴儿的还是围观看热闹的,都把那场审案当成了笑话,谁也没有认真。可下官是认真的,七月枣八月梨九月柿子红了皮,今年那棵枣树不但结枣了,还结得特别多,特别甜。这些天通州人都争着跑到皇木场去看那棵受了刀杖刑罚的枣树,毛老三更是心服口服了,摘了满满一篮子枣,敲锣打鼓地给我送到州府衙门。这礼物呢,下官不能收,也不能不收,因此只从那篮子里抓了一把。我跟他们说了,收一篮算受礼。收了就有受贿之嫌,不收呢又拂了通州百姓的一番好意。于是下官就抓一把,算是尝个鲜。至于这一把抓多少,就看这手的大小和抓的本事了。”

铁麟听后哈哈笑起来:“好好,真有你的。不过我还是不明白,那棵枣树受审之后怎么就结枣了呢?”

夏雨轩说:“大人还记得下官的原籍在哪儿吧?”

铁麟说:“当然记得,孔老夫子的近邻嘛。”

夏雨轩说:“下官的原籍是有名的枣林之乡,只是没有乐陵的名气大罢了。无论从种枣的面积和产枣的数量还是枣的质量,都不亚于乐陵。据史籍记载,我们泰安种枣已经有一千多年的历史了,枣农积累了丰富的经验。这种枣树也跟种其他果树一样,需要修理,需要剪枝打杈。通州这个地方不以种枣为业,房前屋后栽种几棵只是为了添个景致,所以不懂得种枣之道。毛老三的那棵枣树从来就没有修理过,又大量地施肥浇水,光疯长枝叶,肯定不会结枣了。我在审枣树之前,已经跟衙役们吩咐好了。在什么地方动刀,在什么地方使杖,劈掉哪些枝杈,砍断哪些树皮,这叫‘枷树法’。表面看下官是去审枣树,实际上等于是给他整理一回枣树。给他打了一回工,没要他一文工钱,吃他一把枣不过分吧?”

铁麟恍然大悟,大声叫起好来:“行啊,你这个山东侉子,我原来总以为你是个书呆子,没想到还有这么多鬼名堂。”

夏雨轩说:“当官嘛,有正途,有偏途。为官嘛,也要有正道,有邪道。不然,怎么对付漕运码头上这些刁民?”

铁麟说:“有道理,颇有道理,来来,我敬你一杯。”

金汝林趁机问:“不知道铁大人今日的举动,是正道呢,还是邪道呢?”

铁麟说:“我告诉你多少遍了,你怎么就沉不住气呢?我问你,我让你跟绿营刘守备借的兵怎么样了?”

金汝林说:“都准备好了,刘守备亲自挂帅,三十名精兵强将,只等着您铁大人一声令下了。”

铁麟又问夏雨轩:“你那边怎么样了?”

夏雨轩说:“都准备好了,我把快班、壮班,还有马驹桥、永乐店的巡检,都集结在漷县待命了,随时听从大人的调遣。”

金汝林又问:“大人,这回您该告诉我们了吧?咱们到底是剿匪呀,还是捕盗呀?”

铁麟说:“剿匪捕盗都不是本官的职责。”

金汝林问:“那咱到底是去干什么呀?”

铁麟用筷子指了指窗外:“你听,这歌儿唱得还蛮有味儿。”

与他们这只游船比肩而行的是一只花船。所谓花船,就是漂流在大运河上的游妓。船很大,又很漂亮,油廊画舫,雕花窗户,里面有一间一间的小屋。船头上,几个妓女唱着淫歌儿,做着媚态,恬不知耻地招揽着南来北往的嫖客。正是漕运时节,河面上桅樯林立,舟帆如云。大运河是男人的河,在男人的河里需要有女人来蹚过,应运而生的便是这些为躁动的河面带来抚慰的花船。站在船头上的两个妓女是故意冲着他们的游船唱的,歌声像好奇的燕子一样钻进了窗口:

船中阿姐共郎眠,
郎要推时姐要颠。
玉臂搂着郎的肩,
郎的双腿把姐缠。
两情恩爱亲不够,
翻翻滚滚扭成团。
敞开篷窗排个风流阵,
再是月中霜里斗婵娟……

这淫歌儿唱得风情万种,搔得人心痒。金汝林支起篷窗,不耐烦地驱赶着:“去去去,一边浪去,别在这儿捣乱。”

这下把花船上的妓女惹上了,妓女愈加风骚地说:“哟,这位老爷扛不住了吧，我们浪您动什么心呀，要不让我们姐们儿过去陪陪您？”

金汝林挥着手：“去吧去吧，我们正在干正事，没时间搭理你们。”

妓女说：“你们谈你们的正事，我们给您斟斟酒、挠挠痒痒还不行吗？”

金汝林砰地一下关上窗户，一脸的没趣。

铁麟半开玩笑半认真地说：“知州大人，大运河成了花街柳巷，秦楼楚馆都搬到花船上来了。这查娼禁赌，淳化民风，可是你知州的职责吧？”

夏雨轩苦笑了一下说：“大人有所不知。您说这歌伎倡优，谁最喜欢？谁最需要？恐怕不是闲着半副肠子的平民百姓吧？我把这娼妓一禁，当官的经商的有权的有钱的有势力的没处开心解闷了，我这不是生生得罪人吗？”

铁麟说：“这么说，你是怕得罪权贵便容忍这些污浊丑恶了？”

夏雨轩说：“也不尽然，您看这大运河上每天舟来船往，流金淌银，可您知道这些金银财宝都流到哪儿去了吗？皇家的仓廒满了，仓场衙门上上下下大大小小官吏的腰包鼓了，连车户花户贩夫走卒拉船的清河道的扛大个的缝穷的乃至这些明娼暗妓都填饱了肚皮。苦就苦了我这地方官，粮我没权力要，税我没权力收，好处没有人给我送，我再不收点儿花捐赌税，连大堂上买笔墨的钱都没有了。”

铁麟说：“这禁娼禁赌屡禁不绝，原来是你这地方官在保护他们啊！”

夏雨轩说：“下官实在是一肚子苦衷啊。”

铁麟说：“别说得那么可怜，等你帮助我把河西务造假的黑窝端了，我专门拨给你一笔援助费，这点儿权力本官还是有的。”

夏雨轩还没来得及说话，金汝林却叫起来：“什么？大人，您拉我们来是要去端河西务造假的黑窝？”

铁麟郑重地说：“这造假的黑窝之所以这么猖獗，就是有坐粮厅给他们撑腰，所以我才撇开他们，把你们拉来。”

金汝林看了看夏雨轩，夏雨轩看了看金汝林，一时间两个人都不知道该说什么好了。

窗外，又飘来了花船上那淫荡的歌声：

站在船头盼佳期，
纵有那山清水也秀，
也免不了那九曲愁肠。
想当初，海誓山盟在芙蓉帐，

到如今，恩爱却只在船台上。
欲弹琵琶诉衷曲，
未曾开口心已伤，
泪珠儿洒进大运河，
流啊流啊一直流到郎身旁……

此时此刻，陈天伦和甘戎正在执行着一个特殊的任务。这是仓场总督铁麟直接下令给陈天伦的，让他感到奇怪的是，这个特殊的任务居然是由甘戎来协助他，这也是仓场总督的命令。

现在，两个人走在河西务大街上，这是北运河畔一个有名的古镇。街道两边，铺面一家连着一家，摊位一个接着一个。虽然不是集日，却依然显得非常繁华热闹。

陈天伦和甘戎一起走着，似乎是漫不经心地闲逛着。甘戎依然是一身男装，依然是一副风风火火的顽皮样儿。一会儿跳到陈天伦的前面，倒退着跟他急扯白脸地争辩着什么；一会儿又跑到陈天伦的身边，拉拉扯扯地让他看这看那。陈天伦不理睬她，她却得寸进尺，非要看看陈天伦的军粮密符扇不可。

陈天伦说："大庭广众之下，我怎么能随便把密符扇拿出来呢？"

甘戎说："我躲在一边偷偷看看还不行，别人看不见。"

陈天伦说："那也不行，码头上有规矩，密符扇是秘不示人的，否则还叫密符扇干什么？"

甘戎说："我又不是外人，我偏要看。"

陈天伦骗她说："我没带在身上。"

甘戎说："我不信。你不是说，在整个漕粮上坝期间，都要人不离扇，扇不离人吗？"

陈天伦说："今日咱们不是没在码头上吗？"

甘戎还是不信，朝陈天伦的腰间摸索着。

陈天伦躲避着："别摸摸索索的，让人家看见多不好？"

甘戎说："你把密符扇拿出来我就不搜你了，快点儿拿。"

陈天伦说："我真的没带。"

甘戎说："你老实告诉我，那个扇袋是谁给你绣的？"

陈天伦有点儿心虚了："什么扇袋？"

甘戎说："别装傻，就是装密符扇的那个扇袋。"

陈天伦狡辩着:“那不就是一个普通的扇袋吗?”

甘戎说:“普通的扇袋?得了吧!丝绸的,上面还绣着一枝蜡梅,对不对?”

陈天伦一下子傻了:“你……你什么时候看见了我的扇袋?”

甘戎哈哈大笑起来:“哼,你还想瞒我?告诉你吧,我是开了天目的,什么都看得见。你还说密符扇没带,真的没带吗?”

陈天伦说:“真的没带。”

甘戎拍着陈天伦的胸脯说:“别说谎了,你的密符扇就在这儿。”

甘戎一拍,果然正好拍在陈天伦的藏在怀里的密符扇上。这姑娘真神了,她怎么知道的?

甘戎逼问:“还把那枝蜡梅贴在胸口上,挺忠贞呀,快点儿交代,藏在你心里的人是谁?”

陈天伦的脸红了。

甘戎更加得意起来。

陈天伦今年二十有四,已经到了谈婚论嫁的年龄了。这个国子监的监生既读孔孟之书,必达周公之礼,深知男女授受不亲的圣训。开始的时候,跟甘戎在一起总觉得别扭。一个手执密符扇的军粮经纪,在码头上也是个喝三道四的人物,身边总跟着一个疯疯癫癫的女孩子,这像什么话。知道的这是仓场总督的女儿,不知道的会把他陈天伦看成是什么人。就算有人知道他身边的是仓场总督的女儿,又会怎么想他?这不是明摆着引诱豪门少女,攀缘权贵吗?

身边跟着个女孩儿不舒服,可也不能赶她走,赶也赶不走。兰儿没有找到的时候,她总是借口让陈天伦帮助她去找兰儿。可是如今兰儿找到了,她索性不找借口了,说来就来,来了就跟着他到处闯,影子似的。久而久之,陈天伦便慢慢地习惯了。何止是习惯,假如有几天甘戎没有露面,他心里还空荡荡的,甚至是乱糟糟的,生怕出了什么事。他倒为甘戎担心起来,你凭什么那么关注人家?

陈天伦还不懂得爱,他还没有尝到爱的滋味儿。作为一个读书人,他知道许多才子佳人的故事,也渴望自己能有待月西厢的幸运。可是,他了解得更多的还是男婚女嫁那很实际、很现实的常规。他对甘戎不敢有任何希图,连想都不敢想,连想都不要想。他知道他们之间的距离,一个是朝廷二品大员的女儿,一个是普通百姓的儿子。一个是吃铁杆庄稼的满族贵胄,一个是苦巴苦业的汉族穷书生。就算他们能相爱,中间也隔着一条无法逾越的银河。

好在甘戎跟他在一起的时候,多是着男装。甘戎性格就像她的名字,喜欢戎装在身，更喜欢腰挎一柄龙泉宝剑，装扮成一个行侠或侠女的样子。每当在这个时候，陈天伦就把她当成一个保镖，当成一个随从，心里油然升腾起一股豪迈感。

还有让陈天伦不能接受的是，甘戎常常叫他天伦哥。每当他听到这种称呼的时候，心里便痒痒的，酥酥的，受不了。这声音好熟悉，好亲切，好动听。可是这声音不该从甘戎的口里发出来，那是雪儿的声音。

夏雪儿从山东老家来到通州，正是豆蔻未开，无忧无虑的时候。陈天伦那时正在府学读书，整天价一副春风得意、踌躇满志的样子。夏雪儿把他当成大哥哥，天天小尾巴似的追着他，甩都甩不掉。而那张小嘴更是梆子似的不停地叫着："天伦哥哥，天伦哥哥……"

夏雪儿就是在这样追着他、叫着他的欢乐中慢慢地长大了。长大了便再也没有这种欢乐、这种纯真、这种无忧无虑了。人大了，心也大了。先是大人们的心变了，对夏雪儿有了种种限制。有时候，雪儿隔着院墙听见陈天伦的声音，风风火火地追出来的时候，她的母亲总是严厉地把她喊住，不许她再跟着陈天伦疯跑。每当她小梆子似的喊着天伦哥哥的时候，她的母亲便叮咛她要斯文些，别有人没人地都这么大喊大叫。雪儿的行为受到了约束，好像就在一夜之间长大了。

记不清从什么时候起了，陈天伦回到家里像是失去了什么。他见不到雪儿蹦蹦跳跳地迎上来，拉着他做这做那、说这说那了。雪儿还是见得到的，他再见到的雪儿已经是个亭亭玉立的大姑娘了。见了他还没开口脸却先红了，跟他打招呼的时候也是低着头，不再是小鸟儿一样地向他扑过来，而是非常客气地给他倒洗脸水，给他斟茶，甚至还像大人那样问他冷不冷呀，饿不饿呀。虽然他觉得这依然是一种关心，却让他觉得雪儿离他远了，远得连眉眼都模糊了。

他还记得，他刚刚接过军粮密符扇当上军粮经纪的时候，全家人都为他高兴，街坊四邻的伙伴儿们都争着设宴祝贺。虽然他志向绝不在于一个小小的军粮经纪，但是在漕运码头上，能像他这么年轻就当上军粮经纪，差不多比中了举还值得庆贺。因为这毕竟是个比举人甚至比进士还要实惠的一个差事。可是，就在那些天里，他却见不到雪儿。加上他每天要给父亲请医抓药，又加上后来出现了兰儿的事，再加上夏雨轩当上了通州知州，大事一件接着一件，可雪儿却始终没有露面。为什么呢？那些天他太忙，太乱，太操心，没时间多想。直到雪儿和母亲被接到州府衙门去住，他都没有跟雪儿单独待一会儿。是忙吗？是仅仅因为忙吗？

直到那一天，就是开漕的那一天，他经历了一场惊天动地的大事故。他顿时成了英雄，成了名人，成了四处传颂的风云人物，雪儿终于露面了。她是跟陈天伦的父亲一起到大光楼前的，父亲是他的堂弟陈小虎用排子车推着去的。开漕仪式结束以后，父亲还没有离开，雪儿也一直陪伴在父亲身边。他见了父亲，也见了雪儿。父亲的感情是非常复杂的，哆哆嗦嗦地不知道说什么好，雪儿的表情也是非常复杂的，她的眼睛里溢满了泪水，什么也没说，悄悄地塞给他一个扇袋。

这个扇袋上确确实实绣着一枝蜡梅，就是现在甘戎逼着他拿出来的这个。

两个人争着闹着往前走，穿过河西务大街，拐过一个丁字路口，进了一条窄窄的斜街，这便是有名的造假一条街。

街道两旁是一扇扇黢黑破旧的小门，还有一扇扇神秘莫测的窗口。小门半开半闭，窗口忽启忽合。门前都站着人，或抽着烟的男人，或纳着鞋底儿的女人，或交头接耳的老人，或鬼鬼祟祟的孩子。无论什么人，眼睛都紧紧地盯着进入这条街的行人，特别是外地模样的人。

陈天伦低声叮咛说："记住，咱现在是运丁，别露出马脚。"

甘戎说："放心吧，从现在起我绝不跟你闹了，我就是你的随从。"

陈天伦突然停住了脚步，把身子贴在墙边，偷眼向后面瞧着。

甘戎也警觉地将自己隐藏在陈天伦的身后，小声问："怎么了？"

陈天伦说："好像有人在跟踪我们。"

甘戎问："什么人？"

陈天伦顺着墙根往后挪动着，一个拐弯处闪过一个身影儿。陈天伦刚要追上去，那身影却狸猫似的消失了。

甘戎问："看清是谁了吗？"

陈天伦说："像是常书办……"

甘戎说："常书办……就是坐粮厅的那个常书办吗？他来干什么？"

陈天伦说："是不是我们的行动被发现了？"

甘戎说："可能吗？连夏叔叔和金汝林都不知道，谁又能走漏消息呢？"

陈天伦说："或许他是无意中看见我们的。"

甘戎想了想，还是一脸的茫然……

大运河的游船上，铁麟和夏雨轩、金汝林依然兴致勃勃地喝着酒。外面的花船上，妓女们依然跟他们调笑着。碧水滔滔，一天秋色，两行大雁列队南飞，千帆漕船争先北上,大运河喧闹得云飞浪卷。

陈天伦和甘戎登上了游船。两个年轻人满脸通红,气喘吁吁。铁麟让他们坐下来先喝口水,陈天伦却迫不及待地把一个个桑皮纸包儿掏出来,摆在船篷里的小桌上。

夏雨轩和金汝林紧张地看着。

陈天伦一边打开着纸包儿一边解释着:"这是往稻谷里掺的糠秕,这是往小麦里掺的麸皮,这是往白粮里掺的砂石,这是往小米里掺的胶泥,这是往黑豆里掺的煤渣,这是往大麦里掺的石灰……还有这些:五虎,下西川,九龙散……"

夏雨轩奇怪地问:"这不是草药吗?"

陈天伦说:"是草药,把这些草药掺在稻谷里,不但能使稻谷吸水膨胀,干瘪的能变得鼓圆,还能使稻谷色泽鲜亮,陈稻强似新米……"

夏雨轩又问:"这些东西都是在市场上公开卖的?"

甘戎抢着说:"河西务的整个一条大街,一家挨一家,成了专门造假贩假一条街,不但公开地卖,还负责掺和调兑,送货上船。"

铁麟说:"夏大人,这可是发生在你地面上的事。要不是亲眼所见,本官也不会相信。"

金汝林问:"这么说,大人您亲自到那个造假市场上去过?"

铁麟说:"不入虎穴,焉得虎子。前几天,我差不多把那条街上的每一扇门都敲开了。一家家都拉着我不放,他们还以为会从我身上发一笔大财呢。金先生,你对通州这个地面熟,我问你,你说这个造假市场存在多长时间了?"

金汝林摇了摇头说:"实在是不曾听说过。"

铁麟又问陈天伦:"你说呢?"

陈天伦说:"听我父亲说,他当军粮经纪的时候就听说过,可是他从来也没有到这里来过。"

铁麟说:"这么说,这个造假市场至少有几十年了吧?几十年来,京城官员领的俸米,八旗官兵吃的军粮,还有包括北京百姓的嚼裹儿,都是这些掺了糠秕,兑了砂石,还拌了草药的粮食。你们说,怎么就没有人管管这事,问问这事呢?难道仓场总督还有坐粮厅的大大小小的官吏都是聋子瞎子,还是昧着良心容忍这个造假市场的存在?"

夏雨轩气愤地说:"简直是目无王法。"

铁麟说:"何止是目无王法,简直是寡廉鲜耻!做这种事的人,连起码的人味儿都没有了。世风日下,人心不古,没想到大运河如此藏污纳垢,漕运如此腐败透顶，各级官吏如此姑息养奸。你们说该怎么办？”

甘戎抢着说：“要我说，对这些祸国殃民的强盗得杀，得砍，得让他们家破人亡，断子绝孙！”

铁麟霍地站起身来：“夏雨轩。”

夏雨轩急忙起身：“下官在。”

铁麟命令着：“你马上到漷县镇，将你的三班衙役和两镇巡检带到河西务，将那造假一条街紧紧包围，等刘守备的兵一到，你们就一起围剿，要人赃俱获，一个都不能逃脱。”

夏雨轩答应着：“是，大人……”

铁麟继续命令着：“金汝林，你带着我的腰牌马上去刘守备那里，传本官的令，让他马上到河西务与夏知州会合，共同采取行动。”

金汝林答应着，马上下了船。

铁麟又对陈天伦和甘戎说：“你们两个马上回河西务，密切注视那里的造假贩假市场，千万不要打草惊蛇。有什么新情况，及时回报。我就在这条船上，等着你们的消息。”

甘戎听到父亲的命令，突然说：“刚才我和陈天伦看见了一个人。”

铁麟警觉地问：“什么人？”

陈天伦说：“没看清，好像是坐粮厅的常书办。”

铁麟沉吟起来：“常书办？他在干什么？”

陈天伦说：“不知道，就在河西务的大街上，鬼鬼祟祟的，好像在跟踪我们。”

铁麟点了点头：“看来他们已经注意上我们了。”

甘戎问：“爸爸，是不是有人走漏了消息？”

铁麟说：“那也不一定……好了，你们先去吧，注意别暴露自己。”

陈天伦和甘戎答应着走了，夏雨轩还在船上。

铁麟看了看他：“怎么，你想违抗本官的命令吗？”

夏雨轩哭丧着脸说：“铁大人，您冷静一点儿，您先沉住气，您就听下官说一句吧。”

铁麟问：“你想说什么？”

夏雨轩说：“大人，这件事非同小可……您端了这造假贩假的黑窝，无异于捅了个大马蜂窝啊！”

铁麟黑着脸问：“难道这个马蜂窝还不该捅吗？”

夏雨轩说：“依下官之见……您还是给自己留一条后路吧。如您所说，这造假市场存在了几十年。这几十年间，难道别人都是聋子、瞎子吗？可是别人装聋装瞎，您为什么那么认真呢？这漕运弊端，由来已久，上下左右，盘根错节，上自朝廷军机处、户部首领、漕运总督，下至坐粮厅、粮道河道、五闸二坝十三仓，牵一发而动全局啊……”

铁麟的火气被拱了起来：“照你这么说，这漕弊就不能反了？”

夏雨轩说：“漕弊要反。漕弊不反，上违君命，下失人心。漕弊不但要反，还要大张旗鼓地反，声势浩大地反，惊天动地地反，不过……也只是大张旗鼓、声势浩大、惊天动地而已！”

铁麟问：“此话怎讲？”

夏雨轩说：“这朝廷好比一座大厦，漕弊、河弊、烟弊、盐弊，还有官场上的陋规腐败，就好比蛀虫。日久天长，蛀虫蚀啄，大厦已经是千疮百孔、腐朽糟糠了。皇帝要让你驱除蛀虫，维修这座大厦，你只能是窗户坏了换窗户，门扇坏了换门扇，屋顶坏了补屋顶，但是万万不可撤梁换柱，那样一来，就有可能呼啦啦大厦将倾……”

铁麟说：“既然这大厦已经腐朽不堪，不妨推倒重盖……”

夏雨轩说：“什么？推倒重盖？您想把什么推倒？是朝廷还是皇帝？这话幸亏是您爱新觉罗氏说出来的，要是从我们这些汉人汉官嘴里说出来，可就是灭九族的罪啊！”

铁麟突然哈哈大笑起来：“雨轩啊雨轩，咱俩结识这么多年，今天我算认识你了。原来总听说你们汉人读书做官，都有一套为官之道，有一副护身密符，有一套左右逢源进退有路的明韬大略。我总是不相信，当官就是当官，有那么复杂吗？当官要是像小媳妇那样唯唯诺诺，像小脚女人那样战战兢兢，还怎么当七尺男儿大丈夫！现在我懂了，你们果然是这样，到了关键时刻，到了担风险负责任的时候，你们就像立刻变了另外一个人。再见不到你们的书生意气了，再见不到你们的以天下为己任了，再见不到你们的生当为人杰死亦为鬼雄了。雨轩啊雨轩，作为朋友，我理解你。你们为了这个官，几代拼搏，十年寒窗，不容易啊！得到这个官不容易，保住这个官更难。这个官，你们是丢不得啊……雨轩，你放心吧，今日之事，我只是让你帮我的忙，算是朋友求你帮忙。得到功劳，有你一份，遇到了麻烦，与你无关。这样，总可以了吧？”

夏雨轩听了铁麟这番话，眼泪不由得流了下来：“铁兄，既然您把我当朋友，我也就不喊您大人了。既然您把话说到这份儿上了，我马上带着人去围剿那个造假市场。可是铁兄，您真的不理解我啊，刚才我那么劝阻您，您以为我真的是为了保自己的官吗？不，我现在不跟您争论，作为您的下属，您的命令下官绝不违抗；作为您的朋友，让我帮忙我就帮到底。不过，我希望……终于会有那么一天，您会明白我的心，真真正正地明白。”

夏雨轩说完，挥起衣袖擦了一下眼泪，匆匆跳船而去……

铁麟心里突然觉得有点儿不是滋味儿。

游船上只剩下了铁麟一个人，他突然打了一个冷战。一股寒气顺着他的脊背吹了上来，心口怦怦地跳着，眼前像是笼罩起一种不祥之兆。我这是怎么了？难道真的害怕了吗？我怕什么呢？有皇上给我撑腰，皇上对我寄托着那么大的希望，有皇上……他忽然想起了皇上那道莫名其妙的圣旨：急功近利，狂妄自负，滥用职权，处罚苛酷，扰乱漕运秩序，伤害漕粮收兑……

不知不觉地，额头上像有一条小虫子在爬，痒痒的，一条又条。他用手一摸，湿漉漉的，是汗水，冰凉的汗水。

“终于会有那么一天，您会明白我的心，真真正正地明白……”夏雨轩的话又在他耳边响了起来。

既然你做的是一件堂堂正正的事情，既然你做的是一件维护朝廷的事情，既然你做的是一件为圣上排忧解难的事情，你怕什么呢？身子正难道也怕影子斜吗？没做亏心事难道也怕鬼叫门吗？

他感到心虚，感到疲惫不堪，感到口渴，感到浑身像抽去了筋骨一样的疲软。

一个人影儿默默地移动进来，悄无声息。像月光下一株鲜花的影子，像阳光下一阵春风的影子，像春梦里一片音乐的影子。一杯茶静静地放在他面前的小桌上，茶杯上弥漫着热气，时隐时现的热气；茶杯上也弥漫着清香，若有若无的清香……

淡淡的清香中，站在他面前的是一个小童。一个如同面团儿捏塑而成的小童，又是活灵活现的。脸蛋儿白皙粉嫩，像是半透明的。身子娉婷柔软，像是柳丝儿支起的骨架。眼睛洁净如水，闪烁着含情带笑的光芒。小嘴唇儿红红的，油汪汪的，花蕊一般。

铁麟看呆了，世界上居然有如此可爱的男孩儿。他不由得问：“你是谁？”

小童歪头一笑：“我是专门来伺候大人的。”

铁麟问：“是谁叫你来的？”

小童说：“我爸爸叫我来的。”

铁麟问:“你爸爸是谁?”

小童说:“大人,请用茶。”

铁麟问:“你几岁了?”

小童说:“回大人,孩儿十三岁。”

铁麟问:“叫什么名字?”

小童说:“妞妞。”

铁麟笑了:“妞妞?你怎么取了个女孩儿名字?”

妞妞也笑了:“大人不觉得孩儿长了一副小女儿模样儿吗?”

妞妞说着,把一双小手伸到铁麟面前,铁麟忍不住攥起那双小手,柔柔绵绵的,像握住了两团云朵。

妞妞又把身子靠过来,贴在了铁麟的肩膀上。

铁麟顺手将他搂过来,妞妞依偎在铁麟的怀里,扬着小脸蛋儿,眼巴巴地看着他,看得他身子酥痒起来。

铁麟捧起妞妞的小脸蛋儿,一边抚摸着,一边百般欣赏着:“嗯,梨花带雨,海棠挂霜,秀而不媚,清而不寒,真真可心可人的小尤物儿。”

妞妞说:“看大人说的,孩儿的脸都发烧了。”

铁麟看到妞妞说话的时候,脸儿果然红了,这副羞涩的模样,更加让铁麟心旌荡漾。

妞妞绕到铁麟的背后:“大人您劳累了吧?我给您拿捏拿捏吧。”

铁麟闭着眼睛,默默地享受着。

妞妞问:“大人舒服吗?”

铁麟说:“舒服,舒服极了,你可真会伺候人。”

妞妞说:“大人要是喜欢,我还会换着样儿地伺候您呢!”

铁麟的声音都颤抖起来:“是吗?你还会些什么?”

妞妞没有回答。

铁麟故作镇静地端起茶杯。

妞妞急忙把茶杯抢过来:“大人,请等一下,让我先尝尝烫不烫?”

妞妞端着茶杯,喝了一口茶,含在嘴里,撅起鲜红的小嘴唇儿,冲铁麟伸了过去。

铁麟张开嘴迎上来,妞妞凑过来,把嘴里的茶水吐进铁麟的嘴里。铁麟贪婪地伸出了舌头,妞妞扭着身子跟铁麟亲吻着。一股久违的热浪从铁麟的心底翻腾起来,顺着全身的血管奔流着。他紧紧地搂着妞妞,把他整个小巧的身子都拥进自己的怀里,然后把一只手伸进妞妞的衣服里,浑身上下地抚摸着。妞妞更加动情,蛇一样地在铁麟的怀里扭动着,娇滴滴地哼哼着,哼得铁麟神魂飘荡。

铁麟终于坚持不住了,抬起了头。

妞妞继续扭动着身子哼哼着,眼睛里放射着一种强烈的渴求。

铁麟说:"没想到你小小的年纪竟这么懂得风情。"

妞妞说:"孩儿见到大人,就像花儿见到了蜜蜂,身上酥酥的,痒痒的,就稀罕大人狠狠地蜇一下。"

铁麟的兴致更高涨起来,撩开妞妞的衣襟,解开他的裤带,把手伸了进去。那小小的玉柱儿在铁麟的手心里膨胀着,跳动着,像小童般的可人与调皮,令他爱不释手。铁麟又把头低下来,吮吸着妞妞那花瓣儿般的耳唇儿,喃喃地说:"孩子,我会重重地赏你的。"

妞妞伸着鼻子在铁麟的怀里嗅着:"大人身上怎么有一种香味?这香味像茉莉……不,像槐花……不,像……像什么呢?真的,这味道真好闻……"

妞妞把手伸进铁麟怀里,抻出了一串香珠儿:"大人,这是什么?"

铁麟说:"这就是那股香味儿。"

妞妞问:"是哪个相好的送给大人的吧?"

铁麟说:"你这孩子怎么懂得这么多?"

妞妞说:"大人如此英雄,男孩儿女孩儿肯定都喜欢得不得了。"

铁麟说:"我现在只喜欢你一个。"

妞妞说:"能受大人错爱,孩儿三生有幸。"

铁麟说:"你这小嘴儿可真会说话。"

妞妞说:"大人,能把您的香珠摘下来给孩儿看看吗?"

铁麟伸手把香珠儿摘下来,递给小童:"你要是喜欢就送给你了。"

妞妞说:"孩儿怎能夺大人之美呢?"

铁麟忘情地说:"你这个小宝贝就是本大人之美……"

妞妞说着,非常自然地将一只鲜嫩的小手伸进铁麟的裤裆里,就要触到铁麟那紧要之处的时候,铁麟突然像触电一样地浑身哆嗦了一下。他突然用力将妞妞推出自己的怀抱,腾地站起身来,厉声说:"你……你要干什么?"

妞妞见铁麟突然翻了脸,吓得咕咚跪了下来,脑袋咚咚地朝船底上磕着:"大人饶命……孩儿该死……"

见妞妞跪下求饶,铁麟马上意识到了自己的失态。他慢慢地把妞妞拉起来，让他重新依偎在自己的怀里，安慰着说："妞妞，别怕……是老夫脾气不好……错怪你了……"

妞妞委屈地说："大人……您不喜欢妞妞吗？"

铁麟的情绪一落千丈，跟刚才比较起来，简直是判若两人。连他自己也说不清，为什么会有如此的变化。说实在的，在情欲方面，铁麟似乎早已经心如枯井了。他不接触女人，也不接触男人。就是说，他没有男贪女恋之心，也没有龙阳之好、断袖之癖。他觉得自己身上那与生俱来的情欲已经死掉了，或者像是冬季的青草一样干枯了，又被烧成了灰烬。刚才与妞妞那一瞬间，他突然发现了一种极为熟悉又极为陌生的感觉。难道真的如唐大姑所言，他还没有老，还有方刚的血气吗？果真如此，他原来怎么没有发现呢？他为什么这么长时间对女人没有丝毫的兴趣呢？

唐大姑劝他不能"废"，并且答应为他治好病。或许，刚才的事情证明唐大姑说得对，他还有救。可是现在，确切地说是妞妞将手伸向他的阳具的那一刹那，他那刚刚迸发出火星儿的情欲又迅速地冷却了……他虽然还把妞妞搂在怀里，却一点儿情绪都没有了。充其量只是对一个小童的爱怜，像是对一个物件的欣赏和喜欢而已。

铁麟深深地叹了一口气，自己真的老了。

此时此刻，妞妞万万想不到铁麟的心境会有如此巨大的变化。铁麟的喜怒无常着实把他吓了一跳，但是他马上就以自己简单的经历做出了合理的解释：大人物都这样，男人都这样，没有脾气怎么能叫人畏惧呢？以后他小心一些就是了。慢慢地妞妞又在铁麟的怀里扭动起了身子……

一阵马蹄声和嘈杂的人声传来，铁麟知道围剿造假市场的各路人马回来了。他立刻推开小童，登上了船头。

夏雨轩、金汝林、陈天伦和甘戎翻身下马，登上船头。一个个满头大汗，神采飞扬。

夏雨轩禀报说："我等遵照大人指令，全面围剿了河西务造假市场。共查获砂石八百七十五石，胶泥九百八十六石，糠秕七百八十九石，麦麸四百五十三石，造假药材二千三百五十六斤，抓获造假贩假人犯一百二十三名……"

铁麟振奋起来，果决地说："将造假物资取样留赃，将人犯押往通州大牢！"

几个人下了船头，翻身上马，飞奔而去。

碧水滔滔，残阳如血。铁麟站在船头上深深地吸了一口气，又吐出了一天秋色。

第十五章

秋天到了。北方的秋天有点儿凉,早晚凉,中午热。凉的时候让人觉得该穿棉衣了,可热的时候又让人光着膀子还出汗。老百姓管这种天气叫尜尜儿天,尜尜儿是北方孩子用木头修的一种玩具,像个枣核儿,两头极小中间极大。这个季节的衣服不好穿,从棉衣到夹袄到毛衣到短褂,所以说二八月乱穿衣。

眼下正好是中秋八月。不过,对于一个年轻的、健康的人来说,秋天是最令人振奋的。特别是早晨,早晨的空气是那么新鲜,似乎每一缕空气都是刚刚从那湛青碧绿的草木叶子中滤出来的,凉丝丝的,甜津津的,吸一口沁透心脾。早晨的天空是那么洁净,瓦蓝瓦蓝的,像是刚刚用清水冲刷过的,抬头看看天空上飘浮的云朵,以及擦云而过的南飞的大雁,便有一种想流泪的感觉。早晨的风也是令人渴望的,似乎吹来的不是风,而是一种舒筋壮骨的能量。迎着风就想唱,就想喊,就想展开双臂飞翔跳跃起来……

甘戎一睁开眼,没等秋叶把衣服准备好,就跳下了炕,七手八脚地穿上衣服,拎着龙泉宝剑就奔了后花园。她在后花园的凉亭前将一把龙泉宝剑舞得挥光曳彩,出神入化,让枝头上的麻雀叽叽喳喳惊叹不已。秋叶把洗脸水和漱口水都端来了,她练完剑以后,就要在这后花园痛痛快快地梳洗一番的。

此时此刻,铁麟却赖在床上不想起来。

不用说,他又是一夜没有睡好。睡是睡下了,却总是在做梦,几乎做了一夜的梦。梦是躺在炕上做的,可是也累,似乎他的肢体也参与了梦中的活动一样。同时,那些梦也像他躺在炕上的身子一样,翻过来掉过去地做,没完没了。先是梦见皇上召见他,又梦见皇上那一道莫名其妙的圣旨,又梦见河西务的造假市场,又梦见妞妞,妞妞好像是在皇宫里捧着那道圣旨,又是那条游船,还有夏雨轩、金汝林、陈天伦,后来又是妞妞,又是皇上,又是那道莫名其妙的圣旨……这到底是怎么回事呀?梦的累还不像劳作的累,不仅筋骨累,心累,脑子也累,整个身心都疲惫不堪。

冬梅端着脸盆和漱口缸进来了。每天早上,他都要坐在炕沿上洗脸漱口。

等洗漱干净了，再躺下等着樊小篱进来给他喂奶。樊小篱进来之前，也要梳洗干净，特别是要洗澡。她要带着一股干干净净、清清爽爽的气息进来。铁麟喜欢干净，甚至可以说有点儿洁癖。

自从樊小篱来了以后，冬梅的心里总是有一种异样的感觉。这感觉让她很委屈，很不舒服，好像樊小篱从她的身边抢走了什么。她从来不理睬樊小篱，夏草和秋叶都说樊小篱长得好看，可她连看都不看她一眼。好看什么？狐狸精。

没有人注意冬梅的变化，只有樊小篱看出来了。樊小篱整天战战兢兢地待在这个家里，尽可能避免跟冬梅接触。她觉得这个家很怪，从根本上说这还不能算是一个家。一个当大官的，在这个家里算是孩子呢还是家长呢？算孩子吧，他的地位又那么显赫，连知州见了他都得下跪；说他是家长吧，可屋里面大大小小的事情都是孙嬷嬷说了算，屋外面大大小小的事情都是曹升说了算，那个当大官的从来都是不闻不问不打听。一个甘戎，算是女儿呢还是儿子？说她算女儿吧，她又整天价舞枪弄剑，穿男人的衣服；说她是儿子吧，又跟父亲没大没小，撒娇讨贱。还有三个小丫鬟，从来没有见过当丫鬟的这么娇贵。小丫鬟有什么？不就是一根草标的命吗？还吵架，还斗嘴，还赌气，还……还他妈的看不起人。倒是曹升和孙嬷嬷真是不错，待人很和气，也知道体谅人。除了刚来那天看见孙嬷嬷跟她沉了脸，后来总是笑眯眯的。她待在这个家里没事干，闲得慌，总是主动地去帮帮厨、扫扫院子什么的，孙嬷嬷和曹升总是拦着她。不干活儿，还吃得好，每餐都有荤有素。对于樊小篱来说，她从生下来到现在，从来就没有这样清闲过，也没有吃过这么多好东西。她该知足了。

只是，她还是不习惯给一个半大老头子喂奶。每次去喂奶，她都紧张得要命，像是将要上堂受刑一般。那个大官躺在炕上等着，老老实实地等着，比婴儿还老实。她从来没有仔细看过他，到如今她也不知道那个大官到底长得是什么样子。是圆脸庞还是方脸庞，是单眼皮还是双眼皮，是高鼻梁还是低鼻梁，她都不清楚。别看她给他喂了这么长时间的奶了，真要是让她在别的地方见到他，她照样不认识他。她有时候也想看一看他，他毕竟是在吃自己的奶。不用说是个人，就是一只小动物，她喂上几口奶，还跟它有一种骨肉之情呢。在冯寡妇家里，她家的一条母狗下了八条小狗，其中最小的那条小狗总是吃不上奶，饿得快要断气了。冯寡妇就让她给那条小狗喂奶，喂了几次就喂出了感情，她总是一手抱着自己的儿子，一手抱着那条小狗，搂在自己的怀里亲不够爱不够。难道这半大老头子还不如一条小狗吗？

她想好了要看看那个吃她奶的大官，可是进了屋她便掉了胆子似的，紧张得赶忙扭过头去。她的乳房被大官吮吸着,脑袋却歪在一边,身子扭得生疼。好在那个大官也不怪罪她,他只是吃奶,像孩子似的贪婪地吃奶,从来不对她动手动脚的,这让她渐渐地放心起来。有时候她也想,给一个半大老头子喂奶和给孩子喂奶有什么区别呢?给孩子喂奶是要抱在怀里的,那是两个躯体的亲密接触。那个粉红色的肉体跟她那雪白的胸脯紧紧地贴在一起,融为一体。不仅仅是接触,还有交流,那小鼻子、小眼儿、小嘴唇儿、小屁股、小鸡鸡……她都非常熟悉,她都摸遍了看遍了。还有哭声、笑声、啊啊声,这一切都是那么亲切,那么和谐,那么令人愉快和满足。可是,给一个半大老头子喂奶,便仅仅是喂奶了。她像一架产奶的机器,而那老头子又像个吸奶器。就这样,把机器移动到吸奶器旁边,吸奶器开始吸奶。把奶吸完了,那机器也就移走了。

这种比喻还不够确切,这个吸奶器毕竟是个活物儿。她的乳头被叼在嘴里的时候,有一种暖烘烘、麻酥酥的感觉。还有舌头,舌头是会说话的。那会说话的舌尖儿有时候会很轻柔地舔她的乳头,舔得她有点儿受不了,想叫。再有,他吮吸的时候很有劲儿,比婴儿的劲儿大多了。这种感觉她有过,她的丈夫就这样吮吸过她。丈夫好奇,说不记得奶汁是什么味道了。她把丈夫的脑袋搬过来,让丈夫吮吸。她清清楚楚地记得,或者说她永远也不会忘记。丈夫把她吮吸得心潮激荡,浑身都热得鼓胀起来。她受不了了,她叫,她要他。她先于丈夫疯狂起来,从未有过的疯狂,她尖叫着,叫得酣畅淋漓,叫得不顾廉耻,叫声把寂静的黑夜都撕碎了,把窗户纸都惊破了……终于,在她的声嘶力竭的大叫中,她获得了从未有过的满足,死了般地瘫痪在丈夫的怀里……事后,她突然发现,她太疯狂了,那窗户纸不是被她的叫声惊破的,是被一条舌头舔破的,因为她看见了那破洞外面的一只眼睛,那是房东冯寡妇的眼睛。

总是在这个时候,也就是在她想偷眼看一看那个吮吸她乳头的人的时候,冬梅便捧着衣服进来了。那个吮吸她乳头的人好像跟冬梅事先约定好了似的,也刚刚就在这时候停止了吮吸。说不清为什么,每到这个时候,她的脸总是烧得烫烫的,不要说看那个大官,连冬梅她都不敢瞟一眼。她像干了一件无地自容的事情被人家当场抓住了似的,急忙掩上衣襟,低着头匆匆地离开这间屋子。

冬梅正给铁麟穿着衣服,曹升站在门外禀报说,坐粮厅许良年大人求见。

铁麟说:“你让他在外面客厅等候,我马上就来。”

曹升答应着去了。

与坐粮厅相比,仓场总督衙门要简单一些,规模也小一些。大门仪门之内,便是大堂二堂。二堂后面有一条甬道,两边是花厅。再往后便是后宅了,后宅分东西两座,铁麟住在东边那座。后宅前面有一套大房,中间是客厅,左边是书房,右边是餐厅。铁麟所说的外面客厅,就是指这座房间。跟所有的衙门一样,仓场总督的后宅也属于私宅,一般的人是不准随便出入的,除非是亲属或至亲好友。

铁麟进了客厅,等候那里的许良年立即起身,撩袍跪拜:"下官许良年给大人请安,谢大人恩赐。"

这话说得让铁麟摸不着头脑,随口问:"本官恩赐你什么了?"

许良年从怀里掏出一串香珠儿,举到头顶上:"犬子年幼不懂事,随便索要大人的心爱之物,下官特意给大人送回来,请大人查收。"

铁麟一惊,脑袋都大了。这不是昨天在游船上送给妞妞的那串香珠儿吗?怎么跑到他许良年手里去了?

许良年说:"是下官管教不严,让大人为难了。"

铁麟还是有点儿不相信,问:"这香珠儿你是从哪儿来的?"

许良年说:"这是犬子昨天跟大人索要的。"

铁麟问:"你说的是谁?"

许良年说:"犬子妞妞,就是昨天在游船上伺候您的那个小童。"

铁麟一下子蒙了,妞妞怎么会是许良年的儿子呢?要是那样的话,昨天所有的事情不是都让许良年知道了吗?一个仓场总督,堂堂的二品大员,亲昵娈童,还是自己下属的儿子……天呀,这到底是怎么回事呀?大清王朝有明确的法规,官员不许嫖妓,捉到之后要受到严处。法规是法规,可是朝廷从来就没制止过哪个官员狎妓,然而毕竟还是有这么一条法规的。狎优是可以通融的,特别是养优蓄伶更是时髦。不少王府贵族都有自己的戏班子,里面的优伶多是私家亲宠。大清的官员中不少人都有断袖之癖,这已经是公开的秘密了。但不管怎么说,这毕竟不是一件光彩之事。被人发现了,总是有失体面的。

看着跪在地上的许良年,铁麟心虚起来。他突然想起了昨天在游船上夏雨轩跟他说的那些话,漕运码头,上下左右,盘根错节,他们早就编织成了一张网,一张疏而不漏的网。他们这张网就是冲着他撒开的,难道自己真的成了他们网里的一条鱼吗?再有,昨天陈天伦告诉他好像在河西务见到了常德旺,这难道是巧合吗?他们昨天所有的行动无疑都被他们知晓了,是他们时时刻刻都在监视着他,还是因为不慎走漏了消息呢?要是他时刻都在他们的监视之下,那也太可怕了,太过分了;要是有人走漏了消息,能是谁呢?

按照礼节,铁麟早就该让许良年起来了。可是他不发话,许良年也只好弯腰低头地跪在地上。铁麟心里的火气一阵阵地往上拱,他竭力地压抑着,使自己能镇静下来。很长时间以来,他对坐粮厅一直是百倍警惕的。他警惕的不是金简,而是许良年。他知道许良年这个烟不出火不冒的蔫神是有一肚子坏水的。他尽可能地与他保持距离,生怕有什么纠缠不清的地方。万万没想到,许良年给他下了这么一个套儿。这个套儿他钻进去了,还钻得心甘情愿。绳子已经套在自己的脖子上了,今天早晨他就是来收套儿的。收套儿又怎么样?能把他勒死,嘿嘿,没那么便宜。你抓着我什么了?不就是我跟你的儿子玩玩吗?这有什么了不起的?张扬出去,我面子不好看,你养了那么一个不男不女不阴不阳缺廉少耻的儿子就光彩吗?想到这里,他故意大声咳嗽了一下,重新抖擞起了威风,厉声问:"许良年,妞妞真的是你的儿子?"

许良年只好说:"啊……是下官的义子。"

铁麟说:"义子如同亲出。妞妞本官见到了,是一个挺聪明的孩子,你怎么不教他读书识字,谋点儿正经的本事呢?是不是有其父必得有其子啊?"

许良年辩解说:"大人,下官还是认真读了点儿书的,不管怎么说下官也是两榜进士,靠正途上来的。"

铁麟嘲讽地说:"是吗?那你就更应该好好管教一下孩子了。"

许良年心里骂了起来,你他妈玩弄了我的儿子还有理了?还怪我没有好好管教孩子,我的儿子不成器,是下流坯,你他妈就是好东西吗?我来管教儿子,谁他妈的来管教你呀?许良年气得不由得浑身发抖,嘴里恶狠狠地说:"大人,犬子从幼顽皮好玩,养成了不良癖好。没想到大人您也……"

铁麟用眼角不屑地瞟着许良年:"说下去呀,本官怎么了?"

许良年咬了咬牙:"听妞妞说,您跟他玩得挺开心的。"

铁麟说:"这么说,你是故意把妞妞送到本官身边来的了?许厅丞这样做不知道图的是什么。"

铁麟的这句话像两排钢牙似的咬住了许良年的喉咙,许良年心里战栗起来。他急忙磕了个头,无限委屈地说:"回大人,犬子经常到处乱跑,实在不知道昨天他是怎么纠缠大人的。请大人恕罪,下官一定严加管教。"

铁麟说:"不对吧?昨天本官问过妞妞,他好像说是他父亲叫他专门来伺候本官的。真是这样,本官就谢谢你的好意了。"

许良年急忙分辩说:"不不不……绝不可能,那孩子经常乱说,下官昨天一直在两坝上监督收粮,金大人可以做证。"

铁麟问:“这么说,你昨天不知道本官是干什么去了?”

许良年说:“下官实在不知道大人的去向。”

铁麟说:“既然你不知道,本官就告诉你吧。本官昨天带着几个人到河西务去了。”

许良年不知道该如何应酬铁麟的话,只好低着头听着。

铁麟接着说:“河西务有个掺假造假的市场,你听说过吧?”

许良年说:“略有耳闻。”

铁麟说:“略有耳闻?难道没有人向坐粮厅禀报吗?”

许良年自知失言,忙说:“啊……有的,那个造假市场也实在猖獗。”

铁麟问:“那你们是怎么查处的?”

许良年说:“下官和金简大人曾经亲自率兵围剿,可都是一无所获。”

铁麟问:“为什么一无所获?”

许良年说:“下官也感到奇怪,怕是有人走漏了风声吧?”

铁麟问:“这么说,坐粮厅里面肯定有内奸了?你们查出来没有?”

许良年脸上的汗水滴在了砖墁地上,溅出了几片湿印。到现在为止,他才真正知道铁麟的厉害。

铁麟这才出了一口气,说:“你起来吧,把那串香珠儿给本官留下。回去告诉妞妞,让他有时间就到总督衙门来玩儿,那孩子很有趣,本官很喜欢他。”

许良年说了声谢大人,便站起身来。

望着许良年走出去的背影,铁麟突然哈哈大笑起来。

最后一批漕粮收兑完成以后,陈日修跟儿子陈天伦商量,明年又是大比之年,问他是否参加秋闱。如果他参加明年的乡试,那么陈日修便继续当军粮经纪。经过一个夏天,他的脚伤差不多痊愈了,只是走路还有点儿瘸。不过无大碍,做军粮经纪是没有问题的。

陈天伦自己拿不定主意:“您说呢?”

陈日修问:“你有把握吗?”

陈天伦说:“从开春到现在,我连书本都没摸过一下,还真的没把握。”

陈日修说:“明年你要是不参加,又要等三年。”

陈天伦有点儿犹豫:“要不我去试试?”

陈日修说:“试试也未尝不可。不过我接着来当军粮经纪,有点儿小麻烦。我把密符扇交给你的时候,咱家是‘宿’字号,现在你挣回来一个‘盈’字号。‘盈’字号是老大,军粮经纪是对扇不对人,而军粮经纪中的老大是对人不对扇的。我再拿着这把密符扇,一个是码头上众人不服,再有坐粮厅也未必承认。”

陈天伦说:“那您的意思……是不是还让我接着干军粮经纪?”

陈日修说:“不不……我不是那个意思,我是说,不能耽误你的前程。我干军粮经纪,不在乎什么字号,还让我拿‘宿’字号不就行了吗?”

陈天伦说:“您拿‘宿’字号,那‘盈’字号呢?再还给马长山?这恐怕铁麟大人该不干了。”

陈日修说:“所以我说这事有点儿小麻烦呢。”

陈天伦说:“我真的要是不当军粮经纪了,还得请示铁麟大人。”

陈日修说:“那你什么时候跟铁麟大人透透气,摸摸他的心思。”

陈天伦笑了:“您真是的,您以为您儿子是谁呀,几品呀,就能随便见总督大人?人家可是二品大员。”

陈日修说:“你不是跟他的女儿很熟吗?让她带你去见不就行了吗?”

陈天伦说:“这种事咱可不能做,通过人家的女儿走关系,传出去我可丢不起这人。”

陈日修说:“要不,让夏叔叔带你去见见铁大人?”

陈天伦摇着头说:“也不好,无论通过谁,总是在走关系。”

陈日修说:“这怎么能算是走关系?你又不求他什么。”

陈天伦说:“怎么不求他什么?明摆着我去参加乡试,就把‘盈’字号交给您,这还不叫走关系?”

陈日修说:“咱不去占那个‘盈’字号呀,咱可以把‘盈’字号让出去呀?”

陈天伦说:“您真的舍得让出‘盈’字号?”

陈日修不言语了。在军粮密符扇中是大有学问的,一百个字号,是按照《千字文》排列的。字号的先后次序不同,所得到的报酬也不同。光说一个“盈”字号,一年的收入比得上别的字号三年的收入。这还是像陈天伦这样按照章程清正廉洁地做,要是稍稍有点儿贪心,一个“盈”字号顶得上别的字号十年八年的收入,这还了得?陈日修当军粮经纪二十多年了,这军粮经纪他当得如临深渊,如履薄冰。都是军粮经纪,“盈”字号是婆婆,“宿”字号就是小媳妇,甚至是孙子媳妇。每年正月,他都得战战兢兢地伺候着、巴结着“盈”字号。他本来也是个读书人,也有读书人的清高和傲骨。可是二十多年的军粮经纪,当得他一点儿脾气都没有了,硬是把狼的性子磨成了狗。今春他受伤以后,将密符扇交给陈天伦,实在是出于万般无奈。他知道陈天伦的性子,这个性子是不能在码头上混的。没想到他一鸣惊人，开漕就挣了个“盈”字号。当“盈”字号军粮经纪，是每一个军粮经纪做梦都惦记着的。不仅仅是为了多挣钱，光图钱有的是办法。漕运码头就是金山银山，从哪儿上去都能发财。一百双眼睛窥视着的是“盈”字号的位置，是“盈”字号的权力，是“盈”字号的威风。好不容易把“盈”字号挣到手了，能轻易地放弃吗？陈日修让陈天伦去找仓场总督，表面上不说为的是保住“盈”字号，内心的秘密却被儿子一语道破了。

可是，舍不得放弃“盈”字号，就得放弃儿子的前程，儿子的前程能放弃吗？

陈日修已经为了这件事好长时间睡不着觉了。他得去找夏雨轩，这件事无论如何得跟夏雨轩商量商量。

夏雨轩毕竟是知州大人了，交情再深，也不能坏了规矩。他不能再像过去那样想见他推门就进了，他写了一封信，派侄儿陈小虎送到州府衙门。夏雨轩接到他的信，马上写了回执，约他晚上去后宅喝酒，并邀请嫂夫人和贤侄陈天伦一起去。这已经是很高的礼遇了。

陈天伦想去，可又不便去，想来想去，还是不去吧。这样，陈日修夫妇便应邀前往了。进州府衙门，非同去一般的宅第，太寒酸了不行。陈日修雇了两顶小轿，自己和夫人各乘一顶，这样才不至于给知州大人丢脸。

夏雨轩当上知州以后，生活依然很简朴。后宅的家具用品都是前任留下来的，属于自己的只有衣服被褥。所不同的是，除了多了一个陪伴雪儿的红红，还找了一个做饭的。做饭的是个四十多岁的妇女，通州北关人，白天帮助烧火做饭，晚上回家。

见陈日修夫妇来了，夏雨轩一家人都跑到后宅的门口迎接。夏雨轩与陈日修相揖行礼，夏夫人拉着天伦妈的手，雪儿亲自高挑着门帘儿。两家人亲亲热热又到了一起，像是久别重逢般地热闹非常。

见陈天伦没有来，夏雪儿心里一下子就冷了半截儿，情绪也立刻低落下去，可她又不好开口打听。

还是夏夫人问了起来：“天伦呢？天伦怎么没来？”

天伦妈说：“孩子大了，不愿意再跟我们一块儿出来了。再说，他也忙，也不知道忙些什么。说了，赶明儿单独来看望你们。”

雪儿的心里暗暗埋怨起来：哼，不就是个军粮经纪吗？就端起了架子。有什么了不起，幸亏我还是知州的女儿，我要是一般的平头百姓的女儿，怕早就把我忘得一干二净了。还赶明儿单独来，你来过吗？

接下来便是摆酒入席。在一般的家里，女眷是不能跟男宾同桌用餐的。可是夏陈两家关系非同一般，人口又少，陈日修一招呼就在一起吃了。夏雨轩跟陈日修喝酒，夏夫人、天伦妈还有雪儿边吃饭边聊闲话。偶尔也会交叉着聊上两句，互不干扰，情深意切，其乐融融。

两杯酒下肚，陈日修便急不可待地跟夏雨轩商量起了正经事，是让陈天伦明年参加秋闱呢，还是让他继续当"盈"字号军粮经纪。这确实是个问题，夏雨轩也知道陈家父子拿不定主意才前来找他的，便沉吟起来。

坐在陈日修对面的雪儿听说了，来不及思索，便抢着说："要我说，还是让天伦哥哥参加秋闱。天伦哥哥读了那么多年书，那么大的学问，在码头上当个军粮经纪太屈才了。"

雪儿说完了，却没有人搭腔。她抬头看看父母，又看看陈家二老，都沉着脸不说话。她立刻意识到自己不该这么沉不住气，大人商量事，哪儿有你多嘴多舌的份儿。要不是父母宠着自己，早就当着客人的面教训开了。大家不说话，也算给足了她的面子了，她的脸红了起来。

其实，大家不说话实在没有怪罪雪儿的意思，女孩儿心细，好察言观色，多了心。这件事无论对陈家，还是对夏家都是关系重大的。在座的人各有各的想法，各有各的顾虑。就说夏雨轩吧，让他怎么表态呢？说让陈天伦参加大比吧，好像他家多么看重功名似的；说让陈天伦继续当军粮经纪吧，万一耽误了陈天伦的前程怎么办？再说，军粮经纪虽说算不上什么官，甚至连吏都算不上，可是实惠。"盈"字号军粮经纪，一年下来少说也得挣三五千两银子。一个过日子人家，三五千两银子，能说扔就扔吗？

雪儿还是个孩子，不当家不知道柴米贵。她正是年轻气盛的时候，当然觉得中举人、考进士风光，前程远大。有父亲在前面做出了榜样，她还能有别的选择吗？

雪儿在说这句话的时候，确实没有过多的考虑，让陈天伦走父亲的道路，是她根深蒂固的想法，顺口便说出来了。也许是说者无心，听者却是有意的。天伦妈瞥了雪儿一眼，用脚尖在桌下踩了陈日修一下。陈日修立即便明白了她的意思，看见了吧，人家姑娘可看不上军粮经纪，人家要的是功名，你要是想娶雪儿当儿媳妇，就得让天伦去参加大比。不中个举人回来，人家肯定不会嫁给你的。

夏雨轩端着酒杯问："天伦什么意思？"

陈日修说："他也二意思思，拿不准主意。"

夏雨轩又问:“您这脚伤好利索了吗？他要是参加科考,您能再把军粮经纪接过来吗？”

陈日修说:“我的脚伤倒没事了,虽说走路还有点儿不利索,去码头收粮是没问题的。只是……”

夏雨轩说:“您说,还有别的事吗？”

陈日修犹豫了一下,终于把要说的话说了出来:“只是……天伦接我的时候是‘宿’字号,眼下他挣了个‘盈’字号回来……”

毕竟老脸要面子,陈日修没能把要说的话全说出来。可是,他后半截的意思夏雨轩都懂了。聪明人与聪明人交流就是这样子,话不必说透,点到为止。不过,陈日修下面所担心的事情,夏雨轩也为难。陈日修要接儿子的“盈”字号,至少要经过坐粮厅认可。坐粮厅能认可吗？坐粮厅不能认可就得要仓场总督同意,谁能到仓场总督那儿求情？除了他夏雨轩,还能有别的人吗？这件事,不要说今日陈日修求到他了,就是不来求他,他能不管吗？不但要管,还要主动管,从哪个方面说,他都是责无旁贷的。可是,看起来这是一件小事,看起来他跟铁麟的关系很近,真要是找铁麟通融,百分百地要碰钉子。铁麟正处在急于建功立业的风口浪尖上,肯定会秉公办事,他的茬口儿比钢还硬,能生往上碰吗？

陈日修见夏雨轩没有接他的话茬儿,知道他为难了,很后悔,脸上也发起烧来。

夏雨轩说:“这样吧,赶明儿我找天伦谈一谈,跟他一块儿合计合计。来吧,咱先喝酒。”

大人物毕竟是大人物,处理起事情来绝不会真斫实凿,钻牛角尖儿,不留余地。一块冰,陈日修拿不住了,想推给夏雨轩。夏雨轩呢,既没有把冰接过来,又没有把冰给陈日修推回去,而是先撂在一边,让它慢慢地融化。这样一来,没给老朋友什么承诺,也没得罪老朋友。陈日修听说夏雨轩要亲自跟天伦谈谈,有了这么一个负责任的态度,他已经非常满意了。

夏雪儿听着他们的谈话,心里却觉得很不舒服。她觉得这件事无须商量,明摆着陈天伦应该去参加大比,要不是为了参加大比,陈天伦读那么多书干什么？他考秀才干什么？到国子监干什么？现在凭什么不让他去参加大比了？不就是因为个军粮经纪吗？不就是每年几千两银子吗？难道为了银子天伦哥就得牺牲一辈子的前程？他看看父亲,又看了看陈父,觉得他们太不关心天伦哥哥了,太不为天伦哥哥负责了。可是,心里这些话又不能说出来,有些话只能跟天伦哥哥去说,有些话甚至跟天伦哥哥也不能直接说。唉,真是急死人了。

渐渐地,酒桌上的气氛又活跃起来,夏雨轩向陈日修劝着酒,夏氏母女给天伦妈布着菜,客客气气的两家又变成了亲亲热热的一家。

钻进被窝儿以后,小鹌鹑突然对许良年说:“我有了。”

许良年没听明白:“有什么了?”

小鹌鹑拉过许良年的手,摁在自己的肚子上:“你摸摸。”

许良年的手顺着小鹌鹑的肚子往下滑,滑到肚脐处,他是觉得小鹌鹑的肚子比平时鼓胀多了,圆滚滚的,还硬。许良年一惊:“谁的?”

小鹌鹑火了:“废话,自打……以后,我跟过别人吗?”

许良年说:“上次临清卫的徐嘉传在天河楼请客,我不是让你陪过夏雨轩吗?”

小鹌鹑说:“我不是就陪着他喝喝酒,在他怀里打了几个滚儿吗?你看见的。”

许良年说:“喝完酒之后,你不是又送他回客房休息了吗?”

小鹌鹑说:“是啊,他醉得一摊泥似的,没进屋就睁不开眼了。我把他撂在炕上就出来了,后来咱俩不是还……”

许良年还是不放心:“我不在的时候你就没跟过别人?”

小鹌鹑说:“你说我能跟谁呀?你整天价跟饿狼似的,光伺候你一个人就把我累得趴了架,我那玩意儿又不是铜帮铁底……”

许良年不说话了。

小鹌鹑偎在他的怀里,吧唧吧唧掉起了眼泪。这是小鹌鹑对付男人的撒手锏,她对男人不满了,或者受了男人的欺负,不吵不闹也不跑,就是一声不响地吧唧吧唧掉眼泪。她的眼泪很特别,一对一对地往下掉,又大又圆又透亮,珠子似的,而且还源源不断,好像什么地方有个闸门控制着。别说,跟过小鹌鹑的男人都怕她这一招儿。女人柔弱心细,可是硬起来的时候能宁折不弯。而男人,甭管多大人物,多厉害,甚至多狠毒,总有心软的时候。

许良年瞪着两只眼睛看着顶棚,一副心事重重的样子。其实,他根本就没把小鹌鹑的事放在心上。对于小鹌鹑来说,她肚子里怀上了孩子,可能是一件大事,天大的事。可是在许良年的心里,随便拎出哪件事来都比这件事大得多。不就是怀个孩子吗?女人不怀孩子才不正常,怀上孩子有什么稀奇。愿意生就生,不愿意生就打掉。啰唆什么?

许良年正想着今日早上的事，昨天他几乎一夜都没有睡，把每一个动作、每一句话都设计好了。想着想着，还偷偷笑过好几回。铁麟终于钻进了他的圈套儿里，几乎没费什么劲儿。这个叱咤风云的英雄，这个铁面无私的总督，这个一心想扫除漕弊的二品大员，不是像一团软棉花似的瘫在一个娈童的身上了吗？哈哈，都他妈是假的，都他妈是儿媳妇肚子——装孙子，都他妈是吃粮食的，我就不信你铁麟不食人间烟火。他想象着铁麟的尴尬，铁麟的无地自容，以及下一步如何将铁麟牢牢地抓在手里……全想好了，就是事态的发展没有按照他的设计进行。他见到铁麟，跪下来本来是出于礼节，甚至出于对他的嘲弄，可是铁麟就成心不让他起来。就这么一直跪着，无论你说什么，只要是跪着，就先比别人矮半截。他把那串香珠儿拿出来，铁麟居然还是面不改色心不跳。是呀，他心跳什么呢？人家是朝廷命官，玩玩娈童又能怎么样呢？不过是名声不好听罢了。要是人家不在乎名声呢？铁麟就好像不在乎，至少在许良年面前是这样表现出来的。许良年给铁麟抛出个圈套儿，铁麟反倒用那圈套儿套住了他，不但套住了他的手脚，还套住了他的脖子。真可谓是赔了儿子又折兵。

想到这些，许良年突然胆虚起来。他突然觉得铁麟很厉害，他远不是铁麟的对手。在很长时间里，许良年是瞧不起满族官员的。无论是文官还是武官，汉人都是靠真才实学和真本事上来的。而满人呢，他们可以靠祖宗，靠关系，靠皇帝的恩赐。在他的眼睛里，满族的官大多是像金简那样的草包。没想到居然也有铁麟这样精明强干之流，看来朝廷还是长了眼睛的。

说实在的，将妞妞派向铁麟的身边，原本他也没有抱着什么重大目的，只不过是投石问路。他不知道铁麟有没有断袖之癖，他甚至曾经听说过铁麟是不近女色的。一个不近女色的人能喜欢男童吗？但是，他却知道铁麟有乳瘾。当然，这也是道听途说而已。铁麟有乳瘾是个绝密，怎么会传出来的呢？他对这事也同样是半信半疑。但是，通过妞妞对铁麟的试探，他现在倒是宁可信其有，也不信其无了。无论什么时候，一个大人物，或者一个被公众关注的名人，是没有什么秘密可言的。而长期以来，为了掌握铁麟的动向，他就想在铁麟身边安插一个人，一个很可靠的人。

许良年怀里搂着小鹌鹑，想的却是自己的心事。就这样心潮澎湃地想着，也不知道过了多长时间了。小鹌鹑就这样默默地流着眼泪，不急也不恼，服帖温顺得像一只可怜巴巴的小动物。许良年的胸脯子已经被小鹌鹑的泪水浸湿了一大片，突然，许良年心里一动，又一个深谋远虑的计划在他的脑子里生发出来。他伸手扳起小鹌鹑的脑袋，柔和地问："多长时间了？"

小鹌鹑低声说:“已经快五个月了。”

许良年算计着,五个月,明年二月份就能生了……

小鹌鹑说:“都说酸男辣女,我就是想吃酸的,说不定是个儿子。”

许良年说:“你想把这孩子生下来?”

小鹌鹑说:“养儿防老,我总得有个依靠呀。”

许良年想了想,说:“这样吧,我在北京城里给你买套房子,你离开通州这个地方吧。”

小鹌鹑急忙问:“你是叫我从良。”

许良年说:“你总不能当一辈子婊子吧?”

小鹌鹑一听,立刻撩起被子,一骨碌爬起来,光着屁股就跪在许良年的身边,咚咚地就给他磕起了头:“许大人,小鹌鹑这辈子也忘不了您的大恩大德。我一定把我的儿子……不……是咱的儿子扶养成人……让他像您一样,干大事,有出息,有前程……”

许良年心疼了,一把拉倒了她:“快躺下,别冻坏了。”

小鹌鹑紧紧地搂着许良年,用肢体继续表示着对许良年的感激之情。

许良年说:“不过,你不能再叫小鹌鹑了。”

小鹌鹑说:“我不是改叫杜鹃了吗?”

许良年说:“杜鹃这个名字也不能叫了。”

小鹌鹑问:“那叫什么?”

许良年说:“到时候再说吧。”

第十六章

仓场总督是有两处衙门的,北京的仓场总督衙门在东裱褙胡同。每年开春,第一批漕船抵通之前,仓场总督就要到通州的衙门里办公。待秋末冬初之季,所有的漕粮都收兑完了,仓场总督又会回到东裱褙的衙门去。所以通州地区有一句歇后语:仓场总督进京——报完。

在东裱褙衙门料理公务,就不像在通州衙门那么紧张了。按照官府的规矩,京官都不住在衙门里,公务办完以后都要回到自己的府宅。

整整一个冬天,铁麟每到吃饭的时候就觉得不对味儿。究竟什么不对味儿,他说不上来。这只是一种感觉,一种很细微很玄妙的感觉。因为连自己也说不清楚,他便没有跟任何人讲。从此他便养成了一种毛病,吃饭的时候总是发愣,愣愣呆呆地端着饭碗。别人看着疑惑不解,他自己有时候也觉得不好意思。家人以为他在想心事,怕打扰他,谁也不敢问他。就这样,一冬过去了,又到了“七九河开,八九燕来”的时候了。

这一天一家人在进晚餐的时候,甘戎问他:“爸爸,您是不是又要去通州的仓场衙门了?”

铁麟说:“是又怎么样?”

甘戎说:“我还要跟您去。”

铁麟说:“你去年给我闯了那么多祸还不够吗?”

甘戎说:“您真不讲理,您光记着我闯祸了,怎么不记得我给您帮了多少忙呀?”

铁麟笑了,其实他是一百个愿意把甘戎带去的。有这么一个聪明能干的女儿在身边陪伴着,他不仅有一种安全感,还有一种自豪感和成就感。

孙嬷嬷说:“甘戎在外面疯惯了,在家里闲不住,这一冬天就往通州跑了十多次。”

铁麟疑惑地看了看她:“你没事往通州跑什么?”

甘戎说:“吃饭呀。”

铁麟不解地问:“吃什么饭呀?在家里也没饿着你。”

甘戎说:“那不一样,通州的饭就是好吃。”

一句话把铁麟提醒了,对,通州的饭就是跟家里的饭不是一个味儿。他终于把这个感觉抓住了,就是这么回事。这一冬天的滋味儿他都没有咂摸出来,还是女孩儿家敏感精细,一下子就把奥妙揭出来了。可是,这奥妙到底是什么呢?通州的饭北京的饭不都是用俸米做出来的吗?怎么不一样呢?他问孙嬷嬷:“咱家这米是什么时候领的?”

孙嬷嬷说:“去年八月领的。”

铁麟沉思起来,去年八月领的……按说应该是前年的陈米呀,他们去年在通州吃的米也应该是前年的陈米呀,同样是前年的陈米怎么就不一样呢……

铁麟又问孙嬷嬷:“朝廷每年二月八月发两次米,现在是不是又该去领了?”

孙嬷嬷说:“曹升这两天整车备马,正准备去领呢。”

铁麟心里一动:“您去告诉曹升,今年我跟他一块儿去领俸米。”

通行的说法,漕运上是五闸二坝十三仓。五闸暂且不谈,都在通惠河上。二坝指的是土坝和石坝,土坝收兑的是改兑米,石坝收兑的是正兑米。十三仓是指设在北京城里的粮仓,即禄米仓、南新仓、旧太仓、海运仓、北新仓、兴平仓、太平仓、富新仓、万安仓、本裕仓、裕丰仓、储济仓、丰益仓,加上通州的大运西仓和大运中仓,习惯上也称作京通十五仓。在石坝上收兑的正兑漕粮储存在京城十三仓。在土坝上收兑的改兑漕粮,则储存在通州的大运西仓和大运中仓。京城十三仓的正兑米,主要是供应八旗官兵的军粮;通州二仓储存的改兑米,主要是供应王公大臣的俸禄米。每年发放两次,即二月和八月。

铁麟官阶属于正二品,每年的俸米是七十七石五斗。听起来数目不少,可毕竟是大门大户,上上下下张口吃饭的就四五十号人,摊到每一个人的头上就没多少了。领来的俸米是绝对不够用的,每年还要花银子从粮食市上购米购面。

这一天,曹升带着两辆大车,生龙活虎地朝通州奔去。正是冬末春初江河解冻之际,憋屈了一冬的北京人都急不可待地跑了出来。有经商的,有出游的,有走亲访友的,大多数则是出来找饭食的。因此,这一路上人流不断,倒也并不寂寞。铁麟突然意识到,正是俸米发放之时,可是前来领米的车辆却不多见。难道别人都有余粮,唯独自己等米下锅?

从北京到通州,有两条主要通道,一是水路,即通惠河,现在冰封未开,不能通船。二便是御石道,系雍正七年所修。早在康熙二年,从京城到遵化的东陵便建成了一条三百里之遥的御道。而从通州到朝阳门这一段,路面上则完全铺的是花岗岩条石。这条石路的修建,主要是为了运送正兑漕粮进京入仓。石路的路面宽两丈,两边还各有一条宽一丈五尺的土路。

甘戎是跟着他们一起来的,铁麟原本想让她跟自己坐一辆车,一边赶路一边跟女儿即兴地聊聊。可是甘戎却不干,硬是跑到了曹升赶着的那辆大车上。刚一出城,铁麟便知道了女儿的用意,原来她早就从曹升的手里抢过了鞭子,自己挥鞭策马赶起了车。给铁麟赶车的把式叫赵小六,是一位精明利索的年轻人。无论到什么地方,铁麟都喜欢年轻人,他觉得跟年轻人在一起自己也年轻了许多,精神也足,身上也有劲儿,话茬儿也多。一阵踏踏的马蹄声和激流般的车轱辘声逼过来,鞭梢儿噼里啪啦地在马头上响着,甘戎赶着的车追上来,要超过赵小六的车。

赵小六问铁麟:"老爷,大小姐的车要超咱们,让不让?"

铁麟的兴致高涨起来:"让与不让要看你的本事了,赶不过人家就别挡人家的道。"

赵小六的火气被铁麟的一句话鼓动起来,挥起鞭子叭叭叭三声,声声都炸响在前面两匹套马的耳根处。然后又抖起辕马的缰绳,猛喊了三声"驾",三匹马像发了疯似的奔跑起来。甘戎是个从不让须眉的豪侠女子,见赵小六把车赶了起来,噌的一下蹿上车辕,两只脚踩在车辕上,弯起腰挥鞭吆喝,风驰电掣。甘戎的大车追了上来,赵小六不让路,甘戎硬是往前逼。两辆大车,六匹快马,并驾齐驱。铁瓦大车的轱辘碾在花岗岩石道上,一路火星儿,嘎啦啦响成一片,霹雳闪电一般。

铁麟也张狂起来,欠起身子,两只手紧紧地把着车厢,一个劲儿地给赵小六鼓劲儿:"小六,加油,加油……你可是个小伙子,不能让女孩儿超过去……"

赵小六也学着甘戎的样子,蹿上车辕,拼尽全力挥鞭吆喝。空旷的郊外,笔直的石道上,骏马快车,倩男靓女,争先恐后。小伙子白衣青裤,长辫儿如鞭,一副冲天豪气。姑娘红衣青裙,秀发飞云,更是英姿飒爽。朝阳如火,霞光万丈,这一场生机勃勃的画面给正在泛青展绿的京郊大地平添了浓浓烈烈的色彩,令所有的行人驻足观看,连连叫好。

铁麟就是带着这样高涨的兴致来到通州大运西仓的。他在前面走着,曹升和甘戎紧跟在后面,所来的大车都等候在大门口。甘戎刚放下鞭子,头上还冒着汗，丰满的胸脯急促地喘息着，小脸蛋儿红润如霞，灿似春花。铁麟掏出汗巾，给女儿擦着汗，心里充满了慈爱，脸上露出了欢喜。每当在这个时候，他都会刻骨铭心地体验到，一个男人，最幸福的不是拥有温柔美丽的妻妾，而是一个引为自豪的女儿。

偌大的大运西仓也是冷冷清清的，大概还没有从过年休假的懒散中伸展过来，更不像是俸米发放的日子。

在北门的科房里，接待他们的书办姓刘。铁麟非常客气地问他"尊姓大名"，他只沉着脸说"免贵姓刘"，连名字都不告诉你。再看他那样子，叼着一只玉嘴烟袋，昂着脑袋坐在案桌后面，眼睛看着天花板，鼻子里喷着烟，连眼皮都不往下撩一下。你跟他说话，他爱搭不理，问三句答不了一句，答出的话来还是跟烟一起从鼻子眼里出来的。铁麟在官场上也混了几十年了，原来只觉得官大一级压死人，官越大架子越大。可是没想到他平生见到最有架子的主儿却在这儿。一个粮仓的书办，什么官？连流都不入，居然不把他这二品大员放在眼里。当然了，刘仓书绝对不会想到眼前被他摔鼻子甩脸的会是朝廷的二品大员。不要说二品大员，就是各部院的员外郎、主事，乃至章京、笔帖式也不会亲自来领俸米。到这儿来的多是管家，再大的管家也是奴才。奴才在他面前他能不摆架子吗？还有，这是让铁麟一直蒙在鼓里的，到这儿来领俸米的都是清水衙门和无门路无靠山的官。就是说，大多数王府大臣早就不到仓场来领俸米了。他们要吃米到市场上去买，市场上的米比仓场里的米新鲜多了。既然你家的主子都是囊货，给主子当奴才的还能有多大的本事？我刘仓书不跟你端架子跟谁端架子？跟仓场总督端架子，我长了几个脑袋？

铁麟并没有生气，跟这样的势利小人生气还算得上二品大员？他是把他当丑儿看，当新鲜哈儿看，当猫狗的忸怩作态看。还有，他眼下还用得着他，他得跟他领俸米，得了解一点儿仓场上的奥妙。铁麟依然脸上带着微笑，不愠不火地问："刘先生，我这些米票都能领什么米呀？"

刘仓书只是从鼻子里蹦出了四个字："按比例给。"

铁麟继续问："什么比例？"

刘仓书还是那腔调："到仓廒就知道了。"

曹升和甘戎早就忍无可忍了，铁麟一边用眼色示意着曹升，一边紧紧拉着女儿的手，不许他们说话。

刘仓书弯下腰，朝靴帮上磕了磕烟灰，又硬邦邦地问："你们到底领不领呀？"

铁麟说:“领啊,当然领了。”

刘仓书伸出了烟袋:“米票呢?”

曹升凑上前,把米票递了过去。

刘仓书用烟袋锅儿扒拉着米票,看了看,又数了数:“就这点儿?”

曹升说:“一共三十五石。”

刘仓书更加鄙夷地说:“三十多石粮食,也值得跑一趟?”

这话就更让铁麟不解了,三十多石的俸米还少吗?除了亲王和军机大臣,谁还能比我的米更多呢?

刘仓书数完了米票,这才放下烟袋,拿起笔来写了一张纸条儿:“到唐号廒。”

大运西仓的仓廒也是按照《千字文》排列的。过去的读书人,开蒙的时候读的多是三本小书,即《百家姓》《三字经》《千字文》。不要说真正的读书人,就是上过几天私塾认识几个字的人,也都能把这三本小书倒背如流。所以《千字文》成了许多地方排列序列数的一个方式,说到什么字,立刻就知道在什么位置上。铁麟默默地背诵了一下,便知道“唐”应该在第九十六号。“始制文字,乃服衣裳,推位让国,有虞陶唐”嘛。但是,“唐”字号到底在哪儿呢?

铁麟又问了一句:“唐号廒在哪儿?”

刘仓书却转过身,理也不再理他了。

曹升说:“您在这儿等着,我去把大车赶进来。”

这句话刘仓书倒是听见了,马上沉着脸说:“大车不许进仓场的门。”

铁麟一下子愣住了:“大车不许进来,那粮食怎么办?”

刘仓书说:“怎么办?自己往外扛。”

铁麟说:“我们就来了一个把式,没带扛夫。”

刘仓书用烟袋锅儿指着铁麟说:“你是干什么的?你没长俩肩膀吗?”

曹升的火气再也压不住了,上前啪地拍了一下桌子:“放肆,你在跟谁说话?”

刘仓书瞪起了眼睛:“你想闹事呀?来人呀……”

甘戎倒是沉住了气,一把拉住了曹升:“好了好了,我们自己去扛就是了。”

听到刘仓书的喊声,跑进来两个披甲看护:“刘仓书,出了什么事?”

铁麟急忙打圆场,对那两个看护说:“没事没事,我们不明白多问了两句。”

见铁麟他们服了软,刘仓书也不再说什么了,冲着两个看护挥了挥手,两个看护出去了。

出了科房的门，曹升气愤地说："这是什么仓场，简直是阎王殿。"

甘戎说："曹叔，您别生气，我一会儿就来收拾他。"

铁麟和曹升、甘戎一行捏着刘仓书的条子寻找"唐"号仓廒。仓场里空空荡荡的，只是远处晃动着看仓兵丁的影子，想找个人问问都难。走了半天，突然看见一个人在井沿上摇辘轳打水，铁麟便走了过去。

铁麟知道，这大运西仓里共有七眼水井，内四外三，内大外小。眼前的这眼井是最大的，井口有一丈五尺。一个圆形的石井盘上有四个井眼，俗称四眼井。每个井眼上架着一把辘轳，每架辘轳都拴着特大号的柳条儿罐。这些水井主要是用来防火的。为了防火，每个仓廒门前都放着四口大缸，每个水缸能装十二担水。这些水缸必须常年满着水，水蒸发了要及时补上。仓场里专门有负责担水的水夫，他的任务就是保证每一个水缸随时都是满满的。

铁麟朝那个水夫走去，这是一个中年汉子，蓬头垢面，破衣烂衫，脑袋上还扣着一个脏兮兮的毡帽头儿。他一边摇着辘轳，一边扯着嗓子鸟声鸟气号叫着。这声音尖尖的，像个女人。那腔调怪怪的，像哭泣，又像歌唱："船走水道，车走石道，人走狗道，猫钻地道，妖魔鬼怪，都走粮道，先碾新米，后运新稻，黄鬼入坟，白鬼进庙……"

铁麟走到井边，问着水夫："这位大哥，请问'唐'号仓廒在哪儿？"

水夫继续摇着辘轳，并不理睬铁麟。

铁麟以为他没听见，又抬高了声音问："劳驾，到'唐'号仓廒怎么走？"

水夫把水罐摇上来，放下辘轳把，将水罐拎起来往旁边的水桶里面倒着水，嘴里依然鸟声鸟气地似唱似号着："先碾新米，后运新稻，黄鬼入坟，白鬼进庙……"

铁麟还要问什么，过来一个打扫院落的仓役，对铁麟说："你搭理他干什么？他是个疯子。"

铁麟奇怪地问："疯子？这仓场里怎么还有疯子？"

仓役说："他原来是这儿的仓花户头，后来才疯的。"

铁麟又问："他是仓花户头？他叫什么？"

仓役说："叫什么我不知道，我才来没几天，大伙儿都叫他李疯子。"

铁麟说："李疯子？这么说他姓李了？"

仓役说："可能是吧。"

铁麟问："那请你告诉我，'唐'号仓廒在哪儿？"

仓役说："这边是'昆'字号，可能在西南角那边。"

铁麟朝西南角的方向走去,七问八问,七拐八拐,好不容易才找到了“唐”号仓廒。看仓廒的仓花户还不错,态度挺和气,看了看曹升递过来的条子,问:“你们的口袋呢?”

这时候曹升才想起来领粮是需要自带口袋的,可是口袋都在大车上,大车被拦在了大门外面,还得去取。

仓花户说:“怎么,你们的大车干吗不赶进来呀?”

铁麟听出了这话有些蹊跷,便问:“老哥,这来领俸米的大车,是不是都不进仓场呀?”

仓花户说:“不进仓场怎么办?你们花钱雇扛夫怎么着?”

铁麟说:“不是我们不想进,是那个刘仓书不让我们进呀。”

仓花户看了看铁麟:“你们是第一回来领俸米吧?”

还真是,连曹升也没有亲自来过,每年都是赵小六来领。曹升是大管家,零碎的事情他一般都是打发下面去做。今年铁麟说要亲自来,他才跟随在左右。

仓花户笑了笑,说:“仓场有仓场的规矩,你们不懂也就难怪了。”

铁麟问:“老哥,请教一下,这进仓场到底有些什么规矩?我们实在是不懂。”

仓花户说:“到科房领俸米,先得给仓书上点儿供,你们给他递红包没有?”

铁麟说:“没有,怪不得他对我们很冷淡呢。”

仓花户说:“你们还嫌他冷淡,能让你们没白跑一趟就不错了。”

铁麟说:“老哥,怪我少见识,不懂事。这仓场里还有什么规矩,您都给我说说。”

仓花户说:“要问规矩嘛,说多多如牛毛,说少只有一条。”

铁麟问:“怎么叫多如牛毛?”

仓花户说:“进门有进门的规矩,进科房有进科房的规矩,进仓廒有进仓廒的规矩,过斛有过斛的规矩,装袋有装袋的规矩,扛粮有扛粮的规矩,见仓书有见仓书的规矩,见攒典有见攒典的规矩,见章京有见章京的规矩,见披甲有见披甲的规矩……您说,这还不是多如牛毛吗?”

铁麟又问:“那……怎么叫说少就只有一条呢?”

仓花户伸出手掌,朝上掂了两下,意思是再明白不过了,这一条就是要银子。铁麟顺手从怀里摸出两锭小纹银,放在仓花户的掌心里。

仓花户连连说:“不不不,您误会了,我这不是在向您要银子,您不是问我规矩吗,我只是……”

嘴里一连说不，可是五个指头却越攥越紧，那两锭小纹银淹没在他举在空中的拳头里。

铁麟说："老哥，您别客气，别的地方我们不懂规矩，到您这儿了，咱按规矩办事。"

仓花户高高兴兴地把银子揣在怀里，出主意说："这样吧，你们的大车不是在北门吗？这座仓廒离东门较近，你们从东门进来吧，我在门口迎着你们，没有人敢拦。"

就这样，两锭小纹银大车便轻而易举地赶进来了。曹升从车上搬来口袋，仓花户从仓廒里给他们放粮过斛。稻米从廒里出来以后，铁麟伸手抓了一把，问仓花户："老哥，这米几年了？"

仓花户说："不瞒您说，这是五年的陈米了。"

铁麟说："老哥，您能不能给我们去年的新米？"

仓花户说："这我就帮不上忙了。我们仓花户各管几个仓廒，您在我这儿领米，我保证给您最好的，斛也要给您过足。至于去年的新米嘛，这不归我管。"

铁麟说："去年的新米在哪个仓廒里？"

仓花户说："我也说不大清，据说前十号仓廒里可能有去年的米。您要是到那些廒里去领米，还得找刘仓书。"

铁麟说："谢谢老哥您了，我们再去跟刘仓书商量商量。"

铁麟带着曹升甘戎去找刘仓书，没想到走到半路却碰上了。刘仓书拿着他的玉嘴烟袋，背着手迈着四方步在仓场上转悠着。铁麟迎上前去："刘仓书，麻烦你了，你能不能给我点儿去年的新米？"

刘仓书歪着头看了他一眼："要新米，那这陈米给谁呀？"

铁麟说："总得搭配着来吧，你总不能给我的都是五年的陈米呀？"

刘仓书说："给你五年的陈米怎么了？我还没给你八年的陈米呢，你还不认便宜？"

铁麟依然不愠不火地问："刘仓书，你这仓场发放俸米有没有规矩呀？"

这句话可把刘仓书惹火了，他瞪起了两只绿豆眼冲铁麟吼叫起来："什么？你他妈的还跟我要规矩？老子还没跟你要规矩呢。"

铁麟问："你要什么规矩？不就是要银子吗？告诉你刘仓书，银子我今天带着呢，可就是不想给你。米呢，你今天必须公平地发放给我。"

刘仓书阴阳怪气地说："嗬，口气不小呀，你以为你是谁呀？要去年的新米，行啊，让你们主子亲自来求我。”

曹升终于忍不住了：“刘仓书，你看清楚，他就是我的主子。”

刘仓书嘿嘿地笑起来：“他是你的主子，可不是我的主子。他能吩咐你，可不能吩咐我。我看管的是皇粮，发放的是俸米，在这儿主子是我！”

曹升说：“刘仓书，你也太不要脸了。”

刘仓书火了，逼近曹升：“你说谁不要脸，你再给我说一句？”

曹升说：“我告诉你，他不但是我的主子，也是你的主子，这是仓场总督……”

曹升的话没说完，转脸看了一下铁麟，铁麟忙用眼色制止住了他。

这个小动作，却被刘仓书误认为他们是心虚了，于是更加猖狂：“什么？你说他是仓场总督？你干吗不说他是皇上二大爷呀？嘿嘿，仓场总督，就凭他？你问他家坟地里长那棵蒿子了吗？”

甘戎火了：“刘仓书，你再满嘴喷粪，我就不客气了！”

刘仓书说：“嘿，你还不客气了，你算干吗的？你不就是个使唤丫头吗？来人啊……快来人！”

在他们争吵的时候，护仓的披甲已经注意到了，听见刘仓书一喊，便虎狼般地扑过来。

刘仓书给他们下了命令：“把这几个人给我轰出去！”

几个披甲唰地围了上来，甘戎马上挺身护住了父亲。两个披甲架住了曹升的胳膊，另外几个披甲便朝甘戎和铁麟扑过来。甘戎啪的一下拉开了架势，几个披甲根本没有把一个姑娘放在眼里，直接朝甘戎背后的铁麟扑去……

噼里啪啦一阵拳脚，几个披甲粮袋子一样倒在了地上。刘仓书一看，这姑娘身手不凡，急忙朝远处的披甲叫喊着：“快来人啊，有强盗……快来擒拿强盗……”

这喊声惊动了一个人，这人刚刚从大运西仓的大门进来，他是来找大运西仓监督邵友廉的。听见有人喊抓强盗，那人便一瘸一拐地跑了过来。跑近一看，张牙舞爪的是刘仓书，而站在他们前面的人却让他大吃一惊。

远处的披甲听见刘仓书的喊叫，也如狼似虎地扑过来。见几个披甲倒在地上，便抽出佩刀，唰啦啦把铁麟甘戎和曹升围了起来。甘戎把曹升往后一拉，自己挺身上前，面对着寒光闪闪的刀丛，毫无惧色。铁麟一直非常冷静，他相信女儿的功夫，对付这几个全副武装的披甲绰绰有余。更主要的是，他倒是要看看，刘仓书有多猖狂，这仓场里还藏着多少虎豹豺狼。

闻声赶来的那个人歪歪扭扭地朝刘仓书跑过来，大声叫喊着："刘仓书，刘仓书，动不得手，动不得手啊……"

几个剑拔弩张的披甲正要上前擒拿强盗，听见喊叫声，也停住了手。

刘仓书转身问："怎么动不得手？这几个人在这里要造反。"

来人哆哆嗦嗦已经语不成调了："快……快别……你知道这是谁……这是……这是……"

刘仓书从来人的惊惶神态中似乎已经觉察到这里面有问题了，便急着问："他到底是谁？你快说呀！"

来人结结巴巴地说："这是……这是……这是仓场总督铁大人……"

如一声晴天霹雳，刘仓书一下子傻了，几个披甲也干尸似的失了魂魄。

刘仓书失魂落魄地问："你……你说他是……"

来人急着说："这是……铁麟铁大人……"

刘仓书想跪下求饶，却扑通一下倒在了地下，烂泥一般，连求饶的话都说不出来了。

几个披甲也急忙齐刷刷地跪倒："大人饶命……大人饶命啊……"

来人吼叫了一声："还不快去把你们监督找来？"

刘仓书如梦惊醒，急忙连滚带爬，朝大运西仓的衙署跑去。

来人趋步上前，跪下行礼："草民陈日修拜见总督大人。"

铁麟上前扶起陈日修，亲切地问："谢谢你前来相救，你怎么认识本官的？"

陈日修说："开漕那天，草民在大光楼下见过大人，还见过这位大小姐。"

甘戎立刻叫了起来："哎呀，我想起来了，您是陈伯伯。"

铁麟疑惑地看着甘戎。

甘戎说："爸爸，这是陈天伦的父亲，我见过陈伯伯的。"

铁麟急忙过来向陈日修作揖说："老哥，谢谢您了，也谢谢贵公子陈天伦，他是为本官效了大力的。"

陈日修忙还礼说："犬子有幸受到大人的栽培，能为朝廷效力，草民感恩戴德，没齿不忘。"

正在这时候，大运西仓监督邵友廉急急忙忙地跑来，见了铁麟，咕咚一声跪了下来："大运西仓监督邵友廉向大人请罪……"

铁麟说："起来吧。"

邵友廉跑得满头大汗，气喘吁吁，从地上爬起来，依然低着头不敢正视铁麟。

甘戎见那个刘仓书没有跟着来，气怒地问："那个刘仓书呢？"

邵友廉说："那个奴才冒犯了大人和大小姐，不敢……"

甘戎命令着："把那狗奴才叫来！"

邵友廉转身命令身边跟着的皂吏："快叫刘仓书爬过来请罪。"

陈日修见邵友廉来了，自己便向铁麟告辞。

铁麟说："陈老哥，你别走，听说你是位老经纪了，跟着本官一起看看邵友廉的仓廒吧。"

总督大人这样说，陈日修也只好遵命。

邵友廉头前领路，陈日修紧跟着，铁麟、甘戎在后面朝仓廒走去。曹升没事，照顾赶进东门的大车去了。

远远的，刘仓书果然像一条狗似的爬过来，一边四脚爬行，一边脑门叩地，嘴里娘儿们似的哭叫着："大人饶命……小人罪过啊……小人有眼无珠……"

铁麟装作没听见也没看见，跟着邵友廉朝前走，甘戎却得意得摇头晃脑，心里骂着："狗东西，你刚才那点儿威风哪儿去了？"

邵友廉悄声感谢着陈日修："今日要不是老兄，不知道会闹出多大的乱子。"

陈日修说："我正要去找你，没承想恰好碰上。这刘仓书也太不像话了。"

邵友廉说："天生的奴才坯子，狗仗人势的东西，你给他针眼儿大的权力，他就蹬鼻子上脸，不知道自己吃几碗干饭了。"

在京通十五仓中，大运西仓是最大的仓了，共有廒一百四十二座。所谓廒，就是储存漕粮的屋舍，也是粮仓的主要计量单位。每座仓廒为五间没有隔断的大房，三面是墙，正面敞开。廒顶有开气楼，用以调节廒内的温度和湿度。廒门及墙下均开窦穴，以泄地气。廒房内地面先铺上尺余厚的细沙，细沙上面墁方砖，方砖上再用杉木垫底。廒房四壁则是樟木，可驱虫防腐。漕粮自土坝盘入通仓，须经扬净晒干以后方可入廒。入廒前先在各间放置竹编的气筒，间与间之间用闸板隔开。边倒粮食边加高闸板，当漕粮距离屋顶三尺时，即告满廒。满廒后，将门闸加到屋顶，贴上封条。

每当开廒取米时，先卸掉门闸，进行通风。廒内漕粮最上头的叫气头，约有半尺厚，囤积日久，湿热熏蒸，已经变质，形成一层炭化的结块。而在廒底及靠近樟木的地方，也有一层结块，呈棕紫、棕黄色，这些稻谷虽然颜色变了，却不会霉烂，反而有一种特殊的味道，食之适口，余味绵长。这种米被称为"仓烧老米"，每逢漕粮出廒，常以能得到"仓烧老米"为快事。

平时管理仓廒，主要是开关气眼、天窗来调节温度湿度，这需要有丰富的经验才行。仓廒的管理者称为仓花户，其头目称为仓花户头，亦即仓头。仓头的收入是很高的，除了正常的工钱，还有诸如领米时靠规矩得来的贿赂，称为小钱。更有内外勾结倒卖漕粮的黑心钱，那就不是小钱了。因之当时流传着一句话：当官不如为娼（仓），为娼不如从良（粮）。

铁麟知道，这一百四十二座仓廒，他不能都查，一是查不过来，二是也没有必要。但是要查哪座全由他随心所欲，邵友廉带着他，一路上还说说笑笑，并没有露出紧张的神色。

到了第“荒”号仓廒，铁麟让从中取出米样，因为他刚才听那个老仓花户说前十号仓廒是新米。米样送上之后，铁麟放在手里攥了一把，看也不看便交给了陈日修：“老哥，你看看，这米是哪一年的？”

陈日修可为难了，他不明白铁麟是什么意思，也不摸邵友廉的心思。他拿着米又看又闻又用牙咬，偷眼看看铁麟，又看看邵友廉，就是不说话。

又来到了“阳”号仓廒，铁麟停住了脚步。邵友廉立即令仓花户取来米样，铁麟把米样放在手里握了握，又交给了陈日修。陈日修两只手里都攥着米样，反复地翻看、比较，就是说不出个所以然来。

铁麟看着他那副样子笑了：“老哥，听说你在码头上干了大半辈子，验查这把米至于这么难吗？”

陈日修脸色立刻成了猪肝色，额头上冒出了汗。

铁麟说：“老哥，您猜我现在想什么？”

陈日修更茫然了，一个劲儿地摇头。

铁麟说：“我想起了贵公子陈天伦。假如本官将这把米交给他，他立刻就会告诉本官，这‘荒’号廒的是三年陈米，‘阳’号廒的是八年陈米，你说是不是？”

这句话，让陈日修羞愧难当，无地自容，却让邵友廉身上冒出了一股寒气。历届仓场总督到仓场来检查，都是只听禀报，只看账本。偶尔兴之所至，也来看看仓廒，甚至也抓把米查看查看，可从来没有一个人真正懂米，不要说能看出几年陈米，就是把新米和陈米放在一起他们都区别不出来。铁麟也太厉害了，这米只在他手里一过，便知道是几年的。就这个功夫，对于漕粮经纪和管粮的仓花户来说，也得需要十年八年的功夫。铁麟到底是怎么懂得的呢？他不是一直在户部当官吗？莫非他有特异功能不成？

铁麟接着对陈日修说：“我原来以为，有其子必有其父，毕竟是一脉相承嘛。贵公子是个是非分明、敢作敢为的热血男儿，没想到老哥却活得如此谨慎。”

陈日修吓得忙弯腰行礼，颤颤巍巍地说：“草民有罪，对不起大人，也对不起朝廷……”

铁麟说：“老哥不必反躬自责，本官不怪你。圣人云：弟子不必不如师，师不必贤于弟子。换言之，子不必不如父，父不必贤于子。我还是很羡慕你，你为朝廷教养出了一个好儿子。本官也有个儿子，不成器得很，就凭这一点，你就比本官成功得多。”

陈日修只有唯唯诺诺，一句话也说不出来了。

邵友廉还要带着铁麟往前走，铁麟说：“算了，我也不必看了，你告诉本官，这一百四十二座廒中，有多少座新米，多少座陈米，陈米都是多少年的。”

邵友廉已经领教了铁麟的厉害，要是别的仓场总督哪怕是户部尚书来问，邵友廉都敢顺口胡说乱编一通。可是，在铁麟面前，他万一要是说错了……

铁麟见邵友廉犹豫着，又叮问了一句厉害的：“你是说不出来呢，还是不好说呢？”

邵友廉的额头上也冒出了汗。

铁麟说：“今日本官也不难为你，要不你先跟有关官员商量一下，再向本官禀报？”

邵友廉急忙说：“不不……是卑职年纪大了，记性太差，一时难以禀报清楚。”

铁麟说：“这好办呀，你不是有账吗？你记性不好，照着账本说总可以了吧？”

邵友廉无奈，将铁麟领进大运西仓的衙署，没有支派书办，自己动手将大摞大摞的账本搬过来，堆在案桌上，足有半斛粮食那么一大摞，垂着手对铁麟说：“所有的都在这儿，请大人过目。”

铁麟笑了：“你是让本官亲自翻看这些账本吗？这些账本不要说查看，就是翻阅一遍，恐怕也需要半个月的工夫吧？”

邵友廉忙说：“不不，卑职不是这个意思，大人想看什么，卑职给您查看。”

铁麟厉声说：“邵友廉，你别给我演戏了。告诉你，本官再糊涂，也不会上你这个当。只有昏官才查看账本，本官就让你给我直接禀报。什么记性不好，一百四十二座仓廒，你连哪座仓廒里装的是什么粮食都不知道，还配当什么仓场监督。你今日要是给我说不上来，要是给我说错了一座，本官立刻将你革职问罪。快说！”

邵友廉咕咚一声跪了下来，浑身筛糠一样瑟瑟发抖，哆哆嗦嗦地说：“大人恕罪,卑职确实战战兢兢,大人一箭穿心,卑职如实向大人禀报。本仓现在有仓廒一百四十二座,除去二十八座空廒,有漕粮一百一十四廒。其中八年陈米二十八廒,七年陈米十六廒,六年陈米二十七廒,五年陈米十七廒,四年陈米九廒,三年陈米八廒,二年陈米三廒……”

邵友廉的话音还未落,铁麟立即厉声问:“这么说,只有六廒是新米?”

这又让邵友廉大吃一惊,他向铁麟禀报这些仓廒,虽说数目不大,可是他刚说完,铁麟就算出了还有六廒新米。五十多岁的人了,反应还如此机敏,让他不得不佩服。

邵友廉说:“大人说得对,还有新米六廒。”

铁麟穷追不舍地问:“你那六廒新米都存在哪里?”

邵友廉哆嗦得更加厉害了,他知道总督大人盯住了这六廒新米,一定会亲自查看的。于是,他不敢隐瞒,只好说:“回大人……实际上本仓只有四廒新米……”

铁麟问:“那两廒新米哪儿去了?”

邵友廉说:“被坐粮厅借走了。”

铁麟问:“坐粮厅借米干什么?”

邵友廉说:“坐粮厅借米说有急用,卑职不敢多问。”

铁麟问:“有借据没有?”

邵友廉说:“有有……”

铁麟说:“拿出来我看看。”

邵友廉急忙从地上爬起来,从那堆积如山的账目中找出了坐粮厅的借据。

铁麟接过一看,上面确实盖着坐粮厅的大印,还有金简的签名印章,铁麟把借据放在一边:“邵友廉。”

邵友廉忙答道:“卑职在。”

铁麟说:“本官且问你,按照朝廷规定,每年漕粮入仓,都是先要把仓廒腾空。放旧存新,一年压着一年走。可你的仓廒里为什么还有那么多陈粮?”

邵友廉又急忙要跪下。

铁麟说:“你就站着说吧。”

邵友廉说:“谢大人,漕粮入廒,原本该是一年压一年的,可是每年发放俸米的时候,列位亲王大臣不愿意要陈米,都要求给新粮,新米刚一入廒,就被他们取走了,所以新米日少,陈米日多……”

也还算是能自圆其说吧,铁麟想。

邵友廉接着说:“土坝所收的改兑米,每年数目不一,有多有少,也看仓廒空盈而定,所以有的年份陈米多些,有的年份陈米少些……”

铁麟看了看邵友廉,又问:“去年收了多少新米?”

邵友廉心里又是一惊,这大概就是铁麟今天要抓的要害处,他忙躬下腰说:“回大人,去年土坝改兑米共有一百一十二万石,其中在大运西仓入廒四十九万石。”

铁麟立即说:“那你该有四十三廒新米,除去坐粮厅借去的二廒,应该还有新米四十一廒,你现在怎么只有四廒了呢?”

邵友廉说:“新米都被领走了,那些空廒就是发放完了的。”

铁麟更加奇怪了,怎么刚刚进二月新米就发放完了呢。他原以为自己来领米是来早了,没想到都比他来得更早。于是,他问:“米票呢?”

邵友廉倒是冷静下来,将一大摞米票找出来递给铁麟。

米票是真的,铁麟一眼就认得出来。这么一大摞米票,也有一定的数量。这让铁麟虽说疑窦丛生,但是毕竟邵友廉有票有证,他反倒无话可问了。

一直站在旁边看着的甘戎却有些失望,她见父亲来势汹汹,邵友廉胆战心惊,心想肯定此举要挖出一个仓场的大蛀虫来。没想到眼看着邵友廉已经被铁夹子夹住了,不知道怎么一来二去他又脱了身。

铁麟回头看了看,却发现陈日修早已经不辞而别了。

第十七章

从大运西仓出来以后，甘戎便离开了父亲到大烧酒胡同来找陈天伦。多日未见，两个人都不免有些生疏客气。陈天伦不便在家里招待这位二品大员的千金，便随她一起出来，选了一家清洁僻静的餐馆进去了。

这家餐馆叫孔府饭庄，在贡院前街的西面，是通州城里一家颇为有名的饭庄。据说，饭庄的掌柜就是七十二代衍圣公孔宪培之子。乾隆皇帝将自己的爱女许配给了孔宪培，兴许这位饭庄的掌柜就是乾隆皇帝的外孙了。果真如此，就是当今圣上的表兄弟，这家饭庄还了得？

孔府饭庄不但背景深厚辉煌，更是倚仗着天下第一圣贤孔老夫子。孔老夫子亦堪称是天下第一美食家，"食不厌精，脍不厌细"是上了圣书的；"鱼馁而肉败，不食……色恶，不食。臭恶，不食。失饪，不食……不时，不食。割不正，不食……惟酒无量，不及乱……"孔老夫子这十三个"不食"，成了后世士大夫认真遵循的礼法标准和饮食原则。因此，孔府饭庄亦有其独到之处。

最为著名的是"当朝一品锅"。据说乾隆三十六年，乾隆皇帝和孝圣贤皇后为聘女儿到山东曲阜会亲家，赏赐了孔府一套精美绝伦的银质全席餐具，大大小小共四百零四件，其中有一件刻有"当朝一品"四个字的餐锅，代表着孔家吃的是"当朝一品"位极人臣的"铁饭碗"。后来，"当朝一品锅"便成了孔府佳肴的头道菜，意喻领百官之首。

读书人都是孔圣人的门徒，孔府饭庄又在贡院附近，因此来用餐的大多是比较有钱的读书人和附庸风雅的高官大贾。陈天伦之所以领甘戎到这里来，主要考虑的是这里礼仪庄严，清静文雅。

没想到，甘戎一进门便喜出望外地惊叫起来："哎呀，龚叔叔，怎么是您呀？您怎么在这里呀？"

陈天伦听到甘戎喊龚叔叔，便立刻想到了大名鼎鼎的龚自珍。这位宣南诗社的领袖人物是他所崇拜的偶像，多次听父亲和夏雨轩谈起过他，只是无缘拜见。想不到竟在这里和甘戎一起跟他巧遇了。

龚自珍见了甘戎，高兴地招呼着："哎呀，是戎儿丫头，快来快来，陪龚叔叔喝杯酒。"

甘戎把陈天伦介绍给龚自珍，陈天伦彬彬有礼地向前行礼："晚生久闻先生大名。"

龚自珍说："罢了罢了，什么大名，是臭名吧？穆彰阿这个老贼说我是茅房里的石头，又臭又硬。"

龚自珍是个不修边幅，放荡不羁的人。甘戎和陈天伦在他的左右分别坐下，龚自珍便急不可待地劝两个人跟他一起喝酒。

甘戎继续问："龚叔叔，您怎么到这儿来了？"

龚自珍说："我今日闲来无事，兴致又佳，就想起了夏雨轩，想跑到通州跟他讨杯酒喝。及至到了通州，见到他那黑狗把门的衙门，兴致皆无，便不想去见他了，自己躲到这里喝闷酒。没想到你们两个年轻人来了，真是天不弃我也。"

陈天伦立刻想起了王徽之寻访戴安道的故事，笑着说："龚大人，您这才叫'乘兴而行，兴尽而返，何必见安道邪'？"

龚自珍挥了挥手说："贤契，你可千万别叫我大人，我最讨厌别人喊我大人了。你要是愿意，也随着戎儿一起喊我龚叔叔吧。"

陈天伦非常钦佩龚自珍身上这种傲骨和直率，便高兴地举起杯："龚叔叔，天伦敬您一杯，祝您健康长寿。"

龚自珍说："啊，这话我爱听，我长寿不求，眼下缺的就是健康啊。"

几杯孔府家酒下肚，龚自珍便满腹牢骚起来："你们知道吗？虎门失守了，英军已经向广州进发了。他妈的，都是琦善这个软骨头坏的事。林则徐已经大灭了蛮夷的威风，朝廷不说乘势加强海防，挥师抗战，却一个劲儿地畏敌求和。夷性无厌，那'和'是求来的吗？我就不相信皇上不懂得这个道理，都是穆彰阿奸贼误国。穆贼不除，国之将亡啊……"

龚自珍在大庭广众之下大骂穆彰阿，陈天伦替他担起心来，想提醒他小声一点儿，有碍于前辈的情面不好开口。其实，陈天伦也非常关心南方的海战和林则徐的命运。通州是天子脚下，京都人无论是书生商贾还是平民百姓，都热衷于朝政。虽说天威赫赫，禁宫如海，可是朝廷的大事小事，朝臣的忠奸贤愚，京都人都了如指掌，如数家珍。早朝还没下，君臣的议论纷争便传遍了大大小小的餐桌上。传播道听途说，议论朝臣的丑闻逸事，以及用这些素材创作出来的讥讽朝政的笑话，成了京都人就饭下酒的不可或缺的佐料。

陈天伦问龚自珍："龚叔叔，您看这满朝文武中，谁能够挽救败局？"

龚自珍说："大清不该灭，道光爷天资不够，天运好，毕竟还有几位栋梁支撑着，只是……朝廷里小人得势，蠢人掌权，奸贼一手遮天，这几位栋梁早晚都会被他们一根一根地砍掉。我话先说在这儿，第一个挨刀的就会是林则徐，你信不信？"

甘戎问："您说的这几位栋梁之材都是谁？算不算您？"

龚自珍说："你别拿龚叔叔开心了，我哪儿排得上号？"

甘戎说："您那么大的学问还排不上号？"

龚自珍说："在官场上，什么叫学问？你以为吟诗作画就叫学问，通古博今就叫学问，治世经济就叫学问？非也。官场上的大学问讲的是承欢之术，钻营之术，平衡之术，口蜜腹剑之术，笑里藏刀之术，逢迎拍马之术，踩着别人肩膀往上爬之术……"

甘戎说："您说的这些都是奸臣，算不得朝廷的栋梁。"

龚自珍说："栋梁有啊，认真算起来，当今朝廷只有三个半栋梁。"

陈天伦颇感兴趣地问："三个半？都是谁？"

龚自珍扳着指头说："你看，林则徐算一个吧？王鼎算一个吧？陶澍算一个吧？还有半个，你们猜是谁？"

陈天伦和甘戎都摇了摇头。

龚自珍指着甘戎说："这半个就是你父亲，仓场总督铁麟。"

甘戎不满地说："龚叔叔真不公平，为什么把我父亲算半个，他是缺胳膊还是短腿？"

龚自珍说："他不缺胳膊也不短腿，他缺的是位置。你再有才华，你再能顶千钧之力，人家不用你架梁支柱，不是也没有用处吗？"

陈天伦说："这漕运码头是国家的命脉，朝廷让铁大人来掌管命脉不是很信任他吗？"

龚自珍说："对，说得对。这漕运码头是国家的命脉，这大运河就是朝廷的大动脉，运送的是救命保命的漕粮。可是，铁麟在这大命脉上还要有大作为才行啊。"

陈天伦毫不迟疑地说："铁大人会有大作为的。"

龚自珍突然转换了一个话题，问甘戎："戎儿，你哥哥怎么样？最近又惹你父亲生气了没有？"

甘戎红着脸说："我父亲最无奈的就是我哥哥，他一不好好读书，二不好好练武，总是打着父亲的旗号招摇撞骗，骗吃骗喝骗钱还骗……"

龚自珍问："还骗什么？"

甘戎红着脸说："还骗女人，真没出息……"

龚自珍说："骗女人？这我倒没听说过，女人是那么容易骗的吗？"

甘戎说："真没脸说他，去年夏天，闲着没事他去勾搭河道总督的姨太太……"

龚自珍问："河道总督？是不是那个刘文成？他不是因为贪污河银被打入天牢等着秋后问斩了吗？"

甘戎说："是啊……他愣说能把她男人从天牢里救出来，还说可以走王鼎大人的关系，吹嘘我们家跟王鼎大人关系如何如何深……结果，把人家姨太太奸了，事情也没给人家办成。人家找上门来，害得我爸爸又赔银子又赔情，气得我爸爸差点儿抽刀砍了他……"

龚自珍叹息着说："君子之泽，三世而斩啊。"

甘戎像是想起了什么，突然说："啊，对了，天伦，我得嘱咐你一件事，你一定要答应我。"

陈天伦问："什么事？"

甘戎说："我哥哥在哪儿都有一帮狐朋狗友，最近通州的一些不三不四的人总是去找我哥哥。他们见我父亲在仓场当总督，都想通过我哥哥谋好处。那天我哥哥还跟我打听你的住处，他说你们是国子监的同窗，要来拜访你。我估计他不定又要搞什么鬼名堂。他要是求你办什么事，你可千万别答应。"

陈天伦心里一动，其实他是认识甘戎的哥哥的，只是他从来没有跟甘戎提起过。

就在陈天伦和甘戎在孔府饭庄遇见龚自珍之后没几天，突然来了一个不速之客，令陈天伦疑窦丛生，百思不得其解。

这一天，陈天伦正在自己的书房里读书。自从上次他与父亲、与夏雨轩商量之后，决定参加今年的乡试。所以入冬以来，他闭门谢客，诸事不问，又一心读起了圣贤书。开春以后，国子监开课，他准备继续到那里去修学。大比一般在秋季，还来得及。是他的堂弟陈小虎跑来告诉他的，说一个城里来的公子，骑着高头大马一路打听着找他来了。

陈天伦出门一看，一下子愣住了。此人正是甘戎的哥哥甘瑞，是陈天伦国子监的同窗。在国子监读书的学子，基本上分成两类，一种是有权家庭的，一种是有钱家庭的。有权的多是王公贵族的公子，有钱的多是各地财主的少爷。有权人家的公子自然看不起土财主们的少爷,可又用得着他们口袋里的钱;财主们的少爷自然千方百计地巴结那些权贵子弟,花的冤枉钱越多,那些公子哥儿们越是瞧不起他们。所以在国子监的同窗之间,大多分成一帮一伙儿的,自然是人以群分、物以类聚了。陈天伦则哪边都沾不上,他的家里既没有权也没有钱。财主的少爷们瞧不起他,公子哥儿们也不带他玩。他呢,落得个清静自在,我行我素,独往独来。可以说,他在国子监没有朋友,有时也感到很孤独。越是孤独的人越是胸怀大志,越是发愤图强,在学问上陈天伦不让任何一个人。在这一点上,他既看不上那些清高自傲的公子哥儿,又看不起那些逢迎巴结的少爷们。

甘瑞是铁麟的公子,爱新觉罗家族的宗室,朝廷二品大员的儿子,他从来都没有注意过陈天伦。陈天伦呢,也对他们这些人避而远之。他们见面,往往连个招呼都不打,完全是形同路人。今天,甘瑞找他来干什么呢?

甘瑞来到陈家门外,见陈天伦从院子里出来,立即翻身下马,上前施礼,热情地说:"陈兄别来无恙?听说正在府上用功,甘瑞特来讨教。"

陈天伦急忙还礼说:"不知甘兄大驾光临,有失远迎,得罪得罪。只是……你我虽是国子监同窗,却素无来往,不知到舍下有何见教?"

甘瑞为了掩饰自己的唐突和尴尬,哈哈大笑起来:"陈兄果然清高,你我之间虽来往不多,可毕竟是同窗,有什么关系能比得上同窗更亲密呢?古往今来,同窗之间相互往来都是兴之所至,乘兴而来,尽兴而去,从来不需要什么理由。"

陈天伦依然困惑不解,虽说他们这些公子哥儿们经常做一些随心所欲的事,可是来看望他实在是没有来由:"既然如此,甘兄快快请进,只是寒屋草舍,生怕委屈了甘兄……"

甘瑞又哈哈大笑起来:"陈兄何必客气,不瞒你说,甘瑞今日前来,一是拜望陈兄,二是想在码头上开开眼界。陈兄要是不嫌弃,就委屈你陪着我随便走一走,找个酒馆畅谈一番咱们同窗的情义。你看如何?"

还有什么可说的呢?人家放下了公子哥儿的架子,亲自上门来找你,而且确实又是同窗,怎么着也得尽地主之谊呀。于是,陈天伦进去跟父母打了个招呼,便随甘瑞而去。甘瑞牵着马,跟陈天伦亲亲热热地边走边聊。

陈天伦问:"码头上酒肆饭店不少,不知道甘兄想尝尝什么风味?"

甘瑞说:"今日不用陈兄破费,我的几位兄弟已经在漕运酒楼备下了一桌酒席。"

陈天伦说:"不行不行,你毕竟是到了通州,无论如何也得让我尽一点儿地主之谊呀。”

甘瑞说：“陈兄太客气了，其实呀我到通州没少来，在这里也有一些朋友。又听舍妹说她跟你很熟，你还帮了她不少忙，我早就该前来拜望你，只是被家父监督得太紧，读书苦，苦读书啊……”

陈天伦问：“甘兄也要参加今年的乡试吗？”

甘瑞说：“父命不可违啊，打鸭子上架，总得进考场，至于能不能中嘛，那就只能看天意了。”

陈天伦跟着甘瑞到了漕运酒楼，跑堂的急忙迎上来，把他们领进了一间雅座包间。一进门，陈天伦便愣住了，老老实实等候在那里的竟然是马长山，还有两位他没有见过的客人，大概是京城来的。

马长山有些尴尬，忙冲着陈天伦作揖：“天伦兄弟，我先给你赔个不是，请你千万别怪罪甘公子，是我让他不要告诉你的。你们是同窗契友，马哥我估计你不会驳他的面子，才出此下策的，请天伦兄弟多多包涵……”

戏法变到这个份儿上，才把包袱抖出来，原来是马长山搞的鬼。依着陈天伦过去的脾气，这时候他肯定要拂袖而去。但是他这会儿沉住了气，一年的军粮经纪当下来，使他成熟了许多。再有，毕竟是甘瑞的面子在这儿撑着。就算甘瑞的面子不大，还有他父亲铁麟呢，更何况还有甘戎呢！

马长山谦卑地请陈天伦入座。

陈天伦没有坐，他说：“马哥有什么话，你就直说吧。”

马长山说：“什么话都没有，就是想请你喝顿酒。怎么，马哥的酒喝不得？”

陈天伦说：“酒当然要喝，不过咱先要把话说在前面。今日是我的同窗前来找我，我理应招待才是。这顿酒席不拘多少，要由我来付账。”

马长山急扯白脸地说：“别别别，我是事先定好了的，哪儿能让兄弟你付账呢？让我表示表示还不行？”

陈天伦说：“我说一不二，你们想让我在这酒桌上坐下来呢，就依着我，否则我可要告辞了。”

马长山无奈，看了看甘瑞。

甘瑞说：“当然了，这账当然该陈兄付了。到了通州这个地面上，我是来找同窗的。刚才在路上我就说了，世间什么关系最密切？同窗契友，苦寒之交。你马长山今天可挨不上号，往边上靠一靠吧。来来来，天伦兄，你居主陪首位，我坐主客首位，咱今天要痛痛快快地喝两杯……”

陈天伦心里再不舒服，再不痛快，也只好入席了。好在他有话在先，今天没吃你马长山,我不会领你任何情的。及至酒足饭饱陈天伦起来付账的时候,名堂又出来了。这一桌酒席,按照标准怎么也要十几两银子,可是账桌上只收他二两银子。陈天伦问为什么这么便宜,账房先生说东家嘱咐过了,就让收这么多。陈天伦不是傻子,分明是马长山打了招呼,不足的部分由他补就是了。陈天伦知道,这样的事不好纠缠,也纠缠不清。反正我陈天伦明明白白地付了账,你马长山愿意暗里吃亏就吃好了,我陈天伦不领情。

陈天伦踏进六六顺宝局的时候,一股强烈的好奇心驱尽了他进门之前的忐忑不安。

六六顺宝局在鼓楼后面的北大街上,州府衙门的前门东侧。这条街上以及与之紧紧相连的校书巷,可以说是藏污纳垢之所,伤风败俗之地。这里的宝局赌场一家紧挨一家,校书巷的娼寮妓院一门连着一门。在宝局赌场和娼寮妓院之间,杂陈着烟馆酒楼茶坊书场。无论是宝局赌场还是娼寮妓院乃至烟馆茶坊,都是金匾高悬,幌旗摇曳,彩灯辉煌。

与许多年轻人一样,陈天伦也无法避免这纸醉金迷的诱惑。每当从此处路过的时候,他的脚步也总是难免会缓慢下来。对于这里的一切,他从来没有见过,却常常想入非非。他不是不想进,而是不能进,不敢进。他的家教很严,几乎还在他没有懂事的时候,父亲就将这里说成是地狱魔窟,就一而再、再而三地叮嘱他不要到这些地方来。而他自己呢,从读私塾到读州学府学到入国子监,直到他后来通过了院试,他知道自己所追求的前程,他明白自己的身份和地位。特别是后来当上"盈"字号军粮经纪以后,他更是严格规范自己,既不能把自己混同于那些行尸走肉的纨绔子弟,更不能让自己堕落成毁家败业的三教九流。无论从哪个方面说,他都不能到这些地方来。

可是今天他为什么来了呢?只因为有了一个冠冕堂皇的理由。只要找到一个能为自己的行为承担责任的理由,便可以将锁在心狱中的魔鬼释放出来。他不是自己来的,是陪着同窗来的。他不是自己要来的,是同窗非要拉他来的。这个同窗不是一般的同窗,而是自己的顶头上司、现任仓场总督大人的公子。他能不来吗?他不来行吗?

六六顺宝局是码头上最大的赌场,三层楼房,每层楼房里都有一间大的赌场,每一间大赌场里有六张赌桌,另外还有六间单间的小赌场。而且赌桌都是六仙桌,长方形的。宝局里的数字离不开六,宝局又因六而得名。六六大顺,好吉利的名字。赌徒分上中下三等,依赌注大小而定。最上层的档次最高,赌注最大，都是一掷千金的豪赌之徒，都是腰缠万贯的富豪商贾。

陈天伦在进门之前是暗暗发了誓言的，此行只是陪同窗，充其量是想开开眼界，自己决不染指其间，决不能下水。

马长山头前引路，陈天伦陪着甘瑞跟在后面，他们一行三人径直奔了三楼。

三楼大堂的六间赌桌上都挤满了人，有玩麻将的，有打天九的，有玩宣和牌的，有斗览胜图的，也有一桌附庸风雅，敲起了猜诗谜。

陈天伦一进来就看出了甘瑞和马长山是赌场老手，是惯于此道的行家。中间的一张赌桌上正在押宝，一个年轻的赌手正在摇宝匣。桌面上画着十六门，七八个赌徒紧紧地围在四周，有的赌，有的看。赌的两眼瞪得冒血，看的摩拳擦掌心痒难挨。一阵屏息静气，紧张得提心吊胆；又一阵狂呼大叫，喧哗得天地吃惊。

甘瑞和马长山挤了上去，不动声色地观看着。陈天伦也紧跟在他们身边，一片眼花缭乱。

马长山从怀里掏出两张五十两的银票，塞在甘瑞的手里，悄声说："甘兄，试试手气如何。"

甘瑞接过马长山的银票，却不急于上场，依然静静地观看着，一副每临大事有静气的大家风范。

又一阵喧哗，甘瑞看出了苗头，照准了八门的位置上，将两张银票都押了上去。

马长山悄声问："要不要再押上一些？"

甘瑞伸出手来，马长山从怀里又掏出两张五十两的银票。

二百两银票都押在了同一家的门前，赌桌上发出了轻轻的惊嘘声，众赌徒都把目光移向甘瑞。

甘瑞目不斜视，平静如常，看不出任何一点儿紧张和担忧。赌徒们继续下着注，有下五十两的，有下二十两的，也有下十两八两的。摇宝的年轻人双手举过头顶，宝匣在一双熟练的手里飞快地摇动着，哗啦啦地撕心裂肺，连陈天伦都紧张得喘不上气来。

就在那一瞬间，宝匣开了。

陈天伦还没明白怎么回事，甘瑞那四张五十两的银票便不见了。

一阵掀破屋顶的喧哗声，人们把同情的怜悯的或者幸灾乐祸的目光一齐投向甘瑞。

甘瑞依然不动声色，脸上平静得如同观光看景。众赌徒一看便明白了，这是一位大家。

小伙计立刻送上茶水和手巾把,甘瑞拿起手巾把,擦了擦双手。

马长山又把四张五十两的银票塞在甘瑞的手里。

甘瑞毫不犹豫,又押在了刚才的那个八门上。

赌桌周围立即安静下来,参赌的和观赌的又都紧张起来。

奇迹没有出现,甘瑞那四张银票又风卷残叶般地消失了。

甘瑞的脸上依然看不出半点儿的沮丧,仿佛他输掉的不是银子,而是几片一文不值的落叶。

马长山也是依然如故,又递上来四张五十两的银票。

陈天伦的心却颤抖起来,眨个眼的工夫,甘瑞已经输掉了四百两银子了,现在又押上二百两,要是再输了的话……他不敢想下去了。他求救似的看着甘瑞,想劝他不要再赌了,但终于没有开口。

宝匣又摇了起来,轻轻地放在桌面上。无论是参赌的和观赌的都把头伸向了桌前,只有投注最大的甘瑞,却像局外人一样站在赌桌前,不愠不火,熟视无睹。然而,宝匣揭开以后,还没等周围的人看清楚,桌面上十六门的银票便呼啦一下聚到了甘瑞的面前。甘瑞赢了,一把就赢了三千两银票。周围的人欢呼起来,甘瑞却依然静如秋水,只是嘴角儿上露出了一丝微不可察的笑容。

宝匣又摇了起来,还没等甘瑞下注,却横空蹿出了一个跳宝案的……

漕运码头这个地方真可谓是藏龙卧虎,更可谓是林子大了什么鸟都有。跳宝案是个舍命的行当,没有十五个胆子听着都浑身打哆嗦。从常理上讲,或当官或为民,或经商或苦力,无论做什么事情,都是为了养家糊口,活命保命。房可卖地可卖力气可卖,到了万不得已的时候,甚至老婆孩子也可卖。那是为了活命,命是最宝贵的。还真是有这么一种人,为了活命去卖命。拿命换钱养家糊口,活命保命。卖命是高风险的行当,弄不好命就丢了。丢了命倒也省事,既无命可卖了,也无命可保了。通州有一句老话:屃的怕横的,横的怕愣的,愣的怕不要命的。可见不要命的人是最厉害的。光不要命还不行,还得不要脸。一不要命,二不要脸,在这人世间恐怕就走到头了。这跳宝案的就要既不要命又不要脸。

今天来跳宝案的是大名鼎鼎的杨八。

杨八在通州城里是有名的八大魔头之一。他长得人高马大,虎背熊腰,在通州可以说是第一大力士。每年开仓时节,都是由他来扮演坝神。二百斤的麻包，他肩上扛两个，腋下还要夹两个，这需要多大的气力？他有力气，码头上有的是力气活儿。凭力气吃饭，他挣得多。可是挣得多他也花得多。特别是吃饭，这是他生活中最愁苦的一件事。别人见了饭食，都来情绪，唯独他见了饭食就想掉眼泪。为什么呢？他觉得多少饭都不够他吃的。跟别人一起吃饭嘛，他会觉得他一张嘴就没别人的份儿了；让他自己独自吃饭嘛，他会觉得满桌子的饭都不够他吃的。在他的记忆里，他就从来没有吃饱过。无论什么场合，桌子上所有的人都吃完了，剩多剩少都是他一个人打扫。他从来没有怀疑过自己的肚皮，他的肚皮到底能装多少饭食，他也不知道。有一回州府衙门组织疏浚凉水河，那是以工代赈，不给工钱，管吃饭，而且随便吃。这正对杨八的心思，这辈子他就愁的是吃饭。只要有饭吃，天塌下来他都不愁了。河工们的伙食还不错，不掺糠掺菜，白面菜龙，还有点儿大油渣。别人领菜龙的时候都是手托着，最多是撩起衣襟兜着。杨八不行，手托衣襟兜都不够他吃的。他拎着一根担土的扁担，往地上一撂，让人家往扁担上给他码，码多少算多少。所谓菜龙，就是白面发起来蒸出的卷子，里面放进一点儿白菜，又有菜又有饭，省事，是大锅饭常做的饭食。每个菜龙至少有四两，别的人多的吃七八个，少的吃三五个便饱了。杨八的一条扁担整整码了二十四个菜龙，他高兴了。把上衣一脱，光着膀子大吃大嚼起来。

杨八吃得多，更吃得快。眨眼的工夫，那条扁担就空了。他从地上站起身来，摩挲着他那略显鼓胀的肚子说："哎呀，活了这么大，今天算是吃了一顿饱饭。要是再来碗米汤溜溜缝儿就好了。"

看来他是吃饱了想水喝了。米汤没有，河堤上却走过来两个人，一老一少。那是驸马庄的王木匠带着孙子刚从马驹桥赶集回来，王木匠手里提着一个点心匣，准备第二天到亲戚家随份子用的。毛老三一眼看见了，对杨八说："杨哥，你要是能把那位老先生提的点心吃了，算我的，回头我再去给人家装一匣。"

杨八瞪了毛老三一眼："你小子说话算数？别屎屙半截再坐回去。"

毛老三提出了条件："一块接着一块吃，中间不许停。"

杨八说："当然是一口气吃完，谁他妈吃饭还歇气儿？"

毛老三又说："吃的时候不许喝水。"

杨八问："吃完以后可以喝吧？"

毛老三说："吃完以后随便喝。杨哥，还有一句话，你要是吃不完呢？"

杨八说："不可能，哪儿的事？"

毛老三说："咱不是打赌吗？打赌总有输有赢，你要是输了呢？"

杨八说:“输了当然算我的了……”

两个人打起了赌,顿时把众河工都惊动了,人们呼啦一下围了上来,等着看热闹。

这时候,王木匠带着孙子走近了。

毛老三上前,客气地打着招呼:“大叔,赶集去了?”

王木匠也客气地搭着话:“是啊,你们挖河辛苦啊。”

毛老三说:“有饭吃就是造化,辛苦点儿怕什么?”

王木匠说着话拉着孙子向前走。

毛老三将他拦住了:“大叔,您这匣子里装的是什么点心?”

王木匠说:“我装的是核桃酥,怎么,嘴馋了?”

毛老三又问:“您这匣子里装了多少?”

王木匠说:“三斤足足的,是在福泰记装的。”

毛老三说:“大叔,是这么回事,我们正在打赌。我这位哥哥叫杨八,能吃能干大肚汉。他刚吃完一扁担菜龙,我问他还能不能把您这匣点心吃下去,他说能。我跟他打赌,他要是吃得下去,这点心算我的,我马上再去给您装一匣。他要是吃不下去,这点心算他的,他也马上再去给您装一匣……”

王木匠是个很随和很爽快的人,也喜欢跟年轻人一起凑热闹,抬眼看了看杨八,确实是位非同寻常的大汉。于是,一扬手,便把那点心匣痛痛快快地交给了毛老三。

毛老三马上把点心匣打开,好家伙,一匣核桃酥装得鼓鼓囊囊,都要把纸匣撑破了。焦黄的核桃酥油亮亮的,干得都裂开了缝。不要说吃,就是看一眼也流口水,终年一挂肠子闲半挂的穷苦人,有几个尝过核桃酥的呢?有的人一辈子连块渣儿都没舔过。杨八却有这么好的命,居然一个人要吃一整匣核桃酥。凭什么?就因为他是个大肚汉吗?能吃居然也算起本事来了。

杨八坐在一个河泥堆积的土牛上,将那匣核桃酥抱在怀里,在众目起火,众口垂涎的包围中,又大吃大嚼起来。核桃酥是一种很干燥的点心,里面的水分几乎都被烤没了,表面上都裂了缝。杨八一口一块,沙啦沙啦地嚼着,口中的唾液很快就被干裂的点心吸收了。没有水浸着,干燥的核桃酥在他嘴里很艰难地翻动着,连舌头都拉不开了。杨八只好伸长了脖子,使劲往下咽,连两只眼珠子都憋得鼓胀起来。众人在周围看着,也替他咀嚼,也替他伸着脖子往下咽,那表情痛苦得有些残忍,那场面难受得有些滑稽……

痛苦也罢,难受也罢,杨八居然把那匣点心吃下去了。最后,连匣里的渣都倒在手心里,吞了下去。

河堤上一片欢呼声。

王木匠的孙子见爷爷买的那匣点心被一个彪形大汉吞进了肚子里,心疼得哇的一声哭了起来。

毛老三忙过来:“小兄弟,别哭,别哭,我马上到马驹桥镇上去给你买……”

王木匠对毛老三说:“算了,我也算开了眼了,这匣点心算我的吧。”

毛老三急了,忙说:“那哪儿行啊,咱说好了的。”

王木匠哈哈笑着,拉着孙子又朝马驹桥的方向走去。

就是这么一个能吃能干力大无穷的杨八,今天却要跳宝案。

跳宝案有跳宝案的规矩,一进门他先得寻衅闹事,引起众人的关注。他径直来到中间的那张赌桌上,膀子一摇晃,便把两边的人撞得趔趔趄趄地向后退去。然后,两只大手摁着赌桌,瞪着充血的眼睛问:“哪位朋友赢了?”

甘瑞知道遇见麻烦了,没言语。

马长山迎过来:“杨八,你想干什么?”

杨八说:“赌场上无父子,何况是朋友。”

马长山见杨八的瞳孔都放大了,知道他要玩命,心里也没了底:“杨八,哥哥求你了,给哥哥点儿面子。”

杨八说:“你要还是我哥,就躲得远远的,别在这儿捣乱。”

甘瑞也是第一遭遇见这种事,不知道该怎么应付。他从怀里掏出烟荷包,一边慢慢地装着烟,一边想着对策。

陈天伦凑上去说:“甘兄,咱别跟他一般见识,还是躲躲吧。”

甘瑞没理睬他。

陈天伦又扯了扯马长山的衣角:“快叫甘兄走吧,别出事。”

马长山也无可奈何。杨八上来就找赢家,赢家就是甘瑞。在赌场上最忌讳的就是赢了钱就走,走是走不掉的。赌场如战场,输得起,更要赢得起。甘瑞是懂得赌场上的规矩的。

甘瑞把装满了烟的烟袋叼在嘴里,刚要取火石打火点烟。杨八却伸手拦住了:“这位哥,您等一下,让兄弟伺候您。”

赌桌后面有一个大煤火炉,烧的是核桃大小的煤球。杨八一转身,便从炉子里捞出了一个煤球,用中指和食指夹着,朝甘瑞走过来。红彤彤的煤球已经烧透了,杨八的两个指头夹着煤球,指尖上呼呼地冒着黑烟,一股呛人的烧肉的味道。甘瑞依然平静如常,耷拉着眼皮,叼着烟袋,若无其事地等待着。

杨八将煤球举到甘瑞的烟袋锅上，把烟点燃。

甘瑞突然把一只脚蹬在凳子上，嘶啦一声，扯碎了一条裤腿儿，白白净净的大腿袒露出来。然后，他把嘴里的烟袋拿下来，把上面那枚火红的煤球往腿上一扣。煤球嗞嗞地在甘瑞的腿上燃烧着，腿上的肉顿时由白变红，又由红变黑，黑烟蒸腾着，污浊的油顺着烧焦的伤口淌下来，滴滴答答地流在地上。

赌桌对面的杨八用那双吃了死孩子似的眼睛瞪着他。

甘瑞抽了口烟说："兄弟，你想赌什么？"

杨八唰地把袖子一捋："一条胳膊。"

甘瑞问："左边还是右边？"

杨八咬了咬牙说："右边。"

甘瑞说："看来你是个左撇子了？"

杨八说："你他妈才是左撇子呢。"

甘瑞说："噢，看来你还真想下本钱。那好吧。"

甘瑞伸手从怀里掏出了两张银票，跟刚才赢的那堆银票放在一起，说："兄弟，看见了吧，这一共是五千两银票。就咱两个人赌，你要赢了，这五千两银子就是你的了；你要是输了，自己找个地方把那条肘子卸掉。来吧……"

甘瑞的话音未落，后面立刻响起了一个声音："慢。"

终于把赌场掌柜惊动了，杨八刚才的寻衅就是要把掌柜惊动起来，掌柜不来，他这宝案是没法跳的。

掌柜姓潘，是一个白净脸上总堆着笑容的老人，外号人称笑面虎。他的后面则跟着几个凶神恶煞般的打手，手里都拎着碗口粗的大棒子和巴掌宽的板子。

说实在话，开赌场的掌柜最怕的就是跳宝案的。对付跳宝案的没有别的办法，只有打。可以往死里打，却不能把人家打死，打死了照样要吃官司。被打的人如果咬着牙，不吭不叫不求饶，那赌场掌柜就算输了。你不但要给人家治伤养病，每月还要给人家抽头钱。一句话，就是跳宝案的找到饭辙了，你得养活人家一辈子。当然，要是跳宝案的尿了，那是打了白打，把他拖出去扔到大街上完事。跳宝案的不但白挨了打，还丢了人，以后活在世上，连条狗都不如。

笑面虎潘掌柜走过来，不用问就全明白了。他先走到甘瑞跟前，把他腿上的那个燃烧的煤球捏下来，扔在地上。立即有一个跟随上来，拿着獾油给甘瑞疗伤。

潘掌柜向甘瑞作揖说："公子，让您担待了，改日我专门请您喝茶。"

甘瑞还了个揖说:“掌柜的客气,谁让我赶上了呢。”

杨八见潘掌柜来了,身子一跳,饿虎扑食般地趴在了宝桌上。

潘掌柜说:“杨八,我这里你也经常来玩,乡里乡亲的,我向来待你不薄,你干吗要撅起屁股混饭吃呢?”

杨八说:“潘掌柜,什么话都别说了,您按规矩办吧。”

潘掌柜说:“杨八,你现在后悔还来得及。”

杨八说:“我不后悔。”

潘掌柜说:“这碗饭可不好吃。”

杨八说:“我知道。”

潘掌柜说:“以后你恐怕当不了坝神了。”

杨八说:“我不想在码头上混饭吃了。”

潘掌柜又问:“你想好了?”

杨八说:“您来吧,我等着呢。”

潘掌柜冲后吆喝着:“那好,来人呀!”

打手们早就把一条春凳搬了过来,撂在赌桌旁边,哗的一声,一桶凉水泼在春凳上。紧接着,打手们七手八脚将杨八拖过来,扒下他的裤子鞋袜。然后,两个人抡着板子,两个人抡着棒子,疾风骤雨般地朝杨八的屁股上和双腿上敲打着。棒起棒落,板起板落,顿时血肉横飞,皮开肉绽,杨八的屁股和双腿黑红污烂,咔嚓一声,两条腿被打断了,白花花的骨头茬子都露了出来。

潘掌柜在甘瑞的旁边坐下,又吩咐给甘瑞、马长山、陈天伦搬过椅子。几个人落座之后,侍女们便把茶端上来。然后品茶聊天,谈笑风生,彬彬有礼。谁也没有往杨八那边看,谁也没有把噼里啪啦的棒子和板子声当回事。只有陈天伦心里忐忑不安,不时地偷眼看一下趴在春凳上甘心服刑的杨八。

杨八也真称得上是一条好汉,任凭棒子板子轮番起落,任凭腿断臀开,硬是一声不吭。他的脑袋耷拉在春凳上,像一个瘪了的麻包,围观的人魂魄都惊飞了,他却像是局外人一样沉得住气。

足足打了有半个时辰,连打手们都大汗淋漓,气喘吁吁了。潘掌柜终于发话了:“看看,还有气没有?”

其实,这句话他问得有点儿多余。他早就嘱咐过打手了,能不给杨八留口气吗?

打手回话:“还有一口气,人却昏过去了。”

杨八说:“用凉水给我泼过来。”

打手们立刻拎起大桶的凉水，朝杨八的头上泼去。

杨八醒了过来，轻轻地哼了一声。

潘掌柜说："杨八，我说话你听得清吗？"

杨八努力抬起了头。

潘掌柜说："行啊，杨八，你还算是个英雄，禁得住这顿恶打也不容易了。这样吧，从下月起，每月初一，你到我这儿来领份儿钱吧。"

杨八竭尽全力地张开嘴，艰难地说："潘……爷，谢谢……了……"

潘掌柜吩咐着："快，卸下门板，把他抬到汤先生那儿去。"

陈天伦听明白了，汤先生是专门治外伤的医生，家住西门外。潘掌柜要给杨八治伤了。

众打手答应着将杨八拖了出去。

第十八章

通州古城,十步之内必有官厅衙署。在如网如林的官署衙门中,其建筑规模尤以户部坐粮厅为最。

事实上,坐粮厅也是按照户部的规模营造的。有房舍二百余间,仪门坐北面南,东门对着大运西仓的西门。仪门西有一小南门,通外库;仪门外有乐亭,俗称吹鼓手楼,专为迎送官员奏乐之用;仪门内西侧有财神庙,庙后为里库,也叫通济库,两棱铁棍窗,三道铁箍木槽银柜,内储各地缴纳的轻赍帑银;仪门东侧为土地庙,庙后有五间大房,名为万宝房,为发放饷银、套兑官斛、巡社掣签等处所。再往北为二门,二门内两廊为三班六役八科的办公重地。再往北为大堂,坐粮厅的核心部位。出大堂过穿堂便到了后衙,西首为满厅丞内宅,东首为汉厅丞内宅。

铁麟进入坐粮厅,没惊动任何人。实际上开春以来他还没有来仓场总督衙门办公,今日到通州名正言顺的理由是来领俸米。领俸米领出了麻烦,也领出了诸多的疑问。他就是为这事来找金简和许良年的。

毕竟是仓场总督大驾光临,早有机灵的衙役飞跑去后宅,向金简和许良年禀报。

铁麟心里窝着火,表面上却一副悠闲散淡的样子,似乎就是来坐粮厅随便走走的。走过穿堂的游廊,忽然听到有人喊他,这声音很滑润,很娇柔,像一股暖风迎面扑来。他停下脚步,妞妞提着一只篮子从西侧的小树林里跑了过来。

铁麟心里一动,自从去秋大运河游船上一别,他再也没有见到妞妞。闲来烦闷的时候,他也常常想起这个乖巧可人的尤物。想也只是想想罢了,却从来也没有心思再找他。当初许良年找上门来讨便宜的时候,他确实说过让妞妞有时间过来玩。但是妞妞并没有来,肯定是许良年不让他再来了。

妞妞像见了亲人似的扑到铁麟的面前,扔下篮子,刚要纳头跪拜,铁麟立刻拉住了他。

妞妞扭动着身子,一副眼泪汪汪、无限动人的委屈样儿:“大人怕是早就把孩儿忘了吧?"

铁麟左手拉着他,右手不由得朝他那红扑扑的小脸蛋儿上拍了拍:"怎么会呢?"

妞妞噘着鲜红的小嘴唇抱怨着:"您要是没忘了妞妞,干吗这么长时间不见我呢?都快把孩儿想死了。"

铁麟说:"我不是说让你去找我玩吗?你怎么没去?是不是你爹不让你去?"

妞妞更加委屈地说:"大人送孩儿的香珠也被他要走了……"

铁麟安慰他说:"不要紧,香珠还在,是他给我还回来的。香珠还是你的,你什么时候去,我再把香珠还给你。"

妞妞把头往铁麟的怀里靠了靠,撒娇地说:"那大人可得说话算数,别再把孩儿冷落这么长时间了。"

毕竟是在坐粮厅,到处都是眼睛,铁麟不便与妞妞厮缠,说了两句话,便匆匆地走了。

当铁麟到了金简后宅的时候,金简早已经到客厅的门前恭候了,一副诚惶诚恐、战战兢兢的样子。早在铁麟进入大运西仓领粮,大运西仓监督邵友廉被铁麟追问审查的时候,便有人风急火速地前来报信。金简当时就吓得苦胆都要破裂了,急忙去找许良年。可是许良年不在坐粮厅,不知道到什么地方风流去了。金简一下子毛了爪儿,不知该如何是好。金简到坐粮厅以后,只知道消消停停地当这份甜官,占这个宝座,捧这个金饭碗,其实诸事不操心,甘愿大权旁落。在别的官场上,上下左右之间明争暗斗,费尽心机,要足手腕,不就是为了一个权字吗?金简觉得那太可笑了,要权干什么?要权不就是要银子吗?如果人家把银子乖乖地送到你手里,你还要权干什么?谁有权谁操心费力,偏偏许良年就好操心费力,金简就把权力给他,大事不管,小事不问,躺在炕头上光赌现成的,何乐而不为呢?可以说,在官场上这是最好的、最理想的搭档了。坐粮厅有许良年呼风唤雨,顶风冒雨,他就可以防风避雨、无风无雨了。可是今天这么大的事闹出来了,许良年却不在,这不是要金简的命吗?

金简跪在铁麟面前,哆哆嗦嗦地说:"不知大人到此,有失远迎,请大人恕罪。"

铁麟问:"你在这儿等了一会儿了吧?"

金简听不出铁麟话里的弦外之音,忙讨好地说:"可不是,下官等大人有些时候了。"

铁麟说:“这么说,你是知道本官来了?”

金简自知失言,慌慌乱乱地说:“啊……不不,下官是刚刚听到下面禀报的……”

铁麟不想难为他,随便地说:“好了,我也是顺便过来的,有些事想问问你。”

金简急忙爬起来,将铁麟让进了客厅。

铁麟入座,金简傀儡似的戳在铁麟面前,搓手顿足,失魂落魄。铁麟偷眼看了看他,正是冬尽春开时节,屋里屋外依然寒气逼人,金简的头上却呼呼冒起了白毛热汗,伏天一般。铁麟说:“坐,坐吧,坐下谈。”

金简刚要落座,突然想起还没给铁麟倒茶,又顿时紧张起来:“快来人啊,给铁大人上茶。”

铁麟只觉得心里好笑,故意劝慰说:“别慌,慌什么呀? 金大人,你是不是有什么事呀?”

金简更是慌张起来:“没……没什么事,就是……就是铁大人来得太突然了。”

铁麟轻声笑了一下:“看来,许良年今日不在,对吧?”

金简说:“可不是……要是许良年在……”

铁麟突然板起了面孔:“这坐粮厅到底谁是正厅丞? 坐粮厅的事到底谁说了算?”

金简噗地又跪在地上:“大人恕罪,当然下官是正厅丞,诸事该由下官做主,只是下官疏于政务,有负皇恩……”

铁麟说:“起来说话,我问你,大运西仓那两廒粮食是怎么回事?”

金简结结巴巴地说:“这……大人是问……”

铁麟说:“你难道不知道我在问什么吗?”

金简汗珠从脸上滚落下来:“下官实在不知……”

铁麟说:“大运西仓监督邵友廉说,你从他那里借走两廒粮食,有没有这么回事?”

金简说:“啊……有……有……”

铁麟说:“有户部的批件吗?”

金简见问,反而沉着起来,利嘴利舌地说:“户部的批件倒是没有,不过有穆相的手谕。大人请等一下……”

铁麟心里一动,金简所说的穆相指的是军机大臣穆彰阿,一个手掌遮天,权可倾国的大人物。如今官场上,穆党满天下,他的手谕,当然比户部的批件更有用了。

金简从案卷里找出穆彰阿的手谕,递给了铁麟。

铁麟接过仔细地看着,穆彰阿只说此粮朝廷特需,到底是何所需,他并没有说。

这时候,貌似草包的金简却说出了一句戳铁麟肺管子的话:"要不,铁大人去问问穆相?"

铁麟看了金简一眼,恨不得扇他个耳光。就是再借铁麟点儿胆子,他也不敢去问穆彰阿呀。就是要问,也得由王鼎大人当朝去问。

铁麟把穆彰阿的手谕还给了金简,他注意到了金简的神态渐渐地平静下来。很显然,金简是穆党的中坚分子,有了穆彰阿这个靠山,他还有什么畏惧的呢?但是,铁麟转念一想,心里突然一亮。金简到底还是个蠢货,见铁麟问那两廒粮食,他心里有了底。那么刚才他为什么那么紧张呢?很显然,他以为铁麟抓到了别的什么把柄,到底是什么把柄让他如此紧张呢?

金简恢复了常态,开始向铁麟讨好说:"铁大人今日要是赏光,就在舍下用点儿便饭吧。"

铁麟摇着头说:"不不,谢谢了,我还要返回京城。过几天本官就要来仓场衙门,大运西仓陈粮为什么积压那么多?邵友廉到底称职不称职,坐粮厅的几处要害的官员要调整一下,你跟许良年先议议,等本官来通之后再做决断。"

铁麟说完,举步朝外走去。

在城墙上修建庙宇,为世所罕见。蹊跷的是在通州城墙的东南隅,竟然矗立着一座金碧辉煌的文昌阁。

陈天伦、马长山陪着甘瑞骑着马过来,沿着城下的马道直接登上了文昌阁。这里是文人墨客吟诗唱词、附庸风雅的地方。三个人有两个是国子监的生员,来到通州,进过饭店,逛过赌场,看过跳宝案的,怎么也得到文昌阁来应应景儿呀?要不,怎么对得起孔孟之徒的美誉呢?

文昌阁里供奉的是文昌帝君,掌管功名利禄之神。陈天伦和甘瑞要读书入仕获取功名,怎么能不给文昌帝君烧炷香,磕个头呢?

拴好马匹,三个人便进了红墙环绕的庙门。文昌阁分东西两进院落,东院的殿堂里有神牌、香案、功德箱。三个人拈香点烛,跪拜祈祷。拜完之后,又进了西院。西院较为宽阔,有两株参天古树,一块康熙年间重修文昌阁的石碑,还有石桌石凳等清谈品饮的方便之处。

陈天伦站在城头，眼前顿时开阔，兴奋地对甘瑞说："到这里游览，最宜夏秋之季。甘兄请看，东面是奔流的大运河，万舟骈集，舳舻千里；南面是通往京都的御制石道，车水马龙，人流如涌；西边是通州古城，万家灯火，仓廒耸立；北面是土石两坝，宝塔入云，钟播天外……"

甘瑞说："听听，陈兄又在作诗了，可谓是才华横溢，脱颖而出。"

陈天伦说："不怕甘兄见笑，学弟还真在这文昌阁上作过一首诗。"

马长山说："作诗不可无酒，等我把酒摆上，兄弟再大展才华。"

说着，三个人把从饭店里带来的酒菜、酒杯和两瓶漕运湾酒摆在了石桌上。马长山把三只酒杯斟满，甘瑞先端起一杯，兴奋地说："陈兄请，兄弟手端酒杯，聆听天上之音。"

陈天伦也端起一杯酒，冲着远处的蓝天白云，引项高吟起来：

江天万里潞河春，紫燕归来柳色新。
帆樯如云遮红日，渔歌似雨洗烟尘。
鹰击长空凌霄志，牛耕沃土赤子心。
一揽城阙入襟抱，愿倾肝胆报皇恩。

陈天伦吟诵完了，甘瑞和马长山立即击掌叫好，一齐向陈天伦敬酒。陈天伦也兴奋起来，接过甘瑞和马长山的酒一饮而尽。日已西沉，晚风吹拂着正在解冻的河面，料峭得有点儿刺骨。马长山建议到一家酒店去喝，边喝边聊。甘瑞却说："不行，我今日还要赶回去。马哥，你看见了吧，天伦兄也是痛快人，有什么事你就说吧。"

陈天伦立刻警惕起来，从甘瑞突然出现在他的家门口的时候起，陈天伦便觉得此公来者不善。后来进了漕运酒楼，见到了马长山，更令陈天伦心里生疑，所以他才坚持由他来付账。及至到了六六顺宝局，陈天伦的警惕依然没有放松。他表面上不动声色，心里却时刻在琢磨着，他们的葫芦里到底要卖什么药？后来出现了杨八跳宝案的事件，那惊心动魄的一幕使他反倒轻松起来，反倒把甘瑞和马长山当成了朋友。这到底是为什么呢？现在，听了甘瑞这句话，他又警觉起来。

马长山把酒杯斟满，招呼着陈天伦坐下。

陈天伦今天的兴致满高，又端起了酒杯。

马长山压着他的胳膊拦住了他："兄弟，慢，容马哥说句话。"

陈天伦问:“你说了那么多了,还有什么话要说?”

马长山诚恳地说:“对,还有一句要紧的话没有说。今日甘兄把你约出来,你很给面子,这让马哥我已经感激不尽了。既然你跟甘兄是同窗好友,咱也就没得说了。”

陈天伦说:“这些话中午喝酒的时候你就说过了,还是拣你想说的说吧。”

马长山从怀里掏出一张银票,恭恭敬敬地放在陈天伦面前,这是一张五千两银子的大票。

陈天伦看了一眼马长山,等着他继续说下去。

马长山说:“天伦兄弟,你跟我不一样,你是个读书人,现在已经是生员了,今年又要参加大比,登科中举是肯定的了。所以说,兄弟你将来的前途是不可限量的。我呢,一辈子喝的是运河水,吃的是漕粮。你今年要参加乡试,那军粮经纪是不能兼顾了……”

陈天伦说:“你的意思是……让我把军粮经纪让给你。”

马长山说:“兄弟你明白,这军粮经纪是个饭碗。可不是金饭碗,不是银饭碗,最多算是个瓷饭碗。你放下这个瓷饭碗,还能捧银饭碗金饭碗,哥哥我没了这个饭碗,只有干瞪着眼挨饿了……”

陈天伦说:“这军粮经纪大小也算个官,不算朝廷命官,也是坐粮厅委任的,能这样用银子随便买卖吗?”

马长山笑了:“天伦兄弟,哥哥就喜欢你这天真劲儿。你说这军粮经纪是坐粮厅委任的,不能随便买卖。那么我问你,你陈家的‘宿’字号是怎么来的?”

陈天伦翻了翻眼皮没说话,不错,陈家的“宿”字号军粮经纪是花两千两银子从丁家买来的。那两千两银子是他祖父卖了自己高中的孝廉得来的。孝廉都可以卖,经纪有什么不能卖的。他自己怎么说出这么一句蠢话呢?

马长山倒没有得理不饶人,继续央求着陈天伦说:“兄弟,反正你要参加乡试,这军粮经纪是不能干下去了。我打听好了,这军粮经纪你不干,你家老爷子也不能接着干,因为老爷子交给你的时候是‘宿’字号,现在你已经把它变成‘盈’字号了。在咱们漕运码头上,只有我才能执掌着‘盈’字号,这你是清楚的。”

陈天伦说:“你的‘盈’字号跟我的‘盈’字号不一样,你的‘盈’字号已经被仓场总督铁大人废了。”

马长山说:“废了可以恢复嘛,只要这‘盈’字号没有人占着,它就还能姓马。你只要把这五千两银票收下,塌踏实实地去考功名,别的事你就甭管了。”

马长山说完这句话,看了看甘瑞。甘瑞悠闲地看着西山落日,似乎他们两个人的交易与他毫无关系。

陈天伦明白了,在他的背后,在马长山与甘瑞之间肯定还存在着一笔巨大的交易。甘瑞是仓场总督铁麟的公子,他恢复马长山的“盈”字号军粮经纪是没有问题的。用不着去求他的父亲,他找坐粮厅的哪位大人,都不会不给甘瑞面子的。

想到甘瑞要打着他父亲的旗号干这不干不净的名堂,他心里立刻波涛汹涌起来。铁麟是个一心要革除漕弊的朝廷命官,是个大清王朝的忠臣,是他所崇拜的英雄。自从他受到铁麟的青睐与重用,他就时刻以铁麟为师,发誓要为朝廷做出一番大事业。可是现在……是谁在挖铁麟的墙脚?是谁在朝铁麟的脸上抹黑?如果甘瑞背着铁麟做出一些违章乱法的事情,铁麟还怎么能够大刀阔斧地铲除漕弊?古往今来,一些不法衙内、不肖子孙毁父辈名声祖辈事业的例子还少吗?不行,有这么好的一个官是大清之幸,是漕运之幸,是百姓之幸,不能让他毁在自己的儿子手里。陈天伦立刻想起了那天在孔府饭庄甘戎当着龚自珍的面嘱咐他的话,我哥哥要是来求你什么事,你可千万别答应。甘戎啊甘戎,你不但是个疾恶如仇的侠女,还是个颇有心计的志士。你怎么不是个男儿呢?你若是个男儿,一定能协助你父亲做一番惊天动地的大事业。你若是个男儿,我陈天伦一定与你结为金兰之好,生生死死,患难与共。铁麟大人位高薄天,晚生不敢攀缘,你甘戎不会嫌弃我吧。

陈天伦想到这些,腾地站起来,对马长山说:“不,今年的乡试我不参加了。”

首先吃惊的是甘瑞:“什么?陈兄,你……你可要冷静一点儿,今年的大比你怎么能不参加呢?”

陈天伦压抑着满腔的激愤说:“我想……这大运河需要我,这漕运码头需要我,还有……甘兄,令尊大人可是难得的好官啊,是将要名垂青史的大英雄,你……你可不能毁他呀?”

甘瑞一下愣住了:“陈兄,你在说什么呀?我怎么了?”

陈天伦不客气地说:“这还用我说吗?如果我要是把‘盈’字号军粮经纪卖给他马长山,剩下的事情不都是你去做吗?你做这些事敢求令尊大人吗?如果不求令尊大人,你求谁呢?你求谁还不是打着令尊大人的旗号?”

甘瑞气怒了:“陈天伦,你怎么不识好歹呢?我甘瑞要做什么,想怎么做,碍你蛋疼了,你管得着吗?”

陈天伦说:“我是管不着,但是我可以告诉你,我不参加今年的大比了,我要继续当我的军粮经纪,‘盈’字号军粮经纪。”

甘瑞问:“为什么?”

陈天伦含着眼泪说:“我……只想为大清国多收几粒干净的粮食,也为……为了不让别人玷污铁麟大人的清白。”

陈天伦说完这句话,匆忙地向甘瑞作了个揖,说了声“恕不奉陪”便怒气冲冲地走了。

陈日修跟夏雨轩在一起喝酒。他们不是在酒店,而是在九棵树牡丹亭客栈里。

还是当年那个小院,还是院里那个栽种着牡丹的小凉亭。春气未来,草木未萌,院子里还是光秃秃、冷清清的。小屋里却是热气腾腾,他们在吃着羊肉火锅。

今天上午,夏雨轩办完了公事,突然来了兴致,想到当年他落难的那个牡丹亭客栈看一看。去牡丹亭,必然要约上陈日修。那也是陈日修当年救他命的地方,要不是上苍让他遇见了陈日修,他的尸骨早就朽烂如泥了。滴水之恩当涌泉相报。他记起来了,他还欠着陈日修一个债。这个债像一扇磨盘一样压在他的身上,使他想起来就喘不过气来。这就是他要到铁麟面前替陈日修说情,让他接替儿子陈天伦“盈”字号军粮经纪。

这在官场上,实在是一件不值得一提的小事。可这件小事,却让夏雨轩为了难。夏雨轩虽然做了十来年的官,却依然是书生意气。苦寒家庭出身的读书人天生一副傲骨,夏雨轩又是个性格内向极好脸面的人,加上带着点儿酸气的清高,使他很难开口求人。他常说,上山擒虎易,开口求人难。他所说的难不是难办的难,而是难以舍下脸面的难。夏雨轩是这样一个人,而铁麟呢,似乎又铁面无私,不苟言笑。他们认识很长时间了,也称得上是朋友。可是铁麟这个朋友与陈日修这个朋友却完全不同。跟铁麟之间好像更多的是互相尊重,甚至互相信任,可是很难沟通心灵。跟陈日修则不然了,两个人都是性情中人,可以做到无话不说。在官场上,交个共事的朋友不难,难的是交个过心的朋友。

不过,这件事再难也得办。这要是夏雨轩自己的事,他肯定就算了,不会去找铁麟碰钉子的。陈日修的事就不同了,自己的事可以不办,陈日修的事不能不办。眼看冬去春来,估计铁麟又快到通州的仓场总督衙门来办公了。这件事迫在眉睫,需要好好跟陈日修商量一下。

炭火烧得很旺,铜锅里的汤滚滚沸腾着。土炕也烧得暖暖的,两个人隔着一张小桌坐着,中间蒸腾着浓浓的热气,将两个人的面目都笼罩得模糊起来。

夏雨轩一直在斟酌着怎么跟陈日修扯起这个话题。说实在的,时至今日,陈家父子也没有正式向他夏雨轩提出要求。要是一般关系,夏雨轩才不会主动提出来呢。但是事关陈家的利益,他就不能装傻了。事情明明摆在这儿,还用得着人家开口求你吗?

找不到合适的切入点,就先扯闲篇。夏雨轩端着酒杯,感慨万分地说:“陈兄,你信不信命?你信不信缘分?反正我信。”

陈日修看着夏雨轩,不知道他要说什么,一时没有回答。

夏雨轩继续说:“天下道路如网,何止亿万斯条,我为什么偏偏选择了这条路?天下客舍如林,何止亿万斯家,我为什么偏偏进了这一家?天下人海茫茫,何止亿万斯个,我为什么偏偏遇上了你?”

陈日修明白了,说:“世界上的事嘛,都是千巧万巧,凑成了一个不巧。当然,也有时候是千不巧万不巧凑成了一个巧。”

夏雨轩说:“这巧与不巧,你说是不是命?”

陈日修说:“可以这么说,有命便有运,命乃天道,运乃天道之行。”

夏雨轩说:“如此说来,每一个人在他出生之前就已经被命运规定好了的,犹如水之有河,车之有辙,我们只要按部就班地做就是了?”

陈日修说:“恐怕也不尽然。古人云:天之能,人固不能也;人之能,天亦有所不能也。譬如贤弟踏上这条科举之路,顺乎了天道的安排,然而能否考中,却是贤弟十年寒窗磨炼出来的功夫。”

夏雨轩说:“仁兄所言有理,可我总是觉得,冥冥之中总被一种力量牵着朝前走,有时候想停也停不下来。”

陈日修说:“这大概就是人力之所不及了。所以许多时候都是谋事在人,成事在天,强求不得。”

夏雨轩抓住这个话茬儿说:“仁兄说得对,许多事情虽然成败在天,却要有人谋划的。人不谋其事,天不能假其手。酒喝到这份儿上,咱们得商量一件事了。”

陈日修抬起眼睛认真地听着。

夏雨轩说:“就是仁兄接任‘盈’字号军粮经纪的事。看来天伦已经决定参加今年的秋闱了,那么仁兄还要到码头上操劳。铁麟大人也快回来了,无论如何得求他给咱点儿面子,只是不知道……”

陈日修听夏雨轩谈起了这件事,忙挥手阻拦住他:“罢了罢了,贤弟你不提,我也正想跟你说呢,你千万不能为这事求铁大人了。”

夏雨轩不解地问:“为什么?”

陈日修说:“我已经见到铁大人了。”

夏雨轩急忙问:“见到了?什么时候?”

陈日修说:“就在两天前。”

夏雨轩说:“这么说,铁大人已经到通州来了?”

陈日修说:“确实到了通州,而且还做了一件惊天动地的大事。”

夏雨轩惊愕地问:“什么大事?我怎么没听说?”

陈日修佩服地说:“铁大人真是大英雄,大气魄,朝廷的栋梁啊。”

夏雨轩急着问:“到底是怎么回事?”

陈日修说:“他亲自到大运西仓查粮了。”

夏雨轩说:“到大运西仓查粮?大运西仓监督是邵友廉,那可是个老狐狸。”

陈日修说:“这老狐狸差点儿把尾巴露出来。”

夏雨轩问:“到底是怎么回事?快说说。”

于是,陈日修将那天在大运西仓怎么遇见铁麟和他的女儿甘戎,怎么帮助铁麟解了刘仓书带着众仓丁的围攻,避免了一场大乱子,怎么又让人叫来邵友廉,又怎么跟着铁麟查大运西仓的廒粮等等详细地向夏雨轩说了一遍。

夏雨轩听呆了。

陈日修说:“这也许是天意,怎么就让我赶上了这件事呢?那天我闲着没事,原本是想找邵友廉杀两盘棋的。”

夏雨轩说:“这么说,仁兄还是帮了铁大人的忙了,您在铁大人面前肯定留下了好印象,这不正好是个机会吗?你怎么反倒不让我去求铁大人了呢?”

陈日修说:“别提了,说来惭愧。我确实给铁大人帮了一点儿忙,但却未必留下了好印象。”

夏雨轩问:“此话怎讲?”

陈日修说:“铁大人查仓廒的时候,拉着我不放,每个仓廒的米都先让我查看。那仓廒是邵友廉的,我能实话实说吗?说呢,得罪邵友廉,毕竟跟邵友廉也是老朋友了。不说呢,在铁大人面前不好交代,把我难为得真想找个地缝钻进去。多亏铁大人真正懂得粮食,没有难为我。可是到了官厅查账的时候,我可实在待不下去了,便悄悄地溜了……”

夏雨轩大叫起来:“悄悄地溜了?不辞而别?”

陈日修点了点头:“是不辞而别。”

夏雨轩叹了一口气:“仁兄啊,你的胆子可真大。”

陈日修说:“什么胆子大,恰恰是我胆小怕事才溜掉的。”

夏雨轩说:“这件事要是我们官场上的人做出来的,那罪过可就大了。好在你也不想往官场上爬,他官再大也奈何不了你。但是……正如仁兄你所说的,那‘盈’字号军粮经纪算是没有希望了……”

陈日修说:“不怨别人,都怨我自己。铁大人在背后不定怎么笑话呢。你们瞧,陈天伦是靠仗义执言,揭露漕弊赢到‘盈’字号的,没想到陈天伦的父亲却是个胆小如鼠的老好人,窝囊废。”

陈日修在说这番话的时候,神情很沮丧。倒不是因为丢掉了接任“盈”字号军粮经纪的机会,而是羞愧难当。

夏雨轩心里突然觉得轻松起来,那块压在他心窝儿上的磨扇呼啦一下子就被掀掉了。是陈日修自己把机会丢掉了,他无须再替他向铁麟求情了。想到这里,他心里忽地热了一下。这不是有点儿幸灾乐祸吗?这不是对不起救命恩人吗?他为自己这一瞬间的轻松感到羞愧,但是无论怎么羞愧,也压制不住这突如其来的轻松感。

这时候,外面突然响起了一阵喊叫声,牡丹亭店里的伙计像是往外驱赶着什么人,大呼大喝,如同衙门里的虎狼衙役:“去去去,要住店到前面,这里是你来的地方吗?”

来人问:“你让我到前面干什么?”

伙计说:“前面是大车店,那才是你住的地方。”

来人说:“我不住店。”

伙计说:“不住店你来干什么?滚,快滚……”

来人不服气,跟伙计争辩着:“我到这儿来怎么了?我又没偷没抢,既然是客栈,就许人进来。”

伙计叫喊着:“叫你滚你就滚,少废话,不然我就不客气了。”

夏雨轩朝窗外看了看,气愤地说:“知道什么叫店大欺客了吧?这个就是当年把我赶出店门的伙计,当时是小伙计,如今成大伙计了。”

陈日修说:“你记得准吗?果然是他吗?”

夏雨轩说:“我忘了谁也不能忘了他,我还记得他姓耿,还给我讲过麻城耿氏三兄弟与李卓吾先生的故事。他不仅有一肚子坏水,还有一肚子学问呢。”

陈日修一听,立即来了兴致:“是嘛,这得让我开开眼,瞧瞧到底是块什么料儿。”

陈日修凑过来,朝着窗外一看,倒吸了一口凉气。店伙计推推搡搡往外驱赶着的不是别人,正是他的好朋友王木匠。王木匠一身手艺人的轻便服装,肩上背着工具箱。怪不得耿伙计目中无人呢。陈日修扒着窗户喊着:“伙计,不得无礼,这是来找我的朋友。”

院子里的耿伙计见屋里有人喊,有些奇怪,扭头一看,陈日修已趿拉着鞋从屋里出来了:“哎呀王兄,怎么是您呀,快快快,快进屋……”

王木匠见到陈日修,不好意思地说:“我从这店门口路过,看见你的驴拴在外面,心想你一定在里面喝酒。没想到这店伙计就愣挡着不让进。”

耿伙计虽然不认识陈日修,但是他知道是跟通州知州一起来的。他们虽然没有坐轿,却跟着两个护卫。现在这两个护卫还在门外守护着,要不,耿伙计也不会这样阻拦王木匠。陈日修却惦记着刚才夏雨轩跟他说的话,知道当年就是耿伙计把夏雨轩赶出店门的,于是,气哼哼地说:“好了王兄,人别跟畜生一般见识,您就当遇见了一条狗,一条见钱眼开、仗势欺人的狗行了吧……”

陈日修这句话也说得太损了,连王木匠都觉得过分了。耿伙计在官人商人面前脾气再好,也有点儿吃不住劲儿了,不高兴地说:“我说这位大爷您是怎么说话呢?您这么大岁数了,拿我们下人扎什么筏子?还说我狗仗人势,您在仗着谁的势力?”

陈日修积攒在心里的火气一下子爆发出来,凶狠狠地说:“你小子还敢跟我犟嘴,你他妈是人吗?你他妈还有人味儿吗?”

耿伙计也急了:“您这话是从哪儿说起呀?我不就是拦着这位老先生没让他进吗?这是我的本分,我不这样做行吗?您知道,在里面喝酒的可是知州大老爷。”

陈日修嘿嘿地笑了笑:“现在你知道他是知州大老爷了,十年前他被你像一条狗一样地赶出了店门,怎么没想到他是知州大老爷?”

耿伙计一下子傻了,愣头愣脑地看着陈日修,似乎在努力地回忆着什么。

陈日修说:“犯什么傻呀,自个儿作的孽忘了?十年前,大雪泡天,你把一个举人赶出了店门,有没有这么回事?”

耿伙计说:“倒像是有这么一回事……”

陈日修说:“你承认有这么一回事就行了,滚你的吧。”

耿伙计的脸开始由红变黄了,身子也开始发起抖来。

陈日修拉着王木匠就往屋里走。

耿伙计猛地把他拦住了:“不不……大爷……请您老人家明示,刚才您说,这位知州老爷十年前住过我们的店?”

陈日修将耿伙计往一边扒拉开,使劲哼了一声,进了屋。夏雨轩把院子里的一切都看在眼里了,见了王木匠急忙下炕迎接。

陈日修急忙介绍说:“这位是通州知州夏雨轩夏大人。”

王木匠一听,急忙跪下行礼,惶恐地说:“学生不知夏大人在里面,实在不该打扰,请大人恕罪。”

夏雨轩急忙拉起王木匠:“师傅不必多礼,陈兄的朋友自然就是我的朋友了,来来来,上炕一起喝酒。”

陈日修刚要向夏雨轩介绍王木匠,夏雨轩却挥手制止了他,笑着说:“我猜这位师傅肯定是你说的那位《红楼梦》迷,对不对?怎么,最近又有什么收获?”

王木匠说:“最近张家湾有一家要打满堂家具,我把这活儿应承下来了,不是为了赚钱,实在是想在张家湾这块宝地寻些宝物。”

夏雨轩高兴地说:“好啊,迷《红楼梦》迷到这份儿上,也算是大学问了。来,雨轩敬王师傅一杯……”

这时候,外面响起了耿伙计的哭饶声:“大人呀……大人呀……小的实在是有眼无珠儿……罪该万死……”

陈日修烦了:“去,一边嚷嚷去,别给我们添烦。”

夏雨轩嗔怪地说:“你招惹他干什么?一个小人小丑,值得吗?”

陈日修说:“这年头小人小丑太多了,也得让他们长点儿记性,他愿意哭就让他哭吧,权当是给咱饮酒助兴了。”

耿伙计长一声短一声地哭号着:“大人呀……饶了小的吧……小的不是人,是狗,连狗都不如……大人不记小人过,饶了小的吧……”

入夜,铁麟沐浴完毕,换上棉睡袍,并不想上炕睡觉。屋子里的炭火盆很旺,暖融融的,熏得他心里有点儿发痒,身上也有点儿较劲,总想干点儿什么。他坐在了案桌前,写起了笔记。

妞妞蹑手蹑脚地溜进来,像一只无声无息的小猫儿。开始铁麟还以为是冬梅,渐渐地便觉得是妞妞。到底是怎么知道是妞妞的,他自己也说不上来。或者是一种特殊的气息,或者是莫名其妙的心灵感应。

妞妞站在了他的后面,那双软绵绵的小手先是放在了他的肩头上,又顺着肩头往前滑,伸入了他的睡袍,摩挲着他那肥厚的胸脯。他放下笔,伸了个懒腰,妞妞顺势扭过来,依偎在他的怀里。

铁麟轻轻把他推开:“你这个小坏蛋儿,这么晚了怎么还不睡觉?”

妞妞喃喃地说:“我想来看看大人。”

铁麟站起身,走到书架前,拿起那串香珠儿:“来,让我给你戴上。”

妞妞小鸟儿一样双腿蹦过来,站在铁麟的面前。

铁麟将香珠儿戴在妞妞的脖子上,顺势把手伸进了妞妞的怀里。妞妞剧烈地哆嗦了一下,一种异样的感觉让铁麟吃了一惊。铁麟急忙把手抽出来:“妞妞,怎么回事,快把衣服脱下,让我看看。”

妞妞顺从地把衣服脱下来,铁麟一下子愣住了。妞妞白皙的皮肉上,画满了一道道的鞭痕。

铁麟问:“你挨打了?”

妞妞点了点头,眼睛里汪起两兜泪水。

铁麟说:“告诉我,是怎么回事?”

妞妞说:“爹爹现在不喜欢我了,天天让我干粗活,还经常打我。”

铁麟问:“为什么?”

妞妞说:“他又买来一个男孩儿,叫柔柔。”

铁麟明白了,就是说妞妞已经在许良年面前失宠了。这在媵妾娈童中是司空见惯的事。可恶的许良年,当初还想用妞妞讹诈我,真是瞎了眼了。铁麟拉着妞妞坐在炕沿上,抚摸着妞妞身上的伤痕问:“妞妞,告诉我,你是怎么到许良年家里的?”

于是,妞妞歪在铁麟的怀里,向他讲述了自己不幸的身世和遭遇。

妞妞的原名叫胡小宝,他爹叫胡宝财,老家在直隶任丘,一个贫穷封闭的小村庄。全村百十户人家,家家都是土坯房,而且又矮又小,屋顶是平的,那是为了秋天晾晒粮棉用的。后来有一户姓李的人家,突然盖起了五间砖瓦房。砖瓦房宽敞明亮,还有高高的院墙和雕花的门楼影壁。这一下把全村人的眼睛都给羡慕蓝了。原来李姓人家几年前把儿子送到了北京,阉割后进宫当了太监。村民们似乎从呆梦中猛醒过来,祖祖辈辈这么受苦受穷,怎么没想起这条改换门庭、发家致富的路子呢?从那以后,凡是有男孩儿的人家都打起了这个主意。村子里的砖瓦房渐渐地多起来,这个小乡村也就成了闻名遐迩的老公庄。乡下人称太监为老公,因为第一个太监是出在李家,便被理所当然地称作李老公庄。

妞妞的父亲也眼红人家的砖瓦房,早就想把妞妞送进宫里,只是苦于没有门路。别人介绍,需要花许多钱,妞妞家没有这笔银子。一来二去,妞妞的父亲打听到一个在户部坐粮厅当官的亲戚,算起来妞妞该叫他表舅。父亲舍着脸拉着妞妞来到了通州，在坐粮厅找到了妞妞的表舅许良年。许良年倒还认这门亲戚，当即就答应帮忙。待到妞妞的父亲拉他见了许良年的时候，许良年看见妞妞长得皮白肉嫩、聪明伶俐，便马上改变了主意，把妞妞买了下来。许良年当然给妞妞的父亲一笔钱，这笔钱足够他回李老公庄盖一所砖瓦房了。妞妞的父亲要的是砖瓦房，他才不在乎妞妞干什么呢。就这样，妞妞成了许良年的儿子。

应该说，许良年对妞妞很好，给他吃不掺糠菜的白米饭，给他穿不打补丁的新衣服。妞妞已经很知足了，这种生活，在李老公庄，他在梦中都想象不出来的。

晚上，许良年轮番把几个姨太太叫来陪他睡，无论谁陪着许良年，都要妞妞在一边伺候着。他们调情嬉闹，说污言淫语，做那些床笫之事，都不背着妞妞。妞妞给他们铺床叠被，给他们宽衣解带，给他们擎灯照明。他们折腾完了以后，气喘吁吁大汗淋漓地躺在炕上，妞妞还要端着水盆给他们擦洗。给许良年洗，也给他姨太太洗。

在做这些事情的时候，妞妞开始很紧张又很新奇，渐渐就习以为常了。后来妞妞慢慢地心里便有点儿发痒了，浑身麻酥酥的，很臊，很不自在。有一天，一个叫春花的姨太太给许良年吹箫，许良年却推开了春花，让妞妞来替换她。妞妞做了，他做得很认真，很刺激，很过瘾。

妞妞坐在铁麟的对面，讲述着自己的故事，讲得很坦荡，很自然，渐渐地进入了一种难以控制的境界。

铁麟眼前浮动着那一幕幕的乌烟瘴气，心里一阵阵地往上翻，恶心得想吐。

冬梅端着一碗煎好的参汤进来，放在茶几上，悄悄地退了出去。

门帘啪啦响了一声，妞妞扭过头来说："有人来了。"

铁麟说："是冬梅。"

妞妞说："冬梅这小丫头长得很漂亮。"

铁麟没说话。

妞妞问："大人跟她睡过没有？"

铁麟说："别瞎说，她还是个孩子。"

妞妞说："妞妞不也是个孩子吗？"

铁麟的脸沉下来。

妞妞没发现铁麟心境的变化，慢慢站起身来，朝铁麟的怀里钻着。

铁麟一把将妞妞推开，厉声说："你走吧，以后没事不要再到我的书房来。"

妞妞不知道怎么得罪了铁麟，含着两兜儿泪水默默地退了出去。

第十九章

有两个人的影子总在铁麟面前晃动，像夜深人静时耳边盘旋的两只嗡嗡响的蚊子，挥之不去，又避之不得，搅得他心神不宁，烦躁不安。

这两个人影一个彩云遮月，时隐时现；一个天边滚雷，只闻其声，不见其踪影。时隐时现的是唐大姑，不见踪影的是小鹌鹑。他甚至有时候觉得唐大姑根本不是凡间俗人，而是一个喜欢捉弄人的过路仙人。他更怀疑小鹌鹑到底是不是真有其人，还是民间流传的一个神秘的故事。对，这个故事是够神秘的。他曾经跟王鼎大人说过，漕运码头很神秘。王鼎大人却说，这神秘不是鬼神造出来的，而是人造出来的。那么到底是谁在这儿装神弄鬼呢？

每隔一段时间，铁麟便总有那么几天心神不宁，烦躁不安。连他自己也说不清为什么，差不多已经是周期性的了，像是女人的天癸，只是日子没有那么准确罢了。

他已经到通州的仓场总督衙门三天了，三天来他心里像是长满了草，谁都不想见。当然，妞妞除外。对于妞妞他也是这样，没见的时候想见，见的时候他又提不起精神来，而且也烦，待一会儿就想把他打发走。金简和许良年来了几次，他都借故没有让他们进来。他躲在书房里，书读不下，字也写不下，甘戎没有来，她母亲正张罗着给她找婆家，不愿意让她再到漕运码头上疯跑了。但是这孩子管不住，过不了几天她就会跑来的，铁麟心里有数。

曹升突然禀报，说夏雨轩来了。铁麟心里一动，精神立刻振奋了许多。真是的，他心里烦，怎么就没有想到去会会夏雨轩呢？

夏雨轩进了客厅，一边施礼一边埋怨说：“铁大人到了通州，怎么不派人给我捎个信儿呢？要知道，下官已经等您整整一个冬天了。”

铁麟诚实地说：“还说呢，我觉得自个儿真是老了。其实我这心里很想见你，可不知道怎么了，就是……就是……”

夏雨轩说：“前两天听说您来了，我跑来看望您，到了才听说您只是到大运西仓去了一下，又回府了。”

铁麟说："是啊是啊，是来了一下……咦，我说你这消息怎这么灵通呀？没有几个人知道我到大运西仓去啊。"

夏雨轩笑着说："您别忘了，下官可是通州知州。"

铁麟拍着脑袋说："你瞧你瞧，我怎么忘了你是土地爷了呢？得罪得罪，实在是得罪不起。"

两个人说着笑着，夏草送来茶水。

夏雨轩说："不想喝茶了，既然大人到下官的地盘上来了，怎么着也得给下官一个机会，给您接接风呀。"

铁麟沉吟了半天，拿不定主意。

夏雨轩问："大人另有安排？"

铁麟说："不不，安排倒是没有……就是……就是……咳，怎么跟你说呢……"

夏雨轩担忧地问："莫非大人身体不适？"

铁麟说："也难说……只是……我只是觉得打不起精神来，跟你出去……我又没精打采的……怕到时候扫兴。"

夏雨轩说："啊，原来是大人心境不佳，那下官更得拉着您出去散散心了，说吧，您想吃点儿什么？"

铁麟说："也罢，干脆跟你出去喝个一醉方休。"

夏雨轩说："那咱就去天河楼吧。"

铁麟说："天河楼不好，那是个藏污纳垢的地方，我怕沾染上一身晦气。"

夏雨轩说："那咱去孔府饭庄？"

铁麟说："也不好，那里过于文雅，总是让人正襟危坐，受限制。"

夏雨轩说："牡丹亭客栈怎么样？"

铁麟说："罢了罢了，一听这名字就知道是个哗众取宠的地方，我就不相信汤显祖的《牡丹亭》是在这里写的。"

夏雨轩说："大人也别太挑剔了，苏东坡的《赤壁怀古》，说的也不是真正赤壁之战的地方。"

铁麟说："那可不一样，人家苏东坡态度是很老实的，'故垒西边，人道是，三国周郎赤壁'。他也是听人家说的，自己并没有详加考证，人家有言在先。可是牡丹亭客栈的老板，一口咬定这就是汤显祖写《牡丹亭》的地方，你说能一样吗？"

夏雨轩说："后来长江边上赤壁有了两个，一个武赤壁，是'三国周郎'留下的，一个是文赤壁，是苏东坡留下的。都很有名气，甚至文赤壁比武赤壁还更有名气些。”

铁麟说：“那么本官问你，苏东坡留下文赤壁，他自己落了多少好处？可牡丹亭客栈却不一样，老板为的是做生意，为的是赚钱。”

夏雨轩觉得今天铁麟的心情是不大好，怎么说话就抬杠呢？平时他可是颇有一副兄长之风的，怎么像小孩子一样嚼舌起来，难道真像自己说的，老了？变成老小孩儿了？夏雨轩笑了笑，闭上了嘴，不再说什么了。

铁麟突然想起了自己第一次去寻找黄槐岸遇见了唐大姑的情景，立刻说：“我倒是有个地方，饭店不算大，经营的都是地方风味，环境也不错。”

夏雨轩问：“在哪儿？”

铁麟说：“就在运河边上，叫漕运老店。”

还是大河解冻乍暖还寒的季节，还是漕运老店那张靠着窗子的餐桌，铁麟和夏雨轩点了几个通州风味小菜和一瓶漕运湾酒，便浅斟慢饮起来。与老朋友在一起品酒，再加上河面上的凉风一吹，铁麟的心境顺畅多了。夏雨轩倒是一直情绪饱满，酒兴谈兴都很高，看来他这通州知州当得很得意。铁麟想，三年下来，如果没有大的闪失，考绩又不错的话，他会顺顺当当地坐上四品黄堂的。

铁麟突然想起一件事，问夏雨轩：“去年秋天咱们在河西务抓的造假贩假的那些人你怎么判的？”

夏雨轩说：“能怎么判呢？都是一帮穷人，你罚他钱他没有，你把他关进大牢，他倒找到吃饭的地方了。这当地方官，不怕横的，不怕愣的，不怕不要命，任你浑身是铁，难逃官法如炉。可就是怕㞞的，怕穷的。一个个稀泥软蛋，一没油水，二没骨气，你有什么办法？”

铁麟说：“这么说，你把他们放了？”

夏雨轩说：“不放了怎么办？我不能长期养活他们呀。造点儿假贩点儿假，又犯的不是死罪。”

铁麟说：“你这样放了他们，他们不是照样去造假贩假吗？”

夏雨轩说：“我问了一下书吏们，过去的坐粮厅和州府衙门都抓过，抓了也没用，至多也就是朝他们屁股上敲一顿板子，老实十天半月他们又会重操旧业。”

铁麟说：“怪不得这造假贩假的铲除不掉呢，原来是野火烧不尽，春风吹又生啊。那么，就没有别的办法了吗？”

夏雨轩说："依下官所见，大人整顿漕弊，还要从根本上入手。澄其源者流清，混其本者末浊。造假贩假之源在于掺假，有需者才有供者，有购者才有贩者。只是打击造假贩假而不根绝掺假，假则永不绝灭。"

铁麟点了点头，感触良多地说："你说得很对，前几天我到大运西仓看了看，那里的仓储大有疑问。我就不明白，刚刚开春，一百一十四廒漕粮，怎么只剩下四廒新粮了？去年收兑的漕粮都到哪儿去了呢？"

夏雨轩问："那西仓监督怎么个说法？"

铁麟说："西仓监督邵友廉说，新粮都被领走了，他手里有户部发放的米票。"

夏雨轩说："大人真的相信京城里的王公大臣都到通州来领俸米吗？"

铁麟说："这事也让我好生奇怪，我是在自己的家里觉着米味儿不对亲自来领俸米的。按说，二月放米，我来得是早的。路上没碰上一辆来领米的车，到了大运西仓他们又说米都被领走了，这不活见鬼吗？"

夏雨轩笑了笑："难得啊。"

铁麟困惑地问："你说什么难得？"

夏雨轩说："下官是说，现如今像大人这样清正廉洁的二品大员实在是难得呀。"

铁麟问："吃皇粮，领俸米，何廉何洁之有？"

夏雨轩说："不信大人到各个府上看看，哪一家饭桌上吃的是大运西仓的俸米？"

铁麟问："那他们吃什么？"

夏雨轩说："什么好吃什么！京城里有那么多碓坊米店，经营的都是新粮新米，用银子就能随便买，他们干吗还要跑到通州来领那些掺糠兑假的漕粮？"

铁麟突然猛醒过来："这么说他们在卖米票？"

夏雨轩说："大人圣明。"

铁麟问："他们把米票卖给谁？米票怎么又都跑到大运西仓来了？"

夏雨轩说："不用下官回答，大人您已经自己理出头绪了。"

铁麟点了点头："我明白了，这里面必然是米商、仓场监督甚至坐粮厅勾结在一起……贩卖米票可是犯了皇宪国法的，你还记得吗？嘉庆十四年……"

夏雨轩怎么会不记得呢？这是一件轰动全国的大案，京城王公大臣将米票卖给米商，米商包揽了大量的米票，与通州两仓的仓吏仓役勾结，采用踢斛、撞斛、淋尖，谎报斛斗等手段，盗取了漕粮万余石。事发后在审理仓书高添风中，揭发出了贩卖米票的亲王、贝勒数十人。经宗人府查明后,处罚郑亲王乌尔恭阿和怡亲王奕勋降食郡王俸米十年,礼亲王昭梿降食郡王俸米五年,顺郡王伦柱降食贝勒俸米五年,贝勒绵誉降食贝子俸米五年,贝勒绵志降食贝子俸米二年。其余为主任承办卖米票之护卫、亲军校等都受到了严厉的惩处。

铁麟说:“他们这是怎么了?他们就不畏惧皇宪国法吗?”

夏雨轩说:“只要有利可图,总有人铤而走险。”

铁麟叹了口气说:“现在看来,我这个仓场总督啊,还真的被他们架空了,我不能这么窝囊下去了。告诉你雨轩,本官可要有所动作了。”

夏雨轩说:“请大人稍息,容下官猜一猜,大人是不是要调兵遣将,去冗员而择良吏?”

铁麟笑了:“知我者雨轩也,不过我得跟你要一个人。”

夏雨轩问:“谁?”

铁麟说:“金汝林。”

夏雨轩问:“大人要委他何职?”

铁麟说:“大运西仓监督。”

夏雨轩说:“那邵友廉怎么办?”

铁麟说:“把他调到本官的身边伺候,任仓场漕科吏目,不降他的品位。”

夏雨轩说:“那我可要替金汝林好好谢谢大人了。”

铁麟说:“你把一员能吏舍得给我,该本官感谢你才是。”

夏雨轩说:“大人有所不知,金汝林学识不浅,又处世精明,一心要在仕途上有所建树。只是因为他‘出身不清’便不能参加科考,大人这么提拔他已属破格了。”

铁麟说:“这当然还要报吏部审批,本官已经通融好了,没有大的变故,是不成问题的。只是……”

铁麟话音未落,突然觉得背后刮起一股凉风,紧接着一个声音高叫起来:“好啊,你们躲到这里喝酒,让我找得好苦。”

夏雨轩急忙站起身来:“哎呀,是戎儿大小姐来了,快请坐下。”

甘戎依然是腰挂龙泉宝剑,一副侠女打扮。

铁麟喜欢女儿这个样子,他觉得女儿这样站在他的身边,他心里特别踏实,特别有安全感和自豪感。

甘戎也不客气,坐下来拿起筷子就狼吞虎咽起来。

铁麟问:“你妈妈不是不让你来了吗?你怎么又跑来了?”

甘戎说："我对妈妈说，爸爸一个人在通州，免不了受神神鬼鬼的欺负，还是让我去给他当个保镖吧。"

铁麟问："你真是这样说的？这不是成心吓唬你妈吗？"

甘戎笑了笑，只顾低头吃起菜来。

甘戎的到来，打断了铁麟跟夏雨轩的谈话。铁麟刚要接着刚才的话茬儿说下去，突然被不远处的一个客人吸引住了。那也是一桌食客，划拳劝酒甚是热闹，一个人站起身来，高举着酒杯慷慨激昂着。铁麟觉得这个人很面熟，谁呢？他心里咚地一震，记忆的闸门哗啦一下子打开了，情不自禁地说："难道是他？"

夏雨轩问："大人在说谁？"

铁麟小声叮嘱他："别回头，我看那个人像是姚广亮。"

夏雨轩问："哪个姚广亮？"

铁麟说："他自称是个茶叶商，住在沙竹巷……"

夏雨轩猛然想了起来："你是说劫持兰儿的那个嫌犯？"

甘戎一听是劫持兰儿的嫌犯，立刻停下了筷子："哪个？哪个是劫持兰儿的？"

铁麟说："小声点儿，就是那个站起来说话的人。啊，他在向众人告别，看样子要走。"

甘戎低着头，偷眼朝那边瞧着。

姚广亮已经离开了桌子，朝门外走去，众人在后面送着他。

甘戎啪地把筷子往桌上一扔，急忙赶了上去。

铁麟轻声喊着："戎儿，你到哪儿去？"

甘戎已经跟着姚广亮出了漕运老店的门……

漕运老店在大运河的东岸，姚广亮带着一个随从出来以后，便骑上马跨上浮桥往河西岸去了。甘戎远远地跟踪着姚广亮，只能是远远的，她没有骑马，两条腿再快，也跟不上四条腿呀。

甘戎眼看着姚广亮过了浮桥顺着土坝往北去了，她也急忙过了河朝北面追去。过了石坝，却失去了目标，姚广亮已经无影无踪了。

石坝附近，包括牛作坊、赦孤台、盐摊等村庄，是一个南北货物的集散地。货物堆积如山，一座连着一座；货栈星罗棋布，一家挨着一家。最著名的便是十八家骆驼店，譬如复兴店、天庆店、通顺店、聚和店、德隆店、三义店等等。说是骆驼店，但住的不全是骆驼队，就像大车店住的并不都是赶大车的一样。每个骆驼店都有很大的货场和库房，骆驼店的东家既是店主，又是经营交易的掮客。诸如代客存货、承寻货主、交货揽货、报单纳税等等。通州是漕运重地，又是物流中心。

在这里集散的货物主要分南货和北货。南货有两种，一种是商人运送过来的，一种是漕船捎带来的。朝廷为了弥补运丁费用的不足，允许漕船携带一定数量的土宜。但是运丁们为了多赚钱，所携带的土宜往往超过规定的数量。这就有一种半合法半走私性质了，多带来的土宜为了逃避坐粮厅的稽查，不敢公开销售，多委托骆驼店代销。南货主要是茶叶、丝绸、夏布、雨旱伞、纸张、瓷器等等，而北货多是皮毛、地毯、山货、药材等等。南货是船从大运河运来的，而北货则是骆驼队走旱路驮来的。

骆驼队也分两种，大屉和草屉。所谓的屉，就是骆驼背上的货架。大屉是用牛羊皮包裹，大线纳结而成；草屉是用草包披垫枷棍绑结而成。大屉驼队是盘短的，草屉驼队是跑长途的。驼队的规模大小不等，大的驼队有四五百头骆驼，有管事的、跑外的、饲养的、拉运的一套人马。小的驼队也有两三个人、三五十头骆驼的。还有一个人拉七八头骆驼跑单帮的。跑长途的每头骆驼要驮二百四十斤到三百六十斤货，从通州到张家口五百里，要走七天；从张家口到库伦三千里，要一个月。

眼下正是冬末春初，大批的北货源源不断从口外运来。驼队盈路，缕缕行行；驼铃叮咚，不绝于耳。甘戎没有追到姚广亮，却看见如此规模宏大的驼队，也算开了眼界。她站在北浮桥下，饶有兴致地观看着一串一串的骆驼和驼背上摇摇晃晃的货物，觉得很有意思。一串骆驼用缰绳连在一起，大串的十二头，小串的七八头，有一个人在前面牵着。

随着驼队走近，一伙儿人从河滩的小树林里跑出来。有的背着筐，有的挎着篮，有的提着布袋，除了这些装东西的家什，每个人手里还举着一个榔头或一把挠钩。这些人有男有女，有老有少，有大姑娘也有小媳妇。他们像一群打家掠舍的强盗，不知听了谁的一声号令便呼啸着跑出来，英雄也似的冲向驼队。待冲到驼队跟前，他们都拼命地举起了手中的榔头，朝货架上敲击着。或者挥动手中的挠钩，在骆驼身上乱抓乱耙着。于是，拉骆驼的求救般地呼叫恐吓，打劫的散去又聚来，聚来又散去，跟拉骆驼的捉起了迷藏。

甘戎离得远，看不大清楚，这些人在干什么呢？

一个拾粪的老头儿走过来，甘戎客气地上前打听着："大爷，前面那些人在干什么呢？"

老头儿说:“这你还不知道？他们是挠毛砸碱的。”

甘戎又问:“什么叫挠毛砸碱?”

老头儿看了看甘戎:“你不是本地人吧?”

甘戎说:“我是从京城里来的。”

老头儿的话匣子打开了:“怪不得呢,你不在通州混饭吃,不知道这里的深浅。通州这个地界儿,多富也显不出有钱来,多穷呢也饿不死。为什么呢？就因为活命的路儿多。咱不是说吃官饭吃产业吃买卖的,就说穷人。这穷人里就有吃横水的,有吃竖水的,有吃漕船的,有吃两坝的,有吃街市的,有吃店铺的,还有这吃骆驼队的。这挠毛砸碱就是吃骆驼队的。”

甘戎还是不明白:“他们挠什么毛砸什么碱呀?”

老头儿说:“你没见吗？是用挠钩子挠骆驼毛,这春天到了,人该脱棉衣了,那骆驼也该把冬天的厚毛脱掉了。他们用挠钩往骆驼身上一挠,那厚厚的驼毛就掉下来了。”

甘戎问:“他们要驼毛干什么?”

老头儿说:“卖钱呀,不卖钱他们图什么?”

甘戎问:“谁买驼毛干什么?”

老头儿说:“驼毛的用处可大了,有大宗收购送地毯厂织地毯的,有小宗买去用来絮棉衣垫棉靴的,也有铺在炕上当褥子取暖的。”

甘戎又问:“那砸碱呢？干什么砸碱?”

老头儿说:“你没见到吗？那骆驼上驮的碱都是口外的天然碱,好东西喽。整块整块的,有磨扇那么大。他们一榔头下去,就能敲下一斤二斤的。”

甘戎明白了,她向老头儿道了声谢便朝骆驼店走去。甘戎一边走着,一边不断地扭头朝骆驼队这边看。那群劫匪一样的人群总让她觉得心里不自在,人家驼队辛辛苦苦从几千里外驮来的货物,怎么能这样明目张胆地抢劫呢?

甘戎走着看着想着,突然听到有人叫她,抬头一看,竟然是陈天伦。

两个人都觉得有些意外,陈天伦问她到这儿来干什么,她偏要陈天伦先告诉他。

陈天伦也故作神秘,存心不告诉她。

甘戎气恼地说:“你们通州人可真没出息。”

陈天伦急了:“怎么啦,通州人招你惹你了?”

甘戎指着远处骆驼队里那些驱之不散的人群:“你瞧瞧他们在干什么?”

陈天伦说:“他们是在挠毛砸碱啊。”

甘戎说:“你说得还挺理直气壮呢。”

陈天伦说:“他们怎么得罪你了?”

甘戎说:“废话,我犯得上理睬他们吗?”

陈天伦说:“那你凭什么说我们通州人没出息呀?”

甘戎说:“连这么一点儿小便宜都占,难道还算有出息?”

陈天伦一下子愣住了,通州人的种种谋生手段,他是从小就耳濡目染、司空见惯的,他从来没想过哪种事有出息,也没想过哪种事没出息。听甘戎这么一说,他倒真觉得这些人有点儿下作卑劣了。他不由得脸红了,为通州人,也为他自己是个通州人……

甘戎继续逼问着陈天伦:“说吧,你到底来干什么?”

陈天伦从怀里掏出了一本书:“我来找齐先生还书的。”

甘戎刨根问底:“还什么书?”

陈天伦说:“我原来准备参加今年大比的,就跟齐先生借了这本《策论集注》。现在用不着了,把书还给人家。”

甘戎说:“这么说,你不想参加今年的大比了?”

陈天伦说:“我改变主意了,继续当我的军粮经纪。”

甘戎说:“我猜你改变主意肯定是因为我哥。”

陈天伦说:“这是我自己的事,跟你哥有什么关系?”

甘戎说:“我哥前几天是不是来找你了?”

陈天伦问:“你怎么知道的?”

甘戎说:“他是不是找你求情,让你把‘盈’字号密符扇卖给马长山?”

陈天伦惊讶起来:“谁告诉你的?”

甘戎说:“还用谁告诉我?原本马长山通过我哥先找的我,他们让我来说服你,你猜他们答应给我多少好处?”

陈天伦问:“多少?”

甘戎伸出了指头:“三千两银子。”

陈天伦说:“真对不住,让你少捞一笔外快。”

甘戎说:“你不是也损失五千两吗?”

陈天伦说:“闹了半天你都清楚呀?”

甘戎说:“这件事不但我清楚,连我爸爸都清楚。”

陈天伦问:“他老人家怎么知道的?”

甘戎说:“当然是我告诉他的了,你猜我爸爸说什么?”

陈天伦问:“说什么?”

甘戎说:“我爸爸说……”

陈天伦正在听着,甘戎突然闭上了嘴,眼睛朝远处看着。稍微愣了一下,连个招呼都没打,就快步朝前走去,像是去追赶什么。陈天伦在后面喊着,她连头也不回。

铁麟跟夏雨轩在漕运老店喝完酒,又进了妃子楼。这是一个很神秘的地方,州府衙门后面一栋红色的三层小楼。传说,明朝灭亡之后,崇祯皇帝的一个姓秦的妃子逃到了通州,花钱盖起了这栋小楼,经营起了这家生意。她到底是做的什么生意呢?据说她从宫里带出了一种制作糕点的秘方,这糕点都是历代嫔妃为了养颜美容、减脂回春从而取悦圣上而研制的。妃子楼开张以后,便以制作系列妃子饼著称。什么养颜妃子饼、环肥妃子饼、燕瘦妃子饼、回春妃子饼、丰乳妃子饼、乌发妃子饼……如此说来,这些都是供女人享用的。京城里的王妃贵妾,大户人家的太太小姐,还有卖艺的女优,卖身的妓女,都来采买他们的糕点。妃子楼还不仅仅做糕点,也经营饭菜,也多是女人喜欢的清淡甜美的佳肴,酒也多是女儿红桂花酒玫瑰香一类的。不少京城来的贵妇常常到这儿来换换口味,也有女眷们专门到这儿聚会的。

总而言之,这妃子楼是专门为女性服务的,也是专门赚女人的钱的。据说妃子楼刚开始营业的时候,是不接待男宾的。即使是陪着女眷一起来的男掌柜,也只好屈尊先到别处等候。

现在妃子楼的东家也姓秦,据说是崇祯皇帝那个妃子的侄孙。他继承了老姑奶奶的产业,也继承了老姑奶奶的秘方,可就是没有继承老姑奶奶的经营原则。他现在虽然赚的还是女人的钱,打着为女人服务的招牌,可并不拒绝男人光临。更有甚者,老姑奶奶那会儿,到这里来聚会用餐的主要是贵族女眷和良家妇女,那些卖笑卖身的女人只能来买糕点,不能在此设宴。现在整个颠倒过来了,在此出双入对的多是青楼佳丽和红粉艺人。而她们挽进来的男人也多是风流放荡之辈。当然,还有更为有悖于有辱于老姑奶奶的名堂,这是对外绝对保密的。

夏雨轩毕竟是个文人,文人无形,特别是在酒后。原本铁麟说去浴池烫个澡,泡泡身上一冬的污垢和晦气,于是夏雨轩便把他带到这个地方来了。

夏雨轩说他这是第二次到这里来,第一次是金汝林带他来的。进门以后,铁麟发现这里的东家和主事都认识夏雨轩,诚惶诚恐、小心翼翼地招待着他们。

妃子楼第一层是店铺，专卖系列糕点；第二层是餐厅，多是雅座包间；第三层便是个绝妙的所在，美其名曰是提供休息的地方。铁麟跟着夏雨轩被主事直接带上了三楼，三楼也是分成一个一个单间的。每个单间里都有一张木床，一个茶几，一个大木桶。墙壁上贴着仕女图，床上挂着雪白的帐子，窗户上挂着粉红色的窗帘。光线柔和，清新淡雅，还散发着若有若无的馨香。一进屋，就给人一种宾至如归、想入非非的感觉。夏雨轩将铁麟安置在一个房间里，跟小伙计说了声好好伺候，便退了出去。

小伙计殷勤地说："老爷，我先给您沏杯茶，您喜欢什么？我们这儿有西湖龙井、黄山毛尖、碧螺春、云雾茶、乌龙茶、滇红、旗枪、瓜片、茉莉花……"

铁麟说："就来杯碧螺春吧。"

小伙计答应着，不大一会儿便把茶端来了："老爷您先歇会儿，我马上给您打水。要不要叫个姑娘帮您搓搓背？"

铁麟明白了，屋子中间那个大木桶原来是洗澡用的。他记起来了，喝完酒之后他是跟夏雨轩说过想泡个澡。他说泡澡指的是那种大浴池，热气腾腾的大池子，烫得人呜啊喊叫唱京剧。身上泡透了，再让老师傅浑身上下地搓搓。噢，这里没有大池子，只有大木桶。没有搓澡师傅，只有搓背的小姑娘。小姑娘进来仅仅是搓背吗？他突然想起了唐大姑，想起了用样斛为他泡的药浴……啊，还有，唐大姑说他不能"废"，要阴阳平衡，要采阴补阳，还说要为他治病……她跑到哪儿去了？

小伙计出去了，大概张罗打水去了。铁麟今日的酒喝得是有点儿高了，晕晕乎乎地只想放平了待会儿。这样，他便和衣躺在了床上。小伙计将一桶热气腾腾的水提进来，倒进了木桶里。那木桶很大，小伙计要把它灌满了水也需要一番工夫的。躺在床上，隔壁房间里便传过来不堪入耳的声音。原来这房间只是用木板分割成的，并不隔音。隔壁房间里是两个女孩子的淫荡的嬉笑声和哗啦哗啦的撩水声。

"老爷，您的手老实一点儿行不行？"

"哎呀，挤死我了，这桶这么小，还让我们俩跟你一起挤在这桶里，我都喘不过气来了。"

"嘻嘻，老爷，您这儿怎么了？"

"老爷，您上次给翠花一条金链子，今儿赏我们姐俩什么呀？"

"老爷，您怎么总是不说话呀，真是贵人话语迟。"

"老爷嘴里不出声，这两只手可没闲着。"

“哎哟老爷,您轻点儿……”

铁麟心里琢磨着,隔壁两个妞儿这么高声大嗓地说笑,怎么听不见那“老爷”说什么呀?是谁这么沉得住气呀?他眼前突然冒出个人……很快,他的猜测就被证实了。

隔壁传来了轻轻的敲门声,接着,两个妞儿闭上了嘴巴。一个人进来了,低声说:“大人,姚掌柜来了?”

那人说:“让他先等会儿,啊……也给他找个房间,让他洗洗澡。”

尽管声音不大,铁麟还是听出来了。在隔壁房间里跟两个妞儿一起洗澡的是许良年。而那个姚掌柜是不是刚才在漕运老店里看见的那个姚广亮呢?

门轻轻地响了一声,一个腰身纤细的姑娘进来了,低声说:“老爷,我来伺候您洗澡好吗?”

铁麟突然从床上挺起身来,整理了一下衣襟,从怀里掏出了一把碎银子,塞给进来的姑娘说:“跟我那朋友说一声,我有事先回去了。”

姑娘手里拿着碎银子,不知道是该先挽留这位慷慨的老爷,还是该答应他的嘱咐,抑或该说句什么感谢的话,一时没张开口,铁麟已经出了房间。

铁麟出了妃子楼,立刻看见甘戎迎面跑来。

甘戎也有点儿吃惊:“爸爸,您怎么跑这儿来了?”

铁麟没说话。

甘戎又说:“我跟踪着姚广亮,他进了这妃子楼。您刚从里面出来,没见到他吗?”

铁麟摆了摆手,低声说:“快离开这儿。”

甘戎莫名其妙地跟着父亲朝前走去,走了一段路,甘戎问:“您见到姚广亮了吗?”

铁麟点了点头。

甘戎又问:“他到妃子楼干什么?”

铁麟说:“他去会许良年。”

甘戎惊讶地说:“他果然跟许良年是一伙儿的?要不要让夏叔叔把他抓起来?”

铁麟说:“抓谁?姚广亮还是许良年?”

甘戎说:“两个人一起抓。”

铁麟说:“凭什么?”

甘戎说:“他们是劫持犯,劫持了兰儿。”

铁麟扑哧笑了:“你呀,真是个孩子。”

甘戎想了想,也笑了。

躺在暖烘烘的炕头上,铁麟突然明白了这几天心神不宁、烦躁不安的根由了。自从他到通州的仓场总督衙门以后,樊小篱便请假回家了。说是两三天就回来,可是都七八天了,怎么还没回来呢?他没有问,孙嬷嬷也没有告诉他。他没有问是他没有想起来问,孙嬷嬷没有告诉他是因为什么呢?莫非是出了什么事?

铁麟的乳瘾又犯了。

他烦躁得心尖都麻酥酥的,平躺着嗓子眼发紧,左侧着腿脚发麻,右侧着心里发慌,趴卧着喘不过气来。他翻来覆去地折腾着,烦躁得恨不得把自己五脏六腑撕扯出来。

白天经历的一切又支离破碎地在他面前晃动起来,漕运老店……妃子楼……大木桶……隔壁淫荡的嬉闹……许良年……姚广亮……

孙嬷嬷悄悄地进来了,端着旺旺的炭火盆。孙嬷嬷进来干吗?自从有了冬梅以后,孙嬷嬷便不再伺候他饮食起居了。孙嬷嬷老了,手脚不灵便了,眼睛也花了,也该让她老人家歇息了。

孙嬷嬷伏在他耳边说:“又来了个新奶妈。”

铁麟一愣:“樊小篱呢?”

孙嬷嬷说:“樊小篱捎话来了,她不回来了。”

铁麟问:“出了什么事?”

孙嬷嬷说:“有点儿麻烦,赶明儿再告诉你吧,你先歇着吧。”

铁麟闭上了眼睛,心里平息了许多。

孙嬷嬷退出去以后,门帘便啪啦响了一声,一个女人迈着猫也似的脚步向铁麟走过来。

铁麟心里又紧张起来,不知道为什么,他每天早晚两次都要吃奶,可是每次奶妈进来的时候他都紧张,紧张得他都能听到自己的心跳。

一个炭盆一样暖烘烘的身子坐在了炕沿上,那声音也是暖暖的,吹得他耳根儿有点儿发痒:“老爷……”

铁麟睁开眼睛,坐在他面前的是一个长得有点儿丰腴的少妇,皮白肉嫩,皓齿红唇,一双滴溜乱转会情会意会说话的大眼睛。说不清为什么,这双眼睛让铁麟觉得有点儿不舒服,到底怎么不舒服,他也说不出来。他总觉得这双眼睛有那么一股……一股风尘味道……但是她的笑容却让他觉得很熨帖,也是暖洋洋的,像是从炭火盆里蒸腾出来的。

铁麟问:“你叫什么名字?”

少妇说:“回老爷,民女叫韩小月。”

铁麟点了点头,这名字很美:“家是哪儿的?”

韩小月说:“民女是三河县人。”

铁麟说:“那该跟孙嬷嬷是同乡了?”

韩小月说:“回大人,民女跟孙嬷嬷是同乡,可原来并不认识。我们三河县出老妈子,想必大人您是知道的。”

韩小月说话的习惯又让铁麟别扭起来,一会儿一个“老爷”,一会儿又一个“大人”。按照习惯,无论在外面当多大的官,回到家里是一律称作老爷的。韩小月这种半公半私、半里半外是因为她的无知呢,还是她的习惯?

铁麟不再问什么了,也没有必要再问什么了。奶妈毕竟是奶妈,跟一个下人哪有那么多话好说。当然,孙嬷嬷除外,孙嬷嬷不仅仅是他的奶妈,孙嬷嬷对他是有养育之恩的,可以当之无愧地说是他的养母。

韩小月远不像樊小篱第一次给他喂奶时那样羞涩艰难,她似乎已经做好了充分的准备,主动地解开衣襟,袒露出了两只鼓囊囊的大乳房,并不急于伏身喂奶,而是展览似的在铁麟的眼前炫耀着。

两只雪白鼓胀的乳房像两轮太阳似的晃得铁麟睁不开眼睛,他霎时觉得天地都旋转起来。

韩小月那两只星光灿烂的眼睛大胆地看着他,不像是挑逗,也不像是乞求,倒像是心碰心的交流,又像是情投意合的欣赏。

铁麟倒有点儿不好意思了,他慌乱地躲避着韩小月的目光,像小孩儿在躲避着燃烧的火苗儿。

韩小月刚刚洗完澡,她的身上散发着一种浴后的体香,那蓬松的头发松散下来,飘落在铁麟的脸上。铁麟的脸上痒痒的,心里也痒痒的。铁麟不由得伸出一只手,婴儿似的捧住了另一只乳房。那乳房很沉重,很结实,又很舒适,一种实实在在的安全感将铁麟那颗脆弱的心严严实实地包裹起来。他也像饿极了的婴儿那样贪婪地吮吸着那饱胀的乳房,细细地品尝着。

韩小月的乳汁有一股明前茶的味道,清新透亮,夹杂着早春的寒凉,还有一种说不出来的苦味儿。

第二十章

夏雪儿是从父亲的口里听说陈天伦不去参加今年乡试大比的，她不明白陈天伦为什么要这样做。他为什么迷恋这么一个军粮经纪呢？军粮经纪有什么好处？不就是能挣一点儿银子吗？你陈家又不缺这点儿银子！一个读书人，考上了秀才，又选上了贡生，能进国子监读书，这容易吗？国子监是做官的第一道门槛，门槛都进了，怎么还能把脚又收回来呢？贡生离举人只有一步之遥了，行百里者半九十，你难道不知道这个道理吗？你要是想当军粮经纪，还读那么多书干什么？你从来就不想当军粮经纪，那不是你真正追求的目标。你去年当军粮经纪纯属无奈，那是因为你父亲的脚受伤了，你不过是替代一下而已。怎么这一干就干上了瘾呢？原来只听说酒上瘾、烟上瘾、当官上瘾，这军粮经纪算什么？算不上官，入不了流，有什么可让你上瘾的？

夏雪儿百思不得其解，她真想找到陈天伦，当面问问他。可是，现在见她的天伦哥哥，比鹊桥相会还难了。鹊桥相会还有个固定的日子呢，你陈天伦什么时候给我个准信儿，让我到哪儿去见你？

夏雪儿的心事没有地方去说，也无法让她开口。她凭什么把自己跟陈天伦联系在一起？说陈天伦是她的哥哥，那不过是两姓旁人；说陈天伦是她的什么人，谁也没有明确过。她恨她的父母，既然有意将自己许配给陈天伦，还捂着盖着干什么？她也恨陈天伦的父母，既然有意娶她做儿媳，还拿什么架子，干吗不上门求婚？她还恨陈天伦，你总是把我看成是跟在你屁股后面叫你天伦哥哥的小尾巴，你不知道如今这小尾巴已经长大了吗？她更恨她自己，她到底爱不爱天伦哥哥呢？说爱吧，又装模作样，连自己都不敢承认；说不爱吧，可又忘不了、放不下。就这样，两家六口，人人心里都清楚，可谁都不捅破这层窗户纸。别人沉得住气，你陈天伦沉得住气吗？反正我雪儿已经沉不住气了。

只有红红了解她的心事。

在夏雪儿眼里，红红是个了不起的女孩儿，她爱过，她恨过，爱得轰轰烈烈，也恨得排山倒海。人家的勇气是从哪儿来的呢？可是，她也恨红红，红红太沉默了。她心里什么都明白,就是不说。她把红红当朋友,可是红红总跟她隔着一层。是冰冷的世界冻僵了红红的心,还是她心里的伤疤还未愈合?

春天到了,夜深人静的时候,躺在炕头上就能听到大运河轰隆隆冰凌解冻的响声。窗外的月亮也不再被冻得硬邦邦的,而是渐渐地复苏发软,那光亮也有了绸缎般的感觉。鼓楼的钟声悠悠地传过来,捎来了春的信息。

夏雪儿翻了个身,将脸朝向红红,调皮似的看着她。

红红睁开了眼睛:“您怎么还不睡?”

夏雪儿说:“睡不着。”

红红说:“穷忍着,饿耐着,睡不着眯着。”

夏雪儿说:“我就不眯着,眯着太难受。”

红红说:“您不眯着怎么办?”

夏雪儿说:“我要跟你说话。”

红红说:“想说就说吧。”

夏雪儿说:“不,我想听你说。”

红红说:“我说什么?”

夏雪儿说:“说说你自己。”

红红说:“我有什么好说的?”

夏雪儿说:“说说你跟郭秀才的事。”

红红说:“跟他的事有什么好说的?”

夏雪儿说:“郭秀才不是给你写过许多诗吗,能不能读两首给我听听?”

红红说:“我都忘记了。”

夏雪儿说:“骗谁呀?这还忘得了?你不把那些诗刻在骨头缝里才怪呢。”

红红说:“陈天伦不也是秀才吗?他没给你写诗吗?”

夏雪儿说:“他凭什么给我写诗?我又没跟他……”

红红紧逼着问:“没跟他怎么了?”

夏雪儿害羞了:“红红你可真坏……”

红红说:“我坏吗?小姐,反正这儿也没别人,你跟我说句实话,你到底喜欢不喜欢陈天伦?”

夏雪儿难为情地说:“喜欢又怎么样?不喜欢又怎么样?”

红红说:“不喜欢嘛,那就算了;要是喜欢嘛,还等什么?”

夏雪儿说:“我听不懂你在说什么。”

红红说:“我的意思是,小姐要是真的喜欢,您干吗不告诉陈天伦托人上门提亲?”

夏雪儿急了:“什么,我告诉陈天伦?我凭什么要告诉他?”

红红说:“您不是喜欢他吗?”

夏雪儿担忧起来:“谁知道人家是怎么想的?”

红红说:“他还能怎么想的?他陈天伦有什么了不起的,不就是一个军粮经纪吗?就凭小姐的德言容功,凭小姐的家世,哪儿配不上他陈天伦?只要小姐你向他抛个绣球,不把他高兴疯了才怪。”

夏雪儿沉默了。她突然想起了一件事,一件让人想起来就脸红又非常有趣的事。有一次,那一年她大概八九岁吧,陈天伦带着她到漕运码头上去玩,路上她走累了,陈天伦把她背在背上。走着走着,突然看见了一只娶亲的花轿,许多人都追着看热闹,陈天伦背着她也追了上去。她在陈天伦的背上,像是坐在花轿上一样颠簸着,高兴得叫嚷起来。她问:“天伦哥哥,你什么时候娶媳妇呀?”

陈天伦不回答她,她揪着陈天伦的耳朵:“说呀,你什么时候娶媳妇呀?”

陈天伦逗着她说:“明天就娶。”

雪儿在他的背上撒起娇起来:“不行不行,我不让你娶媳妇。”

陈天伦问:“你为什么不让我娶媳妇?”

雪儿说:“等我长大了,你娶我,我要当你的媳妇。”

陈天伦说:“小孩子家,别胡说八道。”

雪儿在陈天伦的背上又撒欢又打挺儿:“不行,我就说,我就不让你娶媳妇。你答应我。”

陈天伦问:“答应你什么?”

雪儿说:“答应娶我当你的媳妇。”

陈天伦不说话了。

雪儿使劲揪着陈天伦的耳朵:“你答应不答应,你答应不答应?”

陈天伦疼得直求饶:“雪儿放下……求求你了。”

雪儿说:“你不答应我就不放下。”

陈天伦只好说:“好好,我答应。”

雪儿不依不饶:“答应什么?”

陈天伦说:“答应娶你当媳妇。”

雪儿得寸进尺:“那你叫我一声。”

陈天伦叫着:“好妹妹,快放下……”

雪儿说:“不行,我不让你叫妹妹。”

陈天伦说:“那好……媳妇,我的小媳妇……行了吧?”

雪儿说:“不行,不许叫媳妇。”

陈天伦说:“那叫什么?”

雪儿说:“叫……叫孩儿妈。”

陈天伦说:“哪儿有孩子?”

雪儿说:“你要娶我当媳妇,我就会给你生孩子,生五男二女。”

陈天伦继续妥协着:“快放下呀……哎哟,疼死我了。”

雪儿逼着他:“你快叫呀。”

陈天伦叫着:“孩儿妈,快松手。”

雪儿说:“不行,我还没叫你呢。”

陈天伦说:“你叫我什么?”

雪儿说:“我叫你孩儿爸……”

红红见雪儿不说话了,知道她在想心事,也不打扰她。

过了一会儿,雪儿终于长叹了一口气。

红红问:“想好了没有?”

雪儿说:“想什么呀?”

红红说:“小姐倒装起糊涂来了,好了,我可困了,要睡觉了。”

雪儿急忙说:“别别,红红姐,你帮我出出主意吧,我该怎么办?”

红红说:“这还不简单,你要是有意,就给陈天伦写封信,我替你送去就是了。”

雪儿又沉吟起来,这行吗?

樊小篱真的回不来了,她遇上了大麻烦。

樊小篱到铁麟身边当奶妈以后,她的丈夫林满帆带着儿子拴儿依然住在冯寡妇家。也怪樊小篱太单纯,太幼稚,太麻痹大意了,她怎么就没想到丈夫一个大男人是和一个寡妇住在一起呢?想是想到了,就是没想得那么深,那么细致,那么严重。她丈夫患的是伤寒,经过一冬的煎熬,能挺过来保住命就算万幸了。樊小篱离开家的时候,她丈夫的身体还非常虚弱,走路都打晃儿,身上只剩下了一副骨头架子,连屁股蛋子上都没有肉。她还跟丈夫开玩笑说:“就你瘦成这样,除了我谁要你呀,狼见了都得掉眼泪。”这是其一。其二,她跟冯寡妇接触半年多了,觉得她除了爱占小便宜,爱叨唠,还是满守妇道的,守寡二十多年了,街坊四邻没有人戳脊梁骨。其三,丈夫才二十多岁,冯寡妇已经四十多了,完全够得上做他的妈了，还能做出什么不要脸的事？

可是这不要脸的事就偏偏做出来了。

冯寡妇的丈夫叫冯大江，是个孤儿。冯寡妇的娘家在京南海户屯，那是皇家猎苑的东大门，祖上也是吃皇粮的，家里有几亩盐碱地，风调雨顺之年也还过得去，赶上旱涝霜虫可就难说了。

冯寡妇嫁给冯大江以后，过了三年甜甜美美的小日子。冯大江是在大运河里滚大的，练就的一身好水性，能一个猛子从西岸扎到东岸。他还有整套打鱼的本领，春天用手摸，夏天用网拉，秋天用钎扎，冬天凿冰洞。冯大江身体好，性子也好，娶了这么一个白白嫩嫩、肉肉乎乎的老婆很知足，很疼爱。冯寡妇也是有情有意会疼爱男人的女人，小两口儿结婚后男人打鱼，女人卖鱼。日子不富裕，可也够吃够穿，难得的是恩恩爱爱。没想到恩爱过了头，阎王爷吃醋了，将欢蹦乱跳的冯大江一眨眼工夫就收回去了。

失去了丈夫的冯寡妇要死要活了很长时间，一直在娘家住着。在娘家住着能减轻许多丧夫之痛，父亲看护着，母亲安慰着，兄弟照顾着。时间一长，兄弟媳妇的脸色可不好看了。是呀，这么一个不老不小的寡妇大姑子在家里供着，放在谁心里也不舒服。

父母劝她再嫁，刚二十出头，身上又没有孩子拖累着，模样还俊俊的，找个称心的丈夫并不难。可是，冯寡妇不干，她说什么也不改嫁。她倒不是想当贞节烈女，父母也不想靠她扬名立牌坊。她心里装着一个解不开的疙瘩，就是丈夫的死是她的罪过，是她把丈夫害死的。任别人怎么说怎么劝，她还是放不下这块压在心上的石头。

那是一个风雪过后的冬天，丈夫拉着她到大运河去捕鱼。冯大江捕鱼卖鱼，是为了养家糊口。日子一长便成了职业，一件事一旦成了职业，就会逐渐形成职业信誉和职业道德。冯大江既然给人提供鲜鱼，一年四季每一天都不能断了鱼。都是老主顾，都是多少年的老邻居了，谁也不知道谁家什么时候就会有事，婚丧嫁娶，接朋待友，老人生日，小孩儿满月，这些能随便改日子吗？没改日子就得设宴，无鱼不成宴，在大运河边上更讲究这套。春秋夏日还好办，你这儿没鱼了，随便到市场上就能抓两条。可冬天则不然了，冬天的鱼只有冯大江家有。什么时候到冯大江家来买鱼，都不会空着手回去的。

冯大江为此而自豪，也为这自豪付出过代价。冬天捕鱼谈何容易？

冬天捕鱼他必须带着媳妇来，没有媳妇帮忙这鱼是万万捕不上来的。他们捕鱼要沿着大运河往上或往下走出很远，找到一个可能有鱼的地方，这地方还要偏僻肃静,没有人来人往。两口子先要用铁钎凿出一个冰窟窿,然后捡一堆树枝草叶秸秆当作柴火。冰天雪地,冻得狗都撒不出尿来,人却要脱得赤条条的钻进寒冷刺骨的冰窟窿。

在钻进冰窟窿之前,先要大大地喝一口酒,要喝又躁又烈的烧刀子。浑身上下火辣辣、热腾腾的,脸上的烘烫把冷风都烤得咝啦啦响。这热烘烘的身子钻进冰窟窿里,河下的鱼就会齐刷刷地奔跑过来,往他的身上贴。原来鱼也怕冷,也追逐温暖。那鱼贴在身上是他最舒服最惬意的时候,那柔柔的肉感,那亲亲的缠绵,那张开的小嘴唇儿在他浑身每一个毛孔上轻吻着,只有跟新媳妇在被窝儿里才有这样如醉如痴的感觉……他伸出手,将身上的鱼一条一条地抓起来,扔上岸。媳妇把鱼一条一条地捡在鱼篓里,水里他享受着鱼儿的多情,岸边他欣赏着媳妇的笑脸。这就是生活,这就是收获,这就是成就。能体验到生活的美好,能有一份不菲的收获,能获得令人自信的成就,这就是生命的全部意义。除此而外,还有何求?

身上的鱼抓光了,当他从冰窟窿里爬出来的时候,他的身子差不多已经冻成一根冰棍儿。那种寒冷不是自外而内的,而是从心里往外冷,冷得他浑身发抖,嘴唇发紫,四肢麻木,脑袋都冻成了一个坚硬的石头蛋。这时候,媳妇把柴火堆点燃了,熊熊的烈火燃烧着,他便本能地跳动起来,一刻也不能停,一边跳动,还要一边大声地叫嚷,把肚子里的寒气喷吐出来。更麻烦的是下面,在那么冰冷的水里泡了那么长时间,整个阳具都缩进了肚子里,连那两只沉甸甸的睾丸都不见了。必须及时地把它们弄出来,否则就别想再当男人了。光靠跳、光靠喊、光靠火烤是不行的。必须用手抠,用手搓。自己的手脚都麻木了,只有靠媳妇帮忙了。这就是为什么凿冰抓鱼要找僻静的地方的缘故。

媳妇跪在他面前,两只手随着他跳动的身躯忙乱着。做这件事也需要经验,没有经验找不到那阳具藏在哪里,就算摸到了也抠不出来。两只手一前一后,一只手伸进凹陷的腹股沟里,紧紧地抓住那还在不断往里缩的龟头儿,另一只手就要在后面不停地拍打着他的屁股。龟头很艰难地揪出来,千万不能松手,一松手便又缩进去了,再缩进去就更难抓到了。这时候,后面的手要立刻移到前面,从下面揉搓他的睾丸。揉搓的时候,既急不得又慢不得,劲儿大不得又小不得。急了,劲儿大了,就可能将龟头和睾丸损伤,因为被冻僵了的阳具已经非常脆弱了;慢了劲儿小了,就会失去将龟头揪出来的良机,那危险将是更大的。整个龟头出来以后,还不能放手,要一直揉搓下去,直到将整个阳具都揉搓得勃起,硬得像一根蒜槌子,而且有了热感才能罢手。能做到这一步是很难的,身上僵得血液都很难流动了,浑身上下五脏六腑七窍四肢加上一个大脑袋,哪儿都需要血液,哪儿都呼唤血液,那近乎凝固的血液哪儿就轮到往下面流了呢?这个时候,媳妇就要做出大胆的奉献,把丈夫的阳具紧紧地含在嘴里,用舌头在里面揉搓着。嘴里的温度高,又舒服,那舌头的动作又有奇效,阳具会很快膨胀起来。

火堆就这么一直燃烧着,冯大江就这么一直蹦着跳着呐喊着,媳妇也一直跟在他身下忙碌着,篓里的鱼都不动了,瞪大了惊异的眼睛看着这对奇怪的男女。因为鱼儿知道,人类虽然强大,但并不聪明,人的许多活动都是跟它们学的,譬如游泳,譬如谈情说爱,譬如接吻……他们这样发疯,是跟什么动物学的呢?

冬天凿冰捕鱼是辛苦的,也是非常刺激、非常浪漫、非常"回归自然"的。冯大江在火堆旁的跳动呼喊,是与冰寒的抗争呢,还是生命的祭奠呢,抑或一种高潮体验的宣泄呢?那声音和表情像是十分痛苦的,又像是十分幸福的。痛苦和幸福是生命体验的两个极端,可是这两个极端像两只手臂一样,它们常常是紧紧地握在一起的。

终于,一只手臂伸出去便收不回来了,灾难降临了。那一天天气不好,不是太冷,而是太暖和了。冬天也有反常的时候,太阳照在冰面上暖洋洋的,连厚厚的冰层都出了汗。鱼儿在冰层下游荡着,追逐着,欢快地迎接着春天的到来。冯大江钻进冰窟窿里,他那热烘烘的身子不再吸引鱼了。鱼儿不但不贴近他,反而嫌他身子太热,都躲得远远的。

每次冯大江钻冰窟窿的时候,腰上都要拴着一根绳子。这根绳子的另一头牵在媳妇的手里。一旦他钻进冰窟窿,在水下便难以分辨出方位,寻找出口就全靠这一根绳子。

冯大江的媳妇是一把过日子的好手,手巧而勤快,总是同时干几件活儿,没有闲着的时候。她跟着冯大江出来捕鱼,怀里还揣着没有纳完的鞋底儿。她坐在岸边等候在冰窟窿里的丈夫,今日的鱼不好抓,丈夫迟迟不上来,她的两只手便闲下来。须知她的手是闲不住的,便从怀里掏出那只纳了半截的鞋底儿,穿针引线地纳起来,而那根牵着丈夫的绳子便压坐了自己的屁股底下。

春天是来临了,河岸上的动土都松动了,头顶的柳梢上已经泛出了嫩黄,一只耐不住寂寞的小虫子从冻土里钻出来,悄悄地爬到她的后脖颈上,又顺着她敞开的衣领不怀好意地往里面移动着。她身上痒痒的,她放下鞋底,解开衣襟把手伸进怀里……突然,她好像意识到了什么,眼睛直朝那冰窟窿扫过去,冰窟窿空荡荡地留在了河面上，像一张敞开的大口。而那根牵着丈夫的绳子，却不见了踪影。她发疯般地扑过去，扑向那个冰窟窿，声嘶力竭地叫喊着：“大江……”

回答她的只有冰面上吹来的一股带着暖意的小风，似乎是在用外交辞令虚情假意地表示着遗憾。

冯寡妇就是带着这种强烈的负罪感，将丈夫深深地埋在心里。她没有看到丈夫的死，到了冰河解冻以后也没有找到丈夫的尸体。于是，她便觉得丈夫没有死，丈夫只是丢失了，出走了。丢失还能寻找，走了还能回来。她就这样怀着没有希望的希望等待着，苦巴苦曳地熬着那没有尽头的岁月。

年纪轻轻的守寡，冯寡妇倒是没有觉得怎么难熬。她不是没有男人，男人就在她的心里，男人就在她的等待与盼望中。没有男人的日子是艰难的，但是她却没有觉得怎么寂寞。也有些好心的邻居为她张罗，都被她婉辞拒绝了；也有些风流鬼和无赖来纠缠她，或动之以情，或诱之以财，都被她毫不客气地轰出了门。

命里该着她不能恪守全节，她怎么鬼使神差地招了个房客呢？留房客也罢了，怎么又不知深浅地把女房客送出去当奶妈呢？将女房客送走也罢了，为什么还要把女房客的丈夫和孩子留下来呢？

怨谁？都怨自己好心，见不得别人的眼泪、别人的难处，慈心生祸端嘛；也都怨自己爱小，贪便宜，就图那几个房租费，还舍不得那一把柴火。

开始的时候，冯寡妇心里面是很干净的，干净得甚至有些天真。她将樊小篱两口子确实看作是晚辈，连拴儿都该叫她奶奶。有樊小篱一家在，这个冷清了二十年的小院突然热闹起来，像个过日子的人家了。原来这个小院像什么？她想过，像庙，像个没有多少香火的尼姑庵。

热闹的日子使冯寡妇那颗冰封的心开始解冻了，她变得爱说爱笑了，她变得泼辣大方了，她变得爱管闲事了。樊小篱走后，林满帆艰难地带着孩子。一个病病歪歪的男人怎么会带孩子呢？

让老婆给人家当奶妈，对于林满帆来说，这是唯一的活路。老婆不出去挣钱，就不能给冯寡妇付房租，就不能给自己买药，也不能给孩子买面糊……孩子的奶让妈妈带走了，三个月大的孩子只能靠喂面糊活命了。

林满帆每天给他喂食喂水，抓屎把尿，还要洗那些沾满了污秽的尿布。林满帆是个运丁，是个在大江大河里张帆摇橹、搏风斗浪的人，那两只粗手怎么能够伺候一个比笤帚疙瘩大不了多少的婴儿呢？他做这一切很笨拙，很吃力，又很不耐烦，更何况，他的病还没有好，身子还非常虚弱。

夜里，冯寡妇已经躺在炕上睡了，对面屋子里孩子哭得很厉害。而且哭声不对，断断续续的，像是出了什么事。

冯寡妇问："孩子怎么了，干吗这样哭？"

林满帆说："我也不知道，喂他吃他就吐出来。"

冯寡妇说："你喂他什么呢？"

林满帆说："喂他面糊。"

冯寡妇心想，这就怪了，喂他面糊怎么往外吐呢？她又重新穿上衣服，掀帘来到西屋。

林满帆一只手抱着孩子，一只手用羹匙舀着面糊往孩子嘴里送着。

冯寡妇把林满帆的羹匙接过来，舀起面糊用舌尖舔了舔，就跟林满帆嚷了起来："这么热你就往孩子嘴里送，你想烫死他呀？"

林满帆说："我尝了，不热呀？"

冯寡妇说："你尝了，你那是什么嘴呀？你那嘴里都长出茧子来了，孩子的嘴多娇嫩呀？"

林满帆明白了，愧疚得满脸通红。

冯寡妇命令着："把孩子给我。"

林满帆把孩子递给了冯寡妇。

冯寡妇坐在炕沿上，抱着孩子，舀起一羹匙面糊，用嘴吹着。吹了几下，尝了尝，再吹，再尝。说也怪了，孩子到了冯寡妇的怀里，不哭也不闹了，巴嗒着两只大眼睛，直瞪瞪地看着冯寡妇。冯寡妇把一舀面糊送进孩子的嘴里，孩子贪婪地吧唧着嘴，伸出鲜红的小舌头笑了起来。

就这样，冯寡妇自然而然地担负起了照顾孩子的义务。开始的时候只是帮助林满帆喂孩子，后来又把洗尿布，给孩子洗澡这些琐碎的活儿也抓了过来。日子一长，孩子便成了冯寡妇的了。冯寡妇没有生过孩子，没有开怀丈夫就死了。她没有带过孩子，在此之前她也不喜欢孩子。自从照看了拴儿以后，一种母亲的天性便被诱发出来。开始的时候她帮助林满帆照看孩子只是出于好心，出于同情。跟孩子接触以后，她便觉得自己从孩子的身上获得了从未有过的愉悦与快乐。照看孩子成了她的需要，成了她生活中的一项重要内容。白天她到外面谋生，不管多么晚回来，她都先要到林满帆的屋子里看看孩子。孩子要是睡了，她便替孩子换换尿布，盖盖被子。孩子要是没睡，她便要逗孩子玩一玩。

半夜里，孩子不知道怎么就哭闹起来。冯寡妇在对面屋子里听到了，命令林满帆说：“又怎么了？你快把孩子给我抱过来吧。”

夏日，冯寡妇也跟大多数运河边上的女人一样，都是光着身子一丝不挂地睡觉的。她叫林满帆过来的时候，便顺便把一条被单拉过来遮在身上。孩子抱过来了，冯寡妇欠起身，单子便从身上滑落下来，一身胖乎乎的白肉和两只口袋似的大奶子便呈现在林满帆面前。林满帆低着头，连眼皮都不敢抬，等冯寡妇从他手里把孩子接过去，他便做贼似的逃走了。

其实，冯寡妇也没有歪邪的心思。她光着身子，只是出于一种习惯，丝毫没有诱惑林满帆的意思。更何况，她也觉得自己比林满帆大二十来岁，林满帆在她眼里至少是个晚辈，没有什么好避讳的。要不是后来天气冷了，事情也许就会这样平平淡淡地过去了。

秋分过后，夜间睡觉要盖棉被了。孩子哭叫起来，总不能把孩子从热被窝儿里拎出来抱到对面的屋里去。可是孩子哭闹不止，冯寡妇只好抱着自己的被子过来，挨着林满帆的身边躺下，再把孩子揽进自己的被窝儿里。后来天气越来越冷了，天冷需要烧炕，京都人都是靠热炕取暖的。穷人家，既缺锅里的粮食，又缺灶里的柴。为了省下一把柴火，冯寡妇索性就在林满帆的屋子里住下来，她自己的屋子便清锅冷灶，冰冷得无法住人了。孩子渐渐地大了，不哭不闹，知道玩了。冬日夜长，穷人家为了省灯油，都会早早地躺在炕上。大人睡不着觉可以眯着，孩子睡不着觉却不老实。在林满帆的被窝儿里折腾够了，便爬出来钻进冯寡妇的被窝儿里折腾起来。热烘烘的炕头，热烘烘的被窝儿，热烘烘的身子。孩子带着男人身上的热气和体味儿钻进冯寡妇的被窝儿里，又带着女人身上的热气和体味儿钻进林满帆的被窝儿里。孤男寡女的信息被一个光溜溜的小肉滚儿传递着，孤男寡女身上那深埋的欲望也被这光溜溜的小肉滚儿折腾出来。

孩子腾地跳出了被窝儿，光着身子在两个人之间滚动着，发着疯。冯寡妇怕他着凉，林满帆怕他受冻，一齐起来拉他拽他，孩子吉里骨碌地在两个被窝儿间翻腾起来。两个被窝儿被扯乱了，三个光溜溜的热身子滚在了一起。也说不清是谁先伸手把被子拉过来的，反正最后是三个人盖上了一条被子，三个人滚进了一个被窝儿。孩子滚到了林满帆的身后，冯寡妇为了抓着孩子，便扑到林满帆的身上。孩子又躲到了冯寡妇的身后，林满帆又越过冯寡妇的身子去抓孩子。孩子折腾累了睡了，两个大人却没有再分开。

常言说，孤孀容易做，难得四十五岁过。冯寡妇守寡守了二十多年，如今又尝到了男人的滋味儿。女人三十如狼，四十如虎，五十赛过金钱豹，六十还得跳一跳。她对男人的渴望比年轻的时候还要强烈。林满帆经过一夏一秋的调理，身子渐渐复原了。久未沾女人的爷们儿也像一头饿极了的豹子，扑向那只同样饿极了的母狼。两个人互相撕扯着，疯狂地搏斗着。一方面满足着饥饿的欲望，一方面又迫不及待地把自己送进对方的嘴里。他们贪婪地相互狂吞着，咀嚼着，痛快淋漓地呐喊着。这野兽般的声音把孩子惊醒了，孩子瞪着一双惊恐的眼睛看着两个扭曲变形的裸体，吓得哭了起来。

樊小篱进了门便觉得有些异样，凭着女人的敏感，她立刻觉得这里像是发生了什么。她像一个陌生的闯入者，误入了一个热乎乎的三口之家。进门的时候，三双陌生的眼睛在看着她，吃饭的时候，冯寡妇和自己的男人热情地把她当成了客人。特别是孩子，见了她便钻进了冯寡妇的怀里。她还注意到，这一明两暗的屋子只有一间是有烟火的，另一间的炕上则冷冰冰的，堆满了粮食和杂物。而丈夫住的屋里，却有两床被子叠在一起。

到了晚上睡觉的时候，事情则无法回避了。被子是冯寡妇铺的，两床紧挨在一起的被窝儿。开始的时候，她还以为这两床被窝儿是丈夫和她的。冯寡妇亲自给她铺被窝儿也让她心里困惑着不舒服。还没等她向丈夫开口，冯寡妇却脱光了身子钻进了被窝儿。林满帆愣愣地傻了，他不明白为什么樊小篱回来了，冯寡妇还不把自己还给樊小篱。樊小篱也愣住了，天底下居然有这么不知廉耻的女人吗？

这一切，冯寡妇都做得轻轻松松，理所当然。她见林满帆和樊小篱都站在地下愣着，便催促说："睡吧睡吧，你们想干什么就干什么，我不看。"

樊小篱终于忍不住了："你们一直睡在一个屋里？"

冯寡妇说："不就是为了省点儿柴火吗？"

樊小篱还是不明白，为了省点儿柴火，他们就住在一起，这能没有事吗？

林满帆说："啊……孩子太闹……冯婶帮我照顾孩子。"

这是理由吗？

冯寡妇说："你一走就是大半年，我们总得过日子呀。"

过什么日子呀？谁跟谁过日子呀？

冯寡妇还在催促着："睡吧睡吧，别点灯熬油了。"

樊小篱太老实了，她居然犹犹豫豫地上了炕，钻进了被窝儿。

林满帆也上了炕，脱衣跟樊小篱钻进了一个被窝儿。

樊小篱静静地躺着，她跟丈夫半年多没见面了。她想男人，怎么能不想呢？她还有许多话要对男人说，白天有冯寡妇在场，她没法说，想夜间躺在被窝儿里说。可是，就在他们被窝儿的旁边，还躺着另外一个女人。

丈夫也没有碰她，大概丈夫也觉得很别扭，樊小篱想。

万万没想到，冯寡妇却又催促起来："你们怎么了？该干什么干什么吧，半年多了，不想吗？"

樊小篱还是没动，丈夫也没有动。

冯寡妇说："瞧瞧，两口子长期不见面，都生分了。别不好意思了，快点儿吧，我都替你们着急了。"

樊小篱再也忍不住了，她腾地掀开被子，穿起了衣服。

林满帆拉着她："你要干吗？"

樊小篱没有理睬他，穿上衣服下了炕。

冯寡妇问："小篱，去哪儿？"

樊小篱狠狠地骂了一声："臭不要脸。"

冯寡妇问："你骂谁呢？"

樊小篱蹬上鞋，哭着跑了出去……

冰破河开，第一批山东河南的漕粮上坝，大运河又开始喧闹起来。铁麟骑着马，带着漕运厅署通判李明杰从卧虎桥出发，沿途查看着里河的清淤疏浅。每年开河以后，这是漕运厅署的八十名河兵的主要差事。

卧虎桥又名通济桥，修建于明万历六年，为三券石拱桥。桥上车水马龙，桥下舟船穿梭。据说明朝巨奸严嵩被弹劾以后，捧着皇帝赏赐的金碗流浪乞讨，走到卧虎桥上，冻饿而死。因为他为官时凶残如虎，故被当地人称为饿虎桥，意即恶虎桥，又称卧虎桥。

铁麟和李明杰走走停停，查查看看，并不匆忙。正是春暖花开季节，柳絮飘飞，紫燕衔泥，岸边游人如织，铁麟的心情也豁然开朗起来。在大王庙南面，当他随着李明杰查看完一段河道，刚要翻身上马的时候，突然眼前闪过一个人影，使他心里咯噔一震。确切地说，他看见的不是一个人影，而是三个人影。一个女人抱着孩子，一个男人背着包袱。天呀，这不是樊小篱吗？

樊小篱跟孙嬷嬷请了假，说两三天就回来，可是一走就没有再露面，这到底是怎么回事呢？

铁麟匆匆走过去，轻声说："这不是樊小篱吗？你在这儿干什么？"

樊小篱听见声音,抬头一看,见是铁麟,慌得想跪下,怀里又抱着孩子,只好弯着腰低着头,不知道该说什么:“老爷……”

铁麟半嗔地说:“你走了怎么连个音信都没有?出了什么事?”

樊小篱的眼睛红了,泪水在眼窝儿里打起了转转儿。

铁麟问旁边的男人:“这就是你的丈夫吧?”

樊小篱忙介绍说:“这是铁大人……”

林满帆见一位二品朝官跟樊小篱说话,便已经猜到是谁了。这时候听樊小篱介绍,急忙跪下来:“小民林满帆叩见铁大人。”

铁麟说:“快起来,你们这是要到哪儿去?”

林满帆说:“回大人,我们准备回扬州老家。”

铁麟问樊小篱:“你不是说过准备在通州安家落户吗?怎么又改变了主意?”

樊小篱的眼泪流了下来。

铁麟温和地说:“别哭,出了什么事?”

樊小篱抽抽嗒嗒地说:“我……我在这儿待不下去了?”

铁麟忙问:“为什么?是谁欺负你了?”

樊小篱说不下去了:“我……我……”

铁麟又看了看林满帆:“到底是怎么回事?”

樊小篱说:“老爷……我……我真的不想活了……”

铁麟心里一沉,是不是他吃樊小篱奶的事让她丈夫知道了?

樊小篱还在哽咽着,林满帆也不说话。

铁麟心里更紧张起来:“告诉我,到底出了什么事?”

樊小篱说:“老爷,您别问了,是我们自己的事。”

铁麟一颗悬着的心放了下来:“噢,你们准备怎么回去?”

林满帆说:“小的当过运丁,跟漕船上还算熟,准备搭漕船回去。”

铁麟明白,搭乘漕船是因为他们没有盘缠。但是,搭乘漕船也不容易,虽说不要路费,可是男人得拉纤摇橹,女人得为运丁洗衣做饭。铁麟又问:“你们回去,准备怎么谋生?”

樊小篱赌气似的说:“还谋什么生,去留都是一个死。”

铁麟说:“既然这样,干吗不留下来?”

林满帆说:“留下来也没有办法,还是回去吧。”

铁麟问:“你想不想在这里谋个差事?”

林满帆说:“在这里……谋个差事很难。”

铁麟说:“你要是真想,本官倒是可以给你帮帮忙。”

林满帆说:“想倒是想,就是不知道大人说的差事小的能不能干得了?”

铁麟问:“你识字吗?”

林满帆说:“小的念过三年私塾。”

铁麟又问:“你会算账吗?”

林满帆说:“我当运丁时管过账。”

铁麟想了想说:“这样吧,我给你写个条子,你拿着到大运西仓去找金汝林。不过,得让金监督考考你,你能当仓书呢就当仓书,当不了仓书还可以当仓役,反正混口饭吃是没有问题的。”

林满帆立刻跪下来:“大人的恩德小的终生不忘……”

铁麟朝四下看了看,见附近有个茶棚,便走过去,借来纸笔,写了个条子。

林满帆接过条子又千恩万谢。

铁麟悄声对樊小篱说:“你肯定有什么事,不好跟我说,就跟孙嬷嬷说吧。安顿下来以后,回去坐坐,大家都经常念叨你呢。”

樊小篱的眼泪又流下来。

第二十一章

金汝林到大运西仓当监督，这是他做梦也未曾想到过的事情。当夏雨轩把这件事告诉他的时候，他怎么也不相信。直到仓场总督铁麟当众宣布了对他的任命，他仍然怀疑自己是在做梦。他想当官想疯了，就是穿上了官服，坐着轿子来到大运西仓的时候，他还在怀疑这件事的真实性。

大运西仓监督，七品官阶，相当于一个县太爷了！从一个伺候人的师爷，陡然戴上了素金顶子，穿上了绣着麒麟的官服，坐上了蓝呢大轿，每年领俸银四十五两，俸米二十二石半，这不是屎壳郎变唧鸟儿，一步登天吗？

这怎么可能呢？学而优则仕，读书是做官的正途，做官是读书人最高的理想和唯一的出路。可是，金汝林读书却做不了官。不是他的书读得少，也不是他的书读得不精，更不是他的天资不够，只是因为他没有参加科考的资格。科考是要有资格的，是需要经过出身审查的。金汝林的父亲是个汉剧武生演员，红遍了大江两岸。金汝林却恨他的父亲，是父亲阻碍了他登科取仕的前程。娼、优、隶、卒都属于家世不清，他们的子孙隔三代之后才能参加科考。那么，有没有例外呢？当然有。当朝京都著名的演员郝金官告别舞台以后，带着终生积蓄的五万两银子回到了山东老家。正赶上山东大灾，赤地千里，饿殍遍野，饥民易子而食。郝金官拿出了全部积蓄赈灾救民，感动了地方大员，他们议奏朝廷给郝金官授以官职。郝金官却坚辞不受，他心里明白，一个戏子，在公众眼里跟娼妓没什么两样，即使得到一官半职，也没有人把他放在眼里。他不当官，只求皇帝恩准他的孙子参加科考。道光皇帝果然皇恩浩荡，准了郝金官的请求。

金汝林的父亲不是郝金官，他没有那么幸运。就算父亲也像郝金官一样拿出全部积蓄救灾，道光皇帝也恩准了他参加科考，他也要从头开始，院试、乡试、会试、殿试，一步一个台阶地往上攀登。就算攀登得顺利，没有十年八年的工夫也不行。十年八年以后，就算他中了进士，点了翰林，要熬上个正七品，也不那么容易。

铁麟大人居然为他给皇上写了专折，并获得了皇上的恩准，如此大恩大德，胜过再生父母。我金汝林今生今世……

金汝林没有来得及对铁麟说些感恩的话,便匆匆忙忙去大运西仓上任了。

金汝林到了大运西仓后便遇上了一件蹊跷事。

大运西仓的监督衙署在坐粮厅的北面,一个门面威仪的两进四合院落。邵友廉调到仓场总督衙门以后,金汝林便住在他原来的后宅里。邵友廉原来在这里住着上上下下十几口人,金汝林却无妻室儿女,光棍儿一人,再加上一个门房,后宅里便显得空空荡荡的了。妖魔怕人迹,后宅里人烟少了,居然闹起了鬼,岂不怪哉。

每天夜里,金汝林上炕钻进被窝儿准备入睡的时候,便传来女人的哭泣声。这哭声似乎很远,断断续续的,像是从云彩缝里传出来的;这哭声又似乎很近,听得真真切切,连抽泣引起的哽咽都感觉得到,仿佛还有悲绝的诉说,只是听不清诉说的是什么。

开始的时候金汝林并没有在意,因为他所住的后宅外面有一片坟场,那里常埋些孤坟野鬼,难免有些家属前来吊唁哭泣。可是,日子长了,他便奇怪起来。这哭声为什么每天都是同一个人,而且在同一个时间出现呢?

到大运西仓就任之后,他才明白这官可不是那么好当的。如果说,大运河是朝廷的命脉,那么漕运码头就是朝廷的心脏,而京通十五仓就是为心脏供血储血的脾胃肝肾。他知道自己责任的重大,更知道这里是一眼不见根底的深井。他是站着井沿上摇辘轳打水的人,如果不小心,水打不上来,不是井绳断了水罐掉进井里,就是自己一头栽进井里。

临来大运西仓之前,铁麟就嘱咐过他,一定要把西仓的存粮查清楚。他来了以后,便着手查存粮。可是,作为一个堂堂的大运西仓监督,却无法弄清自己所管辖的仓廒。

邵友廉跟他交接的时候,给他留下了一屋子账本。那些账本要是从通惠河上运走,足够装一船的。这是账本吗?这是一片乱葬岗一样的坟场,谁知道里面埋的都是哪些孤魂野鬼。再有那一百四十二座仓廒,那些廒里装的是什么粮,这些粮是新粮还是陈粮,陈粮都是几年的,他也都心中无数。问谁呢?当然可以问仓书,问攒典,问仓花户,可是这些人都跟他客客气气、唯唯诺诺,甚至还诚惶诚恐。一旦问到实质性的问题,好像都统一了口径似的,张三推李四,李四推王五,王五又推赵六。等你真正找到赵六了,赵六不是死了,就是病了,要不就是早就离仓不干了。

仓场监督当得很威风,出门坐轿子,前有喝道的,后有护卫的。进了仓场,跟班随从,叩头施礼,一呼百应。可是,金汝林却觉得,簇拥在他前后左右的,似乎不是在伺候他,而是在监视他。那一双双低眉垂目的眼睛,像是在随时准备看他的笑话。除了公开场合,他总想找人聊聊。没有人跟他说实话,都是场面上那几句嚼烂了的官话、套话和挑不出毛病的废话。每个人都对他百依百顺,每个人又都拒他于千里之外。他被一种巨大的孤独感笼罩着,让他觉得在前呼后拥中形只影单。大运西仓是什么?大运西仓就是一个王国,是一个针插不进水泼不进的独立王国。他恰恰是这个王国的闯入者,陌生得使他恐慌。他不知道哪里是花丛,哪里是荆棘,哪里是坟墓,哪里是陷阱。

金汝林遇到这种情况,还是有思想准备的。当过书吏,又做过师爷的金汝林是深知官场三昧的。官场历来是吏人世界,官人为吏所欺,为吏所卖,为吏所害,势在必然。铁打的衙门流水的官,当官的都是外来的,任期一到便会卷铺盖滚蛋。而官署衙门里的吏胥衙役则都是土生土长的土苗子,好多都是世代为吏,子孙相继。他们根子扎得很深,而且盘根错节,结派成帮,虎狼成群。连包公这样明察秋毫的清官都曾经被值堂书吏拴进套儿里,更不用说庸官和贪官了。庸官就是任吏胥摆布的傀儡,贪官则是被吏胥利用的替罪羊。万两赃银,官得三千,其余均被吏胥侵吞。可事发之后,官人摘掉乌纱帽,吏胥还会继续留下来欺瞒利用新的官人。这就叫作任你官清如水,难逃吏滑如油,强龙压不过地头蛇。

时令已经进入初夏季节,夜色很美。月光水一样地在天地间荡漾着,天空上那些闪烁着的星星,月亮旁边的那变幻莫测的云朵,以及窗外那摇曳的花枝树影,都像是浸漫在天湖中的倒影。金汝林躺在炕上,随着蒙眬的睡意,一切都变得虚幻起来。那个若有若无的哭泣声又传了过来。开始细如游丝,时断时续,后来便渐渐清晰起来,清晰得好像那哭泣声就在他的炕沿底下。

金汝林睡意全无,他再也躺不住了,披衣下炕,朝外走去。

金汝林半夜三更朝监督衙署大门外走去,值勤的衙役都觉得奇怪,可也没有人敢阻拦他,想关切地问他到哪儿去,又不好开口。金汝林便旁若无人地走出来,跟谁都没打招呼。

要到衙署的后面去,东面没有路,得顺着西边的一条小胡同往北走。金汝林没走几步,突然遇到一个人。这个人就在监督衙署大门外的不远处,似走又停,犹犹豫豫,鬼鬼祟祟。金汝林放轻了脚步,从背后看又有点儿眼熟,谁呢?

金汝林轻轻咳嗽了一声,那个人惊吓得转过身,见是大运西仓的监督,急忙跪下身来:"老爷……"

金汝林也吓了一跳:"你是谁?"

跪在地上的人说:"小的林满帆……"

金汝林借着月光认了出来:"哎呀,是林仓书呀,快起来……"

这正是两个月前铁麟为金汝林介绍过来的樊小篱的丈夫林满帆,看在是铁麟大人亲自介绍过来的分儿上,又见林满帆能写会算,脑子好使,又显得厚道忠实,金汝林便破格让他当上了仓场的书吏。这又让林满帆对金汝林感激涕零,不知该如何报答是好。

干了一段时间以后,金汝林越发觉得林满帆是个靠得住的人,便暗暗叮嘱他注意一下仓场的账目,并嘱咐他要注意跟他保持一定的距离,不要引起别人的怀疑。

金汝林问:"林仓书,这么晚了,你怎么在这儿呀?"

林满帆说:"有些事要跟老爷您禀报,白天到您这儿来怕人多眼杂不方便,想晚上来吧,又怕您睡了打扰您。小的正在这儿犯犹豫呢,没想到您却出来了。"

金汝林问:"事情很重要吗?"

林满帆说:"老爷您不是让小的注意一下仓场的账目吗?小的仔细地查看了一下,果然有不少的疑点。小的抄了一份,请老爷您看一看。"

林满帆说着,从怀里摸出一个账本,交给了金汝林。

金汝林将账本接过来,顺手揣进怀里。

林满帆说:"老爷早点儿歇着吧,小的回去了。"

金汝林说:"你要是没什么事,就陪本官走走吧。"

林满帆受宠若惊地说:"好好,小的愿意伺候您。"

金汝林带着林满帆顺西边的胡同拐进去,林满帆心里疑惑,可也不敢多问。

金汝林说:"你来仓场也两个多月了,听到一些什么吗?"

林满帆说:"听是听到了,不过……"

金汝林说:"没关系,多难听的话你都可以跟我说。"

林满帆犹豫着:"他们说……"

金汝林催促着:"说下去。"

林满帆鼓起勇气说:"他们说……老爷您是铁麟大人拖来的'油瓶儿'……"

这话太难听了,寡妇带着孩子改嫁称作"拖油瓶儿"。就是说,铁麟不是原配，而他金汝林呢，更是外秧野种。他妈的，这些人太猖狂了，漕运码头是朝廷的，仓场天庾是皇上的，他们却当成了自家的祖产，还居然把朝廷的命官说成是改嫁过来的，是可忍，孰不可忍！金汝林怒气冲冲地问："这混账话是谁说的？"

林满帆有点儿为难了。运丁出身的他原本最重义气，最讲光明磊落，平生他最痛恨的人便是那些阿谀奉承、背后告黑状的人。没想到现在他却扮演起了这样一个可恶的角色。只因为金汝林有恩于他，他不能听见金汝林被诽谤无动于衷。为了报恩，就要出卖同僚吗？为了报恩，就得违背做人的准则吗？林满帆困惑了。

金汝林倒并非那种小肚子鸡肠、睚眦必报的人，见林满帆难以开口，便不再追问。这话谁说的还用问吗？不管是谁说，都说明有人在排斥他，在仇视他，甚至欲除之而后快。铁麟的处境比他还险恶，要想报答铁麟大人的知遇之恩，要想为朝廷干点儿事，他必须承担起这些流言蜚语。他更知道，在这些流言蜚语的后面接踵而来的便是杀气逼人的明枪暗箭。

穿过一条南北走向的小胡同，他们来到了监督衙署的后面。金汝林从来没有来过这里，原来这里是一片荒凉恐怖、鬼气妖雾弥漫的地方。紧靠着衙署后墙的便是一条散发着臭气的河沟，河沟外面是一片凌乱不堪的坟场。坟场上分布着大大小小、或新或陈的坟墓。坟墓中间长满了杂草和荆棘，也有一些歪歪扭扭的树木。在这些杂草树木中，隐藏其间的各类瘆人的动物都借着夜色兴风作浪起来。蛇在草叶上胆大妄为地直起了身子，在明晃晃的月光下像是把倒立的银剑；刺猬在坟头上跪拜着北斗星，希图早日得道成仙；狐狸在树后面吐着火球儿，为孤魂野鬼指引通往地狱的道路；猫头鹰在树梢上发出令人毛骨悚然的笑声，不知道这倒霉的晦气要落在谁家的屋顶上；蝙蝠幽灵般地在妖雾中穿飞，像是在匆忙传递着鬼魂的信息。

别看林满帆是走南闯北的运丁，却是个胆子很小的人。他的胆小不仅表现在做人做事的小心谨慎上，而且他还怕神鬼妖魔。金汝林把他引到这个地方，他的头发根立刻挓挲起来，后背冒着凉气，两条腿都打软儿了。

金汝林虽说比林满帆的胆子大一些，可是到了这个地方也开始紧张起来。他原本是要自己来的，幸亏半路上遇见了林满帆。他站在这片坟场的外面，擦着地皮的小风掀动着他的裤脚儿，似乎是被什么纠缠着。他停住了脚步，仄着耳朵细听起来。那凄厉的哭泣声似乎就在这片坟墓里，依然是若有若无，时隐时现。

林满帆可沉不住气了："老爷，您……您到这儿干什么？"

金汝林听见,林满帆说话的声调都颤抖起来。

林满帆又说:“老爷,咱回去吧。”

金汝林问:“你听到了吗?”

林满帆惊悚地问:“什么……您说听见了什么?”

金汝林说:“哭声,一个女人的哭声。”

林满帆更惊骇了:“没……没有什么哭声啊……”

金汝林笑了:“看来你是被吓坏了,这么清晰的哭声你怎么听不见呢?”

林满帆的声音倒像是哭了起来:“老爷……您说……那个女人在哪儿?”

金汝林朝坟场中间指了指:“就在那儿。”

林满帆不敢朝那坟场里面看,他的耳朵确实什么也听不清了,只觉得一群鬼魂在嗷嗷怪叫,根本听不见什么女人的哭声。

金汝林说:“走,咱进去看看。”

林满帆的身子筛糠似的抖起来,颤声哀求着:“老爷……老爷……咱回去吧……这地方……太……太吓人了。”

金汝林说:“你要是害怕,就在这儿等着我,我自己进去看看。”

林满帆都要瘫痪在地上了:“不……不……老爷……您……您千万不能去……”

金汝林没有理睬林满帆,不知道从哪儿来了那么一股勇气,甩开脚朝坟场里走去。

林满帆再害怕,也不能舍下金汝林不管啊!这可是他的顶头上司,又是他的恩人。他强迫自己把胆子壮起来,磕磕绊绊地跟着金汝林朝坟场里走去。每走一步,脚下都像踩着自己的胆子,他听不见女人的哭声,却听得见自己的胆囊在嘎嘎作响,随时都有被吓破的危险。他真的后悔了,怎么鬼使神差,今天晚上要来找金汝林呢?怎么那么凑巧,金汝林晚上要出来到这个鬼地方呢?

草丛里的四仙八怪被他们惊动了,蛇在蹿,蝙蝠在逃,狐狸在诱惑,刺猬在捉弄,猫头鹰在嘲笑……嗷的一声怪叫,一只狸猫从他们脚下的草丛里跳出来,越过他们的头顶,闪电般地飞逃而去。

林满帆吓得扑通一声坐在了地上,啊地叫了一声。

金汝林也吓出了一身冷汗,但他很快镇静下来。拉起林满帆,嘲笑着说:“哎呀,你好歹也是个爷们儿,胆子怎这么小?”

林满帆真的哭了起来:“老爷,求求您了,咱回去吧……”

金汝林挥手止住了林满帆的哭声:“别出声,你听。”

突然,那个哭泣的声音大起来,林满帆一把拉住了金汝林的衣襟:“老爷……是……是有人在哭……”

哭声从一座坍塌下来的坟茔后面传出来的,金汝林放慢了脚步,试探着朝前挪动着。

坟茔后面跪着一个人,一身白衣,披头散发,像是从那坍塌的坟茔里蒸腾出来的一团云雾。这云雾在忽明忽暗的月光下不断地变化着,一会儿幻化成一个人形,一会儿又凝聚成了一丛枯草。幻成人形的时候便传出嘤嘤的哭泣声,凝聚成枯草的时候便娉娉袅袅随风摇曳。

金汝林大吼一声:“谁? 谁在那里哭泣?”

这一声吼不仅把林满帆吓得魂飞魄散,连草丛树棵里的夜游动物都呼啦啦四散而逃。

金汝林自己也吓了一大跳,他一边晃动着脑袋,躲避着从他头顶上掠过的蝙蝠和夜鸟,一边努力使自己镇静下来。然而,当他再次朝那座坍塌的坟茔望去的时候,却什么都不见了。那披头散发的白衣人也像云雾一样地消失了,或像蝙蝠和夜鸟一样地逃遁了。

无论如何,金汝林也没有勇气朝那座坍塌的坟茔走过去了。他不由自主地伸出手来,拉住了林满帆。这让林满帆感动得想哭,其实他哪里知道,金汝林这个举动,一半是为了安慰林满帆,一半也是为了给自己壮胆。

远处,传来了一阵如泣如歌的声音:“船走水道,车走石道,人走狗道,猫钻地道,妖魔鬼怪,都走粮道,先碾新米,后运新稻,黄鬼入坟,白鬼进庙……”

林满帆说:“是李疯子。”

金汝林说:“怎么会是他呢?”

傍晚的时候,冬梅一个人在后花园里洗衣服。她坐在井台上,身前是一个大木盆,怀里是一块搓板。她两只手在搓板上搓揉着衣服,缓缓的,悠悠的,扬着红扑扑的小脸蛋儿,望着眼前那开满了花朵的夹竹桃,醉迷迷地想起了心事。

低飞的紫燕是从遥远的南方回来的,它们到过衡阳吗?“塞下秋来风景异,衡阳雁去无留意”,这是铁麟老爷吟咏过的两句诗,铁麟老爷经常独自吟诗,吟的是些什么她都没记住,唯独这两句她记住了,只因为那诗里有衡阳二字。这些燕子到衡阳在谁家搭的窝儿? 那里有个演陂镇你们知道吗? 演陂镇有个黄石村你们去过吗? 黄石村的村口,有一所很旧很旧的老房子,房顶上长满了茅草,屋檐下的椽子已经朽烂了。可是屋梁还是好好的,每年燕子都在那屋梁上搭窝儿，那些搭窝儿的燕子是你们吗？你们见到我的爸爸妈妈了吗？还有我的弟弟妹妹，他们都好吗？他们还记得我吗？他们念叨过我吗？不……肯定是不记得了……我算什么？我在他们眼里是个多余的，是个吃货，是个累赘……可是，我毕竟是你们身上掉下来的肉呀，猫呀狗的还知道护着崽儿，难道你们就不想念我吗……衡阳，衡阳，衡阳到北京有多远……你们知道北京有个通州吗？你们知道大运河吗？你们知道漕运码头吗……

突然，一双手捂住了她的眼睛。是谁这么讨厌，都不让我安静一会儿好好想想心事。

那双手软软的，热乎乎的，肯定是个女孩儿的手。谁呢？夏草，不像，夏草的手很胖；秋叶，不像，秋叶的手指尖尖的，又细又长。那是谁呢？天呀，除了她们俩这院子里还有谁？

冬梅叫了起来："快松开，你是谁呀？"

那双手不但不松开，反而捂得更紧了。

冬梅急了，从木盆里掬起一捧水使劲向后撩去。

呀地叫了一声，那双手松开了。

冬梅扭头一看，却原来是妞妞。

妞妞龇着女孩儿一样的白牙冲着冬梅笑着。

冬梅很不高兴地骂了一句："讨厌鬼。"

妞妞仍然嬉皮笑脸："你说谁讨厌？"

冬梅没好气地说："你讨厌。"

妞妞过来又要捂冬梅的脸，冬梅一边躲避着，一边用水泼着他。

在冬梅的眼里，世界上没有比妞妞更讨厌的人了。他算什么东西呢？男不男，女不女，没羞没臊没脸皮，还……还跟铁麟大人撒娇讨贱。谁知道铁麟大人犯了什么病，干吗单单喜欢这个下流坯？他又不是女人，男人应该喜欢女人的；他又不是小孩儿，小孩儿跟大人撒娇还是情有可原的。他跟老爷撒娇也就罢了，可是他还跟老爷胡闹。铁麟老爷是什么人，那是朝廷的大官，是经常见到皇上的人，你怎么能那样没大没小地不成体统呢？

妞妞蹲在冬梅面前，讨好地说："冬梅，你刚才一个人在这儿发愣，想什么呢？"

冬梅没好气地说："你管得着吗？"

妞妞死皮赖脸地说："你瞧，我见你一个人孤零零怪可怜的，来陪陪你还不好吗？"

冬梅说:“我不用你陪。”

妞妞说:“瞧你,一个人待着不闷得慌吗?”

冬梅说:“我不闷。”

妞妞说:“不闷你想什么呢?”

冬梅说:“我想我爸和我妈呢。”

妞妞说:“你想他们,他们想你吗?”

冬梅有点儿伤心了:“他们……哼,我是死是活他们都不知道,还想我?”

妞妞说:“全天下都责怪儿女不孝顺,就没见谁责怪父母对不起孩子的,这真不公平。”

冬梅觉得妞妞这句话说得挺好,尽管她对妞妞印象不好,可是人家毕竟说了句有道理的话,这话让冬梅听着颇有同感。冬梅说:“可不是嘛,我生下来爸妈就不想要我,把我硬塞给我舅舅了。我舅舅又没出息,抽大烟,把家抽穷了,就卖我……”

妞妞说:“你舅舅卖你算什么,好歹还给你找个好主子,混口饱饭吃呢。我呢,我那还是亲爹呢,他为了几间砖瓦房,就要把我送进宫里当太监。”

冬梅说:“当太监还不好,伺候皇上娘娘的,谁比得了?”

妞妞说:“你知道什么?当太监就得把人骟了……”

冬梅不解地问:“骟什么?”

妞妞说:“这你还不懂,就是把根割掉。”

冬梅更加不懂了:“割什么根?”

妞妞说:“割男人的根呀。”

冬梅说:“男人有什么根?”

妞妞说:“你呀你呀,真是个孩子,你怎么什么都不懂?”

冬梅不高兴了:“谁说我是孩子?你比我大吗?”

妞妞说:“我属猪的,你呢?”

冬梅说:“我也属猪的。”

妞妞说:“那你几月生日?”

冬梅要了个小心眼儿:“你先说。”

妞妞说:“我三月,你呢?”

冬梅是腊月里的生日,可是她为了在妞妞面前不服软,故意把自已往大里说:“哈哈,你还得叫我姐姐呢。”

妞妞问:“我凭什么叫你姐姐?”

冬梅说:“我是正月里的生日,正月初三,你说是不是比你大?”

妞妞无话可说了。

冬梅继续洗她的衣服,她把洗好的衣服捞出来,将木盆里的水倒进排水沟里,站起身来要去打水。

妞妞抢着跑上井台,抓起辘轳,殷勤地说:“来,冬梅姐,我给你打水吧。”

这句冬梅姐竟叫得她心里有点儿发热,妞妞的嘴可真甜。刚说该叫姐姐,他就老老实实地叫起来,还叫得那么亲热。从衡阳到北京,几千里的路,大雁都飞好几个月。虽说她到了铁麟大人的家里,不挨饿、不受冻了,可毕竟是下人,是丫鬟,是奴才。自己的小命儿都握在主子的手里。她远离了家乡,远离了父母,身边一个亲人也没有。她跟夏草、秋叶几个丫鬟虽然有时候也亲亲热热的,可那都是假的。每个人都有自己的小心眼儿,谁跟谁真的亲呢?突然冒出了个妞妞,一个她讨厌的孩子,却亲亲地叫了一声冬梅姐。就这一声冬梅姐,她突然觉得妞妞也不那么讨厌了,甚至还有几分亲切。

妞妞摇上辘轳,拎着水罐往冬梅面前的木盆里倒水。

冬梅坐在木盆前,抬头认真地看着妞妞。她突然觉得,妞妞那两只眼睛长得很漂亮,很圆很亮,水汪汪的,像沉淀在水中的两颗星星儿。

妞妞蹲在冬梅的面前,看着她洗衣服,看得很专注。

冬梅有点儿不好意思了:“你看我干什么?”

妞妞说:“你让我叫你姐姐,我觉得咱俩长得还真有点儿像。”

冬梅说:“你别瞎扯了,谁跟你像呀。”

妞妞说:“我只说有点儿像,又没说全像。”

冬梅问:“那你说哪儿像?”

妞妞说:“眼睛,我觉得咱俩的眼睛特别像。”

冬梅有些高兴起来,刚才她已经发现了妞妞的眼睛漂亮,现在听妞妞说他们的眼睛很像,就是说她的眼睛也很漂亮了。可是女孩子逞强嘴硬,最不愿意服人了。冬梅说:“得了吧,你那是什么眼,桃花眼,色眯眯的。”

妞妞轻浮起来:“什么?你说我是桃花眼,色眯眯的,迷谁了?迷你了?”

冬梅说:“迷谁了你心里清楚。迷我?我才不稀罕你呢。”

妞妞更加放肆起来:“你不稀罕我,稀罕谁呀?”

冬梅火了:“你再满嘴喷粪,我就把你赶走。”

妞妞立刻嬉皮笑脸地求饶:“别价,冬梅姐,妞妞不是在跟你开玩笑吗?”

冬梅沉着脸说:“我不想跟你开玩笑。”

妞妞继续央求着:“我怕你一个人闷得慌,给你开开心还不好,你怎么把我的好心当成驴肝肺了?”

冬梅说:“你就是驴肝肺,你哪有好心呀?”

妞妞说:“好了好了,我就是驴肝肺行了吧?等什么时候姐姐馋了,把我的驴肝肺炒了给你吃还不行?”

冬梅笑了:“真没见过你这么没脸没皮的……”

妞妞说:“要脸皮干什么?我们穷人只要肚皮,不要脸皮。”

妞妞有意无意地又说了一句让冬梅动心的话。果真如此,假如父母不是为了肚子舍脸皮,能把她送给舅舅吗?假如舅舅不是舍脸皮顾肚皮,能把她卖到这漕运码头上来吗?想到这里,冬梅的眼泪流了下来。

林满帆很快就发现,大运西仓也像漕运码头和整个大运河一样,是一个被各种势力分割盘踞的小朝廷。表面上金汝林是仓场监督,统领着大运西仓的一切事务。其实并不然,金汝林的眼睛再亮,也有目所不及之处;金汝林的耳朵再灵,也有闻所不到之处;金汝林的手再长,也有顾及不周之处。一言以蔽之,金汝林再有权力,也有令不行、禁不止、指挥不动的地方。那么,金汝林管不了,管不到,甚至不想管的地方是谁在呼风唤雨呢?

林满帆是个运丁出身,是水里浪里滚出来的男子汉,又是青帮弟子。他做人讲的是义气,做事讲的是规矩。在他走投无路的时候,是仓场总督铁麟救了他;他拿着铁麟的条子来到大运西仓的时候,是金汝林给了他仓书这个令人垂涎的差事。他不能忘记铁麟大人的救命之恩,也不能忘记金汝林老爷的知遇之恩。

铁麟大人在危难中救了他,是看在他的老婆樊小篱的面子上。樊小篱毕竟在铁麟大人的府上当过保姆,至于她的奶水喂的是谁,林满帆至今也不知道。他好像问过樊小篱,问得很不经意,樊小篱回答得也很含糊。还用问吗?管他是位少爷还是小姐,反正是个官家的崽子就是了。事实上,这是樊小篱心中的一个永远不可泄露的秘密。当她发现自己的丈夫跟冯寡妇搞在了一起的时候,痛苦得要死要活,悔得肠子都青了。依着她那刚烈的性子,她肯定要跟丈夫拼个鱼死网破的,对那个臭不要脸的冯寡妇,不把她撕个稀巴烂,也要让她臭遍半个通州城。但是,她哭过、骂过、吵过、闹过之后,却原谅了丈夫,也饶了冯寡妇。为什么呢?她主要是觉得自己的心也虚,离开丈夫半年多,她毕竟每天在用自己的乳汁喂着一个男人。女人的乳房是饭碗,也是酒壶。饭碗是喂养孩子的,而酒壶却只能慰藉和迷醉自己的丈夫。在铁麟的府邸,她没有失身,却也不算保住了全节。从内心深处,她觉得愧对丈夫。临回家之前,有好几夜她都睡不着觉,她觉得无法面对丈夫,也无法面对自己。没想到回家之后却发现丈夫比她走得更远,完完全全地背叛了她……事过之后,虽然她依然觉得很痛苦,但是她却冷静下来,她只提出了一个要求,要丈夫离开冯寡妇……对于这个要求,林满帆简直不敢相信,自己犯了这么大的罪过,怎么却受到了如此轻微的惩罚呢?他感激樊小篱的宽容,感动得抱着樊小篱呜呜地哭了起来。指着窗外的月亮发誓,此生此世,决不做半点儿对不起樊小篱的事情。

林满帆到大运西仓以后,便在西门附近租了一个独门小院。靠着他那不薄的薪俸,完全可以养活老婆孩子了。他又作为一个男人的形象出现在樊小篱面前,他要用实际的作为报答樊小篱,感激樊小篱。就冲这一点,他也要兢兢业业地工作,这份差事来之不易,千万不能轻易丢掉。

林满帆也清楚地知道,金汝林对他的信任和重用,也多半是因为铁麟大人,铁麟大人同样是金汝林的恩人。林满帆的义气和报恩,要平均分配在三个人身上:一个是自己的老婆樊小篱,一个是救命恩人铁麟,一个是他的直接上司金汝林。好在这三个人并不矛盾,只要牢牢地把他们记在心里就是了。

林满帆就是怀着这样一种认真负责的精神到西仓当差的。他是个聪明人。除了尽职尽责地做好仓书的工作,他还要牢记着金汝林给他的旨意,要搞清楚大运西仓的幕后隐藏的犄角旮旯。

林满帆很快就发现,左右着大运西仓的有三股主要势力:一是仓花户头宋大头,二是统领护卫兵丁的章京孙守则,三是仓书刘大年。这个刘大年,就是当初刁难铁麟大人的那个仓书。事过之后,铁麟没有难为他,当时的西仓监督邵友廉也没有惩处他,而金汝林上任之后,亦未追究过那件事。刘大年依然是刘大年,刘大年依然是仓书中的老大,依然是地头蛇中的蛇头。

这一天,刘大年通知大运西仓的书办、花户、攒典、章京、都统、巡仓御史,乃至斗甲、铺军、皂吏统统到他家喝酒,据说是给他的外孙女过满月。他还从来没有听说过给外孙女过满月的,嫁出的女泼出的水,你的女儿就算生出个金枝玉叶,也是别人家的种,姓的是丈夫家的姓,与你有什么相干?

林满帆虽然不是官场上的人,却也走南闯北,见多识广。他深知此种陋习的奥妙,举凡充任一方一面一角一落哪怕是芝麻绿豆之职,无不将来之不易的权力使用到极致。借用操办红白喜事牟取私利，是最冠冕堂皇的手段之一。办事请客一是为了争脸，二是为了敛财。在处理这种事情的时候是最能看出一个人的品位和嘴脸的。清正廉洁之士，是不屑于做此种低贱龌龊的手脚的。即使真的有事，譬如娶亲聘女，也要严守秘密，封锁消息，实在搪塞不过，也只请过得着的至亲好友，取个吉利图个喜庆而已。而那些旨在争脸敛财的人，首先要舍得脸，将上下左右一网打尽。为了争脸，则恬不知耻地攀缘趋附，五次三番地登门邀请，弄得脸皮薄的人不好拒绝，只好违心地前去应酬。为了敛财，则不厌其烦地叮咛嘱咐，甚至下帖子送请柬，弄得你好像跟他是交头换颈两肋插刀的铁哥们儿一般，你还能好意思不把红包送去吗？

奇怪的是，刘大年将大运西仓、大运中仓、坐粮厅，乃至仓场总督衙门的上司同寅都搜罗尽了，就是不请林满帆。

林满帆知道，这是刘大年故意在冷落他，把他排斥在外。冷落他排斥他就是冷落排斥金汝林，冷落排斥铁麟。林满帆心里很清楚。

心里非常清楚的林满帆做出了一个非凡的壮举，刘大年办事那天，林满帆不请自到。送上了一份十两银子的礼仪，还挂起一副红帐。红帐上写着：玉燕投怀呈凤瑞，明珠入掌兆麟祥。更令人惊异的是，那红帐上的贺联居然出自葫芦院的周三爷之手。字很一般，但周三爷在漕运码头上的名气很大。刘大年不是想争脸吗？这脸面给得够足的吧？刘大年不是想敛财吗？十两银子的礼仪也算是出手大方了吧？

刘大年又惊又喜又尴尬又后悔不迭，冲着林满帆又鞠躬又作揖：“哎呀，林贤弟，真是……真是……忙糊涂了……我怎么就把贤弟你给忘记了呢……”

林满帆却大大咧咧地替刘大年竖起台阶，说：“刘兄说这话就远了，您没忘记我，好多兄弟都替您把情义传到了，这不嘛……我们都约好了来喝您老兄的喜酒的。”

刘大年半信半疑，难道真的有人替他请过林满帆了？无论如何，林满帆这样说他是非常高兴的，他拉起林满帆的手不放，像是多年未见的老朋友那样，一直把他拉到首席坐下。林满帆也不客气，装模作样地谦让了一下，便在首席坐下来。

林满帆热情洋溢地跟认识的不认识的客人打着招呼，对谁都彬彬有礼，恭恭敬敬，又不卑不亢，落落大方。实际上，这个场合对于林满帆来讲，恰恰是一个表现自己、结交朋友的机会。刘大年想排斥冷落他的目的没有达到，反倒让他出了风头，夺了头彩。知道内情的毕竟是极少数，对于大多数不明真相的人来说，都以为林满帆跟刘大年有着极为特殊的关系，刘大年的势力如此深不可测，以后谁还敢小视这个新来的书办呢？

林满帆这样做，不是为了自己，而是为了金汝林。

第二十二章

唐大姑悄悄进来的时候,韩小月正在给铁麟喂奶。一盏洋油灯把小屋照得通明,铁麟一边吮吸着韩小月那略带苦味儿的乳汁,一边偷眼看着韩小月那红扑扑的脸庞。韩小月并不回避他,她的眼睛也含情带笑地看着铁麟。铁麟没有别的想法,他只觉得这张漂亮的脸蛋儿越来越熟悉,像是在什么地方见过。他知道这仅仅是一种感觉,很奇怪很神秘的感觉。他绝对没有见过韩小月,无论何时何地都没有见过,除非在前世。

就是在这个时候孙嬷嬷领唐大姑进来的,孙嬷嬷不知道韩小月在给铁麟喂奶,按照一般的规律,铁麟还没有到上床的时候。近来漕运码头上的收粮进行得非常顺利,开漕两个多月以来,没有出现大的麻烦事。因此铁麟的心境也就格外的好,铁麟心境好的时候也没有别的什么爱好。男人开心解闷的事情他几乎都不喜欢,喝酒适量,赌博不会,不好嫖也嫖不了,就是对妞妞也只是逗逗趣儿像哄小孩儿,没有太多的邪念妄想。那么还能做些什么呢?他顺心的时候就想睡觉,长期睡眠不足,欠下的觉太多了。趁着心境好睡得着他便足足地把觉补一补,养精蓄锐,保健安神。

晚饭以后,他在书房里消磨了一会儿工夫,便早早地上了炕。韩小月是个很体贴很仔细的奶妈,她总是能在最合适的时候来到铁麟的卧室。

铁麟再一次体验到了唐大姑的来无踪去无影。当唐大姑见到了韩小月的时候,韩小月已经喂完奶起身掩怀了。尽管如此,铁麟仍然非常尴尬。而更尴尬的是韩小月和唐大姑,两个人久久地互相对视着,谁也没有说什么。终于还是韩小月把头一低,匆匆离去了。唐大姑又回头看了一眼韩小月的背影,才转过头来跟铁麟说话。后来铁麟回忆起这个场面,总觉得唐大姑和韩小月互相认识,或许还有别的什么。不过,铁麟的尴尬没有持续得太久,他在唐大姑面前几乎是没有什么秘密的。记得第一次在漕运老店见面的时候,唐大姑就闻到了他身上的乳香。那次他高烧不退的时候,又曾赤裸裸地将自己暴露在唐大姑面前。

韩小月走了，铁麟欠起身来要起床，唐大姑把他摁住了："大人别动，我既然这么晚来就想到大人已经躺下了。"

铁麟说："真抱歉，你怎么不早点儿来呢？莫非有什么要事？"

唐大姑说："我是来给你治病的。"

铁麟困惑地问："治什么病？"

唐大姑说："大人难道忘了吗？我曾经说过要给你治阳痿不举之症的，只是这些天一直在寻找药材，有几味药是好不容易才找到。"

铁麟感动地说："让仙姑费心了，没想到您还记得我这点儿毛病。"

唐大姑说："大人这样说就委屈民女了，我既然答应了大人，就不能失言爽约。"

铁麟点了点头，心里面感激，嘴上却不知道该说什么。

唐大姑从怀里掏出一个精致的绸缎子锦盒，当着铁麟的面打开，一股特殊的香味扑鼻而来，铁麟立刻觉得神清气爽，精神振奋。唐大姑用指尖儿捏起一个药丸，示意铁麟张开嘴，将药丸放了进去，嘱咐说："不要吞咽，放在舌头底下，让这药丸慢慢融化。有点儿苦，大人要忍着点儿。"

铁麟觉得这药丸是有点儿苦，但是却苦得不烈，这苦味在舌头底下慢慢地弥漫着，扩散着，一种麻酥酥的感觉从舌根下生发出来，针灸似的向胸部及全身蔓延着。很舒服，很熨帖，又有点儿刺激。

等了一会儿，唐大姑问："麻到什么地方了？"

铁麟说："差不多浑身都有感觉了。"

唐大姑用手拍了拍铁麟的私处，又问："这儿有感觉吗？"

铁麟红着脸摇了摇头。

唐大姑说："这药是慢功，大人的病时间太久了。常言道病来如山倒，病去如抽丝。所以大人还要耐心一点儿，不要着急。"

铁麟问："这药每天服几次？"

唐大姑说："每天睡前服一次即可，对了，不是睡前，是大人吃奶之前。开始的时候只是麻酥酥的，一个月以后浑身便开始发热，两个月以后热中还有一种躁动，三个月以后才能见效，下面开始勃起……"

铁麟笑了笑说："这么说，我得服三个月的药丸了？"

唐大姑说："恐怕三个月还要多点儿，这盒里有一百零八颗药丸，每天一丸就是一百零八天。不过我得特别提醒大人一下，服这药丸前两个月没有大的反应，第三个月的时候恐怕大人要练一练忍耐的功夫了。三个月以后欲火越来越旺，会烧得很难受的，但是万万不可行淫。一定要等到将这一百零八丸药都服完以后才能同女人同床，否则将对身体伤害极大……”

铁麟说：“你放心吧，我记住了。”

唐大姑又说：“等一百零八颗药丸服完以后，民女还要给大人配一种药，那就是为了保养的常用药。”

铁麟又感激地点了点头。

唐大姑把装药的锦盒放在铁麟的枕头旁边，便告辞走了。

等唐大姑走了以后，铁麟才想到应该让孙嬷嬷给唐大姑拿点儿银子，就是不算酬谢，这药钱总该给人家呀？何况这又不是一般的药。但是当铁麟把孙嬷嬷叫进来的时候，唐大姑早已经出了仓场衙门的大门。

台州卫前帮的漕船即将抵达通州，浙江会馆道台朱明宇特意从扬州请来一个名厨，精心制作了一桌扬州菜，请坐粮厅厅丞金简偕夫人到自己的家里做客。因为朱明宇的夫人也是满族人，还是一位贝勒的后代。朱明宇想把自己跟金简的关系拉近一点儿，便别出心裁地想出了这么一次类似亲戚之间的聚会。当然，置席容易请客难，谁能把金简及其夫人请到他的宅第来呢？朱明宇自然想到了常书办。

常书办名叫常德旺，四十岁出头，算是通州城的土著，家住常家巷。听他自我吹嘘，这通州城里的常家是大有来头的。明太祖朱元璋的开国大将、开平忠武王常遇春奉命攻下了通州城，死后，朱元璋命在通州建庙祭祀，名为开平忠武王庙，又称常遇春祠。这样，这庙便由常家人世代看护，依时祭奠。所谓常家人，不一定就是常遇春的子孙或亲枝近脉，多是跟随常大将军一起南征北战的将士。这些将士跟随常大将军时，有的姓常，有的未必姓常，但是解甲守祠之后，便统统姓了常。至于常德旺的祖上到底是常遇春的血脉，还是常遇春的随从，那就不得而知了。

常德旺长得又精瘦又矮小，远不像忠武将士的后裔。同僚们跟他开玩笑，说他的肚子没有良心，整天鸡鸭鱼肉生猛海鲜吃着，不长骨头不长肉，光长心眼儿了。他在漕运码头上吃得开混得圆，靠的就是一肚子心眼儿。一是他能说，开口说话常常是语惊四座，又入情入理，当然难免也有吹牛的成分。就是他吹牛也吹得天衣无缝，令人信以为真。二是他路子野，都说言多语失，他却很少因话伤人。无论是谁，上自朝廷命官、衙门吏员，下至车船店脚牙、三教九流，他都说得上话，并且都拉得上关系。三是他人缘好，无论什么人求到他的头上，他都尽其所能为人排忧解难。当然，好处费是要拿的。拿是拿却不黑，你愿意给多少就算多少，不想给或给不起，他也不计较。四是他善变能忍，在官场上蹿下跳，在黑道左右周旋。常有风云突变的事，他就是能见风转舵，顺水行舟，而且做得羚羊挂角，无迹可求。

朱明宇求常德旺这件事的时候，是在天河楼的饭庄里。搂着妞儿喝完酒之后，便把妞儿们打发走了。朱明宇将一张两千两的银票往常德旺的手里一塞，便提出了这件事。码头上流传着这么一句话，只有常书办不想办的事，没有常书办不能办的事。常德旺连愣儿都没打，便满盘子满碗地应承下来。于是，定好日子，朱明宇便作为重中之重的头等大事张罗起了这顿宴席。

一大早起来，朱明宇便亲自院里院外地仔细查看。三天以前，他就吩咐家人打扫布置，现在他还是不放心。这是一次高水平上档次的接待，不能有半点儿瑕疵纰漏。

这是浙江会馆附近的一所非常漂亮的四合院，金柱大门外，悬挂着四只大红灯笼。抱鼓石的门墩、六方形的门簪、黄澄澄的铜门钹，以及青石台阶、上下马石都擦洗得光光亮亮，气派非凡。门前的道路，新铺的黄土，黄土上泼洒着清水，干净清爽。大门内的影壁前，摆着盛开的鲜花。月亮门装饰一新，插着绿叶青竹。进了月亮门，便是宽敞的前院。前院正中是雕着风摆柳形卷棚式的垂花门，两侧则是磨砖对缝的花墙。从垂花门右行拐弯，绕过屏风，下了台阶，便是正院。庭院中是太湖石、夹竹桃、石榴树、金鱼缸，可谓是“天棚、鱼缸、石榴树，先生、肥狗、胖丫头”。正院左右是抄手游廊，廊上的彩画坐栏都粉刷一新。连接整个院落的是六尺宽的十字甬道，左右通厢房，后面通院门，前面是五间正房。正房的廊联上写着：秋实春华学人所种，礼门义路君子之德。

一阵锣鼓喧天，朱明宇的大宅门便迎来了贵客。一顶蓝呢大轿，一乘花呢小轿，一前一后。前面蓝呢大轿里坐的是坐粮厅厅丞金简，后面的花呢小轿里则是他的正室夫人。坐粮厅书办常德旺则是骑着马紧跟左右。

朱明宇早已经恭恭敬敬地迎候在大门外了。

金简下了轿，朱明宇急忙迎上去行大礼：“下官朱明宇叩见大人，金大人屈尊赏光，蓬荜生辉，耀祖光宗，下官不胜感激之至……”

金简依然是一副大轰大嗡、随和敞亮的样子，一边哈哈大笑着，一边扯着嗓门说：“哎呀我说朱道台呀，快快起来，你不是说咱这是家庭走动吗？怎么到了家还这么客气呀？”

朱明宇爬起来，又急忙上前搀扶金简。

后面的花呢小轿也停下来，两个丫鬟搀扶着金简夫人下了轿。朱明宇又急忙给金简夫人鞠躬行礼。

既然是金简大人偕夫人前来，那么接待金简夫人的重任便落在朱夫人的肩上。朱夫人也早早地等候在垂花门内了。那时的规矩，女眷是不能越过垂花门的，即使迎送嘉宾贵客也以此为界。所谓大门不出，二门不迈，这二门就指的是垂花门。朱夫人身上穿着苏绣十八镶的旗袍，脚下蹬着花盆底儿的旗鞋，头上银簪金钗，珠光宝气，一副大家风派。她在两个丫鬟的搀扶下，准备着向坐粮厅的五品夫人行大礼。

谁也不会想到，一件令人尴尬的事情发生了。

金简夫人在丫鬟的搀扶下进了垂花门，朱明宇夫人刚要上前行礼，一下子愣住了。这时候，正要接受行礼的金简夫人也愣住了。就在这惊愣的一刹那之后，只见金简夫人反倒突然躬下身去，向朱明宇夫人请安："奴才拜见主子大安……"

朱明宇夫人大模大样地说："免了吧。"

主人朱明宇，贵宾金简，和中间人常德旺都被这突如其来的事件搞蒙了。特别是朱明宇，他像是一下子坠入了五里雾中，又难堪又困惑，急忙躬着腰谦卑地往客厅里让着金简和常德旺。

酒席摆上了，朱明宇张罗着金简和常德旺入了座，朱夫人也大摇大摆地坐在了丈夫的身边。而金简夫人则无论如何不敢入席，垂着双手像丫鬟一样站立在朱夫人的身后。

最后还是朱夫人说话了："今天到我家来，你就别拘什么礼了，一起坐下吧。"

这样，金简夫人急忙躬身说："谢主子。"

朱夫人说："金大人今天是我家的贵宾，你如今是夫贵妻荣，就破一回例吧。"

这样，金简夫人才战战兢兢地在金简身边侧着身子坐下了。

金简夫人坐是坐了，可是连筷子也不敢动。朱夫人又说了句让她别客气，她才颤颤巍巍地把筷子举起来。举起筷子却不敢夹菜，总是低下头，连眼皮都不敢抬。

朱夫人让自己的丫鬟给她布菜，金简夫人又急忙受宠若惊地向朱夫人道谢。

最手足无措的应该是朱明宇，他是为了巴结坐粮厅厅丞金简才煞费苦心地准备这桌酒席的。没想到自己的夫人却装起了神弄起了鬼,这让金简大人的脸往哪儿搁?更让朱明宇奇怪的是,金简大人似乎对此并不在乎。朱夫人越是装大摆谱儿,朱明宇越是对金简卑怯献媚。他躬起身子给金简夹菜,双手举杯给金简敬酒,金简却大大咧咧地说:"哎呀我说朱大人呀,她们娘儿们之间的事咱别掺和,她们客气她们的,咱是平起平坐的兄弟,就别这么多礼儿了好不好?"

常德旺见到这一切,心里立刻明白了是怎么回事,也一个劲儿地后悔不迭。智者千虑,必有一失。他怎么就没想到这一层呢?当初,朱明宇提出要请金简的时候,是说过一句贱内也是旗人。他怎么就没多问一句呢?既然两个人的夫人都是旗人,那么不用说,金简的夫人一定是朱夫人家的"包衣"了。"包衣"虽说也隶属于旗人,却是旗人的奴隶。而且这种奴隶的身份是世代相袭,难以变更的。就在前几年,朝廷里也发生了一件尴尬事。深受嘉庆和道光两代皇帝宠信和重用的武英殿大学士松筠,有一天突然跟道光皇帝请假没有上朝。开始道光皇帝也没有在意,谁家里能没有点儿事呢?处理家务是人之常情,可是松筠一连几天都没有来,朝中又有几件重大的事情等着他处理。于是,道光皇帝问穆彰阿:"松筠家里到底有什么事?"

穆彰阿说:"他家的旗主死了,让他前去当差。"

道光皇帝说:"办丧事他能当什么差,你去看看,要是没有什么要紧的事,你就让他回来销假吧。"

穆彰阿遵照道光皇帝的旨意来到了松筠的旗主家,旗主的丧事办得很热闹,穆彰阿看见,一个朝廷赫赫有名的一品大员,一个堂堂的国家重臣,却脱掉官服,为旗主披麻戴孝,正在大门口外敲鼓呢。

穆彰阿回来向道光皇帝禀报了此事,道光皇帝大怒,这不是有意侮辱朝廷大臣吗?这该死的旗主也太无法无天了。可是,道光皇帝怒是怒,却无可奈何,因为这是祖宗立下的规矩。最后,道光皇帝无奈,只好颁旨为松筠抬旗,免去了"包衣"身份。

可惜朱明宇的这番苦心了,好端端的一顿美味佳肴,却都吃得没滋没味。朱明宇为了弥补这谁都怪罪不得的过失,只好多说好话多塞银子。最后弄得金简倒不好意思起来,金简说:"哎呀我不是说了嘛,你别这么客气嘛,有什么事你尽管说话,让常书办去办就是了。"

朱明宇拉拢金简的目的其实很明确,就是台州卫前帮的漕船快到了,想让坐粮厅安排一个可靠的军粮经纪收兑他们的漕粮。

金简说:"不就是这点儿小事吗?还用得着你这么破费?跟许良年打个招

呼不就行了吗?”

朱明宇心里明白,许良年那边他早就喂肥了,跟许良年的关系也不是一年两载了,许良年那边没得说,就是想跟金简拉拢一下,将坐粮厅的根子扎得深一些。

金简说:“你呀还是不明白,在坐粮厅我是个甩手掌柜,诸事不操心,油瓶倒了都不扶,只要许良年经手的事,我连问都不问。”

朱明宇心里说,你别说得那么洒脱,不把银子给你塞足了,你能对许良年那么放手吗?

金简随即吩咐常德旺说:“常书办,这事你就跟许良年瞧着办吧,只要别捅出大娄子就行。”

有了金简这句话,朱明宇倒是宽心了,犯难的却是常德旺。

跟刘大年一接触,林满帆很快就发现他是个有口无心的人。说他无心也不对,他的贪心很大,野心也不小。可这贪心野心都是直来直去,不藏着掖着。这种人好对付,用不着使什么手段就可以把他拉拢过来。

刘大年好喝酒,好吃海鲜,三杯酒下肚以后,就会慷慨激昂,把谁都能当成知己,恨不得把心掏出来给你下酒。

这一天,林满帆在天河楼订了一个雅间,就点了四个海味:半尺长的大对虾,半斤重的大闸蟹,一盘鲍鱼,两碗鱼翅。当然还有一瓶二十年的漕运湾酒。

刘大年见林满帆这么破费,心里着实有些过意不去。自从那次他给外孙女办满月林满帆不请自到,并送了那么厚重的礼之后,他便总觉得欠了林满帆一个好大的人情。今天又让林满帆在这么高档的饭店请客,更觉得林满帆够朋友讲义气,是个可交该交之人。

刘大年说:“林老弟是个真君子,我刘大年白长了你几岁,还是让我先敬老弟一杯吧。”

林满帆立刻摁住了刘大年的手背:“刘兄如此说就错了,小弟我初来乍到,人地两生,久闻刘兄您豪爽仗义,早就想巴结,只是怕刘兄不给面子不赏脸。”

刘大年还没喝酒就说了实话:“其实呀有些话不说大伙儿心里也有数,你想想,能到大运西仓来当书办,没有通天的路子,没有过硬的关系能行吗?大伙儿都知道你是金汝林的人,所以呀又想巴结呢又怕跟你近乎。”

林满帆说:“刘兄这话小弟就不明白了,且不说我是不是金汝林的人,就算是吧,干吗大伙儿都躲着我呢?金汝林不是大运西仓监督吗?”

刘大年说:“你不知道,老弟。这码头是什么?码头就好比是一片瓜田,表面上看一个瓜一个瓜地明摆着,你真要是想摘哪个瓜,就得摸摸它跟哪条藤连着。没有不结瓜的藤,也没有不连着藤的瓜,我这样说你明白了吧?”

林满帆说:“这么说刘兄以为我这只瓜挂连着金汝林那条藤,就怕跟我近乎了。那么刘兄是连着哪条藤呢?”

刘大年说:“这你还不明白吗?过去的大运西仓监督是邵友廉,这片瓜田都是邵友廉种的,甭管连着哪条藤,都是邵监督的。”

林满帆说:“眼下邵监督不是走了吗?”

刘大年说:“邵监督虽然走了,可这片瓜田却没有动。”

林满帆说:“那么是不是这瓜田该交给金汝林了?”

刘大年哈哈笑起来:“交给金汝林?亏你想得出来。实话说吧,邵监督也只是个扛活的,他只是种瓜的,这瓜田的主人可不是他邵监督。”

林满帆问:“那是谁呢?”

刘大年也不让林满帆,咕咚一下将杯里的酒一饮而尽:“瓜田的主人是谁?这还用问吗?当然是许良年许大人了。”

林满帆心里明白了,他不便匆忙询问,有的是时间。于是,他便专心地为刘大年布起了菜,劝起了酒。有海味供他大咬大嚼,有美酒供他豪斟痛饮,刘大年便获得了极大的快感和满足。心里面满足就挤得话往外冒,该说的不该说的都竹筒倒豆子似的哗啦啦地蹦了出来。

林满帆故意说着套近乎的话:“本来想请刘兄到校书巷潇洒一下的,后来听说您不好女色。小弟就是不明白,刘兄是个豪气冲天的人,怎么会不好女色呢?”

刘大年最喜欢人家奉承他的话就是说他有豪气,说他讲义气。现在听林满帆问起这话,便苦不堪言地说:“不瞒老弟说呀,女人如美酒,还有怵那个的?都吃的是粮食,女人谁能不喜欢呢?只是……老兄命苦呀?”

林满帆问:“此话怎么讲?”

刘大年说:“我娶了你那个嫂子呀,就像娶了个锦衣卫,她把我管得比囚犯还严,不要说女人,就是我被蚊子叮了一下,她都得问问是公是母。”

林满帆:“嫂子有那么厉害吗?”

刘大年说:“女人嘛,再厉害能管得住男人吗?管不住,越管越管不住。她管不住我,可是她爹管得住我呀。”

林满帆困惑地问:“她爹?”

刘大年说:“你还不知道我的老丈人是谁吧?”

林满帆说:“还真的不知道。”

刘大年说:“告诉你吧,我的老丈人就是许良年。要不,就凭我一个小小的仓书,怎么会有那么多人巴结我呢?”

林满帆倒吸了一口凉气,他也太大意了,怎么就不知道刘大年的老丈人是许良年呢?幸亏刚才沉得住气,没有往深里说。原本他想顺着刚才的话题探听一下这片瓜田的深浅,现在他不敢轻易开口了,于是便转移了一个闲话:“刘兄,咱大运西仓那个李疯子是怎么回事?听说他过去还是个仓花户头。”

刘大年说:“唉,可惜了,挺好的一个人,就是因为心太软,跟我一样,太够朋友讲义气,就这样疯了。”

林满帆本来想说闲话,听刘大年这么一说,这闲话也不“闲”了。

刘大年说:“你听说过黄槐岸吗?”

林满帆摇了摇头。

刘大年说:“也是个有情有义的人。实不瞒你说,当年我跟黄槐岸、李桑林……就是李疯子,我们三个人最好了,被称作桃园三结义。我们也确实是在关帝庙里烧过香,磕过头,结下了金兰之好的……可是黄槐岸这人重情重色,跟一个叫小鹌鹑的婊子好了,还替她赎了身。没想到,好日子没过两年,黄槐岸便暴病身亡了……”

林满帆问:“黄槐岸暴病身亡,李桑林怎么疯了?”

刘大年说:“对于黄槐岸的死,我跟李桑林都有怀疑。我也想追查个究竟,我那老丈人不让我管闲事,我就不好再多嘴了。可是李桑林不干,他豁出命去也要为黄槐岸叫屈,结果被原来的通州知州韩克镛关进大牢里,生生地被折磨疯了……”

林满帆心里不由得冒起一股冷气,看来,这漕运码头也跟那三千里大运河一样,埋藏着数不尽的谜,也埋藏着数不尽的冤屈。

就在朱明宇设家宴请金简及夫人的第二天,常德旺便安排了朱明宇和许良年的会面。三个人的会面选择在妃子楼的浴室里。三个木桶紧紧挨在一起,三个赤身裸体的爷们舒舒服服地泡在浴桶里。他们没有像往常那样叫妞儿陪他们一起入浴,连搓澡的小伙计都没有要,三个人正正经经地泡澡,也正正经经地谈起了事。

许良年的外号叫蔫神,除非见了女人能精神一点儿,平时总是一副蔫头奋脑、丧魂落魄的样子。这时候，他泡在浴桶里，把脑袋耷拉在桶沿上，闭着眼睛听朱明宇和常德旺的谈话。也不知道他是在听还是睡着了，反正是那副蔫塌塌的样子。不过，常德旺知道他的习惯，有什么话你尽管说你的。无论他是听还是没有听，到他说话的时候，他自然就开口了。

朱明宇又提出了为他们台州卫前帮安排收粮经纪的事，这一次许良年却一反常态，抢先开口了："金简大人怎么说？"

常德旺说："金大人说全由许大人安排。"

许良年一声未吭，又闭上了口，将身子缩在浴桶里不动了。

常德旺说："眼下最难的就是收粮经纪，现在所有的军粮经纪都归陈天伦管，陈天伦又是铁麟大人一手提拔的。他只听铁大人一个人的，根本就不把我们坐粮厅放在眼里。"

常德旺这话是冲着朱明宇说的，同时也是为了说给许良年听的。自从陈天伦当上"盈"字号军粮经纪以后，等于在土石两坝上加了一道防线，直接阻断了坐粮厅与各漕船之间的沟通。须知这沟通是流金淌银的，阻断了沟通，就阻断了金银的流淌。常德旺这伙儿专门等着金银流进腰包的坐粮厅大大小小的官员们，能不把陈天伦当成眼中钉、肉中刺吗？

朱明宇气愤地说："陈天伦把持了'盈'字号，就是我们运丁的一大灾难啊。"

常德旺说："何止是你们运丁的灾难，整个坐粮厅都让他搞得惶惶不可终日了。"

朱明宇说："军粮经纪原本就是归坐粮厅直接管辖的，铁麟大人这样一竿子插到底，不是把坐粮厅架空了吗？这铁大人到底想干什么？"

常德旺说："很明显，人家铁大人是信不过咱坐粮厅啊。两坝上安插了一个陈天伦，现在又在大运西仓安插了一个金汝林。看来，铁大人要在漕运码头上大换血了，我们这个饭碗能端到什么时候还很难说呢。"

常德旺说出这些赌气过激的话是想勾引蔫神许良年说点儿什么的。没想到许良年还是舒舒服服地泡着澡，像是根本没有听见他们说的话一样，常德旺有些泄气。

朱明宇还在一搭一合地随着常德旺的话茬儿说："铁麟如此大动干戈，朝廷就不管吗？穆彰阿大人难道不知道铁麟要干什么吗？坐粮厅也不是那么好欺负的，许大人和金大人到时候一定会挺身而出的。"

朱明宇说完这句话，故意朝许良年看了看。许良年像是一棵晒蔫了的蒿草一样耷拉着，没有一丝气息。

常德旺说：“朱大人，我看您就别咸吃萝卜淡操心了，还是想想您的漕粮怎么交吧，到时候你们台州卫别再出个徐嘉传。”

朱明宇叹了口气，他最担心的就是这个，可是他有什么办法呢？

常德旺也缩下身子把自己泡在桶里。

朱明宇突然想起了一件事，说：“听说陈天伦今年想参加秋闱乡试，他要是中了孝廉，不就能把那‘盈’字号交出来了吗？”

常德旺说：“去年冬天还听说他在闭门读书，准备功课，可是今年一开漕，不知道怎么他又掌起了密符扇。”

朱明宇说：“我琢磨着，他放弃乡试，肯定是因为自己没有把握，要是能让他有高中的希望，他肯定会去博取功名的。”

常德旺说：“你说什么？让他有高中的希望？什么希望？”

朱明宇说：“要是可能，我宁愿花点儿银子为他买通关节。”

常德旺想了想说：“嗯……这兴许是个主意。”

许良年突然开口了：“什么主意，馊主意。”

常德旺见许良年说话了，便兴奋起来：“许大人，您是说给他陈天伦买通关节，他也不去乡试？”

许良年说：“你们都把陈天伦看扁了，你以为陈天伦跟你们一样，花个仨瓜儿俩枣儿就能把他买通？”

常德旺说：“买份关节可不是小数目……”

许良年说：“糊涂，你看扁了陈天伦，就是看扁了铁麟。你以为陈天伦会把一个孝廉看在眼里吗？中了孝廉管什么？不是照样要参加会试才行吗？就算中了进士，想要当官也得在吏部排队等候着。陈天伦他是想在这漕运码头上一步登天。”

常德旺说：“在码头上一步登天？这儿有登天的梯子吗？”

许良年说：“连一个身世不清的金汝林，都能当上仓场监督，陈天伦能不动心吗？”

常德旺说：“我明白了，怪不得陈天伦这样为铁麟卖命呢。铁麟肯定向他许了愿。朱大人，如此看来，你台州卫的漕粮还真没法收兑了。”

朱明宇立刻叫起来：“别别，常老爷，许大人，我们的事你们可不能缩手不管呀。”

许良年说：“谁说不管了？你们的漕粮还是要收的。”

常德旺忙问:“让谁去收。”

许良年说:“就让‘盈’字号去收。”

朱明宇急忙叫起来:“许大人,您行行好吧,让陈天伦收我们的漕粮?我的脑袋可还要呢。”

许良年说:“我说让‘盈’字号去收,并没有说让陈天伦去收。”

常德旺糊涂了:“许大人,这……小的就不明白了,陈天伦不就是‘盈’字号,‘盈’字号不就是陈天伦吗?”

许良年阴险地笑了笑:“你呀,好好动动你的猪脑子吧。”

常德旺果然动起了脑子,按说他不是个笨人,他甚至可以说是漕运码头上的大能人,可怎么就想不出许良年大人出的是什么招儿呢?

许良年伸出细长的胳膊,在木桶的帮上拍了拍,不一会儿门外便响起了一片叽叽喳喳的说笑声,三个敞胸露背的姑娘扭了进来。

一个姑娘高叫起来:“哟,你们三个爷们儿都在一个屋里呀?让我们怎么陪你们呀?”

许良年抬头看了看她们,没说话。

一个姑娘走到常德旺的桶边,弯下身子就伸手向水里摸去。

常德旺急忙躲避着:“别别,乱摸什么?”

姑娘说:“你们不就是让我们来摸的吗?”

另一个姑娘认出了许良年,急忙跑过来,迫不及待地脱着衣服:“许老爷,我给您搓搓背好吗?”

许良年没说话,那脱得赤条条的姑娘却鱼一样地溜进许良年的木桶里。

朱明宇的身边也站着一个姑娘,见两个姐妹都有了主顾,也殷勤地对朱明宇说:“这位大哥眼生得很,第一次来吧?”

朱明宇第一次遇见这种场面,吓得将脑袋都缩在水里,一个劲儿地朝姑娘挥着手,想把她赶走。

许良年见状,突然哈哈大笑起来。

木桶里的姑娘奇怪地问:“许老爷,您笑什么?”

许良年说:“见过缩头乌龟吗?朝那面看。”

木桶里的姑娘也笑起来……

夜很静,没有月亮,星星便显得格外的繁忙兴奋。金汝林在大运西仓巡视着,每隔两三天,他便这样犄角旮旯地巡视一遍,而且每次都不兴师动众,身边只带一两个仓书、攒典或花户。今天只让章京孙守则一个人陪着，他在前面走，孙守则紧跟在后面，脚步轻轻，默默无语。仓廒林立，穿行其间，如阴森恐怖的山坳沟壑。金汝林巡查得很仔细，每到一处都要看仓廒的门是否锁好，天窗气孔是否开启，防火的水缸是否盈满，看护的兵甲是否坚守岗位……

孙守则是第一次跟金汝林来查夜，这绝对是一个讨好奉承献殷勤的好机会。别看他们在仓场上都是炙手可热、瞒天过海的人物，背后骂起金汝林来一个比一个卖劲儿，一个比一个恶毒，而对金汝林下黑手、耍手腕又一个比一个阴险毒辣。可是真的到了金汝林面前，特别是单独跟金汝林接触的时候，又完全换了另一副嘴脸。一个比一个殷勤，一个比一个巴结，而且又都以出卖别人作为向金汝林邀宠的法宝。金汝林深知小吏们的这一套儿把戏，他们再有势力管什么？世界上什么最有力量？不是粗胳膊根儿，不是纠集的狐朋狗友，也不是阴谋诡计，而是权力。你之所以有势力，还不是因为你大权在握或小权在握。你有势力，我有权力，我将你一撸到底，看你的势力还有没有？当然了，权力也不是永远都占上风的。黑恶势力面对着权力，有时候会虚张声势；权力面对着黑恶势力，有时候也会瑟瑟发抖。权力与势力总是在拼杀中妥协，又在妥协中拼杀，在妥协与拼杀都难以维系平衡的时候，便是交易。在交易中起作用的既不是权力，也不是势力，而是利益。

孙守则未必能把此中的奥妙想得这么清晰，这么深刻，但是本能却告诉他应该对重权在握的新监督换上摇尾乞怜的笑脸，他朝金汝林面前凑了凑，讨好地说："老爷这样三天两头地查夜，又查得这么仔细，实在让卑职感动。"

金汝林冷冷地问："原来的邵监督不是这么查夜吗？"

孙守则说："实不瞒老爷说，卑职在这大运西仓也干了七八年了，就从来没见过邵监督来查过夜。"

金汝林"嗯"了一声。

这一声"嗯"将孙守则"嗯"糊涂了，他不知道金汝林对他说的话到底是什么态度，有什么想法。而且，金汝林"嗯"完之后，又闭上了金嘴，一声不吭了。孙守则琢磨了半天，继续没话找话地讨好着金汝林："老爷查完了夜，卑职陪老爷去喝一杯吧，给老爷解解乏。"

金汝林没吭声，却冲孙守则摇了摇手，也制止了他吭气。这里是大运西仓的西北角，最后一排的仓廒后面，有一座仓神庙。庙不大，只有一间翘脊小屋，一门一窗。这仓神庙实在是个摆设，没有哪一个仓书仓役到这里烧香，常年庙门紧闭，灯灭香残。可是今天，金汝林凭着自己的敏锐，却听见了里面似乎传来嘤嘤啜泣之声。这声音有点儿像每天晚上从衙署后面传来的哭声，又不太像，比那声音更清晰，更真实，更悲切……是谁呢？自己一定要探个究竟。

孙守则也停下脚步，仄着耳朵听了听，说："是李疯子，别理他，他经常到这儿来装神弄鬼的。"

金汝林说："你先回去吧，我到里面看看。"

孙守则说："这……让老爷一个人在这儿，卑职怎么能放心呢？"

金汝林生硬地说："让你回去就回去，我用不着你管。"

孙守则只好向后退去，不敢真的离去，只是远远地等待着金汝林。

金汝林轻轻地推开仓神庙的小门。

李疯子跪在地上，面前点着三炷草香。荧荧的香火照出了李疯子那蓬头垢面的轮廓。

李疯子大概没有发觉有人进来，依然嘤嘤啜泣着，喃喃嘟囔着："哥呀，呜呜……你死得惨呀……今天是你的三周年，兄弟来给你烧炷香，跟你说几句话……哥呀，你的阴魂在哪儿呀……你看得见兄弟吗……你看得见害你的那个人吗……你看得见那……那……那黑了心的王八蛋吗……哥呀……呜呜呜……"

这凄凄切切的悲哭喃语，饱含着实实在在的真情实感，甚或蕴藏着一个撼天动地的冤情。这绝不是疯言疯语。有关李疯子的情况，林满帆把从刘大年嘴里听到的事情都告诉了他。现在，他一声一声地哭着哥，肯定哭的就是黄槐岸。坐粮厅书办黄槐岸，大运西仓仓花户头李桑林，和仓书刘大年是三个结义兄弟。黄槐岸死了，却难得有这么一个重情重义的李桑林。他为了黄槐岸丢了仓花户头的肥差，倾家荡产为黄槐岸鸣冤叫屈，还在官府大牢里受尽了摧残折磨。幸亏刘大年也还念旧情，继续把李桑林留在大运西仓，给他口饭吃……金汝林突然联想到了大明万历年间的监察御史马经纶，为了救一代宗师李卓吾，不也是变卖了所有的家产，最后激愤操劳成疾，连自己的性命都搭进去了吗？通州人的豪侠义气是有传统、有根脉的。金汝林被强烈地震撼了，一股油然而生的敬意令他不由自主地跪下来。他跪的不是黄槐岸的灵位，而跪的是李桑林，跪的是马经纶，跪的是大运河端头的通州人！

突然，李桑林停止了哭泣，默默地跪着，呆如泥塑。

金汝林也依然直挺挺地跪着，默不作声。

李桑林说话了："你相信了他的冤屈？"

金汝林说："神信我就信。"

李桑林问:“那你是在跪他,还是在跪神?”

金汝林说:“既不跪他,也不跪神。”

李桑林问:“那你在跪谁?”

金汝林说:“我是在跪你。”

李桑林愕然了:“跪我? 我有什么好跪的?”

金汝林说:“跪你的为人,跪你的情操,跪你的忠诚,跪你的义薄云天!”

李桑林突然哇的一声大哭起来:“天呀,苍天呀,你睁开眼啦,你终于睁开眼啦……哥呀,你看见了吧,苍天睁开眼啦……”

这是一个男人从内心深处喷薄而出的悲鸣,山呼海啸,漫天愁云惨雾,星月都隐去了光辉……

金汝林紧紧地搂住了李桑林的肩头,泪水汩汩而下……

第二十三章

一场风雨过后，晴空如洗，令人心舒气爽，精神振奋昂扬。为了给辞官离职的龚自珍送行，铁麟约了几个朋友来到大光楼上。近日，他得到了一只千里眼，特别喜欢到大光楼上登高远望。在铁麟任仓场总督之后，有一个叫安东尼的意大利传教士在大运河商船上丢了一只皮箱，直接告了御状。道光皇帝下旨命铁麟破案，铁麟带着金汝林找到了青帮老大周三爷，周三爷帮助找到了那只箱子，还给了安东尼。最近，安东尼托人从国外带回来一只千里眼，辗转送给了铁麟。

这只千里眼并不复杂，只是两只玻璃镜片和一只木筒组成的。可是拿起它对准了焦距，却能把十几里外的景物看得一清二楚。铁麟对它爱不释手，有事没事就登上大光楼，举着千里眼朝四下观看。用它看自南而上的漕船，漕船还在张家湾，就能清清楚楚地看见船上的旗号标志；用它来看北京城，通惠河上的闸坝，御石道上的车水马龙，宛若就在眼前；用它来看燃灯塔或吴仲祠，宝塔上的铜玲，祠堂上的檐草，似乎都能伸手抓到。

铁麟约的朋友还没有到齐，甘戎和陈天伦却早早地跑来了。这两个年轻人最近有点儿形影不离，码头上已经有了不少议论，铁麟一是没有听到，二是听到了也不会在意的。年轻人嘛，喜欢玩，就让他们高高兴兴好了。甘戎跑过来："爸爸，让我看看。"

铁麟把千里眼给了女儿。

这时候正好龚自珍、夏雨轩和清莲道长一起来了，大光楼上摆着一张茶桌，陈天伦正忙着给各位客人斟茶倒水。

铁麟走过来向诸位作揖行礼，各位纷纷还礼落座。陈天伦是晚辈，没有资格与诸位平起平坐，便在一旁伺候着。

甘戎在远处喊着："天伦，你快来看呀，连你家的烟筒都看得清清楚楚。"

铁麟喊着甘戎："戎儿，快过来给各位伯伯叔叔请安。"

甘戎却高声叫喊起来："爸爸，那儿有一群人光屁股洗澡。"

铁麟听女儿说出这么不成体统的话，有点儿挂不住脸了："戎儿，不许胡说。”

甘戎争辩着：“真的，您快过来看看，嘻嘻，真逗，脱得一丝不挂。”

铁麟火了：“戎儿，你这么大了，怎么一点儿规矩都不懂，不知道非礼勿视吗？”

甘戎说：“不是男人，是女人，是一群女人光着屁股洗澡，就在那丛芦苇后面，看得可清楚了。”

铁麟无可奈何：“陈天伦。”

陈天伦立刻应道：“卑职在。”

铁麟命令说：“快把那千里眼给我抢过来。”

陈天伦答应了一声就跑过去了。

铁麟坐下以后，看到龚自珍依然是十年不更的估衣残履，形容憔悴虚弱，不由得一阵心酸。他在礼部任主事，俸禄本来就十分微薄，又因得罪了穆彰阿，被罚了俸，生活更加困顿。终因贫困潦倒，抑郁闷积，致使“肺气横溢，呕血半升”。这样一个有才学有抱负的人却落得如此困境，在场的人心里都很不是滋味儿，一时间竟不知道该说什么好了。

还是铁麟先开了口：“早就知道龚大人厌倦了官场生涯，却没想到这么快就辞了官。十年寒窗，六次会试，按说这位置也得来非易，怎么说辞就辞了呢？龚大人这是……”

龚自珍连忙挥手拦住了铁麟：“请等一下，请等一下。我现在辞了官，就是一介草民了。诸位万万不可对我以大人称呼了。”

铁麟说：“也罢，那就还像在宣南诗社时那样，称呼您先生吧。依先生之见，这官场实在是待不得了？”

龚自珍呷了一口茶，悲哀地说：“做官需要天才，就是说需要天生做官的材料。此种材料软不得，硬不得，坚不得，脆不得，能屈时要能屈，能伸时要能伸，该热时要能热，该冷时要能冷，该当奴才时容不得半点儿尊严，该翻脸无情时容不得一丝心慈手软……我龚自珍先天本来就不足，后天修炼得又不够，还是不要占着这个茅坑吧。”

清莲道长低声问了一句：“龚先生，京城里到底出了什么事？”

龚自珍说：“清莲道长难道还不知道吗？林则徐林大人，还有这么忠贞英烈之臣吗？被革职查办，发配新疆了。”

这件事官场上的人早就知道了，清莲道长是方外之人，当然寡闻一些，惊异地问：“林大人被革职了？为什么？”

龚自珍气愤地说:“还能为什么,还不是他烧了洋人的鸦片,吓坏了穆彰阿那些缩头乌龟。洋人的坚船利炮攻占了浙江的定海,他们不想法子抵御外贼,却千方百计地陷害忠良。林则徐被押解京城的途中,黄河发起了大水。皇上又命令林则徐去治洪。黄河要决堤,林大人戴着枷号跳进了滔滔洪水之中,几千军民哭声震天,一齐跳了下去。是林大人用人墙堵住了洪水,要不,你们这漕运码头上早就不见漕船了……这就是忠臣的下场啊!林大人何罪之有?朝廷上豺狼当道,皇上又如此宠信奸佞小人,这官场上还有什么待头儿?”

铁麟忧心忡忡地问:“照龚先生看,这局势能稳定下来吗?”

龚自珍说:“穆彰阿这些王八蛋整天向皇上进谗言,好像咱们一退让,一讲和,洋人就会罢手。哼,向来是弱肉强食,洋人的坚船利炮已经摆在塘沽口了,他们还在那里一个劲儿地妥协、和谈,早早晚晚,这大清国要毁在他们手里。”

夏雨轩问:“这么说,战乱已经难以避免了?”

龚自珍说:“咱们这个大清国已经是千疮百孔,岌岌可危了。老夫既无回天之力,又不想与豺狼为伍,只好回去闲话桑麻了。”

这开场的一片话,说得大伙儿都沉闷起来。

夏雨轩突然转了个话题说:“我头些天给皇上写了个奏折,你们猜我想干一件什么事?”

铁麟说:“你不会请缨守卫海防吧?”

夏雨轩说:“铁大人真会拿下官开心,我一介书生,手无缚鸡之力,从未奢求在战场上获取功名。”

铁麟故意将话题撩拨得轻松一些,继续开着玩笑说:“噢,话不能那么讲,‘男儿何不带吴钩,收取关山五十州。请君暂上凌烟阁,若个书生万户侯。’”

清莲道长突然对夏雨轩说:“夏大人,贫道猜想,你是否要修一座庙?”

众人都愣住了。

更加惊愕的是夏雨轩:“道长真是仙家,你怎么猜到我想修一座庙?”

清莲道长说:“这座庙是为通州的一个英雄修的。”

夏雨轩腾地站起身来,急忙向清莲道长作揖:“雨轩对道长心悦诚服。”

夏雨轩与清莲道长的对话,将众人说得丈二的和尚摸不着头脑,连铁麟也如罩烟云之中。

夏雨轩坐下,郑重地说:“大清入主中原之后,江阴有一场屠城之战,想必诸位还记得吧?”

这是一场惊天地泣鬼神血溅青史的惨烈之战,谁能不记得呢?

顺治二年八月，定国大将军多铎亲率大军围困了江阴。知县林之骥、参将张宿弃城而逃，江阴军民共推典史陈明遇为城主，誓死抗清。陈明遇深知自己能力有限，便派人请来前典史阎应元。阎应元本来已经调任广东英德县主簿，因母病及道路不通暂留城东砂山。阎应元入城之后，便与陈明遇一起守城抗清。全城军民坚持了八十一天的浴血奋战，杀死三王十八将，七万五千清军。而城内十七万军民只逃生了五十三人，其余全部战死，无一人投降。江阴城内，尸堆如山，血流成河。有个女子用鲜血在壁上题诗云：露胔白骨满疆场，万里孤臣未肯降。寄语行人休掩鼻，活人不及死人香。阎应元率众将士驰马格斗，背上中了三箭，依然拼杀不止，他回头对随从说："替我向老乡们道歉，我不能继续报国了。"而陈明遇身负重伤，手持大刀背靠在墙上，至死不降……

铁麟听了夏雨轩的话，惊出了一身冷汗，急忙对夏雨轩说："我说雨轩呀，你怎这么糊涂呀？阎应元是个英雄，可他是抗清的英雄，也就是说他是大清的仇敌。三个亲王、十八员大将，七万五千官兵都死在了他的手里，你夏雨轩居然要给这样的人修庙立碑，你不要脑袋了？"

夏雨轩听了，抿着嘴笑了笑，没说什么。

龚自珍瞪着两只眼睛呆呆地看着夏雨轩，突然说："夏知州，看来我得给你作一首诗了。"

夏雨轩问："龚先生要给我作什么诗？"

龚自珍说："夏知州要给阎应元立碑，怎么着我也得给你立个碑呀。"

清莲道长却哈哈大笑起来："看来铁大人和龚先生都为夏大人多虑了。"

铁麟问："难道清莲道长觉得此事无碍？"

清莲道长说："非但无碍，夏大人还为朝廷立了一功。"

铁麟急着问："此话怎讲？"

清莲道长说："问问夏大人就知道了。"

夏雨轩点着头说："实不相瞒，皇上已经准了下官的奏折。"

铁麟惊叫起来："此话当真？"

夏雨轩说："这事开得玩笑吗？"

龚自珍沉吟了一会儿说："看来，当今皇上也看出了时局的险恶呀！列强咄咄逼人，对我大清国土虎视眈眈。现在要的就是阎应元的精神，阎应元的骨气，阎应元的勇猛。大清国要是有千个阎应元，千个林则徐守疆保土，我们就可以高枕无忧了。"

夏雨轩说："龚先生，刚才您说要给我写首诗，我夏雨轩实在受之有愧，但是阎公祠的对联可要求龚先生的墨宝了。”

龚自珍问:“什么联?”

夏雨轩说:“这联是阎应元临尽忠之前用鲜血写在城楼的门道里的:八十日带发效忠,表太祖十七朝人物;十万人同心杀贼,留大明三百里江山。”

龚自珍喝彩道:“好,大气魄,气冲霄汉,这才是炎黄子孙、华夏精英。这联我写了,老夫在京为官时,没少到通州地面上来叨扰,就算老夫留给通州的一点儿心意吧。”

铁麟也兴奋起来,立刻让衙役撤掉茶具,捧来文房四宝。龚自珍起身挽袖,操起笔来,蘸饱了墨汁,在纸上飞泻起来。夏雨轩亲自为他吸墨,铁麟也过来托纸。龚自珍的字向来不大讲究,却是一副高风傲骨,笔笔掷雷曳电,倾泻着满腔的抑郁和激愤。两条长联,一气呵成,龚自珍长长地吐了一口气,昂起头来,大有余怒未尽、余兴未竭之感。

这时候,突然大光楼东北角上传来吟咏之声,像是在及时准确地呼应龚自珍的情绪。龚自珍抬起头来,众人也循声望去,只见甘戎举着千里眼四处远眺,陈天伦昂首向天,高声朗诵。

龚自珍笑了:“啊……年轻人也诗兴蓬勃了,快把他们叫过来,给老夫助助兴。”

立刻有个衙役跑过去传话,陈天伦和甘戎跑了过来。

龚自珍问:“天伦,你刚才在朗诵什么?”

陈天伦不好意思地说:“没有……胡乱喊着玩的。”

甘戎立刻揭发说:“不对,是他作的诗。”

龚自珍说:“既然是贤契作的诗,何不当众吟出来让我们共享?”

陈天伦说:“不行不行,在众老前辈面前,晚生哪能如此不知深浅。刚才甘戎来了情绪,非逼着我作一首诗,我便胡诌了几句。”

甘戎说:“什么胡诌,我听着挺好,不信你给大伙儿再吟一遍。”

夏雨轩也说:“既然众人都有兴致,贤侄就不必拘束了,权当在先生面前朗读习作,也让铁大人和龚先生指点一二。”

见夏雨轩这么说,陈天伦便无话可说了。在任何时候,陈天伦都将夏雨轩当成父辈,父辈吩咐哪有不从之理。于是,他说:“那……晚生就献丑了,恳请各位大人不吝赐教。”

龚自珍竟带头鼓起掌来。

陈天伦调整了一下情绪,面南而立,昂着头高声吟诵起来:

潇潇风雨后，重上大光楼。
长城牵西域，大河贯九州。
飞虹衔宝塔，驼铃唤远鸥。
千帆逐红日，满载一江秋。

龚自珍击掌叫好：“好啊，又是一篇气势磅礴之作。来来来，拿笔来，老夫要把你这首诗录下来，也算是临行前留给你的一份薄礼吧。”

陈天伦见龚自珍如此看重自己的诗作，激动得不知道该说什么好了。龚自珍又重新铺纸擎笔，唰唰书写起来。令陈天伦和众人惊异不已的是，这诗陈天伦只是这么吟了一遍，龚自珍却一字不错地写了下来。

陈天伦接过龚自珍的墨宝，双手高擎，咚地跪了下来：“龚先生对晚生如此厚爱，晚生将没齿不忘。先生的墨宝将悬在晚生的床头，激励晚生为朝廷效忠，为百姓效力。”

龚自珍也激动起来，他弯下腰将陈天伦扶起来，感叹地说：“江山代有才人出，看到贤契如此才学，又有如此胸襟，老夫非常欣慰了。”

铁麟见时候不早了，命令衙役撤去笔墨纸砚，摆上酒席，他们要在这大光楼上，把酒临风，为龚自珍送行。

酒席算不上丰盛，却很实惠，再加上夕阳西坠，红霞满天，大光楼上八面来风，大运河里千帆如云，众人推杯换盏，觥筹交错，谈笑风生，妙语连珠。一次群贤毕至的聚会，一回恣情恣意的放纵，一场泪花飞溅的别离。

龚自珍感慨万端地说：“人生如草木，今日还青枝绿叶，吐蕊绽蕾，明日便残叶如蝶，满目枯黄了。想起老夫年轻的时候，也曾像天伦贤契这样胸怀天下，也曾想像铁大人这样要大刀阔斧地干一番事业，也曾想像夏大人这样希图兢兢业业为一方百姓造福。可是，如今心灰意懒，了此残生了……啊，还是清莲道长悟得透彻，远离红尘喧嚣，求得一方净土……”

清莲道长说：“龚先生快别这么说，人各有志，人各有求，人各有其真性情。古人云：太上有立德，其次有立功，其次有立言，虽久不废，此之谓不朽。诸位有立德者，有立功者，有立言者，唯贫道无所立，一副皮囊，虽生已朽了。”

铁麟说：“自古以来，盖棺尚不能定论，难说朽与不朽。立德有真伪，立功有功过，立言有正谬。试想一下，百年之后，大清朝会是什么样子，大运河会是什么样子，漕运码头会是什么样子？我们今日在此饮酒吟诗，谈今论古，百年之后，不要说百年之后，就是十年之后，谁还记得我们？不要说死而不朽，活着的时候，你只要无权无势，便早早地被人遗忘了。不要说我们一个二品五品朝官，就是真龙天子，开国元勋，有几个能被人记住的？而龚先生则不同，李太白说，古来圣贤皆寂寞，唯有饮者留其名。饮者为何留其名？留下的不是杯中酒，而是酒中诗。与其说唯有饮者留其名，不如说唯有诗文留其名。我敢说，百年之后，没有人会知道道光年间有个仓场总督叫铁麟，也没有人知道有个通州知州叫夏雨轩，甚至没有人知道佑民观有个清莲道长，但却知道你龚自珍，不但知道你龚自珍的大名，还能背诵你龚自珍的大作，我说这话没有人不相信吧？”

陈天伦听着铁麟的这番宏论，感到非常震惊，也顿时涌出了许多联想。但是在座的都是长辈，都是饱学之士，没有他说话的份儿，他只有认真地听着。这些都是至理名言，都是深刻的处世做人的道理，他都默默地铭记在心，细细品味着，吸收着，使其成为滋养自己的佳酿琼浆。

龚自珍突然哈哈大笑起来，众人都被他笑毛了。

铁麟说：“龚先生笑什么？笑我刚才那番谬论吗？”

龚自珍挥着手说：“不不，铁大人别误会。我突然想到一个话题，你刚才说百年之后会是什么样子，谁还会被人记住。现在没有人能证明你这话说得对，也没有人能证明你这话说得不对，因为百年之后我们都不复存在了。我龚自珍生来不信天地，不信鬼神，也不信命运，今日清莲道长在此，我倒想让道长推测一下，百年之后到底如何？信则信，不信则不信，权当游戏，反正饮酒闲聊，助兴而已。”

龚自珍这么一说，众人的兴致都勃发起来，纷纷要求清莲道长推断一下百年之后的情景。

清莲道长说：“好吧，为了不扫众位的兴致，贫道就戏说几句。龚先生那句话说得好，信则信，不信则不信，权当游戏。贫道不敢说朝廷，不敢说大清国，只说这大运河吧。百年之后，大运河还在，但是已经没有今日的繁华了……”

铁麟问：“大运河不再繁华，那漕运码头呢？”

清莲道长说：“漕运码头将不复存在，也没有什么五闸二坝十三仓，更没有什么仓场总督了。”

夏雨轩说：“这么说，果真像铁大人所言，真的没有人记得我们了？”

清莲道长说：“龚先生确实如铁大人所言，他的诗文将与日月同辉，与天地共存。”

铁麟哈哈大笑起来：“怎么样？经过清莲道长的推断，各位方知余言不谬吧？”

清莲道长说：“铁大人只说对了一半不幸的，还有幸运的一半你没有说出来。”

铁麟急着问：“什么是幸运的一半？”

清莲道长说：“我们……包括你铁麟，你夏雨轩，还有陈天伦、甘戎这些喝运河水、吃漕运粮的一辈芸芸众生，确实如铁大人所言，会被人遗忘很长很长时间，啊……差不多有一百年吧。但是一百五十年之后，会有一个读书人写一本书，在那书里活下来的便是我们这些人。”

铁麟问：“此话当真？”

清莲道长说：“信则真，不信则伪。”

铁麟说：“那个写书的读书人是谁呢？”

清莲道长说：“不会是我们这些人的后代，但也不是跟我们没有一点儿关联。他是一个在战火纷飞的年代里出生的，是在一个含辛茹苦的年代里长大的，又是在一个眼花缭乱的年代里把这本书写成的……”

自称不信天地鬼神不信命运的龚自珍也来了兴致，认真地问：“清莲道长，一百五十年之后的那个书生，怎么知道我们今日的人、今日的事呢？”

清莲道长说：“刚才铁麟大人说，唯有诗文传天下，其实也不尽然，除了诗文，还有一种东西能传天下……”

铁麟急着问：“是什么？”

清莲道长说：“一种气，一种根脉，一种代代相袭的魂魄，一种生生不息的精灵。”

铁麟困惑地摇着头：“道长能不能再说得翔实一些？”

清莲道长说：“这是‘玄之又玄，众妙之门’。只可意会，难以言传。”

铁麟又问：“一百五十年之后的那本书叫什么名字？”

清莲道长说：“书名嘛，当然要由写书的人来定，不过姑且我们先将那本书称为《漕运码头》吧。”

甘戎悄悄地问陈天伦：“清莲道长说的这些你信不信？”

陈天伦点了点头：“我信。”

甘戎问：“你真的信会有那个为我们写书的人？”

陈天伦说：“我在想，无论如何，我要把这密符扇留下来，留到一百五十年之后，让为我们写书的那个人见到。”

铁麟突然站起身来，举着酒杯说：“我们今日为龚先生饯行，难说何日君再来。既然一百五十年之后我们能在书里重逢，亦是一件大幸特幸之事。来来来,为我们一百五十年之后的重逢干杯,连干三杯如何?”

众人一致响应,大光楼纪录下了这令人欣慰的一幕。

大运河上,传来一阵低沉悲壮的号子声,这是纤夫们在拉着沉重的漕船移动着,河岸上那深深的脚窝儿,也记录下了这些顽强的生命和沉重的生活。西边天空上,艳艳的晚霞渐渐地暗下来,当头一轮满月过早地放出了光辉,漕运码头开始虚幻起来。

冬梅是铁麟的丫鬟,她的主要差事就是伺候铁麟的饮食起居。收兑漕粮季节,铁麟整天在外面忙于公事,冬梅便闲暇下来。闲来没事,她就会到后花园里独坐,看天上的云朵,看枝头的小鸟儿,也看花蕊上采蜜的蜜蜂。妞妞常来陪她,不知不觉地她已经不那么讨厌妞妞了。她是被舅舅卖掉的,妞妞是被父亲卖掉的,同病相怜,她总有点儿惺惺相惜的感觉。

妞妞是在许良年的淫窟里长大的,是从风尘场上混出来的。小小年纪,训练有素。他知道怎样讨好男人,也知道怎样讨好女人。每次来找冬梅玩,都会带些零食。像香白杏儿、水蜜桃儿、樱桃桑葚之类的。冬梅原本不喜欢吃零食的,可是妞妞好心好意地带给她,她还是很感激的。从小到大,没有人惦记过她。在舅舅家里,她刚会走路就会干活儿,从来都是人家吩咐她做什么,没有人想到会给她什么。到了铁府,也总是每时每刻地在接受别人的吩咐,从来没有接受过别人的惠顾。妞妞给她带来了很亲切的感觉,她觉得天下这么大,总有一个人想着她了。她很知足。

妞妞对冬梅却是另一种感觉。自从妞妞到了许良年家以后,他就成了人家的玩物。男人的玩物,有时候也被女人玩。许良年不在家的时候,姨太太们也常常偷偷地把他拉去玩耍。在玩耍中他有过快感,但更多的是服侍,是尽其所能地伺候人。人家把他当玩物,他也很自觉地把自己当成了一个玩具。玩具是供人玩的,玩具不是人,是人也是贱人。贱人有多种,有供人使唤的,有供人玩弄的,有供人开心解闷的。玩具是让人快乐的,他自己并不快乐。

他觉得自己在冬梅面前是平等的,可以不说那些违心的话,可以不做那些卖弄风情的动作。但是,他又想讨冬梅的喜欢,他讨冬梅的喜欢也跟讨别人的喜欢不一样。他讨别人的喜欢是一种职业,是一个差事。他讨冬梅喜欢就不然了,他只想给冬梅一点儿好感,甚至还奢求冬梅也对他有点儿回报。

在后花园里,两个人脸对脸地坐着,随心所欲地东拉西扯。冬梅给他讲她老家的事情,那遥远的南国风情他听了很新鲜,很向往。他也给冬梅讲些故事,那故事都是他经历的、他听到的、他看见的很丑陋的事情。譬如许良年跟他那些姨太太的事情,开始的时候冬梅很不好意思听,常常红着脸低下头,有时候还骂一声臭不要脸。后来,他发现冬梅对这些故事也是有兴趣的,他有时候故意不讲,冬梅还引诱他讲。

冬梅说:“许良年姨太太洗澡的时候,真的让你给搓背?”

妞妞说:“骗你是小狗。”

冬梅说:“你也光着身子跟她泡在一个盆里?”

妞妞说:“那当然了,不光着身子怎么洗澡?”

冬梅说:“她不嫌害羞?”

妞妞说:“那些人是没有羞耻的。”

冬梅说:“我看也是,你也没有羞耻。”

妞妞为自己辩解着:“我是下人,是奴才,吃人家的饭,穿人家的衣,又是人家花钱买来的,不听人家吩咐行吗?”

冬梅说:“听人家吩咐也不能做这些不要脸的事。”

妞妞说:“你说得好听,铁大人要是让你给他搓澡,你能不管吗?”

冬梅说:“我家老爷从来不让我给他搓澡。”

妞妞说:“那你总得给他穿衣服脱衣服吧?”

冬梅想起了第一次给铁麟穿衣服时的窘迫和难堪,脸突然烧了起来,但是她还是理直气壮地跟妞妞争辩着:“我伺候他穿衣服是理所应当的,人家买我来当丫鬟我总不能什么都不干吧?”

妞妞说:“你以为铁大人就那么正经?”

冬梅说:“反正不像许良年那么不知廉耻。”

妞妞说:“算了吧,人都一样,不管他是大人还是小民,穿上衣服是人,脱了衣服都是畜生。”

冬梅不高兴了,气怒地说:“你才是畜生呢。”

冬梅噘着小嘴生气的时候,妞妞觉得特别好玩儿。他喜欢看冬梅这个样子,凡是这个时候,妞妞就凑近她,兴致勃勃地看着她,扮着鬼脸逗她笑。

冬梅开始生气的时候,确实是装的。自己也想生一会儿气就跟妞妞和好,没想到妞妞不知趣,还逗她。逗着逗着,她倒真的生起气来了。她还从来没有这样找碴生过一个人的气,女孩儿到了这个年龄,总是会喜怒无常的,能有个人让她生气,倒是一件很得意的事情。她不理睬妞妞了,先是坐着不理睬他,后来气越来越大,霍地站起身扔下妞妞走了。妞妞哀求着叫她,她理也不理。

妞妞也生气了，主要是有点儿下不来台。在冬梅面前，他是要一些脸面的。他看着冬梅晒在绳上的衣服，一件绣着喜鹊登梅的小花褂儿，把他的坏主意勾了出来。他从后花园的桃树上摘下一个毛桃儿，然后用那个毛桃在冬梅的小花褂儿上蹭起来。

第二天下午，妞妞又来了。冬梅刚洗完澡，新换的衣服，湿漉漉的头发还滴着水，她弯腰在井台上，低着头梳着头上的水珠儿。

妞妞手握着一柄大蒲扇，向冬梅的头上扇着，殷勤得像小使唤丫头。

冬梅很得意，从出生到现在，还没有人这样周到细致地照顾过她。

妞妞见冬梅的头发快干了，就说："冬梅姐，我给你盘头吧。"

冬梅说："你还会盘头，能得你！"

妞妞说："我经常给我爹的姨太太们盘头，不是吹，我的手艺最好了，她们都争着抢着让我盘。"

冬梅说："一口一个爹，叫得还挺亲。你爹到底有几个姨太太呀？"

妞妞说："在北京的府上有几个我不知道，反正光坐粮厅的后宅就有六个，这还不算那些花银子临时叫来的窑姐儿。"

冬梅说："在我们家乡，好多小伙子都因为穷娶不上媳妇，有的就打了一辈子光棍儿。我原来就琢磨过，怎么光剩男没剩女呢？原来女人都让这些有钱有势的人占去了。"

妞妞说："没错，我二大爷就是个老光棍儿，一辈子没结过婚。你说，作为一个男人，一辈子连女人都没碰过，活着还有什么意思？"

冬梅说："没碰过女人算什么？在我们家乡，有好多人一辈子都没吃过一顿饱饭，都没穿过一件不带补丁的衣服，都没出过那小山沟。"

妞妞把冬梅拉过来，让她坐在井台上，又接过冬梅手中的木梳，便为她梳理起了长发。

冬梅默默地享受着，一阵暖洋洋的满足感。

妞妞接着刚才的话茬儿说："要我说，没吃过饱饭算不得白活，没离开过小山沟也算不得白活，男人没碰过女人，女人没碰过男人，那才是真正的白活呢，就跟骡子一样。"

妞妞不解地问："骡子怎么了？骡子不是还能拉车，还能驮脚，还能打仗吗？"

妞妞说："这你就不懂了，你别看骡子也分公母，可是没用，就跟太监一样，别看他也是个男人，废了。"

冬梅这是第二次听妞妞提到太监了,不解地问:“你为什么说太监废了?怎么废了?”

妞妞说:“你怎这么不开窍呀?我不是跟你说了吗?太监在入宫之前,先要把根割掉。”

冬梅问:“什么根?”

妞妞说:“男人的根呗。”

冬梅还是不明白:“男人有什么根?”

妞妞突然心里一热,冒出一个坏心眼来:“你想知道什么叫男人的根吗?”

冬梅说:“你又不告诉我,真讨厌。”

妞妞说:“好,我告诉你,我马上就告诉你。”

冬梅等着听妞妞往下说,妞妞却放下了手里的梳子,窸窸窣窣地不知道在搞什么鬼。

妞妞叮嘱她说:“你别回头,来把手给我。”

冬梅想回头,却又有点儿紧张,她不知道妞妞在怎样捉弄她。妞妞拉过她的手,把她的掌心掰开,又朝后拉了拉。突然,她感到自己的掌心里塞进了一个硬邦邦的、肉滚滚的东西。妞妞把她的掌心合拢起来,那个东西却像淘气的小动物一样在她的掌心里跳动起来。冬梅立刻醒悟了,噌的一下把手抽出来:“你坏,你真坏,你臭不要脸。”

妞妞说:“你知道这是什么吗,就说我坏?”

冬梅说:“反正不是好东西。”

妞妞说:“你回过头来。”

冬梅说:“我不……”

妞妞噌地跳到冬梅面前,将敞开的裤裆亮在冬梅面前。冬梅连忙用手捂着脸,骂道:“缺德鬼,你快躲开。”

妞妞说:“我算什么缺德鬼,你问我什么叫男人的根,你刚才摸过了,这会儿再看一看,不是就知道了吗?”

冬梅说:“我不要知道……”

妞妞说:“好姐姐,求求你了,你就看一眼吧,你都认我这个弟弟了,还不知道弟弟的根什么样儿,将来他们要是真的把我的根割掉了,你就再也看不着了,亏不亏呀?”

冬梅嘴里继续叫着:“走开,快走开……”可是她的手指间却慢慢地露出了缝隙,从缝隙中,冬梅看见了妞妞肚子下面那个直挺挺的东西。心里立刻发起抖来，这就是根吗？她每天给铁麟穿衣服的时候，都有意无意地见过男人这玩意儿，这难道就是男人的根？铁大人的根是黑黑的，软塌塌的，毛乎乎的。而妞妞的根怎这么鲜嫩直挺呢，像什么……像雨后破土而出的竹笋。

妞妞还在央求着冬梅："冬梅姐，你就好好看看吧，以后我要是当了太监，你就看不成了。"

冬梅刚刚明白，原来当太监就是要把这个割掉，割掉这个东西得流多少血，还不把人疼死？

妞妞知道冬梅已经看见了，便系上裤裆，又绕到后面给她梳起头来。

冬梅的心还在咚咚地跳着，做了贼似的。

妞妞说："我要是当了太监，就会整天给皇上、皇后、贵妃们梳头了。"

冬梅说："你为什么总是说你要当太监，许良年不是收留了你吗？"

妞妞说："他什么时候把我玩腻了，不要我了，我不去当太监干什么？"

冬梅说："他不要你了，不是还有我家老爷吗？我家老爷不是也喜欢你吗？"

妞妞悲凉地说："就怕……到时候铁大人也不要我了。"

冬梅说："我家老爷可不像你们许良年那么无情无义。"

妞妞说："但愿吧……冬梅，你刚才看见我的根了，有什么感觉？"

冬梅说："丑死了。"

妞妞说："你们女人的不丑吗？"

冬梅说："女人又不长根。"

妞妞说："可是女人有个洞呀……"

冬梅说："你讨厌不讨厌，怎么净说这些不要脸的话？"

妞妞说："我就是觉得奇怪，男人跟女人都是人，怎么又那么不一样呢？"

冬梅说："废话，一样了还分男人女人干什么？"

妞妞说："要是不分男人女人多好，这天下少了多少麻烦？"

冬梅说："净说傻话，没有男人女人，那孩子从哪儿来？没有孩子，这人早就断种了。"

妞妞说："看来你懂得还挺多，你知道女人是从什么地方生孩子的吗？"

冬梅说："我不告诉你。"

妞妞说："冬梅姐，你别口口声声女人女人的，其实你还不是女人。"

冬梅说："为什么？你为什么说我不是女人？"

妞妞说："我爹说，天癸来了才能算女人。"

冬梅说："什么叫天癸？"

妞妞说:“就是……就是每月从那个地方流出血来……”

冬梅不言语了。

妞妞说:“我说对了吧,你以后不能再说自己是女人了。”

冬梅不服气地说:“你怎么知道我不是女人?”

妞妞说:“那你……来了吗?”

冬梅说:“你管得着吗?”

妞妞跟冬梅说着话,发现冬梅在不断地摇蹭着身子,他突然想起来,冬梅一定换上了那件新洗的绣着喜鹊登梅的小花褂儿了。那小花褂儿上,被妞妞蹭上了桃毛。

冬梅蹭得越来越厉害了。

妞妞问:“冬梅姐,你怎么了?”

冬梅说:“后背发痒,痒得难受。”

妞妞说:“我给你搔搔吧。”

冬梅说:“不用你,你快走吧。”

妞妞说:“你的头还没盘完呢。”

冬梅往后面伸着胳膊搔挠着,可是她的胳膊怎么也伸不到痒得最厉害的地方。

妞妞把手从后面伸进冬梅的衣服里面,给她搔挠着。

冬梅没有拒绝,她痒得太难受了。

妞妞认真周到地搔着。

冬梅说:“快一点儿,用点劲儿,哎呀,痒死我了……”

妞妞加大了力度搔挠着,冬梅身上舒服多了。

妞妞的手在冬梅的背上搔挠着,这是一张少女鲜嫩白皙的玉背,是男人们都渴望匍匐朝拜的圣地,是一片垂在天边可望而不可即的云霞……妞妞的手颤动起来,颤动的手开始不老实了。冬梅还在催促着他,他把两只手都伸进了冬梅的后背上。他尽心尽责地为冬梅搔挠着,动作也越来越大,动作越大,冬梅越舒服。除了解痒,冬梅似乎什么要求都没有了。慢慢地,两只手同时在背后扩展着范围,试探着往两肋的方向移动。妞妞的手移动到哪里,冬梅就觉得哪里一阵奇痒。这并不奇怪,因为妞妞通过为冬梅搔挠,他的双手已经沾满了桃毛。实际上,妞妞的手到了哪里,就把桃毛涂抹到了哪里。突然,妞妞的两只手同时抓住了冬梅的两只乳房,这才是真正的桃儿,两只圆溜溜的刚刚孕育成形的小小水蜜桃儿。

冬梅使劲摇晃着身子，妄图将妞妞的两只手甩开。但是妞妞的两只手却像给冬梅的两个“桃子”包上了一层外壳。这外壳暖暖的，却又非常结实。冬梅的“桃子”被包裹在里面，开始时感到很别扭，很快便有一种从未体验过的快感流遍了她的全身。这种感觉火辣辣的，烧到哪里，哪里就是一片灼热。这热烫得她心肝发颤，浑身麻酥酥的，软塌塌的，像被抽去了筋骨。

妞妞将冬梅抱了起来，朝后面的一间装杂物的屋子里走去。冬梅没有喊叫，也没有反抗。她像喝醉了酒似的晕晕乎乎，像是惧怕着什么，又像是渴望着什么。

第二十四章

顾全又回到了漕运码头。他在苏州得罪了吏部侍郎邓轮钟,邓轮钟像猎犬一样地盯住了他,使他在苏州无法立足了。他在通州得罪了铁麟,却没有人难为他,可见京都人的大人大量大胸怀。不过,别人不难为他,他却把自己的路堵死了,他再也没有脸去找夏雨轩了。

顾全在通州西门外筛子庄租了一个独门小院,又不声不响地混起了卖画的生涯。

家有万贯,不如一技在身。顾全在小院的门前挂上了一块招牌,苏州画师顾全。招牌挂出去了,却没有人来光顾。他有点儿后悔了,想当初有夏雨轩给他当招牌的时候是什么气魄?招牌上明目张胆地写着"三不画":当官的不画,他不相信官场上还有好人;经商的不画,他也不相信商人还有良心;土豪劣绅不画,他固执地认为为富就一定不仁。那么给什么人画呢?给读书人画,给清流名士画,给四方豪杰画。那天夏雨轩请他去给铁麟画像,他就一百八十个不愿意,但又不便驳夏雨轩的面子。到了铁麟家,开始的时候他也没想难为铁麟,可是见他那么牛皮哄哄的样子,看他那么装模作样地拒收贺礼,看他那么慷慨激昂地教训人,他的气就不打一处来了。他认为铁麟这一切都是假的,都是做给别人看的,都是做了婊子还想立牌坊的。顾全最见不得这种假模假式的人,觉得这是世界上最无耻、最不要脸的人,于是他便愤怒地留下了那"没脸的铁麟"后巧妙地溜走了。

如今牌子挂出去了,却没有人找他来画像。他再也不说什么这不画那不画了,他谁都可以画,只要给钱。没有人来画像,他就揭不开锅。一年多以来他就是这样到处流浪又到处碰壁的,饥一顿饱一顿使他已经忘掉了自己的脾气。文人的脊梁是硬的,这硬脊梁也是靠填饱了肚子以后才能挺得起来。

这一天又像往常一样,顾全早早地调好了颜色,支好了画架,等着送上门来的生意。他就那么在门槛上干坐着,肚子饿得咕噜咕噜地叫唤,叫了半天也叫不来一个铜板儿。这时候如果有人来请他给死人画像,大概他也不会拒绝。他蔫塌塌地坐着,肚子里没食便晕晕乎乎地犯起了困,恍惚中像是听见有进门的脚步声,他猛然惊醒,抬起头来。

果然进来一个人,一身短打扮,头上戴着斗笠,胸前飘着银须,步履轻捷,精神抖擞,双目炯炯。顾全只觉得一股英雄豪气向他直逼过来,他急忙站起身,慌张地施礼:“不知老英雄前来,有失迎迓……”

这句话惹得一阵哈哈大笑,笑声爽朗激越,飞泉瀑布一般。

顾全被笑毛了,他说错了什么吗?莫非又将这天神一般的人物得罪了?

老者说:“老英雄,亏你叫得出来,还没有人这么称呼过我。你就是顾全吗?”

顾全垂首说:“晚生正是顾全。”

老者又问:“你就是给仓场总督画了张没脸的像的顾全?”

顾全说:“老英雄也听说此事了?”

老者说:“你小子吃了豹子胆了,敢拿铁麟大人开涮?告诉你,铁麟可是我的朋友……”

顾全一听立刻胆战起来,莫非这位老者是来找他寻事报复的?

老者又大笑起来:“敢拿仓场总督开涮的人也算不孬,顾老弟……”

顾全一听老者称他顾老弟,急忙说:“老英雄,您是老前辈,晚生不敢……”

老者说:“你也别叫我老英雄了,听着怪肉麻的,我是码头上的周三,官称周三爷,你大概听说过吧?”

周三爷的名字如雷贯耳,只要是喝过大运河水的人就没有不知道周三爷的。顾全一听吓得头皮都发麻了,一时竟不知该说什么好了。

周三爷说:“我这个老头子就喜欢结交一些有胆识、有骨气的人,听说你有‘三不画’,怎么外面牌子上没写着呀?”

顾全羞愧地说:“让三爷见笑了,晚生非常惭愧,那都是过去的事了,少年狂妄,不知深浅。”

周三爷说:“你可别这么说,这‘三不画’好啊,这不是狂妄,这是做人的底气。财压奴婢,艺压当行,做人没有这点儿底气是不行的。”

顾全长叹了一声说:“唉,可惜这年月底气当不了饭吃呀……”

周三爷看了看顾全,发现他一脸晦气,情绪低落,便知道他混得很不如意,于是他直入正题说:“我这老头子琢磨着,你这‘三不画’里,我一条都不沾边,否则我也不到你这儿来自找没趣了。”

顾全立刻兴奋起来:“老前辈是说让晚生给您作画?”

周三爷说："我这老末咔哧眼的有什么可画的，我是想让你给我的小内人画一张美人像。"

周三爷说完，转过身向后招了招手。

这时候，顾全才发现跟着周三爷进来的还有一个绝代佳人。她斜靠在门框上，微低着头，身材苗条秀丽，面庞如春花带露，双目似秋水含星。顾全的心里忽地热了一下，那双画家独具的慧眼便药棉似的嗞嗞燃烧起来。

周三爷招呼着："燕儿，快来见见顾先生。"

燕儿大大方方地走过来："顾先生在上，燕儿有礼了。"

燕儿……这名字又像雏燕那嫩黄的小嘴儿在他的心尖上啄了一下，顾全觉得浑身都战栗了，急忙躬身还礼。

周三爷爽快地说："顾先生，咱们先小人后君子，我们码头上的人粗，什么事都喜欢事先说清楚，你给小内人画张像，我该给你多少银子，你按规矩说，别给我打折扣。"

顾全红着脸说："老前辈让晚生作画，是看得起晚生，怎么能拿老前辈的赏赐呢？再说，我顾某作画向来不提钱字，都是画完了主顾看着赏。看着满意，多赏点儿，不满意少赏点儿，再不满意可以扭头就走，我顾某从来没说过什么。"

周三爷朝四下看了看说："顾先生的人品道德，我老头子也听说过一些，不过看来眼下顾先生并不宽绰。这样吧，我先给你五十两银子作为订金，等画完了以后再……"

顾全一听周三爷要给他五十两银子，急忙拦住说："不不，太多了，晚生小功不受高禄，老前辈别让晚生下不了台。"

周三爷说："那你说多少？"

顾全说："老前辈真的要帮助晚生，就先给几钱碎银子，我只要把肚子打发一下就行了。"

周三爷笑了："英雄也有末路，一文钱也能难倒大丈夫。好吧，明天这个时候，我带着小内人过来请先生作画。"

周三爷说着，从怀里掏出了一锭五两的纹银放在小院的缸台上，转身带着燕儿走了。

顾全不等周三爷走远，便揣起那锭纹银出去了，他现在急于要找一家饭店好好犒劳一下自己。

周三爷牵着小毛驴在鼓楼大街上悠悠搭搭地走着，边走边逛，其乐陶陶。

小毛驴上坐着燕儿,挺直了腰板儿,左顾右盼地瞧着街景。周三爷牵着驴这摊上瞧瞧,那摊上看看。遇见干鲜果子就拿一个递给燕儿尝尝,遇见首饰玩具就扬着脸问燕儿想不想要。那心满意足的幸福感,像一个二十岁的新郎倌。而对燕儿的宠爱和娇惯,又像一个慈祥的老爷爷。

其实他们哪里知道,在这繁华喧闹的鼓楼大街上,他们自己就成了妙趣横生的一景,引起了两旁商家和过往游客的极大兴趣。一个须发皆白梨树般的老人,牵着一头比狗大不了多少的小毛驴,驴背上坐着一个海棠般鲜嫩的幼妇,幼妇衣着鲜丽,佩金戴银。特别是那根斜插在鬓发上的金簪儿,在明晃晃的阳光下晃动着,放射着诱人的光亮。

“瞧见没有,二十少妇八十郎,一树梨花压海棠。”

“这叫作老牛吃嫩草,图的就是这鲜嫩劲儿。”

“眼馋了? 眼馋自己也娶一个呀,有钱吗你?”

“……”

众人的纷纷议论,还真把一个人的旧瘾勾出来了。这个人就是通州八大魔头之一的牛六儿。通州城里的八大魔头,各怀绝技,各有高招儿,各有自己的势力。这牛六儿的高招儿就是“三只手”,并且出手快,腿脚快,来无踪,去无影,外号人称“一阵风”。牛六儿确实是靠偷混过日子,但是后来混到了魔头的地步,用不着再干那不光彩的事了。穷人的脸面也同文人的骨气一样,需要吃饱了肚子才能讲究起来。牛六儿后来吃穿不愁,便金盆洗手了。虽说洗了手,可是手上的绝活儿还不曾丢。这天他正在集市上买烟叶,买烟叶熬的是功夫,得一摊一摊地品尝。到了一个烟摊儿面前,蹲下身子,将自己的烟袋锅磕打干净,便从烟摊儿上叶子烟上撕扯一片烟,揉碎装进烟袋锅里,点上火,眯缝着眼睛,有滋有味地品尝着。品完了一摊儿又一摊儿,烟买完了,烟瘾便也过足了。那年头什么都讲究先尝后买,不仅卖烟,包括买瓜子花生干鲜果品,都要尝个肚饱腰圆才肯掏出钱来。买主怎么品尝,卖主都不能心疼。实际上也没有什么好心疼的,所有摊儿上摆的商品,都是自家种的,卖出去才是钱,卖不出去拿回去也是送给人家随便糟蹋的。

牛六儿正蹲在一个烟摊儿前尝着烟叶,突然听到人们的议论,抬头瞟了一眼,正好瞟在燕儿头顶上那摇摇晃晃的金簪儿上。金光闪闪的金簪儿晃得牛六儿心里痒痒的,心里发痒手就立刻痒起来。这时候,正巧周三爷的小毛驴经过他的身边,小蹄子踢踢踏踏地走过来,差不多要踩在牛六儿的后衣襟上了。就在这一刹那,牛六儿几乎想都没有想,便拿起烟袋锅朝小毛驴的膝盖上敲了一下。这一下正好敲在小毛驴的麻筋儿上,小毛驴前腿一颤,咕咚就跪在了地上。驴背上的燕儿正在东张西望,身子忽地往前一倾,哇的叫了一声,就朝驴背上栽了下去。

前面牵驴的周三爷听见燕儿的叫声,猛回头见燕儿正朝驴背上往下栽,就在这千钧一发之际。牛六儿嗖地挺起身,一手扶住了燕儿,一手将小毛驴从地上拉起来。

周三爷见有人救了燕儿,刚要上前表示感谢,一眨眼的工夫那个身影便一阵风似的飘走了。在江湖上闯荡了大半辈子的周三爷立刻发现燕儿头上的金簪儿不见了。他把手里的缰绳往燕儿身上一扔,便朝那"一阵风"飘去的方向追去。

此时的牛六儿早已经混迹在半里外的人群里了,他正在暗自得意,突然觉得背后忽地刮起一个旋风,紧接着后衣领便被一只大手牢牢地抓住了。前面的衣领勒着他的脖子,他昂着脑袋干张着嘴喘不过气来。还没容他挣扎,周三爷已经把他拎到前面,气怒地骂道:"小兔崽子,居然偷到我的头上了,快拿出来。"

牛六儿还想抵赖:"什么,你……你抓我干吗?我拿你什么了?"

周三爷也不说话,从上到下将牛六儿摸了个遍。什么也没搜到,牛六儿得理不饶人了:"你凭什么抓我?我拿你什么了?你怎么不识好歹呀……"

集市上本来就人多,这么一吵一闹,人们呼啦一下子围了上来。不少人认识周三爷,许多人也认识牛六儿,都是通州地面上的名人。众人见周三爷抓住了牛六儿,都一齐叫起好来。牛六儿过去在通州地面上骚扰民众,现在又欺行霸市,是个人见人嫌人见人恨的主儿。今日犯在周三爷的手里,也算该他遭报应了。

周三爷搜遍了牛六儿的全身没搜到那枚金簪儿,周围的人又在起哄叫好,牛六儿又不依不饶,已经是骑虎难下了。突然周三爷心里一亮,立刻抓住了牛六儿背后的辫子,从下到上地一捋,就把那金簪儿拔了出来。

围观的人见周三爷既捉了贼,又拿到了赃,山呼海啸般地叫嚷起来:"打……打……往死里打……把他押到衙门去……"

街道上的吵吵嚷嚷,惊动了楼上喝酒的两个人。

这是一家叫作仙客来的小酒馆,楼上靠窗户的桌子上坐着坐粮厅书办常德旺和前任"盈"字号军粮经纪马长山。他们正在商量着一件极为机密又极为重大的事情,这件事就是许良年交办的为台州前帮收粮的事。许良年就是那么一句话,可把常德旺难坏了,怎么才能让"盈"字号军粮经纪为台州卫前帮收粮呢?

他找来马长山就是为了商量这件事的。

街面上的吵嚷声将两个人惊动了,他们伸着脑袋朝下面看着。马长山一眼看见了牛六儿:“不好,牛六儿惹事了。”

常德旺也看清了:“那不是周三爷吗?他抓牛六儿干什么?”

马长山说:“准是牛六儿的手心又痒痒了,偷了周三爷的东西。”

常德旺突然眼前一亮,激动地说:“好……好啊!”

马长山却为自己的弟兄担心起来:“好什么呀,周三爷不把牛六儿揍扁了才怪。”

常德旺说:“我说好……咱们得去做个好人,把牛六儿救下来。”

马长山说:“周三爷能听咱们的吗?”

常德旺说:“我跟周三爷有杯酒之交,他会给我这个面子的,你在这儿等着别动,我下去看看……”

马长山半信半疑,看着常德旺下了楼。

也不知道常德旺跟周三爷说了些什么,反正不大一会儿,周三爷走了,围观叫好的人散了,常德旺把牛六儿带上来了。马长山不得不佩服常德旺的道行深,路子野,办法多,在通州这个地面上混,他甘拜常德旺的下风。

牛六儿刚坐下,马长山就埋怨起来:“你怎么又干这下三烂的事了?你是缺吃还是缺穿?犯得上吗?再者说了,你就是犯瘾也得看准了人呀?惹周三爷,你这不是耗子舔猫腚——作死嘛……”

牛六儿被马长山数落得无言以对,耷拉着脑袋恨不得找个地缝钻进去。

常德旺解围说:“算了算了,这也怪不得牛六儿兄弟。”

马长山说:“怪不得他怪谁?偷人家东西的是猫爪子还是狗爪子?”

常德旺说:“牛六儿兄弟这叫作再做冯妇。”

马长山没听懂常德旺说的是什么,牛六儿也一头雾水。常德旺毕竟是个读书人,一个平常的典故就把两个土老冒弄迷糊了,他心里飘过一丝得意。

马长山谦恭地问:“常爷,您说什么?牛六儿偷了人家的东西,怎么能怪姓冯的呢?”

常德旺笑了起来:“我说的是一个典故,典出《孟子》,说晋国有一个人叫冯妇,特别能打老虎,后来他想修善便洗手不干了。可是有一天到山里去,见到许多人在追一只老虎,老虎咆哮反扑,没有人能制服它。这时候冯妇见了,立刻上前把老虎捉到了。后来人们便把重操旧业的人叫作再做冯妇,也叫作冯妇。”

马长山说:“什么重操旧业,他还配用您这么漂亮的词儿。要我说,这叫狗改不了吃屎,这也是典故。”

常德旺一边得意扬扬地向两个土老冒吊着书袋,一边让伙计给牛六儿添盘送筷,并亲自给牛六儿斟满了一杯酒。

牛六儿急忙站起身来,感激万分地说:“常书办,今天这事要不是遇上您,非让周三那老东西把我撕烂了不成。您救了我牛六儿一条命,没别的,今后有用着牛六儿的地方您说句话……”

常德旺说:“言重了,言重了,何谈救命。我不过是帮忙说了句话,周三爷总算还给我面子。来来,先干了这杯,给牛老弟压压惊。”

马长山继续教训着牛六儿说:“算你小子有造化,今天要不是常书办,周三爷撕不烂你,也要把你押进通州府的大牢。改日你得好好谢谢常书办。”

牛六儿立刻答应说:“一定……一定。”

常德旺问:“牛老弟,我听说你在通州这地面上从没失过手,今儿怎么栽在周三爷手里了?”

牛六儿非常悔恨地说:“嗨,也真他妈见鬼了。我当时只看见那头小毛驴和驴背上坐着的小媳妇了,谁知道周三爷在前面牵着驴呢。”

常德旺安慰说:“这倒是,栽在周三爷手里不寒碜。对了,要是……啊,牛老弟,我是说,要是让你淘换点儿别的……你有把握吗?”

牛六儿说:“只要不是周三爷……”

常德旺说:“当然不是周三爷。”

牛六儿说:“常书办您尽管吩咐。”

常德旺说:“我想让你给我借一把扇子。”

牛六儿愣住了:“扇子?”

常德旺说:“‘盈’字号密符扇。”

牛六儿激灵一下:“您让我去偷漕帮密符扇?我的妈呀,这可是掉脑袋的活儿。”

常德旺说:“只要手脚利索,脑袋就活动不了,就看你相信不相信自己的手脚了。”

牛六儿一个劲儿地摇头:“不行不行,别看我犯在周三爷手里您能把我救出来,我要是犯在仓场总督手里,恐怕您就是说破了舌头人家也不会给您面子。谁不知道铁麟总督铁面无私呀,您给我派点儿别的活儿吧。”

常德旺说:“这活儿是有点儿冒险,可是风险越大,好处也越大,也越显得你的本事大。”

牛六儿低头不言语了。

常德旺低声说:“我给你一个整数。”

牛六儿问:“您是说一百两银子?”

常德旺说:“不,是一千两。”

听了这句话,那一千两银子像是咔嚓砸在了牛六儿的心尖儿上。牛六儿五脏六腑都被砸开了花,他抬起头,呆呆地看着常德旺,大嘴叉子忍不住咧开了。

周三爷带着燕儿如约来到顾全的小院,顾全早已经准备好了。他把屋子收拾干净,把窗子支起来,阳光明亮,空气清新。他搬过一把太师椅让燕儿坐好,摆了一个合适的姿势,便支起画架为燕儿作起画来。

周三爷在一边看着,嘴里叼着烟袋,缕缕青烟在灿烂的阳光里飘动着,像泼在画纸上的水墨。他凝神地看着顾全蘸墨挥笔,更加凝神地看着坐在椅子上的燕儿。他对燕儿,总是亲不够,爱不够,也看不够。在他的眼睛里,燕儿就是一幅画,一尊玉雕,一副精美绝伦的出自大家手笔的艺术品。他是这副艺术品的鉴赏者、占有者和收藏者。燕儿成了他的一切,成了他整个生活与生命的全部。一时一刻他也离不开燕儿,常常夜里醒来,总是惊慌地喊着燕儿,伸手把身边的燕儿紧紧地搂在怀里。无论到哪儿,他都把燕儿带在身边。他知道肯定有人议论他,但是他不怕。他原本是个很顾名声、很好脸面的豪杰,但是他不怕因为燕儿让他丢脸。不管别人说什么,他自己不觉得丢脸,何止是不觉得丢脸,把燕儿带在身边,他觉得很自豪,很满足,很光彩,像是身边带着一件无价之宝。

尽管有周三爷坐在旁边监视着,顾全面对着燕儿依然是翻江倒海心潮难平。这个坐在他对面的精灵似乎不是周三爷带来的,而是从遥远的天边飞来的。飞到这儿来干什么?就是来让顾全欣赏的,好马配给烈士,红粉赠予佳人。而美女则是应该属于懂得美的人,懂得欣赏美、理解美、尊重美的人。他怎么也不明白,一个如此绝代佳人,却落在了周三爷这个粗俗老朽手里了呢?这个世道太不公平了,太混账了……

终于,周三爷大概实在是耐不得寂寞了,起身到院子里转悠去了。

顾全松了一口气,举着画笔肆无忌惮地欣赏起了燕儿。燕儿有点儿拘束,有点儿紧张,远没有刚才周三爷在场时那样坦然了。

顾全说:“燕儿,你放松点儿,你一紧张,脸上的光线就不柔和了。”

燕儿听了顾全的话,更紧张了。这个顾先生是怎么搞的,怎么也像周三爷那样亲亲热热地喊她燕儿呢?在场面上,别的人可没有这样称呼她的。有喊奶奶的,有称太太的,有叫夫人的,就是没有对她直呼其名的。燕儿,只有周三爷这样叫她,叫得她心里暖洋洋的,身上麻酥酥的。可是,顾全这样叫她,却让她感到害怕。还有顾全的那双眼睛,那双燃烧着火苗一样烫人的眼睛。离着丈八远,她都能感觉到那眼睛里的灼热。人的眼睛怎么能放出火来呢?周三爷的眼睛可不这样,周三爷的眼睛是暖暖的,让人觉得很安全,很踏实。而顾全的眼睛却是火辣辣的,烧得人浑身躁热,口干舌硬。

燕儿越来越紧张,脸颊红红的,头上冒出了汗珠儿,连喘气都不均匀了。

顾全无法画下去了,随着燕儿的紧张,他也躁动起来,握着画笔的手开始颤抖起来。这是怎么了,在苏州城,在大运河,在漕运码头上,顾全也称得上是个风流才子。他遇见过各式各样的绝艳美色,也曾在风月场上浅吟低唱,放浪形骸。为什么面对着这么一个委身于人的雏妇就这么把持不住自己呢?

周三爷在院子里哼起了小曲,那是穿流在大运河的花船上流行的小调。这种小调腻腻歪歪的,让人能嗅到一股浓烈的脂粉味道。周三爷只是哼着调,没有唱出词来,这更让人觉得淫秽滑腻。

顾全努力镇静着自己,索性放下画笔,跟燕儿说起话来:"燕儿,听口音你是山东人,山东什么地方?"

燕儿说:"山东荣成。"

顾全说:"荣成,那可是个好地方。"

燕儿问:"你去过?"

不知道为什么,燕儿没有对顾全称呼您,而非常自然地说出了"你"字。跟周三爷到了漕运码头上,她才知道京城人是很讲究规矩的。跟人说话,一定要说"您",除了对晚辈和特别熟悉的平辈,都要说"您"。燕儿已经很习惯对任何人都说"您"了,"您"和"你"是万万不可用错的,可错用了"您",不可错用了"你",礼多人不怪嘛。可是对顾全,那个"你"字便脱口而出,似乎连想都没有想。

顾全显然没有在意燕儿对他的称呼,依然很随便地说:"荣成依山傍水,风光秀丽,人杰地灵呀。不知道你在荣成什么地方?"

燕儿说:"荣成有个崖头台你知道吗?"

顾全说:"知道,我还去过。"

燕儿又问:"崖头台有个上刘家村你知道吗?"

顾全一下子愣住了:"你是上刘家村人?"

燕儿说:"怎么,你知道上刘家村?"

顾全说:“你姓什么?”

燕儿说:“我姓王,叫王小燕。”

顾全说:“你认识王春明吗?”

燕儿突然惊愣住了:“你……你怎么知道王春明?”

顾全说:“王春明是我舅舅,小时候我在上刘家村住过很长时间。”

燕儿“啊”地叫了一声,险些从椅子上摔下来。

顾全急切地问:“王春明是你什么人?”

燕儿说:“我……我爸爸……”

顾全一步蹿到了燕儿的身边,紧紧地拉住了她的手:“这么说,你是表妹了?”

燕儿说:“我知道了……你……你是全子表哥,我听爸爸提过你……你在的那时候……我还小……”

顾全一下子扑到了燕儿的身上,声嘶力竭叫了一声:“天呀……”

燕儿也一下抱住了顾全,放声大哭起来:“表哥呀……”

两个人的哭声把周三爷惊动了,他急忙进屋,见到两个人紧紧地抱在一起,哭作一团,顿时蒙了。

冬梅像一颗挂在树梢上的海棠,还没有等到秋风秋雨秋霜的侵袭,便过早地成熟了。熟透了的冬梅在枝头上挂不住了,摇摇晃晃地总想坠落下来。

是妞妞开发了她,使她在毫无心理准备的情况下,一下子从女孩儿变成了女人。她在朦朦胧胧中便豁然知晓了男女间的一切奥秘,在一连串慌慌乱乱的动作中便失去了童贞,尝到了饮食男女的真滋味儿。

这滋味儿很苦,苦得她像是受了一次刑。听孙嬷嬷说,女人的日子是由一连串疼痛拼缀起来的。月经开始的时候肚子疼,入洞房的时候下面疼,生孩子的时候更是疼得不想活……那疼痛冬梅忍受住了,她没有喊叫。疼过之后便是麻酥酥的周身战栗,像扎准了穴位运行着经络一样。麻酥酥的感觉过后,又是一种畅快,从未有过的畅快。这畅快让人想喊,想拼命,想死。这畅快很过瘾,很诱人,很难把持控制,只要尝到了就再也忘不了了,只要尝过了便还想尝。

冬梅成熟了,成熟了的冬梅从枝头上坠落下来,掉进了一个极大的陷阱里。这个陷阱深不见底,里面却不是漆黑一片。而是有光亮,有鲜花,有荆棘,也有毒蝎。陷阱就是一个巨大的诱惑,巨大的吸引力,使冬梅挣脱不掉,越陷越深。

一天到晚,她总是想着妞妞,想着后花园那间装杂物的小屋。她神情变得恍惚起来,吃饭没有胃口,坐着就打瞌睡,可是躺在炕上又睡不着。她的脸色憔悴起来,孙嬷嬷问她是不是病了,她说没有。

妞妞每天都来,有时候上午来了下午还来,甚至晚上还要偷偷地再来一次。妞妞来了就直奔后花园那间小屋,那里是他们的乐园。

这是一个霞光妩媚诱人的傍晚,铁麟早早地从外面回来,本来想躲进书房做点儿什么。可是他在外面跑了一天很渴,孙嬷嬷给他泡了一杯茶,他端着茶出来,想到后花园的小亭子里闲坐一会儿,放松一下疲惫的身心。

铁麟把茶杯放在石桌上,蛮有兴致地欣赏着满天落霞,突然一阵奇怪的声音从小屋里传出来。这声音很熟悉,又很陌生,他心里一动,立即起身朝小屋走去。小屋的门没有闩上,实际上这门也是没有门闩的。他轻轻地推开门,眼前那一幕把他惊呆了。

小屋里,冬梅和妞妞正在恣意张狂地进行着男女之事。冬梅仰身朝上,痛快淋漓地欢叫着,突然一个影子遮在她眼前。她干张着嘴,把所有叫喊出来的声音都吞了进去,呆愣愣地看着怒目而视的铁麟。妞妞还毫无察觉,继续舍身抽送着,刚刚发育成形的小肩膀上爬满了一层圆滚滚的汗珠儿。冬梅完全被吓傻了,妞妞终于发现了冬梅的异样,惊愕地叫着:"冬梅,冬梅,你怎么了?"

冬梅说不出话来,目光呆呆地盯在妞妞的身后。

妞妞不由得朝后望去。

铁麟正困惑地看着他们。

妞妞惊惶得急忙转身跪下,颤颤巍巍地说:"大人……饶命啊……"

直到这时候,冬梅才猛醒过来,抻过衣服盖着胸部,也慌忙跪下来:"老爷……饶命啊……"

铁麟似乎刚刚明白发生了什么事情,一句话没说,转身而去。出了后花园的小屋,他一边朝前院走,一边急切地喊着管家的名字:"曹升……曹升……"

曹升听到喊声,急忙跑过来:"老爷,奴才在。"

啪的一声,一个嘴巴扇在了曹升的脸上。孙嬷嬷、夏草、秋叶也闻讯赶来,见铁麟发了这么大的火,不知道出了什么事,都呆愣住了。

曹升捂着被打疼了的脸,惊惧地问:"老爷……出……了什么事?"

铁麟叫喊着:"这还问我?这个家你是怎么管的?你到后院看看,那两个小畜生都干了些什么?"

曹升急忙朝后花园跑去,夏草、秋叶也跟了过去。

铁麟怒气冲冲地出了院门,朝前院走去。

孙嬷嬷追了出来:“老爷,到底出了什么事,干吗生这么大的气呀?这么多年了,您可没动手打过谁。”

铁麟说:“你自个儿去瞧吧,瞧瞧我这个巴掌打得该不该?”

铁麟出了仓场总督衙门后宅,朝前面的大堂走去。他气得肚子鼓胀,眼睛发花,脚步都是踉踉跄跄的。他不知道自己要到前面去干什么,只想离那两个小畜生远一点儿,早点儿把那丑恶的一幕忘掉。

一个衙役急忙迎上来:“大人,大运西仓监督金汝林求见。”

铁麟愣了一下,问:“在哪儿?”

衙役说:“在签押房里。”

铁麟说:“让他到西花厅见我。”

衙役跑着去传讯,铁麟朝西花厅走去。进了西花厅,他坐下来喘着粗气,久久不能平静。

金汝林进来了,见铁麟的脸色很难看,关切地问:“大人身体不舒服吗?”

铁麟挥了挥手让他坐下,没说什么。

金汝林坐下了,还是不放心:“大人,您要是身体欠佳,我改日再来吧。”

铁麟长出了一口气,努力使自己的情绪平息下来:“说吧,什么事?”

金汝林犹豫了一下,从怀里掏出几页写满了字的纸。

铁麟接过来看着,纸上那些字在他眼前晃动着,模模糊糊的半天也看不清楚。

金汝林注意到,铁麟捧着纸的两只手一个劲儿地颤抖。

铁麟终于把纸上面的字看清了。

金汝林还是有点儿不放心:“大人,是不是出了什么事?”

铁麟说:“嗯,是有点儿事,不过跟你没关系。”

金汝林说:“我能效什么劳吗?”

铁麟说:“不,不用……这些材料是从哪儿来的?”

金汝林说:“您知道大运西仓有个李疯子吗?”

铁麟立刻想起来了:“是不是那个挑水的疯子?”

金汝林说:“正是他,他叫李桑林。他,还有刘大年……就是那次难为您的那个仓书……他们跟三年前死去的那个黄槐岸都有关系……”

铁麟立刻警醒起来:“什么关系?”

金汝林说:“三个人是拜把子兄弟……李桑林一直不相信黄槐岸是暴病而亡,总怀疑是被人害死的……”

铁麟问："他就是为这事疯的？"

金汝林说："他根本就没有疯，是装疯。"

铁麟"嗯"了一声，深深地点了点头。

金汝林继续说："黄槐岸死了以后，李桑林到处为黄槐岸鸣冤叫屈，许良年指使原来的通州知州韩克镛把他关进了大牢，他这才装起疯来的。"

铁麟说："这些情况你是从哪儿得来的？"

金汝林说："我刚才提到的那个仓书刘大年是许良年的女婿，有些情况是林满帆从他那儿探听出来的。"

铁麟问："林满帆是谁？"

金汝林吃惊地问："大人不认识林满帆？"

铁麟说："哪个林满帆？"

金汝林说："就是大人写的条子，让卑职给他在大运西仓安排个差事……"

铁麟还是没有想起来："什么时候的事？"

金汝林脸上的汗涌了出来："啊……有……四五个月了吧……他原来是个运丁，扬州人……啊……媳妇叫樊小篱……"

听到樊小篱的名字，铁麟心里轰地一震。他立刻记起了运河边上那一幕，急忙说："是了是了，我想起来了，这个……林满帆干得怎么样？"

金汝林立刻放心了："很精明，很能干，是个可以依赖的人，对大人的恩德念念不忘……"

铁麟仔细地研究起了那纸上写的材料，谨慎地说："这么说，穆彰阿真的是他们的后台了……有证据吗？"

金汝林说："据李桑林讲，黄槐岸已经掌握了他们足够的证据，他们贪污的每一笔账黄槐岸都记得清清楚楚。"

铁麟说："可惜黄槐岸已经死了。"

金汝林说："据说那些证据还在。"

铁麟说："在哪儿？"

金汝林说："李桑林说，黄槐岸有一个小铁匣子，如果能找到那小铁匣子……"

铁麟问："他说了到哪儿去找那小铁匣子吗？"

金汝林说："有个女人……叫小鹌鹑……"

又是小鹌鹑……这个神秘的女人到底在哪儿？还有那更加神秘的唐大姑……想到唐大姑，便联想到唐大姑给他那锦盒药丸，继而又联想到刚才那两个小畜生……

金汝林走了以后，铁麟半天都没有离开西花厅。他手里那几页纸，沉甸甸的压得他喘不过气来。如果真是这样……那朝廷就要有一场你死我活的拼杀……这是王鼎大人和穆彰阿之间的拼杀……这场战争是不可避免的，但又不能轻易地挑起来……要确保王鼎大人在这场拼杀中的胜利，就必须要为他提供铁一样的证据……可是，怎么才能找到小鹌鹑呢……

天已经黑了，曹升悄悄地走进来："老爷，您该用餐了。"

铁麟默默地站起身来，跟着曹升朝后宅走去。

到了书房门口，他突然发现冬梅和妞妞直挺挺地跪在那里，默默地流着眼泪……

曹升悄声问："老爷，您瞧……"

铁麟说："你去通知许良年，把他的宝贝儿子领走。"

妞妞一听，吓得慌忙朝铁麟磕头，磕得石台阶咚咚地响："大人……铁大人啊……您千万别把我交给我爹……孩儿愿意伺候您……求求您了……孩儿到了我爹手里就没命了……铁大人……救命啊……"

铁麟看也不看他一眼，便朝自己的书房里走去了。

第二十五章

陈天伦驾着一叶扁舟，轻如掠水飞燕，顺流而下。他头戴斗笠，手握长篙，拨拨点点，完全像一个悠闲散淡的渔夫。他驾舟南下，出于两个目的。一个是目前正是漕粮上坝的高峰，浙江、江西、安徽、湖北、湖南的漕船都已经过了淮安，头尾衔接地塞满了三千里大运河，浩浩荡荡地扬帆北上。陈天伦要依次查看一下将要抵通的漕船，以便向坐粮厅禀报，安排收兑事宜。二是听说最近河西务的造假贩假市场又猖獗起来，无论是坐粮厅还是通州衙门，对这个由贫苦农民繁殖出来的市场都束手无策。打一下消停两日，消停两日便又像雨后的毒蘑菇一样破土而出。夏雨轩说是野火烧不尽，春风吹又生。铁麟说，即使斩草不能除根，可草还是要斩的。不斩就会泛滥成灾，就像农民种田，草不断地长，农民不断地锄，这样才能将庄稼保住。就是说，他们最近要对这个造假贩假市场进行一次大规模的围剿。夏雨轩说，趁着眼下牢房空着，先把这些刁民请进来吃几天窝头。

陈天伦撑着长篙，劈涛斩浪，扁舟像一片落叶一样顺流而下。满河的舟来船往，人声喧闹。陈天伦却觉得恍恍惚惚的，空空荡荡的，如入无人之境。这是怎么了？

柳荫掩映的运河大堤上，牛六儿赶着一头小毛驴踢踢踏踏地朝前奔跑着，小毛驴的背上驮着两个箩筐，箩筐里装满了日用百货。最近他又干起了走乡串户的货郎行当，码头上称作卖针线的。

大河中的陈天伦没有注意岸上走动的人群，可是牛六儿却不错眼珠儿地盯着船头上的弄潮儿。

满河上舳舻相接，帆樯蔽日，陈天伦走走停停，迂回向前。

堤岸上的牛六儿忽快忽慢，鬼鬼祟祟。

陈天伦的小船便挤到河边，他小心地撑着篙，在来来往往的船只缝隙中寻着路。河边的垂柳幕布般地将河堤和水面分割遮盖起来。

牛六儿着急了，歪着头追寻着陈天伦的身影。

几粒水珠儿溅落在陈天伦的脸上，陈天伦扭头一看，附近的一艘漕船的边缘上，蹲着一个正在淘米的黑衣女人。陈天伦惊讶地叫起来："唐大姑，您怎么在这儿？"

唐大姑朝他笑了笑："我在这儿找口饭吃，你到哪儿去？"

陈天伦说："我随便转转。"

唐大姑说："回去吧，别去了。"

陈天伦问："为什么？"

唐大姑说："天要下雨。"

陈天伦看了看天，笑了："这么大的日头，雨在哪儿？"

唐大姑说："雨在天边外。"

陈天伦又笑了笑。

唐大姑又说："回去吧。"

突然，陈天伦觉得头顶上的树枝晃动了一下，他警觉地抬起头来，一个轻盈敏捷的身影像蜻蜓般地立在了他的船头上，他不由得惊叫了一声："你……"

甘戎开心地大笑起来："没想到吧，你想甩掉我单独行动？哼，孙悟空再有本事，也难逃如来佛的手掌心。"

陈天伦解释说："我根本就没想甩掉你，谁知道你这几天跑到哪儿疯去了？"

甘戎跳到陈天伦身边："你才疯呢，你几天没见到我了？"

陈天伦说："总有七八天了吧？"

甘戎说："净胡说，前天晚上我们不是还在一起吗？"

陈天伦随口说："是吗，我怎么不记得了？"

甘戎说："前天晚上咱没在温榆河上玩？你还教我用西瓜皮雕河灯？"

陈天伦笑了。他没有忘，前天晚上的事情他记得清清楚楚，只因为他说了一句七月十五快到了，就要放河灯了，甘戎便缠着他做河灯。被一个女孩子纠缠的感觉真好，陈天伦好久没有这种感觉了。许久许久以前，夏雪儿曾经纠缠过他。可那是一个小女孩儿在缠着一个大哥哥，更多的感觉是无奈和娇宠。现在是一个大女孩儿纠缠着一个男子汉，无奈中流溢着甜蜜，娇宠里充满了渴望……近半年来，与去年相比，陈天伦跟甘戎相处的时候，少了许多的警惕和拘束，多了许多的交流与嬉笑。甘戎是一个很任性的女孩儿，任性是女孩儿征服男人无坚不摧的武器。这武器像一块粗粝的石头，打磨着男人的性子，修饰着男人的形象，也铸塑着男人的责任感和事业心。陈天伦被甘戎磨得不但没有了一点儿脾气，而且被她牵引着奔驰进了一片感情的荒原。男人就是贱，贱得骨头发痒。他们渴望自由自在，却又渴望着有人牵引，有人纠缠。甘戎天天影子似的跟着他，他觉得心里很踏实，多累多苦也不觉得。要是哪一天没有见到甘戎，他就像丢了魂似的，心里空荡荡的，没着没落的，整个世界都变得空旷寂寞起来。

这感情正常吗？肯定不正常。作为国子监的生员，陈天伦能不懂得这些吗？他时时刻刻地在警告自己，要悬崖勒马，要有自知之明，不能放任自己的感情。他非常清醒地知道，这是很危险的游戏。他跟甘戎不在一条船上，她是吃皇粮长大的，他是喝运河水长大的。他们中间的沟壑与隔阂，甚至超过了王母娘娘为牛郎织女划出的那条银河。银汉迢迢暗度，每年还有鹊桥相会的时候，而陈天伦与甘戎中间的那条河流，是永远无法逾越的。可是，甘戎却不管这些，她的任性还不仅仅因为她是女孩儿，还因为她是一个有胆有识本事高超的侠女，更因为她是仓场总督的女儿。所以她不怕，她觉得自己是不可战胜的，她觉得自己在这个世界上是可以随心所欲的。甘戎曾经大胆热烈地向他表白过，要嫁给他。她的话虽然是在玩笑中说出来的，却把陈天伦吓得几夜睡不着觉。他甚至曾经想过让父母早点儿向夏家提亲，把他的婚事及早定下来，免得甘戎再想入非非了。可是不知道为什么，他没有向父母提这个要求。陈夏两家的亲事似乎是天定，似乎被方方面面都默许了的，陈天伦一直把夏雪儿当作自己未来的夫人。可是，随着年龄的增长，陈天伦与夏雪儿却越来越陌生起来，陌生得有时候陈天伦都想不起夏雪儿的俊俏模样儿，陌生得有时候陈天伦都意识不到夏雪儿的存在……这到底是怎么回事呢？

甘戎抢过陈天伦手里的长篙："想什么呢，丢了魂似的？"

陈天伦惊愣了一下，尴尬地说："啊……没……没有……"

甘戎已经学会了撑船，这是陈天伦教她的。

陈天伦躲在她的身后，一时有点儿手足无措。

甘戎突然说："把你的密符扇拿出来。"

陈天伦问："干什么？"

甘戎命令说："你拿出来。"

陈天伦无奈，只好从腰间掏出来。

甘戎只瞟了一眼："好了，收起来吧。"

陈天伦困惑地问："有什么问题吗？"

甘戎说："我以为你又接到新的扇袋了呢？"

陈天伦轻松地笑了。

甘戎说:“你笑什么,以为我是在吃醋吗?”

陈天伦没说什么,他不知道该说什么好。甘戎跟他说话越来越放肆了,他不能顺着甘戎的话茬儿乱说,他要对自己的话负责任的。

甘戎咯咯咯地笑了起来。

陈天伦心里一阵发痒。

甘戎说:“天伦,我可跟我爸爸说了。”

陈天伦心里一惊:“说什么了?”

甘戎说:“我跟我爸爸说我要嫁给你。”

陈天伦的脑袋都要炸了,两眼一阵发黑。

甘戎说:“你猜我爸爸说什么?”

陈天伦问:“说……什么?”

甘戎说:“我爸爸说,你这么大了,嘴上该有个把门的了,别整天价顺嘴胡咧咧。你瞧,他总是把我当成小孩子,我跟他说正事,他也当我胡开心,真没办法。”

陈天伦心里轻松了许多。

阳光灿烂,碧水悠悠。头顶上的柳莺在叶片上跳来跳去,远处的花船上,妓女们唱着淫荡的歌儿。岸边的垂柳后面闪着一双贼溜溜的眼睛。

顾全无意中找到了表妹,周三爷凭空里多了个大舅爷,不知道这是喜事还是祸事。不管怎么说,三个人都很高兴,特别是周三爷,更是高兴得孩子似的手舞足蹈。他立刻跑出去雇来两顶轿子,把顾全的东西收拾收拾,就把顾全和燕儿塞进轿子,自己却依然骑着那头比狗大不了多少的小毛驴,兴高采烈地朝小潞邑葫芦院走去。

进了葫芦院,自然是摆酒设宴,庆祝顾全和燕儿劫后重逢,也庆祝自己多了顾全这么一门好亲戚。

周三爷举着酒杯说:“今儿咱得好好庆祝一下,燕儿,你也得破破例,把酒杯端起来,至少要喝三杯。”

燕儿自然也十分高兴,她虽说嫁给了一个青帮老大,在外人看来不啻是给恶魔当了压寨夫人。可是,没想到周三爷却那么宠着她,惯着她,宝贝似的珍惜她。燕儿在周三爷面前找到了久违的关怀,找到了家的感觉,也找到了安全和慰藉。周三爷是她的救命恩人,当她和母亲投入滔滔滚滚的大运河的时候,是横下了必死的决心的。没想到她被救了上来,救上来的燕儿早已经不是从前的燕儿了,从前的燕儿已经死了。就是说,从前的燕儿是属于她自己的,而被周三爷救上来的燕儿却应该是属于周三爷的。就像从河里捞上来的鱼虾一样,鱼虾在河里的时候是属于自己的,被打捞上来就不再属于它自己了,而是属于打捞上来的人。这个道理在燕儿的心里是非常清楚的,所以当时周三爷提出要收留她做孙女的时候,她毫不犹豫地表示,愿意向周三爷以身相许。当周三爷的孙女干什么?当来当去,还不是要送给另一个男人。那时候,周三爷就会像送礼物似的把她送出去。与其让周三爷把她送给别人,还不如让周三爷自己享用她。事实证明她的选择是正确的,周三爷没有把她当鱼虾,却把她当成了宝贝疙瘩。周三爷虽然也是在享用她,却也给了她少有的关爱与温暖。这对于一个死过了的女孩儿来说,已经是非常奢侈了,非常过分了。渐渐地,周三爷又让她找回了自信,找回了做人的感觉,也让她在周三爷面前把小腰板儿挺了起来。这会儿,她见周三爷让她喝三杯酒,便大胆地问:“为什么要让我喝三杯?”

周三爷耐心地说:“你看,你们兄妹相逢,你应该敬表兄一杯吧?是老夫带着你去画像,才让你遇见顾先生的,老夫我没有功劳也有苦劳吧,你怎么着也得敬老夫一杯吧?咱们都是浪迹天涯孤苦伶仃的苦命人,突然间三位一体成了一家人,这天大的好事难道还不该共同喝一杯吗?”

燕儿故意撒着娇说:“第一杯酒我喝,第三杯酒我喝,这第二杯酒嘛……”

周三爷歪着脑袋问:“怎么,你不想谢谢老夫吗?”

燕儿说:“刚才老爷您说,咱们是一家人了,一家人还用得着谢吗?”

周三爷急忙说:“对对,还是我们燕儿说得对,这第二杯酒就不用喝了。”

顾全说:“对什么呀,我说周三爷,您也太宠着燕儿了,她跟您这么胡搅蛮缠,您居然还说她对。”

燕儿噘起小嘴说:“表哥,你怎么刚见面就欺负我,我怎么胡搅蛮缠了?老爷,您说我是胡搅蛮缠吗?”

周三爷急忙说:“不是不是,当然不是。”

燕儿说:“那……我表哥说我是胡搅蛮缠,该不该罚一杯?”

周三爷忙说:“该罚,该罚。”

燕儿瞪着眼睛对顾全说:“那好了,表哥,先罚你一杯。”

顾全不服气地叫嚷起来:“周三爷,您也太没原则了,您怎就这么顺着她呀?”

周三爷又跟顾全抹起了稀泥:“得了得了,燕儿小,你就让着点儿她吧。”

没想到燕儿又不干了:“老爷,您这说的是什么话?什么叫让着我呀?好像我多没理似的。”

周三爷急忙哄着燕儿说:“你有理……有理。”

燕儿说:“有理您干吗还说让着我?”

周三爷说:“不是让……不是让。”

燕儿说:“不是让那是什么?”

周三爷说:“顾先生该罚,该罚。”

顾全叫嚷起来:“周三爷,您可不能这样受女人摆布呀。”

燕儿又叫起来:“老爷,您听我表哥说什么呢。”

周三爷说:“不对,不对,你表哥说得不对。”

燕儿说:“不对怎么办?”

周三爷说:“那就……再罚一杯,顾先生喝两杯,连喝两杯……顾先生,您就喝了吧,看在老夫的面上,行了吧?”

顾全无奈,只好连干了两杯酒。

周三爷开怀大笑起来。

顾全摇着头苦笑着:“我算明白了,到底什么力量最大了。”

燕儿说:“老爷,您听,我表哥在讽刺您。”

周三爷转向顾全问:“是吗?顾先生说这话是什么意思?”

顾全说:“想当初乾隆爷骑着马到漕运码头上来,见扛夫扛着大麻包来来往往,登船上岸,想到每年四百万石的粮食都是这么靠肩膀扛过来的,感慨万端地问身边的刘墉:‘爱卿,你说这天下什么力量最大?’刘墉一时没明白乾隆爷的意思,见马背上的乾隆爷一个劲儿地回头,原来不远处一个缝穷的小媳妇长得挺漂亮。刘墉急忙说:‘回圣上,女人的力量最大。’乾隆爷说:‘这两坝上扛粮包的都是男人,你怎么能说女人的力量最大呢?’刘墉说:‘微臣看见,刚才那边那个女人把龙脖子都扭歪了。’”

周三爷立刻恍然大悟,哈哈大笑起来。

燕儿说:“老爷您还笑,他这是讽刺您哪。”

周三爷说:“讽刺得好,讽刺得好,连皇上都那么没出息,我老头子还怕什么。”

顾全高声说:“好啊,三爷您竟敢说皇上没出息?”

周三爷一愣:“啊……瞧我这臭嘴,我认罚……认罚。”

三个人就这样,说说笑笑,争争吵吵,酒席吃得热闹非凡,其乐融融。

六月的天，小孩儿的脸，说变就变。早晨陈天伦驾着船出来的时候还晴天朗日，万里无云，没想到过了中午突然间听见头顶上一声惊雷。紧接着，疾风骤起，浓墨也似的乌云从天边滚滚而来，伴着霹雳闪电，刹那间暴风骤雨像乱箭齐发，横扫大河上下。

陈天伦本以为是一阵暴风雨，他从甘戎的手里接过船篙，将小船撑到岸边的柳荫下，没想到风雨来得猛烈而持久，甘戎不怕风雨却怕雷鸣闪电。一个霹雳在头顶上炸开，吓得她急忙扑在陈天伦的怀里。陈天伦尽量用自己的身体为甘戎遮蔽着风雨，甘戎紧紧地抱着陈天伦，身子深深地缩在陈天伦的怀里。风雨横斜，像千万条鞭子抽打在两个人的身上。不大一会儿，两个人身上的衣服都湿透了。在甘戎扑向陈天伦的一瞬间，陈天伦身上是火辣辣的，从心底蒸腾着一股强烈的火焰，周身烧烤得火炭一般。风雨泼在他们的身上，嘶啦啦地蒸烤着腾腾热气。可是很快，这热便渐渐地冷却下来。风雨无情，火辣辣变成了阵阵剧痛。热腾腾的身子冻得冷冰冰的，两个紧紧搂抱在一起的身子瑟瑟发起抖来。

陈天伦说："不行，咱们得避一避？"

甘戎说："到哪儿去避？"

陈天伦把甘戎扶起来，拉着她跳上岸，又用缆绳把小船拴在岸边的柳树上，然后便搀扶着甘戎朝堤岸上爬去。

又黑又厚的云团遮盖了整个天空，天地间一片黑暗。风狂雨暴，地上泥泞不堪。两个人跌倒了爬起来，爬起来又跌倒，茫然无主地往前逃奔着。

甘戎已经累得喘不上气来："咱别跑了，跑到前面，不还是照样下雨吗？"

陈天伦说："不行，咱得找个地方，找个能避雨的地方……"

甘戎问："这荒郊野外，哪有避雨的地方？"

这正是苏庄附近，陈天伦凭着记忆，好像大堤下面有一个小闸房。陈天伦搀扶着甘戎在慌乱地摸索着，天地黑成了一片。下了大堤就是一望无际的玉米地，雨鞭抽打在玉米叶子上，轰隆隆撼天动地。突然一个通天贯地的闪电，把天地间照耀得一片光明。闪电过后，肯定是一阵巨大的雷鸣，甘戎又钻进陈天伦的怀里，陈天伦紧紧地搂抱着她。就在这一瞬间，陈天伦看见了那座小闸房。霹雳过后，陈天伦拉着甘戎朝那间小闸房跑去。

小闸房的门是用树皮做的，没有锁，只是拴着一根铁丝。陈天伦拧断铁丝，推开小闸房的门，两个人身子便倒进了小屋里。

外面黑，屋里更黑，借着不时燃起的闪电，陈天伦看见了小屋里有一铺小炕,炕上似乎还铺着一床露着棉絮的被子。进了小屋便躲开了风雨,两个人搀扶着站起来,身上的衣服都湿得粘在了一起,地上很快就流下了一大摊混浊的雨水。

甘戎说:“不行,我冻得受不了了。”

陈天伦说:“这样吧,你快把湿衣服脱下来,跑到炕上盖上被子。”

甘戎问:“那你呢?”

陈天伦说:“我还行,我还绷得住。”

甘戎说:“我身上的湿衣服凉,你身上的湿衣服不是也凉吗?我就不信你是钢铸铁打的。”

陈天伦说:“你别管我,我是男人,男人火力壮。”

甘戎听见,陈天伦在说这些话的时候,上牙打着下牙,连声调都变了。

甘戎扑上前,伸出哆嗦的双手,解着陈天伦的衣服。

陈天伦哆哆嗦嗦地阻拦着:“别别……你还是自己脱吧。”

甘戎的声调也变了:“我的手发僵了……衣服脱不下来。”

陈天伦只好哆哆嗦嗦地帮助甘戎脱着衣服,两个人慌慌乱乱,互相解着衣服上的扣子……

哗啦一下,甘戎身上的衣服脱落在地上。一阵闪电袭来,陈天伦看见自己的眼前戳着一个玉柱般雪白粉嫩的身躯。他急忙闭上眼把头扭向一边,几乎与此同时,他身上的衣服也脱落下来,甘戎把冰凉的身子贴上了他。陈天伦突然像一只暴怒的野兽,弯下身子,抱起甘戎,扔在了炕上。可是,甘戎的手紧紧地搂住了他的脖子,他虽然把甘戎放在了炕上,自己却不能挣脱。

甘戎哆嗦地说:“哥,别……别离开我。”

甘戎的这一声哥,像一阵雷电唰地打在他的身上,他整个身子都颤抖了一下,立刻便软绵绵地瘫软下来……

一条被子盖在两个赤裸的身躯上,两个湿淋淋的身子粘在一起,他们互相擦拭着,互相搂抱着。说不清是冰冷还是紧张,两个人都呼呼喘着粗气,慌乱地交织着,融合着,侵吞着……又是一个闪电袭来,陈天伦翻身压住甘戎,把她严严实实地保护起来……

毕竟是年轻人,毕竟是夏天,两个搂抱在一起的身躯很快便由冰凉变得火烫起来,干柴烈火般地呼呼燃烧着……

小闸房的门突然开了,呼的一声,扔在地上的一件衣服掀了起来,扑向闸房的门口,又呼地一下回落到地上。

陈天伦一惊:“怎么回事?”

甘戎说:“是风吗?”

陈天伦说:“风怎么单吹这一件衣服?”

甘戎说:“是雷电吧?”

陈天伦说:“雷电怎么没有把衣服烧焦?”

甘戎说:“那是什么?”

陈天伦说:“有鬼。”

甘戎问:“什么鬼?”

陈天伦说:“不知道,这事有点儿怪。”

甘戎说:“那鬼要干什么?”

陈天伦突然意识到了什么,腾地跳下炕,抄起刚才被掀起的那件衣服。那正是陈天伦穿的长衣,陈天伦拿起长衣摸索了一下,“啊”地叫了一声,险些昏厥过去。

甘戎急忙起身:“怎么回事?”

陈天伦说:“我……我的密符扇。”

甘戎问:“密符扇怎么了?”

陈天伦说:“被偷走了。”

嘎一声巨响,霹雳闪电烧红了半边天。

甘戎急了:“快……穿上衣服快追……”

在这突如其来的疾风暴雨中,在周三爷葫芦小院那暖烘烘的炕头上,燕儿哭着讲述自己悲惨的身世。周三爷年纪大了,不胜酒力,靠着墙半躺半坐。燕儿紧紧依偎在周三爷的脑袋旁,身子靠着窗台,断断续续地哭诉着。顾全坐在炕沿上,一边喝着茶,一边静静地听着。炕中间一张小桌,桌上是一盏昏惨惨的小油灯。外面的霹雳闪电把窗户纸震得哗啦啦响,燕儿的哭诉亦如雷电般地震撼着顾全和周三爷。

燕儿的父亲王春明在上刘家村种着三十多亩水田,这对于一个三口之家来说,已经堪称是个小康人家了。三十亩地一头牛,老婆孩子热炕头,这是几千年来中国农民苦苦追求的小康目标。达到这个目标并不难,只要老天帮忙,只要朝廷宽宏,只要地方官吏清廉。养儿当兵,种田纳粮,天经地义。山东是漕粮征收的重地,交纳朝廷的正米耗米已经使农民不堪重负,而从府县到乡里,又层层加码,名目繁多。农民身上的苛捐杂税像是暴雨中扛着稻谷过河,越来越重。

正米耗米之外,还有各种各样的摊派和加项。开仓摊派、修仓摊派、踢斛摊派、淋尖摊派、垫仓摊派、扬簸摊派、芦席摊派、松板摊派、楞木摊派、官役摊派、监收摊派、杂官开销摊派……原本该收一石,加上各种摊派杂项五六石也打不住,种田人一年收的稻谷,都交纳上去还不够。交不上就得吃官司,就得进大牢,就得倾家荡产。

周三爷也是第一次听说这些乌七八糟的摊派,气愤地说:“他们收那些粮食干什么?据老夫所知,每年运往京城的漕粮,连十分之一也没有,余下的那么多粮食哪儿去了?”

燕儿说:“您说哪儿去了,除了进了州县府抚各级官吏的腰包,还能到哪儿去?”

周三爷说:“这些当官的也太贪了,真是人心不足蛇吞象。”

燕儿说:“一个是这些人太贪,一个是吃漕粮的也太多。每到征收漕粮的时候,除了州县的官吏,还有许多地方上的杂官,什么乡约、里正、地总、里总、图差、庄差、总头、总总头、都差、保差、帮办、垫办……这些人有坐轿的,有骑马的,有提刀的,有拎锁链的,缕缕行行,如狼似虎,就像闹蝗虫一样黑压压地占满了村子。这些人要吃要喝要拿,他们靠什么活着,还不是靠勒索种田的农民。一个乡镇,一百个人种田,得有二十个杂官来看管他们,监视他们,催促他们。这些杂官吃饱了喝足了,还虎狼般地欺负百姓。您说,照这样下去,还有谁愿意种田?”

周三爷说:“我就不明白,朝廷的官吏都是靠读书考上来的,这些杂官都是从哪儿来的?”

燕儿说:“您要是到一个地方当官就明白了。比方说,您当一个知县吧,您的表哥找您来了,您没办法,安排当个乡约吧。您的表哥当了乡约,您表哥的堂弟又找来了,怎么办?安排当个里正吧。您表哥的堂弟当了里正,您表哥堂弟的侄子又找来了……就这样,圈儿套圈儿,环儿套环儿,所有的杂官都有来头。杂官也像蝗虫一样,越吃越肥,越繁殖越多……”

周三爷感慨地说:“这天下,多些种田的有饭吃,多些织布的有衣穿,多些瓦木匠有房住,多些当兵的保平安……养活这些当官的干什么?他们除了欺压百姓,能干什么好事?家有万顷,不养闲人一个。眼下从朝廷到乡里,养活了多少闲人?这样下去,国家能不完吗?”

燕儿说:“您说那运丁算不算闲人?”

周三爷说:“运丁是给朝廷运粮的,怎么能算闲人呢?没有运丁,那江南的粮食能自己顺着大运河流到通州来?”

燕儿说:“欺压百姓的不仅仅是当官的,运丁不算闲人,可运丁也欺压百姓。”

周三爷问:“运丁怎么欺压百姓了?”

燕儿说:“运丁不但欺压百姓,还欺压当官的。州县衙门那些当官的,见了运丁都跟三孙子似的。”

周三爷说:“你这话可就说过了,运丁有那么厉害吗?”

燕儿说:“运丁倚仗着运皇粮的差事,任意向州县敲诈勒索。你不给足了他们钱,他们就不装你的粮。粮食装不上船,就是地方官员的罪过。他们要的钱,更是多得让人头皮发麻。您看,有提闸费、打溜费、催攒费、浅水费、收帮费、闸坝费、量水费、放水费、验收费、兑收费、过淮费、抵通费;有折帮银、落地银、水脚银、船价银、修船银、造船银、拨船银、拉船银……”

周三爷挥手制止住了燕儿的话:“你别说了,这些老夫知道,可是运丁要这些钱,入的不是自己的腰包呀,运丁在这一路上需要多少花销,你知道吗?”

燕儿说:“那我不知道,反正我知道这些钱都是从老百姓的牙缝里抠出来的。他们把粮食都抢走了,老百姓就得饿肚子。织席的睡土炕,卖盐的喝淡汤,种田的却吃糟糠,世道就是这么浑蛋。”

周三爷不言语了,仰着脸看着天花板,像是想起了什么心事。

顾全一直仔细地听着燕儿的话,他最想知道的是舅舅和舅妈怎么样了。

燕儿讲起了自己的遭遇,父亲一年到头,面朝黄土背朝天,汗珠落地碎八瓣儿,收到的粮食就这样被诈光了。食粮没了,灾难却没有躲过去。荣成县的典史谢大麻子到上刘家村收粮,看上了燕儿,非要把燕儿一起收走,做他第三房的姨太太。燕儿是父母的独生女,掌上明珠,怎么舍得把燕儿交给猪狗不如的谢大麻子呢?

谢大麻子是个恶人,为了得到燕儿,就一个劲儿地给王春明加捐加税。燕儿家里的粮食都拿了出来,谢大麻子还说他们欠十二石粮食。王春明火了,跟他们讲理,谢大麻子给王春明扣上了一顶抗皇粮的罪名,一条铁链将王春明锁进了县衙门的大牢。

王春明在牢房里受尽严刑拷打,就是不肯答应把燕儿许配给谢大麻子。燕儿母女为了救父亲,找到谢大麻子求情,谢大麻子死咬住一条,要不把燕儿给他,要不王春明把牢底坐穿。王春明是一个宁折不弯的铁汉子,燕儿母女到牢房里探望他,他命令燕儿的母亲带着燕儿快走,逃离荣成,到外面找一条活路。

燕儿母女舍不得撇下王春明,王春明为了断了燕儿母女救他的念头,一头撞在牢房的墙壁上,顿时头崩脑裂。

燕儿母女安葬了王春明,从荣成逃了出来。可是谢大麻子依然不死心,派人穷追不舍,一直追到运河边上。母女俩上天无路,入地无门,双双跳进了大运河。燕儿被周三爷救上来了,而燕儿的母亲却沉入了河底。

顾全听着表妹的控诉,一直没有说话。他的脸阴沉得比外面的天空还恐怖,而心里却充满了电闪雷鸣。顾全的表情被燕儿看在了眼里,她明白表哥在想什么,暗自担起心来。

这一天晚上,骤雨初歇,一轮满月当空,云边繁星闪烁。顾全背着自己的行装,悄悄地离开了周三爷的葫芦小院。燕儿一直没敢闭眼,听见了动静,她所担心的事情果然发生了。她急忙扒着窗户往外看,顾全已经出了门。她惊慌地将周三爷推醒:“老爷,快……快起来。”

周三爷惊醒了:“出了什么事?”

燕儿说:“不好,我表哥走了。”

周三爷没听明白:“他到哪儿去了?”

燕儿催促着:“快,快把他追回来。”

周三爷急速穿起衣服,推门跑了出去。

葫芦院外,顾全怕周三爷发现追赶,出了小潞邑村口,急匆匆地朝通州城的方向走去。

波光粼粼的大运河里,一叶小舟静静地漂流着。一支长篙无精打采地撑着,小舟似走非走,似停非停。夜已深,天上一轮晴空朗月,满河颠簸着无数残星。

甘戎坐在船头上,仰头看着天,嘴里喃喃地嘟囔着:“怨我,都怨我,我不该……”

陈天伦说:“不怨你,怎么能怨你呢?”

甘戎说:“我不来,你也许就不会到那闸房里避雨了。”

陈天伦说:“不怕贼偷,就怕贼惦着。是我太大意了,我早就该料到,有人想偷我的密符扇。”

甘戎说:“你说,会是什么人偷走的呢? 他偷密符扇要干什么呢?”

陈天伦说:“我也在想,想也想不明白……”

甘戎说:“抓到这个贼,我非把他碎了不可。”

陈天伦说:“甘戎,这件事千万不能……不能告诉你爸。”

甘戎说:“我知道,跟谁都不能说。咱们去找,像上次找兰儿那样……”

几粒水珠儿又溅落在陈天伦的脸上,凉津津的。

对面的漕船上,黑衣的唐大姑又在淘米。

陈天伦把船往前靠了靠:“唐大姑,我该听您的话,我那时就该回去。”

唐大姑说:“可怜的孩子,可怜的孩子……”

陈天伦问:“唐大姑,您能告诉我吗?我该怎么办?”

唐大姑长长地叹了一口气,依然说:“可怜的孩子,可怜的孩子……”

陈天伦说:“唐大姑,求求您了,您给我指一条明路吧。”

唐大姑站起身来,端着淘米的簸箕走了。一边走一边喃喃地说:“可怜的孩子,可怜的孩子……”

甘戎问:“她在说谁?谁是可怜的孩子?”

陈天伦摇了摇头:“不知道……”

甘戎说:“她是在说我们吗?”

陈天伦低沉地说:“也许……我们是够可怜的……”

他们哪里知道,真正可怜的事情还在后面。

顾全步履匆匆地赶到大运河边,头上已经冒出了汗珠儿。他喘了口气,整理了一下行装,准备过北浮桥。突然一阵清脆的驴蹄声在身后响了起来,还没容他扭头,周三爷和燕儿已经挡住了他的去路。

周三爷问:“顾先生,这么晚了,你不辞而别,要去哪儿呀?”

顾全“啊啊”着,说不出所以然来。

周三爷说:“回去吧,这件事你干不了。”

顾全说:“您……您知道我要去干什么?”

周三爷说:“我也是从年轻的时候过来的,我也有过血气方刚的时候。”

燕儿说:“表哥,都怨我,我不该说这些,你还是回去吧。”

顾全说:“不行,这件事不能就这么完了。”

周三爷说:“谁说完了?老夫我也是第一次听燕儿说这件事。此仇不报,何以为人?但是,顾先生,你不成,这件事不该由你来做。”

顾全说:“您看不起我是不是?这个仇我不去报谁去报?死的是我舅舅,是我舅妈,受委屈的是我表妹。”

周三爷说:“顾先生,你听我说。现在我娶了燕儿,燕儿家的事就是我的事了。你回去别动,七月十五之前,我让你看见谢大麻子的尸骨。”

顾全呆呆地看着周三爷,没说话。

周三爷说:“这回是不是你瞧不起我了?”

顾全没说话,把脸高高地仰起来。燕儿看见,顾全的脸上有两颗滚动的泪珠儿。

周三爷默默地走到顾全的身边,拍了拍他的肩膀。

顾全依然没有动,任泪水在脸上爬着。

燕儿走过来,拉起了顾全的手,顾全像个听话的孩子似的,转过头来。

周三爷将燕儿抱起来放在驴背上,又将缰绳递给了顾全。

顾全牵着驴往回走去,周三爷一声不响地跟在后面。

第二十六章

妞妞知道自己死定了，出了这么大的丑，丢了这么大的人，他还能活吗？许良年能饶过他吗？他知道，许良年早就不喜欢他了。他现在最宠爱的是柔柔，柔柔是个比狗还贱的贱骨头，狗仗人势，柔柔平时都不搭理妞妞。妞妞不在乎，你他妈的甭美，不定什么时候又会来个贝贝什么的，你柔柔比丧家狗还不如。好歹许良年是我的表舅……他妈的，表舅管什么？妞妞知道，这个人称蔫神的表舅有一副蛇蝎一样狠毒的心肠。他知道需要，他知道占有，他甚至也知道喜欢，但是却不知道爱。冬梅知道爱，铁麟大人也知道爱。他跟冬梅跪在铁麟的书房门口苦苦哀求着，铁麟大人没有惩罚他，连一句责怪他、骂他的话都没有。可是铁麟大人却把他交给了许良年，交给了许良年就等于置他于死地了。

妞妞知道许良年怕铁麟，因为铁麟的官比许良年大，或许还因为别的什么。许良年不敢得罪铁麟，他又在铁麟家惹这么大的祸，许良年就是为了讨铁麟的好，也不会给妞妞留下活命的。

妞妞要死了，刚刚十四岁的妞妞就要死了。十四岁，苗还没有秀穗儿，鸟还没有孵蛋儿，花还没有开苞儿。可是，十四岁的妞妞却什么都经历了。他挨过饿，也吃过饱饭；他受过冻，也穿过锦缎；他受到过常人难以想象的屈辱，也享受过常人难以想象的奢靡；他受过娇宠，也遭过磨难。更为可贵的是，他也有过爱，一个十四岁少女最纯真、最原始的爱……一个十四岁男孩儿的特殊经历，比一个八十四岁普通百姓的经历还要多。他死了，还有什么值得遗憾的呢？他父亲为了五间砖瓦房就把他卖了，可是父亲死的时候能把那五间砖瓦房带走吗？妞妞却能，他一无所有，却能带走那么多属于他自己的东西。

他已经三天没有见许良年了，柔柔假惺惺地劝他向许良年求情，妞妞没有去。他知道求情也没有用，许良年不会放过他的。他躲在自己的小屋里，该吃吃，该睡睡，许良年的姨太太们也来看过他，也劝他想开一点儿。有什么想得开想不开的，不就是死吗？只是他不知道许良年让他如何去死，是用绳子勒死他，还是用毒药灌死他，抑或用铁锨把他拍死。他做好了死的准备，只是临死之前还想再看一眼冬梅。冬梅是不会死的，铁麟大人可不像许良年那么狠心。那么，铁麟大人会怎么惩治冬梅呢？

第六天的傍晚，许良年的管家彭旺来了，告诉他收拾收拾自己的东西，明天一早准备走。

妞妞说："我没什么好收拾的，还有两双没上脚的鞋，几件半新的衣服，我不要了，我死了以后你愿意给谁就给谁吧。"

彭旺问："你还有钱没有？"

妞妞说："还有几两碎银子，留给你打酒喝吧。"

彭旺又问："别的呢？"

妞妞说："对了，求你一件事，我有一串香珠儿，是铁大人送给我的。我死了以后，麻烦你把这香珠儿还给铁大人吧。"

彭旺问："还有什么好嘱咐的，对冬梅不说点儿什么吗？"

妞妞说："请告诉冬梅，就说我对不起她，我把她害苦了。这辈子完了，下辈子还跟她做夫妻，我要好好疼她爱她，加倍地补偿给她。"

彭旺说："看不出来，你小兔崽子还是个情种。"

妞妞说："我死没什么，我是罪有应得，罪该万死，死有余辜。可是，冬梅算怎么回事，人家够苦的了，我还这么害人家……"

妞妞说着，呜呜地哭了起来。

彭旺说："你光惦记着冬梅了，不跟你爹说点儿什么了？"

妞妞说："我爹……哼，我那也叫爹？他早就不要我了，我能认他吗？我死了以后，你千万别告诉他，也别把我埋进祖坟，不就是一堆臭肉吗？扔在乱葬岗子喂狗算了……"

彭旺哈哈大笑起来。

妞妞奇怪地看着彭旺："我都快死了，你怎么还这么开心呀？也难怪，咱俩本来也没什么交情，我死我的，碍不着你蛋疼。"

彭旺说："你口口声声地说死，我问你，是谁让你去死的？"

妞妞说："还有谁，你让我死我死吗？除了他许良年谁能让我死？"

彭旺说："你还真没说对，老爷还真的没说让你死。"

妞妞问："那是谁说让我死的？"

彭旺说："没有人说让你死，都是你自己说要死的。"

妞妞说："什么？没有人说要我死？这么说老爷没说让我死？"

彭旺说："对，老爷没说让你死。"

妞妞问:“这么说我不用死了?”

彭旺说:“你小兔崽子死不了了。”

妞妞呆呆地看着彭旺:“你……你没骗我吧?”

彭旺说:“我骗你干什么? 你不但死不了,还有享受不尽的荣华富贵。老爷让我明天就带着你进城,你就好好活着吧。”

妞妞还是不相信:“这……是真的?”

彭旺火了:“你他妈的怎这么不识好歹呀? 没有人让你死,你自个儿非要作死呀?”

“哇……”妞妞突然大哭起来。这哭声来得突然,更来得疯狂,像是运河大堤骤然决了口子,滔滔洪水像脱缰的野马奔腾咆哮而出。一个做好了死的准备的人,是完全可以平静地等待死亡的。可是,一旦死亡拒绝了他,活的希望又从天而降的时候,他便难以控制自己了。

彭旺烦了:“你他妈号丧什么? 让你死不哭,要你活倒哭起来了,整个的不着四六……”

妞妞止住了哭声,看着彭旺,又破涕为笑,咯咯地乐起来。这乐也来得很突然,来得很疯狂,乐得妞妞张开双臂,向天;又扑下身子,向地。彭旺看着他笑成这样,发起毛来:“你怎么了,你他妈的疯了吗?”

妞妞止住了笑声,看着彭旺,听着外面的鸟鸣,傻子似的说:“活着好,活着真好……”

妞妞只知道许良年不让他死了,却不知道许良年让他怎么活着。妞妞准备好了死没死成,这就等于捡了个天大的便宜。有了这么一个大便宜垫底,还考虑怎么活着吗? 好死不如赖活着,怎么活着也比死了强。直到彭旺赶着大车把他拉到地安门内的方砖胡同小刀刘的家门口,妞妞才知道这活着比死还要难过得多。

彭旺说:“妞妞,到了,下车吧。”

妞妞提着自己的小包袱从车上跳下来,四下看了看:“这是什么地方?”

彭旺说:“净身房。”

妞妞不解:“什么净身房?”

彭旺说:“净身房就是净身房,快进去吧。”

妞妞又问:“进去干吗?”

彭旺说:“给你净身。”

听说要给他净身，妞妞像是五雷轰顶，差点儿瘫痪下去。早在几年前，他就知道了净身的含义。父亲就是为了给他净身把他送到城里来的，是许良年救了他，让他留下了男人的根。现在，许良年不让他死，却让他净身送他进宫当太监。唉，早知今天，还不如几年前就让他挨一刀算了。闹了半天，他这一刀还是没有躲过去，他的根到了也没有留住。

彭旺带着他进了小刀刘的家门，把一个猪头、两瓶酒放在刘家的案桌上，这是见面礼。

小刀刘家的堂屋房子很老，光线很暗。妞妞随便四下张望着，见屋梁上悬挂着一个个裹着红布的东西，像屠夫家挂着满墙的猪尿脬，只是那东西显得比猪尿脬要沉重得多。妞妞悄悄地问彭旺："那是什么？"

彭旺说："瞧见了吧？这叫升，红步（布）高升，就是量粮食用的那个木升，外面裹着红布，明白了吧？"

妞妞问："这是干什么用的？"

彭旺说："你的两个蛋和一根鸡巴割下来以后，就放在那升里。"

妞妞问："干吗要放在那里面？"

彭旺说："升里装着石灰，把那玩意儿放进去腐烂不了。将来你混好了，再把那玩意儿赎回去。这就是说你要步步走红运，步步高升了。"

妞妞困惑地问："你怎么知道这些的？"

彭旺说："不瞒你说，算上你，我送过七个孩子到这儿来了。"

妞妞心里骂道，你就缺德吧，怎么不把你也骟了呢？

不一会儿，小刀刘出来了。妞妞原以为小刀刘会像乡下杀猪宰羊的屠夫那样满脸横肉、面目凶险，见到小刀刘却发现他是一个很和气的小老头儿。白胡子，白辫子，两只笑眯眯的小眼睛。不笑不说话，一笑满脸细褶子。

彭旺叫妞妞给小刀刘磕头拜师傅，妞妞很不情愿地跪下来，敷衍了事地磕了几个头，站起来。小刀刘招了招手叫他过去，妞妞小心地朝前移了两步，站在了小刀刘的面前。小刀刘端详了一下他的脸，摁了摁他的肩，又伸手摸了摸他的裆，满意地笑了。随后，小刀刘将一份文书摊在彭旺面前。

彭旺说："他是自愿净身，您跟他直接说吧。"

小刀刘点了点头，问："你叫什么名字？"

妞妞想说叫妞妞，又觉得不妥。想告诉他在家里的名字，又不大情愿，便随口说："请师傅帮孩儿取个名字吧。"

小刀刘问："那你姓什么？"

妞妞说:“就随师傅的姓吧。”

小刀刘愣了一下,倒也没觉得怎么奇怪,便想了想说:“那就刘兰芳吧,兰花的兰,芳草的芳。”

妞妞说:“孩儿记住了。”

小刀刘见妞妞是一个聪明乖巧的孩子,显然很满意。他对彭旺说:“三十斤小米,四筐玉米骨头,三挑芝麻秸,半刀窗户纸,你们都准备好了吗?”

妞妞心里奇怪,净身要这些东西干什么呢?

彭旺说:“这孩子家里穷,都记在师傅的账上吧,等他能有进项了,再让他孝敬师傅。”

小刀刘也没说什么,只是轻轻地点了点头。

妞妞心里可气怒起来,许良年把我一脚踢出来了,让我来净身,连净身的花费都不肯出,也他妈太抠门儿了。也好,我妞妞从今以后,既不欠父母的,也不欠你许良年的,我就是我的。我他妈的无父无母,六亲不认。

小刀刘把案桌上那份文书写好,把上面的条款给妞妞念了一遍。妞妞什么也没说,便在上面按下了一个大红的手印。这是“文书借契”,也就是相当于卖身契。这份卖身契要跟妞妞被割下来的根一起由师傅保存,等待将来妞妞混到“骨肉还家”的份儿上,再用银子向师傅赎回来。小刀刘家是京城给内务府提供太监的专门机构之一,太监跟净身师傅之间的关系是很密切的。许多无家可归或有家不想归的太监会一辈子把这里当成自己的家。净身师傅也愿意为净身的太监多负担一些,这是一笔投资。每一个进宫的太监都会加倍地偿还这笔欠债的,因为他们的“根”还留在这里。

彭旺把妞妞交给小刀刘就走了。

妞妞的净身原本安排第二天进行,可是第二天早上小刀刘家的大门外面突然鼓乐喧天,鞭炮齐鸣。妞妞不知道外面出了什么事,急匆匆跑了出来。

一顶花轿停在了小刀刘的家门口,一个穿着长衫的年轻人下了轿,双手捧着一个托盘,托盘里放着两锭光芒耀眼的银锭,每个银锭五十两,整整一百两银子。年轻人的后面,跟着一个老族长,还有几个中年人。

妞妞悄悄地问小刀刘家的小伙计:“这是干什么?”

小伙计说:“这是来磕头迎升的。”

妞妞问:“这个年轻人是谁?”

小伙计说:“是马总管的干儿子。”

妞妞问:“马总管是谁?”

小伙计说："马总管是敬事房的总管，直接伺候皇上的，在宫里权力最大了，谁都怕他。这是他刚认的干儿子，给他捧升来了。"

妞妞灵机一动，反正也要到宫里当太监的，何不借此机会认识一下马总管？将来进宫之后也好有个靠山。想到这里，他急忙进屋找小刀刘。小刀刘穿戴一新正恭候在堂屋里，香案上烧着高香，摆着那只刚从屋顶上摘下来的红升。妞妞悄悄地把他拉到一边，向他提出要去见见马总管的请求，没想到小刀刘不但答应得很痛快，还把妞妞引见给前来迎升的族长，让他一会儿坐着他们的车到坟地里去见马总管。净身师傅打从为太监净身的时候起，就盼望着这个太监能混好，就像父母盼望孩子有出息一样，所以尽量为每一个太监提供一切方便。小刀刘很了解妞妞的良苦用心，觉得他是个很有心计、很有前途的孩子，这个忙他当然愿意帮了。

老族长带着年轻人和亲朋进了屋，小刀刘向前施礼让座。

年轻人把手里的托盘放在香案上，跪下身来，冲着红升磕起了头。磕完头，老族长又让年轻人给小刀刘磕头。小刀刘站起身来，当众把红升里的油纸包儿打开，那里装着一份"文书借契"，老族长接过来收好。又一阵鼓乐齐鸣，年轻人双手捧着升，慢慢朝外面的花轿走去。

妞妞就是坐着花轿后面的大车跟着迎升的队伍一起出城的，走了一整天，才进了天津地界儿的马家庄。迎升的队伍没有进村，直接去了马家祖坟。一路上，妞妞凭着自己的聪明伶俐，已经跟马家的人混得很熟了。同时也知道了许多当太监的规矩。一个太监无论怎样，都要积攒几个钱把升赎回来。否则死后是不能埋进祖坟的。阎王爷是不收那不男不女、六根不全的人的。

马总管早已经跟家人一起在祖坟里等候了，花轿里走出了马总管的干儿子，年轻人跪在马总管面前，恭恭敬敬地把升送给马总管。这时候，鞭炮鼓乐震天撼地，老族长取出那份"文书借契"，点着火烧了起来。就在这时，马总管趴在坟头上大哭大号起来："爸呀……妈呀……爸给我的骨头，妈给我的肉，我给你们捧回来了……爸呀妈呀，我今天认祖归宗了……爸呀妈呀，你们的血肉儿子一天也没有忘掉呀……"

马总管哭得昏天黑地，摧肝裂肺，满地的人都跟着一起呜呜地哭了起来。妞妞想到今天的马总管也许就是明天的自己，忍不住一阵心酸，泪水哗哗地流下来。他伏身在马总管的身边，也大声地号哭起来："爸呀……妈呀……爷爷呀……奶奶呀……"

马总管哭完了，站起身擦了擦眼泪，却见自己的脚下还有一个小孩儿号哭不止，非常奇怪，问干儿子："这是谁？"

马总管的干儿子说："您还记得小刀刘吧？"

马总管问："是老小刀刘还是小小刀刘？"

马总管的儿子说："噢……恐怕现在的是小小刀刘了。"

马总管说："老小刀刘是我的师傅，你说的这个小小刀刘肯定是老小刀刘的儿子了。"

马总管的干儿子说："这是小小刀刘的干儿子，他也要净身了，想拜您当他的爷爷。"

马总管伸手把妞妞从地上拉起来，妞妞翻了一个身，顺便跪在了马总管面前："爷爷在上，请受孙儿一拜。"

马总管见跪在面前的妞妞长得皮白肉细，五官端正，双目晶莹，又聪明伶俐，立刻便喜欢起来："起来起来，快快起来……"

妞妞说："您不收下我这个孙儿，我就不起来。"

马总管高兴地说："收收，这么好的孙儿我怎么能不收呢？我有了儿子，又有了孙子，这也是我马家祖上有德啊……"

妞妞见马总管认了他，又郑重地磕了头，才从地上爬起来。

净身是在妞妞从马家回来的第二天进行的。妞妞认了马总管做干祖父，宫里有了靠山，心里踏实下来。现在，他有了目标，有了心气，暗自发誓要混出个样子来。马总管是敬事房的总管，妞妞也肯定能进敬事房，妞妞进了敬事房，肯定会受到皇上的宠爱。到那时候，许良年还能姓许吗？铁麟还能那么狂妄吗？还有，他才不去认什么祖归什么宗呢，要认也决不回任丘县认那个丧尽天良的胡宝财。

小刀刘拿出一包蒲公英、金银藤和艾蒿，让妞妞放进锅里熬汤。妞妞抱了柴火，蹲在灶台前烧起了火。小刀刘又拿出一棵洋金花，让妞妞把上面的叶子撸下来洗干净，另外单用一只小锅熬汤。熬洋金花时放进了两个鸡蛋，鸡蛋也要煮得时间很长，蛋黄蛋白都煮得硬硬的，妞妞也不声不响地照办了。水烧好了，汤熬成了，小刀刘让妞妞脱掉裤子把下身洗干净，妞妞又躲进房间洗起了澡。妞妞一边洗澡一边想，这一切都让我干，让我准备好了就要挨上一刀了。这不是自己挖坑埋自己吗？

净身室在小刀刘家后院的厢房里。独间，房间很小。这样的净身室一共有六间，生意忙时可同时为六个孩子净身。靠窗户是一溜方砖铺成的火炕，炕上铺着用芝麻秸烧成的草灰。草灰上架着一块床板,有门扇那么宽。床板上有一个碗口大的洞,洞上面有一个可以活动的挡板,这是供净身人大小便用的。床板的上中下有三道套索,是用来捆绑手术后的净身人的,以免他们疼痛的时候乱抓乱动,造成伤口感染。净身室的窗户上糊着厚厚的高丽纸,把小屋遮盖得密不透风,阴沉昏暗。

当小伙计把妞妞带进净身室的时候,妞妞紧张得哆嗦起来。是一种非常剧烈的哆嗦,比他跟冬梅私通被铁麟当场抓住还要紧张得多。他手脚冰凉,浑身发抖,上下牙不住地打战,舌头都僵直了。

小刀刘早已等候在那里了,床板前面有一个小笸箩,里面放着明晃晃的大大小小的刀子,炕沿上还有一盆冒着热气的药水。水盆旁边还放着两只碗,一只碗里有两个剥了皮的煮鸡蛋,白白的圆圆的,妞妞立刻想到了自己将要失去的两个睾丸。还有一只碗里放着两只猪苦胆,鲜血淋淋的像是刚从猪肚子里取出来的。小刀刘穿着白大褂,两只袖子挽得高高的,这越发像乡间杀猪的屠夫了。

小伙计把妞妞安放在床板上,又给他脱下了裤子。妞妞想到了逃跑,可是身上像被抽去了筋骨,软塌塌的动都动不了。他也想喊叫,可是他干张着嘴就是发不出声音来。

小刀刘倒是很和蔼,他细声地劝慰着妞妞说:“别怕,别怕,到时候一闭眼,一咬牙就过去了。”

妞妞惶恐地看着小刀刘,浑身上下的每一块肉都在颤抖,连骨头都酥了,觉得呼吸都困难起来。

小刀刘端过一碗用洋金花叶子泡的水,让妞妞喝下去。妞妞坐不起来,小伙计上来帮助他。那水臭得呛人,没进口就恶心得想吐。小伙计扳着他的脖子,生给他灌了进去。

妞妞躺在床板上,不一会儿脑袋便昏沉起来。脑袋昏沉后身子也放松了,他似乎什么都不想了,把整个身子都交给了小刀刘。

小刀刘蘸着盆里的水,又为他洗起了下身。干吗还洗呀,难道刚才自己没有洗干净吗?

妞妞觉得小刀刘在捏摸着自己的睾丸和阳具,但是睾丸和阳具都麻木了。他只是隐隐地有些感觉,感觉到小刀刘的手热乎乎的,硬邦邦的。他闭上了眼睛,努力转移自己的注意力,他真希望自己这时候能死过去。

这时候,紧张的不仅仅是妞妞一个人。伺候在小刀刘身边的小伙计心里也一个劲儿地发抖,他也在竭力使自己镇静下来。小伙计实际上是小刀刘的亲侄子,叫刘春儿。干净身这一行也是世袭的,小刀刘大概是因为干这断子绝孙的事的缘故,上苍先让他断子绝孙了。他无儿无女,只好把这绝技传给侄子。刘春儿今年十五岁,是刚刚从乡下被小刀刘接出来的。而且净身这件事他也是第一次看见,从妞妞开始,小刀刘就要对他言传身教了。

小刀刘吩咐刘春儿:“把那只苦胆劈开。”

刘春儿从碗里拿出一只猪苦胆,猪苦胆滑溜溜的,怎么也攥不住,更不用说用刀把它劈开了。

小刀刘耐心地指导着:“这样,把胆竖过来握在掌心里,用食指和中指抠着胆嘴儿,剩下的三个指头均匀地分开,手要放松一些。你看,用刀尖儿轻轻地一割,先划一道口子,再沿着这道口子往里划,注意不要让胆汁流出来,好……拿好,就这样捧着……”

小刀刘帮助刘春儿劈开了猪苦胆,便开始为妞妞阉割。他把两只手的掌心翻过来,用两个中指和食指夹住妞妞的两个蛋蛋儿,使劲往下捋着。妞妞的蛋蛋儿被捋得垂落下来,小刀刘抄起一把尖刀,把妞妞的蛋囊横着割开,再用刀尖儿把蛋筋儿挑断,往外挤着蛋蛋儿……

这一切都在刹那间完成,连刘春儿都没有看明白。可就在这一刹那间,剧烈的疼痛潮水般地把妞妞淹没了。妞妞从来没有经受过这么样的剧痛,他浑身跳动起来,张开嘴啊地大叫起来。还没容他的喊叫声传出口腔,几乎就在他张开嘴的同时,一个剥好的鸡蛋被塞进他的嘴里。冰凉的鸡蛋堵住了他的嗓子眼,使他不但叫不出声来,还喘不上气来,憋得他浑身僵硬,使劲打挺,小肚子往外鼓。借着他拼命挣扎的劲儿,小刀刘麻利地将两只蛋蛋儿挤了出来。喷泉般的鲜血从被割开的蛋囊涌出来,小刀刘拿起被劈开的猪苦胆,啪的一下非常准确地贴在了两个蛋囊上,把伤口严严实实地敷盖起来,血流立刻被止住了。

紧接着便是“去势”,也叫割辫子,就是要割掉阳具。这在净身当中是最要手艺的活儿,要准确无误,干净利索。割浅了叫留“余势”,将来里面的会往外鼓,长出一截小阳具来。这样就必须再挨第二刀,俗称“扫茬”。如果割深了,伤口痊愈后肉会往里塌陷,形成一个坑。撒尿的时候会呈扇面形,下面乱溅。所以不少太监都有尿裆的毛病,这都是阉割的后遗症。小刀刘这一手却干得非常漂亮,他用左手的三个指头捏住妞妞的阳具,往上提一提,露出根部。然后右手挥刀,只一下那阳具便齐刷刷地割了下来。紧接着,小刀刘将一截泡软了的大麦秆儿插进了妞妞的尿道里,外面又用另一个猪苦胆敷上。然后用一块削好的窄木板放在妞妞的两腿中间，将敷着猪苦胆的蛋囊托起来。这时候妞妞的下身就像被通红的火钳子紧紧夹住了一般，疼得火烧火燎。刘春儿又把一个剥好的鸡蛋塞进了妞妞的嘴里，妞妞只觉得浑身一阵轰鸣，便疼得昏厥过去了……

以后的日子依然非常难熬，剧烈的疼痛一直在持续着。妞妞的胳膊、身子、双腿都被结结实实地绑在了床板上，动弹不得。嘴里没了鸡蛋，他倒是可以鬼哭狼嚎般地喊叫了，叫得他嗓子眼火辣辣的。他的头前放着一个皮球和一个瓦罐，里面都插着大麦秆。皮球里装着水，渴了，歪过头就能吸两口。瓦罐里盛着洋金花熬的汤，实在疼得忍不住了，就喝两口药汤，不一会儿脑子就会晕晕乎乎的，疼痛可以略微减轻一些。喝洋金花汤不仅仅是为了减轻疼痛，还为了泻肚。哗哗地拉稀，就可以减少小便的排泄，这样有利于伤口的愈合。

直到五天以后，疼痛才慢慢轻一些。他被捆绑得浑身已经僵直了，想活动一下腿脚，可是每动一下，伤口便又牵心裂肺地疼起来……

就在妞妞忍受着非人折磨的时候，冬梅也经历着一次生死劫难。

对于这件事，铁麟一直没有表态，他似乎已经把冬梅忘记了，忘得干干净净。出来进去，他总是阴沉着脸，躲进书房便不再出来，也不再到后花园喝茶了。甘戎也不知道每天到哪儿去疯，很晚才回来。回来以后也是阴沉着脸，见了谁都不理睬，像是遇见了什么烦心的事。冬梅的事，孙嬷嬷一直没有让她知道，她知道也不会为这事操心的。冬梅当然不再伺候铁麟了，孙嬷嬷说把夏草换到铁麟的身边，铁麟说不用，有韩小月就行了。韩小月的差事增加了，不但是奶妈，还得当丫鬟。孙嬷嬷跟曹升商量要给她增加工钱，曹升抠门，说什么也不同意。

最让孙嬷嬷不放心的还是冬梅。出事以后，冬梅便躲在自己的小屋里，不吃不喝也不动。整天呆愣愣地看着天花板，像是傻了。孙嬷嬷生怕她想不开，让夏草、秋叶和韩小月轮流看着她。就这样，一直耗了三天，冬梅还是这样，孙嬷嬷跟曹升商量，问他该怎么办。

曹升火了："怎么办？有什么该怎么办的？她干了这么不要脸的事还有理了？她以为她是谁呀？她是太太还是小姐，别人不怎么她，她倒犯起脾气来了。我跟你说，这事也就是出在咱老爷家里了，要是放在别的家，早就乱棍打死了。"

孙嬷嬷说："话也不能这么说，不管怎么说她还是个孩子。"

曹升更火了："什么，孩子？她那是孩子干的事吗？丢这么大的人，出这么大的丑，这要是传出去，让老爷的脸往哪儿搁？"

孙嬷嬷说:“那你说该怎么处治她?”

曹升说:“反正她不能在这家里待下去了。”

孙嬷嬷问:“你想把她赶走?她的老家可在湖南,比天边还远。”

曹升说:“回什么老家,找个主儿把她卖了得了。你也别管赔钱不赔钱了,给个十两八两银子就出手吧。”

孙嬷嬷说:“不行,冬梅的命够苦的了,咱再转手把她卖了,她还能活吗?”

曹升赌气说:“不能活就死,这不要脸的贱货死了也是臭块地。”

孙嬷嬷说:“不行,你不能卖她,要卖也得跟老爷商量商量。”

曹升说:“你可别拿这事烦老爷,你没见老爷都不理我了吗?我是管家,我说了算。”

孙嬷嬷说:“你是管家不假,可这事你不能说了算,这仨丫头都归我管,你不能说卖就卖。”

孙嬷嬷不让卖冬梅,可是又不能把冬梅继续留下了,这事她真的犯了难。孙嬷嬷对这三个丫鬟,就像对待自己的亲闺女一样,母鸡护雏似的护着,护来护去护出了事。冬梅出这事的时候,她也气得发疯,恨不得将冬梅打个皮开肉绽。可是一看冬梅要死要活的样子,她又心疼起来。该怎么办呢?有好几次,她都想跟老爷商量商量,可是曹升警告过她,不让她拿这事烦老爷。确实也是,出了这事,老爷一定也很生气。想来想去,她把这件事跟韩小月说了,让韩小月等老爷高兴的时候,问一问老爷。可是等了好几天,韩小月说,老爷跟她也不说话,看来老爷是真的生气了。

这天晚上,孙嬷嬷亲自来到冬梅的房间里。冬梅依然躺在炕上,孙嬷嬷进来她也没有起来。

孙嬷嬷坐在炕沿上:“冬梅,你就这样躺着,也不说话,也不吃东西,莫非就想这样死去吗?”

冬梅的眼泪流了下来。

孙嬷嬷说:“冬梅,你也不算是小孩儿了。自打你进入铁府以后,我就没拿你当外人。我这辈子没有孙女,你们几个就是我的孙女。你有什么话,就跟我这当奶奶的说说,行吗?”

冬梅呜呜地哭了起来,这是出事以后她第一次哭。

孙嬷嬷很慈爱地拍着她的肩膀,让她哭个够。

冬梅没有哭起来没完没了,很快就止住了哭泣。

孙嬷嬷说:“冬梅,你还年轻,出了这种事也不能怨你,都怪妞妞那个贱种。”

冬梅说:“不,不怪他……我不怪他……”

孙嬷嬷看着冬梅:“你呀你呀,跟我一样,就是心太软。冬梅,你可别想不开呀。”

冬梅呜咽着说:“孙嬷嬷,我……我不想死。”

孙嬷嬷高兴起来:“不想死就对了,你这么年轻怎么能死呢,往后的日子还长着呢。”

冬梅说:“孙嬷嬷,老爷还能让我活吗?”

孙嬷嬷说:“哪儿的话?老爷连一句埋怨你的话都没说。”

冬梅说:“我……我对不起老爷……也对不起……您。”

孙嬷嬷问:“冬梅,你打算怎么办?”

冬梅说:“我……我想见一见妞妞,就见一面,就说一句话……孙嬷嬷,妞妞还活着吗?我还能见到他吗?”

孙嬷嬷低着头不说话了。

冬梅恐慌起来:“这么说……妞妞死了?他死了……他……他是怎么死的?”

孙嬷嬷说:“他没死。”

冬梅问:“那……他在哪儿?”

孙嬷嬷说:“他……他被送去净身了……”

冬梅“啊”了一声,不再说话了。

净身室里,妞妞静静地躺在床板上,说不清是睡着还是醒着。几天以来,他都是这个样子,醒了也是迷迷糊糊的,睡了也是似梦非梦的恍惚。下身的疼痛好多了,但是他身上的绳索还没有解开,依旧不能翻身。瓦罐旁边又多了一个瓦盆,里面放着小米粥。他渴了就喝皮球里的水,饿了就喝小米粥。现在他明白了为什么小刀刘要给他记上三十斤小米的债了。窗外有一棵槐树,正是槐花盛开的时节,可惜净身室密不透风,连槐花的香气都飘不进来。但是能听得到槐树上的鸟鸣,不是什么珍贵的鸟,偶尔有一两声黄鹂的叫声,更多的则是叽叽喳喳的麻雀。

伤口不那么疼痛了,他顾得上使用一下自己的脑子了。他每天晕晕乎乎地想了很多,想过去,想未来,但是更多的是想冬梅。冬梅现在怎么样了呢?她还活着吗?冬梅不会死的,铁麟不会像许良年那么狠心。但是铁麟能轻饶冬梅吗?会不会打她?会不会把她卖掉?天呀,要是把冬梅卖掉就麻烦了,将来自己入宫以后怎么找她?

妞妞想来想去,想通了一个道理,也说不上是什么道理,只是一个结论。他活到十四岁,世界上所有的人都对不起他,都不把他当人。在父亲的眼里,他只是五间砖瓦房;在许良年的眼里,他只是一个玩物;在许良年那些姨太太眼里,他只是供她们使用的家什;最好的要算是铁麟了,可是他在铁麟面前能算什么?最多算是一个讨人喜欢的小猫小狗而已。只有冬梅,在冬梅面前他是一个人,一个有血有肉的人,一个独立自主的人,一个可以让人信赖、让人依靠、让人爱的男人。可他却把冬梅害了。如果说所有的人都对不起他,那么他是对不起冬梅的。

他没有家了,没有主人了,他要伺候皇上去了。他前面有亮,他会朝前走的。万一能混出点儿名堂来,哪怕能积攒几两银子,那么该报答的只有冬梅。

他正在胡思乱想,刘春儿进来,他仿佛看见,刘春儿的后面还跟着一个人。

天呀,这不是做梦吧? 居然是冬梅。

冬梅从外面被带进这黑咕隆咚的屋里,眼睛还不适应。她什么也看不见,摸索着朝里面走着。突然,一阵恶臭扑面而来,把她呛得差点儿吐出来。

刘春儿说:“你们说话吧,我走了。”

又过了半天,冬梅才看清楚床板上躺着的妞妞。

妞妞依然不相信这是真的,连连说:“冬梅,是你吗? 真的是你吗? 我不是在做梦吧?”

冬梅摸索着过来:“妞妞,你……”

话没说出来,冬梅便哭了起来。

妞妞劝慰着说:“冬梅,别哭,别哭……我跟你说过,我原本就该去当太监的,这是命……人是抗不过命的……”

冬梅靠近妞妞的身边:“他们……把你的根……割掉了?”

妞妞说:“没事,快过去了,现在不疼了,再养些天就好了。”

冬梅仔细地看了看,见妞妞的下身赤裸着,满屋里充满了大小便的骚臭气味,还有妞妞身上的汗臭。冬梅忍不住了,说:“笤帚在哪儿? 我替你打扫打扫吧?”

妞妞说:“不,不用,这屋子不能透风,再熬些天就好了。你来了,咱先说说话吧。”

冬梅说:“你要进宫了,我恐怕在铁府也待不下去了,咱们这辈子恐怕……

恐怕很难见面了……”

说着，冬梅又哭了起来。

妞妞拉着冬梅的手：“冬梅，无论到哪儿，我这辈子都不会忘了你。我老了，我从宫里出来，一定会去找你……”

冬梅说：“我今天来，就想跟你说一句话。说完这句话我就走，这是我答应孙嬷嬷的。”

妞妞说：“你说吧，我听着，无论什么话，你都跟我说吧。”

冬梅把妞妞的手拉过来，放在自己的肚子上。

妞妞不明白，继续催促着：“说呀，有什么话你就说吧。”

冬梅使劲地在自己的肚子上按了按妞妞的手。

妞妞还是没明白：“说呀，别担心，你说什么我都能听，都愿意听。”

冬梅说：“我说的就是这个。”

妞妞问：“你说什么了？”

冬梅又用劲按了按妞妞的手：“你还不明白吗？”

像一道闪电划过了妞妞的眼前：“这么说……你……”

冬梅低下了头。

妞妞侧过身，使劲抱着冬梅，大号起来：“冬梅，我的恩人啊……”

冬梅也紧紧地抱着妞妞哭了起来。

妞妞哭着说：“冬梅，我……我谢你了……你是我的恩人，是我的救星，是我的活菩萨……冬梅……你一定要把……我的孩子生下来……你知道吗？这太重要了……比天还重要……一个太监……就是总管太监……他混得多体面，他多有钱，都不能有自己的孩子……太监都要花钱买儿子，干儿子……可是我……我妞妞……却有了自己的亲骨肉……冬梅呀冬梅……你可千万要把孩子生下来呀……我妞妞……这辈子……一定……一定好好待你……我……我的恩人啊……”

冬梅也哭着说：“妞妞，你放心吧……我跟孙嬷嬷说过……我不想死……我不想死就是要把你的孩子生下来……妞妞，你也要挺着……熬过这一关……我们兴许还有见面的时候……妞妞……”

妞妞也哭着给冬梅鼓劲儿：“冬梅……我的恩人……我的姐姐……我的亲人……你知道吗……我已认了个干爷爷……我在宫里有靠山了……我能混好……一定能混好……我混好以后……不，我进宫后就立马给你捎信儿……你等着我……冬梅……你可要等着我……”

冬梅说:“妞妞……你放心……我等着你……我一定把咱们的孩子养活……妞妞,你给孩儿起个名字吧……你是爹了……不管男女,总是你的骨肉……”

妞妞说:“冬梅……太谢谢你……我这辈子什么都有了……什么都不缺了……我知足了……太知足……孩子的名字……我……我一时怎么想得出来呢? 你肯定想过了,想好了,你告诉我就行了……”

冬梅说:“我想是想了,可是不算数……要听你的……”

妞妞说:“你快说吧,告诉我就行了……”

冬梅说:“我想了想……要是男孩儿就叫……阳阳……因为我是衡阳人……要是女孩儿就叫小梅……让她别忘了我这个妈……只是不知道该让孩子姓什么……”

妞妞连连说:“好好……阳阳很好,小梅也很好……姓什么……姓什么……我在家时姓胡……现在随了师傅姓刘了……可是咱的孩子……我不想让他姓胡……也不想让他姓刘……冬梅……你姓什么? 我一直也没有问你姓什么……”

冬梅说:“我姓李……姓的是我舅舅的姓……”

妞妞又问:“那你亲爹呢? 他姓什么?”

冬梅说:“我也不想让咱的孩子姓我家的姓,我也恨……恨死他们了……”

妞妞突然脑子里闪过一道亮光:“冬梅……有了……有了……就姓你的姓……咱的孩子就姓你的姓……”

冬梅说:“我不是说了吗……我不愿意让孩子姓我爸爸的姓……”

妞妞说:“不是你爸爸的姓,是你的姓……”

冬梅说:“我也不想让孩子姓我舅舅的姓……”

妞妞说:“也不是你舅舅的姓,是你的姓……”

冬梅说:“我……我哪儿有什么姓?”

妞妞说:“你不是叫冬梅吗? 就姓梅不是很好吗?”

冬梅说:“姓梅? 有姓梅的吗?”

妞妞说:“当然有啦,我们县有一个举人就姓梅……”

冬梅说:“那太好了,咱也让咱的孩子读书,将来考秀才,考举人,考状元……”

妞妞抱着冬梅又呜呜哭起来:“冬梅呀……我……我高兴啊……”

冬梅也哭起来:“妞妞啊……今日见了你……我有活头儿啦……”

等在外面的孙嬷嬷听到这疯疯癫癫的哭叫声,不知道出了什么事,急忙跑了进来……

第二十七章

天气阴沉得让人喘不上气来,抓一把空气似乎都能拧出水来。昏暗的河面上,舟船都变得模糊起来。不远处,纤夫的号子声更加显得低沉凝重,像是地狱里呜咽的悲风。大光楼前的空气也似乎凝固了,没有人说话,每个人的脸上都像铅灰色的乌云。铁麟依然站在大光楼前,他没有举着千里眼四处观光,他今天没有这个心情。他双手扶着栏杆,面对着大运河的千樯万艘,脑袋也像心情一样沉甸甸的,心里的怒气一股一股地往上拱,拱得他心口窝发疼。他现在只想发火,只想咆哮,只想骂娘,可是他骂谁呢?

见铁麟一声不响,金简、许良年以及仓场总督衙门和坐粮厅的大小官员一个个都像避猫鼠一样,小心翼翼低眉垂目,生怕有什么差池引起仓场总督的雷霆大怒。大光楼无声无息,连进进出出的随从都不敢交头接耳。

只有夏雨轩还表现得从容一些,他知道出了事,也知道出了大事,但是他不知道出的是什么事。然而从每个人的表情来看,肯定是漕运码头出了事,而不是他通州地面上出了事。他站在大光楼上陪伴着铁麟,铁麟不说话,他也不好问。闲得无所适从,他举着铁麟的千里眼,漫不经心地看着。天气不好,影响了千里眼的望远效果,远近的景色也是模模糊糊的。夏雨轩总想站在大光楼上用铁麟的千里眼看看所谓的通州八景,天气好的时候可以将这些景色尽收眼底。可是天气好的时候一直没有找到机会,今天彤云密布,他还能看见什么呢?

“古塔凌云”且不用说,离得太近,用肉眼都能看个一清二楚。通州城就是一只船,燃灯塔就是桅杆,每年正月十五那天夜里,燃灯塔和三十里外的孤山塔都要悬挂灯笼,这是一对姊妹塔,一年也只有这一次遥遥相聚的日子,倒有点儿像鹊桥相会。“二水会流”也在不远处,潮河与温榆河在此相会,泾渭分明地奔流南下,互不相融。铁麟曾经有诗云:甘芳谁判淄渑味,清浊原分泾渭流。“波分凤沼”则更近一些,葫芦湖的北面有一座响闸,河水日夜飞泻,其势如帘,其声隆隆,珠迸玉碎。柳荫下孩童裸泳,城墙上文人遣兴,远眺乡野炊烟缕缕,山岚雾霭蒙蒙。西看是“长桥映月”,这被通州人称作八里桥的三孔石桥虎踞龙盘般地镇守着通惠河。据说到了明月高悬的时候，每一个桥孔都映着一轮银盘，月光浮动，水月交辉，撩人心魄……突然，夏雨轩的千里眼在“柳荫龙舟”下凝聚不动了。那里有一片没人高的大草甸子，一个女孩儿在前面狂跑着，一个年轻人在后面紧追着。女孩儿大概是跑向河边的，年轻人追得很急，不知道出了什么事。夏雨轩开始时只是为这一对年轻人担心，及至后来，那个年轻人追上了女孩儿，女孩儿却一头扑在了年轻人的怀里。这该是属于非礼勿视的镜头，但是夏雨轩却不得不视，更不能视而不见。因为他在千里眼里看清了，那个女孩儿是甘戎，而年轻人正是他一直视为未来女婿的陈天伦。女孩儿大概是趴在陈天伦的怀里哭着，陈天伦并没有松开她，而是一直紧紧地把她搂在怀里，直至两个人倒在草地上……

夏雨轩浑身颤抖起来，千里眼险些从他的手里掉下来。他脸色煞白，嘴唇发紫，两只眼黑乎乎的，只觉得天旋地转，身子摇晃起来。

金汝林走过来，悄悄地扶住了他，轻声问：“东翁，您怎么了？”

金汝林虽然已经离开了夏雨轩，还是按照他当师爷时的习惯称呼着夏雨轩。

夏雨轩伸手抓着了楼上的扶栏，摇了摇头说：“没事……没什么。”

金汝林见夏雨轩手里抓着的那只千里眼，疑惑地问：“东翁，您是不是看见了什么？”

夏雨轩慌忙说：“不不……没……没有……我什么也没看见。”

金汝林本想要过那只千里眼查寻一下，见夏雨轩死死地抓住不放，也不好强要。

此刻，陈天伦跟甘戎确实紧紧地搂抱在一起，可是他们并没有沉浸在幸福之中，而是陷入了极大的矛盾与困苦的陷阱里。丢了密符扇，终于酿成了今日的大祸。甘戎觉得丢失密符扇她有不可推卸的责任，一定要跟父亲说清楚。陈天伦不同意，甘戎要是把他们丢失密符扇的经过告诉铁麟，铁麟能受得了吗？铁麟能轻饶她吗？

密符扇是他们在大运河边的闸房里丢失的，那时候两人都脱了衣服，在那简陋的土炕上制造着逾越礼仪的罪恶……这能说得出口吗？说出去陈天伦不怕身败名裂，甘戎怎么办？别忘了她可是皇族宗室的千金，是朝廷二品大员的掌上明珠……陈天伦拦着她，拼死不许她说，一切罪过都由他一个人承担。

两个人这痛苦而又非同一般的关系，却让夏雨轩从千里眼里看见了。

夏雨轩神情恍惚地站了一会儿，对金汝林说：“我……确实有点儿不舒服，你跟铁大人说一声,我先回去了。要是有什么重要的事,你再打发人去通知我……”

金汝林扶着夏雨轩说:“我送您回去吧。”

夏雨轩说:“不……不用,我的轿子就在下面。”

金汝林搀扶着夏雨轩朝楼下走,夏雨轩手里的千里眼始终没有松开。金汝林想提醒他该把它还给铁大人,又没好意思开口。

夏雨轩下了大光楼沿着石坝漫无目的地走着,他依然晕晕乎乎,魂不守舍。遇见了这样的事,他不知道该怎么办。这是他做梦都没有想到的事情,陈天伦怎么会跟甘戎搞在一起了呢?甘戎那丫头也实在是太疯了,一点儿都不像名门里的大家闺秀。怨谁呢?都怨自己。夫人跟他说了好多次了,都快把他的耳朵磨破了,让他跟陈日修商量商量,早点儿把夏雪儿和陈天伦的婚事定下来。可是他一直不急,或者说一直犹豫。他犹豫什么呢?他盼望陈天伦能像他一样,参加乡试中举,获得一个功名,这样再给女儿定亲光光亮亮。可是,没想到陈天伦却犯起了一根筋儿,为了把持住“盈”字号军粮经纪,居然放弃了科考。这划得来吗?原来他只以为是陈天伦年轻气盛,报国心切,又为了不辜负铁麟大人的器重……没想到他错了,大概所有人都错了,陈天伦是为了甘戎……

也怨陈日修,自己的儿子那么大了,你为什么还不主动地来求亲呢?这种事男方不主动女方能主动吗?我的闺女嫁不出去了,非要求着你不行?

夏雨轩走到斛神庙附近,突然看见夏雪儿的丫鬟红红从后面的人群里走出来。往后一看,一顶小轿停在了斛神庙后面。夏雨轩迎上前去。

红红正匆匆走着,猛然见到挡在了面前的夏雨轩,想躲又躲不及,慌慌张张地叫了一声老爷,两只手不由自主地藏到了身后。夏雨轩觉得很奇怪:“你干什么去?”

红红惶惶地说:“我……我出去给大小姐买点儿花线……”

夏雨轩突然问:“你手里拿的是什么?”

红红更加惊慌了:“没……没什么?”

夏雨轩沉下了脸:“把手伸出来。”

红红无奈只好伸出了手,右手的掌心里攥着一个小布包儿。夏雨轩拿起小布包儿打开,却是一个新做成的扇袋,做工非常精美,上面绣着戏水的鸳鸯,一看就知道是雪儿的手工。一种不祥之兆首先使夏雨轩震撼了,他心里一阵惊悸,厉声问:“这是给谁的?”

红红竭力掩饰着:“没……没给谁……我……我做着玩的。”

夏雨轩火了:“你做的？你以为我看不出来吗？这是雪儿做的！说,这东西雪儿让你去送给谁?”

红红慌忙跪下来:“老爷恕罪……”

夏雨轩咆哮起来:“是不是去送给陈天伦?”

红红低着头说:“是……”

夏雨轩又问:“雪儿在哪儿?”

红红说:“在……在那边的轿子里。”

夏雨轩说:“你们到这儿来干什么?”

红红坦白地说:“听说码头上出事了,小姐不放心,让我陪她一起来看看。”

夏雨轩说:“你们快回去,你告诉雪儿,从今以后,不许再理睬陈天伦,更不许给他任何东西。”

夏雨轩说完,怒冲冲地又朝大光楼的方向走去。

红红急忙跑进夏雪儿的轿子旁,慌慌张张地把刚才夏雨轩的那些话告诉了夏雪儿,夏雪儿一下子傻了,到底出了什么事呢?

红红问:“咱们回去吗?”

夏雪儿无奈地说:“老爷让回去,咱敢不回吗?”

红红说:“可是……据说今天的事跟陈天伦有关联……”

夏雪儿又犹豫了。

大光楼前的气氛依然十分紧张,铁麟依然站在楼顶上,阴沉的脸面对着阴沉的天空。楼下面站满了人,除了坐粮厅三班、六役、八科、六十四巡社、七十二行吏胥以外,还有中西两仓的监督书吏,石坝州判,土坝州同,通济库大使,通州税课司大使等大小官吏数百人。见这里的气氛反常,谁也不敢大声喧哗,可是又都觉得奇怪,一个个窃窃私语,互相打听着消息。没有人知道,问谁都摇头。

刘大年悄悄地踱到林满帆的身边,低声问:“林老弟,这到底是怎么回事?”

自从林满帆不请自到参加了刘大年外孙女满月的宴席,又推心置腹地喝了一次酒以后,两个人便成了莫逆之交。至少刘大年是非常真诚地想交林满帆这个朋友的。当然,林满帆也不会拂了刘大年这番好意。刘大年考虑到林满帆跟金汝林的密切关系,想必他会知道一些内情。没想到林满帆却说:“我也不知道。”

刘大年说:“金监督就没透露一点儿消息?”

林满帆说:“恐怕金监督也未必知道。”

刘大年说:“天呀,可能要出大事了。”

林满帆担心地说:“出什么大事?”

刘大年说:“你想呀,仓场总督和坐粮厅的官员都来了,又把咱们这些芝麻绿豆官也召集来了,没有大事能这么兴师动众吗?”

林满帆忧虑地说:“会有什么事呢?”

刘大年说:“你瞧着吧,这事小不了,弄不好就会有人掉脑袋。我在仓场上待了这么多年,还没见过这阵势呢。”

林满帆说:“那你揣摩一下,会在什么地方出事?”

刘大年说:“捉摸不透,瞧瞧再说吧。你看,金简和许良年二位大人肯定知道。”

林满帆不由得朝大光楼前面看了看,那里的案桌前面,转悠着金简和许良年。大概是铁麟一直没有下楼的缘故,两个人谁也不敢坐。转悠一会儿就凑到一起嘀咕两句,谁也猜不出他们嘀咕的是什么。但是细心的人一定会发现,金简和许良年虽然也脸色阴沉,却流露出一种微不可察的窃喜得意甚或幸灾乐祸。

这个细心人不是别人,就是隐藏在人群里密切注视着这一切的唐大姑。

大运西仓衙署后面那片弥漫着鬼气妖雾的坟场,原来是青帮的义冢。自雍正年间青帮承运漕粮以来,在杭州、淮安、德州、通州等地置下了不少庵庙和义冢。运丁水手常年奔波在三千里大运河上,饥寒劳碌,风雨飘摇,生活和生命都没有保障。为了让陷于病困中的运丁有个遮风避雨的地方,便需要修建一些庵庙。为了让病老而亡或意外夭折的运丁有个掩埋尸骨的地方,便置下了一些义冢。大运西仓衙署后面的那片义冢有近百年了,埋在里面的运丁及其家属多达数千。好多后来掩埋的尸骨,由于没了安放的地方,只好在坟上加坟。及至后来,这片坟场里坟头重叠,碑石杂陈,浑然一片,已经分不出张三李四了。

没有人关心这片义冢,也没有人关心运丁的尸骨。这里是游魂野鬼兴风作浪的恐怖之地,白天孩子不敢走近,晚上男人不敢路过。然而,周三爷却把这片坟场惦记在心里,就像他一直把运丁的命运惦记在心里一样。

这天早上,周三爷起来以后就让顾全研墨铺纸,让他写一些重要的文书。

顾全也不多问,把笔墨准备好了,静候着周三爷的吩咐。

周三爷坐在太师椅上,让燕儿帮助顾全铺纸捧砚,那架势非常郑重。

顾全举着笔准备着,态度也凝重起来。

周三爷端着茶杯洇了洇嗓子，念了一首诗：

凡我同参为弟兄，
友爱当效手足情。
宽忍和睦真铭训，
安清义气美名存。

周三爷一句一句地念，顾全一笔一笔地写，写好以后，燕儿双手拎起来晾放在一边。

周三爷又念了一首诗：

老弱饥寒与贫苦，
孤独鳏寡身无主。
济老怜贫功德重，
转生来世必报补。

顾全写好，燕儿又拎起来晾放在一边。

周三爷又念了第三首诗：

穷安清来富道情，
光棍挣钱大家用。
让老让小让妇女，
光棍要名不要命。

顾全照周三爷的吩咐写着，觉得这首诗有点儿粗俗，便说："光棍是什么？能不能换个别的词？"

周三爷说："光棍就是光棍，换什么？什么都不能换！"

顾全问："那什么叫光棍？"

周三爷说："一尘不染谓之光，直而不曲谓之棍。光者明也，棍者直也，光棍者，即光明正直之谓也。或曰一贫如洗，只有手中之棍，故称光棍。"

顾全听着周三爷的话，眼睛都直了。真没想到，一个粗俗不堪的"光棍"二字，居然让周三爷讲出了那么多的名堂。

周三爷接着说:“天下光棍有三条:南天门的娑罗树,老寿星手中的龙头拐杖,可算一条光棍;弼马温齐天大圣孙行者的金箍棍,可算第二条光棍;宋太祖赵匡胤用的盘龙棍,可算是第三条光棍……”

顾全无话可说了,周三爷讲的这些他闻所未闻,让他大长了学问。

周三爷依然正襟危坐,一本正经,像是做着一件很神圣的事情。

顾全忍不住问:“三爷,您让我写这些到底干什么呀?”

周三爷说:“大运西仓衙署的后面有一片义冢,那是我师傅的师傅当年为运丁水手买下的,到如今那里已经荒乱不堪了。我已经八十多岁了,还想再为弟兄们办一件好事,就是把那片义冢整理一下,再修一个庵堂。近年来运丁水手的日子越来越不好过,滞留通州的船只也越来越多。运丁水手离不开通州,连个遮风躲雨的窝儿都没有……”

顾全说:“您要办这事跟让我写这些诗有什么关系?”

周三爷说:“我眼下手边有几个钱,但是要修坟建庵还不够,还需要找几个兄弟帮衬一下。我打算过两天搞个聚会,在聚会上把这些诗给兄弟讲讲。这可是‘前三祖’和‘后三祖’给立下的规矩。”

顾全知道周三爷讲的是青门里面的事情,他愿意说多少就说多少,不愿意说的顾全也不便多打听。

周三爷说:“要办成这件事,你还得给我帮个忙。”

顾全说:“我能帮什么忙?”

周三爷说:“这毕竟是在通州地面上办事,没有知州大人的准许和支持是不行的。你跟夏雨轩大人不是朋友吗?你得替我跟他打个招呼,求他照应一下。”

顾全为难地说:“您快别提夏雨轩了,我不是跟您说过吗?上次给铁麟画像的事把他得罪苦了,他要是见了我不把我关进大牢就是便宜,我还敢去求他?”

周三爷说:“提起给铁麟大人画像的事,我总想跟你说说,可是一直没找到这个话茬儿。铁麟大人可是我的朋友,这我跟你说过。我说他是我的朋友不是给自己的脸上贴金,是铁麟大人一直把我当成朋友的。也不是说我的朋友你不能得罪,实在是你冤屈了铁麟大人。自从他任仓场总督以来,兴利除弊,干了多少顶着雷的事?我敢说,在这漕运码头上铁麟是难得的清官能吏,你怎么能说人家‘没脸’呢?”

顾全说:“我后来也听说了铁麟大人的许多事情,我知道我错怪了他,可是水泼出去了,话说出去了,怎么也找补不回来啦。”

周三爷说:“怎么会找补不回来呢?你错了就错了,低头承认就是了。你说人家‘没脸’,自个儿也别梗着脖子顾脸面吧。”

顾全说:“我倒不是顾脸面,负荆请罪我都可以干,就怕人家不领我这份情。人家是朝廷的二品大员,我算什么?一介书生,草民百姓而已。”

周三爷说:“据我所知,铁麟大人可不是那小肚鸡肠的人。这事我看好办,你不是那张像没给他画完吗?给他规规矩矩地画张像,让夏雨轩带着你送过去就行了。夏雨轩看见你将功补过,也不会难为你的。”

顾全低头想了想,觉得周三爷说的也不失为一个补救的办法,只是一时还拿不定主意,不好说什么。

这时候,蔺大鼻子风风火火地进来了。这位蔺大鼻子是青帮的联络官,就是当初铁麟跟金汝林寻找兰儿时,在古城小角落酒馆见到的那个跟小伙计‘挂牌子’的人。顾全不知道他叫什么,只知道他绰号叫蔺大鼻子。蔺大鼻子看来很兴奋,伏在周三爷耳边说了一句什么,周三爷也兴奋得叫起来:“真的?在哪儿?”

蔺大鼻子说:“在济宁卫的老官船上。”

周三爷高声说:“顾先生,燕儿,你们听着,我答应你们的事情做成了,那个害得燕儿家破人亡的谢大麻子抓到了。”

顾全和燕儿一听,又高兴又激动,一时不知道该说什么好了。突然,燕儿咚的一声给周三爷跪下了,哭着说:“老爷……恩人啊……”

周三爷急忙把燕儿拉起来,抱在怀里,安慰着说:“燕儿,别这样,我早就该问问你,这都是我的大意,你的仇人就是我的仇人,现在抓到那个王八蛋,已经让他多活了那么长时间,太便宜他了。”

顾全也激动地说:“三爷,我是个书生,百无一用是书生,平时连只小鸡子都不敢杀,这次您一定要让我亲手宰了那王八蛋。”

燕儿伏在周三爷的肩头上哭叫着:“爸啊……妈啊……周三爷给您报仇了……燕儿给您报仇……”

蔺大鼻子又悄悄地对周三爷说:“三爷,那小子是门槛里的人。”

周三爷一愣,问:“什么辈分的?”

蔺大鼻子说:“是‘通’字辈的。”

周三爷说:“哼,是我重孙子辈的,好啊,那就实行家法。”

蔺大鼻子说:“那我先去准备一下,您什么时候过去?”

周三爷说:“你跟济宁卫的老官说一声,选好了设香堂的时辰,我收拾收拾就去。”

铁麟已经坐在了大光楼下，犹如坐在仓场总督的大堂上一般神威凛凛。前面黑压压挤满了人。没有一点儿声息，数百人的广场上居然静得听得见人们的喘息声。

铁麟的脸依然像天空一样阴沉瘆人，大胆一点儿的官员偷偷看他一眼，而绝大多数人都老老实实地低着头。大祸临头的时候，每一个人都是想最大限度地保护自己，谁也不会没事惹事的。

夏雨轩注意到，陈天伦和甘戎从远处跑来了。两个人都神情慌乱，气喘吁吁。

铁麟朝人群里扫了一眼，威严地喊道："户部坐粮厅厅丞金简。"

金简急忙上前，弯腰施礼："下官在。"

铁麟命令说："宣读圣谕。"

金简挺直了腰板，高声宣布："现在宣读皇上圣谕——"

呼啦啦大光楼前跪下了一大片官员，有些不是官员的平头百姓看见这阵势也都不自觉地跪了下来。

金简高声宣读着："查大通桥掺假漕粮一万二千三百六十五石，均系坐粮厅所收，令仓场总督铁麟严查此案，限十日内侦破，并严罚重判营私舞弊、违纲乱法之徒。无论何人一律严惩不贷……"

金简宣读完皇上圣谕，人们呼啦啦从地上爬起来，依然战战兢兢地等候着事态的发展。

铁麟的脸色越来越难看，似乎满腔的怒火就要从胸膛里喷射出来。出了这么大的事，他是有着不可推卸的责任的。自从他担任仓场总督以来，便将严守收兑关口作为革除漕弊的主要措施之一。为了实施这个有力的措施，他大胆地起用陈天伦为"盈"字号军粮经纪，跟坐粮厅明争暗斗，不知道付出了多少心血。可是最终事情还是出在收兑假粮上面。而且收假一案，不是在土石两坝上发现的，而是在大通桥被查出来的。大通桥是漕粮进京入仓的最后一道防线，检查非常严格。更让他受不了的是，大通桥查出掺假漕粮以后，没有报告坐粮厅，也没有报告他这个仓场总督，而是直接禀报了皇上。这不是直接给他上眼药吗？皇上的圣谕又如此严厉，可见朝廷对他铁麟的态度了。

听说大光楼前出了事，陈日修连衣服都没有穿好就风风火火地跑来了。跟在他后面的是他的侄子陈小虎，陈小虎本来牵了匹马让他骑着来，他等不及了，甩开两条腿就瘸拉瘸拉地往前跑，倒是陈小虎骑着马在后面紧追着。陈日修见大光楼前黑压压挤满了人，立刻把心提到了嗓子眼儿下面，慌慌张张地往人群里面挤着。

他想找陈天伦，他最担心的是自己的儿子。两年以来，儿子担任“盈”字号军粮经纪虽说是屡受上司表彰，可他依然是终日提心吊胆。他知道漕运码头上的水有多深，也知道漕运码头上暗布着多少陷阱。陈天伦初生牛犊不怕虎，可是害你的不是虎，不是狼，而是蛇蝎毛虫，是蚊子跳蚤臭虫，让你躲无可躲，防不胜防。这个道理他不知道跟陈天伦讲过多少次，陈天伦表面上点头逢和，心里却根本就没有当回事。

陈天伦没有找到，夏雨轩却从前面的人群里出来了。陈日修发现夏雨轩的脸色很不好，便担忧地问：“到底出了什么事？”

夏雨轩说：“大通桥查出了掺假漕粮，皇上发了雷霆之怒，限期查处。”

陈日修马上想到了自己的儿子：“跟天伦有关系吗？”

夏雨轩说：“现在还很难说，我也不清楚，铁麟大人正在大发雷霆。”

陈日修问：“天伦在哪儿？”

这一问，把夏雨轩的火气勾出来了。你儿子在哪儿？你儿子跟仓场总督的女儿在一起鬼混！亏他还是个读书人，还是国子监的贡生，一点儿礼义廉耻都不讲了……夏雨轩这些话只是在肚子里翻了一个滚儿，却无论如何说不出来。他见陈日修那一副惶恐不安的样子，心里也担忧起来。跟陈天伦怎么会没关系呢？至少他是“盈”字号军粮经纪，是一百名军粮经纪的头儿，任何一个军粮经纪收兑了假粮，他都无法逃脱干系。

正在这时候，他突然发现两个姑娘正在往人群里挤着。他心里一震，是自己的女儿雪儿和丫鬟红红。他刚刚压下去的怒气又轰地涌了上来，甩下陈日修，急忙朝人群里奔去。陈日修不知道夏雨轩去干什么，也紧跟着他朝前走着。

夏雨轩怒气冲冲地抓住雪儿，把她拖出了人群，红红吓得脸都白了，一个劲儿地说：“老爷……老爷……您别生气，是我不好，我不该……”

雪儿被父亲当众拉了出来，也觉得受了巨大的屈辱，小脸蛋儿憋得通红，眼睛里噙满了泪水。

夏雨轩暴怒地说：“我不是告诉你快点儿回去吗？你怎这么不听话？”

雪儿委屈地说：“我……我听说……我不放心……”

夏雨轩说：“碍你什么事了？这里的事跟你有什么关系？”

陈日修见了，觉得夏雨轩对自己的女儿管教得太严厉了，有点儿过分，便替雪儿辩解说：“雪儿也是担心天伦，跟我一样……”

夏雨轩积压了许久的怒火终于爆发出来，冲着女儿嚷道：“我告诉你，陈天伦跟你没关系,一点儿关系也没有,你快给我回去!"

夏雨轩说完,扔下了雪儿,也扔下了陈日修,独自朝大光楼前面走去了。

雪儿傻了,长了这么大,还从来没见过父亲对自己这么凶,她是父母的独生女儿,父母对她一贯娇惯疼爱,从来没跟她发过脾气,更没有用这么难看的脸色跟她说过话。父亲今天是怎么了?他为什么说陈天伦跟我没有关系呢?还一点儿关系也没有?难道父亲改变了主意,不同意把她嫁给陈天伦了?刚才红红跟她说父亲不让她再理睬陈天伦的时候,她还没有多想。她只是想,作为一个女孩儿,应该规规矩矩地待在家里,父亲肯定是不喜欢她到处乱跑才生的气。没想到,父亲又亲口对她说不许理睬陈天伦……陈天伦到底怎么了?

陈日修也傻了,夏雨轩怎么说出了这么难听的话呢?这话是说给雪儿的,可分明也是让他听的。陈天伦怎么了?就算陈天伦犯了罪,你也不应该这么快就把自己摘得这么干净呀。夏雨轩不应该是这种翻脸无情的人啊。他们十几年的交情了,难道遇上这么点儿磕碰就义断情绝了?陈日修很伤心,也很气愤,更为陈天伦担心。一种非常复杂的感情使陈日修茫然失措,心里空空荡荡的不知道该如何是好。

夏雪儿哭着问:"陈伯伯,我爸爸是怎么了?天伦哥出了什么事?"

陈日修看见夏雪儿那副伤心委屈的样子,只是喃喃地说:"怎么了?是啊……怎么了?到底是怎么了?"

大光楼前,铁麟暴怒的叫喊声把所有的人都震动了:"传'盈'字号军粮经纪陈天伦!"

陈天伦立刻上前:"大人,卑职在。"

铁麟啪的一拍惊堂木:"陈天伦,你可知罪?"

陈天伦说:"卑职有罪。"

铁麟问:"这么说,大通桥查出的这批掺假的漕粮是你收兑的了?"

陈天伦说:"请大人明察,这批漕粮实在不是卑职收兑的。"

铁麟喝道:"你还想狡辩,抬上来!"

几个衙役抬上来一大摞装漕粮的麻袋,每一个麻袋上都画着一种独特的密符。

陈天伦看着麻袋上的符号,立刻觉得头晕目眩,险些栽倒在地。

铁麟拍案嚷着:"陈天伦,你好好瞧瞧,这是谁的密符?"

陈天伦说:"确实是'盈'字号密符。"

铁麟问:"那这漕粮是不是你收兑的?"

陈天伦说:“不……不是。”

铁麟问:“不是你收兑的漕粮,为什么这上面画着‘盈’字号密符?”

陈天伦无言以对了。

铁麟又高声喝道:“大胆陈天伦,还不快跪下?”

陈天伦咕咚一声跪在了地上。

铁麟离开了案桌,走到陈天伦面前,痛心疾首地说:“陈天伦啊陈天伦,你可太让本官失望了。我见你年轻气盛,血气方刚,又有一片拳拳报国之心,建功立业之志,破格提拔你为‘盈’字号军粮经纪,万万想不到你居然也经受不住真金白银的诱惑,干出了这扰乱朝纲伤天害理之事。你伤了老夫的心事小,毁了自己的前程实在可惜啊……”

陈天伦跪在地上,一声不响,静静地听着铁麟教训。

站在人群外面的陈日修浑身发抖,嘴唇发青,眼看就要倒了下去。

夏雪儿和红红紧紧地搀扶住了他。

陈日修像遭受着霹雳一样地挣扎着,绝望地说:“这……这……怎么可能呢……”

夏雪儿也惊吓得瑟瑟发抖,她努力镇静着自己,对陈日修说:“不……这不可能……绝不可能……”

陈日修突然声嘶力竭地叫喊起来:“天伦……天伦呀……你怎么不说话呀?到底是怎么回事,你跟铁大人说清楚呀……天伦,你说话……快说话呀……”

陈天伦听见了父亲的喊叫声,回过头来,哭喊着说:“爸爸……我……我说不清楚啊……”

铁麟厉声说:“不许喧哗,陈天伦,你有什么话对本官说。”

陈天伦又低下了头:“大人,卑职无话可说……”

铁麟突然转过身来:“那好,既然你无话可说,那就听着……”

夏雪儿突然叫了起来:“不……天伦……大人,陈天伦冤枉啊……”

夏雨轩一愣,发现女儿叫喊着朝人群里挤。他想阻拦女儿,但又离得太远。正在这时候,另一个女孩儿抢先冲到了陈天伦的面前,高声叫着:“爸爸……不……铁大人……我替陈天伦说,我能说清楚……”

铁麟看见自己的女儿甘戎突然闯了进来,暴怒地喝道:“住口,你来捣什么乱?”

甘戎说:“我不是来捣乱,我是来做证,这批漕粮确实不是陈天伦收兑的……他……他的密符扇丢了……”

铁麟大喊着:“来人,把甘戎给我押下去!”

立刻上来几个虎狼般的衙役,押着甘戎朝大光楼里面推去。

甘戎依然大叫着:“陈天伦没有犯罪……是有人陷害他……他的密符扇丢了……我可以做证……”

铁麟见甘戎无法无天地替他喊冤,更加气怒了,转身问陈天伦:“甘戎是来为你求情的,你有什么话说?”

陈天伦急忙说:“不……大人……此事与甘戎无关……全是卑职一人所为……卑职知罪,甘愿受惩……”

铁麟抬起头,高声宣判说:“陈天伦听着,念你是国子监贡生,免去杖责,枷号一个月示众,发配宁古塔给披甲人为奴……”

立刻上来几个衙役,给陈天伦戴上枷锁,连推带搡地带走了。

铁麟转身朝大光楼里走去。

人群里立刻骚乱起来,陈日修眼前一黑,倒在了大光楼前。夏雪儿立刻扑上前:“陈伯伯……陈伯伯……”

夏雪儿哭着抬起头来,见父亲正走来,哀求说:“爸爸,快……快救救陈伯伯……”

夏雨轩蹲下身,将陈日修从地上扶起来:“陈兄……陈兄……你可要挺住啊……”

大光楼里,甘戎一把抓住了父亲,瞪着眼睛质问着:“你……你为什么这样处罚陈天伦?”

铁麟说:“戎儿,你不懂,不要管闲事了好不好?”

甘戎说:“爸爸,你听我说,这不是闲事,这事跟女儿有关系。爸爸,你别拦着我,让我把话说完好不好?”

铁麟说:“我刚才问过陈天伦了,他说此事与你无关,你别瞎掺和。”

甘戎说:“他说无关不能算数,您得听我把话说完。”

铁麟说:“你说吧,这事跟你有什么关系?”

甘戎说:“这批漕粮不是陈天伦收兑的,有人偷了他的密符扇……”

铁麟还是拦住了甘戎:“不许再说了,就算他丢失了密符扇,给朝廷造成了这么大的损失,发配他充军也不委屈。”

甘戎叫喊着:“这不一样。”

铁麟说:“你不要管,这里的事我说了算,我施行的是国法,不是儿戏,你懂不懂?”

甘戎把心一横:“那好,铁大人,咱就说国法吧。我问您,陈天伦被发配,如果他有妻儿该怎么处罚?”

铁麟说:“你问这干什么?”

甘戎说:“我就要问。”

铁麟不耐烦地说:“与罪犯同去充军。”

甘戎说:“那好,我现在正式言明,女儿已经与陈天伦定了终身!”

铁麟叫喊着:“你胡说什么?!”

甘戎平静地说:“我没有胡说,我告诉您,我已经有了。”

铁麟紧张起来:“有了什么?”

甘戎说:“女儿有了身孕……是陈天伦的。”

一声惊天巨响,霹雳炸裂了整个大运河,狂风裹着暴雨从天而降,天地一片苍茫……

第二十八章

铁麟万万没有想到,惩处陈天伦会殃及自己的女儿。灾难从天而降,他没有半点儿思想准备,连略微思索的机会都没有了。在大光楼前,甘戎风风火火地跑来要说话,他不让说,他以为甘戎又像平常那样乱掺和。谁曾想到,她为陈天伦辩解就是为自己辩解呢。

不过,话又说回来了,就是让甘戎说话,让她讲出事实真相又怎么样呢?他能不惩处陈天伦吗?丢了密符扇能解脱自己的罪责吗?这件事闹大了,把天捅了一个大窟窿,皇上下了限期破案,严惩罪犯的圣旨,谁敢违抗不办?更要命的是,几百双眼睛都在死盯着他。这几百双眼睛中,又有多少双不怀好意的眼睛呢?

这件事发生得蹊跷,发生之后又是皇上先知道的,作为仓场总督他已经是失职了。

夏雨轩来了,铁麟见到夏雨轩也不像过去那么坦然了。他知道夏雨轩与陈天伦的父亲是金兰之交,夏陈两家被公认为是通家之好的。甘戎跟陈天伦一搅和,把夏雨轩女儿的婚事破坏了。铁麟觉得女儿出了丑,无颜见老朋友,更觉得女儿做了伤害夏雪儿的事,对不起老朋友。

夏雨轩的神情也很沮丧,坐在铁麟的对面只是叹气,半天不知道该如何开口。

铁麟等了一会儿,说:“你说吧,情况有什么进展?”

夏雨轩说:“我抓到了两个嫌疑犯,一个是牛六儿,一个是马长山。”

铁麟问:“马长山?就是被我废掉了的那个‘盈’字号军粮经纪?”

夏雨轩说:“正是他,他用陈天伦的密符扇收兑了台州卫前帮的漕粮。”

铁麟问:“陈天伦的密符扇怎么到了马长山的手里?”

夏雨轩说:“是牛六儿偷的。”

铁麟立刻警觉地想到了一个问题:“事情不会这么简单,虽说马长山原来是军粮经纪,他可以冒名去收兑漕粮,可是整个收兑需要一整套的手续,在每一个关节上都得疏通好,没有坐粮厅的支持,他马长山不会有这么大的本事。”

夏雨轩说:“大人分析得极是,坐粮厅确实有人暗中操纵。”

铁麟问:“谁?”

夏雨轩说:“坐粮厅书办常德旺,这可是个手眼通天、神通广大的角儿。”

铁麟点了点头:“这个人我知道,是漕运码头上的地头蛇。我刚来通州的时候就有人警告过我,说强龙也难压地头蛇。看来这条地头蛇开始兴风作浪了。”

夏雨轩说:“我来是跟铁大人请示一下,抓不抓常德旺?”

铁麟想了想说:“你的意见呢?”

夏雨轩说:“现在看来这件事越来越复杂了,既然马长山和牛六儿是受常德旺指使的,那么在他们的背后就不仅仅是一个常德旺……”

铁麟说:“对,你说得有道理。这是一次阴谋,一次策划已久的、部署周密的大阴谋。你说他们这个阴谋的目的是什么?”

夏雨轩说:“我看他们是冲着大人您来的,他们想搞垮您。”

铁麟说:“他们搞垮我是手段,不是目的。想搞垮我可以采取别的办法,不至于费这么大的周折制造一个惊天大案。他们要在漕运码头上兴风作浪,把水搅浑……”

夏雨轩说:“您是说他们是想保护自己?”

铁麟说:“对,他们的狐狸尾巴已经露出来了,纸里很难包住火了。他们不这样做,不把人们的注意力转移开,自己就难逃法网了……”

夏雨轩说:“看来铁大人比下官看得深,只是……常德旺不捉拿归案,就无法弄清他们的阴谋;要是捉拿常德旺,又难免会打草惊蛇,破坏了铁大人的战略部署。”

铁麟问:“你是什么时候捉到的马长山和牛六儿?”

夏雨轩说:“前头晚上,昨天审出来的案情。”

铁麟奇怪地问:“大光楼前的事发生在前天上午,当时你也是才听说陈天伦丢了密符扇的事,怎么晚上就把嫌犯捉到了?”

夏雨轩谦虚地说:“下官手下有几个能吏,他们都有自己的眼线。”

铁麟问:“陈天伦是什么时候丢失密符扇的?”

夏雨轩说:“十六天之前。”

铁麟说:“这么大的事他为什么不禀报?”

夏雨轩说:“他跟甘戎一直在千方百计地寻找。”

铁麟说:“我是在问他为什么不禀报?”

夏雨轩说:“恐怕……是有难言之隐。”

铁麟紧逼着问:“什么难言之隐?”

夏雨轩犹豫着:“这……”

铁麟命令着:“说。”

夏雨轩说:“此事跟……甘戎小姐有关……”

铁麟静听着:“说下去。”

夏雨轩说:“陈天伦丢失密符扇的时候,甘戎小姐跟他在一起。”

铁麟问:“在一起干什么?”

夏雨轩沉吟着:“这……最好您还是问甘戎小姐吧……下官不便详禀……”

铁麟气怒起来:“我没跟你谈家务事,我问的是案情。此事跟案情有关,你必须如实向本官禀报。”

夏雨轩只好斟词酌句地说:“当时……天下着大雨……陈天伦和甘戎小姐在一个闸房里避雨……大概衣服都湿透了……他们……他们……”

铁麟明白了:“他们脱了衣服是不是?”

夏雨轩低着头没说什么。

铁麟心里像万把钢针穿心而过,疼得他伏在了案桌上。在此之前,他还一直存着幻想,觉得甘戎是出于对陈天伦的保护编造出她以身相许的谎话。他总觉得女儿太任性了,太野性了,太放纵了,像他们的老祖宗。在很长很长的时间里,铁麟对女儿的任性、野性、放纵还很欣赏、很自豪,觉得女儿很独特,很有本事,很不平凡。他只有这么一个女儿,他疼爱女儿超过了一切,为了女儿他什么都可以做,什么都可以牺牲。

他对女儿无所求,只求她快乐。女儿的快乐就是他最大的快乐,正是因为如此,他才对女儿惯纵得有些离谱儿。女儿多顽皮他也不觉得过分,女儿多荒唐他也不去指责。他早就知道女儿经常跟陈天伦在一起,可是他对此一点儿都没有多想。他觉得女儿还是个孩子,是个贪玩的孩子,没想到玩来玩去,居然玩出了真的……怪谁呢?怪女儿没出息?怪陈天伦坏了读书人的规矩?说来说去,谁都怪不得,要怪只能怪他自己。怪自己对女儿太娇惯,对陈天伦太信任,对男女之大防太麻痹。

夏雨轩见铁麟这副痛苦的模样,立刻联想到了自己,他的心里不也是烟熏火燎般的难受吗?陈天伦……那不是别人,那是他的半个儿子,甚至是整个儿子。是他要把女儿一生托付的人,而且这个人还是自己恩人的儿子……如今,这个人不但犯了国法,还无情地辜负了女儿。辜负了女儿就是辜负了他自己,就是辜负了他与陈日修那义重如山的交情……更有甚者,陈天伦是被另一个女人从女儿的身边抢走的,这个女人不是别人,又正是铁麟的女儿……你铁麟的女儿是女儿,我夏雨轩的女儿就不是女儿吗?你铁麟心疼女儿,我夏雨轩就不心疼女儿吗?就在这一瞬间,一切都变了,都乱套了。像是一场大地震,把他们几个像摇元宵一样摇来摇去,最后摇得都错了位。好人变成了罪犯,恩人变成了路人,情人变成了仇人……但是,尽管人与人之间的关系都错了位,可是理智不能错位,良心不能错位,道德人伦不能错位。夏雨轩痛未定亦要思痛,陈天伦他还是要保。许他陈天伦辜负雪儿,辜负他夏雨轩,但是夏雨轩他不能辜负陈日修。想到这些,夏雨轩试探着说:"铁大人,看来陈天伦是冤枉的……"

铁麟沉重地摇了摇头说:"我说过,就算这批造假的漕粮不是他陈天伦收兑的,可是他丢失了密符扇又秘而不报,造成了这么大的损失,这罪过可容可赦吗?"

夏雨轩说:"陈天伦罪不能容,可总不至于发配充军吧?再说,您还得为甘戎想一想呢。"

铁麟说:"那你说怎么办?我总不能前天判的罪,今天就给他翻案吧?"

夏雨轩说:"大人判发配陈天伦充军的事向朝廷报没有报?"

铁麟说:"还没有报,我也不想这么快就报……"

夏雨轩说:"那就请大人再迟两日,等下官把案情查清楚了再一并禀报朝廷……但是,现在需要马上将常德旺捉拿归案。"

铁麟沉重地摇了摇头:"恐怕已经晚了。"

夏雨轩说:"今天一早下官已经派张魁元暗中将他监视起来了,就等着下官……"

夏雨轩话音未落,典史张魁元便来了,向铁麟和夏雨轩慌张地说:"禀二位大人,常德旺失踪了。"

夏雨轩看了看铁麟,心里一阵发凉……

入夜,没有月亮,星星显得特别浓密繁忙,每一颗星星都拼命闪烁着光亮,跟笼罩着大地的黑暗殊死搏斗着。

周三爷带着燕儿和顾全乘坐一只小船驶进了芦花荡,正是夏日三伏,芦花荡里长满了茂盛的芦苇和菖蒲。被惊飞的水鸟掠过芦苇尖儿,失魂落魄地向岸边飞去。

济宁卫的老官船就停泊在芦花荡里,周三爷的小船刚一驶近,就看见几盏红灯笼在摇曳，那是发给他们的信号。

老官船上，济宁卫的老官曹天水，以及遵命而来的本命师、传道师、引见师、指法师、护法师等几十人都列队船头，恭恭敬敬地迎候着周三爷。

周三爷登上老官船，众师傅及青帮兄弟一齐跪下，行叩拜大礼。周三爷躬身还礼，遂在众人的搀扶下，步进老官船的香堂。燕儿和顾全因为是“门槛外面”的人，不能进入香堂，只能站在外面。

香堂设在老官船的正舱里，堂上悬挂着罗祖像，正中摆放着翁、钱、潘三位师祖的牌位。在罗祖像和师祖牌位下面燃着一副香烛，香案上插着五支包头儿香。香堂外面还有一个“陈四主爷牌位”，也点着一副香烛。据说陈四是最早进门槛的人，因为犯了帮规被逐出山门，后人念他资历最深，又功大于过，便在开香堂时也给他一副香烛。但又因为他已被开除出帮，故将其神位设于香堂之外。可见青帮规矩的森严和后辈的宽容仁厚。香堂左右两端供着两件“家法”，都是黄绸子包裹着。整个香堂森严肃穆，充满杀气，令人望而生畏。

周三爷在前，后面的人依辈分大小分别“净口”“拈香”，参拜祖师，行“三跪九叩”之礼。然后，周三爷坐在了香案前，众人依然站在前面。

周三爷朝人群里打量了一下，平静地说：“请家法。”

两个执法师一同走上前，冲着香案上的家法跪拜。然后将家法双手捧起来，高高地举在头顶上，齐声唱着诵词：

> 家法森严鬼神惊，
> 乾隆钦赐棍一根。
> 汝既犯规当责打，
> 下次再犯火烧身。

青帮的家法共有两件：一件叫香板，又叫黄板，是翁、钱、潘三位师祖所置。长二尺四寸，所依一年二十四个节气；宽四寸，所依一年四季；厚五分，所依东西南北中五方；为长方形，上端有一圆孔，所依天地方圆。孔内系一麻绳，供在香堂的右端。香板的一面写着“护法”二字，另一面写着“违反家规，打死不论”。供在左边的家法叫盘龙棍，传说乾隆皇帝南巡，在金山寺皈依了佛门后，又化装潜入杭州，察看了青帮家庙和粮帮公所。看见帮主王降办理漕运，虽然是井井有条，只是帮中弟子太多，难免滋事违规，传谕嘉奖之后，又钦赐盘龙棍一根。棍质为枣木，长三尺六寸，所依三十六天罡；上扁下圆，厚一寸二分，所依地支十二属相；棍上雕刻盘龙一条，龙口内有“钦赐”二字。棍上一面写着“护法盘龙棍”五个字，一面写着“违反帮规，打死不论”。

两位执法师请下“家法”以后，两位执刑人进前参拜，跪接“家法”，高举过头，立在左右两边。

这时候执法师冲着周三爷躬身请示，周三爷点了点头，执法师高喊：“带犯规人孙小宝、吴大头！”

四个执刑人押着孙小宝、吴大头进了香堂，跪在周三爷面前。

站在外面的燕儿见了，问顾全：“今天不是要惩治谢大麻子吗？怎么出了这么两个人？”

顾全说：“谁知道，是不是改了主意？”

燕儿说：“随便改了主意，周三爷能答应吗？”

顾全说：“或者谢大麻子根本就没有抓到，蔺大鼻子在谎报军情？”

燕儿说：“那不是欺师灭祖吗？绑在铁锚上烧死的罪。”

顾全说：“或许周三爷为了让咱们高兴，故意骗咱的。”

燕儿说：“不会的，周三爷从来不说谎，也不许别人说谎。”

这时候，香堂里执法师开始审讯孙小宝和吴大头。执法师问：“孙小宝，你知道自己犯了哪条规吗？”

青帮中有《十大帮规》《十禁》《十戒》《十要》《九不得十不可》《安清三十六善》《安清传道十条》《旱码头十大帮规》等，每一条都规定得十分详细。

孙小宝是济宁卫上的运丁，为了向过往的商船进行敲诈，把一簸箕稻谷扬在商船上，诬陷人家盗窃皇粮。没想到那只商船的东家是青帮老官曹天水的朋友，人家告到了老官船，孙小宝这回算是吃不了兜着走了。

孙小宝见问，忙跪下回答：“回师傅，弟子犯的是《十戒》第七条：假正欺人。”

执法师说：“哼，算你还明白，假正欺人，这是青门弟子该干的吗？你犯了帮规，坏了青门的名声，念你初犯，还算老实认罪，打四十香板，左臂上烫‘无义’二字！”

执法师传令之后，四个执刑人立刻扑上来，将孙小宝摁趴在地上，褪下裤子，双腿交叉，两个人按住上身，两个人按住下身。举着香板的执刑人过来，站在孙小宝头前，高声说：“我与你一无仇，二无怨，今天你犯了祖师爷的帮规，我奉执法师的命令，责打你四十香板，一要你心服，二要你情愿。我先问你，你心服不心服？”

孙小宝急忙说:“弟子心服,执法师教训得极是。”

执刑人又问:“我再问你,你情愿不情愿?”

孙小宝说:“弟子情愿,犯了祖师爷的帮规情愿受罚。”

孙小宝答应以后,执刑人举着香板高声朗诵起来:

法师堂上把令行,
手执家法不容情。
谁人若把帮规犯,
不论老少照样行。

执刑人念毕,便抡起香板朝孙小宝的屁股上噼里啪啦地打了起来。执刑人挥打香板的技术很高,每一板都结结实实地打在孙小宝的屁股上。开始几下,孙小宝还龇牙咧嘴地忍受着。没过十下,孙小宝的屁股便一片血红,孙小宝哭爹喊娘地叫起来。初叫声高,再叫声细,及至最后,连哭叫的力气都没有了,丝丝喘息,差不多断了气儿。

执刑人打完了四十香板,直起腰来,又高声朗诵着:

祖师帮规十大条,
越理反教法不饶。
今天香堂遭警诫,
若再犯法上铁锚。

四个按住孙小宝的执刑人把他从地上拉起来,命令他跪在地上,又脱掉他的上衣,一个执刑人搬过一只凳子,两个执刑人拉过孙小宝的胳膊摁在凳子上。另一个举着定香的执刑人过来,在孙小宝的胳膊上烫着“无义”二字。顿时,一股浓烈的烧人肉的味道便飘了起来,孙小宝的胳膊上嗞嗞地冒着油,孙小宝大叫一声“我的妈呀”便昏了过去。

孙小宝惩处完毕,执刑人将香板奉还执法师,执法师又恭恭敬敬地将香板供奉原处。

接下来便是惩处吴大头。吴大头犯的是奸淫罪,一天雷雨交加,他乘机将在漕船上做饭的秦嫂强奸了。秦嫂不忍耻辱,跳进了大运河,后被众水手救了上来。吴大头的奸淫罪引起了众运丁的愤怒,一致要求严惩。惩处吴大头的程序与孙小宝一样，只是用的是乾隆钦赐的盘龙棍。先是按在地上打了四十棍，而后又在他左臂上烫上了“无耻”二字。

一阵乱乱哄哄，谢大麻子被押上来了，不是被带上来的，是押上来的，五花大绑押上来的。燕儿见了，立刻大叫一声，就朝香堂里冲去。守在香堂门口的护卫拦住了她。顾全扶着她欲倒的身子，不断地劝慰着：“别慌，别慌，他会受到惩罚的，周三爷会为我们做主的……”

谢大麻子跪在香堂前，昂着头，一副满不在乎的样子。

执法师厉声问道：“下面跪的何人？”

谢大麻子非常镇静地说：“在家姓马，出外姓潘。”

执法师问：“这么说你是在门槛了？”

谢大麻子回答说：“弟子沾祖师灵光，在青门。”

执法师问：“前人是哪一位？”

谢大麻子说：“在家子不敢言父，在外徒不敢言师，家师父马老前人上大下龙。”

执法师问：“你领的是哪个字？”

谢大麻子说：“头顶二十一，身站二十二，手携二十三。”

执法师说：“这么说你是‘通’字辈了，你可知罪？”

谢大麻子：“弟子不知罪。”

“啪”的一声，周三爷拍案而起，雷霆大怒，冲着谢大麻子叫喊着：“谢大麻子，死到临头了，你还狡赖。你身为典史，大小也算是个朝廷命官，该感念皇恩，为民解困才是。你却倚仗权势，欺压百姓，横征暴敛，抢男霸女，草菅人命，如此作恶多端，你还不低头认罪？”

谢大麻子见周三爷如此震怒，历数他的罪行，有如五雷轰顶，心惊胆战，本能地否认着：“三爷，您说的这些绝非小的所为，您要明察呀。”

周三爷更加气怒：“哼，你甭想抵赖，我问你，荣成县上刘家村的王春明是怎么死的？”

谢大麻子一惊，慌忙辩解着：“他……他是因为带头抗粮被……被关进了大狱……”

周三爷吼着：“我问你他是怎么死的？”

谢大麻子慌了：“他……他是在牢里自杀的……”

周三爷咆哮着：“他为什么要自杀？”

谢大麻子说不上来了：“他……他……”

周三爷说："这么说你是不认罪了?"

谢大麻子说："他……他的死与弟子无关……"

周三爷朝香堂外招了招手："请证人上堂。"

燕儿不等里面传话，听到周三爷说要叫她，噌地蹿进香堂，发疯般地朝谢大麻子冲过去："谢大麻子，你抬头看看，你不会不认识我吧?"

谢大麻子抬起头来，燕儿不等他说话，扑上去又踢又打，歇斯底里地哭叫着："你这恶狼，你这浑蛋……你害了我爹，害了我娘……害了我……我……我跟你拼了……"

周三爷挥了挥手，立刻上来几个人将燕儿拦住，燕儿依然在哭叫着，拳脚乱踢乱打。周三爷让人把她推到了香堂后面。

谢大麻子早已吓得魂不附体，瘫软在地上。平日里前呼后拥，胡作非为的谢大麻子，怎么也不会想到会有今天的下场。早知今日，当初何必要加入青帮呢？青帮发展到道光年间，已经到了鼎盛时期，这个运丁水手的帮会组织，已经把根系伸延到各个角落，包括扛夫纤夫、卫所军、商人，甚至州县官吏也都纷纷加入进来。别人参加青帮，为的是寻求保护，而谢大麻子参加青帮，则是为了黑白两道都吃得开。万万没想到，他违法作恶，官场上还没有追究他，青帮却先拿他开了刀。那天他正在荣成县风月楼依红偎翠，一个彬彬有礼的商人模样的人求见，跟他"盘海底"，几句过后，他便知道遇见了"门槛里"的人。来人说周三爷吩咐来请他，他跟着那个人出去了，没走几步便被一个布口袋套住了脑袋。后来又坐船又乘车，周转几次来到这济宁卫老官船上。到了老官船他也没多虑，心想不定周三爷有什么特殊的任务派他去办。等了两天，却等到了老官船上设香堂，他心里开始打起了鼓。直至刚才亲眼看见两个青帮兄弟受了家法，他还存一些侥幸。说不定自己酒后失言失态，犯了青帮的规矩，一顿香板或一顿盘龙棍看来是免不掉了。他做梦也没想到，青帮开设香堂会要他的命。

周三爷踱到他面前，脚尖踢了他一下，命令说："直起身来，拿出欺压百姓的豪横劲儿来，你不是厉害吗？干吗这么尿呀?"

谢大麻子猛地醒悟过来，趴在地上咚咚地给周三爷磕起头来，苦苦哀求着："三爷……三爷，小的再也不敢了……小的心甘情愿受家法惩治……"

周三爷嘿嘿地笑起来："家法？亏你想得出来！就你这狼心狗肺之流，也配享用我青门的家法？告诉你，谢大麻子，你不是青帮子弟，你是混入我青门的败类，我今天先要清理门户，然后再说怎么处治你。执法师……"

执法师急忙凑过来："弟子在。"

周三爷说:“按照祖师爷的规矩,先把他乱棍打出香堂,再把他绑在铁锚上烧死。”

执法师高声喊道:“来人,将这青门败类赶出香堂。”

执法师的话刚落,七八个青帮子弟挥着棍棒朝谢大麻子的身上乱敲乱打,谢大麻子鬼哭狼嚎地朝香堂外爬去。到了香堂门口,正遇见等候在门外的顾全。顾全也顾不得读书人的斯文了,上前拳打脚踢,气得骂起了粗话:“谢大麻子,我操你八辈祖宗……”

船头上,嗷嗷乱叫的谢大麻子被绑上了铁锚,一团劈柴早已经架好。火光熊熊,谢大麻子很快就被烈火吞没了……

在漕运码头上枷号示众的陈天伦成了过街老鼠,人人喊打。每天辰时一到,两个壮班衙役便把他从大牢里牵出来,在码头两坝上游街。一个牵着锁链,一个筛着一面破锣,且用破锣一样的嗓子高喊着:“皇恩浩荡,沐泽天地;法网恢恢,疏而不漏;反腐肃贪,以儆效尤……”

陈天伦的后面,则追赶着一大群寻求刺激、欢喜若狂的孩子,孩子们将陈天伦当成是一个凶残的野兽,不断地用石块土坷垃朝他身上打着,陈天伦被打得鼻青脸肿,浑身污秽不堪。更有甚者,陈天伦在当“盈”字号军粮经纪期间得罪的那些地痞无赖,包括通州八大魔头,还有扫粮的、缝穷的、街抓子都纷纷围上来报复。那些流氓无赖尚好,无非是对他骂两句,踢两下,有壮班衙役在场,至少不会把他打死。可是遇上那些不要脸的女人就可怜了,她们平时怕男人,受男人的侮辱欺负,现在借着这个机会,都把那些被压抑的愤怒和屈辱加倍地发泄在陈天伦的身上。游街示众,就是为了让犯罪人受到侮辱和惩罚,让没犯事的人受到警告和教育。衙役拉着犯人筛锣的目的也是为了招揽更多的看客。所以,只要不出人命,衙役们是允许甚至鼓励人们对示众者进行惩罚和羞辱的。

这一天,以冯寡妇为首的几个缝穷的女人围上来,有的朝他脸上啐唾沫,有的用簸箕敲他的脑袋,还有的伸手朝他身上乱抓乱拧……

“陈天伦,没想到吧,你也有今天呀,这叫作善有善报,恶有恶报,不是不报,时候未到……”

“陈天伦,你小子长了豹子胆了,连仓场总督的闺女都玩?”

“亏你还是个秀才,平时假装正经,闹了半天也是条起秧子的狗,这回好了,让母狗锁住了吧?”

“我说娘儿们,咱跟他逗什么咳嗽,想想当初他是怎么整咱的,连咱裤裆里装点粮食他都管,许他管咱的裤裆,就不许咱管他的裤裆吗?”

“对,咱给他扒了……”

七八个妇女立刻像发了疯的恶狼一样扑上来,果真扒下了陈天伦的裤子。一边乱摸乱抓,还一边起哄似的叫嚷着:“快摸呀,总督的闺女摸得,咱们也摸得,看这玩意儿跟咱爷们那个有什么不一样……”

可怜陈天伦身上扛着枷锁,想动动不得,要躲躲不掉,喊他不愿意喊,喊也没有用,只能招来更多的人。求饶他更不愿意求饶,他知道这些人都已经失去了常态,越是求饶越是刺激她们的疯狂和野性。一个读书人,如此的斯文扫地,他除了一死,已经别无所求。陈天伦紧紧地闭着眼睛,求生不得,求死不得。

突然间一阵混乱,紧接着那些折磨陈天伦的女人一个个惊呼怪叫起来。陈天伦睁开眼睛一看,甘戎来了。甘戎发疯般地朝那些女人拳打脚踢,女人们倒在地上,哭爹喊妈地叫着,明白一点儿的跪下不断地磕头求饶。甘戎也不说话,也不理睬哭叫求饶的娘儿们,越踢越打越怒不可遏,眼看那些女人被打得皮开肉绽,连哭叫的声都没有了。衙役怕出人命,不能不管了,急忙上前阻拦。甘戎正在火头上,哪里阻拦得住,什么话也不说,冲着两个衙役死命地踢打起来。两个衙役高声叫着:“我们是当差的,你敢打当差的?”

甘戎说:“打的就是你这狗当差的,你们当的是什么差?这帮娘儿们这么放肆你们都不管?!你们不管我管,我要管你们,打死你们……”

两个衙役哪里是甘戎的对手,逃不掉,也躲不开,不大一会儿,两个衙役就被甘戎打得遍体鳞伤,倒在地上。

陈天伦坐在地上,看着甘戎将那些泼妇和衙役打得如此痛快淋漓,也感到几分欣慰。甘戎打累了,突然扑到陈天伦身边,抱着陈天伦呜呜哭起来:“天伦……天伦……对不起……都是我……害了你……”

陈天伦紧紧地倚靠着甘戎,也哭着说:“甘戎,别……别这样说,不怨你……是我……是我自己惹的祸……”

几个被打的妇女趁甘戎殴打衙役的时候,连滚带爬地逃走了。两个倒在地上的衙役知道打他们的是仓场总督的女儿,既不敢怒,又不敢言,还一个劲儿地向甘戎讨好:“大小姐,您放心,我们再也不敢让陈经纪受苦了……”

甘戎冲着他们吼叫着:“滚远一点儿。”

两个衙役急忙躲开陈天伦和甘戎,在不远的地方守候着。

陈日修在老伴的搀扶下来了,他的腿伤虽然好了,但是落下了残疾,走路一瘸一拐的。陈天伦看见,几天的工夫,父母亲一下老了许多。母亲搂着陈天伦,颤颤巍巍地哭泣着,哭的声音很低,她已经没有力气大声哭号了。

陈日修只是默默地落泪,浑浊的泪水顺着他那胡子拉碴的脸庞流淌着。他看着儿子,一句话都不说,不是不想说,而是实在无话可说了。他是老通州人,在漕运码头上干了大半辈子。他争气要强好脸面,热心助人,连条狗都不忍心得罪,活得很体面。他受人尊重,为有这么一个有出息的儿子骄傲过。他觉得儿子处处像他,只是锋芒太露。他在为儿子骄傲的同时,也终日为儿子担心。怕鬼有鬼,儿子果然被鬼缠住了。犯了这惊天大案,陈日修开始的时候被吓得丢了魂。后来想到儿子还在码头上游街示众,便觉得再也没脸见人了。他躺在炕上不吃不喝也不动,一心只想闭上眼睛死去。

后来夏雨轩来了,见到夏雨轩他更觉得无地自容。儿子犯了朝廷的法纪,还干出了这少廉寡耻的勾当。这让他怎么向夏雨轩交代?怎么向雪儿交代?

夏雨轩劝他去看看陈天伦,这个时候儿子需要他。

陈日修却非常决绝地说:“我不去,我没有这个儿子,我不认他这个儿子。”

夏雨轩说:“别说这些气话,天伦是冤枉的。”

陈日修抬起头来问:“你怎么知道他是冤枉的?”

夏雨轩说:“嫌犯已经抓到了,确实是有人偷了天伦的密符扇。”

陈日修急忙问:“是谁偷的?”

夏雨轩说:“马长山和牛六儿。”

陈日修又问:“他们怎么偷的密符扇?偷了后又怎么收兑的漕粮?”

夏雨轩说:“案情还没有搞清楚,我只是对你说,天伦是冤枉的。”

陈日修问:“那……铁麟大人知道天伦是冤枉的吗?”

夏雨轩说:“我已经向他禀报了。”

陈日修问:“铁麟大人怎么说?”

夏雨轩说:“这案情非常复杂,一切都要等到水落石出再说。”

陈日修沉吟起来。自己的儿子是冤枉的,从事情暴露的一开始他就这么认为的。知子莫如父,儿子绝对不会为了收受贿赂来滥收漕粮,儿子不是那种爱财的人,陈家也不缺钱。儿子决不会为了银子耽误自己的前程,儿子继承了他正直清廉的品质,这是确定无疑的。儿子在担任“盈”字号军粮经纪期间,肯定得罪了一些人,肯定有人陷害他。可是,不管怎么样,你毕竟丢失了密符扇,密符扇一时一刻也不离身,怎么能把它丢了呢?想到这里,陈日修困惑地问:“天伦到底是怎么丢失密符扇的?”

夏雨轩见陈日修问起这个问题,心里便像打翻了五味瓶一样。碍于情面,夏雨轩没有告诉他。只是说现在还没有弄清楚。他来看望陈日修,完全是顾及老朋友的情义,心里也非常痛苦。对于陈天伦,他恨得七窍冒火,可是还得想方设法营救他。他怎这么没出息呢?陈天伦在背叛雪儿的时候,有这种顾及吗?要是有的话,还能把密符扇丢掉吗?

夏雨轩走了,陈日修看得出来,老朋友已经被儿子深深地伤害了。

老伴闹着要去看儿子,还准备了点心水果。陈日修不答应,他不能原谅儿子,尽管夏雨轩告诉他儿子是冤枉的,他还是不能原谅他。丢失密符扇犯的是国法,国法惩处冤枉了可以平反,可以法外开恩。可是陈天伦跟甘戎私通可犯的是天理人伦,天理难容,人伦难容啊。

陈小虎跑来了,结结巴巴地说:"我哥……被被……人打……还……还被脱了裤子……"

陈日修噌地坐起来,听说儿子受了委屈他受不了了:"谁……谁在欺负你哥……"

陈小虎依然结巴着说:"有有……猫三狗四……还有冯寡妇……还还还……还有一大帮孩子……"

陈日修爬起来,拄着拐棍往外走。老婆急忙追出来,连准备好的点心篮都顾不上带了。

陈日修看见了儿子身边的甘戎,这个花容月貌的名门千金就这么搂抱着自己那蓬头垢面、狼狈不堪的儿子,他还能说什么呢?危难之中见真情,他还能骂人家无耻吗?他还能斥责儿子吗?陈日修就是有再大的愤怒、再大的耻辱,也只能自己默默地承受。

从此,漕运码头上出现了一个非常滑稽的场面。陈天伦扛着枷锁游街示众,前面一个衙役鸣锣开道,一个衙役牵着枷锁;左边是甘戎搀扶着陈天伦,右边是陈母拉着儿子,后面则跟着一瘸一拐的陈日修。这还是游街示众吗?分明是阴曹地府的大员在招摇过市……

第二十九章

夏雨轩见到顾全,非但没有怪罪他,还很高兴。急忙把他引进西花厅,依然请为上座。顾全觉得人家是大人大量,更羞愧得无地自容了。

顾全带来一幅画像,这是依照周三爷的嘱咐,专门为铁麟画的。夏雨轩打开看了看,不得不佩服顾全画人物肖像的功夫。凭着对铁麟的记忆,居然还能画出如此惟妙惟肖、神形兼备的画像来。见到夏雨轩满意,顾全便提出给铁麟送去。

夏雨轩想了想说:“还是先等一等吧,最近铁麟大人很忙,心境亦不佳。”

顾全说:“反正我将功补过了,这份心你知道就行了,什么时候方便你再带我去吧。”

夏雨轩问:“你今天到我这儿来,就是为了给铁麟送画像吗?”

顾全说:“当然不是,我是受人之托来的。”

夏雨轩问:“受谁的托付?”

顾全说:“码头上的周三爷。”

夏雨轩一下子愣住了:“周三爷,那不是青帮老大吗?你这个不食人间烟火的家伙,怎么跟他搅和在一起了?”

顾全说:“这话说起来太费工夫,不说也罢,我跟他原本是亲戚,新认的亲戚。”

夏雨轩说:“那好,等咱俩都有了长工夫再说也不迟,你讲吧,他托你什么事?”

于是,顾全便将周三爷想把大运西仓那片义冢重新整理一下,再建几间庵堂的事情说了出来。顾全原以为夏雨轩会难为他,没想到他听完以后立刻便表了态,说这是好事,本官绝对会尽全力支持的。顾全很高兴,夏雨轩要留他喝酒他都拒绝了,急忙跑回去向周三爷报喜信儿。

修义冢建庵堂,夏雨轩答应得痛快,周三爷办事也麻利。没过几天,大运西仓后面便热热闹闹地开起工来。周三爷带着燕儿亲自前去监工,顾全也来了兴致,动手为庵堂设计图样。一时间,人来人往,车马喧腾,招来许多看热闹的人。

义冢上埋葬的坟墓很乱,要建庵堂还得从中腾出一块地方来。周三爷命令,义冢里埋的也是人,也都是有爹有娘甚至有儿女的人。他们就是命苦,落叶不能归根。所以在迁坟的时候,一定要将骨殖收拾好。他还派人准备好了几十口骨匣,每副骨殖装进一只骨匣。凡是坟墓外或坟墓里有墓碑墓石的,一定要保存好,在移葬的时候同时把墓碑墓石埋好,以便后人辨认。

这一天,义冢工地上发生了一件怪事,一时闹得满城风雨,人心惶惶。几个民工在挖一座坟茔的时候,打开一副尚未朽烂的棺材,里面的尸骨还很完整,只是衣服和皮肉已经无存了。民工们刚要伸手去捡骨殖,却见那骨殖的头摇晃起来,似乎是不让民工触动它。民工们吓得呼喊着跑了,周三爷听说了,忙把民工呵斥住,走到那个被掘开的坟墓旁。

民工哆哆嗦嗦地指给周三爷看,周三爷没有下去,用一根秫秸秆扒拉一下那副骨殖。骨殖的头果然剧烈地摇晃起来,见多识广的周三爷也奇怪起来:莫非真的闹了鬼,莫非是一个屈死鬼,莫非这座坟茔真的动不得……周三爷越想越觉得奇怪,越想越觉得事情严重,果真这里面有什么蹊跷事情,一定要让地方官知道才好。想到这里,他急忙打发顾全将此事向通州知州夏雨轩禀报。

工地上这么一闹腾,周三爷又打发人去报官,这件奇事便成了特大新闻,像被惊动了的蝙蝠群似的呼啦啦地在通州城里乱飞乱撞。一时间满城轰动,都纷纷跑来围观打探。

夏雨轩读的是孔孟之书,从来不相信神怪妖魔之事。他听到顾全禀报之后,便立即赶来了。

周三爷蹲守在坟茔前等候着,围观的人虽说都充满了好奇心,可也没有人敢凑上前来。一是胆量有限,再者周三爷在此也没有人敢放肆。

夏雨轩站在坟前,看着那副并没有什么异样的骨殖,半天也没有什么动静。

周三爷说:“有时摇头,有时就这么静静地躺着。”

夏雨轩问:“什么时候摇头,什么时候安静?”

周三爷说:“没有人动它的时候就安静,有人动它就摇头,动得越厉害,头也就越摇得厉害。”

夏雨轩又仔细地看了看,从身边护卫的身上抽出一把钢刀,小心翼翼地朝坟坑里走去。坟茔上的人也都屏息住了呼吸,紧张地看着夏雨轩。

夏雨轩站在了棺材前,伏首朝里面看着。

人们不得不钦佩这位知州的胆量。

夏雨轩用刀尖试探地扒拉一下骨殖。果然,骨殖的头轻轻地摇了起来。夏雨轩继续试探着,骨殖的头继续摇着。夏雨轩动作大了一些,骨殖的头也摇得大了一些。夏雨轩用力敲打了一下骨殖,骨殖的头剧烈地摇晃起来。上面观看的人吓得把心都提到了嗓子眼,一个个脸色煞白,有的还发起抖来。只是有知州大人在下面,谁也不敢临阵逃脱。

咔嚓一声,夏雨轩手里的钢刀朝骨殖的头上劈去。唰地迸出一片火星儿,紧接着便是一股鲜血喷了起来。骨殖的头被劈成了两半。夏雨轩用刀尖儿把头盖骨挑起来,里面有一只特大的青蛙,已经被夏雨轩的刀劈死了。

原来是青蛙在作怪,一场虚惊,人们悬着的心立刻掉了下来。

可是夏雨轩的心却没有放下,头骨摇晃的谜解开了。可是夏雨轩分明看见,在钢刀劈向头骨的一刹那,闪出了一片火星儿。再将钢刀拿起来看了看,刀刃上已经锛了一个小口儿。这到底是怎么回事呢?人的头骨有这么硬吗?

他把头骨挑上来,仔细地检查着,奥妙出来了:头骨中有一根四五寸长的铁钉子。

夏雨轩吩咐身边的护卫:“快把仵作找来。”

仵作是衙门里的验尸官,一般来说,发现人命案都要仵作出现场的。今天报的是骨殖案情,夏雨轩就没有带仵作前来。现在这骨殖上发现了铁钉,情况恐怕就不一般了。

夏雨轩命人把这坟茔和骨殖看管好,任何人都不许靠近,然后把周三爷叫到一边,轻声问:“老前辈知道这坟茔里埋的是谁吗?”

周三爷说:“在打开棺材之前,发现棺材前面有一块墓石。”

夏雨轩忙让周三爷带着去看,周三爷让人把墓石搬了过来。

这是一块非常普通的青条石,石质粗糙,石面没有打磨。长约三尺,宽约一尺二寸,厚约三寸许。条石的上面雕刻着五个楷体字:黄槐岸之墓。右下方刻着四个小字:丁酉三月。字体纤细娟秀,像是出自女人的手笔。

奇怪的是,这块墓石没有竖立在墓前,而是跟棺材一起深埋在了地下。

夏雨轩立刻打道回府,凭着几十年的人生经历和十数年的官场阅历他强烈地感觉到,这头骨里的铁钉,这深埋在地下的墓石,肯定埋藏着一个非同寻常的案件。

铁麟又陷入了那种心神不宁、烦躁不安的痛苦折磨之中。他躺在床上,整夜整夜地睡不着觉,心里像长满了铁蒺藜,扎得他死的心都有。

他知道，现在的心烦意乱不是因为犯了乳瘾。自从韩小月来了以后，他获得了极大的满足。在铁麟聘用的若干个奶妈中，除了孙嬷嬷，韩小月是让她最满意、最依赖的一个人。她不但乳汁充足，而且乳汁的味道也好，有一股淡淡的苦茶味儿，喝了之后能让他神清气爽，浸心透脾。更难得的是韩小月的善解人意和熟稔风情，这让他不仅满足了体内对女人乳汁的需要，更让他体验了在吮吸过程中的快感，还有一种慈母般的温暖和慰藉。

铁麟早早地就上了床，躺在床上不要说睡觉，他连眼睛都不想闭上。他呆呆地望着天花板，公事私事便饿狼一样张牙舞爪地向他扑过来，撕扯着他，折磨着他，咀嚼着他，吞食着他……一团乱麻在他心里缠绕着，把他憋得只想大声地喊叫。他努力使自己安静下来，他强迫自己想一些非想不可的事情。这些天他渐渐地明白了，他陷入了一个很深的陷阱里，他上当了。这个当让他付出了惨重的代价，他发配了陈天伦，就等于亲自砍掉了自己的一只胳膊，使他失去重要的依靠，失去了厮杀的力量。万万没想到陈天伦后面牵连出来的竟然是甘戎，失去甘戎就不是砍掉一只胳膊了，简直就是挖了他的心，要了他的命。他强烈地意识到，自己已经是死路一条了。要救女儿，只有给陈天伦平反，给陈天伦平反只有挖出那些设置陷阱的人，而挖出那些设置陷阱的人很可能就会牵动朝廷。铁麟有这个力量吗？

漕运码头上已经看见了刀光剑影，已经嗅到了血腥气味。两年来的暗斗使阵容渐渐地明朗化，现在眼看就要公开地拼死一搏了。他不怕，人家把刀已经对准了自己的心口窝儿，他怕有什么用？相反地，他一直盼望着这一天，盼望能让他痛快淋漓地厮杀一场。管它胜负成败，反正也到了孤注一掷、破釜沉舟的时候了。

让铁麟感到心惊肉跳的，他在强迫自己努力思考这些事情的时候，首先出现在他眼前的不是穆彰阿、金简、许良年，也不是甘戎、陈天伦、夏雨轩，却偏偏是黄槐岸……他又想起了黄槐岸，想起了王鼎的嘱托。两年多了，那只羊脂玉胡桃一直在他的书桌上放着，另一只羊脂玉胡桃到底在哪儿？与黄槐岸有着密切关系的小鹌鹑到底在哪儿？若有若无的小鹌鹑，神出鬼没的唐大姑，这到底是怎么回事？

铁麟陷入了这两个女人的影子里，就像陷入了无边无际的泥淖里一样难以自拔。他忍不住爬下炕，又找出那只羊脂玉胡桃，举在手里把玩着，揣摩着。

韩小月无声地进来了，她总是这样无声无息地来来往往，像猫，又像影子，谁的影子呢？

韩小月刚刚沐浴完毕，穿着薄如蝉翼、滑如肌肤般的丝绸睡衣，身上散发着他已经非常熟悉并且已经难以离开的苦茶味儿。韩小月脱鞋上了炕，掀起他的被子，像猫一样地温驯地卧在他的身边。她在做这一切的时候，是那样的轻柔安静，小心翼翼，一点儿都不会惊扰他，也不会妨碍他。她屈卧在他的身边，仿佛只是身边多了一股气息，一股温暖，一个梦幻，而不是一个实体。

韩小月卧下之后便一动不动了，她知道他在想事情，她不能烦他，不能干扰他。铁麟轻轻地叹了一声气，把自己从众多的烦恼中挣脱出来，翻了个身，一只胳膊很自然地搭在韩小月的腰上。韩小月解开胸前的扣子，一对乳房白鸽似的展翅扑拉起来，在铁麟的眼前欢蹦乱跳着。韩小月欠起身子，将乳头送到铁麟的嘴里。铁麟闭上了眼睛，婴儿般地吮吸着。

不知道从什么时候起，深埋在铁麟身体里那早已消逝的本能像春天的种子一样神不知鬼不觉地萌发起来。他渐渐地感觉到了一种躁动，这躁动在他体内游弋着，时时掀起一股滚热的浪潮，烧得他身上发烫，脸色潮红。他突然想到了，是唐大姑的药起了作用。唐大姑不是告诉他，服药三个月以后开始见效，身上躁热还有勃起吗？他记不清这药服了多长时间了，只是觉得锦盒里的药已经见底儿，怎么也有两个多月了吧？他已经感觉到了动静，白天不觉得，晚上睡下以后才不安静。一种久违的渴求偷偷地袭击着他，使他隐隐约约地想干点儿什么。特别是他还做梦，春梦。已经好久不做春梦了，他在梦中与女人纠缠。奇怪的是，梦中的女人常常是唐大姑。还有更为明显的感觉就是早晨的勃起，从梦中醒来之后，惊喜地发现自己下面勃起得很厉害。只是这勃起持续的时间并不长，稍一分心，或者稍一动作，便疲软下来。

现在，当韩小月躺在他身边的时候，那久违的渴望又潮水般地涌动起来。这渴望来得很突兀，很猛烈，使他几乎无法控制。他本能地将搭在韩小月腰际的那只手移动起来，向韩小月的下面摸去。韩小月穿着松松垮垮的睡裤，裤腰上只系着一根同样宽松的带子，他的手很容易便伸进了她的裤子里，放在了她那丰腴滚圆的屁股上。

韩小月浑身震颤了一下，大概是一种同样的渴望袭击着她。铁麟从来没有碰过她，这是她平生遇见的第一个对她没有占有欲的男人，遇见的第一个不吃腥的猫。开始的时候，她觉得很奇怪，甚至很失落，很伤心。真有坐怀不乱的男人吗？真有六根清净的君子吗？她不相信，她觉得铁麟是故意作态，或者根本瞧不起她。时间长了，她发现铁麟只有乳瘾，并没有一般男人的欲望。她的心渐渐地平静下来，她懂得了，铁麟就是一个特殊的男人。他只需要她的乳汁，并没有别的欲求。今日是怎么了，铁麟为什么突然摸起了她，她心里痒痒的，身上酥酥的，多少日没有与男人厮杀拼搏了。这对于一个从风月场上摸爬滚打出来的女人是一件多么不容易的事情啊。

铁麟的手继续在韩小月的臀部抚摸着，这是一只温暖的、轻柔的、体贴的手，在这只手的抚摸下，韩小月快要融化了。她朝前靠了靠身子，将铁麟的头朝自己的怀里拢了拢。这动作是十分亲昵的，又是十分自然的。不过，铁麟的手仅仅限于在韩小月的臀部摸索着，这让韩小月觉得非常不满足。她忍不住也将一只手伸向铁麟的腰间和腹部，并迫不及待地继续朝下面探索着。突然，韩小月的手触到了一个惊心动魄的坚挺，她再也无法控制自己，急促地喘息起来。

铁麟的欲望也被诱发出来，他觉得难受，是一种急于发泄的饱胀，他也呼呼地出起了粗气。

韩小月主动起来，这主动带有一种明显的职业特征。她利索地扒掉了铁麟的裤子，同时也把自己剥个精光，迅速地翻到了铁麟的身上。

铁麟的眼前突然出现了唐大姑……唐大姑的话在他耳边响了起来："这一百零八丸药不服完，万万不可行淫，否则会对身体伤害极大。"

韩小月急切地寻找着，摸索着。

铁麟忽地一下将韩小月拉下来，重新摁倒在自己的身边。

韩小月奇怪地问："老爷，您怎么了？"

铁麟期期艾艾地说："不……不行……"

韩小月不甘心地问："为什么？您不想吗？"

铁麟说："不……我不能……"

韩小月呜呜地哭了起来……

铁麟慌了："小月……对不起……真对不起……"

韩小月哭着说："我知道……老爷是瞧不起我……"

铁麟急忙解释说："小月，别乱想……不是因为你……是我不行……"

韩小月说："老爷怎么不行……这不是挺好的吗？"

铁麟说："不，小月，你听我说……我说的是现在不行……再等一等……好吗？"

韩小月听铁麟说让她等一等，便又振作起来，一骨碌又翻到了铁麟的身上。

铁麟重新往下拉着她。

韩小月赖在铁麟的身上不动，咯咯地笑起来："老爷就别绷着啦，何苦呢？哪有枕着烙饼挨饿的？"

铁麟说不明白,自己翻了个身,将韩小月翻在下面。

韩小月“哎哟”叫了一声,她的身子被什么东西硌着了,生疼。

铁麟忙问:“怎么了?”

韩小月把身子下面的东西拿出来,举在眼前一看,又不由得叫了一声:“啊……”

铁麟见是自己刚才把弄的那只玉胡桃,忙说:“啊,对不起,是我随便放下的,硌着你了吧?”

韩小月完全换了另外一副面孔,眼睛紧紧地盯着那只玉胡桃,充满了惊异和恐惧,像是看见了一件不祥之物。

铁麟见韩小月的神态,也惊愣了。

韩小月忍不住问:“老爷这只胡桃是哪儿来的?”

铁麟支吾地说:“啊……是一个朋友送的……”

韩小月依然沉思着:“玉胡桃……”

铁麟奇怪地看着她:“你见过?”

韩小月立刻醒悟过来:“啊……不……我见它很像一只胡桃,原来是玉的,真像……”

铁麟轻轻地笑了笑,便埋下头吮吸起了乳房。

韩小月轻轻地拢住铁麟的身子,温柔地抚摸着。

一股苦茶般的乳汁静静地流进铁麟的体内,铁麟像孩子一样地安静下来。

天河楼饭庄二楼有一个叫作蘅芜苑的雅间,这雅间旁边就是花枝巷。不用解释,这些名字都来自曹雪芹的《红楼梦》。天河楼的东家很会赶时髦,道光年间《红楼梦》已经流行得非常广泛,特别是士大夫们差不多已经人手一册。茶余饭后,大都以谈红论红研究红为重要话题,也借此卖弄学问。而且已经有了一批专门考证的“红学家”。陈日修和王木匠便是其中的痴迷者。那“花枝巷”三字就出自陈日修的手笔,而这“蘅芜苑”则是王木匠留下的墨宝。

也巧,此时坐在花枝巷里的正是陈日修和王木匠。王木匠此番进城来不完全是与陈日修来交流“红学”成果,而是听说陈天伦惹了事儿,专门来劝慰老朋友的。

与花枝巷一墙之隔的蘅芜苑里,也同样坐着两个人,他们是大运西仓的监督金汝林和疯子李桑林。

李桑林已经不“疯”了,他一边喝着酒,一边像春蚕吐丝一样向金汝林吐露着大运西仓和坐粮厅的秘密，听得金汝林后背一阵一阵地冒凉气。

李桑林借着酒劲儿，越发慷慨悲愤起来："三千里大运河，六千只漕船，你知道运来的都是什么吗？"

金汝林问："不是漕粮还能是什么？"

李桑林说："是漕粮不假，你知道这漕粮是给谁运来的吗？"

金汝林说："当然是给朝廷了。"

李桑林说："给朝廷也不假，但这些漕粮首先喂肥的不是皇家的军队，不是朝廷的臣工，不是京城的百姓，也不是吃铁杆庄稼的八旗……是谁？是坐粮厅那些贪官污吏，是京通十五仓的硕鼠蛀虫。所以我说，三千里大运河运来的不是漕粮，是罪恶，是贪官污吏、硕鼠蛀虫的罪恶……你知道吗？据黄槐岸搜集到的罪证，每年从老百姓手里征收上来的漕粮，运往京城的不足三分之一，其余的三分之一被州府县衙鲸吞了，还有三分之一又被运河沿途的关关卡卡拦截了。就算是运到通州两坝的三分之一，能入粮仓的也不足一半，大多都被拦腰打劫了……"

金汝林说："有这么厉害吗？"

李桑林说："咱不说别人，就说坐粮厅吧。你知道从漕粮上坝到漕粮报完，他们一个人能捞多少吗？"

金汝林估计着说："总有几万两吧？"

李桑林说："你也太小瞧他们了，几万两就把他们打发了？光是他们每年送给穆相的，就不下百万两，还不用说他们自己揣起来的了。"

金汝林说："有那么多吗？"

李桑林说："不信是不是？我一猜你就不信，我也不信。可是黄槐岸信，他给我看过一本账，那还是他活着的时候给我看的，光是穆彰阿一个人就已经超过八百万两了……"

金汝林沉默了。

隔壁花枝巷雅间里，两个老朋友却只是闷着头喝酒，什么话也没有说。不是不想说，特别是王木匠，见到老朋友不说话干什么来了？可是说什么呢？陈家出了这么大的事，说什么都是多余的。这时候，只有到了这个时候，王木匠才体会到，在遇到灾难的亲友面前，一切劝说都是苍白无力的。这是最尴尬的事情，最无奈的莫过于对朋友的灾难束手无策。

其实，陈日修也无须王木匠说什么。王木匠来了，他已经很知足了。危难之中见真情，正如曹雪芹老夫子说的，万两黄金容易得，知音一个却难求。陈日修不想听什么，王木匠也不知道该说什么，两个人只有默默地喝着酒。三杯通大道，一醉解千愁，所有话都融合在酒里了。

金汝林劝着李桑林喝酒，李桑林当了好几年的“疯子”了，没有人能跟他这样平起平坐地喝酒，更何况坐在他面前的还是仓场监督，他的顶头上司，这就更让他感动了。他决定竹筒倒豆子，把所有的心里话都倒给金汝林。这是他盼望已久的，只有把事实真相说出来，才有可能让黄槐岸的在天之灵得到安息。

李桑林说：“八百万两啊，你知道这得多少粮食呀，这里面有多少农民的血汗啊，就这样让他们私吞了。他们的良心何在？他们还配当朝廷的重臣、皇上的肱股耳目吗？皇上知道吗？你说皇上知道这些人干的这些事吗？”

金汝林说：“皇上肯定不知道，皇上要是知道了还会重用他们吗？”

李桑林说：“那怎么办？该让皇上知道。你有办法让皇上知道吗？”

金汝林吃了一惊：“你是说，告御状？”

李桑林说：“对，告御状，只能告御状了，下面官官相护，不告御状黄槐岸就白死了……”

说到这里，李桑林呜呜地哭了起来。

花枝巷雅间里，陈日修或许觉得气氛太沉闷了。毕竟王木匠是来看望他的，他的不幸得到了王木匠的同情，但是不能给王木匠增加负担。他想了想，拣了一个王木匠最感兴趣的话题问道：“王兄，最近又有什么新发现吗？”

王木匠情绪略显振奋起来：“你是说关于《红楼梦》？”

陈日修说：“当然。”

王木匠说：“不瞒贤弟说，我还真的得到了一条消息，非常重要的消息。”

陈日修问：“什么消息？”

王木匠说：“曹雪芹的后人。”

陈日修惊奇地问：“曹雪芹的后人？曹雪芹有后人吗？”

王木匠说：“我在张家湾做了一个冬天的木匠活儿，差不多把所有与曹家有关的人都察访遍了。据说，曹雪芹的儿子夭折之后，还有过两个女儿，都是庶出，曹家人不认。其中有一个女儿的孙女还在，就在通州的地面上。”

陈日修眼睛都直了：“在通州的地面上？谁？叫什么名字？”

王木匠说：“你听说过通州有个妓女叫小鹌鹑吗？”

陈日修想了想：“略有所闻……啊，我想起来了，天伦跟我问起过她，据说是仓场总督铁麟向他打听的。”

王木匠急切地问：“怎么，铁麟大人也在找她？能找到她吗？”

陈日修摇了摇头："很难，一点儿线索也没有。"

王木匠说："我这次来，就先不走了。一是来陪陪贤弟你，你家出了这么大的事，帮不了你什么忙，至少得有人跟你说说话。二呢，就是来寻找小鹌鹑……"

陈日修感动得眼睛发潮了。

蘅芜苑雅间里，李桑林还在说着要告御状的事，问金汝林："你说，这御状能不能告？怎么告法？你给我指一条路。"

金汝林说："你想告御状不难，我帮不了你，也有人能帮助你。可是，告状得有证据，你有证据吗？"

李桑林垂下了头："证据倒是有，不过……在黄槐岸手里……黄槐岸有一个小铁匣子，里面装的都是证据。"

金汝林问："你能找到那个小铁匣子吗？"

李桑林说："要是能找到小鹌鹑，也许有希望。"

金汝林问："小鹌鹑是谁？"

李桑林深深地叹息着。

夏雨轩是在大光楼上找到铁麟的，这又是一个残阳如血的傍晚。铁麟没有举着他的千里眼四处观看，但是却看见了他最不愿意看又是最不忍心看的一幕：浮桥上过着一队人，前面一个衙役鸣锣，后面一个衙役牵着锁链，再后面是扛着木枷的陈天伦，最后是甘戎搀扶着一瘸一拐的陈日修。

铁麟手里握着和田羊脂玉胡桃。几天前，金汝林跟他禀报了与李桑林的谈话之后，他总是把这枚玉胡桃带着身边，希望出现奇迹。陈天伦啊陈天伦，你知道本官的苦心吗？不是本官想害你，是你实在太过分了。甘戎啊甘戎，你知道爸爸爱你吗？不是爸爸非要跟你过不去，实在是爸爸身不由己啊。爸爸可以判陈天伦，却不能马上为他平反。真正戴枷的不是陈天伦，而是爸爸啊……苍天啊，让我快点儿找到小鹌鹑，快点儿拿到黄槐岸留下的那个铁匣子。

夏雨轩登上了大光楼。

铁麟见到夏雨轩脸色焦黄，满头大汗，神情慌乱，心里顿时悸动起来。

夏雨轩说："大人，有件麻烦事……"

铁麟催促着："快说，出了什么麻烦？"

夏雨轩说："蛤蟆案有了线索……"

铁麟急着问："你是说……小鹌鹑找到了？"

夏雨轩说："找到了，不过下官要马上抓捕她。"

铁麟问:“她在哪儿?”

夏雨轩说:“在大人的府上……”

铁麟问:“什么?你说什么?”

夏雨轩说:“大人的府上有个叫韩小月的女人吗?”

铁麟的脸色变了:“你是说……”

夏雨轩说:“她就是小鹌鹑……”

铁麟惊愕了:“什么,她就是小鹌鹑?你怎么知道的?你有把握吗?”

夏雨轩说:“下官跟大人说过,我手下有几个能吏,他们都有自己的眼线……”

铁麟的心里不由得发起抖来。韩小月就是小鹌鹑,这可能吗?两年多了,从我到漕运码头上任的那一天起就在寻找黄槐岸,寻找小鹌鹑,没想到她……她竟然在我的身边……每天都在身边……是很近很近的身边……夏雨轩啊夏雨轩,你也太厉害了,你手下有几个能吏,这些能吏都有自己的眼线,难道他们也把眼线埋进了仓场总督的后宅。

夏雨轩是个精明绝顶的人,他一眼就看穿了此时铁麟心里正在琢磨的事情,急忙解释说:“大人,是这样的,在此之前,他们只知道小鹌鹑是被黄槐岸从月边楼把她赎出来的,黄槐岸死了以后,她没有再到下处去,大多是跟许良年在一起。去年听说她怀孕了,后来生了孩子……这些都是许良年大人府上的人说出来的,他们也是顺藤摸瓜才知道小鹌鹑在大人的府上的……”

铁麟不由得打了个冷战:“这么说,小鹌鹑是从许良年的府上到我这儿来的?”

夏雨轩说:“正是这样……本官怀疑这是许良年给大人埋下的一个眼线……”

铁麟依然非常困惑:“可是……小鹌鹑是怎么到我的府上来的呢?”

夏雨轩说:“这也正是下官想问大人您的。”

铁麟说:“我真糊涂,都是孙嬷嬷安排的,我怎么就从来没有问问呢?”

夏雨轩说:“大人不必疑心,恐怕孙嬷嬷也是蒙在鼓里的。”

铁麟说:“我倒不是怀疑孙嬷嬷,我是……这太可怕了……他们真是无孔不入啊……”

夏雨轩说:“下官想跟大人商量一下,小鹌鹑在大人府上,州府的衙役不便入内,是否请孙嬷嬷把小鹌鹑送出来……”

铁麟说:“怎么办合适,你瞧着办吧。”

夏雨轩说:“那下官就去办了,大人请放心,保准人不知鬼不觉。”

铁麟的手突然触到了那枚羊脂玉胡桃,忙说:“等一下。”

夏雨轩问:“大人还有什么吩咐?”

铁麟把那枚玉胡桃放在夏雨轩的手里,郑重地说:“雨轩,这可是绝密,本官信得过你……”

夏雨轩说:“大人,雨轩用身家性命担保。”

铁麟说:“这是本官就任前王鼎大人交给我的,让我拿着它找黄槐岸,你在审理小鹌鹑的案子时,或许用得着……你知道王鼎大人想要的是什么。”

夏雨轩说:“下官明白,我一定谨慎从事。”

铁麟见夏雨轩下了楼,觉得心里沉甸甸的,像是阴云密布的天气。

离开了大光楼,铁麟便到大运西仓来找金汝林。坐粮厅是一个针插不进水泼不进的独立王国,幸亏两年多来铁麟还安插了一些自己的人,否则现在他只有伸着脖子让人家宰的份儿了。

金汝林见到铁麟,马上把他引进自己的衙署里,神色慌张地说:“铁大人,卑职正想去向您禀报呢,有许多非常重要的情况。”

铁麟坐下来,沉住气听着。

金汝林说:“根据卑职掌握的情况,坐粮厅就是一个贪污腐败的黑窝儿,从头烂到了脚。”

铁麟说:“有这么严重吗?”

金汝林说:“您听说过黄槐岸吗?”

铁麟说:“他死了,看来是被人害死的。”

金汝林说:“您……知道?”

铁麟没有解释:“往下说。”

金汝林说:“他掌握着金简、许良年贪污的大量证据,还有……牵扯到朝廷里面。”

铁麟问:“是不是穆彰阿?”

金汝林愣住了:“大人,看来这些情况您都掌握。”

铁麟面无表情:“我想知道这些证据现在在哪儿?”

金汝林说:“据李桑林说,如果找到小鹌鹑,或许能得到一些线索。”

铁麟叹了一口气。

金汝林明白了:“看来这些情况大人也是知道的,那就不用卑职多言了……

不过，还有一件事。”

铁麟看着金汝林：“是不是大通桥假粮的事？”

金汝林惊异地叫起来：“大人，您怎么都知道？”

铁麟依然没有说什么。

金汝林说：“大通桥的监督叫朱国顺，是许良年的人。”

铁麟点了点头：“很明显，是许良年让他把查到假粮的事情直接报告给穆彰阿的，又由穆彰阿上奏了皇上。这样一来，就结结实实地打本官一个措手不及。”

金汝林说：“我就不明白，他们为什么要这样做呢？仅仅是为了陷害您和陈天伦吗？”

铁麟说：“这些人都是绝顶聪明的，这个计谋也是策划已久的，一石三鸟啊，实在是高明之至。本官接到了最新情报，那一万多石假粮里，有一半是台州卫前帮的，还有一半是隔年的陈粮。你说说看，这些陈粮是哪儿来的？”

金汝林思索着说：“莫非是从仓场里运出来的？”

铁麟盯着金汝林问：“是从哪个仓场运出来的？”

金汝林说：“反正大运西仓是一粒粮食都没有往外运，要运只能是大运中仓了。”

铁麟又问：“他们为什么要从仓场里往外倒腾粮食？”

金汝林恍然大悟：“我明白了……据李桑林和大运西仓的刘仓书说，每年都有人用大量的米票来顶替进仓的漕粮，可是今年我这大运西仓一张米票都没有见到，漕粮入库也非常正常。没有米票进来，那些京城的官员难道都没有领俸米？他们肯定转移到大运中仓去了。”

铁麟点了点头：“大运中仓的监督刘宝来你熟悉吗？”

金汝林说：“见过几次面，觉得人还本分。”

铁麟说：“就因为他本分，本官才没有拿掉他，看来咱们都被他的本分迷惑住了，真可谓知人知面不知心啊。”

金汝林想了想，疑惑地问：“可是卑职还是不明白，往年他们在大运西仓都是用米票顶替漕粮入库，新收的漕粮都被他们直接运到碓米坊去了，现在他们为什么往外倒腾陈米呢？”

铁麟笑了：“说得对，他们是害怕了。前不久本官查了大运西仓，调你来任西仓监督。他们肯定想到不定什么时候本官会去查大运中仓。肯定是中仓陈米存放得太多了，到时候怕不好交代，趁着现在漕粮收兑的时候，他们急急忙忙地补充一些新粮。这叫作亡羊补牢,犹未为晚。走,陪本官到中仓走一遭,或许能发现一点儿什么。"

到了大运中仓,金汝林不得不钦佩铁麟的料事如神了。中仓的大门洞开,一车一车的漕粮排成了队往里面运着。搬粮的扛夫,管廒的花户,记账的仓书都忙个不停。铁麟和金汝林的到来,立刻把刘宝来惊动了,他急忙跑来向铁麟行礼请安。

铁麟沉着脸不说话,漫不经心地往里面走着。

刘宝来立刻紧张起来:"不知大人到此巡查,您看,我这儿忙得四脚朝天,连坐的地方都没有。"

铁麟说:"我不坐,我就是来随便看看。"

刘宝来紧跟在铁麟身边,喋喋不休地禀报着:"这些天新粮上坝,每天都有大批的漕粮入仓。这些漕粮卑职都重新检查过了,干白圆净,斛平斗满,没有发现假劣之粮。"

铁麟带着金汝林直接进了仓廒,对于刘宝来的啰唆,铁麟貌似没听,实际上一句都没有落下,只是故意装作一副大大咧咧的样子。

在一座仓廒旁边,铁麟低声问金汝林:"看出毛病了吗?"

金汝林悄声说:"这些装粮的麻袋来路不对。"

铁麟笑了。原来漕粮上坝都要经过军粮或白粮经纪验收,没有经过验收的粮食是绝对不许进仓的。而且在收兑漕粮的整个过程中,责任是非常分明的。漕粮在船上的时候,发现掺假造假由领运官负责;漕粮上坝经过了验收,再发现掺假造假由收兑漕粮的经纪负责;漕粮入仓廒以后,如若再查处掺假造假,便由仓场监督负责。铁麟看着一袋袋往仓廒里装倒的漕粮,叫了一声:"刘宝来。"

刘宝来急忙躬身过来:"卑职在。"

铁麟问:"你说这些漕粮你都重新查验过了,是吧?"

刘宝来说:"卑职确实是亲自查验过了。"

铁麟说:"按漕运的规矩,漕粮进仓就该由你负责了对不对?"

刘宝来说:"卑职愿意负责。"

铁麟问:"那本官问你,这批漕粮是从哪儿运来的?"

刘宝来犹豫了一下说:"是收兑镇海卫后帮的。"

铁麟问:"一共多少?"

刘宝来支吾着:"大概……六千八百石。"

铁麟说:"运粮单呢?"

刘宝来脸上冒了汗:“啊……在……在仓书手里……卑职给大人去取……”

铁麟说:“慢,镇海卫后帮的押运官在哪儿?”

刘宝来更加惊惶了:“这……我给大人去找。”

铁麟说:“你别走。金汝林,你去把押运官找来。”

金汝林答应着去了。

铁麟不再理睬刘宝来,继续查看着仓廒。

刘宝来已经大汗淋漓,一步也不敢离开铁麟。

金汝林将镇海卫后帮的押运官找来了。

押运官在铁麟的身后行礼:“镇海卫押运官宋茂峰拜见大人。”

铁麟回过头来,站在他面前的是一位中年汉子,尽管穿着押运官的服装,却皮白肉嫩,斯斯文文,一副读书人的模样。此人好面熟,不知在什么地方见过。他努力调动着自己的记忆,想尽快从脑袋里挖出这位熟悉的汉子。

自称宋茂峰的汉子脸色也非常紧张,他极力掩饰着。

铁麟问:“你是镇海卫后帮的押运官?”

宋茂峰说:“正是。”

铁麟问:“镇海卫后帮来了多少漕船,运多少漕粮?”

宋茂峰说:“回大人,镇海卫后帮此番共来漕船三十六只,运漕粮二十二万石,入大运中仓七千二百石,其余运往京城十三仓了。”

铁麟看了一眼站在旁边的刘宝来,刚才他说的六千八百石显然不对。刘宝来慌得低下了头,铁麟没有理睬他,继续问着宋茂峰:“你这些漕粮是哪个经纪验收的?”

宋茂峰说:“是……‘宿’字号军粮经纪。”

宋茂峰说得不错,这麻袋上的密符确实是“宿”字号军粮经纪的。原来“宿”字号军粮经纪是陈天伦,自从陈天伦接替了“盈”字号以后,“宿”字号便自然废除了。更何况,陈天伦已经在十天前被惩处了,现在怎么又出了个“宿”字号呢?看来这里的事情越来越复杂了。

铁麟走上仓廒,从里面抓了一把漕粮看了看,又把那漕粮递给了金汝林。

宋茂峰已经满头出虚汗了。

铁麟逼视宋茂峰:“你告诉我,这到底是漕粮还是商粮?”

宋茂峰哆嗦起来:“大人,卑职说得不错,这确实是镇海卫后帮的漕粮啊。”

铁麟厉声问:“你再说一遍,这漕粮到底是谁收兑的?”

宋茂峰惊惶地说:“是……是‘宿’字号……”

铁麟大吼一声："姚广亮！"

宋茂峰不由自主地答应着："小的在……啊……"

铁麟嘿嘿地笑起来。

宋茂峰咕咚一声跪下了，连连磕头求饶："大人饶命……大人饶命啊……"

铁麟说："你不叫宋茂峰，也不是什么镇海卫后帮的押运官，你叫姚广亮，曾经住在沙竹巷，还自称是茶叶商人。你还曾经绑架过一个叫兰儿的小女孩儿，事发后便逃走了……本官说得没错吧？"

铁麟说的这些话，让金汝林大吃一惊，连刘宝来都惊愕了。

铁麟说："姚先生，你得跟本官走一趟了。"

刘宝来似乎如梦初醒，也咕咚跪了下来："大人，卑职有罪……"

铁麟说："你既然承认有罪，就跟本官走吧。来人啊，把他们押到仓场总督衙门！"

立刻上来几个章京和护卫锁住了姚广亮和刘宝来，推推搡搡地朝东衙门押去。

出了大运中仓，金汝林问："大人，您怎么知道这么多？"

铁麟说："你以为本官这两年在漕运码头上光吃干饭了？"

金汝林看着铁麟，心里油然升起无限的敬意。

第三十章

小鹌鹑被抓进来以后,夏雨轩只是草草地过了一下堂,便下令把她投进了大牢。他原本也没有指望她把所犯罪行都交代出来,况且小鹌鹑的案情会牵扯一些举足轻重的人物,也不宜在大堂上公开审理。

晚上,夏雨轩带着一个贴身随从来到了女监,单独会见了小鹌鹑。夏雨轩让那个随从在外面等候,自己进了牢房。小鹌鹑的牢房是单身的,并且在整个监狱最里面的一个角落里,这也是夏雨轩叮嘱典吏特意安排的。

小鹌鹑跪在地上,夏雨轩站在她面前。借着悬在牢房门口的灯光,夏雨轩发现小鹌鹑确实是一个容易让人爱怜的女人。她戴着手铐,衣衫不整,披散着头发,可是那圆润的脸庞和盈盈的泪光令她更加楚楚动人。在此之前,天河楼的花枝巷雅间里,他们曾经见过一次面,不知道小鹌鹑是否还记得。

夏雨轩温和地问:“你叫韩小月?”

小鹌鹑温顺地回答:“是,老爷。”

夏雨轩说:“本官来看看你,跟你随便聊聊。我问你,你跟黄槐岸是怎么认识的?”

小鹌鹑说:“当年贱妇在月边楼挂牌,黄先生经常光顾,一来二去,我们有了情义,他就把贱妇赎出来了。”

夏雨轩问:“赎出来以后你们住在哪儿?”

小鹌鹑说:“沙竹巷的一个小院里。”

夏雨轩问:“这么说黄槐岸为你花了不少银子?”

小鹌鹑说:“把几年的积蓄都花进去了,还不够,贱妇暗中替他搭了一些。”

夏雨轩说:“这么说你们该是贫贱夫妻,共过患难了?”

小鹌鹑说:“黄先生对我恩重如山,我跟黄先生情浓义重。”

夏雨轩说:“那你为什么还要杀了他?”

小鹌鹑嘤嘤地抽泣起来,她跪在夏雨轩的面前,羸弱的肩头在瑟瑟发抖。

夏雨轩说:“你原本不想杀黄槐岸是不是?”

小鹤鸫抽泣着点了点头。

夏雨轩说:“是有人逼着你杀了他对不对?”

小鹤鸫立刻抬起头来,急扯白脸地辩解着:“不不不……没有人……没有人指使我……是我……我……我自己要杀他……是我……”

夏雨轩说:“那你告诉我,你为什么要杀他?”

小鹤鸫又低下了头。

夏雨轩说:“你是不想说,还是不敢说?”

小鹤鸫没有回答。

夏雨轩说:“韩小月,你现在是杀人嫌犯,本官问你话,你必须回答,听见了吗?”

小鹤鸫说:“贱妇明白。”

夏雨轩问:“那么本官问你,你有什么难言之隐吗?”

小鹤鸫抬起头来,哭着说:“大人……我……我有个孩子啊……”

夏雨轩明白了,她之所以不敢说,是因为她的孩子控制在人家的手里。

小鹤鸫又嘤嘤地哭起来,她的哭声很纤细,不像一般女人那样歇斯底里地大哭大号。这哽咽压抑之声更加显得悲切,也更加令人同情。

夏雨轩说:“韩小月,把头抬起来,本官让你看一件东西。”

小鹤鸫抬起了头,夏雨轩把那枚羊脂玉胡桃举到她眼前。小鹤鸫像是见了一件不祥之物,惊得向后闪着身子,脸色煞白,声音颤抖:“不……不……我……我不知道。”

夏雨轩把羊脂玉胡桃收了起来:“这东西很熟悉是吗?”

小鹤鸫极力回避着:“不不……我没见过……”

夏雨轩说:“你不会说谎,你骗不了本官,这个东西你认识,也很熟悉,是不是有人向你交代过什么?快点儿告诉本官。”

小鹤鸫浑身都发起了抖:“大人……贱妇真的不知道……不知道啊……”

夏雨轩声音狠起来:“那好吧,你要是不想跟我说,明天就到大堂上去说吧。你知道什么叫官法如炉吗?”

小鹤鸫突然抬起头来:“大人,贱妇能……能让贱妇见一个人吗?”

夏雨轩问:“谁?”

小鹤鸫说:“大运西仓监督金汝林。”

夏雨轩一下子呆愣住了,她要见金汝林干什么?

一个牢头走过来,站在牢房门口轻轻叫了一声:“夏大人……”

夏雨轩移步到门口。

牢头轻声说:“有个老秀才要见您,说是您的老朋友。”

夏雨轩说:“让他先到花厅等我一会儿。”

牢头说:“他说见您就是想进牢房,在门口候着呢。”

这就怪了,是谁想进牢房呢?进牢房干什么呢?夏雨轩叮嘱了一下牢头和随从监视着小鹌鹑,自己便朝外走去。

等候在监狱大门外的原来是王木匠,确实是个老秀才,也还算是个老朋友。因为他是陈日修的朋友,自然他们已经认识了。只是他们从来没有单独来往过,他知道王木匠也是个耿介之人,是不屑攀缘附势的。

王木匠见了他,急忙向前施礼说:“小民王木匠拜见大人……深夜来访,非常唐突,望大人恕罪。”

夏雨轩客气地说:“王兄不必多礼,深夜来访必有要事,雨轩静听吩咐。”

王木匠说:“要事也算是要事,只是大人公务在身,不知道能不能给个方便。”

夏雨轩说:“王兄请讲。”

王木匠遂将他寻访曹雪芹后人的最新成果告诉了夏雨轩,说今天刚听说小鹌鹑犯了案,关进了大牢,如果不及时前来查问,恐怕就会失去这唯一的线索,那他们都要成为千古罪人了。

夏雨轩觉得这事情更加严重了,难道小鹌鹑是曹雪芹的后人?果真如此,这可是个天大的奇迹了。

王木匠将随身带来的一些手稿递给夏雨轩,说:“这些是《红楼梦》后四十回的残稿,我只想请小鹌鹑鉴定一下真伪。如果是真的,这可是无价之宝啊。”

夏雨轩也动心了,想了想说:“好吧,我现在正好也在审问韩小月,你跟我一起来吧,顺便把这些残稿给她看一看。如果真的有所发现,也算我们积德立功了。不过需要提醒仁兄一句,你只能跟在我后面听着,需要知道什么由我来问。”

王木匠兴奋地答应着,跟着夏雨轩来到小鹌鹑的牢房,小鹌鹑依然跪在地上,没有哭泣,长发飘落在地上,脸上染着泪污残红,像一朵开败了的水莲花。王木匠心里一动,这难道就是曹公的后人吗?上苍也太不公平了,怎么能将曹公的后人糟蹋成这个样子呢?

夏雨轩回手将王木匠的残稿要过来,举到小鹌鹑的面前:“韩小月,你看看这些是什么?”

小鹌鹑抬起头，看着夏雨轩举在她面前的残稿，泪水顺着她那憔悴的脸颊流淌下来。

王木匠的心怦怦地跳了起来。

夏雨轩问："这些书稿你见过吗？"

小鹌鹑点了点头。

夏雨轩问："在什么地方见过？"

小鹌鹑说："这是祖姥姥留下来的。"

夏雨轩也兴奋起来："你祖姥姥是谁？"

小鹌鹑扑通一声伏在地上，哭着哀求说："大人，求求您了，别问我这些行吗？也求大人不要把这件事说出去。"

夏雨轩问："为什么？你为什么不敢承认？"

小鹌鹑说："我……我不想给祖宗丢脸啊……"

夏雨轩回头看了看王木匠。

王木匠像塑像一样地呆愣着，半天才说："真的……看来是真的……"

夏雨轩低声说："你还想问她点儿什么？"

王木匠说："问问她这样的书稿还有没有？"

夏雨轩转向小鹌鹑："韩小月，听本官问你话，你要如实告诉我，我可以向你保证，这些话只有今天在场的人知道，绝不外传。我问你，你祖姥姥留下了多少这样的书稿？在什么地方？"

小鹌鹑喃喃地说："一只木箱……"

夏雨轩问："什么木箱？"

小鹌鹑说："是只樟木箱。"

夏雨轩问："还有什么？"

小鹌鹑说："一首诗。"

夏雨轩问："什么诗？"

小鹌鹑说："写在樟木箱上的诗。"

夏雨轩说："读给我听听。"

小鹌鹑含着泪，抽抽咽咽地读起来：

浮生着甚苦奔忙，盛席华宴终散场。
悲喜千般如幻渺，古今一梦尽荒唐。
漫言红袖涕痕重，更有情痴抱恨长。

字字看来皆是血，十年辛苦不寻常。

王木匠听完之后，忍不住惊叫起来："天啊，这可太珍贵了，比什么都珍贵……"

夏雨轩也忍不住内心的激动，急切地问王木匠："还有什么要问的？"

王木匠说："我听说曹雪芹的墓地就在张家湾的曹家坟，问问她是哪个坟头。"

夏雨轩转向小鹌鹑："韩小月，你知道你祖姥爷的坟墓在哪儿吗？"

小鹌鹑说："在张家湾的曹家老坟。"

夏雨轩问："是哪个坟头？"

小鹌鹑说："祖姥姥把祖姥爷埋葬的时候，没有留下坟头，只是随着棺材深埋了一块墓石。"

夏雨轩立刻想起了黄槐岸棺材旁边的那块墓石，试探着问："一块青条石？"

小鹌鹑说："是的。"

夏雨轩又说："长三尺，宽一尺二寸，厚三寸，对吗？"

小鹌鹑说："大人说得一点儿不错。"

夏雨轩满意地点了点头："好了，你提出的请求容本官思量一下，你好自为之吧。"

王木匠跟着夏雨轩走出监狱的大门，迫不及待地问："你怎么知道的？"

夏雨轩一愣："知道什么？"

王木匠说："曹雪芹的那块墓石？"

夏雨轩开心地笑了笑："天机不可泄露。"

王木匠急忙拉住他："夏大人，如果你不嫌弃，我想……"

夏雨轩问："你想干什么？"

王木匠说："我想请你去喝一杯。"

夏雨轩说："当然得喝一杯了，我给了你这么大的面子，帮了你这么大的忙，你能不请我吗？"

王木匠高兴得只想大喊大叫，可惜这儿不是地方。

金汝林从密不透风的监狱里出来，踉踉跄跄地朝州衙大门走去，脑子里乱哄哄的。他简直不相信这是真的，完全是一场噩梦，一场让他窒息的噩梦。

他不敢相信小鹌鹑说的一切是真的，但是又不得不相信。

黄槐岸确实是许良年害死的,李桑林的怀疑得到了证实。想到了黄槐岸的惨死,便想到了小鹌鹑的苦命,金汝林心里刀割一样的疼痛。

小鹌鹑原名确实叫韩小月,她也确实是河北三河县人,至少她跟铁麟没有说谎,但是这一切已经毫无意义了。

很难相信,她从小就是在天津的一家叫作胭脂阁的青楼里长大的。她的母亲先是胭脂阁挂牌的名妓,后来人老色衰便接替了胭脂阁,成了老鸨。而她父亲是谁,她就不得而知了。听她母亲说父亲是一名南方来京参加会试的落榜举人,但是姓什名谁,何方人氏,连她母亲也说不上来。

在风月场中长大的小鹌鹑从小就懂得女人是男人的玩物,女人的价值就在于学会如何取悦男人。于是,她跟那些青楼名妓学会了征服男人的各种艺技。琴棋书画,歌管丝竹,还有打情骂俏,邀宠撒娇。母亲是很疼爱她的,很对她负责任的,不让她再从事贱业,总想为她找一个好人家。可是,母亲整天在青楼里张罗生意,到哪儿去给她找正派男人呢?终于母亲因为不小心得罪了天津的混混儿,胭脂阁被砸了,母亲在天津待不下去了,带着她回张家湾投奔本家的亲戚。本家的亲戚本来就不多,都知道她在天津操的是贱业,谁也不愿意惹上一身骚,都像避瘟疫一样地躲避着她们。没办法,母亲只好嫁了人,嫁给了三河县一个卖羊肉的当了填房。

小鹌鹑虽然出身卑贱,却从小娇生惯养,锦衣玉食,没受过饥寒,也没有受过委屈。那个卖羊肉的后爹是一个很小气又很霸道的小市民,待她母亲像奴婢,她则是母亲拖来的油瓶,非打即骂,还不给吃饱饭。就算让她随便吃也吃不饱,整天价粗粮羊肉汤,还经常吃糠咽菜。母亲能忍受,母亲毕竟是个久经风霜的人,什么苦都能吃,只图个安逸了。小鹌鹑受不了,十六岁的时候便跟着一个做丝绸生意的商人跑了,先是跑到了北京,后来又流落在这漕运码头上。

那个丝绸商人姓白,上海人,长得女里女气,说话柔声细语。小鹌鹑很看不上他,可是他却要死要活地爱着小鹌鹑,这让小鹌鹑多少感到一些安慰。那个丝绸商人是个典型的上海小男人,具备从他的老祖宗身上继承下来的一切特征,精明、仔细、吝啬、胆小。他对小鹌鹑的爱只是表现在嘴里喊出的亲啊肉的上面,实际行动上连件像样的衣服都舍不得给她买。他的吝啬,常常惹得小鹌鹑哭笑不得。他那么有钱,却连一条直溜黄瓜都舍不得买。他生意那么忙,却总是亲自上街买菜,嫌小鹌鹑不会跟人家还价。他每天都是傍晚菜农快要收摊的时候才去买菜,买来的都是一文钱一堆的烂菜叶子。小鹌鹑想吃肉,他只买半两,他自己不吃,光让小鹌鹑吃。在漕运码头这个地方都是豪爽侠义之辈,大碗喝酒，大块吃肉，大把花银两，哪有买半两肉的？这事传了出去，他落下了一个外号：白半两。

商人重利轻离别，如果碰巧这商人再是上海小男人，那女人不但受了苦，而且开了眼界。上海小男人除了钱，连自己都不爱，还能爱女人吗？有人说，北京男人的钱是一个铜板一个铜板挣出来的，挣出一个花两个，所以北京的男人总是穷；而上海小男人的钱是一个铜板一个铜板攒下的，攒下一个多一个，所以上海男人总是有钱。小鹌鹑受不了白半两的悭吝，更受不了上海小男人在被窝儿里说那些不用花钱的肉麻话，小鹌鹑离开了他。

离开了白半两的小鹌鹑开始在漕运码头上流浪，她原本想去三河找母亲的，又怕后爹容不下她，便断了回三河的念头。她在漕运码头上几乎什么都干过，缝过穷，当过保姆，在漕船上洗过衣服做过饭……可是这些粗活儿她都干不了几天就受不了了，后来她到街头上卖唱，遇见了月边楼的老鸨。

她到月边楼也算是女承母业，顺理成章的事情，她倒是真的没有觉得有什么了不起。不过，她初到月边楼，只是一般的窑姐儿，她长得并不出众，歌儿唱得也一般，又不是雏儿，谁能拿她当回事呢？挂不住客人就挣不到钱，挣不到钱是小事，关键是姐妹们看不起她，老鸨也欺负她，常常闲着没事干的时候老鸨便让她到厨房里去干一些粗活儿。

是许良年救了她，许良年发现了她的好处，发现了她作为职业妓女的潜在价值。许良年冲着她大把大把地花银子，还把她从头到脚更换一新。许良年这么一捧她，她立刻便身价骤增，名声大噪，很快成了漕运码头上的名角儿，不久便挂上月边楼的头牌。

许良年冲她花了钱，也成了控制她的男人。小鹌鹑并没有觉得委屈，女人本来就是可以花钱买的，谁给的钱多当然就该归谁了。她成了许良年手里的一张牌，许良年什么时候需要了，便把她理直气壮地亮出来。她什么都听许良年的，唯许良年之命是从。许良年经常出现在豪华的宴席上，她也便成了许良年炫耀吹嘘的一道珍馐佳肴。许良年自己品尝够了，便把她随心所欲地推荐给别人。谁尝到了她的美味，感激的不是她，而是许良年。

她就是在一次酒席上认识黄槐岸的，也是许良年把她打发到黄槐岸的身边的。

她觉得她跟黄槐岸有着前世的姻缘，堪称是一见钟情。黄槐岸说她是他的第二个女人，除了自己的老婆他从来没有接触过别的女人。而小鹌鹑却觉得黄槐岸是自己的第一个男人，那个上海小男人不能算数，他的爱就像狗啃骨头，除了让人肉麻没有别的什么感觉。而许良年只是有钱,只是把她的身价哄抬了起来。许良年绝不会爱她,他只是需要她,她能给他争来面子,满足他的高高在上的欲望。黄槐岸对她的爱是真的,她感觉得出来。男人和女人的真爱是一种吸引,是一种牵挂,还是一种排他的占有。黄槐岸每天都要见她,见不到她就像丢了魂儿似的。离得这么近,当他实在脱不开身的时候还常常打发人送信来。他的信写得那么有情有义,充满了男人对女人的倾心呵护。黄槐岸还是一个真正的男人,一个在炕头上疯狂得像头雄狮一样的男人。在这头雄狮面前,小鹌鹑真正享受到了男人,一种近乎迷狂的、死去活来的体验。她常常对黄槐岸说,让我死吧,让我就这样死去吧,我知足了。

可是黄槐岸不让她死,他还要让她好好地活着。他把她从月边楼赎了出来。

小鹌鹑是要跟黄槐岸白头到老的。她知道黄槐岸老家有妻子,她不在乎,她可以做“小”,只要他的原配能容她。他的原配要是不能容她,她可以做他的奴婢,也可以为他去死。

许良年却不放过她,她又不能得罪许良年。

许良年的要求其实也很简单,就是把黄槐岸的一切告诉他,小鹌鹑成了许良年埋在黄槐岸身边的内奸。这些,黄槐岸并不知道。黄槐岸在为小鹌鹑赎身的时候,月边楼的老鸨要五千两银子,黄槐岸只有三千两。小鹌鹑急于想逃出火坑,也急于想跟黄槐岸生活在一起,便跟许良年要了两千两银子。小鹌鹑怕伤害黄槐岸,没有告诉他这银子的来源,只说是平时积攒下的。小鹌鹑在月边楼只待了两年,还有半年多的时间受冷落,哪有什么积蓄呢?

就是说,小鹌鹑实际上是黄槐岸和许良年两个人把她赎出来的,她可以跟黄槐岸恩恩爱爱地过日子,却还得听许良年的支配。当然,如果许良年要求跟她苟且的时候,她也是不便拒绝的。尽管她觉得很对不起黄槐岸,可是有什么办法呢?

小鹌鹑其实是个很单纯的女人,单纯得让她只懂得男女之情,世间的乃至官场上的一切勾当和龌龊她连想也不想,更不用说去提防谁了。

同样,黄槐岸其实是个很单纯的书生,甚至说是个书呆子。他跟谁好,就恨不得把心都掏给人家,特别是女人。他把小鹌鹑当成了自己的知己,一种在读《西厢记》《红楼梦》时幻想出来的知己。他跟小鹌鹑几乎无话不谈,夜深缱绻的时候,他把小鹌鹑搂在怀里,谈得热泪湿了小鹌鹑雪白的胸脯子。谈什么呢?谈情怀,谈追求,谈儿时的梦想,也谈自己的奋斗……开始的时候他避免谈坐粮厅,避免谈许良年,避免谈漕运上的是是非非……可是后来便渐渐地放松了警惕,有一次喝多了酒,他甚至忘乎所以,将王鼎送给他的和田羊脂玉胡桃拿出来给她看,并向她讲了自己的使命。

讲完以后他就后悔了,千叮咛万嘱咐,让小鹌鹑千万不能向别人说,这是要掉脑袋的事。

可是小鹌鹑还是跟许良年说了。尽管黄槐岸警告过她这是掉脑袋的事,她说的时候却把自己和黄槐岸的脑袋忘了。

那是小鹌鹑和许良年两个人单独在一起喝酒的时候,许良年哭了,也把小鹌鹑当成了亲人,说起了掏心窝子的话。许良年说他的脑袋要掉了,皇上怪罪下来,说仓场有人贪污,还牵扯到了朝廷。皇上要他限期查出贪官,查不出来就要他的脑袋。可是现在他一点儿线索也没有,没有人能帮助他。

小鹌鹑被感动了,让他去找黄槐岸,说黄槐岸就是皇上派来的,手里有很多证据,随时都能把朝廷的奸臣揪出来。

其实,许良年早就对黄槐岸产生了怀疑,如果没有怀疑,他能这么帮助黄槐岸吗?

那一天,小鹌鹑把许良年请到自己和黄槐岸的家里。两个都为朝廷办大事的男人在屋里喝酒,小鹌鹑觉得自己作为女人应该守妇道,不该干涉男人的事情。她躲到厨房,精心为两个谈大事的男人炒菜烫酒。

屋子里半天没有动静,小鹌鹑不放心了。当她端着菜进屋的时候,黄槐岸已经躺在了炕头上,没见一滴血,男人却断了气。

许良年杀害了黄槐岸,小鹌鹑痛不欲生,恨不得把许良年生吞活剥。但是她毕竟是个女人,是个靠男人养活的苦女子。许良年威胁她,如果不听他的话,就要治她谋害亲夫的罪。

黄槐岸死后,许良年继续霸占了小鹌鹑。

金汝林一边慌乱地走着,一边回想着小鹌鹑跟他说的每一个字。在监狱里,他跟小鹌鹑喝着酒,酒和菜都是他带去的。他当过夏雨轩的刑名师爷,跟监狱里的人都很熟悉,也有些交情。没有人难为他,他还能给小鹌鹑带去一篮酒菜。

他是两年以前认识小鹌鹑的。天呀,也是许良年引荐给他的。为什么?为什么许良年要把小鹌鹑引荐给他?许良年是不是把他当成了第二个黄槐岸?那时候……铁麟刚任仓场总督不久,他也刚刚任夏雨轩的刑名师爷……他跟坐粮厅还没有什么关系……或许他有什么可利用之处,许良年要利用他什么呢?

他跟小鹌鹑同居许良年是知道的,许良年继续跟小鹌鹑来往他也是知道的。这是一种心照不宣的秘密,也不是什么秘密了。他们都彼此回避着,很默契。

他爱小鹌鹑吗?说不上来,从感情上说,他喜欢她,非常喜欢,甚至有时候到了谁也离不开谁的地步。可是他总是在内心深处警告自己,她不是你的,你跟她不过是萍水相逢,不过是一场露水夫妻。但是他感觉得到,小鹌鹑对他的依恋、对他的关怀与照顾,要比他对小鹌鹑用心得多。也许小鹌鹑把他当成了第二个黄槐岸,或者是黄槐岸的替身。

后来小鹌鹑怀孕了,许良年把她安排到北京去生孩子,他便再也没有跟小鹌鹑有来往了。至于小鹌鹑后来到铁麟家去当保姆,他是一点儿音信都不知道。

万万没有想到,小鹌鹑生的孩子是他的,而且是个男孩儿。

这件事,小鹌鹑事先没有告诉他,是心疼他,是怕许良年不高兴,还是因为别的什么?

但是,这个孩子在许良年的手里,这是小鹌鹑的孩子,也是他的孩子。

许良年把孩子抓在自己的手里,就控制住了小鹌鹑,小鹌鹑能把一切都讲出来吗?作为一个女人,还有什么比自己的孩子更重要的呢?

黄槐岸不是小鹌鹑杀的,要救小鹌鹑,必须先要把那个孩子找到。而要找到那个孩子,必须通过许良年。金汝林觉得自己遇到了一件天大的难事。

金汝林心里翻腾着疾风暴雨,踩云架雾般地回到了大运西仓的衙署,推开门一下子愣住了,许良年端端正正地坐在他的客厅里。

许良年随随便便地说:“不用多礼,坐吧,本官等你半天了。”

金汝林问:“大人找我有事?”

许良年说:“当然,很重要的事。你见到小鹌鹑了?”

金汝林一愣,这件事他做得很绝密,怎么这么快就让他知道了?

许良年说:“小鹌鹑跟你说了些什么?”

金汝林支吾着:“啊……随便聊聊……”

许良年说:“随便聊聊?随便聊聊能到那个地方去?”

金汝林说:“啊……她托付我一些事情。”

许良年说:“是不是孩子?他让你来跟我要孩子?”

金汝林又惊愣了,许良年怎么什么都知道了呢?

许良年说:“不错,那孩子是你的。我早就知道那孩子是你的,我让她顺顺当当地生了下来,又为你们精心地抚养着,也算是对得起你们了吧?”

金汝林欠起身说:“谢谢许大人……卑职不胜感激。”

许良年说:“我可以告诉你,孩子很好,是个儿子,长得很像你,好好培养吧,将来会有出息的。”

金汝林急切地问:“那孩子在哪儿?”

许良年交给金汝林一张字条:“拿着我的字条,他们就会把孩子给你。不过……有个条件。”

金汝林问:“什么条件?”

许良年说:“你连夜就离开通州,抱到孩子以后就回你的湖北老家去,以后再也不要回来了。”

金汝林问:“为什么?”

许良年说:“因为小鹌鹑已经死了。”

金汝林叫了起来:“什么？你说什么?”

许良年说:“她是喝了你带去的酒以后死的。”

金汝林叫嚷着:“不……不可能……我的酒菜是干净的……这不可能……”

许良年说:“不错,你的酒菜是干净的,可是你走以后,她又跟狱卒要了一杯水,那杯水可不干净……”

金汝林的浑身剧烈地颤抖起来:“你……你为什么要这样做……你……你这个杀人犯……”

许良年说:“不,你说错了。杀人犯是你,谁都知道是你今天到监狱去的。明天一早,夏雨轩就会派人来抓捕你,你还是快点儿走吧……”

金汝林傻了。

许良年站起身来,朝门外走去。到了门口,他又转过头来说:“你放心,我会好好安葬她的。我再多说一句,你要把自己的嘴巴牢牢地锁住,铁麟扳不倒我,也救不了你。”

许良年走了,金汝林一直呆愣愣地站着。过了许久,他才明白,真正的噩梦开始了。

小鹌鹑从仓场总督衙门里被抓走的消息,尽管夏雨轩做得非常秘密,还是不胫而走,迅速地在坐粮厅和两仓传开了。这也许是好事不出门,坏事传千里,也许是有人故意散布出来的这个消息。这个消息不但炒热了蛤蟆案的新闻,而且还传出了一个有关仓场总督的天大秘密：小鹌鹑是铁麟的奶妈，铁麟就是每天吃小鹌鹑的奶水的。

首先被这消息震动的是林满帆，他从小鹌鹑很自然地想到了自己的老婆樊小篱。

林满帆带着满心的疑惑回到了家，正是傍晚时分，樊小篱做好了饭，正搂着孩子等着他回来吃晚饭。这是西仓附近一个很温馨的小院，三间北房，两间小西房，院子里有一棵合欢树。小饭桌就摆在合欢树下，连碗筷都准备好了。

自从林满樊到大运西仓当差之后，樊小篱觉得很满足，很幸福。丈夫在外面混得很体面，收入也不薄，儿子已经能够满地跑了。她在家里相夫教子，其乐融融。她在铁麟家里的尴尬，在冯寡妇家里所受到的创伤，渐渐地平复了。她希望日子就这样淡如流水般地过下去，直到她跟林满帆白头到老，直到儿子长大成人，直到儿子又有了儿子。

丈夫回来了，她敏感地觉察到丈夫的脸色不大好看，或许在外面遇见了什么不顺心的事。这是男人常有的苦恼，做媳妇的该更加体贴照顾才是。她把孩子放下，为丈夫端来洗脸水。孩子挓挲着两只胳膊朝林满帆扑过来，亲亲热热地喊着爸爸。若是平时，林满帆肯定会把儿子高高地举起了，疯吵疯闹一番。儿子是他亲手拉扯大的，他对儿子的骨肉之情便格外深些。可是今天，他没有理睬儿子，儿子扑过来，他却把儿子扒拉开了，儿子跌倒在地上哭了起来。

樊小篱马上过来，抱起儿子，拍打着儿子身上的土说："你爸爸累了，别烦他了，来，妈妈抱你……"

接下来便是吃饭，林满帆依然沉着脸，低着头，连看都不看媳妇一眼。平时可不是这样的，离开了冯寡妇家，林满帆为了补偿对媳妇的爱，赎自己的罪过，对樊小篱格外的温存和珍爱。他总是按时回家，就是外面有应酬也都事先打招呼。坐粮厅的官吏将混迹于风月场视为时尚，可是林满帆从不涉足。在这方面，他有很好的口碑，也常常受到同寅的奚落。回到家里，也总是有说有笑，常常把一些新闻笑话说给樊小篱听，使这个温馨的小院充满了笑语欢声。

樊小篱心里打起了鼓，丈夫今天是怎么了？

丈夫吃完了饭，却没有离开那张小饭桌，又沉着脸默默地抽起了烟。

孩子睡了，樊小篱把孩子安顿好，便坐在小桌旁边刷洗着碗筷。

林满帆终于开口了，这口开得非常艰难，似乎想了许久才找到开口的时机和方式。他问樊小篱："你认识小鹌鹑吗？"

樊小篱一愣，想了想，觉得这名字很陌生，她摇了摇头。

林满帆又不说话了,或者是在想着往下该说什么。

樊小篱沉不住气了:"小鹌鹑是谁?"

林满帆说:"是杀人犯,被抓起来了。"

樊小篱说:"这就怪了,杀人犯你问我干什么?我怎么会认识杀人犯?"

林满帆气呼呼地说:"她不是现在杀的人,是几年以前杀的人,刚刚犯了案。"

樊小篱问:"她杀的是什么人?"

林满帆说:"是她男人,她杀了她的男人。"

樊小篱也气愤地说:"这娘儿们也忒狠心了,杀自己的男人怎么下得去手?"

林满帆说:"你知道她是从什么地方被抓到的吗?是从仓场总督的衙门里,她是铁麟的奶妈,你怎么说你不认识?"

樊小篱一下子愣然了。

林满帆看着妻子。

樊小篱的双手颤抖起来。

林满帆说:"你告诉我,你在铁大人家里当奶妈的时候,是在给谁喂奶?"

樊小篱没底气地说:"是……他的孩子呀,怎么了?"

林满帆紧盯着问:"是谁的孩子?"

樊小篱说:"当然是铁大人的孩子了……"

林满帆说:"是铁大人的什么孩子?"

樊小篱说:"啊……是他儿子……不是孙子……铁大人的孙子……"

哗啦一声,小饭桌被掀翻了。

樊小篱惊恐地看着怒火中烧的丈夫。

林满帆叫喊着:"你给我说实话,到底是怎么回事?"

樊小篱嘴唇哆嗦着,说不出话来。

林满帆吼叫着:"你是不是在给铁麟喂奶?"

樊小篱咚的一声跪了下来:"他爹……我……我对不起你呀。"

林满帆见媳妇跪下了,便一下子明白了事情的真相,痛苦万分地说:"小篱,你……你不该瞒我啊……你骗得我好苦啊……"

林满帆双手捧着脑袋,呜呜地哭了起来。

樊小篱忙扑上来,抱着林满帆说:"他爹……你听我说……我……我只是给他喂奶……他……他从来没碰过我……没有……一点儿也没有碰过我的身子……我向你发誓……"

林满帆腾地跳起来，把妻子掀翻在地，怒骂着：“你这个贱货，你骗谁呢？天天给一个大男人喂奶，他不碰你，他是什么？是一个死尸吗？是一个粮食包吗？”

樊小篱从地上爬起来，又跪在林满帆的脚下，紧紧地抱着他的双腿，哭着说：“他爹……你别发火……你听我说……他真的……真的没有碰过我……他……”

林满帆还要发作，外面咚咚地敲起了门，敲门声很紧迫，林满帆撇下妻子，前去开门。

门外，站着失魂落魄的金汝林。

第三十一章

一叶落知天下秋。朔风瑟瑟,落英缤纷,大运河里千帆张扬,回空南下。蓝天如洗,白云映衬着诱人的光亮,几行秋雁悲凉地唱着别离的歌儿,义无反顾地远去了。

陈天伦也要走了,不是向南,而是向北。遥远的陌生的极北地带,有一个令人不寒而栗的名字:宁古塔。

那是一个冰封雪裹的世界,那是一个虎狼横行的世界,那是一个荒凉得只见茅草不见人烟的世界。可是,数百年来,通往那个世界的道路却并不寂寞,每日每时,每年每月,每朝每代,都有一些衣衫褴褛、蓬头垢面的人拄着树枝在那条崎岖的道路上跋涉着。他们拖儿带女,一步三晃,白天有风雪袭骨,夜间有虎豹扑身。那条道路太寒冷,太艰险,太漫长了。有多少人没有走到目的地便倒了下来,还有多少人在亲人倒下之后又继续走向那条不是死亡却胜似死亡的不归之路。须知,挣扎在这条道路上的不是命贱如草的流民,也不是杀人越货的盗贼,而是锦衣绣袍,在朝廷上与皇帝议论天下大事的重臣。是自幼苦读圣贤之书,胸怀天下之忧的饱学之士。他们每天出门要坐轿,绿呢八抬大轿;远征要骑马,金鞍宝马三尺长剑。他们进门有奴仆搀扶,有丫鬟更衣,有妻妾儿女迎迓问安。吃的是美味珍馐,穿的是绫罗绸缎,睡的是美人雏妇。随同他们一起栉风沐雨跌起遥途的,都是弱不禁风的娇贵之体,都是衣来伸手、饭来张口的尊贵之躯。

他们为什么被流放到那天边的酷寒蛮荒之地,难道他们真的犯下了这理应如此惩罚的罪恶了吗?他们不过是在朝廷上因一言不慎惹恼了皇上,不过是因为耿介孤傲得罪了炙手可热的皇族贵戚,不过是因为不合俗流不同众污触怒了巨奸小人。就算他们不识时务罪有应得,那么陪着他们一起流放的老迈高堂、娇妻幼子以及八杠子都打不着的受株连者,他们又招谁惹谁了?他们又何罪之有?

陈天伦以前从来没有想过这些,他知道通往宁古塔或尚阳堡的荒草萋萋的道路上有着这么一群形同鬼魅的人，但是他从来没有想过他们的命运，也没有对他们产生过丝毫的同情。现在他忽然想到了他们，也想到了曾经因为他的揭露被流放到那条路上的徐嘉传。徐嘉传到了宁古塔吗？以后到了宁古塔会遇见徐嘉传吗？遇见了该是怎样的境况、怎样的情景呢？

被罚流放宁古塔，陈天伦开始是非常恐惧的。人的恐惧只发生在一个短暂的时间内，当恐惧已经袭遍全身并主宰了命运的时候，恐惧也会疲劳的。每一个胸怀大志的男人，都应该做好应付特殊变故的思想准备。人生如攀山，目标越高远，道路越崎岖。登上去就会一览众山小，跌下去也会粉身碎骨。事已至此，陈天伦早将自己的荣辱生死置之度外了，让他牵挂和放心不下的，一是他的父母，二是甘戎。

陈日修一下子变老了，好像老了二十岁。不到一个月的时间，他的头发胡子都白了。须知他刚刚六十岁出头，日子安逸，他还会做许多事情的，甚至他还可以继续在漕运码头上当军粮经纪。但是，现在这一切都过去了，他需要重新思考安排自己的余生。

陈日修不仅仅变老了，也变得坚强和豁达起来。半辈子谨小慎微，半辈子与人为善，半辈子吃亏让人，半辈子连条狗都没有得罪过。他原以为上苍不会亏待他的，一份几辈人创下的家业，一个几辈人追寻的梦想，一个怎么看怎么都是一片光明的前途，却没想到祸从天降。身负着几辈人希望的陈天伦，非但没有金榜题名、耀祖光宗，反而成了被朝廷流放的罪人。如果陈天伦的案子翻不过来，一切都从头开始，熬到今天这个地步，恐怕还要再经过三五辈人的奋力拼搏。刚刚听到这个噩耗的时候，陈日修几乎崩溃了。他那软弱的天性和羸弱的身躯简直经受不住这巨大的打击。他首先想到的不是宁古塔的遥远和苦寒，也不是陈天伦被毁灭的前程，而是他和儿子无法为人，无法面对漕运码头上的父老乡亲。半辈子将脸面看得比命还重的陈日修，半辈子到处受人尊重的陈日修，怎么去面对那一双双鄙夷的眼睛，一副副愤怒的面孔，一片片幸灾乐祸的嘲讽和咒骂呢？

老婆天天哭泣，似乎连一天都活不下去了。陈日修则躲在自己的院子里任老泪横流。

但是，自从听说儿子在码头上受了刁民和无赖的欺侮，他奋不顾身地陪着儿子去游街示众以后，他立刻变了。脸皮变厚了，腰杆儿变直了，心肠也变硬了。

这一天，他做出了一个重要的决定，离开漕运码头，跟儿子一起到宁古塔去。

在运河大堤上，当他把这个决定告诉儿子的时候，陈天伦当即跪了下来，哭号着哀求着他："爸爸……不能……你可不能这样啊……儿子惹下了祸端，不能为你们尽孝了，已经够对不起你们了，要是再连累您陪着我一起流放……我还怎么活呀？爸爸，您不能去呀……"

陈日修已经打定了主意，伸手搀扶着儿子："天伦，你起来，你听爹慢慢给你说。"

陈天伦跪着不动："爸爸，您不答应我，我就不起来……您一定得答应我……您毕竟已年过花甲了，您……您怎么能跟我去流放呢？"

陈日修没有流泪，甚至连悲伤的表情也没有，他很平静，像是在决定一件无关紧要的家务事："孩子，你要是不起来，那我就坐下跟你说。这事我都想好了，人生一世，草木一秋。不要期望一辈子大红大紫，顺顺当当。人无千日好，花无百日红。就算有什么走运的事，也轮不到咱们陈家，咱家坟地里没长那棵蒿子，祖上积的德也还不够。人到哪儿说哪儿，什么路都是人走出来的，哪里的黄土都能埋人。咱们祖上也不是通州人，人生如旅，走到哪儿都是家。你说，我就你这么一个儿子，你走了，我留下来还能干什么？钱不能挣了，也无须再挣了，挣得再多，又留给谁呢？难道你就让我天天吃饱了饭一边思念着儿子，一边等着死吗？"

陈天伦依然哭着说："不……不行……爸爸，您要是跟我走，那我妈怎么办？"

陈日修说："我已经跟她商量好了，她也跟我们一起走。"

陈天伦大声地说："不行，爸爸，几千里路，冰天雪地，虎豹豺狼，你们这么大年纪……我……我怎么忍心让你们跟着我受这么大的罪呢？"

陈日修说："你走了，我们留下来，那日子就好过吗？你这一去，也许……一家人天涯相隔，也许我们到死都不能看你一眼了……我们跟你一起去，不管多苦，多难，毕竟一家人还能在一起……我们老了，老年人除了儿女，还有什么可需要的呢？天伦，你别担心，我们在一起，是个完整的家。家没破，人就不会亡，或许我们还有出头之日……"

陈天伦依然不答应："不……爸爸，您不能……不能这样……我被流放是……是给披甲人为奴的……一世为奴，代代为奴……如果朝廷不开恩，我就永无出头之日了。您……您这么大岁数了，怎么能跟着我去做奴隶呢？"

陈日修说："天伦，话不是这么讲，你被判流放，我们没有受株连，这已经是朝廷对我们的恩惠了。你去为奴，我们到那儿是平民。这些年我还积攒了几个银子，我已经打听过了，那地方地广人稀，我们可以买几亩地，盖几间房子，有我们在，你就不会受太大的委屈……"

陈天伦还是不能接受："不行……不行啊爸爸，你们不能为了我……我不能让你们受这么大的苦……"

陈日修说："天伦，别争了，你长这么大，我没强迫你干什么，这回，你得听我一回了。我的决心已下，你也别再说什么了。"

陈天伦万万没想到，父亲会做出这么一个决定，而且还这么固执，他绝望地昂起头，大声呼叫着："苍天啊，你睁睁眼吧……"

一大早，夏雨轩就急匆匆来到仓场总督衙门，向铁麟禀报小鹌鹑突然暴死的事情。铁麟无论如何不相信，小鹌鹑是被金汝林害死的，更不同意夏雨轩马上拘捕金汝林的请求。

夏雨轩说："下官当然也不相信韩小月是金汝林害死的，可是韩小月确实是吃了金汝林送去的酒菜以后被毒死的。"

铁麟问："仵作查验了吗？"

夏雨轩说："查验过了，韩小月死于砒霜。"

铁麟问："金汝林为什么要杀死韩小月？"

夏雨轩说："这……下官也想不明白。"

铁麟说："那么，韩小月为什么要约金汝林相见？"

夏雨轩说："韩小月承认与金汝林有私情，否则下官也不会同意他们相见的。"

铁麟脑子里突然像电光似的一闪，沙竹巷那个小院……他敲开门以后，出来的却是金汝林……金汝林满脸的尴尬和惊慌以及他语无伦次的解释……一团疑云顿时把铁麟的脑子填满了。

夏雨轩继续说："下官还知道一个情况，韩小月生的那个孩子不是许良年的。"

铁麟问："那是谁的？"

夏雨轩说："是金汝林的，这是一个狱卒偷听了他们的谈话后告诉本官的。"

铁麟说："看来这里面的事情要比我们想象的复杂得多，那么金汝林跟许良年是什么关系呢？难道他们也是一伙儿的？"

夏雨轩正想说什么，刘大年突然闯了进来，说有要事向铁麟大人禀报。

刘大年曾经在大运西仓难为过铁麟，致使铁麟下决心撤掉了原西仓监督邵友廉，提拔了金汝林。可以说，刘大年是整个事件的导火线，所以铁麟对他的印象是很深的。奇怪的是，金汝林当上西仓监督以后，并没有撤换刘大年，反而还对他有所重用。铁麟没有过问这件事，或者说没有顾得上过问这件事。但是，从那以后，铁麟也从来没有见到过刘大年，刘大年总是有意躲着他。今天刘大年来干什么呢？

刘大年跪在铁麟面前，惊惶地说："金汝林和林满帆昨夜突然失踪了。"

这消息像是晴天一个霹雳，把铁麟和夏雨轩同时打蒙了。

铁麟问："他们是什么时候失踪的？"

刘大年说："今天早上西仓的漕粮要入廒，等了半天金汝林也没来，卑职到监督衙署去找，门房说他昨天夜里出去后就没有回来。我又到林满帆家去找，据樊小篱说，昨天夜里林满帆跟着金汝林走了……"

事情越来越出人意料，扑朔迷离，铁麟的脑子里像乱荆棘一样缠绕起来。他看了看夏雨轩，夏雨轩也用困惑的眼睛看着他。

铁麟突然想到了刘大年与许良年的关系，这里面会不会有什么圈套儿呢？他警觉地问："这件事你跟坐粮厅禀报了吗？"

刘大年说："小的没……没敢跟坐粮厅禀报。"

铁麟问："为什么？你原本就该跟坐粮厅禀报的。"

刘大年说："小的不敢……"

铁麟问："你怕什么？"

刘大年突然哭了起来。

铁麟奇怪地问："你哭什么？有话快说。"

刘大年哭着说："小的怕……怕他们凶多吉少……当年……黄槐岸就是……就是……"

铁麟问："你是说，金汝林和林满帆是被人杀害了？"

刘大年立刻大哭起来："大人……他们……他们可都是好人啊……大人，您可要给他们做主啊……当年，黄槐岸……还有李桑林都是……都与小的有金兰之契的……可是他……就那么不明不白地死了……大人，您可得给他们做主啊……"

铁麟说："你先别伤心了，有话好好说。本官问你，如果金汝林和林满帆要是被害了，谁是凶手……"

刘大年哆嗦起来："小的……不敢想。"

铁麟问："是不敢想，还是不敢说？"

刘大年说："是……是不敢想。"

铁麟说："你不妨想想看。"

刘大年说："不……大人……您还是别难为小的吧……大人，还是想办法快点儿找找金汝林和林满帆吧……"

铁麟看了看刘大年："你先下去吧，这件事先不要声张，明白吗？"

刘大年说："小的明白。"

夏雨轩等刘大年走了以后，对铁麟说："这是个圈套儿。"

铁麟问："什么圈套儿？"

夏雨轩说："大人知道吗，这刘大年可是许良年的女婿，下官怀疑他是许良年派来刺探大人的。"

铁麟说："他要刺探我什么呢？何况金汝林和林满帆极有可能是真的失踪了。"

夏雨轩说："金汝林是失踪了，还是逃跑了？"

铁麟问："你的意思呢？"

夏雨轩说："如果逃跑了，那就证明韩小月是金汝林害死的，他畏罪潜逃；如果失踪了，那就是有人杀人灭口……"

铁麟说："你是说，金汝林、林满帆跟许良年都是一伙儿的？"

夏雨轩不禁哆嗦了一下："果真如此，那太可怕了……"

铁麟也沉默了……

仓场总督衙门的后宅，冬梅正在收拾东西。开始的时候，孙嬷嬷以为她在为甘戎收拾东西，后来发现她那小包袱里打进的都是自己的东西，孙嬷嬷奇怪了，问："冬梅，你这是要到哪儿去？"

冬梅说："我该走了，我不能总赖在这儿呀。"

孙嬷嬷不高兴了，你丢了那么大的人，现了那么大的眼，老爷不赶你，管家没打你骂你，还让你进城见了一次妞妞，铁府对得起你了，你怎么能这么没良心呢？孙嬷嬷是个善良的人，她可不像别的得势的小人那样，整起下人来比主子还厉害。孙嬷嬷心里生着冬梅的气，可没把这些气话说出来，她毕竟还是个孩子。

冬梅依然默默地打着自己的小包袱。

孙嬷嬷等了半天,见冬梅不吭声,又问:“你这是要到哪儿去呀?到哪儿去也得跟老爷打声招呼呀?别忘了,你可是铁府花钱买来的。”

冬梅说:“我跟甘戎姐姐说好了。”

孙嬷嬷奇怪了:“跟甘戎说好了?她自己还顾不上命来呢,还顾得上管你的事?你这孩子怎么越来越不懂事了?”

冬梅说:“正因为她自己顾不上命来,我才得跟她走。我好歹是个丫鬟,一路上吃的住的,洗洗涮涮,这些事情谁管呀?”

孙嬷嬷震惊了:“这么说,你……要跟甘戎走?”

冬梅说:“我不跟她走谁跟她走?孙嬷嬷,您就让我跟大小姐去吧,我给铁府丢了这么大的人,反正也得离开,还不如让我跟着甘戎姐姐到宁古塔呢。”

孙嬷嬷的眼泪流了下来,她是被冬梅感动了。刚才心里还在埋怨这丫头没良心,幸亏那些话没说出来,否则就把人家错怪了。孙嬷嬷拉过冬梅的手,心疼地说:“冬梅,你肚子里怀了孩子,这几千里路,你拖着那么重的身子,怎么走得了呢?”

冬梅说:“孙嬷嬷,您别担心,我是个贱人贱命,贱人生孩子就像猫狗下崽儿一样,谁在乎呀。”

孙嬷嬷心里一阵发热,不知该说什么好了。她深知甘戎的倔脾气,这些天来,她每时每刻都在想办法阻止甘戎,可是甘戎铁了心非要跟陈天伦一起流放不可。孙嬷嬷知道,铁麟当然不会答应,可是不答应怎么办?拦得住吗?万一拦不住,甘戎真的跟陈天伦上路了,总得有个人跟在身边才行呀。她想过秋叶,老实巴交的秋叶当然不会拒绝,可是这么一来不就把秋叶害了吗?现在,冬梅居然主动要求跟着甘戎走,孙嬷嬷感动得真想给她磕个响头。

冬梅看了看孙嬷嬷,泪水汪汪地说:“孙嬷嬷,冬梅想求您一件事……”

孙嬷嬷拉过冬梅的手,亲切地说:“说吧,孩子。”

冬梅说:“妞妞进宫以后,会给我捎信儿来的。麻烦您把冬梅的去向告诉他。”

孙嬷嬷一把将冬梅搂过来:“放心吧孩子,铁府是你的家,永远都是你的家。无论你走到哪儿,铁府都不会忘记你的。我会告诉妞妞的,会的……”

孙嬷嬷说着,泪水汩汩流下来。

甘戎回来了,她一进门就高声大嗓地喊着冬梅。听她声音,看她那样子,一点儿也没有显出悲伤,反倒有几分兴奋。孙嬷嬷想不明白,面对着这天塌地陷般的灾难,别人都愁得要死要活,怎么甘戎却不当回事呢?好像她不是跟自己男人去流放,倒像是出门游玩串亲戚似的。年轻人,实在是不知道深浅。

冬梅答应着跑到甘戎的房间里去了,两个姐妹嘀嘀咕咕的不知道在说什么,孙嬷嬷想过去,又觉得现在还不到拼死劝阻甘戎的时候,她急得束手无策,想找曹升商量,曹升不知道跑到哪里去了。想禀报老爷,铁麟又不在。

陈天伦上路了,出通州城北关过浮桥,有一条直通山海关的路。

陈天伦依然是披枷戴锁,身边跟着两个解差,身后跟着甘戎和冬梅。再后面是一辆大车,跨在车辕上扬鞭赶车的是陈小虎,大车上放着行李,行李旁边坐着陈天伦的母亲。陈日修则忙着应付前来送行的人。人很多,缕缕行行地挤满了通往山海关的土路。当然,有前来洒泪而别的,也有不少是看热闹的。

众人的眼泪把陈天伦的心都泡酥了。人在落难的时候,是有不少幸灾乐祸的。但是一旦灾难将一个强者变为落魄英雄的时候,又会换来意想不到的同情。当然,这同情是廉价的。许多人都来了,除了军粮白粮经纪、车户、花户、仓书、仓役之外,连那些对他恨得咬牙切齿的冯寡妇、八大魔头和那些缝穷的女人、耍滑的扛夫们都来了。有送点心的,有送鸡蛋的,有送衣服的,也有不少直接送银子的。对于这些礼物,陈天伦想推拒,陈日修却无法推拒,这是乡亲们的一片心,比什么都珍贵,伤不得。

王木匠把一个蓝布包着的长方形的匣子交给了陈日修,流着泪说:"陈兄,我也没别的送你,这是我写的一部《红楼梦辨》,原本想请你老兄斧正以后付梓的,现在我不想印了。曹家的后人死了,死得很惨……留给你老兄路上解解闷吧。"

陈日修说:"我知道你是个'红痴',这些东西花了你大半生的心血,你不把它印出来岂不可惜?"

王木匠的眼圈儿又红了:"陈兄,伯牙毁琴,就是因为失去了知音。我就是对《红楼梦》再痴,你走了,我又能跟谁'发痴谈红'呢?"

陈日修为王木匠这番情义感动得热泪横流,连声音都颤抖起来:"那好吧,反正我到了那边也没有什么事,你就把它交给我吧,那边有许多原来朝廷的重臣,都是饱学之士,其中不乏'红痴'。我带着它去,一定会遇见不少知音的。"

远处扬起一溜烟尘,一匹马飞驰而来,紧接着便传来了呼喊声:"天伦……天伦兄……请留步……"

直到扬鞭跃马的人来到跟前,陈天伦才认出来是甘戎的哥哥甘瑞。自从他被宣判发配宁古塔以后,他就千方百计地请人捎信给甘瑞,让他到通州来一趟。

他请甘瑞来的目的是想让甘瑞制止甘戎随他流放,既然铁麟劝阻不了女儿,他就把希望寄托在甘瑞身上了。可是,甘瑞一直也没有来。

甘瑞翻身下马,气喘吁吁地向陈天伦行礼:“陈兄,真的对不起,我出远门了,今天早上刚刚回来,才知道这件事便匆匆赶来了。你现在就要走?不走不行吗?咱再想想办法,我爹……我爹他也太过分了……”

陈天伦见到甘瑞,像是抓到了一根救命的稻草,立刻躬身说:“甘瑞兄,你能赶来就好,我走是走定了,不能再耽搁了,我只求你一件事,你一定要答应我。”

陈天伦说着,就要弯身跪下。

甘瑞急忙上前把他扶住:“陈兄,你说,你快说,只要我能做到的,你尽管吩咐。”

陈天伦扭头看了看身边的甘戎,甘戎正瞪着一双眼睛看着他。他狠了狠心,还是把话说出来:“甘瑞兄,我只求你,求你把甘戎拦下,不要让她跟着我去。我不能连累她,朝廷的纲法是我触犯的,她没有错,她不应该受到惩罚。甘瑞兄,求求你了,设法把她留下来……”

甘瑞听了陈天伦这些话,顿时愣住了。他不是不想答应陈天伦,也不是不想把妹妹留下来。这话还用他说吗?今天一早,他从扬州回来,母亲就马上打发他到通州来,让他无论如何一定要把甘戎留下。母亲为了自己的女儿已经哭得下不来炕了,可是,甘戎能听他的吗?他虽然是哥哥,可是从小在父亲的眼睛里,妹妹就比他重要得多。妹妹被所有的人娇惯,非但不听他这个哥哥的话,甚至还很瞧不起他。他在妹妹面前一点儿威望都没有,他有这个自知之明。甘瑞为难地看着甘戎,却不知道该说什么好了。

甘戎的表情依然非常平静,连这些撕肝裂肺的别离场面都没有让她感动。这是一个敢作敢为的女孩儿,是一个真正的贵族,在她身上流淌的是祖先的尊严和不屈不挠的精神。陈天伦佩服她,敬重她,也深深地爱着她。可是越这样,陈天伦越是不忍心让甘戎跟着他去流放。陈天伦求她多少回了,越求她的态度越坚决,就像铁麟越阻止她的态度越坚决一样。

甘瑞从妹妹的表情中已经看出了自己的失败与无能,他能说什么呢?

甘戎看了陈天伦,又看了看甘瑞,突然心里一热,跪在了甘瑞面前。

甘瑞一下子慌了,他在万般无奈的时候,原本是想跪下求妹妹留下的,没想到妹妹反倒先跪下了。

甘戎的泪水顺着她那憔悴的脸颊流淌下来。

陈天伦的心又悸动起来。

甘戎抬起一张泪脸，看着甘瑞，哭着说：“哥……我不能在家孝敬父母了，都托付给你了……哥哥，这些年都是我不好，我太任性，太不尊重你，妹妹今天给你磕个头，就算妹妹给你赔了礼，你就原谅妹妹吧……”

甘瑞一听，眼泪唰地流下来，哽咽着声音说：“戎儿，快起来，你没有得罪哥哥，从来没有过，都是哥哥不争气……”

甘戎说：“哥哥，你先别叫我起来，我还有话没说完。这件事，我把爸爸气坏了，他为我伤透了心。我知道，在家里，他最疼最爱的就是我，没想到我竟这么伤害他。哥哥，我走以后，你要多陪陪他，他想我的时候，你跟他说说话，行吗？”

甘瑞哭着答应着：“戎儿，你放心吧。过去我也没少让爸爸操心，我……我会补偿的……我……我会尽量做得好一点儿……”

甘戎继续说：“哥，妈妈的身体一直不大好，爸爸又不在她的身边，你要常回家看看她。你知道，在咱家里，爸爸疼我，可是妈妈却疼你。妈妈为了你经常睡不着觉，总想早点儿给你娶个媳妇，让你收收心，她盼着你……你能把家撑起来……”

甘瑞点着头说：“我知道，这些我都知道。戎儿，你放心吧，我会照顾妈妈的，我会听爹妈的话的……过去我不懂事……总觉得自己是个小孩子，现在我懂了，我得学好……好好干……你放心吧……”

甘戎直起身，又朝北京城的方向跪下，泣不成声地说：“爸爸……妈妈……戎儿走了……戎儿不能在你们身边伺候了……不能给你们养老送终……戎儿给你二老磕头了……爸呀……妈呀……”

甘戎把这些话说完，才让甘瑞搀扶她站起来。甘瑞看着满脸泪水的妹妹，再也忍不住了，一下子抱着甘戎，呜呜地哭了起来。

陈天伦彻底绝望了，甘瑞的到来，非但没有留下甘戎，还让甘戎把他说服了。

甘瑞放开妹妹，看见了一直站在甘戎身边的冬梅。冬梅一声不响，只是默默地淌着泪。甘瑞心里一动，这姑娘是他亲自从衡阳买来的。本来打算让她做自己的婢女，供他玩乐的。可是刚一弄到家就被妈妈要过去了，继而又被送到了仓场总督衙门。前些天听说她跟一个小娈童搞在了一起，怎么现在又要跟甘戎上路呢？既然这样，甘瑞便向她弯了一下腰，礼貌地说：“冬梅，一路上你可要好好照顾戎儿啊。”

冬梅见甘瑞向他弯了腰，急忙跪下说：“请公子放心，有冬梅在，大小姐就不会受委屈的。”

甘瑞依然客气地说:“那就拜托你了。”

冬梅却伏在地上,嘤嘤地哭了起来。

这惊心动魄的一幕,铁麟完完全全地看在眼里了。此时此刻,他站在大光楼上,举着千里眼,一动不动地看着这北浮桥头的生离死别,直到泪水洇湿了千里眼的镜片。

没有前来送行的,除了铁麟,还有夏雨轩。

夏雨轩知道雪儿决意要来给陈天伦送行,他觉得不好阻拦,也阻拦不住,便悄悄地躲了起来。可是躲起来他又不忍心,因为在远征的队伍里,不但有陈天伦,还有陈日修。陈天伦是晚辈,他可以不送,可是陈日修能不送吗?没有陈日修,能有他夏雨轩的今天吗?就算是陈天伦犯下了十恶不赦的罪过,夏雨轩也不该跟陈日修绝情。想来想去,他还是来了,而且是带着女儿一起来的。

自从雪儿听说陈天伦犯了事以后,便一直没有出屋子。她先是惊愕,不相信。她不相信陈天伦会干出这种贪赃枉法的事情,也不相信陈天伦会跟甘戎搞在一起。她见过甘戎,那是铁麟总督上任以后的第一次开漕仪式上。甘戎对她似乎不大友好,但是她从来没有把甘戎放在心里。觉得她和她不是一路人,她只不过是大宅门里出来的疯疯癫癫的小丫头,根本没有想到甘戎会对她构成威胁……现在,不管你相信不相信,这都是事实,板儿上钉钉儿的事实。一种从未有过的痛苦、屈辱和仇恨,像钢针一样在她的心里乱扎乱刺,她心里开始滴血,开始疯狂起来。她要跑出去,找陈天伦问个清楚,找甘戎说个清楚,找铁麟大人理论个清楚……红红拦住她,哪儿都不让她去。她找到陈天伦又能怎么样呢?陈天伦已经扛着木枷游街示众了,成了人人喊打的落水狗,他还能给你一个什么说法呢?你还能忍心问他什么呢?你找到甘戎又能怎么样?甘戎已经跟父亲都闹翻了,生是陈家的人,死是陈家的鬼,要跟着陈天伦亦步亦趋地走到宁古塔,这些你能做到吗?现在你可以说能,真轮到头上还能吗?也许事到临头说不定你也能如此奋不顾身。你找到铁麟大人还能怎么样?人家是朝廷的二品大员,手里握着生杀予夺大权,人家连自己的女儿都搭进去了,你还要人家说什么……于是她想到了死,生活如此残酷,周围一片黑暗,活着还有什么意思?

红红寸步不离地坚守着她,父母好言好语地劝说着她,她渐渐地放弃了死的念头,开始自己折磨自己了……她想到了陈天伦的种种好处,想到了陈天伦的忘恩负义,想到甘戎的无德无耻……她坐不住了,她开始干活儿,没昼没夜地干活儿。打麻绳、糊袼褙、纳鞋底儿,一双双地给陈天伦做鞋……

现在,她坐着一乘花呢小轿跟着父亲来到了北浮桥的桥头,将一大包袱整整十二双鞋亲手展现在陈天伦面前，陈天伦流下眼泪："雪儿，哥哥对不起你……哥哥没脸见你啊……"

雪儿很坚强，她极力忍着泪水，非常平静地说："天伦哥，你就放心地走吧，雪儿不怪你。"

甘戎过来了，甘戎一直想找机会见一见雪儿，要亲口向她赔情道歉。

雪儿看见了甘戎，脸上又强挤出一点儿笑模样，大大方方地说："你是嫂子吧，雪儿先给你请个安，天伦哥哥身子弱，以后就全靠你照顾了……"

甘戎听了雪儿如此深明大义的话，更加觉得羞愧难当，流着泪说："雪儿，我对不起你……本来该是我叫你嫂子的……都是我惹的祸，害了天伦，还连累了你……"

雪儿一直强压的怒火被甘戎的几句话引发出来，雪儿脸上的笑模样立刻像冻结了一样了，非常可怕。她呆呆地看着甘戎，看着这个女人那张恬不知耻的脸，浑身的热血开了锅似的沸腾起来，突然，她扬起手，朝着甘戎的脸上狠狠地扇过去……啪的一声，甘戎丝毫没有准备，任何人都没有准备……雪儿打了甘戎，自己却捂着脸哭着跑了……红红在后面紧紧地追着。

大光楼上，雪儿的这一巴掌似乎结结实实地扇在了铁麟的脸上，他觉得火辣辣地疼，脸上疼，心里也疼。他不忍心看下去了，收回千里眼，朝楼下走去。

就在铁麟走下大光楼的时候，北浮桥头那支队伍在泪水涟涟的送别之后，终于义无反顾地出发了。此时，夕阳西下，通往山海关的土路上扬起了一片烟尘。

与此同时，在北京城的西面那条通往居庸关的土路上，也有一个被流放的人在解差和友人的陪同下艰难地上路了。这个人就是东阁大学士王鼎将要用生命向道光皇帝力保的林则徐……

铁麟的对面走来一个黑衣道士，这个道士蹒蹒跚跚，晃晃悠悠，走得很慢，身后背着一个蓝布包袱，怀里抱着一个算命的幌子。铁麟以为是清莲道长，待走近又觉得不像。想绕过去又觉得有点儿面熟。

黑衣道士说话了："铁大人，不认识民女了？"

铁麟听着声音很熟，定睛一看，原来是唐大姑。他登时大吃一惊："唐大姑……你怎这么一副模样？"

唐大姑用手制止了他："铁大人，民女今日是特意来找您的，不知道能不能借用您一点儿时间。"

铁麟说："你这个人真是神出鬼没，找你的时候不见踪影，快要把你忘了的时候你又来了。"

唐大姑说："大人说得极是，民女就是想让人找不到又忘不了。"

铁麟说："既然你是来找我的，就请到大光楼里来吧。"

唐大姑说："那里不是说话的地方，大人还是跟我走吧。"

铁麟只好跟着唐大姑朝前走，这次唐大姑却步履如飞，铁麟紧追慢赶才没有被她落下。唐大姑把铁麟引进了河沿下面的一个临街小屋，进门以后唐大姑又立即把门闩上了。铁麟不知道唐大姑在搞什么鬼，心里有点儿紧张起来。

小屋里光线很暗，除了一铺土炕连坐的地方也没有。

唐大姑也没有让铁麟坐，她从怀里摸出一个东西，递在了铁麟手里。

铁麟拿过一看，立刻惊呆了，这是另一只和田羊脂玉胡桃……

唐大姑扬着脸说："你不是一直在找它吗？"

铁麟的脸立刻绷了起来："你怎么知道我一直在找它？"

唐大姑说："因为民女也一直在找它。"

铁麟问："你这不是拿在手里了吗？"

唐大姑说："我找的是另一只。"

铁麟问："你知道另一只在哪儿吗？"

唐大姑说："我很早就知道了，我还见过，那只玉胡桃就在大人您的枕头底下。"

铁麟问："你这只是从哪儿来的？"

唐大姑说："是我丈夫留下来的。"

铁麟问："你丈夫……是谁？"

唐大姑说："坐粮厅书办黄槐岸。"

铁麟的头嗡的一声像是被轰击了一下，他简直不敢相信这是真的。难道……唐大姑是黄槐岸的原配夫人？

唐大姑说："我知道大人肯定对我会有许多疑问，让我告诉大人吧。黄槐岸到坐粮厅当书办以后就跟家里断了音信，黄槐岸的母亲想他想瞎了眼，民女不放心，凭着两只脚从老家走来……"

铁麟急切地问："老家？你们老家在哪儿？"

唐大姑说："民女的丈夫黄槐岸跟王鼎大人是同乡，陕西蒲城人……铁大人，您能想象吗？民女千里寻夫，身无分文，全靠着两只脚一步一步地朝前走……民女沿途讨过饭，打过短工，吃过野菜草根……还被土匪抢去做过压寨夫人……后来民女逃出了匪窟……遇上了一位仙人……民女拜他为师……到峨眉山上修行……那位仙人原本想把民女留在他身边的,无奈民女寻夫心切……可是……历尽千辛万苦到了通州……民女才知道黄槐岸已经死了……”

听着唐大姑讲着这惊心动魄的经历,铁麟被深深地震撼了,一种钦佩敬仰之情从他内心深处油然升起,他的眼睛湿润了。

唐大姑接着说:“这枚玉胡桃是小鹌鹑给我的,她说会有人拿着另一枚来找我……我不敢离开这漕运码头,一直等着那个人……”

铁麟问:“你既然知道那一枚玉胡桃在本官手里,为什么不早点儿与我联络?”

唐大姑说:“因为……我……我信不过你……我觉得朝廷上下,官官相护,他们互相勾结,互相包庇,互相利用……我不知道大人您是不是真正为朝廷干事的……现在民女信了,您为了清除漕弊,连自己的女儿都搭进去了……这我还信不过您吗?”

铁麟忍受着内心的疼痛,继续审视着唐大姑。

唐大姑把背在后面的蓝布包袱卸下来,在铁麟面前打开,里面是一个长方形的铁匣子。这无疑是黄槐岸留下的那只宝贵的铁匣子,铁麟的心震颤起来。

第三十二章

铁麟连夜进了城，他只带了管家曹升，跟谁都没有说。那只长方形的铁匣子由曹升紧紧地抱在怀里，像护卫一个脆弱的小生命。他做出这个决定的时候是非常果断的，眼见得漕运码头上已经是刀出鞘箭上弦，一场你死我活的拼杀随时都有可能发生。这个小匣子是巨奸巨贪穆彰阿的罪证，也是清除金简、许良年等漕运蛀虫的武器，万万麻痹不得。只有安全及时地把它送到王鼎大人的手里，局势才能发生奇迹般的转机。不仅仅是漕运码头的局势，也包括朝廷的大局。生死存亡都押在这小小的铁匣子上面了，都押在王鼎大人的身上了。

太阳爬上屋檐的时候，他们来到东阁大学士王鼎的府第门前。家丁们为他们拴好了马，铁麟接过曹升怀里的铁匣子，又警觉地朝四外看了看，便急匆匆地向王府大门走去。

这时候，一片撼天动地的哭号声传了出来，铁麟顿时傻了，呆呆地愣在垂花门下，不知出了什么事，更不知该如何是好。

王鼎的长子王沆听说铁麟来了，急忙迎了出来。王沆衣衫不整，头发蓬乱，泪水洗面。见到铁麟单腿跪下，磕了一个丧头，这是京城人向人报丧的礼节。这突然降临的噩耗，让铁麟失魂落魄了，他依然呆呆地看着王沆，像是陷入了一场噩梦之中。

王沆急忙把他领到自己的书房，见到父亲的老部下、好朋友，又哭了起来。

铁麟依然疑惑着："难道……难道王大人……真的……不，这怎么可能呢……"

王沆哭着说："今天早晨，老家人王安打扫庭院，不见父亲起来，觉得奇怪，因为每天父亲都起得很早……王安推开父亲的门……父亲他……已经悬在梁上了……"

铁麟震惊得哭了起来："为什么……到底是为什么？"

王沆抽抽噎噎地向铁麟讲述了昨天晚上他才知道的一些事情：自从林则徐被贬流放伊犁，王鼎就多次上疏上奏保举林则徐。为了不使林则徐去新疆，王鼎以黄河水患为由，极力推举林则徐去治黄。道光皇帝准了王鼎的奏，并派他一起跟林则徐到治黄现场。黄河水控制住了，开完了庆功宴，皇帝的圣旨又下来了，依然逼着林则徐到新疆去。王鼎慷慨陈词，说眼下正是战乱纷争之时，国家需要林则徐这样的人来保卫，请皇上收回成命，赦免林则徐。而穆彰阿却竭力阻挠，说不杀林则徐已经是皇上法外施恩、网开一面，王中堂不要不识好歹。王鼎愤怒地指责穆彰阿包庇子嗣、贪赃枉法、嫉贤妒能、陷害忠良、欺君误国，与秦桧、严嵩一样卑鄙无耻。皇上见王鼎与穆彰阿争吵不休，便推托说王鼎喝多了，让人将王鼎送回家。

回家以后，王鼎依然义愤填膺，余怒未息。想到如今皇上因为东南局势战败，就将责任和怒气都发泄在林则徐身上，林则徐实在是千古奇冤。作为臣子，不能不为皇帝分忧；作为良友，又不能不为忠臣解难。可是皇上不察忠奸，豺狼当道，忠良受害，我又活着何益？不如以死谏君，以唤醒昏庸的皇帝和麻木的臣子。

铁麟听得心肝战栗，惊心动魄，如此王鼎大人，忠君呕心沥血，义友肝脑涂地，大清王朝，还能找出第二个这样顶天立地的伟丈夫吗？铁麟哭着问王沆：“这么说，王鼎大人一定留下遗疏了？”

王沆说：“家父的遗疏依然是力保起用林则徐，弹劾穆彰阿卖国的……”

听到弹劾穆彰阿几个字，铁麟心里腾地燃起一团火。弹劾穆彰阿，罪证就在这铁匣子里。如果将这铁匣子与王鼎大人的遗疏一并呈献皇上，说不定皇上就能幡然醒悟。当然，王鼎大人已不能在朝廷上挺身而出了，到了铁麟他该冒死进谏的时候了……他刚要把这想法说给王沆，听到外面有人传话：军机章京陈孚恩到。

王沆跟铁麟说了声您先候一下，便出去接待陈孚恩去了。

当王沆再回到书房的时候，咕咚一声便扑跪在铁麟的身边，声嘶力竭地哭叫着：“铁叔叔……我……我对不起父亲啊……”

铁麟一边搀扶王沆一边问：“到底是怎么回事？”

王沆只顾哭着，哭得惊天动地。铁麟的眼前升腾起一股黑雾，他有点儿明白了。那军机章京陈孚恩是穆彰阿的心腹走狗，他的到来凶多吉少，都怪刚才自己太麻痹了，怎么就没想到陈孚恩要来干什么呢？

王沆哭着说：“铁叔叔……他们……他们拿走了父亲的遗疏……还让我报父亲是暴死……说不这样……皇上怪罪下来就……就是灭九族的罪……我……”

铁麟也急了："怎么能这样呢？这样……那王大人不是……不是白死了吗？"

王沆大哭大叫起来："我……我他妈软骨头……我他妈不是人……我没脸面对父亲的在天之灵……我也没脸面对远去新疆的林则徐大人……我……我没脸活了……"

铁麟只觉得一股寒气从心底往外浸漫着，寒凉冻结了他的五脏六腑，冻结了他的全身，连他的灵魂都被冻结了。

铁麟回到仓场总督衙门的后宅就不想再出来了，他似乎是大病了一场。这些天他经历的事情太多了，像是疾风暴雨、冰雹洪涝一齐到来的天灾，还有人祸。他自己就是人祸，既祸及了别人，又祸及了自身。现在，恐怕连自身也难保了。他坐在书桌旁，想认真将这些事情梳理一下，可是脑袋里一片空白，像天灾过后的不毛之地。

通州城又热闹起来，坐粮厅为了庆祝全粮上坝，正在举行一年一度的庙会。远近六镇十八乡和京东八县的高跷、少林、秧歌、旱船、跑驴、大鼓等形形色色的花会一档接着一档，锣鼓喧天，人流如潮，将漕运码头闹得热火朝天，人妖颠倒，乌烟瘴气。

百姓图的是热闹，当官的则闹的是酒席。大大小小的饭店都被方方面面的衙署包圆了，地方请漕运，漕运请地方，运丁请会馆，会馆请运丁，漕运地方运丁会馆相互请，穿插请，排队请，一起请。今天喝明天喝天天喝大家都白喝，你也请我也请家家请全是公款请。如此一来，不吃白不吃，吃了也白吃，白吃谁不吃。同样是喝得昏天黑地，地动山摇。

自从铁麟任仓场总督以来，曾经明确规定，仓场衙门和坐粮厅的官员一律不许出席地方和漕运上的宴会。这两年这方面控制得很严，就是有人要设宴请客也是偷偷摸摸的。可是今年好像开闸放水了一样，似乎铁麟从来就没有立过这个规矩。每一家每一次请客都是轰轰烈烈，不但明目张胆，而且挨家挨户发送大红请帖，上面赫然写着邀请人和被邀请人的名字。铁麟立下的规矩早已经被这些大红请帖冲刷到茅坑里去了。更有甚者，金简和许良年还亲自登门来请铁麟参加宴席，铁麟不去，他们就不走，居然要起了赖，是谁给了他们这么大的胆子？他们为什么如此猖狂？

铁麟坐在书房里，穿街走巷的锣鼓声和喧闹声吵得他心神不宁。外面又有人敲门，他对门房包卫说："不管是谁，一律不见。"

包卫出去看了看又跑回来了，神秘地说："老爷，是金汝林……"

铁麟一听说金汝林的名字，不由得浑身哆嗦了一下，急忙说："快叫他进来。"

金汝林进来了，一身平民百姓的装束。除了脸上显出一些疲惫，两眼布满了血丝以外，没见他的神情有什么异样。他一进门就跪在了铁麟面前："卑职金汝林向大人请罪。"

铁麟看着他，半天才问："你何罪之有？"

金汝林说："卑职未经大人和坐粮厅批准，擅离职守。"

铁麟还在听着，金汝林却不说话了。

铁麟奇怪地问："就这些？"

金汝林回答："就这些。"

铁麟又追问着："你没做伤天违法的事？"

金汝林说："没有。"

铁麟抬头看了看金汝林，他神态很平静，似乎什么事情也没有发生。铁麟心里困惑起来："那你说说，你这几天干什么去了？"

金汝林说："私事。"

铁麟说："我问的就是你的私事。"

金汝林说："我跟韩小月有过一个儿子，被许良年藏在直隶河间府，我去找孩子。"

铁麟知道他说的是实话，接着问："找到了吗？"

金汝林说："找到了。"

铁麟问："那孩子呢？"

金汝林说："是林满帆一起跟着卑职擅离职守的，孩子找到以后，卑职就让他把孩子送回湖北老家去了。卑职回来是要揭露许良年的罪行……"

铁麟愣住了。

金汝林说："大人，黄槐岸是被许良年害死的。"

铁麟呆呆地看着他："你怎么知道的？"

金汝林说："是韩小月亲口跟卑职说的。"

铁麟问："既然韩小月知道是许良年杀害了黄槐岸，为什么在审问的时候她不说？"

金汝林说："只是因为许良年控制着韩小月和卑职的孩子，韩小月不敢说。"

铁麟点了点头。

金汝林接着说:“大人,韩小月也是被许良年毒死的。”

铁麟问:“你有什么证据?”

金汝林说:“是许良年亲口跟我说的。您告诉夏雨轩大人,他要是抓到许良年,堂审的时候卑职愿意做证。”

铁麟更加觉得离奇了:“许良年杀害了韩小月,怎么会告诉你呢?”

于是,金汝林把到监狱里去会见韩小月,韩小月跟他说了些什么,然后许良年又怎么在西仓衙署等着他,跟他说了些什么的事情一股脑地跟铁麟说了。

铁麟听了,叹了口气说:“你起来吧。”

金汝林从地上爬起来,铁麟又指了指旁边的椅子,让他坐下。

金汝林义愤填膺,慷慨激昂,迫不及待地说:“大人,许良年才是漕运码头上最大的蛀虫,是贪赃枉法的杀人犯,是十恶不赦的坏人,他的总后台就是穆彰阿……大人,您快下令让夏雨轩抓捕他吧,可不能让他再逍遥法外了……”

金汝林的这些话要是在两天之前说,铁麟一定会拍案而起,采取果断措施。可是现在……已经晚了。

金汝林见铁麟还在犹豫,急切地催促着:“大人,您还信不过我吗?我说的每一句话都有根有据……”

铁麟用手制止了他:“你说的有根有据算什么?许良年能承认吗?韩小月死了,黄槐岸的案子就死无对证。”

金汝林说:“还有许良年呢,杀害韩小月的事可是他亲口跟我说的。”

铁麟问:“跟你说的时候有别人在场吗?他要是不承认你能提供什么证据?”

金汝林不言语了。

铁麟又是一声长叹,堂堂的仓场总督,朝廷的二品大员,难道只能这么左一声、右一声的叹息吗?

金汝林又说话了:“大人,还有一件事……”

铁麟问:“什么事?”

金汝林说:“韩小月让卑职告诉大人,拿着您的羊脂玉胡桃去找唐大姑……”

铁麟有气无力地说:“唐大姑我已经找到了。”

金汝林兴奋起来:“找到了?那个铁匣子呢?”

铁麟说:“也找到了。”

金汝林说:“那可是许良年、金简、还有穆彰阿他们的罪证啊。”

铁麟说:“我知道,确实是罪证。”

金汝林问:“您……把这些罪证交给王鼎大人了?”

铁麟的泪水终于流了下来,轻声说:“王鼎大人死了……”

这回,轮到金汝林呆若泥塑了……

第二天一早,铁麟刚刚起床梳洗完毕,连早饭还没有用,刘大年便匆匆跑来,慌慌张张地向铁麟禀报说:“金汝林被许良年抓走了。”

铁麟问:“在哪儿?”

刘大年说:“在……在西仓衙署……”

铁麟穿上衣服就急匆匆地往外走。

刘大年哀求着说:“铁大人,您可千万别说是小的向您禀报的。”

铁麟说:“谢谢你,你快点儿离开这里吧。”

铁麟赶到大运西仓衙署,几个衙役正牵着披枷戴锁的金汝林推推搡搡,许良年耀武扬威地跟在后面。

铁麟疾步上前,冲许良年喝道:“你这是干什么?”

许良年似乎已经不大把铁麟放在眼里了,可是铁麟毕竟还是仓场总督,还是他的顶头上司。许良年迟疑了一下,向前跪下:“回禀总督大人,金汝林是杀人疑犯,我们捉拿他送通州衙门归案。”

铁麟问:“谁说金汝林是杀人疑犯?”

许良年振振有词地说:“他在监狱里毒死了韩小月,然后畏罪潜逃……”

铁麟厉声问:“是谁说他毒死了韩小月?”

许良年说:“通州衙门里说出来的。”

铁麟问:“通州衙门里说出来的? 谁说出来的? 通州衙门有追捕令吗?”

许良年更加猖獗:“通州衙门不及时发追捕令已经就是失职了,我们……”

铁麟忍无可忍了,怒声说:“许良年,你也太没有自知之明了。通州衙门上面有东路厅,东路厅上面有顺天府,顺天府上面还有刑部、吏部,你居然管起通州衙门来了,你的手也伸得太长了吧?”

许良年支支吾吾地解释说:“大人……下官不是那意思……”

铁麟问:“你到底想说什么?”

许良年又神气起来:“下官想说……啊……金汝林他擅离职守……下官要拿他回去问罪。”

铁麟问:“他什么时候擅离职守了?”

许良年说:“韩小月死的第二天他就离开了大运西仓,到今天已经是第五天了……”

铁麟说：“这事我知道，是本官派他去办差了。”

许良年当然不服气：“那……大人……”

铁麟喊着：“啰唆什么？快把人给我放了！”

许良年呆呆地看着铁麟，不知道该如何是好了。

铁麟愤怒地叫喊着：“怎么，你想违抗本督的命令吗？”

许良年只好爬起身，命令几个衙役：“放了放了，把金监督放了。”

铁麟扭身朝外走去。

许良年急忙追上来，皮笑肉不笑地说：“铁大人，您别生气，这是误会……实在是误会……”

铁麟没有理睬他。

金汝林从后面追上来，愤愤地说：“大人，谢谢您，要不是您及时赶来，我就落进虎穴狼窝了。”

铁麟回头看了看金汝林，问他：“你现在去哪儿？”

金汝林说：“没打算去哪儿。”

铁麟说：“你要是没什么事，就陪我走走吧，我心里也闷得慌。”

金汝林跟着铁麟，信马由缰，漫无目标，不知不觉地过了东关浮桥，又来到了古城大街上。与人潮如涌的通州大街相比，这里显得冷清多了。偶或有一两个匆匆而过的生意人，连道路两边的摊贩都懒得吆喝了。土墙旁蹲着眯缝着眼晒太阳的老头儿，篱笆后面抱着孩子喂奶的女人张望着。再有，便是几只闲鹅伸着脖子羞答答地迎接着远来的客人。

金汝林问：“铁大人，还记得那家小角落酒馆吗？”

铁麟说：“当然记得。”

金汝林说：“要不要去喝两杯。”

铁麟说：“也好，为了救你，到现在本官还没吃早饭呢。”

金汝林说：“那就罚下官请客吧。”

已经到开饭的时间了，小酒馆里却只有一两桌客人静悄悄地喝酒。金汝林头前引路，又坐在了那张靠窗子的桌子上。金汝林很熟练地点了几样菜，又让人拿来一瓶漕运湾酒，亲自给铁麟斟满，郑重地说：“感谢铁大人救我脱出了虎口。”

铁麟笑了笑，饮了一口酒，也郑重地说：“汝林，看来这里已经不是你久留之地了，还是早做打算吧。”

金汝林说:“有铁大人在,卑职就是大树底下好乘凉。”

铁麟叹息说:“就怕到时候本官也是泥菩萨过河,自身难保了。”

金汝林说:“有这么厉害吗?难道还反了他们不成?”

铁麟深深地喝了一口酒,咂摸着滋味,没有说什么。

不知道什么时候,里面的桌子上多了两个人,一阵嘁嘁喳喳的谈话声引起了铁麟和金汝林的注意,听得出来是江湖上的“盘海底”:

“天有多高?”

“天空生得巧,凡人不知晓,腾云上九霄,问问张果老。”

“地有多厚?”

“凡人地上走,不知有多厚,借来量天尺,方知地多厚。”

“世上有多少人?”

“大哥地上坐,小弟地上行。”

“天地何时起,人从哪里来?”

“天地自盘古起,天为父,地为母,日为兄弟,月为姐妹,人从父母来。”

“天姓什么?地姓什么?”

“天姓兴,地姓旺。”

“有何为证?”

“有诗为证。”

“何诗为证?”

“兴旺堂前走,日月照乾坤,才分五行中,八卦定君臣……”

铁麟把身子朝金汝林靠了靠,悄声问:“是青帮吗?”

金汝林摇了摇头:“我看像洪门的人。”

铁麟心里一动:“洪门?”

金汝林说:“有点儿怪,洪门大多活动在南方,很少见到他们到漕运码头上来。”

铁麟点了点头说:“金风未动蝉先觉,树欲静而风不止啊。”

金汝林没有听懂铁麟的话,用询问的目光看着他。

铁麟痛心地说:“眼下西方列强都看准了中国这块肥肉,把坚船利炮都架在我们脑门上。当今奸臣当道,卖国自保,无论是国外虎狼还是国内反贼,都看出了朝廷的软弱可欺。自古弱肉强食,看来战火难免,天下大乱难免啊……”

金汝林听得毛骨悚然:“您是说,他们是冲着朝廷来的?”

铁麟还想说什么,又觉得不妥,便闭上了嘴。金汝林见关乎当朝大事,也不便多嘴。两个人又闷头喝起酒来。一个女乞丐悄悄移到他们桌边,伸出一只碗轻声乞求着:“行行好,给口吃的吧。”

金汝林不耐烦地挥赶着:“去去去……”

铁麟却一下子认了出来,这个女乞丐不是别人,正是唐大姑。他急忙把一盘肉端起来倒在唐大姑的碗里,唐大姑凑上前答谢着:“这位先生好心肠,好心必有好报。”

铁麟又将桌上的米饭倒进唐大姑的碗里。

唐大姑将碗放在桌角上,贴着铁麟的耳边说:“他们……那个蔫神……是兔子的尾巴长不了,对吧?”

铁麟知道她指的是许良年,只好点了点头。

唐大姑又问:“你把那个匣子送给皇上了,对吗?”

铁麟心里一阵刺痛,可是他能跟唐大姑说什么呢?

唐大姑又说:“我替黄槐岸谢谢您了,我要走了……”

铁麟问:“你要去哪儿?”

唐大姑说:“家里还有八十岁的老公公和瞎眼婆婆呢……”

铁麟的眼睛潮湿了,心里一阵发酸。

唐大姑端着讨饭碗朝外走去。

铁麟轻声说:“请等一等。”

唐大姑又转过身来。

铁麟朝怀里摸了摸,尴尬地问金汝林:“你带着银子吗?”

金汝林明白了铁麟的意思,掏出了一张五十两银票,递给唐大姑。

铁麟说:“这是我向你借的,回去还给你。”

金汝林说:“瞧您说哪儿去了,卑职也该好好谢谢唐大姑的。”

唐大姑却没有接金汝林的银票,看了看金汝林说:“这位先生有点儿眼生……你别说话……我也不问了……不过你也得走,赶快离开这儿……越快越好……”

唐大姑说完,挺着身子朝外面走去。

铁麟和金汝林面面相觑,心里充满了疑惑。

又是一个晴空朗日的早晨,枝头鸟儿啁啾,窗外花儿正红。可是书房里的铁麟却觉得天气阴沉得喘不过气来。孙嬷嬷几次打发夏草叫他去吃早饭,他答应着却总也没有动。实际上他是没有胃口,胸口像堵着一团发了霉的棉絮,什么都不想吃,什么都吃不下。

他在书房前来回踱着,突然眼前一道电光石火,苦闷的内心中烧起了一星灵感,他疾步走到案桌前,抄起笔来,饱蘸浓墨,唰唰写下了一首诗:

生如漂泊死如归,
何必争先恐后随。
雏翎未加心先老,
锦袍方披鬓已灰。
但得花好勤邀月,
莫等枝黄空对杯。
且看今日名利场,
三十年后还有谁?

写完了,他又从头读了一遍,觉得还算满意,便放下笔思量起来。他想把这首诗送给一个朋友,一个志趣相同的朋友,一个能理解他心境的朋友。这个人应该是谁呢?他想到了龚自珍,龚自珍是他认识的人中唯一把官场看透了的人,也是唯一辞官而去的人。可是龚先生已经作古了,就在他们在大光楼上为他设宴送行后不久,龚自珍便在自己的老家病故了。想来,这又是一件让他痛心的事情,铁麟的天空又阴霾起来。

这时候曹升进来了,说夏雨轩大人带着几个朋友来拜访,问见还是不见。夏雨轩来了当然要见了,人在心境不佳的时候朋友便是最大的慰藉。只是不知道他带来的是些什么人。外面响起了杂乱的脚步声,铁麟急忙迎在门前。夏雨轩带来的是周三爷和他的小娘子燕儿,这一老一雏总像一对鸳鸯似的形影不离,令人羡慕得心头发痒。周三爷的后面还跟着一个年轻人,看着眼熟,就是想不起来在什么地方见过。

夏雨轩向铁麟施礼,周三爷和那个眼熟的年轻人却要跪拜,铁麟急忙拦下:"快请进快请进,这是在本官的书房,一切官礼统统免掉。"

几个人进了铁麟的书房,立刻吩咐曹升倒茶伺侯。

周三爷却没有坐,非常恭敬地对铁麟说:"铁大人,今日夏大人带着我们到府上打搅,非常冒昧。原本该先请示的,只是来不及了。老夫今日来,一是辞行,二是赔罪。"

铁麟惊异地问:"周三爷这些话从何说起,本官怎么听不明白?"

周三爷说:“那就先说赔罪吧,铁大人,您还记得他吗?”

铁麟顺着周三爷的手势,将目光转向了他后面的那个年轻人说:“打一进门的时候我就觉得眼熟,只是……我的记性太坏了,非常抱歉。”

周三爷哈哈大笑起来,对那个年轻人说:“我说什么来的?人家铁大人是大人大量,宰相肚子里能撑船。人家连记都不记得你了,还能有什么仇呀恨的。”

铁麟说:“周三爷,您可越说越让本官糊涂了。什么又是赔罪,又是仇呀恨的?”

夏雨轩接过话茬儿:“还是让我说吧,铁大人上次您过生日的时候,就是在外面的客厅里,我带来一个给您画像的人。那件事弄得我心里别扭了很长时间,都怪我多事……”

铁麟一下子想了起来:“噢……原来是顾先生啊,顾先生请,请坐。”

顾全红着脸说:“铁大人,晚生顾全今天是特意让夏大人和周三爷带着来向您请罪的。”

铁麟说:“顾先生清风傲骨,不侍权贵,铁麟钦佩之至,何罪之有?”

顾全依然非常愧疚地说:“铁大人不要再取笑晚生了,都怪晚生轻薄肤浅,沽名钓誉,错怪了铁大人。晚生做了那件事以后,受到了许多朋友的斥责。这两年铁大人在漕运码头上的高风亮节晚生又耳闻目见,实在是惭愧之至。”

周三爷补充说:“顾全说的也是实情,总是说对不起铁大人。我给他出了个主意,让他重新给铁大人画张像,将功赎罪。画像早就画好了,前些天想托夏大人带着给您送去的,夏大人说那些日子您正忙着,不方便,一直拖到今日……”

说着,顾全上前将手里的画像恭恭敬敬地呈送到铁麟面前,铁麟接过来。夏雨轩立刻将画像要过来,后退两步当众打开。铁麟立刻觉得书房四壁生辉,画面上的铁麟神形俱佳,深邃老练,又透出一副英姿豪气。

铁麟的脸色却渐渐地阴沉下来,对顾全说:“顾先生,谢谢你,可惜啊……如今的铁麟真的没脸了。”

这句话,把在场的人都说愣了。看铁麟的表情,他说得很认真,不像是在开玩笑。可越是认真,别人越是不好说什么。一时间出现了非常尴尬的局面,过了半天,周三爷才说:“铁大人,您过谦了。”

铁麟依然郑重地说:“本官说的是实话。顾先生,两年以前你给我画了一张没脸的肖像,本官虽然没有怪罪你,可是心里也有几分不服气。觉得你不分青红皂白,不辨忠奸贤愚,似乎但凡当官的就都不清白,一个好人也没有。本官当时就想让你见识见识,我铁麟到底有脸没脸,自有历史来公断。可是今天,本官可是没有这个底气了。”

周三爷小心地说：“铁大人，刚才您说老夫的话让您不明白，可是您这番话也把老夫说糊涂了。”

铁麟说：“老前辈果然不明白，本官也不做解释了。人心自知，天知地知。好了，再说说您辞行的事吧。”

周三爷伤感地说：“我们要走了。要一起走，燕儿，还有老夫这位表大舅兄……对了，忘了说了，连夏大人也还不知道。顾先生不是别人，正是燕儿的表兄，亲表兄，在通州正巧遇上了，也是感天动地，上辈子积下来的缘分。”

铁麟说：“世上居然有这么巧的事？这奇迹恐怕只有在周三爷身上才会出现。你们要去哪儿？”

周三爷说：“山东荣成，回燕儿的老家。”

铁麟说：“周三爷在通州不是住得很好吗？最近又为运丁们修了义冢和庵堂，怎么说走就要走呢？”

周三爷叹息着说：“一是老夫年纪大了，总要找个养老送终的地方，燕儿这孩子对老夫很好，老夫没白疼她，最后这几年有她照顾，就是老夫的大造化了。这二呢，漕运码头上老夫待了一辈子了，深知这里的深浅冷暖，老夫早有金盆洗手之心了，所以才把最后几件该做的事做完，也就身无牵挂了。”

铁麟听了周三爷这番满含风霜的话，颇有同感，不禁说：“三爷想退出江湖过几年清静日子，实在令本官羡慕，只是该备杯薄酒，给三爷送行才是……”

周三爷说：“不用不用，我们临走之前能见上铁大人一面，已经非常满足了。好了，谢谢夏大人带着我们来，不打扰了，就此告辞……”

周三爷带着燕儿和顾全走了，夏雨轩却留了下来。他站在桌前，认真看着铁麟那首墨迹未干的诗作。

铁麟无限感慨地说：“走了，周三爷也走了，金汝林走了吗？”

夏雨轩点了点头。

铁麟继续说：“都走了，陈天伦走了，戎儿走了，陈日修老夫妇走了，唐大姑也走了……雨轩，你说，这漕运码头上怎么留不住人呢？”

夏雨轩说：“铁大人不必太伤感，向来是铁打的衙门流水的官，说不定明天下官也该离去了。”

铁麟说：“要先离去的该是本官。我已经嗅出味道来了，这漕运码头上恐怕容不下我了。”

夏雨轩说：“看出来了。”

铁麟问:“你看出什么来了?”

夏雨轩指着那首诗说:“大人这首诗便有思退之心。”

铁麟说:“有思退之心管什么?你说,我能退吗?我退得了吗?”

夏雨轩深有同感地说:“官身不由己啊,往上爬难,往下退更难。”

铁麟说:“其实,难也没有可难的,要是能像龚自珍先生那样拂袖而去,倒也痛快。只是自己的屁股要自己擦干净,自己挖的坑还得自己来填平。”

夏雨轩说:“大人说得对,这大通桥的掺假案还得靠大人才能查清楚。您要是走了,这就变成了无头案,陈天伦的冤枉便永远没有人为他昭雪了。还有……牵连到戎儿……”

铁麟说:“我这些天一直在想这件事,摆在我面前的只有两条路。”

夏雨轩问:“哪两条路?”

铁麟说:“一是带着那个黄槐岸的铁匣子闯进金銮殿,跟奸贼穆彰阿拼个鱼死网破;二是为了保全自身,急流勇退,落个独善其身。”

夏雨轩沉重地摇了摇头:“我只是担心鱼死了网却没有破……”

铁麟也沮丧地说:“你说得对,王鼎大人死了,朝廷上没有人能站出来说话了,没有人能跟穆彰阿抗衡了。我……拼不过他……肯定拼不过他……”

夏雨轩问:“可是您不去拼……那陈天伦怎么办?戎儿怎么办?”

铁麟说:“怎么办?我也不知道怎么办!或许干脆我也把自己发配到宁古塔去算了……唉,想起来肝胆俱裂啊!想当初,皇上为了铲除朝廷的三大恶疾,派林则徐去广州禁烟,命陶澍大人在江南治盐,派本官来通州除漕弊……如今,烟未禁却发配了林则徐,漕弊未除却害得本官骨肉分离,陶澍大人驾鹤西归了……”

夏雨轩突然说:“算了,大人不必在这儿发愁伤感了,清莲道长想请您去喝一杯,派下官前来相邀。”

铁麟懒懒地问:“去哪儿?”

夏雨轩说:“去吃他的炖肘子,真正的炖肘子,不掺假的。”

铁麟笑了起来。

外面突然响起了惊雷般的宣告声:“圣旨到……”

铁麟和夏雨轩同时一惊,外面已经响起了脚步声。铁麟急忙整理了一下衣服,迎出了书房。

两个太监已经站在了门外,高声宣叫:“仓场总督铁麟接旨……”

铁麟急忙跪下,强烈的阳光刺得他不敢抬头睁眼。

太监举着圣旨宣读着："奉天承运皇帝昭曰：仓场总督铁麟奉旨督漕，兢兢业业，尽职尽责，仓场秩序大变，漕粮收兑有序，奖罚得当严明。尤以大通桥掺假一案，查办迅速，不徇私情，大义灭亲，擢铁麟为陕甘总督，加戴双眼花翎，封太子少保之衔。钦此。"

铁麟跪在地上，恍然如幻，无论如何难以相信这是真的。太监已经宣读完了圣旨，他依然木然地跪着。

太监厉声问："铁麟，为何不领旨谢恩？"

铁麟这才如梦惊醒，战战兢兢地说："臣……领旨……"

夏雨轩在屋里听见这道圣旨，看见铁麟那茫然失魂的样子，自己也如坠梦中。

从屋里闻声赶出来的孙嬷嬷一眼认出了，站在宣读圣旨太监旁边的小太监，正是妞妞。

外面传来两声乌鸦的哀鸣，夏雨轩心里一阵悸动，不由得昂头朝窗外看去。

寒风乍起，枯黄的叶子从仓场总督衙门前院的钻天杨上飘落下来，像一群惊惶逃窜的飞鸟。而它那饱经风霜的枝干却依然苦苦支撑着沉沉欲坠的天空。

阳光中浸满了透骨的寒凉……

图书在版编目(CIP)数据

漕运码头 / 王梓夫著. －－ 北京：中国文史出版社，2021.3

（中国专业作家作品典藏文库·王梓夫卷）

ISBN 978－7－5205－2455－1

Ⅰ. ①漕… Ⅱ. ①王… Ⅲ. ①长篇历史小说－中国－当代 Ⅳ. ①I247.5

中国版本图书馆 CIP 数据核字(2020)第 209474 号

责任编辑：卢祥秋

出版发行：**中国文史出版社**
社　　址：北京市海淀区西八里庄路 69 号院　邮编：100142
电　　话：010－81136606　81136602　81136603（发行部）
传　　真：010－81136655
印　　装：北京新华印刷有限公司
经　　销：全国新华书店
开　　本：720×1020　1/16
印　　张：29　　　　　字数：477 千字
版　　次：2021 年 3 月第 1 版
印　　次：2021 年 3 月第 1 次印刷
定　　价：79.80 元